Eine Art zu lesen

Eine Art zu fliegen

GOYA

DAS BUCH

Nach dem Tod ihres Mannes verlassen das Starlett Lorna und ihre sechsjährige Tochter Jessie Ende der Dreißiger überstürzt Hollywood. Ihre Reise führt sie in den Nordwesten Kanadas und nach Alaska. Ausgestattet mit einer mysteriösen Karte, einem Gewehr und dem gestohlenen Geld von Jessies verstorbenem Vater stellen sich Mutter und Tochter der Wildnis und Lornas geheimnisvoller Vergangenheit. Zum Glück treffen sie auf Kaska, eine Gwich'in, die ihr Überleben in der rauen Natur sichert. Doch was verbirgt Lorna, die bei jeder Station der Reise einen neuen Namen annimmt? Und warum ist ihnen das FBI auf den Fersen?

»Der große Nordwesten« ist eine fesselnde Geschichte über zwei Frauen auf der Suche nach Identität und über Nordamerika und seine Legenden: die der First Nations, Goldsucher, Kopfgeldjäger und Trapper, der Western und Abenteuerromane.

DIE AUTORIN

Anne-Marie Garat, geboren 1946 in Bordeaux, ist Schriftstellerin und Dozentin für Film und Fotografie. Ihre Romane sind von hoher literarischer Kraft und voller scharfsinniger Gesellschaftsbeobachtungen. Für ihr reichhaltiges Werk wurde sie mit zahlreichen Literaturpreisen ausgezeichnet, darunter dem Femina-Preis. 2019 erhielt sie für »Der große Nordwesten« den deutsch-französischen Franz-Hessel-Preis.

DIE ÜBERSETZERIN

Alexandra Baisch arbeitet seit über zehn Jahren als Übersetzerin u. a. aus dem Französischen. Sie hat bereits zahlreiche Autorinnen und Autoren ins Deutsche übertragen, darunter den Bestseller-Autor Bernard Minier, Elizabeth Buchan und Anne Garréta.

ANNE-MARIE GARAT

Der große Nordwesten

ROMAN

Aus dem Französischen von
Alexandra Baisch

GOYA

Die Originalausgabe erschien 2018 unter dem Titel
»Le Grand Nord-Ouest« bei Actes Sud, Arles.

Dieses Buch ist auch als E-Book erhältlich.

Besuchen Sie uns im Internet:
www.goyaverlag.de

Aus Verantwortung für die Umwelt hat sich der Verlag GOYA dazu entschieden, keine Plastikfolie zum Einschweißen der Bücher zu verwenden.

Klimaneutral
Druckprodukt
ClimatePartner.com/12564-2108-1091

Dieses Buch erscheint im Rahmen des Förderprogramms des französischen Außenministeriums, vertreten durch die Kulturabteilung der französischen Botschaft in Berlin.

INSTITUT FRANÇAIS
Deutschland

FSC
www.fsc.org
MIX
Papier aus verantwortungsvollen Quellen
FSC® C083411

Verlag GOYA
1. Auflage 2021

Umschlaggestaltung: Hanna Wienberg unter Verwendung von Bildmaterial von Jeff McGraw/Shutterstock.com und canicula/stock.adobe.com
Satz: Greiner & Reichel, Köln
Gesetzt aus der Utopia
Druck und Bindearbeiten: CPI books GmbH, Leck
Printed in Germany
ISBN 978-3-8337-4281-1

Hah Yah Oo thay
Shàdhël nigha
kwädür

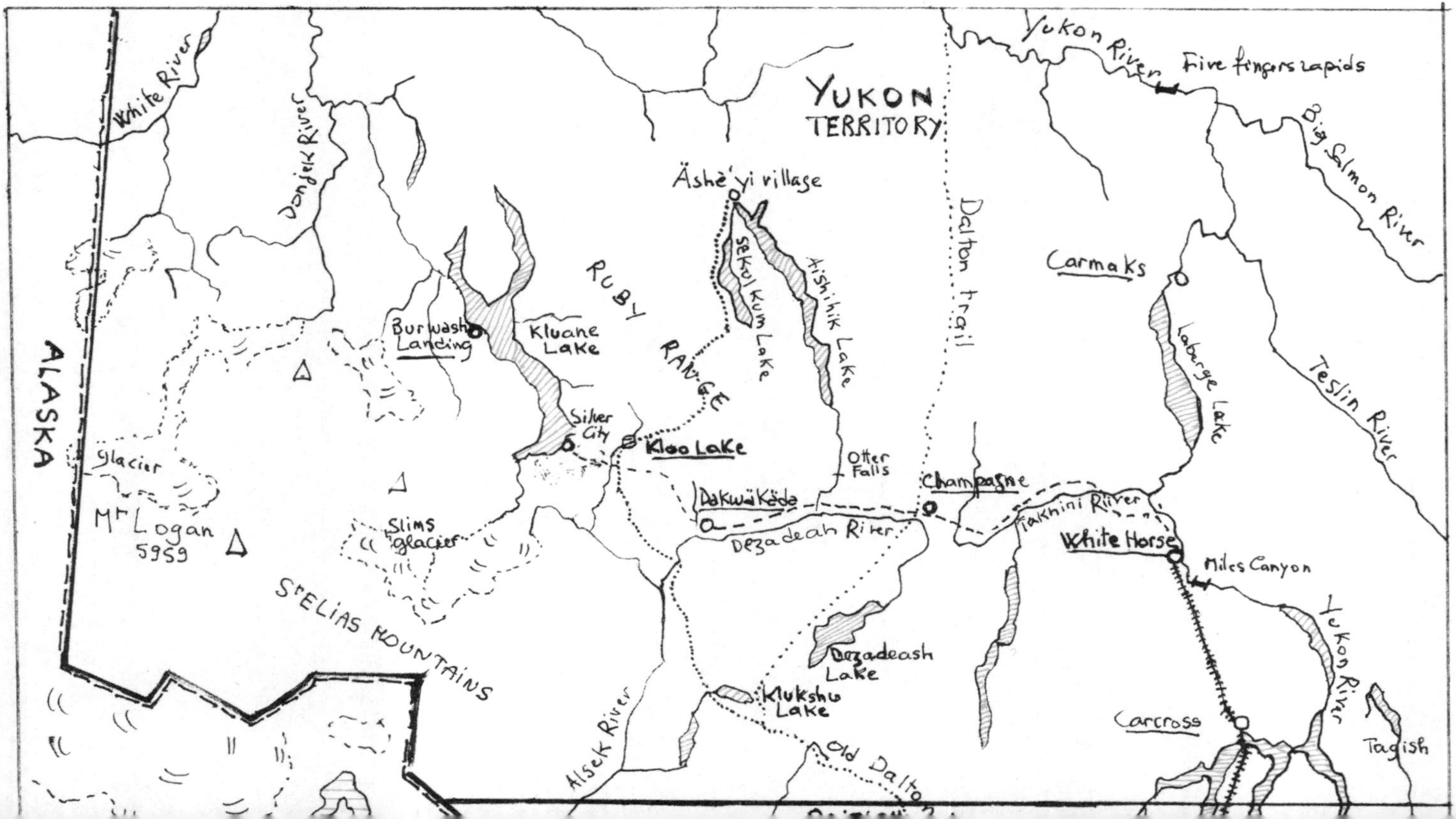

YUKON
TERRITORY
White River
Donjek River
Yukon River
Fire fingers rapids
Big Salmon River
Teslin River
Carmaks
Laberge Lake
Äshè'yi village
Sekulkum Lake
Aishihik Lake
Dalton trail
RUBY RANGE
Burwash Landing
Kluane Lake
Silver City
Kloo Lake
Otter Falls
Champagne
Dakwäkäde
Dezadeah River
Takhini River
White Horse
Miles Canyon
Yukon River
Carcross
Tagish
Dezadeash Lake
Klukshu Lake
Old Dalton
Alsek River
ALASKA
Glacier
Mt Logan 5959
Slims glacier
St ELIAS MOUNTAINS

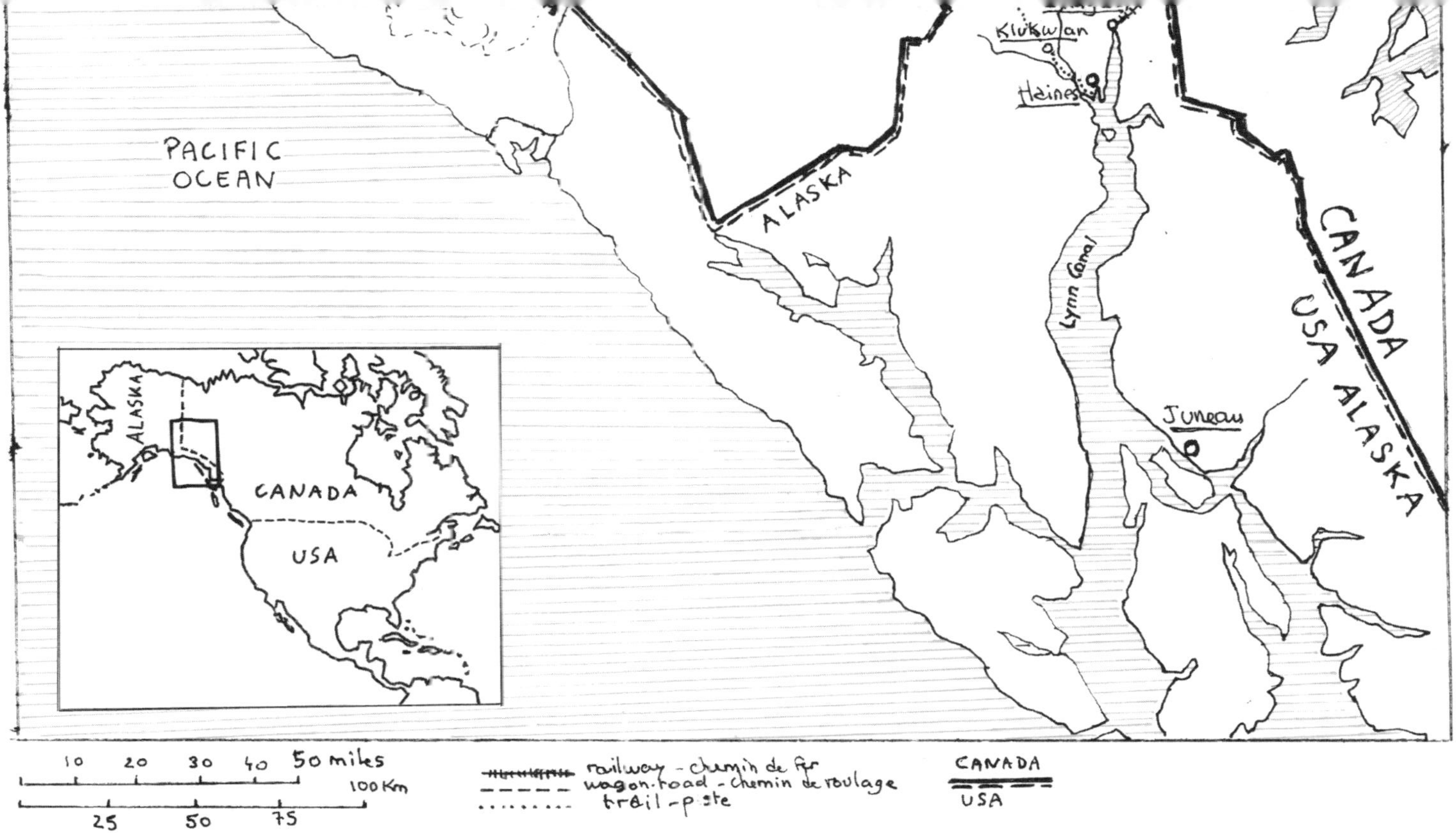
PACIFIC OCEAN
CANADA
USA ALASKA
ALASKA
Klukwan
Haines
Lynn Canal
Juneau
CANADA
USA
10 20 30 40 50 miles
100 Km
25 50 75
railway - chemin de fer
wagon road - chemin de roulage
trail - piste
CANADA
USA

»Als meine Mutter beschloss, sich in den großen Nordwesten aufzumachen, an den Ort ihrer Träume, war die Zeit der Trapper und Goldsucher längst vorbei. Stahlbrücken führten über die reißenden Flüsse, riesige Schwimmbagger von Bergbauunternehmen weideten auch noch den kleinsten Flusslauf aus, überall standen Lachsfabriken, Schnapsbrennereien und Tankstellen. In der schönen Jahreszeit rumpelten Autos und Lastwagen über die Straßen von Yukon und Alaska und kleine private Wasserflugzeuge flogen von See zu See. Es gab Boote mit Außenbordmotor, Telefonzellen von AT&T, im Radio liefen Werbespots, und wann immer einem der Sinn danach stand, aß man Orangen aus Kalifornien. Das war nun wirklich nicht mehr das entlegene Land, nach dem sie suchte. Und doch hatte sie es gefunden! Was beweist, wie recht meine Mutter damit hatte, noch an ihre Träume zu glauben, obwohl sie schon vierunddreißig war.

Ich war gerade mal sechs Jahre alt, saß auf dem Beifahrersitz ihres Dodge-Pick-ups, bei dem der Lack abplatzte und der ramponierter und verbeulter als ein Kampfpanzer war, doch sie machte als Pionierin in Jeanslatzhose und Karohemd eine gute Figur hinter dem Steuer, neben sich die Winchester, die hochkant an der Gangschaltung lehnte.

›Auf ins Abenteuer!‹, rief sie beim Verlassen von Haines, einem kleinen Ort in Alaska, als wären wir nicht schon seit zwei Monaten unterwegs.

Zwei Monate zuvor hatte ich auf der Rückbank des mit Zigarrenrauch gefüllten Cadillacs rittlings auf dem kräftigen Oberschenkel meines Vaters gesessen, hinter uns eine endlose Schlange von Limousinen, und gemeinsam waren wir unterwegs zu meinem phänomenalen Geburtstagspicknick am Strand von Santa Monica. Die Lieferwagen des erlesenen Partyservices waren bereits dorthin vorgefahren, um die Häppchen in die auf dem Strand errichteten Zirkuszelte zu tragen, die voller Papageien und Büscheläffchen in Käfigen, Palmen in Pflanzkübeln, riesigen Kakteen und Klettermasten waren. Die amerikanische Flagge wehte in der Meeresbrise vor dem wolkenverhangenen Himmel. Es gab eine Jazzband, schwarze Musiker, die mit dick aufgeblasenen Backen Posaune und Klarinette spielten, und weiße Bikini-Girls, die ihre Beine in die Höhe warfen und Luftballons und Tauben fliegen ließen. Um Mitternacht tummelten sich zweihundert angesäuselte Pärchen auf der Tanzfläche. Berauscht von dem Feuerwerk, den Strudeln und Wirbeln der aufsteigenden Raketen und den bengalischen Fackeln, rannten manche nackt und laut kreischend in die Wellen, während andere mit ihren Autos durch die Brandung rasten und wetteiferten, wer die größte Fontäne aufspritzen ließ.

›Das war aber ein verdammt schöner sechster Geburtstag‹, sagte meine Mutter.

Ich schlief in ihre Nerzstola eingerollt mit Tic und Toc, den beiden Pudeln, und dem Windhund Aston hinter einem Zelt, als jemand am frühen Morgen eine an Land gespülte, aufgedunsene Qualle entdeckte. Mein Vater wurde bäuchlings an den Füßen über den Strand gezogen, wie man Autowracks am Kühlergrill aus dem Wasser zieht, und hinterließ dabei eine lange Schleifspur im Sand. Mit weit aufgerissenen Augen, so erzählt es meine Mutter, hätten sich die letzten Gäste nach vorn gedrängelt, um zu sehen, wie Journalisten die Leiche des berühmten und beneideten Kino-Magnaten im Blitzlichtgewitter ablichteten. Das Foto von ihm als gestrandete Qualle wurde in allen regionalen und nationalen Zeitungen in der Rubrik *Stars und Sternchen – Klatsch und Tratsch* veröffentlicht.

Wir haben von diesem Herausfischen nichts mitbekommen. Später, als wir bereits in der Hütte von Kloo Lake wohnten, erzählte meine Mutter Kaska, dass sie die Hunde und mich in den Cadillac gepackt habe, während sich die versoffene Gesellschaft an dem Spektakel ergötzte, und in der Dämmerung jenes rosaroten Morgens, im Gold der Dünen und dem zarten Blau des Ozeans in unsere Villa gefahren sei, einen Palast in Brentwood, L. A., errichtet aus den Steinen eines schottischen Gutshauses und einer mexikanischen Missionsstation, die auf Kosten meines Vaters beziehungsweise seiner Bank in unsere Breiten versetzt worden waren, und dessen Reichtum, Prunk und Opulenz alle anderen in den Schatten stellte. Dort hatte er seine Sammlungen signierter Fotos betörender Frauen, verchromter Jukeboxen und Luxuskarossen angehäuft und seine kleinen Geheimnisse unter Verschluss gehalten, die für Lorna del Rio, seine Ehefrau, jedoch keinerlei Geheimnis bargen. In nur einer Stunde habe sie das Allernötigste zusammengesucht, die Hunde der Obhut der schluchzenden Miss Plunkett überlassen und mich, die ich noch immer schlief, wieder in den Cadillac gepackt – Kurs Richtung großer Nordwesten, zum Ort ihrer Träume, wo ich, im Alter von sechs Jahren, erst zu Fuchsnase geworden bin, dann zu Die ihre Zähne gibt. Mit sieben nannte man mich Njyah, was so viel heißt wie ›Lang und dünn‹ – und das ist mir geblieben.

Nenn mich Njyah, Bud.

Mit meinen sechs Jahren wusste ich vieles noch nicht, dennoch ahnte ich bereits, dass mein Vater, lange bevor er einen auf Qualle gemacht hatte, ein richtig dicker Wal gewesen sein musste, als er der ausgefuchstesten Schurkin der Westküste ins Netz ging. Auf den Fotos aus ihrer Anfangszeit in Hollywood hätte man sie für ein naives Pin-up-Girl aus einem Werbespot halten können: ein Fahrgestell à la Betty Boop, das Strahlelächeln von Schneewittchen, absolut hinreißend von vorne und von hinten. Was für ein Anblick, wenn sie sich affektiert schmollend mit schelmischem Blick unter den falschen Wimpern als die aus Mexiko stammende Lorna del Rio auf Satinkissen räkelte oder als texanisches Cowgirl mit bloßen Schenkeln, ein Lasso in der Hand, im Fotostudio über den Zaun eines Rodeorings stieg.

Als käufliches Luxusprodukt war sie den Starlets haushoch überlegen, die mit Zigarettenspitze zwischen den Lippen lasziv an den Bars von vornehmen Hotels lehnten, sich auf dem Sunset Boulevard prostituierten oder mit Produzenten, Drehbuchautoren, Tonmännern und selbst dem unbedeutendsten Bühnenarbeiter oder Kolumnisten herumhurten, nur um die kleine Rolle ihres Lebens zu ergattern. Lorna del Rios Naturell hingegen verbot es ihr, sich mit einer solchen Statistenrolle zu begnügen. Mit ihrem ausgezeichneten Geschäftssinn und ihren Kurven wusste sie, wie man einen dicken Fisch an den Haken bekam, denn ihr Gehirn war eine Rechenmaschine und ihre Moral war so dehnbar wie Kaugummi. Das wiederum schloss Gefühle nicht aus, davon hatte sie genug für zwei. Ein phänomenal sentimentales Herz, das sie großzügig verschenkte, sofern das Geld in der Kasse stimmte.

Oswald wiederum war ein wahrer Krösus, als er zur Glanzzeit seines Imperiums, das er nur knapp vor der Weltwirtschaftskrise hatte erretten können, auf diese Künstlerin traf, die nicht nur ein Parfüm mit einer Gardenien-Note, sondern auch der Ruch der Freibeuterin umwehte. Sie war die perfekte Partnerin für ihn, und so schmückte er sich mit ihr als dem kostbarsten Juwel seiner Sammlung, ließ sie ihre Nase in seine Tresore stecken und die Mafiosi mit den zurückgegelten Haaren im Auge behalten, die ihm etwas zu dicht auf die Pelle rückten. Keine ungefährliche Aufgabe, aber Lorna del Rio wusste, wie sie mit diesen verfluchten Italienern umspringen musste, von denen Oswald sagte, dass deren Colts die Hosen stärker ausbeulten als das, womit die Natur sie ausgestattet habe. Verführt von ihrem feurigen Temperament, heiratete er sie unverzüglich und machte sie voller Begeisterung zu meiner Mutter. Unangefochten und ohne jeden Skrupel herrschten die beiden Halunken über ihr Imperium, als mein Vater bei meiner Geburtstagsfeier am Strand von Santa Monica leider baden ging.

Da sich meiner Mutter nun endlich die Gelegenheit bot, ihren alten Kindheitstraum wahr werden zu lassen, beschloss sie, die weiteren Geschehnisse gar nicht erst abzuwarten, sondern die Segel zu setzen und unverzüglich ein neues Kapitel ihres Lebens zu beginnen, von dem die ersten Seiten bereits geschrieben waren. Aber das waren weiter nichts als Entwürfe.

›Weg damit, auf zum nächsten Kapitel‹, tönte sie, wenn sie in Kloo Lake vom Blues übermannt wurde und in den Winternächten, die sich in diesen Breitengraden endlos hinziehen, wieder einmal irgendwelchen Stuss von sich gab.

Obwohl ich die Fotos der Boulevardpresse vom Strand in Santa Monica nicht gesehen habe, ist es, als würde ich am Morgen nach meinem sechsten Geburtstag zusammen mit den Pudeln Tic und Toc und dem Windhund Aston selbst dort sitzen. Wohin sind die Feierlustigen, die Feuerwerkskörper, die Bikini-Girls und die Tauben verschwunden? Die Wellen schieben den Meeresschaum, Seegrasgirlanden und kleine Muscheln zu meinen Füßen heran, und ich grabe meine Zehen in den feuchten Sand. Die Düne ist im Morgennebel kaum zu erkennen, bald wird es hell, und dann taucht der gewölbte Himmel über dem lavendelfarbenen Meer vor meinen verschlafenen Augen auf. Vielleicht ist es auch der hellrosa Farbdruck mit den goldenen Dünen und dem blassblauen Meer des abgelaufenen Kalenders an der Wand in unserer Hütte, der die

Erinnerung in mir hervorruft, wie ich allein mit den Hunden über meinen ertrunkenen Vater wache. Die Kristalle kleiner Eisberge reiben in den Untiefen des riesigen Wasserbeckens aneinander, das unter dem weiten Himmel dröhnt und plätschert, in dem erfrorene Pottwale, Lachse und Orcas dahintreiben und in Begleitung von gefrorenen Seesternen und inmitten der ausgebleichten Knochen und Barten von Walen in der Tiefe dümpeln. Der kalifornische Sand ist verschwunden, doch ich sehe noch immer meinen auf dem Bauch liegenden Vater, seine Waden, seinen kahlen Schädel, das hochgerutschte Hemd, das seinen mondweißen, mit Gischt marmorierten Hintern entblößt, während ich ihm *poo-poo-pee-do, poo-poo-pee-doooo* vorsinge und der Wind leise seufzend den Refrain begleitet.

Um niemanden zu wecken, ersticke ich mein fiependes Schluchzen unter der Decke der Hudson's Bay Company, die unangenehm nach dem Fett von Kerzenfischen, Harz und Staub riecht. Obwohl es ein eisernes Bettgestell mit Matratze gibt, benutzt es niemand. Meine Mutter schläft auf dem Boden auf einer Unterlage aus Tannenreisig, ich auf dem untersten Regalboden der Anrichte, in der ich mich, wenn ich die Türen zuziehe, einschließen und wie in meine eigne kleine Hütte verkriechen kann. Eine kleine Hütte in der größeren, in der wir leben und die aus einem einzigen Zimmer besteht, das mit vergilbten Zeitungen voller Fliegendreck tapeziert ist und anstelle eines Fensters nur vier schmutzige Scheiben besitzt, durch die man nicht hinaussehen kann.

Kaska schläft im Schneidersitz auf dem einzigen Stuhl, den wir hier haben. Trotz ihres kaputten Beines zwingt sie sich dazu, während sie auf Hermans Rückkehr wartet. Bei ihr dort oben ist es deutlich wärmer als direkt auf dem Boden. So, wie diese verhutzelte Indianerin mit ihren Fledermausaugen und -fingern auf dem Stuhl sitzt, hätte man sie für eine Mumie halten können, aber von uns dreien hat sie es in Sachen Komfort am besten getroffen, sagt meine Mutter, die beim Packen nicht vorausschauend genug gewesen war und Kaska nun um den schäbigen Bärenpelz beneidet, in den diese sich einwickelt, das Fell auf der Innenseite, sodass nur ein schwarzes Haarbüschel aus dem spröden, rissigen Lederkegel herausragt, der an eine Hütte aus morscher Birkenrinde erinnert. Derart eingehüllt kann Kaska sich besser warm halten als wir armen Bleichgesichter, deren Haut sich wie geronnene Milch zusammenzieht, sobald die Temperatur sich den null Grad nähert, was in Kloo Lake selbst im Sommer häufig vorkommt.

Meine Mutter und Kaska schlafen bereits im Halbdunkel unserer heruntergekommenen, von Spinnweben durchzogenen Blockhütte. Marode Abdeckplanen hängen zwischen den Balken, an denen Gerätschaften, verschlissene Kleidung, geräuchertes Fleisch und abgezogene Tierfelle baumeln, die Winchester hängt hinter der Tür. Ich trauere um meinen Vater, um seinen kräftigen Oberschenkel, wenn wir Hoppe hoppe Reiter spielten und er ›Hoppla, kleiner Quatschkopf, gleich geht's rund‹ rief, um den Zigarrenrauch und sein schallendes Lachen. Ich trauere um seine außergewöhnlichen Geschenke, um mein Zimmer mit der goldfarbenen Tapete, den Stofftieren und dem Aufziehspielzeug, um meinen Bauernhof mit den bunten Holztieren, meinen Zobelpelzmantel, selbst um Miss Plunkett trauere ich. Obwohl sie immer behauptete, bevor man sieben Jahre alt sei, besitze man weder Gehirn noch Seele oder Gefühle, vermisse ich sie hin und wieder, ihr Geschimpfe, ihre säuerlichen Fruchtbonbons, die Zwillingspudel und den Windhund Aston.

Ich schlucke meine leisen Schluchzer hinunter, vergrabe mich in die Decke, die einst weiß mit roten Streifen war, inzwischen jedoch abgenutzt, verwaschen und durchlöchert ist. In sie kuschele ich mich hinein und sauge am Etikett mit der Aufschrift *Old Oregon Trail,* das meinem Kummer durch das ständige Kauen und Saugen einen Geschmack von Lakritze verleiht, obgleich sich meine Erinnerung an den Prunk von Brentwood schon verflüchtigt und immer schwächer wird.

Überstürzt musste ich meine viel zu kurze Kindheit verlassen wie einen Hafen, dessen Kai aus den Augen des Reisenden verschwindet. Während der Wochen auf unveränderlichen, gleichförmigen Straßen, auf Schiffen mit immer gleich aussehendem Kielwasser und den Schotterwegen voller Schlaglöcher, die uns weiter in den großen Nordwesten führten, war die Zeit rasend schnell vergangen. Ich wachse, eigne mir Wissen an, doch es kann mir gar nicht schnell genug gehen, noch älter zu werden, so alt wie Kaska, die Mumie, wie meine waghalsige Mutter, genug vom *poo-poo-pee-doo*! ›Weg damit‹, wie Lorna del Rio immer sagt, ›auf zum nächsten Kapitel!‹

Doch jedes Mal, wenn ich das summe, erhebt sich mein Vater beim Refrain aus seinem nassen Leichentuch. Mit tropfendem Abendanzug, bleicher Stirn, der dicke Bauch mit Tang und grauem Meeresschaum bedeckt, richtet er sich am Strand von Santa Monica im Glanz der Morgendämmerung majestätisch auf wie Poseidon, der den wilden Wellen entsteigt und mir zuzwinkert, mich auffordert, näher zu kommen, als wollte er mir eines seiner *üblen* Geheimnisse verraten. Aber ich habe keine Angst vor seinem großen eisigen Leichnam, im Gegenteil: Im Lauf der Zeit ist er mir so vertraut geworden wie ein alter Kamerad, der auf irgendeinem Kai zurückgelassen wurde und mit dem ich nun durch Telepathie kommuniziere.

Inzwischen weiß ich nämlich mehr als er über die Widrigkeiten im Leben meiner Mutter, über die Abenteuer, die sie hatte bestehen müssen, ehe sie ein Auge auf ihn geworfen hatte, und über das, was wir nach seinem Ertrinken durchmachen mussten. Auch über seine Vergangenheit als Betrüger habe ich Dinge erfahren, die er mir nicht mehr selbst hatte sagen können, weil die Zeit dazu fehlte, und die er, mein schlitzohriger alter Papa, mir sicherlich auch nie anvertraut hätte, weil er mich kleines Persönchen dafür viel zu sehr vergöttert hatte.

Erfahren habe ich das alles von meiner Mutter, die an Tagen, an denen sie niedergeschlagen ist, jedem x-Beliebigen, sprich, in dieser Einöde hier einzig Kaska, ganz nebenbei dem Hund und – ungewollt – auch mir, von ihren früheren und jüngsten Abenteuern erzählt. Sobald sie in Plauderstimmung ist, spitze ich die Ohren. Ich verstehe nicht alles, aber genug, um zu begreifen, dass sie im Lauf ihres Lebens schon so einiges mitgemacht hat: auf der Fahrt die Route 66 entlang und schon davor, auf der Überfahrt nach Amerika – treib weiter, immer weiter, großes Schiff, immer weiter –, oder davor, in einem längst vergessenen Garten irgendwo in der französischen Provinz, der sie aufwachsen und schöner werden sah. Meine Mutter kommt von weit her, und doch treibt es sie immer weiter, da muss ich wirklich ihr größtes Goldstück sein, dass sie mich auf ihre große Reise mitgenommen hat.

So sind wir in Kloo Lake gelandet, dieser verlorenen Ecke im hintersten Winkel von Yukon, ganz in der Nähe des Kluane Lake und des Mount Saint Elias, dessen verschneite Bergkämme manchmal im Nebel über dem Wasser auftauchen. Bei schönem Wetter sieht es so aus, als würde die Erde ihren Gletscherhut leicht anheben, um ihn in der Sonne schmelzen zu lassen. Der einzige befahrbare Weg der gesamten Gegend endet in einer Sackgasse in Silver City, am Ufer des großen eisblauen Sees, mit dem früheren Namen L'úan Män. Abgesehen davon gibt es nichts als undurchdringliche Wälder und alte Fußwege, Bären- oder Elchpfade, die über die Berge führen, und wir sind die Königinnen dieser Stille. Der unbedarfte Städter, der sich in diese Gegend verirrt, glaubt sich hier allein. Bevor ihm dämmert, dass er genau das nicht ist, steckt er auch schon in ernsten Schwierigkeiten.

Trotz aller Begeisterung für ihren Kindheitstraum und, wie sie glaubte, bestens ausgestattet mit dem Allernötigsten, noch dazu der Winchester mit Munition, hätte sich meine Mutter allein nicht durchschlagen können, genauso wenig wie ich, hätten wir nicht aus einer Vorsehung heraus Kaska getroffen. Wir haben uns ihrer angenommen, oder sie hat uns erwählt, deshalb respektieren wir ihr Recht, den einzigen Stuhl zum Schlafen zu besetzen, wo sie in ihr Bärenfell gehüllt dasitzt, der besten Überlebensausrüstung für diese Gegend, so verschlissen und mottenzerfressen es auch sein mag, während wir auf Hermans Rückkehr warten.«

Diese Stimme ist nicht die von Jessie.

Es ist die Stimme, die durch mich hörbar werden soll. Ich lasse mir diese Zeilen von ihrer Stimme diktieren, einer Stimme, die außer mir niemand hört und die nur in meinen Ohren widerhallt. Wie ein schalltoter Raum Geräusche von sehr geringer Frequenz in der paradoxen Stille seines Inneren verstärkt, höre ich, wie ihr Herz meines schlagen lässt, wie ihre Stimme durch mich spricht, ihre Worte an mein Ohr drängen, bis ich der Illusion erliege, dass sie hier ist, ganz nah, kein dem Eis entstiegener Geist, sondern ein fleischliches Wesen, das hinter mir steht, ihr warmer Mund an meinem Nacken, ihre Arme um meine Schultern geschlungen – ich bin nicht länger allein.

Manchmal ist dieser Eindruck so stark, dass ich mich umdrehe, doch da ist niemand. Jessie ist nur dann da, wenn ich im Schein meiner Schreibtischlampe auf den Tasten meiner tragbaren Remington tippe, Buchstabe für Buchstabe, Zeile für Zeile, was sie mir erzählte, als sie an jenem Abend im April 1954 bei mir hereinschneite.

Für mich war diese Geschichte schon längst abgeschlossen. Weiß der Himmel, ob ich davon ausging, ich würde sie wiedersehen, an diesem Tag oder überhaupt irgendwann. Ich hatte sie schlichtweg vergessen. Zumindest hatte ich das gedacht. Doch ich erkannte ihre Fuchsschnauze sofort wieder, ihre dunkelgrauen Augen, vor allem aber ihre roten Haare. Ähnliche hatte ich bislang nur bei Rita Hayworth gesehen – mit dem Unterschied, dass sie weder bei dem kleinen Mädchen damals noch bei der jungen Frau, die vor mir stand, gefärbt waren. Trotz des burschikosen Haarschnitts, fast ein Bürstenhaarschnitt, wusste ich sofort, dass sie es war.

Dabei hätte unser Aufeinandertreffen fünfzehn Jahre zuvor kaum kürzer ausfallen können. Viel zu erleichtert, es ohne weitere Zwischenfälle hinter mich gebracht zu haben, steckte ich damals meine Belohnung ein und machte mich vom Acker, ohne mich zu erkundigen, was mit der jungen Jessie Campbell passieren würde, sobald sie zurück zu Hause im schicken Brentwood oder sonst wo wäre. Ich wollte möglichst rasch ein neues Kapitel aufschlagen und hatte andere Sorgen – weiß der Teufel, welche das waren.

Danach schraubte ich hier und da ein bisschen an Motoren herum, bis mich das Kriegslos traf, mit der Panzereinheit von der Landung am Juno Beach bis zu den Ardennen, zurück ging es auf der Bahre. Danach ein paar Jahre lang nichts, nicht notwendig, das lang und breit auszutreten.

Als Jessie bei mir aufschlug, lief es gerade wieder besser: Ich hatte mich endlich dazu durchgerungen, die Bruchbude meiner Mutter in Ottawa zu verkaufen und ihren letzten Hamster loszuwerden, ein hysterisches Vieh, das immer meine Klamotten anfraß. Ich war als selbstständiger Pilot für eine private Firma in Anchorage tätig, kurze Handelsverbindungen und Rundflüge mit den Touristen zu den Inseln, ein ausreichend lukrativer Job, um mir endlich meine heiß ersehnte Norseman kaufen zu können. Ein echtes Schnäppchen, diese Maschine aus den Restbeständen des kanadischen Militärs, die irgendwann mit einem Wasp Junior, einem Dreihundertdreißig-Kilowatt-Motor, aufgemotzt worden war. Zuverlässig bei meinen Alleinflügen, auch wenn die Perle der *flying jeeps* – daran ist nun einmal nichts zu rütteln – immer noch die Cessna ist.

Zwischen zwei Aufträgen lag ich auf der faulen Haut, keiner da, der mich genervt hätte, und auf einmal klopfte es an jenem Aprilabend, als es draußen langsam etwas wärmer wurde und der

Schnee zu schmelzen anfing, an meiner Tür. Um mich zu finden, musste sie sich durch den eisigen Schneematsch in dem Vorort von Anchorage gekämpft haben, wo ich mich vorübergehend niedergelassen hatte – weniger ein Vorort, sondern vielmehr ein großflächiges Gebiet mit Trailern, schäbigen Motels und Fertighäusern, dazu überall Autowracks und Sperrmüll unter einem Gewirr angezapfter elektrischer Leitungen. Die Bevölkerung der Stadt hatte sich seit dem Krieg vervierfacht, und der Immobilienmarkt hatte nicht mithalten können, außerdem hatte ich diese Form des Wohnens immer schon bevorzugt.

Obwohl ich drei Stufen über ihr stand, hatte ich den Eindruck, dass sie genauso groß war wie ich.

»Bud, du bist es«, sagte sie, ohne den leisesten Hauch von Unsicherheit, als hätten wir uns am Abend zuvor das letzte Mal gesehen.

Ich bejahte. »Und jede Wette, du bist Jessie.«

»Nenn mich Njyah.«

Njyah oder Jessie, das war mir egal. Erstaunlich war, dass sie gewachsen war, ohne dass sie sich verändert hatte. Es war wie bei Alice im Wunderland: Entweder hatte sich ihr kindlicher Körper einfach nur gestreckt, oder aber sie war mit sieben Jahren bereits eine kleinere Ausgabe der jungen Frau von heute gewesen. Trotz ihres Bürstenhaarschnitts und der zusätzlichen Jahre war sie noch immer das Mädchen, das ich kennengelernt hatte, mit dem ernsten Blick, der dem der Erwachsenen ebenbürtig war, eine Mischung – sofern es das gibt – aus Gleichgültigkeit und Unverfrorenheit, Arglosigkeit und Ernst, gleichermaßen irritierend wie beglückend. Sie war weder das verstörte Wrack, das alle in ihr vermutet hatten, noch das verzogene Gör reicher Eltern, das sie doch einst gewesen war – zumindest soweit ich wusste.

Zu sehen, wie wenig sie sich seit damals verändert hatte, ließ mich mit einem Schlag älter werden. Dabei war ich relativ gut in Form – kein Gramm Fett, muskulös und sehnig, gute Augen –, wäre da nicht die kaputte Hüfte, eine Kriegserinnerung, die mir auch heute noch als Wettervorhersage dient. Trotz meiner Augenringe und der leicht ergrauten Schläfen hatte sie keine Sekunde gezögert, sondern mich sofort wiedererkannt, und prompt brachen die alten Gewissensbisse erneut über mich herein. Nach all der Zeit waren sie zwar weniger quälend, aber noch immer nicht verstummt angesichts der hässlichen Dinge, die ich einst getan hatte, um mich hervorzutun, befördert und geschätzt zu werden – als hätte ich es damals nötig gehabt –, oder sagen wir einfach, um Kohle zu verdienen, während ich doch ganz genau wusste, dass ich etwas Schlechtes tat. In jenen Tagen hatte ich noch geglaubt, ich käme unbescholten aus dem Ganzen heraus, indem ich es als eine Jugendsünde abtat. Dabei war ich damals durchaus kein Grünschnabel mehr, ich hatte Karriere gemacht, war vom Automechaniker zum Fluglehrer und schließlich zum Privatpiloten für betuchte Kunden aufgestiegen. Genau aus diesem Grund hatten sie mich ja aufgesucht. Erst hinterher war mir aufgegangen, in welchen Schlamassel ich mich da hineinmanövriert hatte. Jessie Campbell ist der Grund, weshalb es ziemlich lange dauerte, bis ich mich wieder mit dem Steuerknüppel versöhnt hatte.

Und deshalb katapultierte mich ihr unvermitteltes Auftauchen zurück in die Haut des miesen Typen von vor fünfzehn Jahren, des Kerls, der einfach nur den dreckigen Job erledigt und dann verschwindet. Als hätte sie erst gestern auf diesem Kunstledersessel gesessen, umringt von den Typen des FBI, die sich abmühten, sie zum Reden zu bringen. An jenem Tag sah sie nur mich an, ließ mich nicht aus den Augen, fixierte mich mit ihren durchdringenden, dunkelgrauen Augen, machte mich zum Zeugen dieses Verbrechens und schaute mich mit ihren sieben Jahren ausgesprochen vorwurfsvoll, bittend und verurteilend an. Ich hielt ihrem Blick stand, aber nicht lange, dann wandte ich mich ab, kehrte ihr meinen stummen, fliehenden Rücken zu. Doch seit damals durchquerte der Pfeil, der zwischen meinen Schulterblättern eingedrungen war, die Finsternis der Zeit in einer unerbittlichen, stummen und schnellen Langsamkeit.

»Hier ist es arschkalt, lass mich rein.«

Das stimmte, es war eiskalt. Im eisigen Regen verlagerte sie ihr Gewicht von einem Fuß auf den anderen, die Hände in den Jackentaschen, die Schultern in ihrem Parka fröstelnd hochgezogen. Ein kleines, verkniffenes Lächeln im Gesicht, quasi eine unausgesprochene Entschuldigung, dennoch nicht wirklich verlegen, dass sie ohne Vorankündigung bei mir hereinschneite, auch auf die Gefahr hin, dass ich eine Stinklaune bekam und sie eine Abfuhr kassierte. Sie trat so bestimmt auf, was sie selbst, aber auch was mich betraf, dass ich, ohne nachzudenken, zur Seite trat. Ich gab viel zu schnell nach. Ich hätte sie etwas länger draußen zappeln lassen sollen, wenigstens der Form halber, aber zu solchen Sperenzchen ließ sie es gar nicht erst kommen. Sie schloss bereits die Tür hinter sich und zog ihre dreckigen Stiefel aus, immerhin. Sobald sie in Socken dastand, sah sie sich um. Angesichts meiner winzigen Behausung war das schnell erledigt. Unter der niedrigen Decke waren wir einander plötzlich sehr nah und musterten uns gegenseitig. Dabei wurde rasend schnell ganz vieles oder vielleicht auch so gut wie gar nichts ausgetauscht, genug jedenfalls, um festzustellen, wie fremd wir uns nach all der Zeit geworden waren. Verwirrt stellte ich fest, dass sie tatsächlich so groß war wie ich, ihr Gesicht auf gleicher Höhe mit meinem.

Wie hatte sie mich nach so langer Zeit gefunden? Sie versicherte mir, dass sie weder einen pensionierten Polizisten noch einen Privatdetektiv, wie man es aus amerikanischen Krimis kennt, beauftragt habe, um mich ausfindig zu machen und beschatten zu lassen. Sie hatte vor allem vermeiden wollen, dass sich noch ein Dritter in diese Angelegenheit einmischte und ich mich womöglich aus dem Staub machte. Auf eigene Faust hatte sie sich auf die Suche begeben, wochenlang die Inserate und Telefonbücher aller privaten Firmen im amerikanischen und kanadischen Nordwesten durchstöbert.

Selbst für jemand Gewieften war es nicht einfach, meine Spur zu verfolgen: Zurück aus dem Krieg, brauchte es eine Weile, bis ich wieder auf die Beine kam. Ich habe meine Zeit an kleineren Universitäten verbummelt, dann diverse Gelegenheitsjobs gehabt: Ich habe in einer Druckerei gearbeitet, Lachse in einer Fabrik ausgenommen, als Parkplatzwächter in Denver und sogar einen Sommer lang in Montana in einem Sägewerk gearbeitet. Später war ich ein wenig als Rucksacktourist unterwegs, um bei meiner Mutter vorbeizusehen und sie im gleichen Zug auch zu beerdigen. Ich bin eben von Natur aus ein Nomade. Sobald mich die Reiselust packt, schnappe ich mir meine paar Bücher, die wenigen Dinge, an denen ich hänge, meine Klamotten, die ich am Leib habe – und *ciao*. Fang mich doch, wenn du kannst. Ihr hingegen, dieser schlauen Füchsin, dieser sturköpfigen Teufelin war es gelungen, mich aufzuspüren.

Sie zog ihre Fausthandschuhe aus, machte ihren Parka auf, unter dem sie einen eng anliegenden, billigen Wollpullover und eine abgetragene Jeans trug, und schob sich geradewegs auf die Bank an meinem Klapptisch.

»Bud Cooper, ich brauche dich«, sagte sie ohne Umschweife und verschränkte die Hände auf dem Tisch.

Ein Einstieg, über den ich nicht lange nachdenken konnte, zumal ich glaubte, gar keine Wahl zu haben, weil sie mir keine lassen würde. Doch das schon klar gewesen, noch bevor ich die Tür aufgemacht hatte.

»Nenn mir deinen Preis. Ich habe genug Geld, um zu bezahlen, was auch immer bezahlt werden muss.«

»Meine Zeit gehört mir«, warf ich schwach ein. »Mich kann man nicht kaufen.«

Mit derselben unwilligen Geste, mit der man eine Fliege verjagt, wischte sie meinen Einwand beiseite. »Mag sein. Auch wenn das nicht immer der Fall war. Ich mache dir deswegen keine Vorwürfe, man schlägt sich durch, wie man kann, und alles in allem ist es vielleicht auch besser so. Ich meine, dass du es fürs Geld getan hast. Aber diesmal zahle ich, und dann sind wir quitt.«

Ich konnte ihr nicht ganz folgen, da ich noch damit beschäftigt war, zu begreifen, dass Jessie tatsächlich hier war, hier bei mir, ein Gespenst aus der Vergangenheit aus Fleisch und Blut. Das verschlug mir einfach die Sprache. Manchmal ist man so erschüttert, dass eine Situation so unwirklich erscheint, als wäre man gar nicht anwesend. Ich hatte Schwierigkeiten, mich zu fassen, doch sobald ich ihr gegenübersaß, musste ich nur den Blick heben, um sie mustern zu können, gerührt von ihrem für Rothaarige so typischen milchblassen Teint, von dem kindlichen Schwung ihrer Lippen direkt vor mir. Natürlich, ungeschminkt, mit Ausnahme des Kajalstrichs an den Lidern. Zwischen uns nichts als die schmale Tischplatte, da konnte man kaum anders, als sich eng aneinanderzuquetschen, unsere Hände berührten sich fast.

Ich wollte sie keinesfalls durch eine unangemessene Geste erschrecken, dennoch genoss ich es, die Wärme ihrer Hände auf und die ihrer Knie unter dem Tisch zu spüren. Auch wich sie nicht zurück, wie man es manchmal instinktiv, am häufigsten jedoch bewusst macht, als Zeichen des Misstrauens oder der Feindseligkeit einem Fremden gegenüber. Noch nicht einmal vor mir, der ich das so gewohnt war. Ihr schien das alles tatsächlich egal zu sein.

Es musste so schwierig gewesen sein, mich zu finden, es musste ihr so unmöglich, unlogisch oder abwegig erschienen sein, dass sie, nachdem sie sich mühsam durch die Kälte und die Nacht des Trailerparks geplagt hatte, einfach nur froh war, ihr Ziel erreicht zu haben und nicht von mir abgewiesen worden zu sein. Sie stützte die Wange auf eine Hand, als wäre ihr Kopf mit einem Mal zu schwer geworden, und zog mit gekräuselter Nase eine kindliche Schnute, entweder damit ich weich wurde oder aber um sich zu ermutigen.

»Du hast dich nicht verändert, Jessie.«

»Du dich auch nicht allzu sehr. Aber nenn mich Njyah, das ist mir lieber. Und kann ich vielleicht was richtig Heißes zu trinken bekommen?«

Während ich uns einen Grog mit Honig und Ingwer zubereitete, sah sie sich meine Einrichtung an, methodisch dieses Mal, wie man das Erscheinungsbild eines anderen mustert, und umging es so, mich ansehen zu müssen. Dabei war meine Junggesellenbude das genaue Abbild von mir: meine Zeitschriften, meine Handbücher über die Flugfahrt, meine wenigen Bücher, W. E. B. Du Bois, Claude McKay, die ersten Bücher von Chester Himes, der Aschenbecher, meine CB-Funkausrüstung, meine Werkzeugkästen, die kleinen Behältnisse mit indischen Gewürzen, der Campingkocher, das zusammengestückelte Geschirr und das vom Hamstervieh meiner Mutter angefressene Sammelsurium an Kleidung. Aber vielleicht hatte ihre eingehende Betrachtung auch nur zum Ziel, ihre Verlegenheit zu überspielen oder aber ein letztes Mal über das nachzudenken, was sie sagen wollte und was sie ohne große Umschweife verkündete, kaum dass ich ihr gegenüber wieder Platz genommen hatte: Sie wollte, dass ich ihr zuhörte.

»Sei so nett, Bud«, sagte sie.

Ich wollte nicht so nett sein.

Es ist zu spät, Jessie, dachte ich.

So viele Menschen suchen nach einem offenen Ohr und treffen auf ein verschlossenes, gleichgültiges, dummes, gelangweiltes oder boshaftes, da könnte man auch mit einer Wand reden. Nur selten findet man jemanden, der bereit ist, zuzuhören, er mag bisweilen ungläubig sein, aber doch empfänglich, ergriffen und schließlich gefangen. Es ist wie bei einem zufällig aufgeschlagenen Buch, das man nicht mehr aus der Hand legen kann, wenn man einmal angefangen hat zu lesen. Es kommt auf die eigene Erwartungshaltung an, auf die Aufnahmebereitschaft, ebenso sehr wie auf den Erzähler, auf seine Stimme und auch auf die Art, wie er erzählt. Ein anderes Mal würde er die Geschichte vielleicht anders erzählen, sie würde sich verändern, eine andere Richtung einschlagen, doch niemand kann ihm widersprechen, ihn richtigstellen oder den unerbittlichen Lauf des Erzählten korrigieren, das nach und nach seine endgültige Form annimmt. Es ist nicht umkehrbar und fiktiv, nicht umkehrbar und lückenhaft.

Also werde ich dir zuhören, wenn du mich überzeugst, wenn du mir wehtust und mich dann heilst. Es hängt von dir ab, von deiner Leidenschaft, deiner Fieberhaftigkeit oder deiner Angst. So vieles, was für unmöglich gehalten wird, ist wahr, wohingegen andere unwahrscheinliche Dinge für wahr gehalten werden. Aber warum sollte gerade ich dir zuhören?

Warum kommst du so spät, fragte ich mich. Eine böswillige Frage, deren Antwort doch schon feststand: Sie braucht dich, weil du damals nicht gesagt hast, was du wusstest oder zu wissen glaubtest. Weil du derjenige bist, der, statt einzuschreiten, dem Ganzen feige und stumm den Rücken gekehrt hat, dessen Meinung, Standpunkt oder Urteil nach wie vor dem Schweigen und den alten Gewissensbissen verhaftet ist: Du bist mehr als nur schuldig oder beteiligt – du steckst mit drin. Genau deshalb bist du der beste Zuhörer. Das war so nicht ausgesprochen worden, und ich hatte es mir selbst gegenüber noch nie zugegeben, aber in dem Moment, als ich ihr den Rücken zugedreht und den unabwendbaren langsam-schnellen Pfeil zwischen meinen Schulterblättern gespürt hatte, willigte ich ein, ihr zuzuhören.

Ich halte ihre Erzählung fest, so gut ich kann, mache Tag für Tag damit weiter, allerdings gibt es keinen großen Unterschied zwischen sich erinnern und sich etwas ausdenken, zwischen schlussfolgern und träumen. Manche ihrer Sätze schreibe ich anscheinend Wort für Wort auf, andernfalls bilde ich welche, die den ihren ähneln, zumindest in meinen Augen, und wer würde das schon anzweifeln wollen? Sobald etwas mündlich erzählt oder schriftlich festgehalten wird, ist nichts mehr authentisch, rein oder unverfälscht, egal, wie sehr das beteuert wird oder welche Verfälschungen zugegeben werden. Die Mechanismen des Vergessens oder der Einbildung und nicht zuletzt der Schwindelei spielen hinein. Berücksichtigt man zudem den emotionalen Faktor, dürfte man gar nichts mehr erzählen. Obwohl ich weiß, dass es unentschuldbar ist, fehlerhaft und unentschuldbar, dass ich die Menschen, Dinge und Vorkommnisse der Vergangenheit überlassen sollte, solange nichts abgeschlossen ist, dass ich sie in ihrem Schweigen und ihrem Leid nicht aufrühren und zwingen sollte, uns zu erscheinen, nur um eine Erklärung zu liefern, schreibe ich dennoch.

Jessie oder Njyah – unwichtig, aber in meinem tiefsten Inneren nenne ich sie noch immer Jessie – ist nicht mehr da, sie kann mir weder erlauben noch verbieten, das aufzuschreiben, was sie mir auf ihre Weise erzählte, was ich auf meine Weise mit ihr erlebt habe und woran ich mich jetzt noch erinnere. Ich kann es erst jetzt tun, nachdem ich sie wirklich und endgültig *aus den Augen verloren* habe. Diese Phrase trifft genau die Umstände, unter denen Jessie vor meinen Augen, nicht aber aus meinem Leben verschwunden ist. Jeden Tag denke ich an das letzte Mal, als ich sie gesehen habe, sehe, wie sie davongeht, ohne sich umzudrehen, mir den Rücken kehrt, wie ich einst ihr den Rücken gekehrt habe, und vielleicht spürt sie zwischen ihren Schulterblättern den Pfeil meines verzweifelten Blickes, während sie in der weißen Weite immer kleiner wird, bis sie nur noch eine von mir wegtreibende Einkerbung ist, ein winzig kleines Komma. Und vielleicht war dieses Satzzeichen bereits verschwunden, doch ich sah sie noch immer, ich sehe Jessie nach wie vor unterschiedlich deutlich vor dieser Schneekulisse ohne Horizont, Erde oder Himmel. Die Kälte ließ meine Tränen zwischen meinen Wimpern erstarren. Eine Eiseskälte, über die man sagt, dass sie die Spucke gefrieren lässt, ehe sie auf den Boden trifft.

An jenem Abend, als ich ihr am Tisch meines Trailers gegenübersaß, ahnte ich noch nicht, welche Wendung die Geschehnisse nehmen würden, dieser Gefahr war ich mir nicht bewusst. Hätte ich daran gedacht, dann hätte ich mich vielleicht geweigert, hätte irgendeinen wichtigen Job oder irgendwas anderes vorgeschoben, um mich wie sonst aus der Affäre zu ziehen, doch stattdessen hörte ich ihr zu, als gäbe es nichts Wichtigeres in meinem Leben. Und tatsächlich gab es das nicht. Die ganze Nacht hindurch, erst mit Wodka, dann mit Kaffee als Stärkung, schließlich mit Bacon-Sandwichs gegen drei Uhr morgens, erzählte sie, ohne dass ich sie unterbrach, auf jeden Fall so wenig wie möglich. Danach schliefen wir, sie in meinem Bett, ich auf dem Boden in meinem Schlafsack.

Es hatte wieder angefangen zu stürmen, der Eisregen prasselte auf das Blechdach, wiegte uns in den Schlaf, doch auch dann blieb ich traumwandlerisch an ihren Lippen hängen, und ich weiß nicht, ob das, was ich erzähle, meinem Wachtraum entspringt oder der Realität angehört, auch wenn beide häufig ein und dasselbe sind. So träume ich zum Beispiel oft, dass mein Panzer auf einer Mine explodiert. Ich hatte so verdammt viel Glück, dass mir genau das nicht passiert war, aber ich weiß, dass die Detonation, das Massengrab aus Blech, Fleisch, Sehnen und zertrümmerten Knochen, mein abgerissener Kopf, dazu der widerliche Gestank von verbranntem Benzin genauso real sind wie das Wissen, dass es nicht passiert ist.

Gegen Mittag machte ich uns etwas zu essen, und sie erzählte weiter. Es kümmerte sie nicht, ob es regnete oder schneite. Der Wind heulte in den Hochspannungsleitungen des Trailerparks, doch meine elektrische Heizung lief auf Hochtouren, und so verbrachten wir zwei Tage schön im Warmen, ohne einen Fuß vor die Tür zu setzen. Wir schliefen, wachten auf, und jedes Mal nahm sie die Erzählung dort wieder auf, wo es ihr richtig erschien. Mal folgte ein überraschendes Ereignis auf das andere, mal ging es keinen

Schritt voran, es gab Momente, in denen ihre Geschichte dahinplätscherte, falsche Kapitelenden, Zeitsprünge nach vorn und Rückblicke, dann wieder wurde alles zurück auf Anfang gespult. Es war noch zusammenhangloser, als ich es wiedergebe, doch auch wenn es möglicherweise einen Verrat darstellt, für ein bisschen Ordnung zu sorgen – nur in narrativer Hinsicht wohlgemerkt –, so hatte Jessie gute Gründe zu glauben, dass ich mein Bestes geben würde.

»Und so«, erzählte sie mir, »habe ich mich nicht noch einmal umgedreht, als wir am frühen Morgen Brentwood und seine leeren Straßen verließen. Ich warf keinen letzten Blick aus dem Heckfenster auf die väterliche Villa, auf ihre glänzenden Dächer mit den mexikanischen Ziegeln, den türkis gefliesten Pool, den Tennisplatz mit dem rosa Belag oder auf die Palmen entlang des Boulevards, auch nicht auf die Plakate an den Straßenkreuzungen, von denen Filmstars strahlend herablächelten. Ich lag auf der Rückbank des Cadillacs und wusste nicht, dass dies eine endgültige Abfahrt war, dass jetzt die große Reise meiner Mutter begann. Ich schlief nämlich.

Als ich mich aufrichtete, war es taghell, Regen und Sonne wechselten sich unterwegs ab, und ich dachte, wir würden wieder einmal eine jener Spritztouren unternehmen, zu denen meine Mutter so häufig aufbrach.

›Lass uns aus diesem stinkenden Loch verschwinden, lass uns vor diesem Ungeziefer flüchten‹, sagte sie immer.

Mal fuhren wir an die endlosen Strände, an denen sich die Brandungswellen im Gischtnebel ans Ufer warfen, mal an den Rand der Mojave-Wüste, die außer verbrannten Josua-Palmlilien und Jojobasträuchern nichts zu bieten hatte. Dort ließen wir das Auto stehen und liefen stundenlang unter der sengenden Sonne durch den pfeifenden Wind, ohne auch nur einer Menschenseele zu begegnen. Diese Gier nach Weite, diese Flucht in ein immer entlegeneres Anderswo – ich verstand den Grund dafür einfach nicht.

Mit meinen zu kurzen Beinen und den Espadrilles hatte ich Mühe, meiner Mutter zu folgen, doch mir wurde sehr schnell klar, dass sie mich zurücklassen würde, sollte ich nicht mithalten. Besser, ich verstauchte mir nicht den Knöchel, schürfte mir das Knie auf oder fing beim Anblick der großen Meeresvögel oder Wüstenbussarde, die auf so begehrte Opfer wie mich herabstießen, vor Angst an zu wimmern. Auch nicht angesichts der Quallen mit ihren glasigen, glibberigen Tentakeln, die von den Wellen ausgespuckt wurden, oder den Schlangen, Skorpionen, Taranteln oder den gesprenkelten Eidechsen unter den Steinen. Also versuchte ich Schritt zu halten, folgte ihr, bis ich außer Atem war und sie den perfekten Platz gefunden hatte, um mitten im Nirgendwo stehen zu bleiben.

Zwei Schritte von ihr entfernt beobachtete ich, das Kinn auf die Knie gestützt, wie sich das Meer gegen die Dünen warf, oder starrte in die mineralische Weite mit dem zerklüfteten Boden, wo ich, wenn ich nicht blinzelte, umherstreifende leuchtende Flecken in Menschen- oder Tiergestalt auf mich zukommen sah. Ihr Näherkommen ließ mich erschaudern, doch als Gefangene meines Trugbilds verharrten sie an Ort und Stelle, und ich war unbesiegbar.

Mir kann nichts Schlimmes zustoßen, solange meine Mutter mich liebt und auf mich aufpasst, sagte ich mir. Auch wenn in Wahrheit ich es war, die auf sie aufgepasst und sie durch mein Schweigen, meine Tapferkeit und meine braves Betragen geschützt hat, zu glücklich darüber, dass sie mich auf ihre Ausflüge mitnahm.

Am Abend kehrten wir erschöpft zurück, trunken von Weite und Einsamkeit. Sie stürzte sich in ein Schaumbad und überließ mich der jammernden Miss Plunkett, die, wenn sie die Blasen an meinen Füßen und die Sonnenbrände sah, so tat, als würde sie in

Ohnmacht fallen, um mir gleich darauf Umschläge mit Sheabutter anzulegen.

Ich war es also gewohnt gemeinsam mit meiner Mutter wegzufahren, doch wie hätte ich ahnen sollen, dass es dieses Mal endgültig war?

Wir waren den ganzen Tag unterwegs, ohne anzuhalten, selbst dann nicht, als ich etwas zu essen haben wollte. Sie nahm lediglich eine Hand vom Lenkrad und reichte mir, ohne sich umzudrehen, eine Papiertüte mit den Resten meines Geburtstagsessens nach hinten – eine Mischung aus Kaviar, grünen Oliven, Schokobaiser mit eingelegten Sauerkirschen und Foie gras, die unten in der Tüte zerquetscht war. Sie trank den Champagner direkt aus der Flasche, die sie mir ebenfalls nach hinten reichte. Ich nahm einen großen, lauwarmen Schluck Ruinart und erbrach mich dann in die Papiertüte. Zum Glück war sie ganz auf das Fahren konzentriert und bekam nichts davon mit.

Ich ging davon aus, dass sie nach einem Strand suchte, um dort wie sonst entlangzulaufen, es gab genug davon an dieser Küste, auf deren Klippen, zerklüftete Felsen und sandige Buchten wir hinabschauen konnten, aber keiner der Strände schien ihr zuzusagen. Eingelullt vom Brummen des Motors, erschöpft von den vielen Kilometern, den Kurven und dem abgestandenen Champagner schlief ich letztlich ein. Mir war langweilig, und ich war traurig, dass mein dicker Papa zusammen mit den Hunden im fernen Morgengrauen allein war und meine Geschenke am Strand vergessen worden waren. Das sagte ich meiner Mutter aber nicht, die sich ohnehin wenig um mein Gefühlsleben kümmerte.

Sie interessierte sich nur bei Anlässen für mich, bei denen ich sie in der Öffentlichkeit begleiten sollte: der Premiere eines Films, dessen Produzent mein Vater war, oder einer Party in einem seiner Nachtklubs. An solchen Abenden war ich ihr kleiner Liebling, herausgeputzt als Shirley Temple mit adretten, mit dem Lockenstab gedrehten Korkenzieherlöckchen, Wimperntusche, rosa Lippenstift und bestäubt mit ihrem Gardenien-Parfüm aus dem Kristallflakon mit der Ballonpumpe. Wenn Lorna del Rio mir in die Wange kniff, lachte ich übers ganze Gesicht, zeigte meine Milchzähne und die Puppenbäckchen, ließ meine roten Löckchen hüpfen und warf Kusshände ins Blitzlichtgewitter der Fotografen.

Sehr häufig, fast jeden Tag, fuhr Miss Plunkett mit mir ins Kino. Zumal wir dank des Kinobesitzers, meines Papas, keinen Eintritt bezahlen mussten. Sie verpasste keinen einzigen Film mit Gloria Swanson, ihrem Stummfilmidol, ließ sich aber auch die Tonfilme nicht entgehen. So sahen wir bunt gemischt Western, Filme über Banküberfälle, über tödliche Leidenschaften und Zeichentrickfilme. Die wenigsten davon waren tatsächlich für mein Alter bestimmt, doch sie erweiterten meinen Horizont.

Die restliche Zeit brachte Miss Plunkett mir das Alphabet mithilfe ihrer Bibel bei, die wie bei einer wahrhaften Klosternonne mit vielen Lesezeichen versehen war. Da sie so stockend vorlas, als wäre sie eine Analphabetin, dauerte es nicht lange, bis ich selbst die nächste Zeile gelesen hatte, noch ehe ihr Zeigefinger dort hingewandert war, auch wenn ich nichts davon verstand.

Zum Schluss zeigte sie immer mit dem Zeigefinger zur Decke, woher sie ihre Inspiration bezog. ›Unschuldige Hände, reines Herz‹, sagte sie, oder: ›Lasset uns Gott für seine Wohltaten loben‹, oder: ›Lasset uns festhalten die Hand der Vernunft.‹ Ich versuchte ihre Lektionen zu verstehen.

Meine Lieblingsbeschäftigung war es allerdings, meine wunderbare Mutter anzuhimmeln. Ich sah ihr zu, wie sie vom höchsten Sprungbrett in den Pool sprang, am Schießstand die Zielscheibe anvisierte, die Pudel verhätschelte, virtuos Bälle mit Topspin übers Netz spielte, sich ohne Sattel auf den Pferderücken im Studioreitstall schwang oder mit offenen Haaren ihr Buick Cabrio oder ihren zweifarbigen Plymouth in Pastellrosa und Mintgrün fuhr, wahrhaft der letzte Schrei! Oder wie sie Schuhe anprobierte, Kleider, Make-up, im Satinnegligé telefonierte, sich die Fingernägel lackierte oder mit einer Zigarette in der Hand Zeitschriften mit Fotos von Pin-up-Girls durchblätterte. Manchmal sagte sie, sie müsse arbeiten. Dann tippte sie auf der Underwood-Schreibmaschine im Büro meines Vaters herum, öffnete und schloss seine Tresore mit den wechselnden Zahlenkombinationen, zählte das gebündelte Geld, einen Stift hinters Ohr geklemmt, und ordnete Papierstapel. Meine Mutter beherrschte eine Unzahl praktischer Dinge, darunter auch das Messerwerfen, aber das sollte ich erst später erfahren.

Wir fuhren weiter bis wir am Abend Crescent Bay erreichten, ein Kaff am Meer mit etwa zwanzig Holzhäusern, einer Mormonenkirche und einem Leuchtturm, alles um einen verschlammten Fischerhafen gruppiert, über dem gerade ein Schwarm Möwen die Innereien von Fischen verschlang. Die Abenddämmerung färbte das Meer und den Horizont blutrot.

Ehe meine Mutter aus dem Auto stieg, sah sie mir im Rückspiegel direkt in die Augen und verkündete: ›Morgen kommen wir nach Oregon: Ab jetzt heiße ich Leslie Doll. Und du bist Daisy Doll.‹

›Heidi‹, sagte ich.

Ich mochte das Waisenmädchen, das in der Berghütte ihres Großvaters Tobias lebte, und ihren Freund, den Ziegenpeter, dessen Großmutter blind war, aber ich spürte, dass Leslie Doll damit nicht einverstanden war.

›Oder Ginger‹, schlug ich hastig vor.

So hieß meine Lieblingspuppe, und allein beim Gedanken an sie brach ich in Tränen aus.

›Nichts zu machen. In Oregon heißt du Daisy Doll. Und wenn du weinst, setze ich dich am Straßenrand aus.‹

Das traute ich ihr durchaus zu, denn was war ihr nicht zuzutrauen? Statt ihren Mann gemeinsam mit den anderen aus dem Wasser zu hieven und eine bombastische Beerdigung für ihn zu organisieren, hatte sich die Witwe noch am selben Morgen sang- und klanglos aus dem Staub gemacht und wechselte nun unvermittelt ihren Namen, um Oregon zu erkunden, durch das, wie sie sagte, schon viele mutige Pioniere auf ihren dahinrumpelnden Planwagen gezogen waren.

›Lass uns neue Gebiete erobern! Und wenn es sein muss, dann heul eben, dann musst du gleich weniger pinkeln.‹

Ich konnte von Glück sagen, dass ich ihr größtes Goldstück war und sie mich mitnehmen wollte, anstatt mich auszusetzen. Ich setzte all mein Vertrauen und meine Hoffnung in sie.

Bestimmt würde ich bald noch schönere Puppen haben, tröstete ich mich und schluckte meine Tränen hinunter, während mich die nunmehr Leslie Doll Genannte unnachgiebig bis zur Tür des Hauses mit den grauen Schindeln zog, das direkt am Hafen stand. Am Zaun davor hingen alte Fischernetze und mit Korkschwimmern versehene Seile, in die sich tote Krustentiere und vertrocknete Algen verheddert hatten.

Kaum hatte meine Mutter an die Tür geklopft, erschien eine ausgemergelte alte Frau, die uns durch ihre salzverkrusteten Fenster mit den Makrameevorhängen vermutlich längst erspäht hatte. Ihre Erscheinung machte mir Angst, denn von der untergehenden Sonne angestrahlt sah es aus, als würde sie von Kopf bis Fuß brennen: Mütze, Schürze, Stiefel und das wilde Flickenmuster ihrer Strickjacke standen in Flammen.

Lorna zeigte auf das über der Tür angebrachte Schild. ›*Herzlich willkommen in Holy Lodge*‹, las sie in einem Ton vor, der keinen Widerspruch zuließ. ›Gott wird doch sicherlich zwei verirrte Schafe bei sich aufnehmen.‹

Ich begriff, dass meine Mutter sich auf die Fürsprache des erbarmungslosen Richters über alle unsere Schandtaten bezog, mit dem Miss Plunkett ihr immer drohte, wenn sie zornig war. Sie sagte dann, wir liefen große Gefahr, dass Er unser wahres Ich erkennen und uns verstoßen würde!

Die Alte am Fischerhafen konnte jedoch nicht wissen, was für Sünderinnen meine Mutter und ich als ihre treue Anhängerin waren, schließlich standen einem seine Vergehen nicht auf die Stirn geschrieben.

Sie warf einen gierigen Blick auf unser von der langen, regenreichen Fahrt schlammverspritztes Auto. ›Schäfchen im Cadillac, die sieht man hier in Crescent Bay nicht oft‹, sagte sie.

›Schon möglich. Ich habe die Karre bei einer Lotterie gewonnen, aber das war dann wohl eher mein Unglückstag: Sie taugt nicht für die Straßen von Nevada und Idaho, die wir vor uns haben. Wir sind unterwegs zur dortigen Farm meiner lieben Eltern, ich als arme Witwe und meine vaterlose Tochter, die sehr müde ist. Ich würde die Kiste gerne gegen eine eintauschen, die sich besser handhaben lässt, das wäre ein wirklich guter Deal. Wenn Sie also jemanden kennen, der von diesem Glücksfall profitieren und uns diesen Dienst erweisen will, wird Gott Sie segnen‹, stieß meine Mutter ohne Punkt und Komma hervor und setzte dreist ihren Fuß auf die Türschwelle.

Noch im Zurückweichen beäugte die Frau den Cadillac, das letzte Überbleibsel meines Geburtstagspicknicks und unseres Lebens als Stars in Brentwood. Ein protziges Auto, sehr angeberisch, sehr unpraktisch, das schnell den Verdacht auf sich zog, gestohlen zu sein oder Gangstern als Fluchtauto zu dienen.

Ich begann zu begreifen, dass meine Mutter auf ihrer Flucht nichts dem Zufall überließ und ganz bewusst bluffte, weshalb ich mich bemühte, ihre arme, äußerst müde vaterlose Tochter zu spielen, und schon flossen meine Tränen, wie um das zu beweisen. Häufig lässt ein kleines wahres Detail inmitten einer großen Lüge diese glaubhaft erscheinen. Die Realität dreht sich um hundertachtzig Grad, die Puzzleteile setzen sich ebenso logisch zusammen wie das aus verschiedenen Teilen zusammengestückelte Gewand eines Harlekins. Schnell schien mir, mich Daisy, Heidi oder Ginger und sich selbst Leslie oder Lorna zu nennen, ein äußerst schlauer

Schachzug zu sein, um Schwierigkeiten zu vermeiden, genau wie unser unstetes Herumreisen.

Kaum waren wir eingetreten, servierte die Frau uns eine schale Limonade, mit Schmalz bestrichenes Dinkelbrot und Heringe. Lauter Dinge, die ich noch nie gegessen hatte, doch an diesem Tag war ohnehin alles neu. Während die beiden Frauen sich über das Geschäftliche unterhielten, betrachtete ich dieses Haus an der Küste, das für mich in seiner außergewöhnlichen Armseligkeit ein unvergleichliches Kuriosum darstellte: Alles hier bestand aus bizarren Einzelstücken. Da war der Raum selbst, der geflochtene Schuhabtreter, der Spucknapf unter dem Tisch, die raue Holzbank, der Schaukelstuhl, alle Küchenutensilien, der Ofen mit seinem gusseisernen Ofenrohr, das an der niedrigen Decke fixiert war, der goldene, Trompete spielende Engel der Mormonen, der auf einem Regalbrett zwischen dem Salztopf und der Kaffeekanne stand. Ein Schlafzimmer oder eine Badewanne für ein Schaumbad konnte ich nicht entdecken.

Dort also haben wir geschlafen, vollständig angezogen, beide unter der Steppdecke, rauer als das struppige Haar unserer Vermieterin, die die Nacht sitzend auf einem Stuhl verbrachte. Ihr Bett roch nach Meer und etwas anderem, das an Urin erinnerte. Das war der erste Stopp auf unserer langen abenteuerlichen Reise.

Genau wie meine Mutter vermutet hatte, tat die Frau, was in ihrem eigenen Interesse lag: Sie besaß kein Telefon, ging auch nicht vor die Tür, und doch rief sie auf wundersame Weise einen Bekannten und Retter in der Not zu sich, einen Schrotthändler mit Namen Salomon, der nicht weit die Straße hinunter mit Gebrauchtwagen, gebrauchten Reifen und Benzin zu Schleuderpreisen handelte.

Es wurde schon dunkel, als er kam, sein Blaumann von Öl geschwärzt, er selbst von Natur aus schwarz. Mit diesem zuvorkommenden Händler feilschte meine Mutter unnachgiebig um den Preis ihres Autos, ihrem, wie sie sagte, einzigen Besitz, von dem sie jedoch keine Papiere besitze, weil sie es erst tags zuvor bei einem Wohltätigkeitsbasar gewonnen habe, ein guter Mann wie er müsse diese Situation doch verstehen.

Gleichzeitig verstand er, dass unsere Vermieterin eine Vermittlungsgebühr erwartete, von der sie versprach, da Glücksspiele von unserem Herrgott verboten waren, einen entsprechenden Obolus für die Erbauung Seines Königreichs zu spenden. Die drei wurden sich einig, während ich durch die salzverkrusteten Fenster voller Melancholie beobachtete, wie die letzten Fischerboote in den Hafen zurückkehrten, das Licht im Leuchtturm erstrahlte und die letzten Schwalben durch den Nachthimmel flogen.

Wie vereinbart stellte Salomon im Morgengrauen einen viertürigen Torpedo vor der Holy Lodge ab, mit groben Pinselstrichen spinatgrün angemalt, ein aufklappbares Stoffdach und dazu ein von ihm höchstpersönlich runderneuertes Reserverad, das am vorderen Kotflügel fixiert war. Mit dem Gebaren derjenigen, die sich nichts vormachen lässt, ging meine Mutter um das Auto herum, trat gegen die Reifen und öffnete die Kühlerhaube, um sich den Motor anzusehen. Das alles beeindruckte Salomon keineswegs, der ihr hilfsbereit zeigte, wie man in den zweiten Gang schaltete, der etwas klemmte, und wie man mit der Handkurbel startete, ohne sich dabei den Arm zu brechen. Doch Lorna alias Leslie hatte eine solche Blechkiste wohl bereits gefahren, ehe sie auf Luxuskarossen umgestiegen war.

Dann brauste Salomon in unserem schönen Cadillac davon, mit stolz gerecktem Hals, so feierlich, als säße er in Apollons Streitwagen, und wir brachen unsererseits mit der alten Kiste auf, die, wie er beteuert hatte, trotz ihres Aussehens noch viele Kilometer herunterspulen würde. Der neue Wagen war ebenso fahrzeugscheinlos wie unser bisheriger und hatte zudem keine Scheiben in den Türen, aber das war egal, der Fahrtwind störte uns nicht. Tatsächlich tauschte Leslie Doll das Auto zwei Tage später gegen ein anderes ein, dieses Mal sonnenblumengelb, mit Scheiben in den Türen, die sich – was für ein Glück! – zudem herunterkurbeln ließen.

Wir wechselten das Auto noch viele Male, ehe wir den Hafen von Seattle erreichten. Mit jedem Tag entfernten wir uns weiter von unserer lieben Familie, die uns bis in alle Ewigkeit in Idaho erwarten würde, weil wir uns gar nicht in diese Richtung aufgemacht hatten, auch nicht in die von Nevada. Wir fuhren kreuz und quer auf Nebenstraßen durch Oregon, durch ländliche Gebiete mit kahlen Hügeln, auf denen vereinzelte Holzhütten und dürres Vieh standen. Ausgehungerte Hunde mit gelben Zähnen und wildem Blick rannten dem Auto hinterher, und von den Veranden aus sahen uns Trauben von zerlumpten Kindern unter ihren vor der Sonne abgeschirmten Augen hinterher, wenn wir an ihnen vorbeifuhren. Für mein noch junges Hirn, das verlauste, barfüßige Kinder nur aus dem Kino kannte, war das ein lehrreicher Anblick, wie er schlimmer nicht hätte sein können.

›Das Schlimmste ist die Route 66‹, korrigierte mich meine Mutter, als hätte sie meine Gedanken gehört. ›Die Bettler, die dort unterwegs sind, zusammengepfercht in ihren alten Klapperkisten, würden sich gegenseitig zerfleischen, wenn sie noch Zähne hätten.‹

Wann hatte meine Mutter Bekanntschaft mit den Zahnlosen und dieser höllischen Straße gemacht?

Wir fuhren immer weiter, mit knatterndem Motor, ohne jemals durch größere Städte zu kommen, brachten eine Etappe nach der anderen hinter uns, aßen gegrillten Mais, Hotdogs und Orangen, und abends wählte meine Mutter für die Nacht ein verlorenes Kaff wie Crescent Bay. Lauter staubige Orte, oft nur eine einzige Straße, gelegentlich mit einer Bank oder einem Gemischtwarenladen, fünf oder sechs windschiefe Häuser, die Bürgersteige nur ein paar Bohlen, ein paar Schrottkisten sowie ein Karren mit zwei Maultieren schräg dazu abgestellt, eine Wellblechfassade zwischen zwei Schuppen, elektrische Leitungen, die zwischen den

Dächern hingen und sich in der kahlen Landschaft verloren. In den Schaufenstern der Tankstellen von Gibson Motor Co. American Gas – zugleich Poststelle und Autowerkstatt – hingen Reifenschläuche in allen möglichen Größen, dahinter Motels, ebenso heruntergekommen wie die Holy Lodge, und häufig ein Schrottplatz voll klappriger Autos, wo meine Mutter sich ein neues aussuchte. Sie wechselte die Autos wie wir unsere Namen, doch ich blieb ihr größtes Goldstück, daran hielt sie fest. Ich hatte also recht damit, mein Vertrauen und meine Hoffnung in sie zu setzen.

Verstehst du, Bud?

Drei Wochen später gingen wir um fünf Uhr früh in Seattle an Bord der *Prince Rupert*, eines alten Frachtschiffs, das meine Mutter ausgewählt hatte, weil die Überfahrt damit günstig, seine Größe bescheiden und sein Aussehen armselig war. Sein Rumpf war mit großen rostigen Nieten versehen, die Schornsteine schwarz verrußt, die Windhutze hatte einst einen unansehnlichen Grünton gehabt, die Luken waren mit vom Salz verblichenen Gitterrosten verschlossen, und das Deck bestand aus grauen und an vielen Stellen so stark abgenutzten Brettern, dass sie mit Blechplatten ausgebessert waren.

›Dieser Kahn stammt aus dem letzten Jahrhundert‹, beglückwünschte sie sich, als sie ihn vom Kai aus begutachtete, die Hände in die Hüften gestemmt. ›Er hat sicher schon etliche Abenteuer auf hoher See erlebt und Goldsucher und Abenteurer transportiert, in diesen Planken stecken fünfzig Jahre heldenhafter Geschichten.‹

Aus genau diesem Grund würde er innerhalb kürzester Zeit auf dem Schiffsfriedhof landen, doch bis dahin schipperte unser Dampfer im Alexanderarchipel noch von einem Hafen zum nächsten, ohne sich jemals allzu weit von der Küste zu entfernen, verschiffte verschiedene Güter und den ein oder anderen mittellosen Passagier in seinen sechs Kabinen.

Wir dürften es angesichts möglicher Havarien und vorhersehbarer Wetterumschwünge nicht eilig haben, warnte uns der Kapitän, aber das hatten wir ja nicht: Was machten schon irgendwelche unvorhergesehenen Zwischenstopps? Hauptsache, Christa und Petra Apostodès, zu denen wir in Seattle geworden waren, erreichten irgendwann ihr Ziel.

Traurig war nur, dass wir unser letztes Auto zurücklassen mussten. Um dahin zu kommen, wohin wir unterwegs waren, gab es nur den Weg über das Meer, also würden wir uns etwas Neues überlegen müssen, wenn wir wieder festen Boden unter den Füßen hatten.

›Nutz die Zeit bis dahin, atme die gute Seeluft und sperr deine Äuglein gut auf, meine Kleine‹, ermahnte mich meine Mutter, als uns der Kapitän großzügig einlud, zusammen mit ihm und anderen Passagieren, die beim Ablegen zusehen wollten, auf die Back zu kommen.

So weit oben erfasste mich Schwindel, und meine Mutter drückte mich mit einem Knie gegen die Reling, die zu hoch war, als dass ich Knirps das Ablegemanöver tatsächlich hätte verfolgen können. Mit aller Kraft klammerte ich mich an das klebrige Geländer, ganz erschrocken über das heftige Strudeln des Wassers, aufgewühlt durch die Schrauben, das Kreischen der unzähligen Möwen und das verschnupft tutende Schiffshorn, das uns vom Hafen verabschiedete, vor allen Dingen aber über die schrecklichen Vibrationen, die den Rumpf erschütterten. Als würden die Maschinen im Frachtraum gleich explodieren, das Schiff unter unseren Füßen auseinanderbrechen und wir wie die Wracks untergehen, die an den Bootsanlegern tief im Wasser lagen. Aber ich gewöhnte mich schnell an das metallische Grollen unter den Planken und blickte wieder mit Zuversicht auf unser Schicksal. Stotternd legte das Schiff an Geschwindigkeit zu und schob sich in den dichten grünen Nebel, und schon nach wenigen Minuten war das Festland nicht mehr zu sehen. Wir waren von der dichten, nach Dieselrauch stinkenden Suppe umgeben, Kurs auf das unsichtbare Unbekannte, das sich aber sicherlich eines Tages in seiner ganzen Pracht präsentieren würde, wenn der Bug unseres tapferen Schiffes den Hafen unserer Träume erreicht hätte.

Schnell wurde mir klar, dass wir die einzigen weiblichen Passagiere an Bord waren, was auch unseren Begleitern, der Crew und den anderen Passagieren nicht entging. Aber wir waren keine verängstigten Gänse, die sich davon einschüchtern ließen. Wir waren gestählte Seebären, trugen alte Regenmäntel und ausgekochte wollene Unterhosen, Flanellhemden und feste Schuhe, die meine Mutter bei einem jüdischen Altkleiderhändler erstanden hatte, in dessen Laden hinter den Docks alle mögliche Seemannskleidung kreuz und quer von der Decke hing. Einst waren Matrosen damit herumgereist, vielleicht auf Walfang von Alaska bis nach Kap Hoorn. Doch vom Jod und der salzigen Gischt war nichts mehr zu riechen, die Stoffe verströmten nur den Geruch von Mottenkugeln, der einen zum Niesen brachte: Der Kleiderhändler hatte alle Taschen damit vollgestopft, denn seine Feinde waren nicht länger der Seegang oder die Stürme, die Masten brechen ließen, sondern die Motten, diese verfluchten Biester, die den Textilhandel ruinierten. Jedenfalls besaß er einen ordentlichen Haufen Klamotten von Schiffsjungen, die mir passten, wenn man sie nur etwas umkrempelte. Er verkaufte auch Seesäcke, die aus den Beständen des US-Militärs stammten und in die meine Mutter das Allernotwendigste aus dem Kofferraum packte. Es ist wohl an der Zeit, aufzuzählen, worum es sich dabei handelte: ein notdürftiges Bündel Wechselkleidung, darunter ihre Nerzstola, die in ein Geschirrtuch gewickelt war, ein Fernglas, eine Tasche voller Unterlagen, Karten und anderer Dinge, die ich erst später entdecken sollte, ein Koffer mit Kupferbeschlägen an den Ecken, der eine unglaubliche Menge alter Zeitungsausschnitte enthielt, und einen Colt, wie jenen, den diese verfluchten Mafiosi immer bei sich trugen. Nicht zu vergessen ihr Schminkköfferchen, von dem meine Mutter behauptete, es könne es angesichts der Widrigkeiten des Lebens mit allen Handfeuerwaffen aufnehmen.

Nachdem wir tagelang im Zickzackkurs über idyllische Landstraßen gefahren waren, war die Seefahrt sehr eintönig, und ich besaß keine Spielsachen, um mich abzulenken, keine Bibel und keine Bilderbücher, in denen ich hätte blättern können. Gleichzeitig traute ich mich nicht, wieder mit Daumenlutschen anzufangen, jetzt, wo mein sechster Geburtstag vorbei war. Aus dem Bullauge unserer Kabine starrte ich in den dichten grün-schwarzen Nebel, der das Schiff umgab. Die auf Hochtouren laufenden Motoren trieben es voran, dennoch schien es auf der Stelle zu stehen. Es bäumte sich auf, tauchte wieder in die Fluten, große Fontänen spritzten am Rumpf auf, sodass ich aus meinem Bullauge nichts mehr sah und vor Angst zurückwich, nur um kurz darauf die Nase wieder an die Scheibe zu pressen, immer in der Hoffnung, einen Hafen zu entdecken.

Unsere Kabine war so eng, dass immer nur eine von uns zwischen den beiden Kojen stehen konnte, doch meine Mutter lag eh die meiste Zeit halb ausgestreckt auf ihrer und studierte im großen blauen Lichtkegel ihrer Nachtlampe mit kritischem Blick ihre Karten.

Ich weiß nicht, warum, doch mit der Zeit war ich mir sicher, dass sie diese nicht zum ersten Mal betrachtete, sondern sie diese tatsächlich lange vor unserem überstürzten Aufbruch in Brentwood besorgt haben musste.

Ich kam vor Langeweile fast um, wusste nichts mit mir anzufangen, also schlüpfte ich aus der Kabine, was meine Mutter nicht sonderlich kümmerte, um mich mit dem ein oder anderen bekannt zu machen und deren Eigentümlichkeiten herauszufinden, indem ich meine Äuglein weit aufsperrte. An Deck war es häufig kalt und regnerisch, der Wind wehte mit heftigen Böen, doch unter der Kapuze meines Regenmantels, meine Kabinendecke fest um die Schultern geschlungen, fürchtete ich mich nicht vor dem

Unwetter, und dank meiner geringen Größe passte ich mich dem Stampfen des Schiffes an; ich war seefest.

Wie empfohlen, atmete ich die Luft des weiten, nach wie vor unsichtbaren Meeres tief ein, beobachtete die Besatzung, die das Deck putzte und wienerte, den Koch, wie er eines der zerzausten Hühner aus seinem Käfig zog, es schlachtete und rupfte oder Kidneybohneneintopf auf kleiner Flamme garte und gleichzeitig drohte, die Ratten, die an Deck herumrannten, am Spieß zu servieren, aber das sagte er nur zum Spaß. Ich interessierte mich vor allem für den Bootsmann, einen kleinen, schmalbrüstigen schlauen Fuchs, der, eingezwängt in seine enge Weste, immer wieder die Maschinisten mit seiner Trillerpfeife schikanierte, aber auch für die regelmäßigen Fahrgäste auf dieser Strecke, die trotz des Stampfens über Stunden hinweg rauchend Poker spielten und die, wie ich schließlich erfahren sollte, herausragende Jäger waren.

Einer von ihnen hieß Gibbons. Er hatte einen struppigen Bart und kommandierte seine Freunde Aarne und Magnus herum, zwei dänische Zwillinge mit so hellblonden Haaren und Augenbrauen, dass sie fast schon weiß wirkten, ebenso wie ihren Partner Mickey, der diesen Spitznamen wegen seiner abstehenden Ohren hatte. Sehr groß und behaart. Mich faszinierte, dass die Zwillinge absolut gleich aussahen, also suchte ich nach etwas, woran ich sie unterscheiden konnte, und eines Tages, als sie sich mit nacktem Oberkörper wuschen, glaubte ich, es gefunden zu haben. Das war mein kleines Geheimnis.

Es dauerte nicht lange, bis ich von all diesen Leuten gemocht wurde, weil ich mein Milchzahnlächeln und meine Puppenbäckchen dazu einsetzte, sie zu umgarnen, allen voran Kapitän Preston, dessen Maskottchen ich sofort wurde.

Dieser Autorität ausstrahlende Mann sah gut aus in seiner weißen Uniform mit den Goldknöpfen und Tressen und mit dem gewachsten Bart. Er war wohl traurig darüber, dass er seine Frau und sein geliebtes Kind, das etwa in meinem Alter war, an Land hatte zurücklassen müssen. Es könnte Vorteile haben, sagte ich mir, diese Rivalin auszustechen und von ihm adoptiert zu werden, damit er mich vor den Widrigkeiten des Lebens beschützte, während ich darauf wartete, ein eigenes Schminkköfferchen zu haben. Er ließ mich über die Niedergänge bis in den Maschinenraum hinabsteigen, achtete darauf, dass ich den gefährlichen Pleuelstangen nicht zu nahe kam, die im Gestank von Diesel und Schmierfett vibrierten, und zeigte mir die Kommandobrücke mit den nautischen Geräten und dem Kompass, die er mit Virtuosität bediente, und wo er den unverständlichen genäselten Funksprüchen lauschte und die blinkenden Knöpfe überblickte, während die Nadeln in dem allgemeinen heftigen Zittern schwankten und das Knarzen nie aufhörte.

Bei Tag und bei Nacht lebten wir im Rhythmus dieses großen Meerestiers, in dessen Bauch ich mir vorkam, als wäre ich die wertvollste Person. Deutlich wertvoller als zu meiner Zeit in Brentwood, mit der ich nicht prahlte, da meine Mutter mir gedroht hatte, dass sie mich, sollte ich jemandem erzählen, wo wir herkamen, über Bord werfen würde, damit ich meinen Vater inmitten der Knochen und gebleichten Barten in den eisigen Untiefen Gesellschaft leisten könne.

Ich glaubte ihr kein Wort.

Ich interpretierte ihren Scherz als freundschaftlichen Hinweis auf unsere Abmachung. Von nun an hatte sie nur noch mich, und ich hatte nur noch sie, wir waren ein Team, ich musste mich ihrer Kühnheit, ihrer Güte und ihrem Scharfsinn gewachsen zeigen. Im Übrigen löste sich die Erinnerung an meine früheste Kindheit mühelos von mir, sofern mein Gedächtnis überhaupt Spuren dieser unverständlichen Ereignisse, ihre Trugbilder und Illusionen bewahrte, denn erst in der Hütte von Kloo Lake, wo ich unter der Decke der Hudson's Bay Company weinend am Etikett saugte, tauchte das Bild meines quallengleich an den Strand von Santa Monica gespülten Vaters wieder in mir auf. Auf dem Schiff hatte ich meine kurze zuckersüße Vergangenheit als Shirley Temple vergessen. Dort war ich ein furchtloses Schiffsmädchen, neugierig auf alles, was es zu entdecken gab. Wer hier kam schon auf die Idee, sich mich mit Engelslöckchen und rosa Bäckchen als kleinen Filmstar vorzustellen?

Als der Bootsmann mich rundheraus fragte, was meine Mutter in Skagway zu tun beabsichtige, musste ich mich, da mir dieser Name unbekannt war, nicht sonderlich anstrengen, um die Überraschte zu spielen. Ich legte einen Finger an die Lippen, zog die Augenbrauen hoch und klimperte mit den Wimpern, wie ich das bei anderen jungen Schauspielerinnen gesehen hatte. Das war wohl so amüsant, dass er mir zuzwinkerte und sich unter seinem Schnurrbart ein verstohlenes Lächeln abzeichnete.

Es war kein unbedeutender Sieg, den finsteren Mann etwas aufzuheitern, der oft nervös zusammenzuckte, da er die riesige Verantwortung trug, unser Schiff zu steuern und die Matrosen zusammenzustauchen. Sein Lächeln beruhigte mich wie das von Charlie Chaplin, der als Vagabund das Waisenkind adoptierte, zumal ich, so als Junge ausstaffiert, selbst einem Straßenkind ähnelte. Wir würden ein drolliges Paar abgeben, sollten wir Freunde werden.

Der Bootsmann fragte mich nicht noch einmal nach den Plänen meiner Mutter, doch ich sah, dass er ihr verstohlene Blicke zuwarf, wenn sie sich abends bei Tisch mit dem Kapitän unterhielt. Geschickt hatte sie erreicht, dass wir von Anfang an dorthin eingeladen wurden, wo sie sich als erfahrene Reisende ausgab, die die Gesellschaft von Männern nicht fürchtete. Ungeniert nuckelte sie an den Fischgräten, wischte sich den Mund mit dem Unterarm ab und leerte ihr Ginger Beer in einem Zug.

Sie behauptete, ihr schwacher ausländischer Akzent, den zweifellos alle bemerkt hätten, sei griechischen Ursprungs, ebenso ihre gebräunte Haut und ihre tiefschwarzen Augen. Englisch habe sie in Philadelphia gelernt, wohin ihre Eltern immigriert seien und wo sie einen Handel mit Schwämmen aufgezogen hätten. Jetzt sei sie auf dem Weg zu ihrem nach Skagway vorausgereisten Onkel, der ausloten wolle, ob es sich lohne, diesen Artikel auch dorthin zu exportieren. Sie solle Erkundigungen über diesen bedeutenden Hafen einholen, wo er mit ihrer Hilfe durch den Handel mit Pflege- und Hygieneprodukten reich zu werden hoffe. Das löste allgemeine Heiterkeit bei den Anwesenden aus, denn die Einheimischen, so sagten sie, schätzen den Gebrauch von Schwämmen kaum, noch weniger den von Seife: Gegen die Kälte und die Parasiten gäbe es nichts Besseres, als eine ordentliche Schicht Dreck. Unbedarftes Interesse heuchelnd gab Petra Apostodès vor, sie würde ihren Sarkasmus für einen freundschaftlichen Ratschlag halten. Das wiederum ließ mich denken, dass ihr die Neugier des Bootsmannes nicht entgangen war und ihr Gerede nur dazu gedacht war, seinen Verdacht zu zerstreuen, indem sie seinen Fragen zuvorkam, und ich bewunderte sie für ihre Unverfrorenheit und ihren Einfallsreichtum.

Diese Sache mit Skagway und unserem neuen griechischen Onkel beschäftigte mich eine Weile, dann vergaß ich sie, denn am nächsten Tag war ich im Morgengrauen der erste Passagier an Deck, der sah, dass sich etwas tat. Der Nebel verzog sich, wir wurden langsamer, als näherten wir uns einem gefährlichen Hindernis. Eine undurchdringliche Masse mit dunklen Umrissen tauchte vor uns auf, kleine Buchten ließen sich an der kargen Küste ausmachen, kurz darauf die Silhouetten von kümmerlichen Bäumen, von Riffen, so nah, dass wir auf Grund zu laufen drohten, sollten wir sie streifen. Dann ertönte das große Nebelhorn wie ein verzweifelter Elefantenschrei und gleich darauf das hektische Gebimmel einer Glocke. Das Echo hallte von sehr fern zu uns zurück, alles fing an zu vibrieren, vom Rumpf über die Windsäcke und Schornsteine, bis hin zum zusammengeflickten Deck. Der Lärm verursachte ein gefechtsreifes Durcheinander. Mit vom Schlaf zerzausten Haaren eilten alle geradewegs an die Reling, zitternd vor Aufregung, erleichtert lachend. Der unausgesprochene Beweis, wie sehr wir alle befürchtet hatten, als Schiffbrüchige auf dem großen Meer zu treiben, der Unwissenheit der Männer an Bord und diesem überalterten Kahn ausgeliefert. Gelassen führte unser Kapitän Preston in seinem schicken weißen Outfit das Manöver durch, erteilte Befehle, ohne sich zu seiner Mannschaft umzudrehen, die ihm aufs Wort gehorchte.

›Zehn Grad nach Steuerbord, zwanzig Grad‹, brüllte er.

Wir änderten den Kurs und verringerten die Geschwindigkeit durch die aufgewühlte See, in der schwarze Eisblöcke trieben. Ächzend und am ganzen Rumpf zitternd schob sich das Schiff in die Meerenge zwischen den triefend nassen Bergwänden, an deren hinterem Ende dicht gedrängte und an den Hang des nebelverhangenen Berges geschmiegte, zinkgedeckte, glänzende Dächer auftauchten. Das da war keine Stadt, nicht einmal ein Dorf, höchstens ein lächerlicher Weiler. Da fragte man sich, wie man ihn finden konnte, so gut versteckt am Ende der Bucht. Als wir näher kamen, zeichneten sich kleine Holzgebäude ab, dicht an dicht auf einem Pfahlwerk errichtet, das den Anlegesteg bildete. Daneben ein goldener Zwiebelkirchturm, und schließlich tauchten hohe Masten mit riesigen Augen und bedrohlichen Vogelschnäbeln in Blau, Ocker und Rot auf, die von weißen Möwen und schwarzen Raben umkreist wurden.

›Du brauchst keine Angst zu haben, das sind die indianischen Totems von Ketchikan‹, sagte der Bootsmann, wobei sein Atem, der nach Kautabak, gegrilltem Speck und Kaffee roch, kleine Wölkchen bildete.

Ich hatte nicht bemerkt, dass er so dicht neben mir stand. Zitternd klammerte ich mich an seinen schmierigen Regenmantel, voller Ungeduld, endlich wieder festen Boden unter den Füßen zu haben, und voller Furcht davor, dass diese schrecklichen Vögel sich auf mich stürzen könnten.

Doch er tätschelte mir nur die Wange. ›Die Tongass stellen diese Pfähle auf, um ihre Götter zu ehren und sich vor ihnen zu schützen‹, sagte er. ›Du wirst noch viele von denen zu sehen bekommen.‹

Ich bekam keine anderen zu sehen, außer in meiner Erinnerung und in meinen Träumen. Von Herman, der weit herumgekommen war, erfuhr ich später, dass es ein Brauch der Tongass ist, diese Pfähle zu schnitzen und zu bemalen und so von der Vergangenheit des Clans und den ruhmreichen Geistern zu erzählen. Für diejenigen, die sie zu entziffern wissen, sind sie wie eine Bibliothek. Doch das wusste ich zu jenem Zeitpunkt noch nicht.

Meine Mutter kam als Letzte an Deck, um das Anlegemanöver zu verfolgen. Sie hatte sich Zeit gelassen, um sich aufzuhübschen. Obwohl sie in ihrem unförmigen alten Regenmantel und derben Herrenstiefeln erschien, erinnerte sie mit dem roten, um die schwarzen Haare gewickelten Tuch, dem Lippenstift im selben Rot und den getuschten Wimpern an eine elegante Dame, bereit für einen mondänen Empfang. Wie groß war ihre Enttäuschung, als sie sah, dass dieser so lang ersehnte Hafen nichts weiter war als ein Dreißig-Seelen-Kaff, das sich fröstelnd an den Fuß des kargen Berges drängte, an dem der Regen hinunterfloss und von wo uns als Empfangskomitee nur ein paar Gestalten auf Motorbooten entgegenkamen.

Als erst der Buganker, dann der Heckanker mit lautem Kettengeklirr abgelassen wurden, neigte sich das Schiff zur Seite, erst auf die eine, dann auf die andere, und schwankte schlimmer als auf dem offenen Meer.

›Ausweichen, ausweichen!‹, schrie der Kapitän, jetzt wo wir nur noch knapp hundert Meter vom Kai entfernt waren oder dem, was hier diese Funktion übernahm.

›Wir krängen‹, antwortete der Oberbootsmann und trillerte sich die Lunge aus dem Leib.

Nach einem heftigen Ruck fand die *Prince Rupert* schließlich ihr Gleichgewicht wieder. In der plötzlichen Stille hörten wir die ohrenbetäubenden Schreie der Meeresvögel und der riesigen Raben, die auf uns herabstießen, als hielten sie uns für ihre Feinde. Während der Bootsmann meiner verstimmten Mutter erklärte, dass wir die Anker aufgrund unserer Beladung und der mangelnden Wassertiefe nicht näher am Ufer auswerfen konnten, blieb ich bei meiner Überzeugung, dass diese grausamen Vögel die Rachegeister der Totems waren, die uns von ihrem heiligen Boden vertreiben wollten.

Aber da stießen auch schon die auf unserem Kielwasser schaukelnden Boote gegen den Rumpf, die Männer warfen ihre Trosse herauf, und die Matrosen warfen ihnen die Seile der Flaschenzüge hinab. Ich war so gut ich konnte auf einen Rettungsring geklettert und beobachtete aufmerksam das fieberhafte Treiben, die faltigen, wettergegerbten Gesichter der Einheimischen, ihre von Regen und Schmiere glänzenden Öljacken. Ein Gestank zog von ihren Decks herauf, die mit widerlichem Zeug beladen waren, das sie allein durch Muskelkraft nach oben beförderten, schlecht mit Tuch verschnürte Bündel, aus denen Felle und Pelze herausragten. Genau daher rührte dieser abscheuliche Gestank.

Gibbons und seine Freunde lehnten Pfeife rauchend an der Reling und kommentierten die Ladung, während sie selbstgefällig Rauchwolken ausstießen. Ihnen zufolge war Wrangell im Alexanderarchipel die beste Gegend fürs Fallenstellen und den Fellhandel, und genau dorthin waren sie mit ihrer Ausrüstung, den Gewehren und Zelten unterwegs, um auf die Jagd zu gehen. Ungeduldig warteten sie darauf, endlich anzukommen und von Bord zu gehen.

Nachdem die gesamte Ladung an Bord genommen war, seilten wir unsererseits riesige Pakete mit Nahrungsmitteln, Ausrüstungsgegenständen und gusseisernem Bergbauwerkzeug über die Luken auf die Boote ab. Feierlich wurden die versiegelten Postpakete ausgetauscht, schließlich stellte unser Frachtschiff auch den Postverkehr sicher. In der ganzen Zeit, in der der Bootsmann alles registrierte und die Begleitscheine abzeichnete, lud uns niemand ein, von Bord zu gehen, damit wir diese malerische russische Kirche und die Totems besichtigen konnten. Dann legten die Boote schon wieder ab, und wenige Stunden später stachen auch wir erneut in See.

Dabei wurde mir klar, wie gefährlich es gewesen wäre, näher am kleinen Hafen von Ketchikan vor Anker zu gehen. Wir hätten bis in alle Ewigkeit in dieser Bucht festhängen können. Da sie zu eng war, um zu wenden, mussten wir rückwärts auslaufen. Hier wurde das Geschick von Kapitän Preston deutlich, seine Virtuosität als echter Seebär. Langsam und begleitet von lautem Krachen fuhren wir rückwärts, Dampf schoss durch den schwarzen Rauch, den die Schornsteine ausstießen, nach und nach verschwand das Ufer in der grauen Suppe, bis wir schließlich wenden und, umgeben von einem höllischen Strudeln des Wassers, wieder Fahrt aufnehmen konnten.

Ich war neben den Kapitän auf die Back geklettert, der mich aus dem schrecklichen Hafen errettet hatte, der verschwunden war, als hätte er nie existiert. Jetzt, da ich wusste, wohin wir unterwegs waren, sah ich wieder zuversichtlich in die Zukunft, und dann löste sich unvermittelt der letzte Dunst vor uns auf. Wie durch Zauberhand erstreckte sich das ruhige Meer unter einem wolkenlosen Himmel: Azurblau, Kobaltblau, Silberblau, Türkisblau, Opalblau – die gesamte Blaupalette des Universums war vertreten, unendlich nuancenreich, und von der strahlenden Sonne mit glitzernden Goldpailletten versehen. Meine Mutter drückte mich an sich, ich sog ihren Gardenienduft ein und war glücklich.

Es bereitete mir ein unbändiges Vergnügen, Kaska immer wieder den Ozean zu beschreiben, den sie noch nie gesehen hatte. Sie kannte nur die Fjorde und Seen ihres Landes, diese unzähligen wilden Seen, die die Wälder durchziehen, der größte von ihnen der Kluane Lake, unweit unserer Hütte in Kloo Lake. Doch wie groß er auch sein mochte, bei schönem Wetter sah man das gegenüberliegende Ufer, manchmal, behauptete sie, sogar das Handelshaus von Burwash Landing und die wenigen, zwischen wuchernden Pflanzen verteilten Dächer des Ortes, dazu die riesige Bergkette, die sich im Westen erhob. Doch auch wenn die Gewitter und Gletscherwinde häufig schreckliche Stürme verursachten und gewaltige Wellen auftürmten, die über die Boote mit ihrer Besatzung und ihren Passagieren hinwegspülten, so war das doch nichts im Vergleich zur Weite des Ozeans, den ich an jenem Tag unter der grandiosen Mittagssonne entdeckt hatte. Ich nutzte ihre Gutgläubigkeit manchmal aus, weil es das Einzige war, mit dem ich mich brüsten konnte, während sie, die über keine Unzulänglichkeit zu verfügen schien, mir tausend Dinge beibrachte, von denen ich nichts wusste. Sie konnte den Kluane Lake noch so oft zusammen mit Herman im Kanu überquert oder ihn zu Fuß umrundet haben – wofür sie eine Woche brauchten –, ich konnte damit angeben, die unendliche Weite des Ozeans gesehen zu haben, seine Schönheit und seine unvorstellbaren Gefahren.

Ich log, als ich damit angab, denn in Wahrheit waren wir nie auf dem offenen Meer unterwegs gewesen, sondern durch die Inside Passage gefahren, die sich zwischen den unzähligen Inseln des Alexanderarchipels Richtung Norden dahinschlängelt.

Nachdem es aufgeklart hatte, hatten wir das Festland stets in Sichtweite. Vom Nebel befreit zeichneten sich vor uns nahe und ferne Inseln ab, manche von ihnen nichts weiter als Riffe, so klein, dass nur ein Baum auf ihnen wuchs, der zusammen mit einer Vogelkolonie die mit grünem Moos überzogenen Felsen bevölkerte, an anderen, größeren, schipperten wir über eine Stunde entlang, ohne dass wir eine Siedlung entdeckt hätten. Sehr weit im Osten, entlang der Kette schwindelerregender, verschneiter Gipfel, waren der glitzernde Fjord mit den gewaltigen blauen Gletscherzungen, die senkrecht ins schwarze Wasser stürzten, und die Berge von knisterndem Grau, die hervorspringenden Felswände von der untergehenden Sonne mit rosafarbenem, kupfernem und intensiv rotem Leuchten überzogen. Man hätte sie für übergroße Bogen Goldpapier halten können, zerknittert von der Hand eines Riesen. Durch das Fernglas sahen sie so nah aus, dass ich meinte, sie berühren zu können. Von überallher ertönten Orgelklänge, die Rufe von Muscheln wie das Arpeggio von Harfen, so mächtig, dass der Gesang auch dann noch zu hören war, als ich mir mit beiden Händen die Ohren zuhielt. Nicht das Meer heulte, sondern der Wind, der ganz nach Belieben auf den Bergen und Gletschern spielte, wie auf einer Trommel, einem Blas- oder Streichinstrument, er erschuf seine Symphonie, die das ruhige Schwappen der Wellen und das ferne Kreischen der Möwen in unserem Kielwasser übertönte.

Ich riss meine Äuglein weit auf, nicht um meiner Mutter zu gehorchen, sondern weil ich diese großartige Schönheit in mich aufnehmen wollte. Statt mir meiner Bedeutungslosigkeit bewusst zu werden, während wir auf dieser unglaublich zerbrechlichen Nussschale den Wogen ausgeliefert waren und ich nichts als ein in der Unendlichkeit unsichtbarer Halm war, erfüllte mich vielmehr zum ersten Mal der Stolz, ein Teil des großen Ganzen zu sein und mich allein mit der Kraft meines jungen Geistes den Elementen entgegenzustellen.

Das schöne Wetter hielt zwei Tage an, an denen ich meinen Posten nicht verließ, mich nicht sattsehen konnte an diesem sich beständig erneuernden Schauspiel, berauscht vom Wind und der salzigen Luft. Abends war ich so müde vom Ausschau halten, dass ich mich bei Tisch auf den Knien meiner Mutter ausstreckte, gewiegt vom Stampfen des Schiffes und den Stimmen der Gäste.

Als wir uns Wrangell näherten, steckten wir wie bei unserer Abfahrt erneut in einer undurchdringlichen Suppe. Alles versank in Dunkelheit, denn wir waren spät dran und kamen erst bei Nacht an. Ich kniete auf meiner Koje, die Nase an das Bullauge unserer

Kabine gepresst, und entdeckte ein paar Laternen, die den Nebel durchbrachen, sowie Gestalten, die auf dem Kai zugange waren. Dieses Mal legte unser Schiff wirklich an, wurde fest vertäut, reglos und vollkommen sicher. Gibbons und seine Freunde stiegen mit ihrer Jagdausrüstung die Gangway hinunter und verschwanden in der Nacht, ohne sich von uns zu verabschieden. Ich hörte das Geschrei der Hafenarbeiter, die einen Teil der Ladung löschten und das Schiff neu beluden, doch plötzlich war ich so müde, dass ich im Sitzen auf meiner Decke wegdöste.

Am nächsten Tag waren wir die letzten Passagiere, die weiter in den großen Nordwesten fuhren. In Petersburg legten wir einen weiteren Zwischenstopp ein, dem ich kaum noch Beachtung schenkte, der Warenumschlag interessierte mich inzwischen weniger, außerdem war ich von all diesen unbedeutenden Orten und den immer gleichen Schiffsmanövern gelangweilt, sie verzögerten nur unsere Ankunft. Ich wollte endlich weiterfahren, in den Bug klettern, um als Erste unseren Zielhafen zu erspähen.

Doch die Atmosphäre auf dem Schiff hatte sich verändert. Der Kapitän, der Bootsmann und die Mannschaft hatten keine Zeit mehr für mich. Alle waren mürrisch, stritten sich, warfen sich zwischen Frachtraum und Kommandobrücke Warnungen und Befehle an den Kopf und machten einander Vorwürfe. Da stand ich ihnen besser nicht im Weg herum oder ärgerte sie. Bald begriff ich, dass uns aufgrund einer Pleuelstange, die kein Mechaniker auf hoher See auswechseln konnte, eine Panne drohte und wir großes Glück hätten, sollte sie bis Juneau halten. Andernfalls würden wir hoffnungslos dahintreiben. Die Männer an Bord beschimpften einander, ohne auf mich zu achten oder zu befürchten, sie könnten mir Angst einjagen. Ich flüchtete mich in die Kabine, wo ich meiner Mutter umgehend die Neuigkeit mitteilte, die sie nicht sonderlich zu sorgen schien. Sie war viel zu beschäftigt mit dem Inhalt ihrer Aktenmappe. Das ließ mich an ihrem bislang so sicheren Urteilsvermögen zweifeln. Ich tat den ganzen Tag, als würde ich mit der Stirn auf den verschränkten Unterarmen schlafen, hörte aber zu, wie das Schiff zitterte, stöhnte und schmerzhaft stotterte. Jedes Zucken seines großen Rumpfs erschütterte mich, als wäre sein Körper zugleich meiner, sein Herz und seine Lunge die meinen. Ich redete mir ein, ich könnte sein asthmatisches Keuchen mit sehr tiefen, ruhigen Atemzügen beruhigen, würde ihm so durch reine Willensstärke helfen, eine weitere Seemeile durchzuhalten, und dann noch eine, bis zu einem Hafen, wo wir gerettet wären, ganz egal ob nun in Juneau oder Skagway oder an einem verlorenen Fleck voll schrecklicher Totems wie Ketchikan.

Doch es nutzte nichts.

Als wir am nächsten Tag aufwachten, herrschte Totenstille, das Unglück war geschehen. Und das nur meinetwegen! Nur weil ich dem Schlaf nicht widerstanden und nicht die ganze Nacht hindurch mit aller Kraft geatmet hatte, um die Maschinen und die beschädigte Pleuelstange weiter anzutreiben, würden wir jetzt untergehen, absinken zu den Walen und Orcas in die eisigen Untiefen. Ich fing an zu weinen. Um mich zu beruhigen, hielt mir meine Mutter den Kopf unter das kalte und ziemlich brackige Wasser unseres Waschbeckens, sodass ich nur umso lauter weinte. Dann kämmte sie meine vom Salz verkrusteten Haare.

›Dann hast du wenigstens einen Grund zu weinen‹, sagte sie, zog mir den Kamm, den ich seit unserer Abfahrt nicht gesehen hatte, unwirsch durch die Haare und riss sie mir büschelweise aus. Die Anstrengung, mir das Weinen zu verkneifen, brachte auch meine Angst zum Schweigen, und ich nahm mir beherrscht ein Beispiel an meiner Mutter. Sie nahm ihr Schminkköfferchen zur Hand und legte Make-up auf, band sich das rote Tuch erneut um das Haar und wurde wieder zu der vermeintlichen Griechin, unterwegs zu ihrem Onkel, um ihr Glück zu machen.

›Angesichts widriger Umstände ist es immer gut, sich erst mal ein bisschen aufzudonnern‹, riet sie mir.

Zurechtgemacht wie zwei vornehme Damen gingen wir an Deck, wo der Kapitän in eine Unterredung mit der Mannschaft verwickelt war, aus der hervorging, dass uns schon bald ein angefunkter Schleppdampfer zu Hilfe kommen und uns bis nach Juneau ziehen würde. Langsam, damit die Pleuelstange nicht vollends brach. Dort würden dann ein paar erfahrene Mechaniker die Panne beheben, das dauere nur ein paar Stunden, verkündete der Kapitän selbstsicher. Der Bootsmann schien anderer Meinung zu sein. Äußerst gereizt zuckte er noch heftiger zusammen als sonst – sofern das überhaupt möglich war –, zerrte an seiner engen Weste, kaute auf seiner Trillerpfeife herum, die ein leises, verärgertes Quieken ausstieß, und zischte zwischen zusammengebissenen Zähnen unheilvolle Vorahnungen, dieses Mal sei wirklich alles im Eimer.

Galant bot der Kapitän meiner Mutter den Arm an und verkündete ihr leise, aber laut genug, dass alle es hörten: ›Die *Prince Rupert* trägt den Namen des ersten Gouverneurs der Hudson's Bay Company. Dieser ruhmreiche Eroberer vieler Gebiete wird uns nicht im Stich lassen!‹

Mir war durchaus klar, dass er hier nur so große Töne spuckte, um sich selbst zu beruhigen und den Bootsmann zu verspotten.

›Weiter nichts als die kleinen Unwägbarkeiten einer Reise‹, fügte er schalkhaft hinzu, um uns die letzten Sorgen zu nehmen. ›Mit vollem Bauch geht es uns allen wieder besser.‹

An dem weiß gedeckten Tisch servierte uns der Koch pochierte Eier mit gegrilltem Kotelett, knusprige Pancakes, Räucherlachs und, als besonderen Leckerbissen für mich, Orangenmarmelade. Das außergewöhnliche Festessen sollte uns von unserer misslichen Lage ablenken. Meine Mutter aß, als wäre alles in Ordnung, und ich tat es ihr gleich. Sollte die Situation ihre Pläne durchkreuzen, sann sie bestimmt bereits über einen Ausweg nach.

Den ganzen Tag warteten wir sehnlichst auf das Eintreffen des Schleppdampfers, spähten zwischen den Inseln zum Horizont, wo er auftauchen sollte. Die Stunden verrannen, ohne dass er zu sehen war, in der Ferne fuhren lediglich Fischerboote vorbei, die sich nicht um uns kümmerten. Ich vertrieb mir die Langeweile, indem ich den untätigen Matrosen beim Kartenspielen zusah, während sie den Kautabak auf den Boden spuckten, sich die Fingernägel, mit denen sie Flöhe zerquetschten, mit dem Messer säuberten und die Ratten fröhlich über die Reling, die Taue hoch und über die Rettungsringe sausten. Jetzt, wo wir nicht mehr weiterfuhren, konnten sie sich nach Lust und Laune austoben. Wir waren von Eisblöcken umgeben, die an der Wasseroberfläche schwammen und deren Knarzen die finstere Stille durchbrach, während wir vom Seegang langsam in Richtung des fernen Eisbergs Taku geschoben wurden, dessen kolossale Wand uns unaufhaltsam anzuziehen schien. Bei der Tiefe hier war es völlig ausgeschlossen, den Anker zu werfen, um an Ort und Stelle zu verharren. Doch wie sollte uns der Schleppdampfer so finden, verloren inmitten dieser unzähligen Inseln des Archipels, zumal jetzt die Nacht hereinbrach und unsere Signallichter wahrscheinlich vom Nebel verschluckt würden? Wäre es nicht besser, mit unseren Schwimmwesten in die Rettungsboote zu springen? Was passierte, wenn uns die Wellen gegen die Klippen am Ufer warfen oder wir in einer unwirtlichen Bucht strandeten, wo mit Kriegsbemalung beschmierte Rothäute unter Kriegsgeheul vergiftete Pfeile auf uns abschossen, das Schiff enterten und uns mit schrecklich verzerrtem Gesicht skalpierten wie in den Western, die ich mit Miss Plunkett gesehen hatte?

Als ich Kaska von meiner Furcht vor den Indianern erzählte und woher ich wusste, wie blutrünstig sie seien, lachte diese schallend, dann kniff sie ihre kleinen Fledermausaugen zusammen und zog angesichts der Lügengeschichten der Weißen eine Grimasse. ›Die Weißen sind die eigentlichen Wilden, sie sind Dummköpfe‹, sagte sie.

Doch zum Zeitpunkt der Panne der *Prince Rupert* kannte ich Kaska noch nicht, da lebten wir noch nicht mit ihr und Herman in der Hütte von Kloo Lake, und ich war noch nicht zu Fuchsnase geworden. Stattdessen betrachtete ich die in der Nacht kalt und hart glänzenden Sterne, die den Gefahren, die uns drohten, gegenüber gleichgültig waren. Die Schönheit der Elemente begeisterte mich nicht mehr, mich schauderte vor ihrer unmenschlichen Grausamkeit.

Am nächsten Morgen konnten wir unter Freudenschreien endlich den Schleppdampfer begrüßen. Wir versammelten uns an der Reling, klatschten und winkten alle. Im Vergleich zu unserem Schiff war der Schlepper sehr klein, aber er war neu und schnittig, frisch gestrichen in Weiß und Grün. Die Kommandobrücke war mit Scheibenwischern versehen, seine Radarantenne drehte sich wie wild, und der kräftige Motor knatterte fröhlich vor sich hin.

Der an der Reling des Schiffes stehende Kapitän schüttelte jedoch entsetzt und zornig den Kopf, angesichts des rostigen Rumpfes, der behelfsmäßig angebrachten Nieten und der einst grünen Schornsteine. Seine Herablassung brachte ihm umgehend meine Abneigung ein, ich war erschüttert von meiner Verurteilung, vor allem aber war ich gekränkt, weil er unserem tapferen Boot so wenig Achtung entgegenbrachte, wo es doch so vielen Gefahren getrotzt hatte, genau wie der große Eroberer der Gebiete rund um die Hudson Bay.

Im Handumdrehen vertäute er unser Schiff und schleppte es bis nach Juneau, das nur fünfzehn Seemeilen hinter den geisterhaften Bergen und den bläulichen Gletschern lag, die wir schon seit dem Vorabend sehen konnten. Ohne seine Heiterkeit zu verlieren, spottete unser Kapitän über den Bootsmann und dessen defätistische Vorhersagen und rieb sich die Hände: Er gehe jede Wette ein, dass der Schaden in weniger als einem Tag repariert sei.

Langsam fuhren wir in die immer schmaler werdende Fahrrinne von Gastineau. Was für ein beeindruckendes Panorama, als wir uns dem Hafen von Juneau näherten, dem größten, den wir bislang angefahren hatten, überragt von zerklüfteten Bergen, auf denen ewiger Schnee lag.

›Links sehen Sie Douglas Island‹, informierte der Kapitän meine Mutter. ›Da den Mount Jumbo, dort drüben den Mount Robert. Die Treadwell Gold Mining Company sucht dort nach Gold, Silber und Nickel, davon gibt es in der Gegend reichlich‹, tönte er großspurig, als würde all das ihm gehören. Dann beugte er sich zu mir und sagte neckend: ›Stell dir vor, dass sich unter diesen Bergen der verborgene Schatz von Ali Baba befindet.‹ Dann lachte er.

Ich war nicht so dumm wie seine Tochter, dass ich diesen Quatsch glaubte. Ich sah sehr wohl, dass wir nicht an einem Schatz, sondern an den Ruinen einer ehemaligen Stadt vorbeifuhren, deren geschwärzte Holzhäuser sich am Ufer zusammendrängten, erbärmlicher als alles, was man sich ausmalen konnte. Dann zogen Lagerhäuser mit behelfsmäßig gemalten Schildern vorbei, Fischerboote reihten sich am Kai aneinander, und dahinter, an den Hängen, die Bergbauanlagen mit ihren Abraumhalden, den braunen Fels- und Erdrutschen, ihren mit Bohlen verstärkten Metallgerüsten mit den Flaschenzügen und den Baracken auf ihren skelettartigen Stützpfählen, die die Berge weiter oben wie ein riesiges Spinnennetz überzogen.

Als schließlich die Stadt selbst auftauchte, war sie nichts weiter als eine Ansammlung von großen mehrstöckigen Gebäuden, dicht an dicht gebaut, und schiefen Hütten aus grauen Brettern und Rost, die sich zwischen den Kiefern an den Hang klammerten, wo ein goldener zwiebelförmiger Glockenturm und Zinkdächer wie in Ketchikan aufragten. Am Kai mit den grünlichen Stegen, um die sich Algen und Netze geschlungen hatten, stand eine noch nicht deutlich erkennbare Menschenmenge und beobachtete, wie wir in den Hafen einfuhren. Dort würden wir, dem Kapitän zufolge, nur einen Zwischenstopp von ein paar Stunden einlegen und dann weiter nach Skagway fahren, wohin wir weitere zwei Tage unterwegs wären.

Doch dem war nicht so. Unser Schiff wurde nicht repariert, und zudem erklärte der Hafenkommandant es für nicht seetüchtig. Wir hätten es nur durch ein Seefahrtswunder bis nach Juneau geschafft, vielleicht auch durch die Einmischung des Teufels höchstpersönlich.

Schon am ersten Abend gingen die Männer mit geschultertem Seesack über die Gangway von Bord. Ohne die weitere Entwicklung abzuwarten, gingen sie jede Wette ein, dass es länger als einen Tag dauern würde, die Maschinen zu reparieren, und zogen es vor, irgendeine andere Arbeit im Hafen anzunehmen, statt nichts zu tun zu haben. Der Koch dachte nicht daran, für die wenigen Leute zu kochen, die zum Essen kamen, also tischte er uns ein kaltes Abendbrot bestehend aus Resten auf.

Auch wenn der Kapitän weiterhin große Töne spuckte, demoralisierte ihn die Fahnenflucht seiner Besatzung doch etwas. Der Bootsmann schwieg missbilligend und döste über seinem Teller mit geräuchertem Fisch und rohen Zwiebeln ein.

Meine Mutter gab sich bekümmert, diese Havarie durchkreuze ihre Pläne, ihr Onkel mache sich bestimmt Sorgen, wenn wir nicht wie vereinbart in Skagway einträfen. Und doch bedachte sie den Kapitän mit ihrem Schneewittchenlächeln und klimperte mit den Augen – an seiner Stelle wäre ich misstrauisch geworden.

Um das Thema zu wechseln, fragte sie ihn, was er vorhabe, wenn er wieder zurück in Seattle sei, und erkundigte sich nach seiner Frau und seiner kleinen Tochter, zu denen es ihn sicherlich zurückziehe, woraufhin er unaufgefordert einige Fotos aus seinem Geldbeutel zog. Ich stellte fest, dass wir nichts mit diesen Püppchen gemeinsam hatten, die nichts anderes taten, als in der Küchenschürze herumzustolzieren und mit dem Nudelholz in der Hand Kuchen für das Schulfest zu backen, wo sich dann eine ganze Schar dämlicher Kinder wie ängstliche kleine Ferkel an ihre Mütter pressten. Ich war nicht länger eifersüchtig auf meine Rivalin um das Herz des Kapitäns, ohne Skrupel löste ich mich bereits von ihm.

Eine überaus weise Entscheidung, wie sich tags darauf herausstellte, als er von seinem hohen Ross heruntersteigen musste und sich gezwungen sah, die Experten aus Juneau an Bord zu lassen, die den Maschinenraum inspizierten und unzählige Dokumente mitnahmen, um diese den Beamten der Reederei Messageries Maritimes vorzulegen.

In meiner Undankbarkeit vergaß ich seine vergangenen Meisterleistungen - wie er uns zum Beispiel unter Einsatz des Kompasses und über Funk Befehle erteilend im Rückwärtsgang aus Ketchikan herausmanövriert hatte. Auch unser stolzes Schiff verließ ich ohne Bedauern, als schließlich auch wir mit unseren Habseligkeiten von Bord gingen.

Das Hotel Alaska, in dem wir ein Zimmer bekamen, wirkte trist im Vergleich zum Grand Rockwell, dem elegantesten aller Hotels an der Hauptstraße, in dem Kapitän Preston noch am selben Tag Quartier bezog, um den Ausgang der Untersuchung abzuwarten.

Nach über einer Woche auf See hatte ich endlich wieder festen Boden unter den Füßen! Doch kaum war ich auf den Kai gesprungen, waren meine Beine wie aus Watte, alles unter meinen Füßen fing an zu schwanken. Es war, als stiege die Stadt zum Himmel, während der Berg unter dem Bootsanleger versank. Ich schwankte, als hätte ich eine ganze Flasche Ruinart ausgetrunken. Und wie damals im Auto erbrach ich mich, obwohl ich seit dem Vorabend nichts gegessen hatte, angewidert von dem Gestank von Abwässern und Schlick, und war eingeschnappt, als die Fischer und Indianer in schallendes Gelächter ausbrachen.

Ich, die ich während der ganzen Überfahrt kein einziges Mal seekrank gewesen war, war nun landkrank. Doch das beweise nur, dass ich ein echter Matrose sei, beglückwünschte mich der Bootsmann. Er gab mir ein Stück Ingwer, das ich kauen sollte und das so scharf war, dass meine Übelkeit verschwand. Außerdem trug er einem herumlungernden Indianer auf, unser Gepäck auf einer Sackkarre bis zum Hotel zu bringen.

Obwohl ich landkrank war, fiel mir auf, dass diese ›Rothäute‹ gar nicht die in den Schwarz-Weiß-Western behauptete rote Haut hatten. Sie war einfach nur gebräunt, so wie der Wind der offenen See die Haut der Matrosen gegerbt hatte, ihre eher flachen Gesichter unterschieden sich kaum von unseren, und auch wenn einige Narben an den Wangen oder an der Stirn hatten, so hatte ich in Brentwood Kerle gesehen, die deutlich vernarbter gewesen waren.

Unser Hotel, eigentlich eine Pension für Minenarbeiter und mittellose Frauen, roch nach muffiger Wäsche und kaltem Rauch. Aber obwohl unser Zimmer klein war, verfügte es über ein echtes Bett und ein größeres Waschbecken als das in der Kajüte. Man konnte sich zu zweit dort aufhalten, ohne sich auf die Zehen zu treten.

Meine Mutter betrachtete die feuchte, an manchen Stellen aufgeworfene Tapete, das wurmstichige Parkett und sah unter die Matratze aus Angst vor Wanzen. ›Kommt nicht infrage, dass wir lange hierbleiben‹, bestimmte sie mit einem Lächeln, das ich bereits kannte und das nichts Gutes für diejenigen vorhersagte, die vorhatten, sie übers Ohr zu hauen.

Sie belagerte das Grand Rockwell Hotel, in dessen Salon Kapitän Preston genüsslich Sherry trank und wo er mit den dort logierenden, parfümierten Damen, deren Gesellschaft ihn seine Sorgen vergessen ließ, Billard oder Poker spielte, während er die sich hinziehenden Ermittlungen abwartete. Von diesen Frauen mit den tief ausgeschnittenen Dekolletés wie in einem Gangsterfilm behauptete meine Mutter, es seien Prostituierte, doch sie stellte sich gut mit ihnen, damit sie es ihr ermöglichten, vertrauliche Gespräche mit ihrem neuen Widersacher zu führen.

Sie hatte nämlich beschlossen, ihn zu nötigen, uns die Hälfte der Kosten unserer Überfahrt zu erstatten und darüber hinaus für unseren Zwangsaufenthalt in dieser stinkenden Bruchbude aufzukommen. Der Kapitän warf ihr weder ihre abfälligen Äußerungen noch ihre Forderungen vor. Im Gegenteil, er versuchte, sie zu besänftigen, indem er ihr versprach, dass wir schon bald wieder in See stechen würden, dass dieser Aufenthalt nur eine kleine Verzögerung bedeute. Er führte uns herum, zeigte uns die von Spiegeln verkleideten Wände und die Plakate, die das Vermögen anpriesen, das man hier machen konnte.

Diese Werbung sei uralt, warnte mich meine Mutter, die Zeit des Schlaraffenlandes vorbei, große Gesellschaften hätten die Minen aufgekauft und die Goldgruben leer geräumt, eine tote Kuh könne man nicht melken. Der Reichtum von heute liege im schwarzen Gold, aber das habe sich anscheinend noch nicht bis hier herumgesprochen.

Ein paarmal gingen wir nach unten zum Hafen, wo unablässig kleine Fischkutter anlegten und abfuhren, aber auch luxuriöse Kreuzfahrtschiffe für eine Nacht haltmachten. Neben ihnen wirkte die verlassene und unbeleuchtete *Prince Rupert* wie ein Geisterschiff. Ohne sie eines Blickes zu würdigen, besah sich meine Mutter die Boote und erkundigte sich bei den Leuten, die sich dort herumtrieben, nach deren Zielhäfen. Ich befürchtete schon, sie wollte uns auf einen der Kähne verfrachten, deren winzige verglasten Ruderhäuser, engen Decks und mit alten Muscheln bedeckten Rümpfe bei mir nichts als Verachtung hervorriefen.

Die restliche Zeit über schlenderten wir durch die nicht gerade weitläufige Stadt. Die Hauptstraße war als einzige mit dem Auto befahrbar. Sie war von verrauchten Schenken, mehreren Banken, Läden für Bergbauausrüstung und anderes Werkzeug, einem Fotografen, einem Friseur- und Barbiersalon und einem Postamt gesäumt. Abseits davon verlor man sich in zwielichtigen Gässchen mit steilen Treppen und einem Labyrinth aus windschiefen Häusern und Elendsquartieren, die wegen der häufigen Erdrutsche am Hang auf einem Pfahlwerk errichtet waren und in denen die Arbeiterfamilien mit ihren Kindern sehr beengt wohnten. Manchmal stießen wir auf einen Betrunkenen, der irgendwo im Schlamm lag.

Meine Mutter schleppte mich bei diesen Spaziergängen nur

deshalb mit, damit ich, wie sie sagte, etwas Erfahrung sammelte, an der frischen Luft war und mir ein wenig die Beine vertrat. Ihre waren dabei wie Blei, so schwer hatte sie an der Tasche zu tragen, am Colt in der Manteltasche und am breiten um die Taille geschnürten Gürtel, vollgestopft mit Scheinen, von denen sie sich niemals trennte, wenn wir unser Zimmer verließen. Sie misstraute diesem Ort des Grauens.

Eines Abends, als wir trotz des Regens unterwegs waren, trafen wir auf den Bootsmann, der rasch über die Straße auf uns zulief. Er habe soeben erfahren, dass unser Schiff nicht mehr auslaufen dürfe. Noch wisse das niemand außer ihm, flüsterte er meiner Mutter zu, sah sich dabei nach allen Richtungen um und ließ durchblicken, dass er diese verhängnisvolle Nachricht nur seinen persönlichen Beziehungen verdanke. In seiner zu kurzen Hose mit den Hosenträgern, dem engen Jackett und den Schnürstiefeln sah er Charlie Chaplin so ähnlich wie noch nie.

Er nahm sich unser an und führte uns in den nahen Laden eines Freundes, bei dem er momentan untergekommen war.

»Ein Landsmann von Ihnen, ein Grieche«, sagte er und zwinkerte meiner Mutter dabei schalkhaft zu, die bei dieser Bemerkung kicherte, als hätte er einen guten Witz gemacht.

Nie hätte ich gedacht, dass ein so winziger Raum mit so vielen Artikeln vollgestopft sein oder eine derart heftige Duftmischung verströmen könnte – das hier war wahrhaftig die Schatzhöhle von Ali Baba. Im dürftigen Licht einer gelblichen Glühbirne schimmerten gestapelte Konservendosen in der Dunkelheit, Fläschchen mit medizinischen Lotionen und Lebertran, ein ganzes Sammelsurium von verzinnten Gerätschaften, Messer mit geschnitzten Horngriffen, es gab unzählige prall gefüllte Jutesäcke, Sauerteige, Speck, Tabakrollen, vor allem aber hingen an Haken alle möglichen Fleischsorten, geräucherte Fische und Kränze mit Zwiebeln, Knoblauch, Pfefferschoten sowie Gewürzen und letztlich eine lange helle Traube Schwämme, richtige Schwämme aus Kalymnos, wenn man dem danebenstehenden Werbeschild Glauben schenken konnte.

Inmitten dieses Chaos saß ein Mann namens Kostas am Tresen, das bestickte Hemd von einem Ledergürtel zusammengehalten, vor sich ein Glas Ouzo und eine Tasse türkischen Kaffee, der auf einem Gaskocher vor sich hin köchelte. Dieser griechische Gemischtwarenhändler hatte krauses, stark gegeltes Haar und einen überaus attraktiven aufgezwirbelten schwarzen Schnurrbart. Er bot mir ein Stück Grießkuchen mit Honig an, der einzigartig war. Er war so köstlich, dass ich mich auch nach all den Jahren noch daran erinnere. Ich erinnere mich auch an das Getuschel der drei in der wohlriechenden Höhle, wo sie Ouzo schlürfend mit zusammengesteckten Köpfen dasaßen. Ich glaube, meiner Mutter gefiel es, wenn Kostas' bestickter Hemdsärmel wie zufällig ihr Handgelenk streifte, der breite Samt seiner Hose ihr Knie, so tief sah sie mit ihren kohlrabenschwarzen Augen in seine lakritzfarbenen, und so begeistert hörte sie ihm zu, als er seine zahlreiche, von Kos und Leros stammende Verwandtschaft aufzählte, seine Onkel und Cousins aus Armenien oder der Türkei, die in der Heimat geblieben waren. In der wohligen Wärme im Laden döste ich schließlich auf einem der Getreidesäcke ein, reiste, eingelullt von ihrem Gemurmel, mit ihm auf den Winden des griechischen Gottes Zephyr durch meine Träume.

Dennoch bekam ich im Halbschlaf mit, wie sie ausheckten, dass wir an Bord eines der kleinen Kähne gehen würden, um unseren Zielort zu erreichen. Der, wie könnte es auch anders sein, nicht etwa Skagway war, der Zielhafen der *Prince Rupert,* so sie denn weiterfahren könnte, sondern der Hafen von Haines, auf der gegenüberliegenden Seite des Lynn Canal, mehrere Seemeilen nördlich von Juneau. Fracht- und Vergnügungsschiffe hielten dort nur noch selten, und auch unser Schiff wäre daran vorbeigefahren, ohne dass wir hätten von Bord gehen können.

Genau das war das Problem, mit dem sich Lorna del Rio herumgeschlagen hatte, als sie in unserer Kabine im blauen Licht ihrer Nachtlampe die Karten studiert hatte. Kein befahrbarer Weg führte in diese abgelegene Region, der Hafen von Haines war nur über den Seeweg zu erreichen. Wie also dort hinkommen, wenn sie erst einmal in diesem Loch von Skagway festhing, wenn sie nicht ihr Vertrauen in der erstbesten Hinterwäldler setzen wollte, der angeblich weder Schwamm noch Seife kannte? Vielleicht durchkreuzte dieser unvorhergesehene Zwischenstopp in Juneau ihre Pläne also gar nicht, sondern bot ihr vielmehr die ideale Gelegenheit, ihr Ziel leichter zu erreichen.

Natürlich hatte sie das dem Kapitän nicht gesagt, sondern sich ausgerechnet, dass sie dank dieser unvorhergesehenen Panne einen ordentlichen Preisnachlass auf unsere Tickets aushandeln könnte, um damit dann unsere Fahrt über den Fjord von Juneau nach Haines zu bezahlen.

Vergnügt beglückwünschten ihre beiden neuen Freunde sie zu dieser kleinen Abzocke, ohne von all den anderen Gaunereien zu wissen, die den vorherigen Kapiteln ihres Lebens eine gewisse Würze verliehen hatten.

Wenn meine Mutter ihnen ihren wahren Zielort nannte, sagte ich mir, dann deshalb, weil der Bootsmann, dieser schlaue Fuchs, so etwas bereits geahnt hatte. Statt ihn zu kränken und ihre Lüge aufrechtzuerhalten, machte sie ihn zu ihrem Komplizen. Die Menschen sind immer geschmeichelt, wenn sie glauben, einen durchschaut zu haben.

Das alles erklärte mir jedoch noch nicht, warum meine Mutter Haines als Ziel unserer Überfahrt gewählt hatte. Den beiden Männern nannte sie ebenfalls keinen Grund, aber sie versuchten auch gar nicht, herauszufinden, was sie in dieser abgelegenen Ecke des Fjords vorhatte. Sie amüsierten sich lediglich über den Streich, den meine Mutter dem Kapitän spielen wollte, der so eingenommen von sich und seiner Befehlsgewalt war, dass er sich im Grand Rockwell Hotel beim Poker von den Damen mit den tiefen Dekolletés ausnehmen ließ. Oder aber sie hatten schon verrücktere Reisende kennengelernt, die von den Erzvorkommen in Porcupine, Rainy Hollow oder noch weiter entfernt angelockt worden waren, und erachteten die Expedition meiner Mutter als die Marotte einer durchgeknallten Abenteurerin. Vielleicht lachten sie auch in sich hinein bei der Vorstellung, sie eines Tages unverrichteter Dinge wieder in Juneau aufkreuzen zu sehen, wie das bei so vielen der *cheechakos* der Fall war, die auf den Traum vom vielen Gold hereingefallen waren. Männer halten Frauen immer für schwach, und diese beiden ahnten ja nicht, was für eine Frau meine Mutter war und dass das Gold, nach dem sie suchte, nicht in irgendwelchen Minen zu finden war.

Wie dem auch sei, die beiden schlugen sich entschieden auf ihre Seite und überhäuften sie mit guten Ratschlägen, erklärten sich bereit, möglichst schnell den besten Mann für die Überfahrt für sie zu finden, schrieben den Namen eines Händlers auf eine Zeitungsecke, an den sie sich wenden könne, sobald sie in Haines angelandet sei, um sich von Kopf bis Fuß mit allem ausstatten zu lassen, was sie als Anfängerin zum Schürfen benötige. Sie bestärkten sie in ihrem Vorhaben, von dem sie nichts wussten, warnten sie jedoch davor, dass der Fjord – ihnen zufolge der tiefste weltweit – seine Tücken bei der Überfahrt habe. Unzählige Boote hätten dort schon Schiffbruch erlitten: So sei 1910 die *SS Princess May* auf das Riff vor dem Leuchtturm auf Sentinel Island getrieben worden, 1918 das Dampfschiff *SS Princess Sofia* mit nahezu dreihundertfünfzig Passagieren an Bord untergegangen. Und auch in jüngerer Zeit hätten viele Sportsegler und unvorsichtige Fischer dort diesen schrecklichsten aller Tode gefunden. Viele ihrer Gräber befänden sich auf dem Friedhof von Haines, der direkt am Ufer liege, doch insgesamt habe man nur wenige von ihnen herausfischen können, das eisige Wasser halte die Leichen gefangen.

Falls sie meine Mutter mit diesen Warnungen abschrecken

wollten, dann war diese Mühe umsonst. Welche Warnung hätte ihre Entschlossenheit ins Wanken gebracht? Sie kam von so weit her, um das zu suchen, wovon ihr Leben abhing, da würde sie sich sicherlich weder von Sturzbächen, Blizzards oder Schnee noch von Bären, Wölfen oder gar dem Menschen, bei Weitem das grausamste aller Tiere, abschrecken lassen.

Als am darauffolgenden Tag offiziell verkündet wurde, dass die *Prince Rupert* nicht seetüchtig sei, suchte meine Mutter den Kapitän auf, um sich zu verabschieden. Wir fanden ihn in der Lobby des Hotels, wo er unter den verblassten Plakaten melancholisch auf seine abgekauten Nägel starrte. Dabei hatte er sich groß herausgeputzt, den Schnurrbart gewachst und duftete nach Rasierseife, wie ein Mann, der dem Schicksal die Stirn bieten will. Es war schwer zu sagen, ob seine geröteten Augen dem Kummer über dieses Ergebnis der Untersuchung oder dem Sherry zuzuschreiben war, den er die ganze Nacht über in galanter Gesellschaft getrunken hatte, ob er wirklich Lust hatte, nach Hause zurückzukehren und sich im trauten Heim von seiner Ehefrau mit Kuchen vollstopfen zu lassen, oder ob er lieber auf einem anderen Schiff anheuern wollte, um weiterhin im hohen Norden in See zu stechen. Jedenfalls war er so niedergeschlagen angesichts dieser verhängnisvollen Nachricht, dass er meiner Mutter umstandslos die gewünschte Summe – großzügig aufgerundet – aushändigte. Vielleicht glaubte er, sich so von seinen Sünden freikaufen zu können.

›Liebe Mrs Apostodès, Sie sollten sich in Anchorage niederlassen‹, riet er ihr freundlich. ›Das ist die einzige moderne Stadt in ganz Alaska. Mit einem Flughafen, russisch-orthodoxen Kirchen, Theatern, komfortablen Hotels mit Badewannen und Zentralheizung, Schönheitssalons, Wäschereien und vor allem Badehäusern. Für den Handel Ihres Herrn Onkels mit Schwämmen wäre dieser Ort besser geeignet als Skagway.‹

Dann legte er mir die Hand so liebevoll auf den Kopf, dass ich Gewissensbisse bekam, weil ich schlecht über ihn gedacht hatte. ›Pass gut auf deine Mama auf, kleiner Schiffsjunge‹, sagte er und beugte sich dabei so weit nach unten, dass ich seinen von Alkohol und Traurigkeit bitteren Atem riechen konnte.

Hätte er gewusst, in welchem Luxus wir in Brentwood gelebt hatten, hätte er ihr diesen gottverlassenen Ort nicht so angepriesen. Aber wie hätte er bei unserer Aufmachung und unserem spärlichen Gepäck auch ahnen sollen, dass er hier die Witwe und das vaterlose Kind des Filmproduzenten Campbell vor sich hatte, die zusammen auf der Flucht waren.

Genau das waren wir nämlich, wie mir nach all den Strapazen unserer Reise über Land und das Meer langsam dämmerte. Doch in jenem Moment waren die Lügengeschichten meiner Mutter, unsere wechselnden Identitäten und ihre unverfrorenen Flunkereien noch ein Spiel für mich.

Wie ich befürchtet hatte, bestiegen wir gleich tags darauf einen Kahn, den unsere Freunde für uns ausgesucht hatten.

›Vertrauen Sie Jim, er ist der Beste‹, versicherten sie ihr.

Dem Kapitän hinterließen wir unsere Rechnung vom Hotel Alaska und beauftragten einen der Indianer, unsere Siebensachen bis zum Bootsanleger zu bringen, wo Kostas und der Bootsmann, vertieft in eine Unterhaltung mit unserem neuen Kapitän Jim Donegan, auf uns warteten.

Noch ehe ich seine Bekanntschaft machte, hegte ich eine tiefe Abneigung gegenüber diesem Mann, dem meine Mutter so leichtfertig unser Schicksal anvertraute. Doch entgegen aller Erwartung machte er vom ersten Moment an einen ebenso sympathischen Eindruck auf mich wie der griechische Kaufmann, auch wenn er meiner Schätzung nach doppelt so alt war. Erwachsene wirken auf Kinder immer sehr alt, doch dieser hier hatte ein so zerknittertes, verlebtes, wettergegerbtes und abgehärmtes Gesicht, man hätte ihn für einen geräucherten Hering halten können. Nur sein breites, strahlend weißes Lächeln ließ an einen Haifisch denken, der genau wusste, wie man den schrecklichen Gefahren des Lynn Canal trotzen konnte.

Sein Steuermann, ein junger Indianer namens Kluk, war schlank wie ein Eichhörnchen, mit flinken, fließenden Gesten und freundlichem Gesicht. Da er wie ich bei dem Gespräch außen vor gelassen wurde, spielte er auf seiner Mundharmonika eine Melodie, die mir einen wohltuenden Schauer der Wehmut über den Rücken laufen ließ. Er saß auf einem Poller und gab vor, mich zu ignorieren, doch ich wusste, dass er diese Melodie nur für mich spielte, als Zeichen der Freundschaft, verführt von meinen Puppenbäckchen und den langen Klimperwimpern.

Der Fischkutter hingegen machte einen ganz miserablen Eindruck auf mich. Er war noch heruntergekommener als die anderen und winzig klein. Diese Nussschale lief bereits im Hafen Gefahr unterzugehen. Was würde erst passieren, wenn sie den Wogen mitten auf dem Fjord ausgesetzt war?

Sobald ich auf das Zwischendeck hinuntergestiegen war, machte ich es mir zwischen den Fässern, den Jutesäcken und unserem Gepäck gemütlich. Letztlich war es, abgesehen vom Gestank nach Fisch, ganz bequem, auch wenn so wenig Platz war, dass ich nicht einmal mehr die Zehen bewegen konnte.

Bevor wir an Bord gegangen waren, hatten wir uns noch von unseren lieben Freunden verabschiedet, die wir zurückließen – für immer, wie ich glaubte. Ich wusste noch nicht, dass die lebensfeindliche Weite dieses unbewohnten Landstrichs die Leute nicht etwa zerstreut, sondern sie einander näherbringt: Jeder im Umkreis von tausend Kilometern weiß, wer wen getroffen hat, wer aufgebrochen oder zurückgekommen ist. Die unbedeutendste Nachricht verbreitet sich trotz der großen Entfernungen schnell, und keiner bleibt in dieser Einsamkeit unerkannt.

Für den Moment aber hieß es Lebewohl sagen. Kostas schenkte meiner Mutter den größten Schwamm seiner Sammlung und nutzte die Gelegenheit, ihre Wangen länger als notwendig zu küssen, während ich mich an das speckige Jackett des Bootsmannes krallte und einen Kloß im Hals hatte, weil ich nicht länger sein Kid sein würde.

Bis dahin hatte es mich nicht sonderlich gestört, wenn meine Mutter irgendwelche Zufallsbekanntschaften auftat, sie nach Lust und Laune ausnutzte und ungeniert sitzen ließ. Dieses Mal kam mir urplötzlich der Gedanke, dass sie bei Gelegenheit vielleicht auch mich zurücklassen könnte, sollte ich ihr lästig werden, was mich wieder an unsere Spaziergänge an den Stränden und in der Wüste erinnerte. Bei dieser schrecklichen Vorstellung krampfte sich mein Magen stärker zusammen als angesichts der möglichen Gefahren des Fjords.

Ich wusste einfach nicht, wie sehr sie an mir hing, verstehst du, Bud?

Kaum hatten wir den Hafen verlassen, verflüchtigten sich meine Ängste aber auch schon wieder. Zusammengekauert auf dem Zwischendeck wurde ich zuerst vom Gähnen übermannt, dann fing ich an, mit den Zähnen zu knirschen, und kurz darauf wurde ich von Krämpfen und Brechreiz geschüttelt. Meine Eingeweide, wie von einem Haufen wimmelnder Krabben verschlungen, dazu das beängstigende Auf und Ab der Wellen, das mich in die schwindelerregende Tiefe der eisigen Gruft zog, in der mit verzerrten Gesichtern die Leichen der Ertrunkenen des Fjordes ruhten. Ich erbrach meine Seele und das Porridge, das ich zum Frühstück gegessen hatte, in den Kupfertopf, den Jim Donegan mir vorsorglich hingestellt hatte. Er war davon ausgegangen, dass mir schlecht würde.

Mir war so elend, dass er mich schließlich lachend wie einen Welpen aus meiner Nische zog und mich, sabbernd, weinend und stoßweise atmend, hinter dem Ruder festband.

Wie sehr sehnte ich mich nach dem leichten Schwindel meiner Landkrankheit, und kein Ingwer da, den ich kauen konnte. Wann würden wir endlich dieses Getöse von Regen und Hagel hinter uns lassen? Blitze durchzuckten den Himmel in alle Richtungen, ließen aber nichts erkennen, nichts als schweren Wellengang. Die Wogen donnerten gegen unseren Rumpf, hoben uns streitsüchtig auf ihren Rücken, dass unser Bug erst senkrecht in die Höhe ragte, bevor er wieder flach nach unten knallte, wobei die Scheiben des Ruderhauses vollgespritzt wurden und der müde Scheibenwischer mit dem beständigen Wasserschwall kämpfen musste.

Jim Donegan aber fuhr stur geradeaus, er war ja auch der Beste. Mit ruhiger Hand goss er sich Kaffee in den Blechbecher und stellte die Kaffeekanne auf den siedend heißen Kocher zurück. Sein ans Steuerruder gelehntes Gebiss entblößte alle Zähne, die dieser Hai nur trug, um den Damen zu gefallen. Wenn es ernst wurde, befreite er sich von diesem Ballast. Breitbeinig stand er da, als Einziger vollkommen ruhig, und rief Kluk hin und wieder zu, er solle den Motor hochjagen, der dann unter unseren Füßen umso kräftiger rumorte, hustete und knatterte.

›Das ist nur eine Mütze voll Wind, wir durchqueren gerade die Windgasse der Gletscher‹, erklärte er mir mit zahnlosem Mund. ›Siehst du, du bist gar nicht mehr seekrank.‹

Tatsächlich, ich war wie durch Magie geheilt! Neben ihm wurde mein Kopf wieder klar und ich wieder seefest. Kluk steckte den Kopf aus der Luke und schenkte mir ein süßes Lächeln, aus Freundschaft oder aus Hohn? Aber wo war meine Mutter abgeblieben?

Jim deutete mit dem Kinn zu ihr. Sie stand mit offenen Haaren hinter dem dichten Dieselrauch, den der Wind nach unten drückte, und stellte sich den tosenden Elementen, glich mit dem Oberkörper das Auf und Ab des Bugs aus, ließ Hagel und Böen über sich ergehen. Wie die antike Marmorstatue einer Göttin, die den Seeleuten Glück bringt, wie eine weibliche Galionsfigur auf Eroberungskurs erstrahlte meine Mutter inmitten der Blitze, durchschnitt den Raum und wies uns die Richtung, und ich erzitterte vor Stolz angesichts ihrer Schönheit.

Die Überquerung des Lynn Canal dauerte nur wenige Stunden. Das war kurz verglichen mit dem dreiwöchigen Zickzackkurs über Land bis nach Seattle oder mit der Zeit, die wir auf der *Prince Rupert* im Meer verbracht hatten, ehe wir eine weitere Woche in Juneau gestrandet waren, dennoch kam es mir so vor, als hätten wir genau in dieser Zeit eine Grenze überschritten, als läge, ohne dass wir es wussten, genau da die Trennlinie zwischen der bekannten Welt und der unberührten, endlosen Weite, deren Geheimnis keine Karte offenbart. Hinter uns verschwand der alte Kontinent, trieb zusammen mit der Vergangenheit davon, während sich vor mir die sonnige Zukunft auftat. Ganz unvermittelt hatte sich das Unwetter gelegt.

Wie am Ende eines finsteren Tunnels blendete uns das sommerliche Leuchten, so klar, so hell, als wäre die Landschaft durch seine Lupe vergrößert. In der Ferne zeichnete sich eine von Tannen gesäumte Bucht ab, an deren Ende sich kleine Hütten als weiße und rote Tupfen über den Hang verteilten. Darüber glitzerten die verschneiten Berge unter dem Azurblau wie ein edles Schmuckkästchen. Endlich waren wir wohlbehalten am anderen Ufer des Fjords angelangt.

Ich fand sofort Gefallen an diesem fröhlichen Ort, der sich sehr von den Häfen unterschied, die wir bisher gesehen hatten, vom finsteren Ketchikan, vor allem aber vom tristen Juneau, das so verregnet und von Rost überzogen war. Wir näherten uns einer auf Pfeilern ruhenden Anlegestelle, die weit ins Wasser hinausragte, an der zahlreiche Fischerboote mit ihren schiefen Masten und Kajüten vertäut waren, umkreist von unzähligen Möwen im Tiefflug, die sich plötzlich mit einem Flügelschlag und lautem, ängstlichen Gekreische zerstreuten. Ein riesengroßer, majestätischer Vogel war aufgetaucht und schwebte über uns, bis wir festgemacht hatten, er allein hatte die Möwen und Raben dazu veranlasst, weiter ins Landesinnere zu flüchten.

›Das ist ein Adler, ein Weißkopfseeadler‹, rief Jim, der sein Gebiss wieder eingesetzt hatte. ›Er hat eine Spannweite von über zwei Meter, das ist ein Weibchen! Sie sind größer als die Männchen. Ihr Junges hat noch keine weißen Schwanzfedern und keinen weißen Hals, sie hat es von den höchsten Gipfeln, wo ihr Nest ist, hierhergeführt, damit es selbst einen Fisch fängt. Sieh nur, wie sie sich auf den Strand setzen. Es ist ein gutes Zeichen, dass sie vom Himmel heruntergekommen ist, das wird euch Glück bringen.‹

Wenn dieser königliche Adler uns hier willkommen hieß, dann würden uns auch die anderen Wildtiere, der Wald, die Berge, die Gletscher, alle Wunder, die dieses weitläufige Land zu bieten hatte, wohlgesonnen sein, sagte ich mir, das Herz erfüllt von Freude und Dankbarkeit für dieses Zeichen des Schicksals.

Ich war sechs Jahre alt. Ich zweifelte an nichts, vor allem nicht an den Verdiensten meiner Mutter. In meinen Augen waren ihr Stolz, ihr Mumm und ihre Geistesgegenwart den Schutz des weiblichen Weißkopfseeadlers wert: Wie die Königin der Gipfel leitete sie mich an, während ich darauf wartete, dass mir Flügel wuchsen. Mir entgingen ihre kleinen Schwächen nicht, ihr Hang zur Selbstdarstellung und ihre Vorliebe für Empfänge oder für das Sonnenbaden, auch nicht ihre Schwäche für Kapitänstressen und Samthosen von Gemischtwarenhändlern, aber all das verzieh ich ihr. Viel zu sehr bewunderte ich sie dafür, dass sie einige skrupellos auszunutzen wusste und stets der Meinung war, man dürfe nicht um Glück betteln, man müsse es jagen. ›Schnapp es dir, zerleg es unerbittlich, als wäre es deine Beute auf der Schlachtbank‹, sagte sie zu mir.

Beim Anblick der scharfen Krallen des Adlers unter den weißen Schwanzfedern musste ich an ihre Krallen denken, die sie blutrot lackierte, um den vermaledeiten Mafiosi die Augen auszukratzen, die gebündelten Geldscheine zu zählen oder neckisch an Oswalds Ohr herumzuspielen – sie war mir der liebste Adler.

Jim und Kluk halfen uns, unser weniges Gepäck vom Anleger bis zur Hauptstraße zu tragen, und blieben in der Nähe der geschlossenen Handelsposten der Alaska Pacific Steamship Company stehen. Im Schutz der Ecke dieser Hütte beglich meine Mutter den Preis für die Überfahrt mit den Scheinen des Kapitäns. Alte Scheine, wie die in ihrem Koffer. Ich war froh, wie sparsam sie mit unserem ganzen Geld umging. Während sie mit Jim das Geschäftliche regelte, spielte Kluk, nachlässig an den Pfahlbau gelehnt und ohne mich anzusehen, erneut seine liebliche Melodie auf der Mundharmonika.

›Viel Glück‹, sagte Jim schließlich. ›Sollten Sie zufällig in Champagne vorbeikommen, dann fragen Sie nach Murphy, Murphy Nolan. Das ist einer meiner Cousins mütterlicherseits, der führt dort ein Geschäft mit Lebensmitteln und großen Maschinen. Sagen Sie ihm, Jim Donegan aus Clifden schickt Sie, dann wird er Ihnen helfen, sollten Sie Hilfe benötigen.‹

Ohne sich anmerken zu lassen, dass ihr diese Empfehlung ziemlich schnuppe war, bedankte sich meine Mutter überschwänglich dafür und auch dafür, dass er uns trotz aller Gefahren wohlbehalten hierhergebracht hatte. Sie bat ihn, Kostas Grüße auszurichten und natürlich auch dem Bootsmann, den sie fast vergessen hätte.

Einer plötzlichen Eingebung folgend drückte ich Kluk, der schüchtern abseits stehen geblieben war, einen flüchtigen Kuss auf die Wange, was ihn so überraschte, dass er knallrot anlief und röter wurde als eine echte Rothaut.

Dann wandten sie sich ab, sei es, dass Jim nicht in unserer Gesellschaft gesehen werden wollte, sei es, dass er vor Einbruch der Nacht wieder in Juneau sein wollte. Während sie über den Anleger liefen, winkten wir ihnen noch lange nach, als wären die entschwindenden Männer die letzten aus der alten Welt.

Wie bereits aus der Ferne vermutet, entpuppte sich das Dorf Haines als sehr adrett mit seinen kleinen, vor Kurzem rot, gelb oder weiß gestrichenen Holzhäusern, die einzeln am Hang standen, bis sie an einer belebten Kreuzung aufeinandertrafen, an der es nach Torf roch, nach Essen und frisch gezapftem Bier und wo die gesamte Bevölkerung der Gegend zusammenzukommen schien. Abgesehen von ein paar elegant gekleideten Passanten, die von einem Brettergehsteig zum nächsten sprangen, um nicht die verschlammte Fahrbahn betreten zu müssen, kümmerten sich die meisten nicht darum und wateten direkt durch den Schlamm. Mit den karierten Hemden, den Jacken oder dicken Westen und den Pelzmützen sahen sie aus wie Holzfäller, jeder von ihnen von Hunden mit räudigem Fell begleitet. In unmittelbarer Nachbarschaft befanden sich ein paar Einzelhandelsläden, Schuppen, an denen Schilder von Brennereien und Konservenfabriken hingen, ein Bankschalter, ein paar Hotels und Schenken. Entlang der erhöhten Gehsteige standen Gespanne mit Pferden oder häufiger mit ausgemergelten Mulis, sowie zwei Transporter, die mit Baumstämmen beladen waren, und, welch Wunder, sogar ein paar motorisierte Gefährte. Auch wenn nur wenige herumstanden oder -fuhren, waren sie doch ein Hinweis darauf, dass es hier ein paar befahrbare Straßen geben musste, worauf meine Mutter gehofft hatte, als sie vergeblich ihre Karten studiert hatte. Angesichts dieser Antiquitäten geriet sie in eine solche Entzückung, als besäßen sie den Glanz unseres geliebten Cadillacs. Ihre Freude darüber war so groß, dass ich mich davon anstecken ließ, obwohl ich nicht wusste, was uns erwartete.

Zunächst gehe es darum, eine akzeptable Unterkunft zu finden und uns in einem schönen Schaumbad vom Dreck zu befreien, verkündete sie.

Also betrat sie den Sheldon Store Shop, zugleich Drugstore und Postamt, den am besten ausgestatteten Laden der Stadt, um ein paar Besorgungen zu tätigen, angefangen bei Jeans-Latzhosen und groß karierten Flanellhemden, wie jene, die wir in den Straßen gesehen hatten, und wattierte Jacken. Es gab sogar Sachen in meiner Größe, also mussten auch Kinder in dieser Gegend leben! Da es kein Badesalz gab, kaufte sie parfümierte Seife und eine Tube Zahnpasta von Colgate-Palmolive & Peet. Mit einem Schwamm hatte Kostas uns ja bereits versorgt.

Unsere Einkäufe erweckten die Neugier einiger Kunden, die uns an den großen Tresen mit den Schubladen gelehnt ganz unverhohlen musterten, fast so, als bekämen sie nicht oft Fremde zu sehen oder als würde hier sonst nicht viel passieren.

Ohne ihnen auch nur die geringste Beachtung zu schenken, wählte meine Mutter ein paar Lederstiefel für sich und für mich welche aus echtem Rentierleder, sogar mit Bommeln. Das Angebot war groß, reichte von rustikal bis raffiniert, mit Perlen und Stickereien. Das war mein erstes Paar Mukluks. Ich gewöhnte mich umgehend an diese warmen, gefütterten Stiefel, die weich, stabil und wasserabweisend waren und dennoch ganz leicht. Kein Vergleich mit meinen hässlichen Matrosentretern.

Da unsere Einkäufe nicht auf Damen schließen ließen, die in schicken Hotels abstiegen, schlug uns der Verkäufer in spöttischem Tonfall eine Adresse mit wochenweiser Pension vor. ›Sie können die Place d'Armes mit ihrem Feuerturm nicht verpassen, fragen Sie dort nach Mrs Allister.‹

›Mrs Allister erwartet uns sicherlich bereits‹, erwiderte meine Mutter so unverfroren, dass sie diesem frechen Kerl damit den Schnabel stopfte.

Ausgestattet mit der landesüblichen Garderobe machten wir uns auf in das Viertel Chilkoot Barracks.

Kündigte der Mai sonst den nordischen Sommer an, so brannte in diesem Jahr bereits die Sonne vom Himmel, das junge Gras wucherte und blühende Weidenröschen bedeckten den Rand der unbefestigten Straße, die etwas abseits der bewohnten Viertel auf eine Anhöhe hinführte. Wir gingen langsam, waren erschöpft von diesem ereignisreichen Tag und dem Gewicht unseres Gepäcks, das durch unsere Einkäufe noch schwerer geworden war. Natürlich hätte ich stolz darauf sein können, dass meine Mutter mich ihre Ledertasche tragen ließ, doch vielmehr bewunderte ich ihr Täuschungsmanöver: Wer würde schon davon ausgehen, dass ein kleines Gör ein solches Vermögen mit sich herumtrug?

Schließlich gelangten wir zu einem großen abschüssigen Platz, in dessen Mitte der angekündigte Holzturm aufragte. Er war nicht sonderlich hoch für eine Feuerwache und das letzte Überbleibsel der Feuerwehr von Fort Seward, dessen alte Militärgebäude die Place d'Armes säumten. Oberhalb einer großen Wiese reihten sich die überaus hübschen Fassaden von frisch gestrichenen Holzhäusern aneinander, die auf einem Granitfundament errichtet und mit ausladenden Terrassen versehen waren, die Fensterscheiben blitzten in der Sonne. Nichts konnte das Auge mehr erfreuen als dieses elegante Viertel namens Chilkoot Barracks.

Vor einem der Häuser trafen wir Mrs Allister an, die hinter einem Bretterzaun damit beschäftigt war, zwischen den riesigen Dahlien ihres Gärtchens Unkraut zu jäten. Sie war eine zierliche Frau mit zartem Gesicht, spitzem Näschen, von Kopf bis Fuß schwarz gekleidet, schließlich sei sie, wie sie uns umgehend wissen ließ, die Witwe eines Soldaten, für den sie nunmehr seit fünfzehn Jahren Trauer trage. Genau wie ihr Haus, das mit Fotos von ihm gefüllt war, die an den Wänden hingen, auf dem Piano und den Beistelltischchen standen, war auch sie selbst mit seinem Abbild versehen, das die Brosche an ihrem Kragen zierte. Hier und da schmückte auch unser blonder, blauäugiger Heiland die geblümte Tapete. Was für ein hübsches Zimmer im ersten Stock wir von ihr mieteten!

Die mit Rüschenvorhängen versehenen Erkerfenster gaben den Blick auf das Panorama der Hudson Bay frei, wir sahen von dort auf den Hafen, seine Docks und die lange Landungsbrücke mit den spielzeuggleichen Booten, den riesigen Lynn Canal, in dem sich in der Ferne die Gipfel des gegenüberliegenden Ufers mit ihren bläulichen Gletschern spiegelten. Das Gewitter, durch das wir gefahren waren, hatte sich wie durch ein Wunder verflüchtigt, und die Sonne überflutete die bunte Patchworkdecke und den Frisiertisch mit den drei beweglichen Spiegeln. Auf ihm lagen ein elfenbeinfarbenes Nagelpflegeetui und ein Etui mit Nähzeug, unter ihm stand ein Schuhputzkästchen. Die schönste Überraschung war jedoch das Bad, versehen mit Annehmlichkeiten wie einer modernen Wasserspülung, einem Waschbecken aus Marmor, vor allem aber, was für ein Glück, einer herrlichen Badewanne, die auf den Krallen eines Greifvogels thronte. Um sie zu füllen, musste man zwar eimerweise heißes Wasser nach oben tragen, doch daran sollte es nicht scheitern. Lorna del Rio kümmerte sich selbst darum, Hauptsache, sie konnte ihr erstes Bad seit unserer Abfahrt aus Brentwood nehmen.

Was für ein Fest dieses Bad war! Nicht weiter schlimm, dass es keinen Schaum gab. Im Handumdrehen hatte sich meine Mutter ihrer Seemannskluft entledigt, und ich konnte sehen, dass sie nichts von ihren Kurven eingebüßt hatte, von ihren Cowgirl-Schenkeln, ihrer Wespentaille und ihren anderen betörenden Vorzügen. Ich war ganz verzückt angesichts ihrer überwältigenden, von Sonnenstrahlen überfluteten Nacktheit. Wenn ich groß wäre, würde ich genauso schön sein, hätte denselben Po, dieselben Brüste und ihren Betty-Boop-Glamour. Mit einem Satz hüpfte sie in die Badewanne, und ich schob mich zitternd an ihren wunderschönen Körper. Zu zweit planschten wir im warmen Wasser und sangen im Chor *I wanna be loved by you, poo-poo-pee-doo*, während wir uns gegenseitig den ganzen Dreck der Reise abwuschen. Da Kostas' Schwamm dafür nicht ausreichte, rubbelte meine Mutter mich mit einem Rosshaarhandschuh ab, der meine Haut brennen ließ, dass ich brüllte.

›Hier bin ich Peggy Anderson‹, teilte sie mir mit, während sie roten Lippenstift auftrug.

›Und ich, wer bin ich?‹

›Du könntest hier Kitty sein‹, sagte sie unbekümmert und lächelte ihrem dreifachen Abbild zu, das ihr der zauberhafte Spiegel zurückwarf.

Als wir die Treppe wieder nach unten gingen, hatten wir uns in Frauen des großen Nordwestens ihrer Träume verwandelt. Unsere Wangen glänzten vom Baden, die Haare waren gebürstet, sie mit einer Jeanslatzhose bekleidet, ich mit meinen neuen Mukluks.

Unsere Vermieterin erwartete uns zum Tee im eigens dafür vorgesehenen Salon. Daneben verfügte ihr Haus über ein angrenzendes Esszimmer, von dem durch eine Schiebetür ein Bereich abgetrennt werden konnte, in dem das Essen angerichtet wurde. Anstelle einer Zentralheizung standen in jedem Raum große Kohleöfen, wie sie im Sheldon Store Shop zum Verkauf angeboten wurden. Der im Salon war in den ummauerten Kamin geschoben und mit einem dekorativen Kaminsims aus Eichenholz versehen. Da die Abende zu dieser Jahreszeit noch frostig waren, bollerte er fröhlich vor sich hin, während das Radio quakende Töne von sich gab und jazziges Geträller ausspuckte. Der reine Luxus, diese Bleibe von Mrs Allister!

›Der Sender von Juneau ist hier manchmal nur schlecht zu empfangen‹, entschuldigte sie sich.

Bei der Beleuchtung zog sie hübsche Petroleumlampen vor, die sie an ihren verstorbenen Ehemann erinnerten. Der auf allen Fotos in stattlicher Uniform abgebildet war: mal auf Skiern am verschneiten Abhang der Place d'Armes, dann mit angelegtem Gewehr, beim Angeln in einem Gebirgsbach, beim Basketballspielen oder wie er einen Königslachs präsentierte, beim Tanzen auf einem Militärball, wie er einen Drink auf seiner Veranda oder in seinem seither unveränderten Salon zu sich nahm. Auf allen Bildern stellte er ein falsches breites Lächeln zur Schau, scheinbar überglücklich angesichts von so viel Langeweile. Seine Maskerade machte mich traurig, aber niemand achtete auf mich. Meine Mutter und Mrs Allister waren viel zu sehr damit beschäftigt, sich miteinander bekannt zu machen.

›Damals war das Leben in dieser malerischen Bucht wirklich reizvoll‹, schwärmte sie. ›Es mangelte an nichts, von der Missionsschule bis hin zu einem Gesundheitsdienst, wir hatten einen Arzt und sogar einen Telegrafen. Außerdem hatte die Armee eine alte Konservenfabrik in Pyramid Harbour gekauft, das ist ganz in der Nähe, und darin ein Gemeindezentrum eingerichtet. Dort wurden Bälle abgehalten, Wohltätigkeitsbasare, Konzerte des Militär-Orchesters, Sportwettkämpfe, aber auch Kinovorstellungen - unzählige Anlässe, um Abwechslung in das Leben in der Kaserne zu bringen und soziale Kontakte zu pflegen. Wir hatten sogar eine private Telefonleitung, die das Fort mit dem staatlichen Polizeichef, den Saloons von Bob Ferry und Tim Vogel und selbst mit dem Privathaus des Deputy U. S. Marshals verband. Stellen Sie sich nur vor, zum damaligen Zeitpunkt waren in Fort Seward vierhundert Mann stationiert, und die fünfzehn Infanterieoffiziere wohnten in diesen hübschen, von italienischen Maurern aus heimischem Granit gebauten Häusern. Doch leider, leider liegt das alles schon lange zurück‹, sagte Mrs Allister seufzend und tupfte sich die Augen mit einem eleganten Taschentuch ab, das mit ihren Initialen bestickt war. ›Die Kaserne ist leer, und es gibt keine Rekruten mehr, denen man die lästigen Arbeiten, wie Kohlen schleppen, die Asche hinausbringen oder die Küchen der Offiziersgattinnen putzen, übertragen könnte. Wegen ihrer kleineren Diebstähle nannten wir sie *dog-robbers*: Um ihren Sold aufzubessern, boten sie ihre Hilfe an und ließen nebenbei etwas mitgehen. Da ihr Leben jedoch deutlich weniger einfach war als unseres, sahen wir darüber hinweg. Ihre Frauen, so sie welche hatten, wuschen unsere Wäsche und schütteten das schaumige Waschwasser den Hügel hinunter, deshalb heißt die Straße unten immer noch Soap Suds Alley. Sie haben gut daran getan, zu mir zu kommen. Dort unten sind die

Häuser weniger hübsch, inzwischen wohnen dort fast nur Leute, die hier geboren sind und keine richtige Erziehung genossen haben, und Sie sehen ja, wie sehr die Verwaltungsgebäude, die Ställe und Schuppen und sogar das alte Krankenhaus des Forts vernachlässigt werden …‹

Doch niemals, wirklich absolut niemals, so schwor sie, würde sie das Haus von Oberleutnant Allister verlassen. Niemals würde sie nach Boston zurückkehren, wo noch immer ihr Vater und ihre Schwestern wohnten, eine sehr auf die Konventionen bedachte Familie, die schockiert darüber gewesen sei, dass sie ihrem Ehemann nach Alaska, sprich, ans Ende der Welt, gefolgt sei. Völlig demoralisiert sei dieser vom Krieg in Frankreich zurückgekehrt, und in Anbetracht seiner Gesundheit habe man ihn zur Erholung und wegen des erträglichen Klimas nach Fort Seward versetzt, den einzigen Militärstützpunkt in der Wildnis, die einst vom amerikanischen Staat von den Russen zurückgekauft worden sei. Das Leben hier sei in der Tat beschaulich, was jedoch nicht immer der Fall gewesen sei. Während des Goldrausches habe man Bettler und Schwarzhändler aller Art in den Griff bekommen müssen, die, angelockt vom Gold des Klondike River, hierhergeströmt und mit ganzen Trecks aus Planwagen, ihren Zelten und Tieren in die Gegend eingefallen seien. Sie hätten den Ort mit ihrer Rüpelhaftigkeit, ihren Saufgelagen, Gewalt und Diebstählen heimgesucht. Erst als der Goldrausch abgeklungen sei, habe Haines wieder zu einer gewissen Ruhe zurückgefunden. Als sie selbst nach dem Krieg hier eintrafen, habe das friedliche Fort nur mehr dazu gedient, das amerikanische Gesetz in dieser Grenzregion zu repräsentieren, wogegen Kanada sich eine Zeit lang gewehrt habe, alte, inzwischen beigelegte Streitereien. Heute sei nur noch eine einzige Einheit aus Prinzip dort stationiert, außerdem sei das Fort aufgrund der postalischen Verwirrung mit vier oder fünf anderen Sewards in Alaska in Chilkoot Barracks umgetauft worden. Oh nein, nichts sei mehr wie früher …

Uns wurde schnell klar, dass die Witwe nicht oft Besuch bekam und die wenigen Pensionsgäste eine Ablenkung in ihrer tristen Einsamkeit darstellten. Eine wunderbare Gelegenheit für sie, um von ihrem hochrangigen, viel zu früh verstorbenen Ehemann zu sprechen, alte Geschichten wiederzukäuen und kostbare Tränen zu vergießen, die sie mit dem Taschentuch abtupfte. Sie bedauere einzig, das allerdings sehr, dass sie nie die Freuden der Mutterschaft habe erleben dürfen, sagte sie und warf dabei einen begehrlichen Blick auf mich, wann immer ich meine Bäckchen und meine Milchzähne zum Einsatz brachte.

Umgehend zog ich eine Schnute. Es kam nicht infrage, dass diese nach Kindern gierende Witwe ein Auge auf mich warf. Ich benahm mich anständig, saß steif mit baumelnden Beinen auf dem Rohrstuhl und ließ meine Mutter die Unterhaltung führen, was sie mit ihrer natürlichen Gewandtheit als Frau von Welt tat. Währenddessen betrachtete ich das Gesicht unserer Vermieterin, ihr blasses Porzellangesicht, ihre spitze Nase, ihre zerknitterten Lider und Lippen. Mir war ziemlich langweilig an ihrem mit gestärktem Spitzendeckchen versehenen Beistelltischchen mit dem Silbertablett, der Teekanne, den russischen Tassen und den kleinen vergoldeten Löffeln. Viel lieber wäre ich über die grüne Wiese der Place d'Armes getollt, um herauszufinden, ob noch immer ein großer Weißkopfseeadler im mittlerweile abendlichen Himmel schwebte, denn ohne dass es dunkler geworden wäre, hatte das Licht hinter den Fenstern ins Lachsfarbene gewechselt.

›Was hat Sie eigentlich zu uns geführt, wie sind Sie hergekommen, wohin sind Sie unterwegs, was für Pläne haben Sie, liebe Mrs Anderson‹, fragte unsere Hausdame unvermittelt.

Vorsicht, Gefahr!

Mir war natürlich klar, dass meine Mutter nicht beabsichtigte, in Haines zu versauern, dass dieser kleine Hafen voll ungehobelter Kerle und einem verfallenen Fort nicht das eigentliche Ziel ihres Spritztour über Land und Meer, sondern eher der Ausgangspunkt für ihre eigentliche Reise war. Was für eine Geschichte würde sie Mrs Allister auftischen, um deren Neugier zu befriedigen und dabei gleichzeitig ihre Absichten zu verbergen, die offensichtlich darin bestanden, unsere Spuren bestmöglich zu verwischen und Informationen zu verbreiten, die ebenso falsch wie unsere geborgten Identitäten vielseitig waren?

Sie musste sich die Antwort im Vorfeld zurechtgelegt haben, oder sie war die durchtriebenste Improvisatorin überhaupt, denn sie erzählte, ohne zu zögern, dass sie ihre Stelle als Telegrafistin in San Francisco aufgegeben habe, um schnellstmöglich zu ihrem Mann zu reisen, der sich auf der Farm, auf der er arbeite, schwer verletzt habe und ihrer Unterstützung und Pflege bedürfe. Da versuche man, seinen Lebensunterhalt ehrlich zu verdienen, werde aber nicht immer dafür belohnt, doch wenn sie erst wieder zusammen wären, würden sie neu anfangen können. Wie glücklich er wäre, seine geliebte kleine Kitty wieder in die Arme schließen zu können!

›Ist die Straße bis nach Champagne sicher?‹

›Champagne! Aber bis Champagne sind es über dreihundert Kilometer! Es liegt abgelegen im Landesinneren, Gott weiß wo.‹

Meine Mutter, die noch eine Stunde zuvor nichts von der Existenz eines Ortes dieses Namens gewusst hatte und ihn frech und im Vertrauen auf Jim erwähnte, ließ sich davon nicht aus der Fassung bringen: ›Mein Ehemann braucht mich. Ich muss einfach zu ihm zu reisen, koste es, was es wolle‹, erwiderte sie mit so viel Inbrunst, dass die Witwe, ergriffen von der Erinnerung an das, was sie selbst auf sich genommen hatte, um ihrem Ehemann ans Ende der Welt zu folgen, und voller Mitgefühl angesichts von so viel Naivität, die Hände der Unglückseligen ergriff und versuchte, sie zur Vernunft zu bringen.

›Ach, meine liebe Mrs Anderson, schlagen Sie sich das aus dem Kopf. Das ist zu gefährlich, kein vernünftiger Mensch würde sich in diese Gegend voller Wilder vorwagen!‹

›Ich muss. Ich bin fest entschlossen.‹

›Aber es gibt keine Straße, die diesen Namen verdient hätte! Nur einen Pfad, der einst für den Viehtrieb genutzt wurde. Aber der wird schon lange nicht mehr benutzt, ist an vielen Stellen kaum zu finden oder von Erdrutschen verschüttet, ganz zu schweigen von den Sümpfen und Flüssen, die durchquert werden müssen, oder den ganzen Wildtieren. Und dann sind da noch die Indianer, die das Gebiet durchstreifen, auch wenn sie nicht zu sehen sind …‹

Da diese Auflistung die heroische Aufopferungsbereitschaft meiner Mutter kaum beeinträchtigte, sah Mrs Allister von weiteren Allgemeinplätzen ab.

›Sie wissen nichts von der Wildheit dieses Landes. Mein Mann musste einmal mit seiner Truppe dorthin, begleitet von der berittenen Polizei von Kanada, und na ja, obwohl er sehr mutig war, hat er nie wieder einen Fuß dorthin gesetzt. Der einzige Mensch, auf den er dort traf, war ein Vagabund, dem jegliche Menschenwürde abhandengekommen war. Laut ihm eine Art altersloser Wahnsinniger, der zusammen mit einem räudigen Hund geräuschlos aus der Tiefe des Waldes aufgetaucht war und sich ihrem Lager genähert hatte – äußerst abstoßend in seinen schmutzigen Lumpen. Er zog seinen dreckigen Krempel hinter sich her, trug Schneeschuhe und hatte ein vorsintflutliches Gewehr bei sich. Er sprach keine den Männern bekannte Sprache und gestikulierte wild. Wären sie ihm nicht zahlenmäßig überlegen und bewaffnet gewesen, hätte diese verkommene Kreatur ihnen Angst gemacht. Doch offensichtlich war er ihnen nicht feindselig gesinnt, und so erlaubten sie ihm, sich dem Feuer zu nähern. Eine Geste der christlichen Nächstenliebe, denn es war sehr kalt. Er briet sich ein Stück Wildfleisch an einem Stock, und aß sich daran satt, ebenso ungezügelt wie sein Hund. Er wollte Kaffee von ihnen und etwas Tabak und schlief dann auf den warmen Steinen ein. Vor dem Morgengrauen war er wieder verschwunden. Sicherlich ein Waldläufer wie zu alten Zeiten, ein Einzelgänger, der Zivilisation gegenüber feindselig.

Genau auf solche Individuen drohen Sie zu treffen. Bei Ihnen wird die Begegnung vielleicht nicht so harmlos verlaufen. Was die vereinzelten Handelsposten betrifft, so werden diese, wenn sie nicht schon verlassen sind, von ungehobelten Kerlen geführt. Sich mit einem kleinen Mädchen und ohne den Schutz eines bewaffneten Mannes in diese Gegenden vorzuwagen, wäre der reinste Wahnsinn.‹

›Ich brauche keine Begleitung, mir machen solche Begegnungen keine Angst, außerdem kann ich mit dem Gewehr umgehen‹, antwortete Peggy übertrieben fröhlich. ›Mein Vater hat es mir beigebracht, als wir zusammen im Winter im Wald jagen waren. Mit Gottes Hilfe werden Kitty und ich unser Ziel erreichen‹, sagte sie abschließend und warf dabei einen frommen Blick auf Unseren blonden Heiland.

›Aber wie wollen Sie es anstellen, dort hinzukommen, meine Liebe?‹

›Ich habe vor, ein Auto zu kaufen. In der Stadt habe ich ein paar gesehen, die durchaus robust genug sein sollten, um den Weg nach Champagne, den es immerhin gibt, zu überstehen.‹

Angesichts von so viel Leichtsinn, vielleicht auch überzeugt von der absurden Starrköpfigkeit ihres Pensionsgastes, gab Mrs Allister ihre feste Position auf und wurde nachdenklich.

›Herrje‹, seufzte sie. ›Keines davon steht zum Verkauf, Autos sind hier eine Seltenheit ... Vielleicht bekommen Sie eines in Skagway, doch das müssten Sie mit dem Schiff übersetzen lassen. Aber selbst dann würden Sie ein Vermögen für eine gebrauchte Klapperkiste bezahlen, die ramponiert ist von der einzigen Straße, die den Pass nach Whitehorse überquert, beschädigt durch die langen Winter und beständig reparaturbedürftig. Wäre ein Pferd oder ein Maultier nicht besser für Sie geeignet? Die sind hier ganz leicht zu bekommen.‹

Maultier oder Pferd – auf diesem Ohr war Peggy taub. Sie träumte nicht davon, sich wie die Witwe des Oberleutnants auf der schaukelnden Bank eines Eselskarrens oder auf dem Rücken eines Westernpferdes wiederzufinden.

Um sich keine weiteren Warnungen von Mrs Allister anhören zu müssen und ihre eigene Enttäuschung zu verbergen, machte meine Mutter sich daran, höflich die Fotos an den Wänden, auf dem Kamin und dem Klavier zu betrachten, ein reizendes Klavier für eine Unsumme direkt aus Vancouver importiert, ein Geschenk ihres Ehemannes zu ihrem letzten Jahrestag: Im Jahr darauf habe ihn die Spanische Grippe dahingerafft. Die Epidemie habe hier schrecklich gewütet, die Ureinwohner seien wie die Fliegen gestorben.

›Ach herrje, es gibt noch immer zu viele von ihnen. Was sind sie aber auch unempfänglich für unsere Lebensweise und widerspenstig unseren guten Patres gegenüber, die versuchen, sie zu zivilisieren. Es ist lange her, dass sie die Weißen wohlwollend empfingen, ihnen als Träger dienten und ihre Tierhäute gegen Lebensmittel und Decken auf dem Dalton Trail eintauschten. Genau den, den Sie nehmen wollen. Sie werden sehen, was davon noch übrig ist, wenn Sie es schaffen, Ihr Ziel zu erreichen‹, machte sie sich freundlich und mit einer fast schon mütterlichen Nachsicht über meine Mutter lustig.

Mrs Allister muss eine unruhige Nacht gehabt haben«, sagte Jessie. »Ich könnte wetten, dass sie, nachdem sie sich in ihr gemütliches Bett gelegt hatte, ihr keusches Nachthemd bis zum Kinn zugeknöpft, sie, die nach ihrem Gebet eigentlich immer zur selben Zeit einschlief und sich weder vom Schrei der Adler noch von den Stürmen des Fjords stören ließ, keinen Schlaf fand. Unvermittelt drangen bislang ungehörte Geräusche von draußen an ihr Ohr, das finstere Rauschen der Kiefern, das Rascheln der Zweige und das Knarzen der Gletscher, das von fern über die noch nie erklommenen Pässe ertönte, über wilde Weiten, die noch nie zuvor bereist wurden. Mit ihrem kleinen, wild pochenden Herzen stellte sie sich ganz hingerissen vor, wie sie im Wind dahinritt, gefährliche

Stromschnellen auf dem Floß überwand, dem Wolf, dem Luchs nachsetzte und letztlich dem schrecklichen Grizzly aus den Legenden. Wie sie ihre Schlittenhunde dort im hohen Norden durch den Schneesturm trieb, in eine Hütte eilte, wo der gefährliche wilde Waldläufer bereits auf sie wartete, genau der, den der Oberleutnant im Lager angetroffen hatte. Das also war der betörende Ruf des Waldes, der Traum, der die Männer in diese sagenumwobenen Gegenden der unbekannten Weiten lockte! Kaum zu glauben, dass ihr Ehemann sie sich inmitten ihrer Teetassen und Wohltätigkeitsbasare nach seiner Rückkehr hatte verzehren lassen. Dass sie, weit davon entfernt, am Ende der Welt angelangt zu sein, wie sie das ihre Schwestern und ihren Vater immer glauben und fürchten ließ, in ihrem gemütlichen Zuhause im Offiziersviertel von Fort Seward verkümmerte. Im Vergleich zu den verpassten Abenteuern wirkte das Leben in der Bucht eintönig, mit dem beschaulichen kleinen Hafen, dazu die Bequemlichkeiten und die Tanzveranstaltungen im Militärlager, mit denen sie sich in ihrer murmeltierhaften Lethargie begnügt hatte. Was für eine alberne Gans war sie doch gewesen, dass sie stets die folgsame Ehefrau ihres törichten Ehemannes geblieben war!

Am nächsten Morgen beobachtete ich, wie sie mit steifen Schritten die Treppe herunterkam, als hätte sie Muskelkater nach einer Wanderung, ein paar Strähnen hatten sich aus ihrem Haarknoten gelöst, den Rock hatte sie verkehrt herum angezogen. Sie stellte sich ans Fenster, malträtierte einen Knopf an ihrem Spitzenkragen, blickte verträumt in das strahlende Licht auf der großen Wiese der Place d'Armes, brummte und murmelte leise vor sich hin. Als sie bemerkte, dass ich ganz artig am Tisch saß, schien sie aus allen Wolken zu fallen.

›Na, meine kleine Kitty, bereit für den großen Aufbruch, um deinen Papa wiederzusehen?‹, rief sie und strubbelte mir in einem beunruhigenden Anfall von Fröhlichkeit durch die Haare.

Dann stellte sie quer durcheinander ihr Messbuch, ein Päckchen Linsen, Ahornsirup und ein Salztöpfchen auf den Tisch, ließ die Pancakes anbrennen, verschüttete den Kaffee und suchte vergeblich nach dem Ahornsirup.

›Wo habe ich nur meinen Kopf?‹, fragte sie geistesabwesend.

Um derart durcheinanderzugeraten, musste sie, die so gesetzt wirkte, ernsthaft erschüttert sein. Als dann jedoch meine Mutter nach unten kam, gewann ihr praktisches Denken wieder die Oberhand.

›Ich werde dieses unauffindbare Auto für Sie finden‹, versprach sie ihr mit der heiteren Miene einer Verschwörerin.

Das dauerte zwei weitere Wochen, doch dank der Träume von Mrs Allister konnte meine Mutter den ihren letztlich realisieren.

Wie durch ein Wunder wurde es Sommer, Schluss mit den heftigen Stürmen, dem Nebel, dem Regen. Der Nachtfrost verschwand rasch in der Sonne, gab das frische Grün des Grases frei, das elegante Rosa der Blumen, ließ die Blech- und Zinkdächer ebenso in mannigfaltigem Funkeln erstrahlen wie die Rümpfe der kleinen Fischerboote im ruhigen Wasser des Fjords, in dem sich die Gipfel spiegelten, die hohen vorbeiziehenden Wolken. Eine blaue Landschaft, so klar, als handelte es sich um bemaltes Glas. Um der Untätigkeit in diesem Haus ohne Spielsachen zu entgehen, war ich unablässig im Garten mit der Harke, dem Rebmesser oder der Gartenschere zugange, die mir der Gärtner von Brentwood allesamt nicht anzufassen erlaubt hatte, lief bis zum Feuerturm, wo ich die kleinen Vögel beobachtete, die dort ihre Nester bauten, oder sah wachsam nach oben zu den Gipfeln, wo die Adler kreisten, doch keiner kam wieder so nah wie am Tag unserer Ankunft.

Währenddessen wienerte unsere Vermieterin wie besessen ihr Kupfer, stellte Stühle und Nippes grundlos um, ging nach oben, kam wieder herunter, backte Lebkuchen, von denen ich naschte, setzte sich unvermittelt hin und verfiel in Nachdenken, die Hände reglos auf den Knien. Obwohl sie mit Hausarbeit nicht sonderlich viel am Hut hatte, tat meine Mutter so, als würde sie sich nützlich machen, um Mrs Allister einen Gefallen zu tun, denn schließlich hatte diese versprochen, ihr zu helfen: Dafür musste klammheimlich das weitere Vorgehen geplant werden. Um etwaige Hindernisse, von denen es allerhand geben würde, zu überwinden, galt es, sie vorherzusehen, angefangen bei den Interessen, der Querköpfigkeit und der Niederträchtigkeit der Einheimischen.

›Ich lebe schon lange genug hier‹, sagte sie, ›und kann Ihnen versichern, dass es sich um einen Haufen Kotzbrocken und Neider handelt. Trauen Sie ihrer gutmütigen Erscheinung nicht, die Leute hier nutzen jede Gelegenheit, um ihren Nächsten über den Tisch zu ziehen. Sollte sich herumsprechen, dass sich eine schwache Frau allein auf den Dalton Trail wagen will, ist es gut möglich, dass sich einer von denen an Ihre Fersen heftet oder Ihnen an einer Kehre auflauert, um Sie zu überfallen und Sie auszurauben. Vielleicht auch Schlimmeres.‹

Obwohl sie vor gar nichts Angst hatte, gab sich meine Mutter aus reiner Nächstenliebe diesem Angsthasen gegenüber angesichts der Warnung erschrocken. Wäre ich etwas älter gewesen, so hätte ich Mrs Allister vielleicht aufs Wort geglaubt, doch als erfahrene Angeber erkennen Kinder sehr schnell, wenn die Erwachsenen übertreiben: Ich sagte mir, dass unsere Vermieterin dieses schreckliche Bild zeichnete, um sich wichtig zu machen oder aber aus Vergnügen zu erschauern.

›Hier im Ort gibt es natürlich auch ein paar ehrbare Bürger‹, musste sie schließlich einräumen. ›Zum Beispiel die Familie Sheldon, die im Handel und im Hotelgewerbe erfolgreich ist. Sie stellen unsere Öfen her und haben die Wäscherei von Homer O. Banta aufgekauft. Außerdem sammeln sie anscheinend Kuriositäten aus China, Körbe und perlenverzierte Gegenstände von Indianern. Das sind alles Originale. Dann haben wir den guten Mister Anway, einen großartigen Gärtner, und ein paar gebildete Ingenieure, die in den Bergwerken arbeiten. Aber diese Menschen werden Ihnen bei Ihrem Anliegen nicht hilfreich sein. Wir müssen weiterhin vorsichtig vorgehen, dürfen uns nicht auf bloße Annahmen stützen und sollten jemanden fragen, der damit Erfahrung hat und Ihnen auch wirklich helfen kann.‹

Während sie die Pancakes wendete, tauchte sie in die Untiefen ihrer Grübeleien ab, wie jemand, der auf einer Idee herumkaut und nicht weiß, wie er sie ausspucken soll.

›Wenn es jemanden gibt, der hervorragend geeignet wäre, dann ist das Archibald Ryan‹, platzte sie schließlich heraus, gab vor, eine Erleuchtung gehabt zu haben, und ließ Teig von ihrer Schöpfkelle auf den Boden tropfen. ›Archie ist der richtige Mann, es gäbe keinen einflussreicheren Verbündeten. Archie kennt das Land wie seine Westentasche, einen besseren Ratgeber gibt es nicht. Er ist ein alter Freund.‹

Archie dies, Archie das. Mrs Allister wiederholte diesen Namen, ließ ihn sich wie eine Nascherei genüsslich auf der Zunge zergehen. Es sei nämlich so, vertraute sie uns schließlich errötend an, dass Archie zur selben Zeit wie ihr Ehemann Oberleutnant im Fort gewesen sei und noch dazu dessen enger Freund. Doch statt Haines nach Ende seiner Dienstzeit zu verlassen, habe Archie eine im Niedergang begriffene Schnapsbrennerei aufgekauft, die mittlerweile die florierendste der gesamten Region sei. Er besitze zudem eine Konservenfabrik und Anteile an den Minen in Porcupine, in denen noch immer geschürft werde. Archie sei ein kühner Unternehmer, einzig Archie genieße ihr volles Vertrauen, denn – damit könne sie sich jetzt schmeicheln, ohne sich zu versündigen – Archie habe sie einst umworben. Natürlich ohne jedes Aufheben zu machen, mit dem Anstand eines Gentlemans, der ihrem Ruf nicht schaden wollte, schließlich würde in diesen Garnisonsstädten sehr viel getratscht, lauter üble Nachrede und Verleumdungen. Doch wir Frauen wüssten schließlich, wie wir diese kleinen Galanterien zu deuten hätten, in denen sich die Zuneigung zeige. Leider habe sich ihr Verehrer ihr jedoch nie erklärt, auch dann nicht, als sie verwitwet gewesen sei. Doch sie denke gerne, dass ihr geliebter Archie damals nur in Haines geblieben sei, statt nach Iowa zurückzukehren, weil er in sie verliebt war. Was sie selbst betreffe, so könne sie sich heute eingestehen, dass es ihr, wenn sie beteuere, dass sie, niemals, wirklich niemals ihr Haus verlassen wolle, weniger um das Andenken ihres Ehemann gehe, als vielmehr darum, in Archies Nähe zu bleiben, solange das Leben es zulasse. Es sei das erste Mal, dass sie das laut ausspreche, sie habe das noch nie jemandem anvertraut, noch nicht einmal in der Beichte …

Als sie vor Verlegenheit nicht mehr ein noch aus wusste, verbarg sie ihr purpurrotes Gesicht in den Händen.

Mich verblüffte, dass ein älterer Mensch so kindisch sein konnte, und noch mehr, dass meine Mutter ein Tränchen verdrückte, ein echtes – ob vor unterdrücktem Lachen oder weil sie etwas im Auge hatte, blieb unklar. So oder so, den Tränenfluss konnte sie nicht stoppen.

›Ihr Freund Archie hat nicht zufällig ein Auto, das er verkaufen will?‹, fragte sie naiv.

Noch viel zu gerührt, um etwas zu sagen, nickte die gute Dame mit zitterndem Kinn, doch, doch.

Schließlich fasste sie sich wieder und servierte entschlossen ihren traditionellen Nachmittagstee. Endlich konnte ich die köstlichen Pancakes hinunterschlingen, ohne dass eine der beiden etwas einzuwenden gehabt hätte.

Bestimmt wog meine Mutter innerlich gerade die verrückte Sentimentalität unserer Vermieterin gegen die unvorhersehbaren Auswirkungen dieser verhinderten Leidenschaft ab. Sie durfte nicht alles auf eine Karte setzen.

Archie habe tatsächlich ein altes Auto zu verkaufen, bestätigte Mrs Allister, doch aller Wahrscheinlichkeit nach würde er sich erst dann davon trennen, wenn das neue, das er in Detroit bestellt habe, geliefert worden sei. Seit sechs Monaten verspreche man es ihm bei jeder seiner telegrafischen Beschwerden für den nächsten Tag. Er sei zum Gespött aller geworden, weil er bei jedem einlaufenden Schiff zum Hafen eile und mit leeren Händen zurückkomme. Obwohl einige, die eifersüchtig auf Archies Erfolg seien, wohl bereits mit dessen altem Dodge liebäugelten und nur darauf warteten, ihn ihm abzukaufen, sei deren Dummheit stärker als die Vernunft. Diese Idioten machten sich lieber über ihn lustig. Falls er seinen Geländewagen dennoch bereits einem von ihnen versprochen habe, sei es angesichts dieser seltenen Gelegenheit besser, dem zuvorzukommen und ihm ein großzügiges Angebot zu machen, um den Vorzug zu erhalten.

›Wie viel haben Sie?‹, fragte Mrs Allister mit leuchtenden Augen.

›Aber Sie würde er doch sicher nicht über den Tisch ziehen‹, säuselte Peggy und klimperte mit den Wimpern.

Gleich am nächsten Tag warf sich unsere Vermieterin in Schale und ging die Sache an. Mit perlmuttfarbenen Pumps und Jackett, dazu passendem Damenhut und Handtäschchen am Arm ging sie mit forschen Schritten Richtung Zentrum und kam mit wichtigem Gehabe von dort zurück, ohne dass ihr anzusehen war, wie die Verhandlungen ausgegangen waren.

Während ihrer Abwesenheit saß meine Mutter auf den Stufen der Veranda, rauchte eine Zigarette nach der anderen, blickte finster drein und verging vor Ungeduld. Konnte sie, indem sie ihre Hilfe ausschlug, das Risiko eingehen, ihre einzige Verbündete zu verlieren? Aber sechs Monate! Es konnten gut und gerne weitere sechs Monate vergehen – sei es aufgrund von Verzögerungen bei der Produktion in der Fabrik von Detroit, eines unzuverlässigen Händlers, eines bummeligen Zuges oder eines ebenso katastrophalen Frachters wie der *Prince Rupert.* Ob es zu weiteren Verzögerungen kam, hing von dem Ansehen der Witwe bei dem Besitzer dieser Karre ab, dessen sie sich rühmte. In wenigen Wochen wäre der kurze Sommer vorbei, und bei eisigem Frost wäre es unmöglich, diese Strecke in Angriff zu nehmen, dann würde sie bis zum Frühling in diesem gottverlassenen Nest namens Haines ausharren müssen. Sie wäre fast verzweifelt.

Nicht so ich. Ich setzte, zumindest vorläufig, mein Vertrauen und meine Hoffnung in Mrs Allister und legte unser Schicksal in die Hände ihres guten Freundes Archie.

Mit neuem Schwung durch ihren Ausflug in den Ort, in den sie sich selten vorwagte, angeregt durch dieses Ränkespiel, vor allem aber durch diese so unerwartete Möglichkeit, unter dem tugendhaften Vorwand, ihn lediglich als Botin aufzusuchen, wieder mit dem schneidigen Archie anzubandeln, wirkte Mrs Allister sichtlich verjüngt.

Bei diesem ganzen Aufruhr kümmerte sich keiner um mich. Ich konnte das Haus von oben bis unten inspizieren, in den Schubladen herumwühlen, in denen ich allerhand beneidenswerte Kuriositäten fand: ein altes Korsett mit rosafarbenen Seidenstrapsen, ein Album mit vergilbten Briefmarken, eine Gasmaske, einen Federhalter aus Elfenbein mit einer kleinen Linse, hinter der bunte Bilder zu sehen waren, ein ausgestopftes Eichhörnchen, eine hübsche, mit Engeln verzierte Pillendose, ein medizinisches Wörterbuch voll verlockender Widerlichkeiten. Ich konnte mit Kindern meines Alters, die ebenso vernachlässigt wurden wie ich, durch die Gegend streifen. Von ihnen erfuhr ich, abgesehen von ziemlichem Blödsinn – was passiert, wenn man einen Knallfrosch hinter einem Maultier anzündet, oder wie man gut mit getrocknetem Kot werfen kann –, dass meine Mutter eng mit Mrs Allister verwandt sei, genauer gesagt: Sie sei eine ihrer Nichten aus Boston und hier mit ihrer Tochter zu Besuch. Ungeniert schlüpfte ich in diese Rolle und erzählte ihnen von der berühmten Stadt, aus der wir stammten. Da ich außer Brentwood kaum einen Vergleich hatte, beschrieb ich ihnen die Palmen, die Dünen und Strände, die ungewöhnlichen Villen und die Plakate der Stars an den von Neonreklamen erleuchteten Boulevards. Sie waren völlig geplättet vor Neid.

Als ich meiner Mutter von unserer neuen Verwandtschaft erzählte, beglückwünschte sie sich dazu, dass sie durch ihre scharfsinnige Bemerkung im Sheldon Store bereits so etwas hatte anklingen lassen, und pries die Geistesgegenwart unserer Vermieterin, die dieses für uns so vorteilhafte Gerücht weiterhin kursieren ließ.

Mrs Allister wiederum setzte sich so für unsere Sache ein, dass Archie nach einer weiteren Woche höchstpersönlich mit seinem zum Pick-up umgebauten Dodge vor dem Haus hielt und sie so zerzaust wie ein beschwipstes junges Mädchen aus der Beifahrerseite sprang.

Erwachsene sind so unlogisch, wie die Launen des Herzens unergründlich sind: Ich hatte mir den Verehrer von Mrs Allister als einen Rudolph Valentino vorgestellt – ich hatte zusammen mit Miss Plunkett dreimal *Du sollst nicht begehren deines Nächsten Weib* gesehen, in dem dieser an der Seite der von ihr so verehrten Gloria Swanson spielte. Was für eine Enttäuschung war da dieser dicke kleine Mann, behaart, schnurrbärtig, hochrotes Gesicht, der aus jeder Pore nach Lake, geräuchertem Fisch und einem scharfem Alkohol stank. Eine schreckliche Mischung.

Archibald Ryan kam ohne Umschweife zur Sache: Er ließ die elastischen Hosenträger mit den Daumen schnalzen und bezeichnete sich als geschmeichelt, geehrt und beglückt, Peggy, der Nichte seiner lieben Freundin Bonnie, aus der Patsche helfen zu können. Ja, er sei fest entschlossen, ihr sein Auto zu verkaufen, übrigens einer der besten Wagen im ganzen Land, jedoch nur zu einer, einer einzigen bindenden Bedingung: Niemals, wirklich niemals dürften diejenigen, die sich nun schon seit Monaten über ihn lustig machten, davon erfahren.

›Ich werde meinen Dodge vor ihrer Nase verschwinden lassen. Zack, weg ist er! Sie machen sich hinter meinem Rücken über mich lustig, aber wer zuletzt lacht, lacht am besten. Und auch wenn ich noch länger auf die Lieferung meines neuen Autos warten muss, was solls? Um meinen Geschäften nachzugehen, habe ich immer noch meinen alten Ford T und zwei Trucks – so etwas kann keiner dieser Hinterwäldler von sich behaupten.‹

›Keiner‹, bestätigte Mrs Allister, als wäre sie im siebten Himmel.

›Hier bin ich der Chef.‹ Er warf sich in die Brust. ›Meinen Ford T würde ich Ihnen zum Beispiel niemals verkaufen. Der ist unverwüstlich, unkaputtbar, solche wie der werden nicht mehr hergestellt, aber wenn Sie mit meinem Dodge einverstanden sind, dann schlagen Sie ein.‹

Ganz offensichtlich genoss Bonnie, wie Archie sie nannte, wie dieser Vogel sich aufplusterte und herumkrakeelte. Weit davon entfernt, irgendwie beleidigt zu sein, überließ sie es freudig und ganz bescheiden ihm, seine Argumente vorzubringen, aber ihrem Gesicht war anzusehen, wie sehr sie sich ins Zeug gelegt hatte, um sie ihm einzutrichtern – dass sie sogar zu der raffinierten List gegriffen hatte, dass er es war, der bestimmte.

›Damit mein Plan funktioniert, müssen Sie Haines heimlich im Morgengrauen verlassen und der Straße zu Fuß bis zu einem Ort namens Yindastuki folgen. Da werde ich mit dem Pick-up auf Sie warten. Von dort aus kann ich andersherum durch den Wald zurückgehen. Jeder weiß, dass ich da häufig allein unterwegs bin, um zu jagen. Niemand‹, verkündete er händereibend, ›wird irgendetwas ahnen. Und falls irgendein Schlaumeier doch Wind davon bekommen sollte, ist es zu spät: Sie werden über alle Berge sein, und er kann sich vor Ärger nur noch in den Hintern beißen.‹ Bei dieser Vorstellung erzitterte sein Bauch vor Lachen.

Dann machte er, von plötzlichen Skrupeln erfasst, einen auf verantwortungsbewusst: ›Bonnie sagte mir, sie hätte Sie gewarnt, dass der Trail unbefahrbar ist. Keiner wagt sich dorthin, höchstens ein paar Bergarbeiter im Sommer, die die Vorkommen in Rainy Hollow ausbeuten. Ich selbst habe ihn nur zwei- oder dreimal genommen, um Schneehühner, Gänse oder irgendwelche Wasservögel auf den kleinen Seen dort zu jagen. Aber selbst mit einem Einheimischen als Führer kommt man schnell vom Weg ab, denn nach der Abzweigung zu den Minen wird der Pfad nicht mehr instand gehalten und ist unmarkiert. Ehrlich gesagt, wäre es besser, mit dem Schiff nach Skagway überzusetzen, sich dort irgendein Fahrzeug zu suchen, dann nach Norden bis nach Whitehorse zu fahren und von da weiter nach Westen, Richtung Champagne. Dort gibt es einen gewalzten Weg, etwas, das fast einer zivilisierten Straße ähnelt, und ich glaube sogar, es gibt auch eine Tankstelle.‹

›Das ist ein zu großer Umweg. Mir wurde dieser Trail empfohlen, und ich fahre da lang‹, entschied meine Mutter.

›Man hat Sie sicher auch gewarnt, dass in Yukon, selbst wenn man die Indianer mitzählt, nicht mehr als fünftausend Seelen auf einem Gebiet leben, das nahezu so groß wie Alaska ist, es ist gewissermaßen eine Einöde …‹

›Dann finde ich meinen Mann einfacher.‹

Archie zuckte mit den Schultern, war viel zu glücklich über sein Geschäft, als dass er noch länger diskutieren wollte: Damit sich keiner wundere – in Haines sei man sehr klatschsüchtig –, übernehme er es, die Ausrüstung und den Proviant zu besorgen, der für unsere mehrtägige Expedition notwendig sei. Gemeinsam mit Bonnie habe er bereits eine Liste erstellt. Sie seien auch übereingekommen, dass Archie alles unter einer Plane auf der Pritsche seines Pick-ups verstecken würde.

›Auf keinen Fall darf die Nachbarschaft etwas von Ihrer bevorstehenden Abfahrt mitbekommen, nur weil wir das Auto vor der Tür beladen! Und genauso wenig kann ich die kleine Madame ihren ganzen Kram wie eine Squaw bis nach Yindastuki auf dem Rücken tragen lassen, was, Bonnie?‹, sagte er lachend.

Bonnie dies, Archie das. Gab es etwas Lächerlicheres als diese beiden? Der eine ein behaarter, ungehobelter Geselle, die andere eine zerknautschte alte Ziege, die angesichts ihres Streichs und ihrer Komplizenschaft regelrecht jubilierten, beschwingt von der noch ungetrübten Frische ihrer alten Gefühle.

›Vielleicht brauchen sie diese Verschwörung, um einander ihre so lange unterdrückte romantische Liebe zu offenbaren, sich endlich wirklich ineinander zu verlieben‹, überlegte meine Mutter, die doch schon deutlich sonderbarere Liebschaften erlebt hatte, laut. ›Ich bin mir nur nicht sicher, ob ich mich auf diese beiden Verrückten verlassen kann.‹

Aber hatte sie denn eine andere Wahl?

Um sie mit ihrem neuen Gefährt vertraut zu machen, fuhr Archie mit meiner Mutter eine Runde um die Place d'Armes. Von der Veranda aus verfolgte ich die gelben Scheinwerfer, die durch die Abenddämmerung ruckelten. Höher gelegt, Türen und Stoßstangen verbeult, eine lediglich mit einer Plane abgedeckte Pritsche – mit alldem wirkte der Geländewagen mehr wie ein Bulldozer.

Man dürfe sich von dem Erscheinungsbild nicht täuschen lassen, ließ der Fachmann sie wissen, man müsse dem fantastischen Motor vertrauen, der sich unter der Kühlerhaube verberge.

Entweder hatte die Probefahrt sie überzeugt, oder aber meine Mutter fand sich einfach fatalistisch mit dem einzigen Auto ab, auf das sie hoffen konnte.

Zwei weitere Abende lang wurden im Geheimen zusätzliche Vorbereitungen getroffen. Eine makellose, mit Rüschen versehene Leinenschürze umgebunden, briet Bonnie Lachs und Elchsteaks an. Für sie war es eine Ehrensache, Archies Gaumen mit einem köstlichen Menü zu verwöhnen. Als Krönung gab es eine große Schale mit frischen Erdbeeren!

Charlie Anway besaß in Porcupine ganze Felder davon, und die Pflückerinnen verdienten dort während der Hochsaison gutes Geld. Wer hätte geglaubt, dass man so leckere Früchte in Alaska bekommen konnte? Er besaß zudem mehrere Obstplantagen mit Apfel- und Kirschbäumen. Einst war Charlie Goldsucher gewesen, doch reich war er erst mit dem Gärtnern geworden. Uns gegenüber gaben sie mit diesem gelehrten Philanthropen, Freund der

Schwachen und Beschützer der Armen, an, der Haines mit seinen Erdbeeren, die bis nach Juneau und Fairbanks exportiert wurden, bekannt gemacht hatte.

›Dann sind also doch nicht alle Bewohner Kotzbrocken‹, zog meine Mutter Bonnie auf, doch als Archie eintraf, hörten sie auf zu plaudern. Das Wetter sei gut, besser, wir beschleunigten unseren Aufbruch.

Am letzten Abend brachte er zum Probieren einige Flaschen aus seiner Schnapsbrennerei mit. Sein Herstellungsgeheimnis? Ein Hauch Beifuß und Melisse, dazu noch ein paar spezielle Zutaten von den Indianern, ein Geheimnis, das er niemandem anvertraue, das aber die *Spirituosen von Ryan* zu den berühmtesten von ganz Alaska und Yukon mache.

›Alkohol ist der einzige Treibstoff, der im Winter etwas taugt, und das ist die einzige Jahreszeit hier, mit Ausnahme der drei Tage Sommer‹, scherzte er.

Zur Zeit der Prohibition habe er vor der Nase der Polizei weiter damit gehandelt, die man in dieser unendlichen Weite problemlos habe in die Irre führen können, nie seien seine Verstecke gefunden worden.

›Das Verstecken ist die Spezialität dieses Landes, das müssen Sie schnell lernen, um zu überleben‹, riet er meiner Mutter und schenkte ihr Wodka nach.

Die Nichte von Mrs Allister nickte anerkennend und ohne mit der Wimper zu zucken, angesichts dieser Aufschneidereien von Mr Ryan und kippte ihr Glas wie ein gestandener Kerl in einem Zug hinunter.

›Meine liebe Peggy, glauben Sie mir: Auch wenn es das Gesetz verbietet, Alkohol an die Indianer zu verkaufen, so ist es doch besser, immer ein paar Fläschchen dabeizuhaben, um sich mit ihnen gutzustellen, wenn man ihnen begegnet. Sie sind ganz verrückt danach. Ich versorge Sie damit‹, sagte er und schrieb es auf seine Liste.

Diese wurde im Lauf der Abende immer länger: lauter Dinge, die die beiden als notwendig für diese Reise erachteten. Fast hätte man meinen können, es wäre ihre Reise, so begeistert kümmerten sie sich um die Vorbereitungen.

›Sie brauchen ein Zelt oder wenigstens eine Plane, als Unterschlupf, ein Zelt ist wirklich unerlässlich im Freien‹, ließ Mrs Allister nicht locker.

Meine Mutter versuchte, sie zu bremsen, indem sie darauf hinwies, dass ihre Ersparnisse nicht ausreichen würden, um all diese Dinge zu bezahlen.

›Daran soll es nicht scheitern. Ich leihe Ihnen das Geld, bis Sie zurück sind‹, erwiderte Archie großmütig und sah Bonnie dabei ganz verliebt an.

Die streichelte seine Hand, gerührt von so viel Großzügigkeit. Sie schmolz wie Sorbet in der Sonne, erachtete dieses Darlehen, das er ihrem Schützling anbot, als einen persönlichen Gefallen. Das war wohl der Preis, den er für sie bezahlen musste, sagte ich mir. Ihr Schützling wiederum nahm den Gefallen bedenkenlos an.

So landete auch die Winchester auf der Liste, denn meine Mutter wollte zudem ein Gewehr haben. ›Bestimmt muss ich unterwegs jagen gehen. Außerdem ist es ratsam, bewaffnet zu sein, das hat Mrs Allister mir gesagt.‹

›Sicher, unbedingt. Allerdings muss man mit einer Waffe dieses Kalibers umgehen können, junge Dame‹, spottete Archie und ließ seine Hosenträger wieder schnalzen.

›Ihr Vater war ein großartiger Jäger und hat es ihr beigebracht, jawohl‹, warf Bonnie ein, so erbost, als hätte sich der Spott gegen sie gerichtet.

Mr Ryan sollte sich besser vorsehen. Wenn er bei ihr punkten wollte, sollte er bei diesem Thema besser keinen Streit suchen. Mrs Allister hatte eben erst an meiner Mutter gesehen, dass sie und ihresgleichen keine zahmen, in Käfigen gehaltene Sittiche sind. Die Welt verändert sich, Archie. Die Mädchen von heute sind die Männer von morgen. Auch ich würde eines Tages mit einem Gewehr schießen, versprach ich mir.

Vor allem aber überraschte mich, dass Bonnie sich zur Verteidigung ihrer vermeintlichen Nichte auf deren Familienmärchen stützte und sogar bereit war, die Legende um einen Fantasievater zu bereichern.

Und vielleicht war es diese Verwegenheit, die meine Mutter dazu veranlasste, das Bild weiter auszuschmücken. ›Mein Vater war ein herausragender Trapper, der Wald barg keine Geheimnisse für ihn. Er kannte die Indianer, sprach ihre Sprache, jagte zusammen mit ihnen wilde Tiere in der eisigen Kälte, Karibus, Wölfe, sogar Bären. Von einer schrecklichen Grizzly-Jagd behielt er ein zerfetztes Ohr zurück.‹

Sprachlos hörten sie meiner Mutter zu. Ich war noch überraschter als die beiden, sie mit dieser eigenartigen Stimme sprechen zu hören, einer schwärmerischen Kleinmädchenstimme, ganz gefangen von dem Bild, das sie heraufbeschwor, dem Wind und dem Schnee, den bedrohlichen Schatten im Schutz des Waldrands, als folgte sie tatsächlich der umherziehenden Gestalt des Jägers. Ich wusste, dass sie häufig log, aber ihr Waldmärchen klang so wahrhaftig, dass ich es ihr ebenso wie die beiden anderen glaubte.

›Was also den Umgang mit Waffen betrifft, so müssen Sie zugeben, dass ich einen ziemlich guten Lehrmeister hatte‹, fügte sie scherzhaft hinzu, als wollte sie sich für ihre überschwängliche Begeisterung entschuldigen.

Archie gab nach: Wenn dem so sei, gäbe es die Wahl in seinem Waffenschrank. Er selbst gehe am liebsten mit seiner Remington Express 30 auf die Jagd, doch er besitze auch eine anständige Winchester 54 mit kurzem Doppellauf, die stets einwandfrei funktioniere, mit einem gut erhaltenen Stofffutteral. Sie sei etwas schwer, habe aber eine ordentliche Reichweite, erstklassig bei Großwild.

›Und da Sie einen *guten Lehrmeister* hatten‹, sagte er augenzwinkernd, ›ist sie genau das, was Sie brauchen. Ich kann Ihnen zudem ein Zielfernrohr mitgeben, die Schiene dafür ist vorhanden. In Kanada bräuchten Sie dafür eigentlich einen Waffenschein, die sind da ein bisschen empfindlich. Sie dürfen also nicht sagen, wer sie Ihnen verkauft hat, auch wenn da, wohin Sie unterwegs sind, keine große Gefahr besteht, kontrolliert zu werden. Die berittene Polizei umfasst nur zehn Leute und ist für ganz Yukon zuständig‹, fügte er lachend hinzu, ›da bleibt noch genug Platz, um sich zu bewegen.‹

Und was war mit ihrem Colt, fragte ich mich, hatte sie dafür eigentlich einen Waffenschein?

Archie schrieb das Gewehr auf die Liste, und Peggy bezahlte von der Rechnung, was sie angeblich bezahlen konnte. Eine stattliche Summe, die jedoch kein großes Loch in das Vermögen riss, das sie aus Oswald Campbells Tresor hatte mitgehen lassen.

In unserem Zimmerchen nahm meine Mutter am selben Abend hinter verschlossener Tür eine geheime Operation vor, die ihr offensichtlich schon durch den Kopf gegeistert war, als sie unsere Sachen im Sheldon Store gekauft hatte, und darüber war ich ganz froh. Mit unendlicher Vorsicht und ohne Lärm zu machen, verstaute sie den Inhalt des Koffers in der neuen Weste, in deren wattierten, gesteppten Streifen genügend Platz war, um die Geldbündel hineinzuschieben. Im Futter eingenäht wären sie viel sicherer, als wenn sie in einer Tasche spazieren getragen wurden. Ihr Geschick und ihr Können als Näherin wurden nur von ihrem Einfallsreichtum, ihrer Klugheit und ihrer Weitsicht übertroffen. Als ich nach den Scheinen tastete und glücklich unser vieles Geld erspürte, unfähig, die vielen Nullen zu addieren, flüsterte meine Mutter: ›Mein größtes Goldstück bist du.‹

Sie sagte das mit so großem Ernst, dass ich in mich hineinlachte, ohne zu wissen, wie wahr ihre Aussage war.

Wir waren viel zu früh aufgestanden, saßen schweigend auf dem Bett und warteten auf das Zeichen von Mrs Allister, endlich nach unten gehen zu können und uns gemäß der Anweisung von Mr Ryan gegen vier Uhr morgens zum verabredeten Treffpunkt aufzumachen. Fasziniert von der ungewohnten Atmosphäre am frühen Morgen betrachtete ich unser Zimmerchen, um mir alles genau einzuprägen und mich ganz dem Bedauern hinzugeben, es verlassen zu müssen, aber als ich den Blick über Unseren gekreuzigten blonden Heiland auf der Tapete, die Badewanne mit den Vogelkrallen, den dreiteiligen Spiegel, die Petroleumlampe und die hübschen Vorhänge wandern ließ, die mir vor zwei Wochen so gut gefallen hatten, wirkten sie im Morgengrauen bereits wie ein altes, verblasstes Foto auf mich. Der Eindruck war so stark, dass ich, als wir das Zimmerchen schließlich verließen, nicht einmal mehr einen Blick zurückwarf, so ungeduldig war ich angesichts unseres Aufbruchs und des Neuen, das vor uns lag. Mit meinen neuen warmen Mukluks an den Füßen fühlte ich mich wie das glücklichste kleine Mädchen, so wie es der große Seeadler bei unserer Ankunft vorhergesagt hatte.

Während Bonnie mit der Langsamkeit einer Schnecke eine Thermoskanne Tropfen für Tropfen mit Kaffee befüllte und die Schalen einer emaillierten Box mit Crêpes und Bohnen mit Speck befüllte, schlang ich meinen Porridge hinunter und war genervt von ihrer zuvorkommenden Freundlichkeit. Wann hörte sie endlich auf, meine Mutter zu umarmen, mich an den Spitzenbesatz ihres Kragens zu pressen, bis meine Wangen brannten, uns viel Glück zu wünschen, uns zu sagen, dass sie uns in ihre Gebete einschließen werde, uns aufzufordern, uns zu beeilen, während sie uns gleichzeitig mit ihrem Redeschwall zurückhielt? Sie war so aufgeregt, als würde sie mit uns aufbrechen. Sie, die in ihrem tristen Leben alles verpasst hatte, konnte sich glücklich schätzen, uns getroffen zu haben, und hatte genug Gründe, neidisch auf uns zu sein, sagte ich mir, überzeugt von meiner eigenen Wichtigkeit.

Verstohlen durchquerten wir schließlich den kleinen Garten, der Raureif knirschte bei jedem Schritt. Am Zaun drehten wir uns um und warfen einen letzten flüchtigen Blick zurück: Umrahmt vom Licht stand Mrs Allister auf ihrer Türschwelle, winkte und presste sich mit der anderen Hand ein besticktes Taschentuch auf den Mund. Sicherlich hätte sie weniger geschluchzt, hätte sie gewusst, dass ich eines ihrer geliebten Andenken stibitzt und ganz unten in meine Tasche gesteckt hatte.

So früh am Morgen war es fast schon taghell auf der schlecht asphaltierten Straße, über die man zum Ufer des Chilkat River gelangte, dessen gleichmäßiges Gluckern uns zwischen den Bäumen hindurchführte. In der eisigen Kälte dampfte unser Atem, schweigend wie Schmuggler waren wir auf der Flucht, setzten unsere Reise erneut allein fort. Meine Mutter lief schnell, aber von unseren Ausflügen war ich es gewohnt ihr hinterherzulaufen, so gut ich konnte, damit sie mich unterwegs nicht verlor. Ihr einziges Gepäck bestand neben der mit unserem Vermögen ausgepolsterten Weste nur aus einer kleinen Tasche mit unseren Sachen von letzter Nacht und dem in ein Geschirrtuch gewickelten Nerz sowie dem Colt, der in ihrem Hosenbund steckte. Alles andere war in Archies Dodge. Hoffentlich hatte er es sich nicht anders überlegt, hoffentlich war er pünktlich am Treffpunkt, hoffentlich fanden wir das Wäldchen von Yindastuki, wo er sich mit uns verabredet hatte.

Der einstündige Fußmarsch kam mir sehr lange vor. Sobald die letzten Lichter der Place d'Armes im Morgennebel verschwunden waren, umfing mich die Stille des Waldes. Ich verdrängte meine Furcht vor eingebildeten, unsichtbaren Tieren, die uns aus den Baumkronen und dem tiefen Dickicht beobachteten. Die Grasbüschel oder die mit Frost überzogenen Farne hatten etwas Beunruhigendes an sich, ebenso wie die feuchten Berghänge und die kleinen Eiskristalle, die sich wie Mondsplitter in den Spurrillen verfangen hatten.

Endlich erreichten wir den Chilkat River, dessen mäandernde Arme im Nebel verschwanden und an ihren schlammigen Ufern Wurzeln und abgestorbene Äste, häufig in Tiergestalt, freigaben.

Unermüdlich stürzte das Wasser auf seiner Flucht Richtung Fjord nach unten, während wir zum gelobten Wäldchen unterwegs waren, das wir hinter jeder Biegung erwarteten, wo wir aber stets nur erneut auf dieselbe feindselige Landschaft stießen.

Meine Mutter schwieg. Bislang hatte sie sich immer auf ihre Intuition verlassen können, auf die Kameraden, die ihr der Zufall schickte, doch an diesem Morgen zweifelte sie an ihrem guten Stern und daran, dass dieser verrückte Plan der Verschwörer von Fort Seward Erfolg hatte.

Dann zerschnitt die Sonne den Nebel wie mit einem Schwert, erhellte die Natur mit ihren warmen Strahlen, und Archibald Ryan trat hinter einem Gebüsch hervor.

Was für eine Erleichterung, ihn zu sehen! Mit dem abgeknickten Lauf seiner Remington über dem Unterarm erinnerte er an einen morgendlichen Jäger. Der Pick-up stand unter den Bäumen ganz in der Nähe, wie geplant mit unseren Sachen für die Reise und der Winchester beladen, die Mr Ryan unverzüglich aus ihrem Stofffutteral zog, begierig darauf, sie meiner Mutter zu zeigen. Diese entledigte sich umgehend ihres Gepäcks und griff nach der Waffe. Mit festem, breitbeinigem Stand wog sie sie geübt ab, betrachtete, eine Hand am Schaft, die andere am Lauf, den Abzug, dann hob sie das Gewehr langsam an und platzierte den Kolben sorgfältig an der Mulde ihrer Schulter. Schließlich lehnte sie ihre Wange geradezu freundschaftlich gegen den Schaft, drückte ihr Auge ans Visier und zielte auf die direkt vor ihr liegende Straße.

›Sie ist nicht geladen‹, meinte Archie und lachte gezwungen.

›Das versteht sich von selbst, will ich hoffen‹, sagte meine Mutter und senkte den Lauf neben ihren Schenkel.

Dann legte sie mit erstaunlicher Geschwindigkeit wieder an. Dieses Mal nahm das Gewehr sofort den perfekten Platz an ihrer Achsel ein, ihr Haltearm bildete vom Ellenbogen zum Lauf einen perfekten Winkel, locker, dabei aber doch fest. Leicht nach vorn gebeugt, das Gewehr entsichert, drückte sie ab.

›Peng, peng‹, rief sie und tat so, als gäbe es einen heftigen Rückstoß.

So ruhig wie möglich stellte sie das Gewehr neben sich ab. Ich hüpfte vor Begeisterung, bejubelte ihr Können und ihren Ruhm – wer würde daran zweifeln, dass ihr Vater der größte Jäger in den Wäldern war, jetzt, wo ihre imaginäre Beute niedergestreckt dort vorn auf der Straße lag.

›Nicht übel‹, räumte Archie leicht eingeschnappt ein. ›Aber schießen Sie besser nicht hier in der Nähe. Klukwan, das Dorf der Indianer, ist nur etwa dreißig Kilometer weit weg. Ich kann Ihnen versichern, dass sie allein durch ihr Gehör die Entfernung eines Schusses abschätzen können. Und manchmal kommen sie in die Stadt: Uns beiden kann nicht daran gelegen sein, dass sie dort rumerzählen, sie hätten in der Gegend hier heute Morgen einen Schuss gehört, da sind wir uns doch einig? Noch ein weiterer Ratschlag: Seien Sie vorsichtig, wenn Sie über die Brücke von Klukwan fahren, der Eisgang hat ihr ganz schön zugesetzt. Sobald Sie auf der anderen Seite sind, halten Sie sich ans nördliche Ufer des Klehini-River, und folgen Sie dem befestigten Weg bis zur Grenze. Danach möge Gott Sie begleiten!‹

›Ich komme ganz gut ohne ihn klar‹, unterbrach ihn meine Mutter.

Sie konnte prahlen, so viel sie wollte – ich merkte mir von Archies Ansprache nur eines: Es gab Indianer hier in der Gegend. Bislang war davon nicht die Rede gewesen. Nie hätte ich diese Wilden, von denen Mrs Allister gesagt hatte, sie seien von der Grippe und vom Alkohol, den Mr Ryan ihnen verkaufte, stark dezimiert worden und würden sich heimtückisch verbergen, um den Zivilisationsversuchen der Patres zu entgehen, so nah bei Haines vermutet. Um die Gedanken an sie weniger beängstigend zu machen, sagte ich mir, dass Kluk, der Steuermann von Jim, seinen Namen vielleicht von diesem Dorf hatte, dass seine Eltern vielleicht dort waren. Vielleicht hatten seine Bewohner nicht so schreckliche

Totems wie die in Ketchikan und waren den Weißen freundlich gesonnen. Vor allem den weißen Frauen.

Solche Sorgen schienen meine Mutter nicht umzutreiben. Sie überprüfte das Benzin in den Reservekanistern und den Munitionsvorrat in den Schachteln. Die Ausrüstung für unsere Reise, die auf der Pritsche des Pick-ups gestapelt war, sah sie nicht noch einmal durch, sie wollte rasch von hier verschwinden.

›Vergessen Sie unsere Vereinbarung nicht. Sie schweigen wie ein Grab, was meinen Dodge und das Gewehr betrifft‹, beschwor Archie sie ein letztes Mal.

Mit einem festen Händedruck kürzte sie die Verabschiedung ab und bat ihn, ihrer lieben Tante noch einmal herzliche Grüße auszurichten. Als wir bei Mrs Allister aufgebrochen waren, hatte meine Mutter sich nicht besonders wortreich verabschiedet, aber das beste Geschenk, das sie den beiden machen konnte, bestand wohl darin, ihr den Überbringer unserer Grüße geradewegs in die Arme zu schicken.

Sobald unser Gönner im Rückspiegel nicht mehr zu sehen war, rief meine Mutter: ›Auf ins Abenteuer!‹

Wie schneidig sie an diesem Morgen aussah, mit ihrer Jeanslatzhose und dem rot-schwarz karierten Hemd, die Winchester hochkant an die Gangschaltung gelehnt, mit dem Mut eines Trappers und dem Aussehen einer Göttin. Der Pick-up trug uns davon, knatternd, holpernd, angetrieben vom stärksten, phänomenalsten Motor, wie Archibald Ryan, der König des Wodkas, es versprochen hatte. Bis zum Dorf, das ich voller Furcht erwartete, achtete ich nicht sonderlich auf den grauen Fluss, dessen unzählige Arme und flachen Inseln sich im Nebel erstreckten. Ich wollte schnell zu dieser Brücke kommen, die uns außer Reichweite der Indianer brachte.

Als Klukwan aus dem Nebel auftauchte, hatte ich kaum Zeit, das beeindruckende, in verwaschenen Farben bemalte Holzgebäude zu mustern, das Versammlungshaus des Clans, wie meine Mutter anmerkte – woher nur hatte sie all ihr Wissen? Träger Rauch stieg von den Blechdächern am Ufer auf, Bewohner waren nicht zu sehen. War es ihnen egal, wer bei ihnen vorbeifuhr, oder hatten sie sich vielleicht bereits mit der von Mrs Allister erwähnten Feigheit versteckt? Nur ein paar ausgemergelte Hunde bellten mit Schaum vorm Maul, zerrten an ihren Ketten, bis sie sich fast das Fell vom Leib rissen, dann waren wir auch schon vorbei, rasten geradewegs in den Nebel hinein. Wenn nun diese Brücke, über die man ›vorsichtig‹ fahren sollte, nicht passierbar war, mussten wir dann umkehren und kleinlaut zu Mrs Allister zurückkehren?

Zu meiner großen Zufriedenheit präsentierte sich besagte Brücke ein paar Kilometer weiter mit gut vernieteten Metallstreben und hielt sich tapfer auf ihren Betonpfeilern. Obwohl die Träger an vielen Stellen rosteten und der Fahrbahn ein paar Streben fehlten, wirkte die Brücke sehr einladend: Archie war weiter nichts als ein schlecht informierter Angsthase. Endlich am anderen Ufer – uff! Jetzt würde uns keiner mehr einholen können, weder die Neidhammel aus Haines, noch die Indianer von Klukwan oder ihre bösen Hunde. Doch statt mich darüber zu freuen, schnürte sich mir das Herz zusammen, denn jetzt waren wir wirklich auf uns allein gestellt, unterwegs ins Abenteuer.

Wie Archie uns geraten hatte, fuhren wir lange Zeit den Klehini hinauf, der zwischen den Bergflanken nach unten donnerte, während sich seine Nebenarme zwischen Kiesbänken und groben Sandstränden hindurchschlängelten oder träge durch Sümpfe flossen, bevor sie sich erneut in das zwischen Wurzeln und knorrige Bäume gegrabene Bett warfen. Der Kiesweg war stark beschädigt, voller Schlaglöcher, doch die frischen Reifenspuren widerlegten die Behauptung von Archie, er würde nicht mehr benutzt. Noch befanden wir uns auf dem Abschnitt, der zu den Minen von Porcupine führte, an der Abzweigung dorthin wies ein verrostetes Blechschild den Weg zu einer Brücke. Meine Mutter fuhr daran vorbei, ohne auch nur den Kopf zu drehen. Einen Moment folgte mein Blick dem Pfad am anderen Ufer, der am Fuß der Berge zu Mr Anways Schlaraffenland führte, wo ganz bestimmt fröhliche Erdbeerpflückerinnen, nette Arbeiter, Pferde oder Maultiere in ihren Ställen, Weiden, Bergbaugedöns, moderne Ausrüstung und vielleicht auch kleine Mädchen mit ihrem Spielzeug ihr Zuhause hatten. Ich wäre tausendmal lieber dorthin abgebogen, doch stattdessen fuhren wir weiter Richtung des weiten Unbekannten, das uns erwartete.

Je höher wir kamen, umso mehr lichtete sich der Nebel. Ich musste mich abstützen, um dem Rumpeln standzuhalten, und war zu klein, um von meinem Sitz aus durch die Windschutzscheibe etwas anderes zu erkennen als ein Stück Himmel, durch das ab und an ein großer Rabe flog. Ich dachte darüber nach, was meine Mutter gesagt hatte: Wenn sie sich zutraute, ohne Gottes Hilfe zurechtzukommen, dann weil sie sich auf die Karten verließ, die sie in der Kabine der *Prince Rupert* so eingehend studiert hatte. Ich aber fühlte mich damit nicht besonders gut gerüstet. Mir war nicht entgangen, dass das unendlich weite Landesinnere im Gegensatz zu den überaus detailliert abgebildeten Küsten jungfräulich war, Berge, Flüsse oder Orte schienen dort nicht zu existieren. Ganz sicher nicht diese Ortschaft namens Champagne, wo Jim angeblich einen Cousin hatte. Was nützten diese Karten dann? Wie wollte sie sich in dieser Einöde orientieren, würden wir darin verschwinden? Was würde uns dort fernab von unseren Freunden, dem Bootsmann, Kostas, Jim und Kluk, erwarten? Oder Mrs Allister, die ich zu dem Zeitpunkt schmerzlich vermisste. Sie verschwanden in der Leere der Karten, zerfielen zu feinkörnigem Sand, während ich mit den Adlern dahinflog, in den Wolken, wie Staub, der vom Wind getragen wurde.

Ein unvermittelter Stillstand weckte mich.

›Picknick-Pause‹, verkündete meine Mutter und sprang aus dem Auto.

Ich tat es ihr gleich.

Begeistert stand sie mitten auf der Straße und streckte sich. ›Ab hier heißt es tschüss, USA, willkommen, Kanada.‹

Noch etwas benommen schwankte ich ein wenig, und sofort schwirrten Fliegen und Stechmücken um mich herum. Ich sah mich um, ohne zu verstehen, was dieser Ort so Besonderes hatte, um das Ende oder den Beginn von etwas wie einem Bundesstaat oder einem Land zu markieren. Es war eigentlich gar kein richtiger Ort. Er war nichts als sengende Sonne und Einsamkeit, knacksende Äste und das Rauschen des Windes zwischen den Gipfeln. Er war meine Atmung, erstaunlich heftig, und das Brennen meiner Wangen, mein Schwindel.

›Siehst du da? Das ist Dalton Post. Die alte Raststation markiert die Grenze.‹

Mit dem Kinn wies sie auf einen fauligen, von Pflanzen überwucherten Holzhaufen abseits der Straße, daneben eine Art Verschlag mit eingestürztem Dach. Nicht einmal ein Trampelpfad schlängelte sich dorthin, sollten wir ihn erkunden wollen. In der Gegend gäbe es noch weitere solche Baracken, die aber genauso verfallen seien, ließ sie mich wissen. Einst hätten die Trapper hier am Tresen gestanden, ihre Ausrüstung und die Felle aus dem Handel mit den Indianern zwischengelagert. Darunter auch Jack Dalton, der gemeinsam mit einigen Gleichgesinnten ab 1885 aus diesen unerforschten Gebieten in Alaska und Yukon Gewinne habe herausschlagen wollen, indem er Pferde und Ausrüstung an die Goldsucher verkaufte und sie, um sie auch dort versorgen zu können, sogar massenweise dazu brachte, den Handelspfad der Tlingit zu benutzen, die darauf schon seit Jahrhunderten von der Küste ins Landesinnere zogen, um untereinander Waren und Güter zu tauschen. Die Vorstellung einer Grenze war ihnen völlig fremd, niemand machte ihnen ihre Gebiete streitig, bis Dalton ihren Pfad für sich beanspruchte. Dieser Schurke verteidigte seine Interessen, indem er Fäuste und Gewehre sprechen ließ. Unter Androhung von Gewalt verlangte er Abgaben von jenen, die hier vorbeiziehen wollten, um nach Dawson zu kommen, denn der Weg über seinen Trail war zwar deutlich länger, allerdings auch um einiges einfacher zu bewältigen als der über Skagway oder Dyea mit den schrecklichen Gebirgspässen.

›In dieser Gegend erweisen sich die Clans jenen gegenüber als gastfreundlich, die ohne böse Absichten zu ihnen kommen. Sie sind ausgezeichnete Jäger. Ihre Sprache ist einfach zu erlernen. Ihre Sitten und ihr Glaube unterscheiden sich zwar sehr von unseren, sind aber überaus aufschlussreich.‹

Ich war mir nicht sicher, ob meine Mutter mit mir redete. Es wirkte eher so, als würde sie einem Abwesenden eine auswendig gelernte Lektion aufsagen.

Ich überließ sie ihrem Selbstgespräch und beschloss, hinter einem Felsen pinkeln zu gehen. Mit dem einen Fuß auf dieser Seite der Grenze, mit dem anderen auf der anderen – schließlich war es eine Grenze. Ich jammerte nicht, obwohl mir im eisigen Wind der Hintern abfror, die Mittagssonne unbarmherzig auf diesen Einschnitt des Berges herunterbrannte, mir die Stechmücken zusetzten und der Sirup von den Crêpes tropfte, und auch nicht wegen des nach Eisen schmeckenden Wassers aus meiner Trinkflasche. Ich hatte bisher lediglich meinen Porridge zum Frühstück gehabt und war hungrig, es kam also nicht infrage herumzumäkeln.

Während ich kaute, befand ich, dass ich jetzt, wo wir das Land wechselten, auch einen neuen Namen annehmen konnte und am liebsten den, der mir am besten gefiel. ›Ich heiße jetzt Heidi.‹

Dieses Mal erhob meine Mutter keine Einwände. Entweder war es ihr egal, oder aber sie hatte nicht zugehört, so sehr war sie damit beschäftigt, ziellos mit ihrem Kompass herumzuwandern. Während sie die Stechmücken verjagte, ›miese Biester‹, fluchte sie, zeigte sie mir, wie die blaue Nadel wackelte, zitterte und beharrlich nach dem Norden suchte.

›Das ist unsere Richtung. Heute Abend schlagen wir unser Lager auf dem Pass auf.‹

Sie steckte ihren Kompass ein und suchte mit dem Fernglas die Höhenzüge ab – was sah sie dort? Ich konnte es kaum erwarten, in dieses Yukon kommen, wohin wir anscheinend unterwegs waren. Doch sie zog ein gefaltetes Papier aus ihrem Hemd, das sie vorsichtig mit der Hand auf einem flachen Felsen glatt strich.

›Niemand sonst hat eine solche Karte‹, sagte sie geheimnisvoll.

Das war keine dieser gedruckten bunten Karten, wie ich sie kannte, sondern lediglich eine Bleistiftskizze und nicht sonderlich ausgefeilt. Nur ein Kind oder jemand, der geistig nicht ganz auf der Höhe war, würde so etwas hinschmieren. Ich fragte mich, ob meine Mutter noch ganz bei Verstand war oder ob es sich hierbei um ein neues ihrer verrückten Spiele handelte. In die Karte vertieft vergaß sie mich. Ich nutzte die Gelegenheit, um die bizarre Zeichnung mit den Schlangenlinien zu beäugen, die manchmal gestrichelt waren und sich um tannenbaum- oder gipfelförmige Häkchen herumwanden, dazwischen Kleckse, Sterne, Schraffierungen, ein paar Pfeile hier, ein paar handschriftliche Anmerkungen da, die kritzelige Schrift war ohne Lupe fast nicht zu entziffern, vor allem, wenn man Tränen in den Augen hatte.

Das Sirren der Stechmücken wurde immer lauter, meine Mutter ließ sich die Sonne auf den Nacken brennen und die Haare vom Wind zerzausen. An ihrer Schläfe pochte eine Ader. Schweiß rann zwischen ihren Brüsten hinunter, ich atmete ihre nach Gardenie duftende Wärme ein. Ich wartete, doch nichts geschah. Um uns herum zerschrammten die Kiefern mit ihren sich wie Widerhaken aufstellenden Nadeln den Himmel, als wären es Tintenfedern. Vogelschreie, buntes Durcheinander mineralischer Erhebungen, undurchdringliche Vegetation – das alles schuf eine ebenso absurde Landschaft wie das Rätsel, das meine Mutter mit dem Finger zu entziffern versuchte.

Sie wusste, wohin sie unterwegs war.

Daran glaubte ich mit aller Macht, aber hatte ich denn eine Wahl? Also hastete ich mit meinen kurzen Beinchen rasch über die Karte wie eine kleine, flinke Ameise, holte sie ein, schlüpfte mit ihr zwischen die Wurzeln, in die Ecke, unter die Gabelung, der Pollenspur folgend stieg ich über den Vogelflaum, den Schneckenschleim, kletterte die Ascheschlucht, den diamantglitzernden Bergrücken aus Quarz hinauf: Egal in welcher Größenordnung, der Pfad existierte, weil ein Wahnsinniger die Karte gezeichnet hatte, weil seine primitiven Zeichen die unendlichen Weiten des Kontinents, des Himmels oder des Meeres verorteten und ihnen eine Ordnung verliehen hatten. Diese Karte war das alleinige Eigentum meiner Mutter, der geheime Talisman, der sie zur Herrscherin über diese unbekannte Weite machte, ihren Willen wie ein heiliges Feuer brennen ließ, nichts auf der Welt kam ihrem Besitz gleich. Damit würden wir es schaffen.

Sie zeigte auf ein Dreieck, das dunkler war als die anderen. ›Sieh mal: Wir sind hier in Pleasant Camp. Von hier folgen wir den Pfeilen am Berghang. Hinter Rainy Hollow geht der alte Pfad weiter. Diese Doppelstriche markieren Furten, wo Wasserläufe überquert werden können. Wenn das Wetter gut bleibt und diese Karre durchhält, dann sind wir in drei Tagen da. Vorwärts, immer weiter!‹

›Wo sind wir in drei Tagen?‹

Hatte ich diese Frage wirklich gestellt oder sie nur gedacht? Fast ehrfürchtig faltete sie das Blatt, steckte es wieder zwischen ihre Brüste unter das schwarz-rot karierte Hemd. Ihr Herz und ihre Seele verzehrten sich nach diesem Stück Papier.

Von da ab versperrten der schräge Pfad, der sich nach oben wand, und die steilen Bergwände die Aussicht, wir sahen nur noch die stets gleichen zwischen Felsvorsprüngen stehenden gerupften Fichten, mickrigen Pappeln, Espen und Birken vorbeiziehen. Wir erklommen einen Steilhang nach dem anderen, unablässig, und an das Lenkrad geklammert wie Jim an sein Ruder, jagte meine

Mutter mit durchgetretenem Gaspedal weiter. Das Auto ächzte und stöhnte, bewältigte aber beherzt die Steigung, um sich auf dem darauffolgenden flachen Stück kurz zu erholen, ehe der nächste Bergsattel kam, so ging es immer weiter. In dem Durcheinander von Pflanzen, Gestrüpp und ausgewaschenem Geröll erstreckte sich der Pfad wie eine Schneise, mal enger, mal breiter, scheinbar völlig willkürlich, doch er zwängte sich lediglich zwischen den Steilhängen hindurch, die links und rechts aufragten. Wenn es in drei Tagen Abend wurde, wo wären wir dann?

Schon lange hatten wir die Abzweigung hinter uns gelassen, an der ein an einen Pfahl genageltes Schild den Weg zu den Kupferminen von Rainy Hollow gewiesen hatte. Die Kette der kahlen Berge entfernte sich unter tief hängenden Wolken hinter uns, niemand war zu sehen. Es war, als kämen wir in dieser immer gleichen Landschaft nicht vom Fleck, doch dann wurde der Wald erst lichter, bis er vollständig verschwand und einer kargen Vegetation Platz machte.

Der Trail, der sich bis dahin noch gut abgezeichnet hatte, wurde zu einem undeutlichen aschfarbenen Strich, der sich zwischen den Hügeln dahinschlängelte, als hätte sich der Pfad nicht nur in die Erde, sondern auch in die Zeit gegraben. Als wären die Geister jener, die ihn über Jahrhunderte hinweg benutzt hatten, noch immer auf ihm unterwegs, unsichtbar, weil sie sich zu schnell fortbewegten, als dass wir sie sehen konnten, oder vielleicht auch zu langsam. Welches von beidem der Fall war, beschäftigte mich, während wir immer höher hinauffuhren, ohne jemals etwas zu erreichen, was an einen Pass erinnerte. Zweimal durchquerten wir breite Flüsse, die zwischen kargem Gebüsch dahinströmten, das Wasser war niedrig genug, um das Flussbett zu durchqueren. Mit durchgetretenem Gaspedal jagte meine Mutter vorwärts, geriet an den Kieselbänken ins Schleudern, riss das Lenkrad herum, Wasserfontänen spritzten auf bis zum Dach. Falls das Wasser die Reifen überspülte oder, schlimmer noch, den Motor absaufen ließ, würden wir mittendrin stecken bleiben, und wer käme uns dann zu Hilfe? Vor lauter Angst vergaß ich zu atmen. Wenn wir das andere Ufer erfolgreich erklommen hatten, die vier Reifen wieder auf festem Boden standen, schlug sie mit der Faust auf das Lenkrad, als wäre das Auto ein Maultier, und weiter ging es, nur wohin überhaupt?

Einige Zeit später kamen wir an kleinen Seen mit sich kräuselndem Wasser vorbei, von wo pfeilschnell ein paar Teichhühner zusammen mit einer Schar aufgeschreckter kleiner Vögel aufflogen. Dann tauchten wir an einer Seite eines sich in seiner riesigen gekrümmten Ebene erstreckenden Hochtales auf, gesäumt von majestätischen Gipfeln, die von kleinen Schneefeldern schraffiert waren, die violetten Felswände von Sonnenstrahlen erleuchtet, die die Wolken lanzenartig durchbrachen. Hinter uns wirbelte das Auto eine kleine Staubwolke auf, die der Wind über dem Teppich aus Heidekraut und Zwergbirken, Flechten und Gräsern verwehte, die die untergehende Sonne an den Hängen purpurn- und schieferfarben färbte, während weiter unten in einem grasbewachsenen, bereits in Dunkelheit getauchten Tal ein zinnfarbener Fluss träge dahinmäanderte, ohne sich irgendwohin ergießen zu müssen. Bestimmt hielten sich überall Raubvögel, pelzige Wildtiere sowie kleine, stechende und beißende Insekten versteckt. In unserem Auto waren wir wie sie, weder mehr noch weniger boshaft, auf unsere eigene Weise bewaffnet und ebenso gefährlich. Das waren wir auch füreinander, genau wie die Tiere, nicht aus Lasterhaftigkeit oder Grausamkeit heraus, sondern aufgrund unserer alten Seele.

Es wurde Abend, oder vielmehr hörte es gar nicht auf, an diesem endlosen Tag des nordischen Sommers Abend zu werden. Die staubige Spur am Boden entzog sich uns zwischen den Kuppen der kahlen Hügel immer weiter, war nur mehr eine undeutliche Rille, die die große nackte Silhouette des Berges erklomm, kein Schild mehr weit und breit, kein Handelsposten. Ich hätte mich so gefreut, wäre einer aufgetaucht, selbst wenn er so verfallen gewesen wäre wie die Raststätte Dalton Post an der Grenze, meinetwegen auch einer dieser schrecklichen Totempfähle, immerhin ein Beweis dafür, dass diese namenlose Weite von irgendetwas heimgesucht wurde, ob von Mensch oder Geist. Wir wären ihnen waffenmäßig gewachsen, sagte ich mir und presste den Oberschenkel ängstlich an den Gewehrlauf.

Wir fuhren nunmehr ungeschützt durch absolut offenes Gelände an der Südseite des Felsmassivs entlang, einem breiten Hang mit einer kargen Heidelandschaft mit verstreuten niedrigen Gräsern und Sträuchern, überragt von prunkvollen, sich nach Nordwesten öffnenden Bergen, auf die wir zufuhren, ebenso unwissend wie jene, die sich einst als Erste dort hingewagt und dabei mit jedem ihrer Schritte ein Wegenetz angelegt hatten. In der Einsamkeit waren wir ihresgleichen, denn in dieser Welt ohne Grenzen war ein jeder sich selbst der einzige Bezugspunkt, seine eigene Orientierungstafel, sein alleiniger Führer, die einzige verlässliche Karte.

Bald würde meine Mutter erneut ihre Karte konsultieren, wie ich hoffte. Wieder würde sie mit der Fingerspitze auf ein utopisches Nirgendwo zeigen und so tun, als wüsste sie, wo sie war. Oder aber sie würde ihr Gewehr anlegen und auf den unsichtbaren Feind in der Nacht zielen.

Das Kinn auf die Knie gestützt, wärmte ich meine Hände an dem kleinen Feuer aus Wurzeln und trockenem Gras, das meine Mutter entzündet hatte. Was für eine winzige Feuerstelle, was für ein armseliges Leuchten in dieser absoluten Einsamkeit, die uns umgab. Bestimmt zündete Mrs Allister gerade ihre Petroleumlampen an. Sie aß in ihrer Küche direkt neben Fort Seward, wobei ihr knisterndes Radio lief, vielleicht in Gesellschaft von Archie. Erzählte er ihr von Peggys hervorragendem Schuss mit dem Gewehr? Wartete der Kapitän noch in Juneau auf ein Schiff, während er mit den parfümierten Damen Poker spielte, fuhren Jim und Kluk immer noch durch den Fjord, trauerte Miss Plunkett mir immer noch ein wenig nach, wenn sie Aston und die Zwillingspudel umarmte? Wiederholte sich alles auf ewig? Damit sie mich nicht ganz vergaßen, rief ich mir diese Abwesenden ins Gedächtnis, während das Leichentuch der klaren Nacht die Tundra mit einem rötlich violetten Schleier überzog, das letzte Tageslicht ließ die Gletscher über dem fahlen Schlund des Abgrunds aufleuchten, und wir kampierten inmitten dieses Nirgendwo unter dem achatähnlich marmorierten Firmament, blau und bronzefarben und still.

Damals war mir diese Schönheit nicht bewusst, nur die völlige Ruhe, die Reglosigkeit all der unveränderlichen Dinge, die uns erfasste, bis wir selbst so waren, reglos, unwandelbar wie die alten Totems, während wir darauf warteten, dass der Topf mit Bohnen und Speck und der Kaffee warm wurden, mit steifen Gliedern, wie gerädert vom endlosen Tag im Auto. Funken stoben auf und wurden von dem schwachen Wind verweht, der die Gräser und das Heidekraut um uns herum rascheln ließ. Hin und wieder ließ mich ein Knacken ganz in der Nähe hochschrecken, aber ich war zu müde, um mich umzudrehen. Ich wäre an Ort und Stelle eingeschlafen, hätte meine Mutter dem Lagerfeuer kein Ende bereitet, indem sie die Glut austrat, und bestimmt, dass ich noch einmal pinkeln gehen solle, später sei es zu kalt, außerdem streiften dann Tiere draußen herum: Dann käme es nicht mehr infrage, dass ich das Auto verließ.

Wir rollten uns mehr schlecht als recht auf den Sitzen zusammen, eingewickelt in unsere neuen Decken, die noch nach dem Sägemehl und dem Kampfer aus dem Laden rochen, doch die Vorstellung von umherstreifenden Tieren ließ mich innerlich verkrampfen.

Um diese Möglichkeit auch ja abzuwenden, flüsterte ich so gleichgültig wie möglich: ›Vielleicht treffen wir ja bald auf einen Grizzly.‹

Sie antwortete nicht, und ich dachte, dass sie bereits schlief, doch nach einem Moment flüsterte sie: ›Hoffentlich nicht. Das ist der größte und wildeste Bär, den es gibt.‹

›Dein Vater, der Jäger, hatte keine Angst vor ihm. Obwohl er ihm das Ohr zerfetzt hat.‹

Ich hatte mir diesen Helden, der die Wölfe und Bären in den Winterwäldern jagte, buchstäblich zu eigen gemacht, ich sah ihn vor mir, wie er im aufwirbelnden Schnee mit seinem von Krallen und Zähnen zerfetzten Ohr unterwegs war. Es hätte mich nicht gewundert, wenn er hier in der Nähe wäre, ein einsamer Wanderer, der zu uns kam, um uns vor den Gefahren zu beschützen.

›Hör zu, ich weiß nicht, ob das wirklich mein Vater war. Auch nicht, ob es wirklich ein Grizzly gewesen ist. Vielleicht war es nur ein Traum‹, fügte sie nach einem Moment des Schweigens hinzu.

Enttäuscht grübelte ich über ihre Antwort nach, zweifelte an ihrer Unsicherheit, aber auch an meiner eigenen, was diesen Vater meiner Mutter betraf, dessen umstrittene Existenz sie erträumt hatte – oder war ich das? Aber auch mein Leben erschien mir wie ein Traum, hatte dieselbe brüchige und verschwommene Konsistenz über all die Jahre hinweg, ehrlich gesagt nur sechs, gleichzeitig aber eine Ewigkeit. Ich musste mir meinen dicken, zigarrenrauchenden Vater und meinen Geburtstag am Strand von Santa Monica erträumt haben, gefolgt von einem anderen Traum auf den Straßen von Oregon, dem Frachtschiff, dem Trail und auch an der Grenze. Ein weiterer Traum war diese Nacht, die sich niemals ganz über das Heideland legte, das brennende Feuer zwischen den Steinen und mein Schlaf, in dem ich in den eisigen Untiefen zwischen den ausgebleichten Barten der Wale versank. Doch obwohl der Schlaf mich mittlerweile eingeholt hatte, wusste ich, dass auch meine Mutter gut geschützt und geborgen in meinem Traum schlief.

Wenn ich daran zurückdenke, erscheint mir unsere Expedition noch heute wie ein Traum, in dem alles auf den Kopf gestellt ist: Meine Mutter ist ein kleines Mädchen, und ich bin die Vernünftige, die sie beschützen muss, als wäre sie ein unvorsichtiges Kind, das alle Gefahren für ein Spiel hält. Ihre Kindereien machen mir Angst, aber ich reiße mich zusammen, um es vor ihr zu verheimlichen, ich necke sie nicht, damit ihr gelingt, wobei sie eigentlich versagen müsste, und bin, jedes Mal erstaunt angesichts ihrer Kühnheit, doppelt so stolz wie sie.

In Wirklichkeit wusste sie nichts über diese Welt, ihre absurde Karte hätte uns unzählige Male in die Irre leiten müssen. Wir hätten einen Platten haben können, das Fahrgestell hätte brechen, der Motor verkoken können, doch schwankend und rumpelnd fand unser qualmender Blechhaufen seinen Weg über das Massiv, das in dieser Höhe unter dem weiten Himmel mit den Pflanzen der Tundra bewachsen war. Beobachtete uns da ein Adler oder ein Mufflon, ein Bär oder ein Mann, vom Wind in den Granit der Gipfel gemeißelt, aus der Ferne mit leerem Blick, ein Wächter ähnlich den Totems mit den Köpfen von Frosch, Rabe oder Luchs? In diesem unsicheren Gefährt waren wir ebenso versteinerte Geschöpfe, die die öden Weiten beobachteten.

Da wir zu langsam vorankamen, mussten wir eine weitere Nacht kampieren, was meine Mutter nicht eingeplant hatte. Dieses Mal gab es keine Bohnen mehr, auch keinen Kaffee, wir konnten nur noch auf Corned Beef aus der Dose und getrockneten Aprikosen herumkauen. Am nächsten Tag ging es weiter auf dem Trail. Dieses Mal umrundeten wir einen kleinen, stahlblauen See nach dem anderen, in denen sich die Gipfel der umgebenden Berge spiegelten, die ich namenlos glaubte, schließlich fehlten diese auf der Karte, die meine Mutter hin und wieder zurate zog – vergeblich. Dennoch ließ sie sich nicht entmutigen, sie fuhr einfach immer weiter.

Die einladende Biegung eines Baches nutzte sie, um einen spontanen Zwischenstopp einzulegen.

›Hopp, etwas frisch machen‹, rief sie, streckte sich in der Sonne und kickte die Stiefel von den Füßen.

Ich tat es ihr gleich. Doch der Bach war so eiskalt, dass ich meine Zehen, kaum hatte ich sie eingetaucht, schon nicht mehr spürte. Meine Zähne klapperten, aber das Schillern der Kieselsteine unter meinen Füßen entzückte mich. Sie sahen aus wie ein wunderbares graues Pflaster, durchzogen von blauen und weißen Adern sowie unzähligen Rot- und Gelbtönen, sodass sie vom Funkeln der Sonne unter der dünnen Wasserschicht golden glitzerten. Vorsichtig und völlig durchgefroren begnügte ich mich damit, lediglich meine Nasenspitze etwas zu benetzen, während meine Mutter, die bereits mit nacktem Oberkörper mitten im Bach stand, sich nass spritzte und mich auslachte. Dabei behielt sie die ganze Zeit den Felsen im Auge, auf dem sie ihren Colt abgelegt hatte, ihre mit Geld bestückte Weste und ihr Hemd, in dessen Tasche sich die wertvolle Karte befand. Mit ihren Adleraugen behielt sie zudem die Umgebung im Blick, sodass kein Tier es wagte, sich zu zeigen, kein Elch, kein Bär, auch keine Bisamratte, noch nicht einmal eine Stechmücke. Einzig ein paar Bussarde kreisten schweigend hoch oben am Himmel. Ich schloss daraus, dass die Raubtiere, mit denen Mrs Allister uns gedroht hatte, nur in der Fantasie dieser Angsthäsin existierten und dass meine Mutter recht damit gehabt hatte, sich darüber lustig zu machen.

Von Kaska erfuhr ich später, dass sich alle Lebewesen im Wald verbargen und uns aus der Ferne belauerten, sich nicht zeigten und weiter ihr tierisches Leben lebten, während sie das Treiben der Menschen beobachteten. ›Wenn du das nicht beachtest, läufst du große Gefahr: Alles bleibt unsichtbar, du siehst keines davon, während alle dich sehen. Der Wald ist kein botanischer Garten und auch kein Zoo, er ist ein Kriegsschauplatz, um dort zu überleben, muss man schlau sein und darf sich nur getarnt hineinwagen.‹

Dass ich das heute weiß, mindert meine Bewunderung für den Mut meiner Mutter angesichts dieser Gefahr kein bisschen. Auch nicht das Wissen um das, was wenig später passierte.

Erschlagen von Langeweile und Müdigkeit, schlief ich ein, bis ich unvermittelt aufschreckte und fast unter das Armaturenbrett gerutscht wäre. Der Pick-up war beunruhigend nach vorne geneigt und raste in eine Schlucht hinunter, von wo ein donnerndes Tosen heraufdrang. Der Pfad war zu schmal, um rückwärts wieder hinaufzufahren oder zu wenden, aber dafür war es eh schon zu spät. Uns blieb nichts anderes übrig, als tiefer in die Schlucht hinunterfahren, zwangsläufig eine Sackgasse. An den Sitz geklammert, stumm vor Angst, entdeckte ich tatsächlich keinen anderen Ausweg als diese über den Abgrund führende unheimliche Holzbrücke, die wie ein Schatten der Vergangenheit aus dem Gischtnebel auftauchte, ein wackliges Gerüst auf umgekehrt aufgestellten v-förmigen Bohlen, der Brückenboden von hängendem Farn überwuchert, wurmstichige Streben, so baufällig, dass sich nur ein Wahnsinniger darauf vorwagen würde. Ebenso unbeeindruckt, als würde sie eine Runde um die Place d'Armes drehen, hielt meine Mutter in rasendem Tempo darauf zu. Obwohl die Bohlen unter dem Gewicht des Dodge knarzten, schrecklich ächzten und sich durchbogen, bereit, sich und uns in den zwischen den Steilwänden gähnenden Abgrund zu stürzen, waren wir blitzschnell auf der anderen Seite.

›Genau wie auf meiner Karte verzeichnet!‹, rief meine Mutter triumphierend und wedelte mit dem zerfledderten Papier.

Erlöst von diesem Albtraum pries ich dieses magische Suchbild, das unvermittelt Brücken dort auftauchen ließ, wo wir sie gerade benötigten. Ich war ebenso stolz wie meine Mutter, meine Tapferkeit und meine Zuversicht waren unversehrt und makellos, nicht eine Sekunde erschüttert von dem Verdacht, dass sie die Karte falsch interpretiert haben könnte und wir nur durch Zufall bei dieser Brücke gelandet waren; dass die Brücke auf der Karte tatsächlich über einen anderen, mehrere Kilometer entfernten Gebirgsbach führte, weiter im Norden, weniger westlich; oder aber, dass ihre Karte die einer anderen Region war, vielleicht sogar die eines nicht existierenden Landes, das Hirngespinst eines verwirrten Geistes.

Ich sah mich vergeblich um, nach oben und unten, links, nach vorn, überall ein wahres in die Schlucht ragendes Felsenmeer, wirbelndes und tosendes Wildwasser, ein unentwirrbarer Wald aus Tannen, Fichten und Birken, irgendwo zwischen Himmel, Einsamkeit und Abgrund. Ich jubelte meine Freude heraus, weil ich nur meine Mutter hatte und sie nur mich.«

Während ich das aufschreibe, höre ich Jessies Gemurmel, spreche ihre Worte, als wären es meine, und in diesem Widerhall aus der Vergangenheit höre ich, besser noch als damals, sofern das möglich ist, wie sich erschreckend machtvoll eine andere Stimme einmischt, wie die dünne Kinderstimme darum kämpft, hinter der Stimme der Frau hervorzubrechen, zu der sie geworden ist und die versucht, mich von ihrer Erinnerung zu überzeugen: »Sei so nett, Bud, hör mir zu.«

Ich wollte nicht so nett sein. Sobald man jemandem ein Ohr leiht, weiß jeder, dass man mit drinsteckt. Ich aber steckte schon so lange mit drin, dass ich an jenem Abend im April 1954 keine Wahl mehr hatte. Ich wusste, dass ich etwas zu hören bekommen würde, das sie noch nie jemandem erzählt hatte, nicht einmal sich selbst. Dieses erste Mal stellte sie vor die Herausforderung, die Worte zu finden, nach denen die Erinnerung verlangte, mögliche Worte, die, auch wenn sie ungenau oder falsch sind, sie schließlich unwiderruflich beschreiben. Die Erinnerung kann nur wieder aufleben, wenn man sie erzählt, so unsicher man sich dieser Erzählung auch sein mag.

»Selbst schuld, wenn du mir glaubst, wenn ich mir selbst glaube«, sagte sie. »Wirst du mir glauben, Bud?

Um meine Erinnerung wieder aufleben zu lassen, um herauszufinden, was es damit auf sich hatte, dachte ich, es würde genügen, wieder den Pfad zu beschreiten, den ich damals, als ich sechs

Jahre alt war, beschritten hatte. Das wäre einfach: Um bis nach Anchorage zu kommen und dabei dieselbe Strecke wie damals zurückzulegen, müsste ich lediglich dem Haines Highway folgen, der am Fjord beginnt und heute bis zum Alaska Highway führt, wobei er in etwa dem alten Dalton Trail folgt, auf dem ich, mit Lorna del Rio am Steuer des verbeulten Dodge von Archie, das Bergmassiv überwunden hatte. Das wäre bei gutem Wetter überhaupt kein Problem: Ich sah mich geradewegs dieses glatte Straßenband dort entlangfahren, wo uns einst kleine Schluchten, das Vorgebirge und Gebirgsbäche unablässig auf Umwege geschickt hatten. Ganz abgesehen von den Umwegen, die meine Mutter aufgrund ihrer bescheuerten Karte einschlug, und dass ich noch ein Kind war, das Raum und Zeit maßlos überschätzte. Dennoch glaubte ich, dass mich trotz dieser Geschwindigkeit und des Komforts eines in Haines gemieteten Autos, die Höhenzüge der Berge hinter den Scheiben, die Pässe, Schluchten und seit Urzeiten unveränderlichen Wasserläufe in die Realität zurückversetzen würden, sie würden die Maßstäbe zurechtrücken, und ich würde endlich die Wahrheit kennen. Genau wie man beim Durchblättern eines unachtsam zugeklappten Buches, das man gerade liest, hofft, die richtige Stelle zu finden, an der man die Lektüre fortsetzen kann, wo die Augen sich erneut auf den Weg machen und an die Erinnerung an das, was man gelesen hat – also an das, was man einst war –, nahtlos anknüpfen. Wenn man dann unvermutet auf diese Seite stößt, wird man sehen, was sie bereithält. Ich habe im letzten Moment einen Rückzieher gemacht. Zu groß war meine Angst vor dem, was ich von dieser Landschaft über unsere Reise erfahren würde.«

»Keine Sorge, Jessie, du hättest nichts wiedererkannt. Die heutige Straße, die die U.S. Army im Jahr 1942 nach dem Angriff auf Pearl Harbor gebaut hat, hat die Landschaft vollkommen verunstaltet. Aus Furcht vor einer japanischen Invasion in Alaska, sollte rasch ein direkter Zugang zu den Gebieten im hohen Norden hergestellt und die Gegend militärisch gestärkt werden. Innerhalb von nur acht Monaten wurde die ganze Gegend sowohl von Haines als auch – mit kanadischem Einverständnis – von Whitehorse aus aufgerissen, Felsen wurden gesprengt und der Wald mithilfe von Baggern, riesigen Schaufelladern, gerodet. Über zehntausend Soldaten waren im Einsatz, siebentausend Zivilisten, eine Wahnsinns-Baustelle. D8-Bulldozer haben den Permafrostboden aufgegraben, der in der arktischen Sonne schmolz, über Nacht erneut gefror, in dem klebrigen Schlamm verstopften die Laufketten und ersoffen die Motoren. Bei minus dreißig Grad gefrieren Diesel, Rasierschaum und das Blut in den Adern. Die Typen, die das Terrain mit gefällten Baumstämmen abstützen sollten, blieben bis zu den Schenkeln, bis zur Taille in diesem eisigen, mit Diesel vermischtem Schlamm stecken, eine regelrechte Sträflingsarbeit. Der Regen, die höllische Kälte, ein Zelt als einziger Schutz davor, keine Sanitäranlagen, keine Krankenstation, da mussten nicht wenige dran glauben. Den höherrangigen Yankees, natürlich alle weiß, war das scheißegal: Menschen wie ich waren für sie nur Abschaum. Ich weiß das, ich war einer von ihnen – wenn auch als kanadischer Zivilist besser dran als sie. Ich habe als Techniker Flugzeugmotoren gewartet, dann als Erkundungsflieger mit den Ingenieuren, flussaufwärts die künftigen Stromtrassen überflogen. Die Baustelle reichte bis nach Silver City, Burwash Landing und dann bis Beaver Creek. Mit großem Tamtam drang die Zivilisation gewaltsam vor, stets gefolgt vom Nachschub in Schlamm, Eis und Schnee, ein ganzer Tross von Feldküchen, Kolonnen von Tankwagen – ohne Pipeline keine Tankstellen –, dazu Jeeps und Wohnmobile, die Offiziersmesse, die mobilen Bordelle und Bars, die entlang der Strecke Müll und haufenweise Schrott an den Hängen zurückließen. Noch heute rosten die Fahrzeugwracks dort vor sich hin und zerfallen, vom Kluane Lake bis nach Tok und Fairbanks. Der gesamte Verkehr läuft inzwischen darüber. Man hat keine andere Wahl: Es ist der einzige Landweg nach Alaska. Eine höllische

Schneise. Aber das war saubere Arbeit von den Yankees – daran gibt es nichts zu rütteln. Du hättest also rein gar nichts wiedererkannt, Jessie.«

»Trotzdem. Letzte Woche war genauso schönes Wetter wie damals«, beharrte sie. »Damals lag bestimmt der gleiche Schnee zur gleichen Zeit im Jahr auf den Gipfeln, gab es dieselbe Aussicht auf den Horizont. Auch auf deiner neuen Straße hätte ich doch hier und da zufällig ein Überbleibsel des alten Trails entdecken können, ein verlorenes Stück entlang der Straße, vielleicht die Überreste einer alten, wackeligen Brücke, zerstört in der Tiefe einer zugewucherten Schlucht liegend. Ich hätte nach etwas Ausschau halten können, das mich veranlasste, anzuhalten. Aber das hätte ich nicht gemacht: Ich hätte auf keinem Parkplatz angehalten, ich wäre noch nicht einmal langsamer geworden. Ich hätte im Gegenteil mehr Gas gegeben, vor allem, wenn ich mich Klukshu genähert hätte. Heute zeigt die Karte ein Fischerdorf direkt am See. Als ich diesen Namen las, tat ich das statt mit meiner Stimme mit einem schrillen Stimmchen. Mein sechsjähriges Ich steckte in meiner Kehle und sprach für mich, für den Fall, dass ich diesen Ort vergessen haben sollte. Du weißt schon, diese Seite, die man verloren glaubte und auf die man ganz unverhofft stößt. Ich hatte viel zu große Angst. Ich habe kein Auto gemietet. Ich bin von San Francisco hierher nach Anchorage geflogen, verstehst du, Bud?

Stets auf der gleichen Höhe und ohne Hoffnung, irgendwann auf ein Tal zu stoßen, durchquerten wir den ganzen Tag mühsam einen Wald aus kleinen Fichten, krummen Kiefern und Hemlocktannen, die sich gegenseitig erdrückten. Abgestorbene und gesunde Bäume umwanden einander und bildeten einen so undurchdringlichen Wall, dass keine Lücke die Sicht freigab, als meine Mutter mit ihrer unverwüstlichen Selbstsicherheit unvermittelt vorhersagte, dass direkt vor uns, in etwa zehn Kilometern Entfernung, der Lake Klukshu liegen müsse.

›Das steht hier. Es ist nicht mehr weit‹, sagte sie und strich ihre abgegriffene Karte glatt.

Zum Beweis, wenn man so will, fuhr sie mit dem Finger an der krakeligen Schrift entlang, die neben einem zerfaserten Etwas stand. Hielt sie diesen komischen Aprikosenkern, der da mitten im Nirgendwo ihrer Skizze hing, ohne jeden Maßstab, ohne Höhenlinien, ohne Hinweis wo Norden oder Süden war, ohne Längen- oder Breitengrade, wirklich für einen See? Glaubte sie wirklich, dass diese schraffierte Girlande, die den vermeintlichen See bekränzte, einen bedeutenden Höhenzug oder eine Bergkette darstellte, deren Gipfel wir schon in Kürze, sobald der Wald lichter würde, erkennen könnten, wie sie versprach?

Was man ihr nicht absprechen konnte, war ihre Beharrlichkeit.

Vorerst führte der steinige Pfad noch immer durch undurchdringliches Blätterwerk. Überwuchert von den Grasbüscheln, die die Türen zerkratzten, schlängelte er sich oberhalb eines Torfmoores und schwammartiger Wasserflächen weiter, die angesichts ihrer lächerlichen Größe nicht vorgeben konnten, dem ersehnten und nach wie vor unsichtbaren Lake Kluks hu zu ähneln.

›Aber dieses Feuchtgebiet kündigt ihn schon an‹, schwor sie, als plötzlich der schwarze Flügel eines Raben gegen unsere Windschutzscheibe schlug.

Hatte ich ihn wirklich gesehen oder ihn mir in meiner Lethargie nur eingebildet, döste meine Mutter am Steuer vor sich hin, dass sie nicht einmal zusammengezuckt war?

Jedenfalls besann sie sich umgehend anders. ›Genug gefahren für heute, wir kampieren irgendwo hier. Das ist ein idealer Platz‹, befand sie.

Sie sagte es mit so viel Überzeugung, dass es mir keine fünf Minuten später völlig normal vorkam, dass sich an einer Biegung inmitten eines Dickichts aus eng stehenden Büschen eine einigermaßen freie Lichtung mit weichem Gras auftat, von wo bei unserem Eintreffen ein ganzer Schwarm Eichelhäher und kleinerer

Vögel aufstob. Die Bäume warfen ihre langen Schatten auf die eine Hälfte der Wiese, die andere erstrahlte im Licht der tief stehenden Sonne.

›Perfekt! Hier können wir kampieren, ohne den Weg verlassen zu müssen‹, beglückwünschte sich meine Mutter, schaltete den Motor ab und sprang auch schon aus der Tür.

Der beißende Geruch von Öl, Benzin und heißem Blech verpestete die Luft, doch schon die erste Bö trug ihn davon, und der Duft von Gras und warmer Erde stieg auf und hieß uns willkommen. Diese Wiese konnte es tausendfach mit Heidis Alm aufnehmen!

Die Stelle war so perfekt, dass sich meine Mutter zum ersten Mal daranmachte, das Zelt aufzustellen, das Bonnie so wichtig gewesen war. Ich muss noch heute über diese erste Bewährungsprobe in Sachen Wildcampen lachen, denn die Zeltplane, noch ganz neu und steif, geradewegs aus dem Laden in Haines, machte es ihr wirklich nicht einfach. Sie musste mehrfach ansetzen, bis es ihr gelang, sie über das Metallgestänge zu werfen und die Ösen an den Streben anzubinden. Und dann fehlte offenbar eine entscheidende Stange, und das Zelt fiel nach vorne um. Also musste sie improvisieren. Mit einem großen Messer, von dem ich nicht wusste, wo sie es herhatte, befreite sie einen großen Ast von den Seitentrieben und spitzte ihn an. Die Haare voller Kiefernnadeln, die Finger mit Harz verklebt, machte ich einen auf wichtig, während meine Mutter im Inneren auf den Ellenbogen herumrobbte, die Plane mit großen Steinen beschwerte und das Dach mit ihrem schlecht entasteten Pfahl nach oben drückte. Zum Schluss hatte unser Zelt nicht das erhofft stolze Erscheinungsbild, doch als sie die Lampe im Inneren anzündete, erleuchtete der gelbe Schein die Plane und warf den riesigen Schatten meiner Mutter darauf. Diese goldene Glocke verunstaltete die von Weidenröschen rötlich gefärbte Wiese kein bisschen, die noch nach der Hitze des Tages roch.

Trotz der Stechmücken war ich hellauf begeistert von dieser vom Himmel gesandten Lichtung, dem kleinen, von großen Steinen eingefassten Feuer, den abgeschnittenen Fichtenwedeln, die witzig aussahen, und dem sanften Geruch von Erde und Farn. Schreie unsichtbarer Vögel spielten ganz in der Nähe im Wechsel miteinander, begleitet von ihrem Chor tanzte ich durch das wilde Gras, wobei ich rote Schmetterlingsschwärme aufstieben ließ, und wie um mich nachzuahmen, jagte meine Mutter meinem riesigen Schatten über die Wiese nach. Wie schön diese großartige, unberührte Natur war! Und was für ein Glück ich doch hatte, eine Gefährtin zu haben, die sich zu helfen wusste und unser Zelt mit dem, was zur Verfügung stand, aufbauen und Speck an Stöcken braten konnte, dazu diese helle Nacht mit dem Vollmond direkt über der Lichtung, dessen große, milchige Scheibe mit der fast ganz hinter den Bäumen verschwundenen Sonne wetteiferte.

›*Au clair de la lune, mon ami Pierrot*‹, sang meine Mutter lauthals in einer mir unbekannten Sprache. ›Das ist ein Lied aus Frankreich‹, erklärte sie lachend.

Obwohl ich schrecklich erschöpft und von Stichen übersät war, wälzte ich mich schlaflos auf meinem von Steinchen verbeulten Lager hin und her, während ich meinen Betthimmel aus Zeltplane betrachtete und daran dachte, dass Mrs Allister uns um unser Abenteuer wahrhaft beneiden konnte.

Später in der Nacht spürte ich eine heiße Schnauze, die sich durch die Zeltplane an meinem Rücken rieb. Ich hörte ein Schnaufen oder Knurren. Bestimmt ein ausgehungerter Wolf, vielleicht sogar ein Bär, mir sträubten sich die Haare. Um meine Mutter nicht zu wecken und dann als Angsthase bezeichnet zu werden, presste ich die Augen so fest zusammen, dass ich Blitze hinter meinen Lidern aufleuchten sah. Dann war das Geräusch verstummt, also hatte ich bestimmt nur schlecht geträumt.

Am Morgen funkelte die mit Raureif überzogene Lichtung in der Sonne, das kleinste Grasbüschel, jede Tannennadel war mit einem Edelsteinglitzern versehen, die Vögel piepsten im Gebüsch, ein schöner Tag kündigte sich an. Verschlafen und zitternd kaute ich unter meiner Decke an einem ranzigen Maisfladen und stieß in der eisigen Luft blaue Atemwölkchen aus.

Meine Mutter hatte unser Lager bereits abgebaut, wir waren bereit für die Abfahrt, als sie mir bedeutete, still zu sein. Sie hielt das Gewehr auf Hüfthöhe quer vor sich. Alarmiert lauschte ich genau wie sie. Ich hörte nur meinen unterdrückten Atem und das Knarzen der Bäume. Tausend leise beunruhigende Schreie. Dann ein rauer Ruf, mal nah, mal fern, je nachdem, von wo der Wind wehte, ich bekam eine Gänsehaut. War das der Wolf oder der Bär der Nacht, der angelockt von meinem zarten Fleisch umherstreifte? Das Laub am Rand der Lichtung bewegte sich, ein Tier mit unförmigem Bauch kroch aus dem Dickicht. Anvisiert vom Gewehr nahm es eine unterwürfige Haltung ein. Sandfarbenes Fell, gesenkte Schnauze. Meine Mutter senkte das Gewehr.

›Das ist nur ein Hund‹, prustete sie lauthals heraus, nervös und erleichtert.

Ich war nur halb beruhigt. Ein Hund war niemals allein unterwegs, das Herrchen musste ebenfalls in der Nähe sein. Da wäre ein wildes Tier besser gewesen. Die Schnauze auf das vereiste Gras gepresst, stieß der Hund ein klagendes Bellen aus. Dann richtete er sich auf, machte einen weiteren Schritt auf uns zu und setzte sich. Jetzt wurde offensichtlich, dass sein Bauch nur so dick aussah, weil ihm mit Lederriemen schwere Körbe an die Seiten geschirrt waren, die eines seiner Hinterbeine behinderten. Außerdem zog er einen an seinem Geschirr gebundenen Stock, in dem sich mehrere Zweige verhakt hatten, hinter sich her. Wie hatte er sich nur derart verheddert?

›Verschwinde, du räudiger Köter!‹, rief meine Mutter. ›Hau ab, verzieh dich!‹

Er tat, als würde er zurückweichen, ohne seinen bettelnden Blick von ihr abzuwenden, so blaue Augen wie ein Mensch, schwarz umrahmt, hechelnd.

Rasch stapelte sie unsere Sachen auf der Pritsche des Pick-ups, warf ihm dabei aus dem Augenwinkel finstere Blicke zu. Sie verabscheute diesen Hund. Das spürte er. Also kroch er auf mich zu. Er leckte meine Mukluks, in denen ich vorsichtig die Zehen bewegte. Ich streichelte seine warme Schnauze, sein schmutziges Fell, hielt ihm meinen Fladen hin, doch er wollte nichts davon abhaben. Er hob den Kopf, als ein großer Rabe wie aus dem Nichts auftauchte und auf uns zuflog, ein Stück Nacht, das sich aus den Schatten zwischen den durch wogende Fichtennadeln fallenden Lichtstrahlen löste, die die Rinden und Astgabeln sprenkelten, die seinen unsichtbaren Rabengeist in ihrer pflanzlichen Fülle bislang verborgen hatten. War es derselbe Rabe wie gestern Abend oder sein Zwillingsbruder? Er setzte sich auf den Ast, der uns am nächsten war, seine pechschwarzen Augen versprühten Blitze. Zwischen uns dreien herrschte eine elektrisierende Verbindung, Begriffe wurden ausgetauscht, die ich, ob in Hunde- oder Rabensprache, wie selbstverständlich verstand.

Lange musterte meine Mutter den Waldrand, das Dickicht, die ganze Lichtung. Sie war misstrauisch. Dachte nach. ›Dieser Köter nervt mich‹, sagte sie schließlich. ›Fahren wir weiter.‹

›Er ist unser Freund. Er will, dass wir mit ihm kommen, das siehst du doch.‹

›Er ist nicht unser Freund. Und wir folgen ihm nirgendwohin.‹

›Stell dir vor, es wäre Aston‹, drängte ich. ›Stell dir vor, er braucht uns.‹

›Pech für ihn.‹

›Pech für dich‹, rief ich den Tränen nahe.

Der Rabe trällerte wie ein Fink, schüttelte sich. Eine nachtblaue Feder fiel auf Lornas Haare. Mit einem Mal änderte sie ihre Meinung ebenso unvermittelt wie am Tag zuvor auf dem Weg. Sie zog ihre ausgepolsterte Weste an, schob den Colt in den Gürtel, steckte eine Patrone in den Gewehrlauf, ließ ihn einrasten, hielt den Lauf auf den Boden gerichtet und ging zu dem Hund, der vor dem Gebüsch wartete. Der Rabe keckerte, als er dicht über den Kopf meiner Mutter hinwegflog.

›Du bleibst drei Schritte hinter mir‹, befahl sie mir schroff.

Ich gehorchte ihr besser. Der Hund bahnte sich einen Weg zwischen dem verschlungenen Blattwerk hindurch, schlich einen schmalen Pfad zwischen mickrigen Birken entlang, zog sein Gepäck, das an den Stämmen und Wurzeln hängen blieb, mühsam hinter sich her, doch er führte uns mit dem Mut und der Intelligenz eines Tieres, das endlich erreicht hatte, was es wollte. Mit meiner Hilfe und der des Raben, der von Ast zu Ast hüpfte. Vor uns wurde der Wald wärmer, dichter, wolliger, tausend Lichtstrahlen drangen durch das Laub, die Schatten tanzten umher. Der mit Nadeln und Moos bedeckte Boden federte unter unseren Schritten, alles wurde vage, unsicher und Angst einflößend.

Wenige Meter vor einem aus der Dunkelheit ragenden Hindernis blieb der Hund plötzlich stehen. Eine Art Palisade aus ineinander verflochtenen Ästen, Fellen, Häuten, Haaren, Rinde und Bändern bildete einen bogenförmigen Schutzwall.

Unerschrocken legte meine Mutter das Gewehr an und zielte im Weitergehen darauf. Ich folgte ihr vorsichtig mit drei Schritten Abstand. Aus dem Haufen tauchte ein Schreckgespenst auf, durchdringende schwefelgelbe Augen, rehbraunes Fell, es keifte, gestikulierte mit dünnen Armen. Dann wurde der Schutzwall zurückgeschlagen und gab den Blick auf eine auf dem Boden sitzende alte Frau frei. Ihr Knöchel steckte in einer Falle. So eine hatte ich noch nie gesehen, sie sah aus wie ein metallisches Gebiss mit riesigen Stahlzähnen. Ohne zu überlegen, ließ meine Mutter das Gewehr fallen und suchte auf Knien nach dem Arretierstift. Vergeblich. Sie packte den Stahlkiefer, rüttelte an ihm, aber der Mechanismus gab nicht nach. Der Hund kickste, der Rabe fauchte, die Alte wurde ohnmächtig und sank zu einem verkümmerten Haufen zusammen. Meine Mutter nutzte die Gelegenheit, die Sache etwas beherzter anzupacken, sie setzte den Gewehrlauf als Hebel ein und drückte die Falle auf, die so plötzlich nachgab, dass sie verdutzt hintenüberfiel.

So lernten wir Kaska kennen.

Auf den ersten Blick war sie eine stinkende Vogelscheuche, mit einem Gesicht aus Krokodilleder unter einem zerzausten Wuschelkopf, unter ihrem Bärenfell und dem Reisig. Sobald sie sich daraus befreit hatte, war sie eine Indianerin in einem Ledergewand und mit einer Melone auf dem Kopf.

Obwohl sie humpelte, gelang es ihr, sich mit dem Rücken an einen Baum zu lehnen. Ohne sich um uns zu kümmern, denen sie doch ihre Befreiung verdankte, wandte sie sich in ihrer eigenen Sprache an den Hund und den Raben.

Ernst hörten die beiden ihr zu, der eine saß auf dem Hintern, der andere thronte auf einem Fichtenzweig. Verblüfft lauschten auch wir ihr. Jetzt zirpte sie mit Knacklauten und Wangenschnalzen, was einen ziemlich rhythmischen Singsang ergab, *nindana nahohé atanké pawé ho*, so mitreißend, dass ich *Glory, glory, hallelujah* anstimmte.

Daraufhin fiel ihr wieder ein, dass wir da waren, tatenlos dastanden. ›Ihr habt ganz schön lange gebraucht, um euch zu entscheiden herzukommen‹, sagte sie vorwurfsvoll in unserer Sprache – statt sich bei uns zu bedanken, statt freundlich zu sein.

Mittlerweile hatte sich meine Furcht verflüchtigt, und ich sah, dass sie sich eine Schicht getrockneter Erde ins Gesicht geschmiert hatte, aufgetragen bis zu den Ohren, bis in die Nasenlöcher, sie musste sich lediglich das Gesicht sorgfältig waschen. Unter Stöhnen und Ächzen suchte sie mühsam die Stangen ihrer kaputten Transportvorrichtung, einer traditionellen Stangenschleife, zusammen, sammelte, das offen stehende Maul des Bären unter den Arm geklemmt, ihre schweren Säcke ein, und schon war sie bereit zum Aufbruch. Ihr kaputter Stiefel war mit Blut getränkt. In diesem Zustand würde sie nicht weit kommen.

Ihren Nächsten zu helfen gehörte nicht zu den Stärken meiner Mutter, es sei denn, sie verfolgte dabei ein gewisses Eigeninteresse. In diesem Fall sah sie allerdings nicht, worin das bestehen sollte. Würde sie auf sich hören, würde sie hier, ohne störende Außenstehende, die ihr Verhalten tadeln könnten, nichts auf das Urteil des göttlichen Richters über all unsere Schandtaten geben und die Alte und ihren ganzen Trödel einfach stehen lassen. Doch etwas hielt sie davon ab. Vielleicht war ich es oder der Hund. Vielleicht auch der Rabe. Wir alle sahen sie an. Angesichts dieser stillen Verschwörung knickte sie ein.

Ohnehin löste die Alte das Problem. ›Verschwinden wir von hier, ehe der Schakal aufkreuzt‹, bestimmte sie ungefragt.

›Welcher Schakal?‹, fragte meine Mutter, starrte stirnrunzelnd in die Tiefen des Waldes.

›Letzte Nacht habe ich ihn durch die Zeltplane hinter mir knurren gehört‹, warf ich ein, ziemlich stolz, meinen Senf dazugeben zu können.

›Du hast Shini gehört‹, sagte die Alte.

Bei der Erwähnung seines Namens wedelte der Hund mit dem Schwanz, unter seinem Geschirr und seinen Körben, die zu der Stangenschleife gehörten, von der die Alte ihn befreit hatte, damit er uns zu Hilfe holen konnte, ehe das Biest auftauchte, das sie mehr noch zu fürchten schien als meinen Wolf oder Bären von letzter Nacht. Dazu musste man verstehen, dass besagtes Monster nicht etwa ein Tier, sondern ein Mensch war. Ein Weißer, was auch sonst.

Kein Indianer, welchen Clans auch immer, würde zu dieser Jahreszeit hier Fallen aufstellen, vor allem keine solchen Widerlichkeiten wie ein mit einer Feder versehenes Tellereisen. Niemand jage Hirsche oder Karibus vor dem Ende der Lachssaison, vor dem ersten Frost. Diesem Bastard seien die Traditionen völlig schnuppe, seine Jagd sei niederträchtig, er achte nicht auf Gewohnheitsrechte und respektiere die Geschöpfe nicht.

›Er ist schon auf dem Weg hierher‹, sagte Kaska warnend und zeigte mit ihrem dreckigen Finger hinter uns.

Meine Mutter wirbelte auf dem Absatz herum, legte ihre Waffe wieder an. Der endlose Raum schien sich zu bewegen, von überallher drohte Gefahr, unzählige Augen im Nacken, im Rücken, Blicke wie Pfeile, die zwischen den unzähligen Bäumen mit den gewundenen Ästen und unter dem Wurzelgeflecht hindurchflogen. Es war gut möglich, dass die Alte wirres Zeug redete oder sich die Gefahr ausgedacht hatte, um Hilfe zu bekommen. In jedem Fall musste eine Entscheidung getroffen werden.

Wütend darüber, nachgeben zu müssen, umfasste meine Mutter sie an der Taille. ›So in eine Falle zu tappen, da muss man schon schlafwandeln wie ein Mondsüchtiger‹, meckerte meine Mutter.

›Gut erkannt‹, gab die Alte zu und musterte sie, als hätte sie sie bislang nicht richtig angesehen.

Wir machten uns Richtung Lichtung auf, humpelnd aufgrund der Verletzten, sie selbst ein miefender Haufen, beladen mit ihrer Stangenschleife, die sie nicht losließ. Ich mühte mich damit ab, ihr ebenfalls müffelndes Bärenfell mitzuschleifen. Shini bildete drei Schritte hinter mir das Schlusslicht, der Rabe war verschwunden.

Äußerst genervt lehnte meine Mutter das Gewehr an den Kotflügel, löste das Geschirr von Shini, nahm ihm die Körbe ab und schob ihn zusammen mit dem ganzen Trödel auf die bereits voll beladene Pritsche, die Alte und mich ohne viel Federlesens auf die Sitzbank.

›Genug Zeit verplempert, ich habe noch einen weiten Weg vor mir, und ich warne Sie, ich bin nicht die Heilsarmee. Wie heißen Sie gleich noch mal?‹, fragte sie dann noch, wenn auch nicht sonderlich liebenswürdig.

›Kaska‹, sagte Kaska. ›Bring mich zu Hermans Hütte.‹

›Ich fahre zu gar keiner Hütte, ich fahre zum Äshè'yi Lake.‹

›Das ist auch meine Richtung. Ich weiß, wo du langfahren musst, ich zeige es dir.‹

›Danke, aber ich habe eine Karte‹, sagte meine Mutter schroff und knallte die Tür zu.

Sie waren an dieser Stelle ihrer Unterhaltung angelangt, als Lorna, statt sich hinters Steuer zu setzen, auf einmal verschwunden war. Sie musste hinten um den Pick-up herumgegangen sein. Was machte sie bloß? Ich wand mich, wollte mich umdrehen, konnte mich aber keinen Millimeter bewegen, war eingezwängt zwischen der Tür, der müden Alten und ihrem stinkenden Kram. Ich könnte sagen, dass ich eine Vorahnung hatte, aber dem war nicht so. Die Zeit kam mir nur etwas lange vor, die Stille ungewöhnlich, dann zerriss ein Blitz mein Trommelfell, im gleichen Moment zersplitterte die Windschutzscheibe, und ein regelrechter Wasserfall an Hagelkörnern ging in der Fahrerkabine nieder. Verborgen unter Kaskas Bärenfell atmete ich weder, noch rührte ich mich, und ich hörte auch nichts, so lange, dass ich wohl tot sein musste.

Dann nieste Shini in meinen Nacken, und als Nächstes öffnete meine Mutter die Tür und sagte: ›Alles gut, steigt aus.‹

Mit unbändiger Freude vernahm ich durch das dicke Fell ihre mütterliche Stimme, leicht rau und eine Tonlage tiefer als gewöhnlich, doch da sie sagte, dass alles in Ordnung sei, war auch alles in Ordnung. Ich atmete tief durch, das Leben kehrte in mich zurück. Beim Aufsetzen löste ich einen rieselnden Scherbenregen aus, der Sitz knirschte unter tausend Splittern. Mühsam stieg ich aus, genau wie Kaska, deren Melone über den Boden rollte. Wie betäubt und mit trockenem Mund, aber ich hatte noch nicht mal Angst gehabt. Wovor sollte ich auch Angst haben, so absolut friedlich wie der ganze Himmel und die Erde waren?

Aber der Blitz hatte eingeschlagen.

Sein Schwefelduft lag noch in der Luft, doch das Gras kräuselte und sträubte sich im sanften Wind, der Himmel war blau, die Sonne brannte herunter, die Baumstämme umringten die strahlend helle Lichtung wie eine Einheit und warfen einen unergründlichen Schatten darauf. Am anderen Ende von ihr stand meine Mutter, sie wandte uns den Rücken zu und rauchte. Ich habe noch immer ihre gewölbte Silhouette vor Augen, die in der entspannten Stille aufsteigenden Rauchschwaden. Einen Moment lang verharrten wir so, sie dort, Kaska, Shini und ich an der Tür. Und der Typ mit seitlich ausgestreckten Armen im Gras. Drei Meter von der Stoßstange entfernt, ein kümmerlicher Typ mit entblößtem Bauch. Ein Mann, wenn man der Hose Glauben schenken konnte. Der Brustkorb zuckte ein paarmal zusammen, dann nichts mehr. Nur Shini traute sich vorsichtig zu ihm, schnüffelte an seiner grünlichen Lederjacke, an seinem Schritt, an den abgetragenen Stiefeln mit den Schmutzrändern. Die Fußspitzen zeigten nach oben. Seine Waffe lag neben ihm im vergnügt wehenden, seidenweichen Gras. Das alles war höchst irreal und dabei doch Wirklichkeit, eine unwiderlegbare Tatsache, die die Lichtung mit der Anwesenheit einer durchtriebenen, einfallsreichen Kreatur tränkte, die, wie es schien, geradewegs vom Himmel gefallen war.

Kaska humpelte zu seinem Kopf, beugte sich nach unten, stützte die Ellenbogen auf die Knie und inspizierte den Rüpel.

›*Nhatryah*‹, spuckte sie schließlich verächtlich aus.

Sie hatte sich also geirrt, ihr Schakal war keiner: Er war ein Vielfraß. Ein Gierschlund. Wie sie mir beibrachte, der widerlichste, schändlichste und blutrünstigste Aasfresser des Waldes. Besser, man traf niemals auf einen solchen. Im Moment hatte er das Aussehen eines schlafenden Mannes angenommen. Mit offenem Mund nahm ich dieses Exemplar zur Kenntnis. Seinen strengen, anstößigen Geruch. Er sah aus, als wäre er empört darüber, dass er gestorben war, ohne es bemerkt zu haben. Von dämlicher Hässlichkeit entblößte er schamlos das Messer, das ihm bis zum Griff im Hals steckte, genau da, wo sein Hemd bis zur behaarten Brust offen stand, als hätte die Klinge nur dort eindringen können. Der Griff, ein wunderschöner Horngriff, ragte lustigerweise parallel zu den Schuhen am anderen Körperende in die Luft. Schon jetzt stürzten sich gierige Schwärme von Insekten auf sein Gesicht, saugten an seinen zerschundenen Wangen, drangen in seine Nasenlöcher, in seine haarigen Ohren, seinen offen stehenden Mund voller Zahnstümpfe. Sein Blut durchtränkte das Flanellhemd, als Kaska das Messer herauszog. Bewundernd betrachtete sie die blutige Klinge in der Sonne, dann wischte sie sie sorgfältig an der Hose des Winzlings ab, erst eine Seite, dann die andere.

Meine Mutter war wieder zurück. Sie griff nach der Winchester, die am Kotflügel lehnte. Obwohl sie unter ihrer Bräune etwas blass wirkte, ließ sich ihrem Gesicht nichts ablesen. Sie nahm Kaska den sauberen Dolch ab, steckte ihn wieder zwischen Stiefel und Wade und wollte endlich losfahren.

Kaska war da anderer Meinung.

Genau wie ich. Meine Mutter, die für gewöhnlich immer sehr schnell herausfand, was sie tun oder lassen sollte, schien nicht zu begreifen, dass die Dinge dieses Mal aus dem Ruder liefen. Nichts war, was es zu sein schien, unvermittelt konnte sich eine Kreatur materialisieren oder aber plötzlich wieder verschwinden. Geräuschlos nahm der Rabe wieder seine nachtblaue Schattenform zwischen den Ästen ein, genau wie Shini ein Hund und kein Wolf wie in meinem nächtlichen Traum war. Wir hatten gedacht, wir wären zu zweit, doch nun waren wir zu viert, wenn man Shini mit seinen menschlichen Augen mitzählte. Fünf mit dem Vielfraß, der so tat, als wäre er tot, zusammen mit dem Blitz aus dem wolkenlosen Himmel gefallen. Unsere Windschutzscheibe war kaputt. Seit der Rabe am Abend zuvor mit dem Flügel dagegengeschlagen hatte, gab es keine Beständigkeit oder Gewissheit mehr, der Schein trog, der Raum war durcheinander, die Zeit spielte verrückt, alle möglichen Katastrophen konnten eintreten, wenn wir nicht wieder anfingen, die Dinge in die Hand zu nehmen. Es war höchste Zeit, meine Mutter darüber zu informieren, ehe sie weitere Dummheiten beging.

Langsam, langsam, obwohl die Zeit drängte, doch es war noch drängender, sich die Zeit zu nehmen, setzte sich Kaska auf das Trittbrett. Sie zog eine Tabakrolle aus ihrer Tasche, biss hinein, und während sie kaute, erklärte sie uns die Lichtung wie kleinen Kindern, die noch nicht lesen konnten, ein Bilderbuch: ›Schau hin, was du siehst. Dieser Bastard hat nur Patronentasche, Pistole und Jagdmesser bei sich, keine Ausrüstung auf dem Rücken, also ist sein Lager nicht weit von hier entfernt. Er ist frisch rasiert, also hat er es erst heute Morgen verlassen. Seine Schuhe sind sandig: Er kampiert also in der Nähe eines Flusses. Wenn er nicht allein ist, dann hat sein Gefährte den Schuss gehört und wird schnurstracks hierherkommen. Der Wald hat tausend Ohren. Der Wind erzählt auch den Indianern vom Klukshu Lake, aus welcher Richtung und wo genau der Schuss abgefeuert wurde. Sollten sie nichts Dringenderes zu tun haben, werden sie aus Neugier herkommen, um herauszufinden, welcher Mistkerl jetzt zur Lachszeit mit dem Großkaliber jagt, und welches Tier er getötet oder schlimmer: nur verletzt hat. Dem Ersten, der hier auf der Lichtung auftaucht, erzählt die Leiche von ihrem Tod durch das Messer. Von der Kraft des Armes, mit dem es geworfen wurde. Die Asche erzählt von deinem Feuer letzte Nacht. Das niedergedrückte Gras verrät die Form deines Zeltes und sogar, dass zwei darin geschlafen haben. Wenn man gut beobachtet, erkennt man darüber hinaus Folgendes: Die abgebrochenen Zweige der Büsche und die niedergetretenen Wurzeln weisen den Weg der Stangenschleife bis zur Falle. Das Leder, das noch in den Zähnen der Falle hängt, stammt von dem Stiefel einer Indianerin. Anhand seines Kots erkennt man den Hund, sein Gewicht, sein Alter. Jedes Detail verrät wer, was und wann, wie und wie viele.‹ Kaska kaute ihren Tabak. Sie setzte sich die Melone wieder auf den Kopf.

Als meiner Mutter endlich das ganze Ausmaß ihrer misslichen Lage mit den augenblicklichen sowie den in näherer und fernerer Zukunft liegenden Konsequenzen bewusst wurde, fügte sie sich.

Allein, denn von der Invaliden konnte sie das nicht erwarten, und von mir aufgrund meines zarten Alters wohl nicht viel mehr. Mit dem Absatz verteilte sie die Asche, legte einen großen Stein auf den geschwärzten Boden, dann wischte sie mit einem Stechpalmwedel durch das platt gedrückte Gras. Perfekt.

Doch ihr ganzes Tun nutzte nichts, wenn wir den Bastard blutend und von Mücken umschwirrt in der Sonne liegen ließen. Sie musterte ihn, schätzte sein Gewicht und seine Größe ab, die Höhe des Pick-ups. Dann verschränkte sie seine Handgelenke in der Leistengegend und drückte ihm das Kinn auf den Oberkörper, sodass fast die Wirbel der Wirbelsäule herausgesprungen wären, nur so konnte sie verhindern, dass er weiter Blut verlor. Dann wickelte sie ihn in eine unserer nigelnagelneuen Decken ein, die jedoch nur den Kopf und den Oberkörper bedeckte, sei's drum – wenigstens versaute er so nicht den Pick-up. Beim Einladen brauchte sie Hilfe. Die Hinkende zog an den Armen, meine Mutter hob den Rücken an, die Fersen schleiften über den Boden, die Beine klappten auseinander, ich schob mit aller Kraft am dreckigen Hintern. Schwankend wie bei starkem Seegang hielten wir uns, gefangen unter dem schwarzen, glitschigen schweren Himmel, an allem fest, was uns zwischen die Finger kam, wir atmeten den Gestank von Urin und verdorbenem Fleisch ein, doch die Eile trieb uns an, und mit einer letzten Anstrengung gelang es uns, die Leiche auf die Pritsche zu hieven. Dann klappte meine Mutter die Ladeklappe zu. Mit dem Stechpalmwedel verwischte sie rasch die Spuren der bis zur Ladefläche geschleiften Leiche. Die kräftigen, schmalen Gräser sahen aus wie frisch gekämmt, der Wind würde sie mit kleinen Böen wieder zerzausen.

Meine Schultern brannten, blaue, grüne und rosa Sternchen tanzten vor meinen Augen, das Herz vereiste. Meine Mutter sammelte die auf dem Boden liegende Waffe ein, wog sie in ihrer Hand, spielte mit dem Verschluss herum, fuhr nachdenklich mit einem Finger über den dunklen, glatten Holzschaft und das bläuliche

Metall des Laufs. Sie warf sie über die Heckklappe zu ihrem ehemaligen Besitzer.

›Sammle die Scherben der Windschutzscheibe ein‹, trug Kaska mir auf.

Ihren Rabenaugen entging nichts. Es lagen nur ganz wenige verstreut auf dem Boden, da, wo wir ausgestiegen waren, und ich beeilte mich, doch ein Splitter – autsch! – ritzte mir das Knie auf.

In diesem Augenblick existierte die Ewigkeit davor nicht mehr. Die Zeit schloss ihre Klammer, raste mit Höchstgeschwindigkeit weiter. Shini leckte sich über die Lefzen. Er gähnte. Schon gut, wir können weiter, sagte er.

›Sachte mit dem Motor‹, sagte Kaska noch, ›den hört man von Weitem. Ich habe ihn gestern Abend gehört. Und er sicherlich auch. Deshalb ist er heute Morgen hier aufgekreuzt.‹

Wir zogen uns Schritt für Schritt von der Lichtung zurück. Schweigend. Mit einem Fausthieb ließ meine Mutter die verbleibenden Reste der Windschutzscheibe nach innen fliegen. Lautlos schloss sie die Türen, nur ein leises Klicken. Auf der Schotterpiste hinterließen die Reifen keine Spuren.

Jedes Mal, wenn ich mich an das erinnere, was in Klukshu passiert ist, überschlagen sich meine Gedanken. So schnell es geht, fliehe ich von dieser Lichtung, wo Äste und gewundene Stämme, Rinde, Moose und Flechten, die sich von einer Jahreszeit zur nächsten erholen, die Wurzeln im humusreichen Boden, die von endlosen Regenfällen glatt gewaschenen Steine, erodiert vom Schnee, zersprungen durch den Frost, wo alles an diesem mitten im Wald verlorenen Ort die Erinnerung an diesen Mord trägt, alles an jenen Tag erinnert, an dem meine Mutter dem *nhatryah* mit einem perfekten Wurf die Kehle durchtrennte, ehe er uns aufschlitzen oder zerstückeln konnte. Ich erinnere mich nicht daran, irgendetwas Besonderes gespürt, gedacht oder mir vorgestellt zu haben. Unüberwindlich klafft das Nichts meines Geistes, vielleicht war es ein namenloses Entsetzen oder aber, schlimmer noch, das Nichtvorhandensein eines solchen. Ein von Finsternis umgebenes Nichtvorhandensein. Alles Neue, Unbekannte dauerte nicht lange genug an, als dass ich es hätte verarbeiten können. Jeder Moment, jedes Tun hob das vorangegangene auf, die Wirkung vergaß ihre Ursache, ich war nicht mehr eindeutig ein Mensch, der sich von einem gefiederten oder pelzigen Tier unterschied, von Insekten, Regenwürmern oder Pflanzen, von den Steinen, der Luft, der Nacht am helllichten Tag, vom Wind, sondern vielmehr ein universelles Wesen, ebenso begrenzt und tierisch wie zu Anbeginn der Zeit, als das urwüchsige Blätterdach den leeren Himmel vor seinen kurzsichtigen Augen verbarg. Hat man mit sechs Jahren noch kein Gewissen? Miss Plunkett sagte immer wieder, dass man vor dem Alter der Vernunft, das erst mit sieben Jahren beginne, weder Hirn noch Herz und auch keine Niere oder Seele besitzt. Zum Glück besaß ich noch kein Herz und keine Seele.

Verstehst du, Bud?

Der Wald schloss sich hinter uns. Der Weg, zunächst noch sehr felsig, wurde flacher, dann stieg er zwischen den rötlichen Stämmen an, undurchdringliches Blattwerk in seiner Tiefe, noch immer dieselbe Gleichförmigkeit, doch plötzlich schlugen wir an einer Abzweigung einen gewagten Weg ein, auf den Kaska, die sich an die Tür klammerte, im letzten Moment zeigte. Meine Mutter protestierte nicht nur nicht, dass sie ihre eigene Karte besitze, sondern riss wütend mit durchgedrücktem Gaspedal das Lenkrad herum, ohne sich um die kleinen Erhebungen und Schlaglöcher des Weges zu kümmern, der kaum breit genug für den Dodge war. An Kaskas Lumpen geklammert, kuschelte ich mich unter ihren schützenden Flügel, an ihre Seite und leckte an meinem Knie, das nach Blut schmeckte. Als Rabe war sie scharfsinnig, beharrlich, listig und trickreich, bei ihr war ich in Sicherheit. Sie kannte die Pfade, über die man am schnellsten zum nach wie vor unsichtbaren Klukshu

Lake fliehen konnte, mit seinen unsichtbaren Fischern, die ihr Dorf dort hatten, ebenso zum unsichtbaren Dezadeah Lake, der anscheinend ebenso dicht besiedelt war. Wir nahmen einen Umweg, denn die Stammesgebiete zu durchqueren, wäre eine Missachtung, wie Kaska uns wissen ließ: Der Leichnam, den wir transportierten, beleidige die Menschen und Tiere, sein unreiner Geist beschmutze die Erde, die Luft und das Wasser, alles würde ungenießbar, untrinkbar, erhalte einen derart scheußlichen Geschmack, dass die Indianer ihr Lager mit ihren Waffen und dem Gepäck verlassen müssten, um eine Ansteckung abzuwenden. Was wiederum den Fischfang erschwere, und damit ihre Vorräte für den Winter stark verringere. Ganz abgesehen davon, dass sie es verabscheuten, in irgendeiner Weise in die Angelegenheiten von Weißen verwickelt zu werden. Unsere wiederum sei noch dazu eine ziemlich schlimme.

Ich wusste nicht, was meine Mutter von Kaskas Argumenten hielt. Sie schwieg, hatte sich ihr rotes Tuch vor Mund und Nase gebunden, denn ohne Windschutzscheibe pfiff uns der Wind um die Ohren und peitschte uns mitten ins Gesicht. Er raubte mir den Atem, meine Augen tränten, dennoch riss ich sie auf, damit mir keines der tausend Verstecke entlang des Weges entging, für den Fall, dass aus einem ein erzürnter Einheimischer mit seinem Bogen und seinen vergifteten Pfeilen auftauchte. Wie konnte man nur behaupten, diese Region wäre unbewohnt – sie war im Gegenteil überbevölkert von erbosten Menschen, die unsere Gegenwart verstimmen könnte. Ihnen Mr Ryans Schnaps anzubieten, hätte nicht ausgereicht, um uns mit ihnen gutzustellen, denn die Bestie, die wir auf der Pritsche transportierten, mochte wohl in eine Decke gewickelt, zusammengeschnürt und geknebelt sein, sein höllischer Geist aber verpestete die Luft ihres Waldes. Er verunreinigte die Fahrzeugkabine, den Motor, unsere Haare, unsere Schleimhäute und das Blut in unseren Adern, unsere Seele. Wie konnten wir den Vielfraß nur endgültig loswerden?

Serpentinen, aufragende Felsen, Monolithen in ihren Lumpen

aus Flechten, mineralisch knisternde Glut unter der bereits hoch stehenden Sonne, der Pick-up neigte sich, richtete sich wieder auf, näherte sich mal der Steilwand zu unserer Linken, dann der silbern glänzenden Wand zu unserer Rechten. In rasantem Tempo fuhren wir auf dem schmalen Pfad entlang des Steilhangs dahin, immer weiter hinauf, bis wir unvermittelt ein kleines Plateau einer Anhöhe erreichten. Vor uns, im Rahmen unserer kaputten Windschutzscheibe, Herrlichkeit, wohin das Auge auch blickte. Eine schwindelerregende Gletscherkulisse erhob sich wie über einem grenzenlos scheinenden jadefarbenen See, im Osten lag wie ein versteinertes Wolkenband eine violette Bergkette, fast meinte man, dieses Gemälde berühren zu können, würde uns nicht ein Abgrund davon trennen. An seinem Rand hatten wir angehalten. Dieser Ort war laut Kaska geeignet.

Bei angezogener Handbremse ließ meine Mutter den Motor weiterlaufen, umrundete den Pick-up, klappte mit einem Faustschlag die Heckklappe auf, zog an der Leiche, bis diese auf die Erde fiel. Staubwolke. Sie warf das Seil und die blutgetränkte Decke auf das Plateau und rollte die Leiche dann, gegen die Stoßstange gestützt, keuchend und ächzend zum Abgrund, auf den Rücken, auf den Bauch, feuchte Blätter und Erde blieben kleben, auch Ästchen und winzige Kriebelmücken. Ein letztes Mal sah ich ihn. Glasige Augen wie in Ekstase. Graue Wangen, Schnitte vom Rasieren. Die aufklaffende Kehle. Alle Details traten überdeutlich hervor. Noch ein Ruck, dann kippte er ins Nichts, überschlug sich, prallte gegen Felsen, verschwand zwischen den rauschenden Wipfeln der Bäume, die ihn verschlangen, der Abgrund zog mich an.

Unsanft wurde ich nach hinten gerissen, ich blinzelte, verblüfft sah ich in das verzerrte Gesicht meiner Mutter direkt vor mir.

›Steig wieder ein‹, stieß sie hervor.

Sie hätte auch mich hinunterwerfen sollen. Ich wäre einverstanden gewesen.

Verstehst du, Bud?

Was alles änderte, war, dass Kaska die gesamte Gegend in- und auswendig kannte, zumindest verlor sie nie die Orientierung. Alles hier, auch wenn es irgendwo im namenlosen Nirgendwo auftauchte, fügte sich in das Gebiet ein, und sobald sie es benannte, nahm jedes Gebilde das Aussehen von etwas an, das ihr bekannt war. Jener Hügel in der Form eines Schuhs hieß Vakwai', Lishyal die mit roten Flechten überzogene Böschung, Dehk'it die Schlucht, die zum See namens Si Män führte, dessen Kieselufer wir zwischen bläulichen Tannen hindurch folgten. Gehörte ihnen dieser Name seit Urzeiten, oder verlieh sie ihn ihnen, um mit ihnen in Verbindung zu treten, sie zu ehren oder vielleicht um ihren Schutz zu erwirken? Oder aber um diese bescheuerte Weiße vorzuführen, die sich damit brüstete, eine Karte dieser Gegend zu haben, und dabei nicht einmal wusste, dass das Tal dort drüben Chakwak hieß, der breite, schäumende Fluss, dessen mäanderndem Lauf, mit den rauschenden Armen, und Sandinseln wir eine ganze Weile folgten, Kaskawulsh?

Der Pick-up rumpelte dahin, in der Sonne, im Schatten der zwergwüchsigen Bäume, schlitterte durch den Schlick, über Kies, ehe wir den Fluss schließlich mit einer fröhlichen Wasserfontäne durchquerten, in der das Licht glitzerte. Diese Furt wurde von Kaska Hid'zan genannt. Danach führte ein mäßig guter Pfad direkt am nördlichen Hang entlang in ein Tal, bis zu einem von Ost nach West verlaufenden Weg. Er beginne in Whitehorse und ende als Sackgasse in Silver City, südlich des Kluane Lake, teilte sie uns mit. Er sei zwar deutlich besser befahrbar, doch komme es nicht infrage, ihn zu früh zu nehmen. Er werde manchmal von Lastwagen benutzt, vor allem aber führe dieser Abschnitt nach Dakwäkäda, einen Ort an einer Kreuzung, der von Indianern wie auch von Weißen aufgesucht werde, auch von den Parkers, die ihre Hütte in Canyon Creek hätten.

›Wenn sie nicht dort sind, dann sicherlich einer der Jaquot-Brüder aus Silver City oder aber Morley Bones oder vielleicht Charlie Baxter, der seine Nachbarn besucht‹, meinte sie.

Diese Gegend war eindeutig dichter bevölkert, als dieser Dummkopf von Archie behauptet hatte. Es gab in dieser Einöde also die Nachbarn Jaquot und Parker, ein Dorf mit Einwohnern, knusprigem Brot, gegrillten Würstchen, vielleicht sogar Marmelade.

Ich tat so, als würde ich zwischen den Pfoten von Shini schlafen, doch ich war schrecklich hungrig und durstig, hatte Bauchkrämpfe, mein Rücken schmerzte, und die Schnittwunde an meinem Knie pochte. Aber niemand kümmerte sich darum.

Es war wichtig, schnellstmöglich nach Chakwak zu kommen, der lilafarbenen Vertiefung im karmesinroten Schatten des Berges, denn genau dorthin führte uns Kaska, wie sie es von Anfang an vorgehabt hatte, gegen die Pläne meiner Mutter, gegen deren Willen. Doch hatte sie eine Wahl? Sie steckte in der Klemme, weil sie einen auf Samariterin gemacht hatte, die alte Indianerin rettete, die ihr nichts bedeutete, und sich dieser Verletzten, ihrer verängstigten Seele, ihres Bärenfells und ihrer kaputten Stangenschleife annahm, ihres angeschirrten Hundes. Und all das, was sich durch die Schuld des Raben, durch meine und Shinis Schuld an Scherereien aufsummiert hatte, durchkreuzte ihre Pläne, ihr Vorhaben, und veränderte das Ziel ihrer Reise. Zu allem Überfluss dann auch noch dieser Bastard, der ohne Vorwarnung auf der Lichtung aufgetaucht war und ohne Warnung geschossen hatte.

Mrs Allister hatte völlig recht damit gehabt, sie zu warnen.

Und sie damit, Archie das Gewehr abzukaufen.

Was für ein Riesenfehler, dass sie es außer Reichweite hatte stehen lassen.

Im entscheidenden Augenblick, als sie das Heck des Dodges umrundete, hatte sie es nicht griffbereit und stand unbewaffnet vor diesem Typen, der drei Meter von ihr entfernt das Gewehr anlegte. Vielleicht wollte er ja gar nicht schießen. Vielleicht hatte er ebenso große Angst vor ihr wie sie vor ihm, wer weiß, doch schneller als ein Blitz hatte sie, *zack*, ihr Messer geworfen. Was für ein hervorragender Todeswurf. Der Gewehrlauf wurde abgelenkt, und die Kugel ging daneben, statt den Kopf, die Lunge oder die Eingeweide von Weibsbildern zu durchsieben, die in sein Jagdgebiet eingedrungen waren. Gleichzeitige Durchtrennung von Schildknorpel und Rückenmark, sofortiger Herzstillstand. Mit einem letzten nervösen Zucken krümmte sich der Zeigefinger um den Abzug, und die nutzlos gewordene Kugel verließ den Gewehrlauf mit einem langen Feuerstoß, begann ihre Flugbahn durch den Raum und schlug der unberechenbaren Flugkurve folgend auf der Windschutzscheibe auf, deren Splitter in den Fahrzeugraum fielen. Die Explosion erschütterte mein sechs Jahre altes Trommelfell leicht zeitverzögert. Niedergestreckt lag ich in der Sonne. Ich war tot, doch das war nicht schlimm. Mit einem Satz sprang ich inmitten der Weidenröschen, den Scharen aufstiebender Schmetterlinge und Grashüpfer auf die Beine.

Und so fuhren wir weiter den unebenen Pfad entlang, direkt auf die orangefarbene Kugel zu, die am Fuß der Berge klebte, das Licht wurde schwächer, ohne dass es Nacht wurde, der scharlachrote Traum dehnte sich aus und zog sich wieder zusammen, im Rhythmus des asthmatisch keuchenden Motors, der schon bald seine Seele aushauchen würde.

Eine scharfe Kehre führte uns auf die Straße, die richtige Straße. War das jene, auf der wir laut Archie nach Champagne hätten fahren sollen, statt den Dalton Trail zu nehmen? Ganz egal, seit Klukwan war uns keine solch zivilisierte mehr untergekommen, eine echte Fahrstraße, und kein Fahrzeug weit und breit, weder aus der einen noch aus der anderen Richtung, Dakwäkäda war weit weg, irgendwo im Osten. Nichts war angenehmer, als endlich ungehindert auf dieser fürstlichen Straße zu fahren, die, wenngleich holprig und schlammig, so doch schnurgerade nach Westen führte, wo sich in der Ferne die Gletscher erhoben. Die Erholung war von kurzer Dauer: Keine fünfhundert Meter weiter erspähte

Kaska am rechten Straßenrand die Abzweigung nach Kloo Lake. Man musste wirklich wissen, dass es den Pfad gab, um ihn zwischen den kleinen Birken, den Erlen und dem Pinienwäldchen auszumachen.

Weniger ein Weg als eine undeutliche Furche, die von Gräsern überwuchert und unter dem Teppich aus roten Nadeln häufig gar nicht richtig zu sehen war. Sie wand sich zwischen den Felswänden hindurch, den mit türkisfarbenen Flechten überzogenen Felsen, führte um schlammige Stellen herum, an denen die träge dahinfließenden Bäche über die Ufer getreten waren, und hier fuhren wir wieder durch die kalte Natur im Schatten der eisigen Berge. Waren das die berühmten Gipfel, von denen meine Mutter gesprochen hatte? Die untergehende Sonne streifte nur noch die schmalen Wipfel der Fichten, bestäubte ihre Wedel mit goldfarbenem Blütenstaub und Schwärmen von Insekten. Darunter wurde es immer dunkler.

Hinter einer scharfen Kehre tauchte plötzlich der See auf. Einsam lag er da, bläulich bronzefarben schimmernd, erbarmungslos friedlich unter den langen Nebelschwaden. Da hinten, an den Wald gedrängt, eine Hütte mit Schindeldach, so winzig auf der kleinen Anhöhe, dass man die graue Fassade aus Rundhölzern und den danebenstehenden Schuppen kaum erkennen konnte. Je näher wir kamen, umso mehr schien sie sich in das dunkle Durcheinander des Waldrands zurückzuziehen, versteckte sich schüchtern im hohen Gras, das der Wind niederdrückte, und es war fast, als würden wir niemals dort ankommen. Shini war bereits von der Pritsche gesprungen, hatte den Dodge überholt und wartete hechelnd an der Türschwelle auf uns. Niemand sonst empfing uns dort.

Sah meine Mutter denn nicht, dass es sich hierbei um die ärmlichste und furchtbarste aller Hütten des großen Nordwestens ihrer Träume handelte, wie sie entlegener und unheilvoller nicht sein konnte?

Ungelenk und steif taumelte ich aus dem Auto. Schwieg bestürzt, erschrocken angesichts dieses dunklen, windigen Landstrichs, seiner finsteren Einsamkeit. Shini leckte mir über die Wangen, und ich umklammerte seinen Hals, fast brachte mich diese freundliche Liebkosung seiner Wolfszunge zum Weinen. Dann entdeckte ich über unseren Köpfen, lautlos aufgestiegen aus den Nebelschwaden des Sees, ein riesiges artischockenähnliches Gebilde, wie der erstarrte Blas eines Wals, ein übernatürlicher Geysir kondensierten Wassers, böse und bedrohlich, ein safranfarbenes Gebirge in den letzten Strahlen des Abends.

›Mitternacht! Und nur noch einen halben Kanister Benzin! Es war höchste Zeit, dass wir deine verdammte Hütte erreicht haben!‹, rief meine Mutter, öffnete die Heckklappe, schüttelte die Benzinkanister und machte sich dann hinter dem Schuppen zu schaffen, wo sie den Dodge geparkt hatte.

Sie grölte herum, als wären wir eine Gruppe fröhlicher Camper. Kaska humpelte zu mir. Mit ihrer Rabenkralle zog sie mich – leicht wie eine Feder – hoch und drückte mit der Schulter die Tür auf. Diese verfügte weder über einen Riegel noch über ein Vorhängeschloss, sperrangelweit offen gab sie den Blick auf das schwarze Innere frei. Ein Schwall modriger Luft, die nach Mumifizierung und Tierhaaren, nach Vogeldreck, Rauch, Urin und kalter Asche roch, drang nach draußen. Mir war kalt, ich hatte Hunger, und in dieser Rumpelkammer von einer Hütte, zwischen all den Lumpen, Säcken, schiefen Dielen, dem zerknülltem Papier, den Spinnweben und dem Fliegendreck, vermisste ich meinen Zobelmantel. Meine Puppe Ginger, ihr Perlendiadem und ihre Lackschuhe.

Meine Mutter hatte noch genug Energie, um hin- und herzulaufen, den Dodge auszuladen, die Stangenschleife und die stinkenden Körbe wild durcheinander in den Schuppen zu werfen und unser ganzes Gepäck in die Hütte zu bringen.

Kaska hatte sich unterdessen auf ein Fass gesetzt und zog ihren zerquetschten Fuß vorsichtig aus dem Stiefel. Verblüfft sah ich zu, wie sie ihre blutigen Zehen, die übel aussehenden Blutergüsse um ihren geschwollenen Knöchel energisch mit einem Tuch abrieb, ohne zu klagen oder das Gesicht vor Schmerzen zu verziehen, dabei musste das ganz schön wehtun.

Atemlos und schwitzend ließ meine Mutter sich auf den einzigen Stuhl plumpsen. ›Vielen Dank auch für eure Hilfe!‹

Dann erblickte sie den verletzten Fuß, den sie offenbar völlig vergessen hatte. Hastig kramte sie den guten Wodka von Archibald Ryan aus einer Tasche und goss reichlich davon über die Wunde.

›Sieht übel aus‹, meinte sie, ihre Stirn berührte die von Kaska, als sie sich beide über diesen widerlichen Anblick beugten.

›Das ist weiter nichts, ich habe schon Schlimmeres mitgemacht‹, meinte Kaska und tupfte ihren lila verfärbten kleinen Zeh ab.

›Stimmt‹, sagte meine Mutter. ›Es gibt Schlimmeres. Um ein Haar hätten wir heute Morgen dran glauben müssen.‹

Ihr Tonfall machte deutlich, dass sie eine Show abzog, um ihre Furcht angesichts ihrer enormen Großtat zu verbergen. Sie fürchtete den Himmel, die Engel und das Urteil Gottes, und zur Strafe türmte dieser Richter über ihre Schandtat eine artischockenförmige Gewitterwolke über ihrem Kopf auf. Geschah ihr recht. Mir wurde klar, dass sie völlig verunsichert war, dass sie unglücklicherweise den Aprikosenkern, der im Nirgendwo ihrer Karte schwebte, nicht gefunden hatte. Sie hatte völlig die Orientierung verloren, stand verloren inmitten des Waldes in dieser gottverlassenen Gegend am Kluane Lake, der noch nicht einmal als kleiner Punkt auf ihrer Karte verzeichnet war, dazu ein blutiges Verbrechen auf dem Gewissen, das an ihren Eingeweiden, ihrer Seele und ihrem Bauch nagte. Geschah ihr recht.

›Hast du gesehen, wie ich das Messer geworfen habe?‹

Obwohl Kaska verständlicherweise damit fortfuhr, sich weiter um ihr Bein zu kümmern, plauderte meine Mutter an sie gerichtet einfach weiter: ›In einem anderen Leben war ich nämlich Zirkusartistin. Sechs Monate waren wir als gefährliches Duo unter dem schönsten Zirkuszelt Nordamerikas unterwegs.‹

War das wirklich der geeignete Moment, um sich derartige Lügenmärchen auszudenken? Sie konnte doch die Augen nicht vor dem Ernst der Lage verschließen! Vier mit alten Zeitungen tapezierte Blockhüttenwände, das einzige Fenster warf blasses Tageslicht auf den Tisch, den Ofen, die Schüsseln, die Sturmlampe, die mottenzerfressenen Decken, der Wind pfiff durch jedes Mauseloch herein, durch die Spalten zwischen dem Holz, er zerrte am Dach und wühlte den See auf.

›Zu Beginn war ich als Cowgirl im kurzen Röckchen die Zielscheibe. Dann habe ich selbst die Kosakin gespielt, zehn Würfe hintereinanderweg, zack zack zack‹, sagte sie lachend. ›Ich habe ein verdammt gutes Händchen für so was!«

›Es war der Rabe, der dir die Hand geführt hat‹, sagte Kaska. ›Er hat dich auch zu mir geführt: Ich bin der Rabe.‹

›Ja klar, und ich bin Fred Astaire‹, sagte meine Mutter. ›Wo schlafen wir hier in diesem Saustall?‹

Diese Frage hatte auch ich mir gestellt, während ich wie eine Stoffpuppe zusammensackte, schmerzhaft bedrängt von all den Ecken und Winkeln voller Ruß und Asche.

›Trinken wir erst mal einen Wodka‹, bestimmte meine Mutter fröhlich.

›Ein Schluck für jede. Das tötet die Würmer ab.‹

›Das ertränkt den Blues. – Und der Teufel bekommt nichts davon ab‹, prostete meine Mutter Kaska zu.

Es war an der Zeit, dass sie eine bessere Partnerin als mich fand, die ihr die Stichworte gab.

Ihr Wortgefecht erschöpfte mich, und schon gingen ihre Stimmen im Getöse unter, einem Durcheinander aus Blitzen, Hagel, Donner, Gewitterguss. Da flogen Haare, Staub, Rosshaare und Asche zwischen den Rundbalken auf, was für ein Orkan der Farben ging über unseren Köpfen nieder, Mandarinengelb, Dunkelblau.

Der riesige Rabe nutzte den Moment, um mit dem Schnabel gegen die Balken zu hämmern. Er zerzauste die großen Flügel der Nacht zwischen dem Tisch und dem Ofen, warf Kanister um, Schneeschuhe, Stiefel, Kaffeekanne, Felle von Murmeltier, Fuchs und Biber und bedeckte mich mit seinen schwarzen Federn. Zwischen seinen Krallen erstickte ich, wurde von gierigen Aasfressern und Geiern zerstückelt, auseinandergerissen bis auf die letzten Fetzen meiner Lunge und Eingeweide. Nager, Insekten und Larven saugten meinen Gehirnsaft aus, leere Augenhöhlen, zerschmetterter Schädel, Rippen, Kniescheiben, Knöchelchen verteilten sich in den Gletscherspalten oder den Sümpfen dieser Gegend, die auf der Karte meiner Mutter nichts weiter als ein einfacher Aprikosenkern waren, der in der Leere dieses Gebiets schwebte, eine kleine Skizze, einst von ihrer Jugendliebe erstellt, in unleserlicher Schrift mit der Legende *Klukshu* versehen, nur für sie zu entziffern mit der Lupe ihrer Tränen. Hoppe hoppe Reiter, mein kleiner Quatschkopf, mein dicker Papa fehlte mir. Seine Lieder, seine Zigarre, mein Armkettchen, meine filmreifen Löckchen; ich hatte ein Loch im Kopf, einen Dolch mitten im Herz. Mit vereistem Blut glitt ich in die Tiefe des Nichts zu den weißen Barten der Wale.

Angeblich schlief ich zwei Tage durch. Eingerollt in die Decke der Hudson's Bay Company im untersten Regal der Anrichte. Als ich aufwachte, zeigte sich durch die weit offen stehende Tür ein sonniges Bild des grün-blauen, feenhaften Waldes, und die Vögel zwitscherten. Im Inneren der Hütte, noch spartanischer als die Holy Lodge in Crescent Bay, falls das überhaupt möglich war, herrschte Ordnung. Jemand hatte aufgeräumt. Auf dem grauen nackten Bretterboden stand ein grauer leerer Tisch. Darunter ein großes Mufflonfell. Kisten und Fässer. Ein einfaches Bett. Ein Stuhl, die Anrichte, aus der ich auf allen vieren herauskrabbelte. Einige Pfannen, Bottiche, Lampen, Kupferschüsseln, Schachteln, ein paar Jutesäcke hingen an Nägeln an den Regalen, die so einiges an Gerätschaften aus Blech beherbergten. Auf dem gusseisernen Ofen die blau-weiß emaillierte Kaffeekanne. Aller möglicher Nippes, an Nägeln hängende Felle, große Seilrollen, zwei Paar Schneeschuhe aus geflochtenen Tierdärmen. Spinnweben an den Balken. An den Rundstämmen klebten graue oder gelbliche Zeitungsseiten, die im kühlen Luftzug raschelten. Ich begutachtete diesen eigenartigen Ort, kratzte mich dabei ganz fürchterlich, dann fiel mir auf, dass ich Hunger hatte. Ich war am Verhungern. Ich brüllte. Niemand kam. Von der Türschwelle aus sah ich, geblendet, den See, die Berge, und ich roch Kaskas Geruch. Dabei war sie gar nicht da. Der Gestank rührte von dem Holzgestell her, das wie ein Rost vor der Scheune aufgestellt war und an dem Hunderte kleiner silberfarbener, ganz flacher Fische hingen.

Angeblich fanden sie mich, als sie zurückkamen, dabei vor, wie ich einen Kerzenfisch nach dem anderen vertilgte, entwendet von der Ladung, die Kaska unter großen Mühen jedes Jahr vom Fjord herbrachte, ihr Vorrat an Fischfett, um den Winter zu überstehen: ein Monat des Hin- und Rückweges zu Fuß zu den Tlingit im Süden, mit Shini, der die Stangenschleife zog, wie es ihre Eltern, Großeltern und die Vorfahren ihres Clans gemacht hatten. Die hatte ich aber noch nicht kennengelernt. Sie nahmen mir meine Beute mit lautem Gezeter wieder ab, schimpften mit mir, drohten damit, mir den Hosenboden strammzuziehen, und dann, weil ich brüllte wie am Spieß, stellten sie mich mit Ahornsirup beträufelten Haferflocken, Preiselbeeren und harten Eiern ruhig, die sie von ihrer Runde um den See mitgebracht hatten. Zusammen mit anderen essbaren Sachen, um uns fürs Erste zu versorgen: ein paar Taschenratten und zwei erdrosselte Eichhörnchen sowie verschiedene Wurzeln.

Ich war noch immer hungrig, aber meine Mutter sagte nur: ›Dann iss deine Faust, und heb dir die andere für morgen auf.‹

Als sie meine schrecklichen Stiche sah, zog Kaska mich zum See, setzte mich auf einen großen Stein und bestrich mich mit Schlamm, obwohl ich weinte. Der Schlamm trocknete recht schnell, und es bildeten sich Risse auf meinem Gesicht, meinem Hals und meinen Armen, doch er würde mich, laut Kaska, vor den Stechmücken schützen, diesen Schwärmen blutrünstiger Insekten, vor denen es nach dem Regen im Gras und in der Luft nur so wimmelte.

Während sie mich einschmierte, erklärte sie mir, dass sich Dinge veränderten, je nachdem, welchen Namen man ihnen verlieh, und dass das, was ich für Kloo Lake halte, in ihrer Sprache tatsächlich K'àä Män heiße.

Dann schmierte sie sich selbst mit Schlamm ein, während sie über mich lachte. Und ich lachte über sie, ein Zeichen dafür, dass ich mich eingewöhnte.

Auch meine Mutter gewöhnte sich ein. Sie sprühte sich nicht mehr mit ihrem Gardenienparfüm ein und trug morgens auch keinen Lippenstift mehr auf. Bestimmt sparte sie sich ihr Schminkköfferchen für günstigere Gelegenheiten auf. Sie nahm Sonnenbäder und rauchte dabei ihre Zigaretten.

Offenbar hatte sie es nicht sonderlich eilig, von hier wegzukommen. Trotz ihrer Pläne schien sie es letztlich gar nicht so übel zu finden, sich hier in Kloo Lake in der hintersten Ecke des Waldes etwas auszuruhen, da gab es schlechtere Urlaubsorte. Abgesehen davon war uns das Benzin ausgegangen. Vor allem aber sei es in Anbetracht des unerfreulichen Zwischenfalls in Klukshu sicher besser abzuwarten, bis ein wenig Gras über die Sache gewachsen sei und sich mögliche Echos, örtlicher oder regionaler Art, wieder etwas beruhigt hätten, meinte Kaska. So lange sollten wir uns in der Hütte verstecken und unseren Pick-up und unsere Sachen im hintersten Winkel des Schuppens verbergen. Mit anderen Worten: Es war angebracht, einen auf Hasen zu machen.

›Lern etwas von ihm‹, sagte Kaska. ›Wenn er den Wolf oder den Fuchs abschütteln muss, dann rennt er im Zickzack gegen den Wind, springt dabei unvermittelt zur Seite, wodurch er seine Duftspur auffächert und verteilt und sich so einen Vorsprung verschafft.

Sobald er weit genug weg ist, kauert er sich als kleines Fellknäuel reglos zusammen, unsichtbar zwischen den farbigen Pflanzen, und wartet ab. Also warten wir ab. Alles Weitere sehen wir, wenn Herman wieder zurück ist.‹

Darauf wartete sie, schlafend im Schneidersitz auf dem einzigen Stuhl, statt in seiner Abwesenheit sein Bett zu benutzen, auch nicht seine Werkzeuge oder sein Besteck: Sei jemand auf Reisen, dann wende sich sein Schicksal, wenn man seine Sachen benutze, er verliere seine Fähigkeiten und habe schlimme Begegnungen, menschlicher, tierischer oder aber auch himmlischer Art.

›Was die Sterne betrifft, so hüte dich vor dem Vollmond. Wenn er sein Spiegelbild in der Scheibe der Sonne betrachtet, erstrahlt er in vollem Glanz und spricht mit ihr wie mit Seinesgleichen, was sehr anmaßend von ihm ist. Je nachdem, ob er in Opposition oder in Konjunktion zu ihr steht, gewinnt er mal, und mal verliert er. Letzteres missfällt ihm, er mag es nicht, auf frischer Tat beim Scheitern ertappt zu werden. Der Mond ist überaus dünnhäutig. Versteck dich vor ihm, bis das Duell entschieden ist.‹

Genau das hatte Kaska neulich abends zu tun beabsichtigt. Ehe der Mond aufgegangen war, hatte sie nach einer Kuhle gesucht, um abseits des Trails zu schlafen, gut versteckt vor dem Blick des Mondes im Gestrüpp. Dabei war sie in die Falle getreten. Ein Beweis für die Rachsucht des übellaunigen Mondes. Was für eine Katastrophe, sie war gefangen in den Stahlzähnen, ohne Hoffnung darauf, dass jemand kam und sie aus der verfluchten Falle befreite! Abgesehen vom Jäger, der sicherlich nicht lange auf sich warten lassen würde. Wütend darüber, dass sie ihn um seine Beute gebracht hatte, würde auch er sich rächen, würde sie mit Faust- und Gewehrkolbenschlägen totschlagen. Indianer hatten oft nichts anderes zu erwarten. Mit aller Kraft rüttelte sie an der Falle, vergeblich. Sie war mit einem tief eingegrabenen Gewicht vernietet. Ihr Bein schmerzte höllisch, sie verlor das Bewusstsein. Aus Verzweiflung errichtete sie ein kleines Fort, um sich zu verteidigen, was aber nichts bringen würde. Sie war wütend, hatte Angst, verfluchte sich selbst. In diesem Moment hörte sie Motorgeräusche in der Ferne. Motorgeräusche? Sie glaubte, ihren Ohren nicht trauen zu können. So etwas war hier nie zu hören, nie. Ein motorisiertes Gefährt auf dem alten Trail? Niemals. Täuschte sie sich etwa? War das ein neuer Streich des Mondes oder aber ein glückverheißendes Zeichen? Sie flog dem Geräusch entgegen, um es mit eigenen Augen zu sehen. Eine weiße Frau mit einem Mädchen. Von denen hatte sie vielleicht weniger zu befürchten. Also schlug sie sehr kräftig mit dem Flügel gegen die Windschutzscheibe. Sie befahl: Bleib hier stehen. Öffne die Falle.

›Statt den ganzen Krach zu veranstalten und auf der Lichtung herumzuschreien und herumzutoben, hättest du meinem Raben gehorchen und Shini folgen sollen. Die ganze Nacht musste ich auf dich warten. Wärst du schneller gekommen, wäre alles andere nicht passiert.‹

Meine Mutter hockte brav vor der Hütte und ließ Kaskas Rüge über sich ergehen. Sie beobachtete, wie diese mit einer Hornkelle den Schaum der Kerzenfische abschöpfte, die in der Glut köchelten, und ihn dann in einen geflochtenen Korb goss. Dieser siebte das Fett der Fische aus dem Schaum und ließ es tropfenweise in einen Bottich fallen. So wurde dieses wertvolle, überaus nahrhafte Lebensmittel also zubereitet, das Lungen- und Hautkrankheiten, Bauch- oder Gelenksschmerzen, Herz- oder Zahnschmerzen vorbeugte, ebenso wie der Melancholie.

›Auch dich hat der Mond bestraft. Du hast ihn dabei überrascht, wie er sich mit der Sonne unterhielt. Das kann er gar nicht leiden.‹

›Ich mag das Mondlicht. Es macht verliebt‹, scherzte meine Mutter.

An ihrer Stelle würde ich Kaska nicht verärgern. Auch wenn diese haarsträubende Geschichten erzählte, wusste sie sich doch in allen Lebenslagen zu helfen. Sie kannte sich mit Geografie, Kochen und Medizin aus. Der Umschlag aus Fichtenharz half hervorragend, ihren Knöchel und mein aufgeschlagenes Knie verheilen zu lassen. Sie roch auch überhaupt nicht mehr schlecht, seit sie die kleinen Kerzenfische nicht mehr roh, sondern ausgenommen und gekocht verspeiste: Sie kochte einen Teil davon, den anderen trocknete sie an dem Rost, der auch dafür benutzt würde, die Rotlachse zu räuchern, die Herman mitbringen würde, wenn er zurückkam – wann immer das war. Die Hütte gehörte ihm, ebenso der Schuppen, die Stangenschleife, das Boot aus Birkenrinde, der Fuchsschwanz, die Äxte und alle anderen Werkzeuge, die Fischreusen, die großen aschfarbenen Elchgeweihe, die die Tiere abgeworfen hatten und die man überall am Ende des Winters fand, sie hingen unter dem überstehenden Dach und lagen aufgereiht an den Wänden. Auch der riesige Vorrat an Holzscheiten, die hinter der Hütte aufgestapelt waren, und das Plumpsklo hinten unter den Bäumen – das alles gehörte ausschließlich ihm. Nur das Stück Land, das nicht. In den Tiefen der riesigen Schicht Permafrost, die seit der Eiszeit noch nie geschmolzen war, wurde die Erinnerung bewahrt: der Abdruck von Geisterwäldern, Schädel und Mastodonten-Zähne, versteinerte Schalentiere und Käfer, Seelilien und Haarsterne, Kieselalgen, Pollen und sogar Luftblasen, die die großen Echsen und Gazellen einst ausatmeten, und vielleicht auch die gefrorenen Worte der Ahnen in ihren Höhlen. Die Erde gehörte nur sich selbst.

Das Bärenfell gehörte Kaska. Sie hatte es vom Vater ihres Vaters geerbt, der den Bären einst selbst erlegte. Dieser überaus schwere Pelz mit dem alten, borstigen Fell diente ihr tagsüber als Mantel, nachts als Decke und auf Reisen als Hütte. Sie besaß zudem ein paar lebensnotwendige Gegenstände, wie zum Beispiel ihre Tabakrolle, ihre Tonpfeife, ihren Schmuck, unzählige perlenbestickte kleine Taschen, die sie an ihrem Gürtel trug und die mit Werkzeugen aus Knochen, einer Schere, Wurzeln, Heilkräutern und Schnüren sowie Fläschchen gefüllt waren. Dank ihr hatten wir alles, was man sich nur wünschen konnte, um ein sorgenfreies Leben zu führen.

Diese kleine Hütte von Herman konnte es in meinen Augen inzwischen durchaus mit Heidis Almhütte aufnehmen. Es fehlten nur noch Peters Ziegen. Und alle holzbemalten Tiere meines Bauernhofs. Allerdings würden die Kühe, Schweine, Hühner und der Truthahn auf dieser Wiese von Kloo Lake nicht überleben. Während des kurzen nordischen Sommers wuchs alles rasend schnell und verging wieder, sodass die weißen Farmer zusehen mussten, wie ihre Pflanzen und Tiere im ersten Frost umkamen. Unfassbar, dass sie die Indianer als faul bezeichneten, weil diese es ablehnten, den Boden zu beackern! Kaska lachte über diese Idioten, die ihre Anbauweisen und Formen der Tierhaltung aus anderen Ländern mitbrachten und sich nicht eingestehen wollten, dass Pflanzen, Tiere und Witterung eigene Gesetze und einen eigenen Willen hatten, dass man nur deshalb sammelte, fischte und jagte, um sich zu ernähren, sich zu kleiden und zu schützen, was dank all dem, was Mutter Erde großzügig zur Verfügung stellte, möglich war; und zwar dann, wenn sie es für richtig hielt. Die Weißen meinten, sie könnten die Erde ihren Launen unterwerfen. Häufig wurden sie dabei wahnsinnig, manchmal starben sie auch. Sie beglückwünschte sich dazu.

Das Einzige, was sie von den Weißen übernommen hatten, war das feste Gebäude, das Herman selbst erbaut hatte. Er hatte die entsprechenden Bäume gefällt, die Rundstämme geschält, ein Dach mit stabilen Schindeln angebracht, es mit Moos bedeckt und alle Zwischenräume mit Harz und Zeitungspapier verschlossen. Dann hatte er selbst Tisch, Bänke und Regale gezimmert. Er besaß auch ein eisernes Bettgestell und einen gusseisernen Ofen, eine Anrichte, in der man eingerollt in die Decke der Hudson's Bay Company perfekt schlafen konnte. Einst hatte die Decke einer Ahnin von Kaska, der Einzigen ihres Clans, die weder an den Pocken noch an Scharlach, Cholera oder Ruhr erkrankt war, alles Seuchen, die durch die Decken verbreitet wurden, die, wie ich von ihr erfuhr, die Weißen den Clans zu jener Zeit geschenkt hatten. Einer nach dem anderen sei daran gestorben, wenn jene, die sie infiziert hatten, ihnen nicht die entsprechende Behandlung – zusammen mit der Taufe – zukommen ließen, die sie heilen sollte.

Kaskas Clan gehörte zur großen Familie der Gwich'in, einem Volk, das im Norden des Nordens lebte, seit *Ts'ii deii*, den hunderttausend mal tausend Jahren der ersten Tage der Erde, von denen man nur das sagen konnte, was erzählt wurde. Kaska fing immer mit *akoo diginuu* an, was so viel heißt wie: Es wird gesagt, dass in jener Zeit vor dem Einst des lange zurückliegenden Anbeginns die Tiere auch Menschen waren. Die Wölfe, Biber, Adler, Frösche und Fische waren Menschen, die Karibus, Grizzlys, Rentiere und selbst Vielfraße waren Menschen, jedes einzelne. Jeder Fuchs war sein eigener Fuchs, jeder Rabe sein eigener Rabe, auch wenn er Mensch war, alle zugleich beständig das eine und das andere, mit ihrem *vanky'aa,* ihrer gemeinsamen Seele für Mensch und Tier, lediglich in anderer Erscheinung, je nachdem, ob sie sich in Menschen verwandeln wollten oder umgekehrt, unablässig. Inzwischen geschah das nur noch selten.

›Gegenwärtig lassen sich die Wildtiere, die eine Begegnung gestatten, erschießen, wenn sie dies für richtig erachten. Sie können aber ihrerseits auch den Menschen töten, sollte er vergessen, wie er sich zu verhalten hat. Aber um nichts auf der Welt würden sie in seiner Gesellschaft leben, seine Haut berühren oder Körperflüssigkeiten und Parasiten mit ihm austauschen, wie Kühe und Schafe das mit den Weißen tun, die diese als Haustier halten.‹ Kaska spuckte wütend aus. ›Deshalb zieht der Bär es vor, dir aus dem Weg zu gehen, und entfernt sich, wenn er dich hört, vergiss also nicht, laut mit ihm zu sprechen. Wird er höflich über die Störung in Kenntnis gesetzt, stehen die Chancen gut, dass er dich in Ruhe lässt.‹

Sie saß in der Sonne vor der Hütte. Während sie mich großzügig an ihrem Wissen teilhaben ließ, flocht sie Riemen aus Därmen, knotete rasch eine Schlinge, nachdem sie zerstoßene Gräser zwischen den Händen verrieben hatte, um ihren Geruch zu übertünchen, ansonsten würde das Wild ihn in jedem Fall aufspüren. Noch so etwas, das man wissen sollte: Nicht nur waren Tiere Menschen, die einzelnen Arten konnten sich zudem auch untereinander nicht riechen. Insbesondere nicht den Menschen, dessen Gestank man in einem Umkreis von drei Meilen roch. Das sollte man beachten, je nachdem ob man jagte oder selbst gejagt wurde. Um also gegen Ende der Lachszeit den Elch zu jagen, rieb Herman sich mit dem Urin der Elchkuh ein, um die Bullen zu verführen und sich ihnen nähern zu können.

Kaska achtete bei ihren Vorbereitungen sehr genau darauf, ehe sie ihre Fallen auslegte. Sie zeigte die Technik, ohne etwas zu erklären. ›Sieh einfach zu, wie ich es mache‹, sagte sie zu meiner Mutter.

Die sah ihr jeden Tag dabei zu, ohne sich selbst daran zu versuchen. Auch ich sah ihr zu. Seit Kaska in der Lichtung wie in einem Buch gelesen hatte, ohne ein einziges Detail zu übersehen, wusste ich, dass die Beobachtung das Wichtigste war. Schon bald würde ich selbst Schlingen flechten und wäre dabei ebenso geschickt. Ich würde sie auf ihre Art aus den Därmen von kleinen Tieren herstellen, die sie häutete und ausnahm, denn auch wenn die Innereien nicht essbar waren, konnte man doch alles Mögliche damit anstellen, nachdem man sie gewaschen hatte. Ich verpasste keine Gelegenheit, dazuzulernen.

Das Fett der Kerzenfische füllte die Wanne Tropfen für Tropfen, wurde nach und nach fest, denn obwohl die Sonne hoch am Himmel stand, war die Luft kühl. Man könnte sie für den Atem der verschneiten Kämme halten, der auf unsere Schultern heruntergepustet wurde. Sobald das Fett fest genug war, wurde es geschnitten und in Körben gestapelt in einer Grube vergraben, schließlich war die Erde schon in geringer Tiefe für immer gefroren. Das Fleisch lagerte zum Schutz vor Raubtieren versteckt in kleinen, auf Pfählen errichteten Hütten. Diese Art Vorratskammer war genauso gut wie jeder kalifornische Luxuskühlschrank. Doch schon allein beim Gedanken daran vermisste ich die Himbeersorbets und die Schokoeiswaffeln mit Sahne, auf die die Pudel Tic und Toc so abfuhren, die mir ebenfalls fehlten.

Trotz seines halb wölfischen Aussehens erwies sich Shini als sehr artig. Streichelte ich ihn zwischen den Ohren, richtete er sich auf und legte mir die Pfoten auf die Schultern, sodass ich umfiel, aber er wollte nur spielen. Wenn er mich aus diesen Augen, blauer als bei einem Menschen, ansah, wusste ich, dass er mich mochte. Das erstaunte Kaska immer wieder, für sie war der Hund ein verachtenswertes Wesen, ein degenerierter Wolf, der sich als Einziger des hiesigen Tierreichs hatte unterjochen lassen, gut nur für die harte Arbeit, die ihm das Fell vom Leib schabte, wenn er zum Beispiel Körbe trug, die zu schwer für ihn waren, die Stangenschleife zog, im Winter den Schlitten. Er fraß die Abfälle, darunter auch die Exkremente von Tieren oder Menschen, die ihre Notdurft nicht auf dem Plumpsklo verrichteten.

Mir war es egal, was sie dachte, ich glaubte, dass Shini sein eigener Hund war, mit einer einzigartigen Seele in verschiedenen Erscheinungsformen, mal Mensch, mal Tier – genau wie der Rabe, von dem sie vorgab, es zu sein, oder der Vielfraß, dessen gierigen Schlund sie voller Schrecken auf der Lichtung entdeckt hatte.

Da die Umkehrbarkeit laut ihr grenzenlos war, erwartete auch ich, ein Tier zu sein, aber welches? Ich hörte in meinem Inneren die Rabensprache, die Hundesprache hatte ich im Wald wie selbstverständlich durch Gedankenübertragung verstanden – das bewies, dass ich dieselben Anlagen besaß wie jeder andere auch. Und das sollte sich bestätigen.

Wir begleiteten Kaska, als sie loszog, um ihre Schlingen auf der anderen Seeseite auszulegen, die Beute ihrer Jagd war wesentlich für unseren Lebensunterhalt. Um einen Bau zu finden, in dessen Nähe die Schlingen ausgelegt wurden, musste man sich gegen die

Windrichtung bewegen, sorgsam darauf achten, wo man hintrat, vor allem nicht auf Wildpfade, die anhand kleiner in den Dornen hängender Fellbüschel, an Exkrementen und den angenagten Baumrinden erkennbar waren, das alles erforderte sehr große Konzentration. Nach Hund durfte es schon gar nicht riechen, also war Shini bei der Hütte angebunden worden. Damit ich nicht aufgrund irgendwelcher Kindereien alles vermurkste, ließen sie mich am Ufer des Sees zurück. Sie ermahnten mich, mich bloß nicht ins Gras zu setzen, da gebe es Zecken, dann verschwanden sie im Wald, waren außer Rufweite.

Eigentlich hätte ich Angst haben müssen, mir selbst überlassen zu sein, ein schwaches Kind, nicht in der Lage, mich zu verteidigen, stattdessen erfüllte mich dieses Alleingelassenwerden mit Stolz, es war ein Rausch der Sinne und des Herzens, die reinste Lebensfreude. Nur die Gegenwart existierte. Die unmittelbaren Dinge, meine Empfindungen, meine Einsamkeit. Ich lag reglos auf den Kieseln, ohne zu blinzeln, einzig darauf bedacht, die nach Harz und Erde duftende Luft einzuatmen, die meine Wangen und meine Stirn mit der Leichtigkeit der Hände eines Musikers streifte. Mal kräuselte sich die Oberfläche des K'àä Män neben mir, mal lag sie still da, dann wieder stiegen kleine Blasen auf, der See gärte. Der Wald knisterte, manchmal knackte er unvermittelt, seufzte, vibrierte im Surren von Millionen Insekten, Bienen, Libellen, Wespen und Mücken, die von der Hitze und dem Licht elektrisiert waren. Alles war lebendig, ewig. Die unergründliche Ruhe des wolkenlosen blauen Himmels und der Gipfel und die frische Vegetation, die an den Hängen hinaufwuchs, spiegelten sich im Wasser von K'àä Män, umgekehrtes und richtiges Bild identisch in Klarheit, Höhe, Schönheit und Erhabenheit. Und genau in der Mitte davon war ich.

Ich war ein Individuum, genau wie der Rabe sein eigener Rabe war, der Vielfraß sein eigener Vielfraß, ich konnte mich in mich verwandeln und andersherum, ohne dass die Weltordnung in Aufruhr geriet. Als sich das Gras ganz in der Nähe bewegte, vorsichtig von jemandem zerdrückt, der mit verstohlenen Schritten näher kam, schüchtern, aufmerksam, schloss ich die Augen, um ihn besser zu hören, seine Annährung besser willkommen zu heißen. Schon schnüffelte seine feuchte Schnauze an meiner. Seine Schnurrhaare kitzelten mich, unser Atem vermischte sich. Wir atmeten einer den anderen ein, passten uns dem Rhythmus des Windes an, der über unser Haar strich, seines und meines. Seine Lefzen an meinen leckte er mich mit seiner kleinen rauen Zunge ab, mit kleinen feuchten Stupsern, wir küssten uns mit einer Lust, die entstand, sich aufbaute und ergoss wie die Brandung im Meer.

Offenbar trafen sie mich Nase an Nase mit dem jungen Fuchs an. Als sie kamen, verschwand er blitzschnell, doch ehe er vom Wald verschluckt wurde, hatte Kaska ihn an seinem rot-schwarzen Fell, dem langen weichen Schwanz und seinem spitzen weißen Maul erkannt. Aufgrund seines flauschigen Fells ging sie davon aus, dass er noch sehr jung war, vielleicht eben erst entwöhnt. Ich hatte nichts gesehen, und doch hatte er sich mir ganz vorbehaltlos genähert, mich als seine Doppelgängerin erkannt und geküsst. Von jenem Tag an waren wir durch unsere beidseitige Zustimmung umkehrbar. Derart immun würde ich mir keine der Krankheiten einfangen, die Füchse manchmal befielen.

Kaska sagte, von nun an hieße ich Fuchsnase.

In der letzten Zeit hatte ich so häufig den Namen gewechselt, dass ich diesen annahm wie ein Kleidungsstück, zufrieden darüber, dass er meinen Fuchsgeist umhüllte, zumindest vorläufig. Die Indianer selbst tragen ihren Namen übrigens nicht für alle Zeit, sie wechseln ihn im Lauf ihres Lebens, je nachdem, was sie machen, was sie Besonderes haben oder sind. So war Kaska bei ihrer Geburt so kahl gewesen, dass man sie Ch'iki'kal nannte, was Die keine Haare hat bedeutet. Dann wuchsen sie ihr in Hülle und Fülle, wie man inzwischen an ihrer Mähne sehen konnte. Später war sie zu Naa'in geworden, was so viel heißt wie Die woanders ist oder Die gegangen ist. Oder Die verbannt wurde. Was ja nicht genau das Gleiche ist. Eigenartig. Jetzt heißt sie Kaska. Obwohl sie sich weigerte, das zu übersetzen, fand ich, dass der Name bestens zu ihr passte.

Herman hatte den christlichen Namen Herman angenommen, nachdem ihn die anglikanischen Missionare, die ihm eine Seele geben wollten, aus seinem Dorf in der Nähe von Eagle entführt und in das Internat ihrer Schule in Carcross gesteckt hatten. Er behielt ihn bis heute, da er nie zu seinem Clan zurückgekehrt war und niemand ihm einen seinen Eigenschaften angemessenen Namen hatte verleihen können. Als Herman hatte er schreiben, lesen, zeichnen, rechnen und Englisch durch die Bibel sowie Mechanik gelernt.

Wir warteten auf seine Rückkehr.

Die Tage verstrichen, oder vielmehr ging ein und derselbe Tag immer weiter.

Vielleicht wurde der Himmel etwas dunkler, wenn die Sonne hinter den Fichten und den Tannen niemals aufhörte unterzugehen, niemals ganz verschwand. Die Sommernacht glich einem beständig andauernden Tag.

Zum Schlafen verkroch ich mich in die Anrichte und schloss die Türen. Der alte Regalboden über mir war mein Betthimmel, die vielen Astlöcher darin wie Augen, die auf mich heruntersahen. Ich zog die Decke über den Kopf, und in dieser wohligen Wärme meines Verstecks hörte ich, dass Kaska und meine Mutter schliefen, hörte ihr lautes Atmen. Ich hörte das Ächzen des Windes, der unter den Dachschindeln jammerte und so lang über die Schaufeln der Elchgeweihe streifte, bis diese ein trauriges Lied sangen ... Ich stimmte ein, summte ebenfalls *poo-poo-pee-doo, poo-poo-pee-doooo*, ganz leise, um niemanden zu wecken. Aber dieses Wiegenlied brachte mir keinen Schlaf, ganz im Gegenteil: Es ließ Bilder wachwerden, Gefühle, die mein Herz in Aufruhr versetzten. Am Old-Oregon-Trail-Etikett saugend, stieß ich unterdrückte Schluchzer aus, auf die Shini draußen in der Sprache der

Huskys antwortete. Wie konnte ich noch nicht alles vergessen haben, worin mein Leben vor unserer Abreise bestanden hatte? So weit weg und so lange her und doch so präsent, sobald ich mich in die alte Decke kuschelte, die nach so vielen Dingen roch. Man könnte meinen, dass sich, hatte ich mich erst in den unzähligen, geheimen Falten vergraben, alle Teile von mir erschreckend leicht vereinten: diejenige, die ich am in Nebel getauchten Beginn meiner frühen Kindheit war, und diejenige, die ich jetzt war, miteinander verbunden durch unzählige unsichtbare Brücken, die sich als Kett- und Schussfaden durch das alte Gewebe zogen und meine Vergangenheit sowie jene von Kaskas Vorfahren miteinander verknüpften, das tausendfache Gemurmel von Freud und Leid, von den Schmerzen des Lebens, von denen die Fasern durchdrungen waren. Der Stoff, einst rot-weiß gestreift, inzwischen ausgeblichen, erinnerte sich an die Schrecken, die Verzweiflung, die Wut, das vergebliche Exil fernab der tödlichen Miasmen, die krank machten. War das die traurige Geschichte, die die alte Decke erzählte? Sie war so weit über die einstigen Handelspfade gereist, hatte so viele traurige Lieder gehört, die doch nie das Leid gelindert hatten.

Mein Kummer durchbrach die Wasseroberfläche, gischt- und algenüberströmt tauchte mein Vater aus den Wellen auf. Auf der Düne bohrte ich im Sitzen meine Zehen in den feuchten Sand und beobachtete, wie er in Lebensgröße auf mich zukam, wie Poseidon in seiner ganzen Herrlichkeit. Er war ertrunken, doch sein Gesicht strahlte vor Güte, sein fröhliches Lächeln und seine Wampe, das alles kannte ich, sein kahler Schädel glänzte in der rosa leuchtenden Sonne, er entstieg dem Morgennebel über dem lavendelblauen Meer, dessen Farbton an die verblassten Farben des Kalenders an der Wand unserer Hütte erinnerte, auf dem ein Strand voll perlmuttfarbener kleiner Muscheln zu sehen war. Doch ich, die ich auf den Wellen des Alexanderarchipels gereist war und den Fjord auf Jims Trawler überquert hatte, ich wusste, dass Pottwale, Lachse, erfrorene Orcas und all die ertrunkenen Seeleute in die Tiefen gezogen wurden, wo sie zusammen mit vereisten Seesternen zwischen den bleichen Knochen und Barten von Walen dahintrieben. Dort schlief mein Vater für immer, nur für mich erhob er sich nachts.

Wenn die Tage lang waren und sich träge dahinzogen, so wuchs, knospte, blühte und reifte doch alles stündlich, der Sommer zog wie im Zeitraffer an uns vorbei, die Wolken, die Zugvögel, kaum eingetroffen schon wieder abgeflogen, Gänse oder Schwäne, Scharen von Enten. Inzwischen konnte ich die Schneehühner von den Haselhühnern unterscheiden, ich wusste, wo Eier zu finden waren, wo die Frösche laichten und die Ziesel nisteten, konnte Taschenratten bis zu ihrem im Gras versteckten Bau folgen.

Einmal sah ich einen Bären. Kaska hatte mich unvermittelt zurückgehalten und mit ihrem krummen Finger auf einen Ort irgendwo am Waldrand gedeutet. Bis ich die Augen zusammengekniffen und meinen Blick dorthin gerichtet hatte, ohne so recht zu wissen, wohin genau, war alles, was ich erkannte, eine Bewegung, ein Luftzug, so schwach, es sah aus wie ein sich im Wind wiegender Busch, und doch glaubte ich, in der Entfernung eine muskulöse Masse zu erkennen, gedrungen und verstohlen zugleich. Tatsächlich hatte ich nur den verblüffenden Eindruck eines enorm starken Fließens, athletisch, von erschreckender Sanftheit, sogleich wieder unsichtbar. Vielleicht habe ich aber auch gar nichts gesehen, weil der Bär sich nicht dazu herabließ, sich uns Menschen zu zeigen, allerhöchstens von Weitem, damit wir wussten, wie wir uns zu verhalten hatten. Wenn ich laut und respektvoll mit ihm sprach, würde er mir nichts tun.

Aus diesem Grund hatte ich an den langen, ermüdenden Nachmittagen auch keine Angst, mich allein mit Shini zum Seeufer vorzuwagen, bis ich die Hütte aus den Augen verlor, statt zu schlafen. Laut sang ich *nindana nahohé atanké pawé ho* wie Kaska, damit die im Wald versteckten Tiere mich auch verstanden und brav auf Abstand blieben. Manchmal, wenn ich außer Sichtweite auf einem Baumstumpf saß, machte ich kleine Entdeckungen. Ich holte den Federhalter mit dem Guckloch, den ich Mrs Allister entwendet hatte, aus meiner Hosentasche. Mein Auge klebte an diesem Glasauge, ganz verzückt sah ich auf die Paläste, die Straßen mit den Arkaden, die Kutschen, die mit Bommeln geschmückten Pferde, die Tauben. Manchmal borgte ich mir auch unerlaubterweise das Fernglas meiner Mutter. Erst war da nichts weiter als graue Rauchschwaden, dunkle Spinnweben, die herangeholten Bilder schwammen durch ein unglaubliches Durcheinander, dann wurde der doppelte Lichtkreis klar, und mit nur einem Schritt verließ ich das Vertraute. Die unglaublich vergrößerten rauen Oberflächen, die granatroten, violetten und vielflächigen Gletscherzungen mit ihren funkelnden Ein- und Ausbuchtungen wurden so unvermittelt scharf, dass ich nach hinten taumelte und fast gestürzt wäre. Ich müsste nur die Hand ausstrecken, um dieses Trugbild zu berühren. Wo war dieses Anderswo, das mich zur Ameise schrumpfen und angesichts seiner riesigen Größe schwindeln ließ? Bewunderte meine Mutter auf ebendiese Weise ihren Traum, hatte auch ich das Recht, ihn zu sehen?

Die restliche Zeit ließ ich mir Brombeeren, Moosbeeren und Krähenbeeren schmecken. Niemand schimpfte, wenn ich mich dabei bekleckerte, denn Kaska missbilligte es, wenn wir den See oder auch nur den Bach störten, indem wir uns unnötigerweise wuschen: Sich mit Fett oder Schlamm einzureiben, reinige besser als Wasser. Das Regenwasser im Zuber hinter der Hütte reichte für die Katzenwäsche und um unsere Wäsche auszuspülen, nachdem wir sie mit Sand abgebürstet hatten. Getrocknet wurde sie auf dem Holzstapel.

Alles würde weniger Scherereien machen, sagte sie, wenn wir wie sie Sachen aus Leder statt aus schnell schmutzig werdendem Stoff trügen. Sie war dabei, mir ein Kleid aus sehr dünnem Elchleder zu nähen, sehr weich, und wenn es kalt *würde*, könnte man es mit einem Biberfell ausfüttern.

Ich sah ihr beim Zuschneiden zu, war verblüfft angesichts ihres Geschickes.

›Du gar nichts können. Du Bleichgesicht, ich Rothaut‹, sagte sie trocken zu mir. Sie sprach so primitiv mit mir, um sich über mich lustig zu machen, aber ich war ihr deswegen nicht böse.

Es gab so viel Neues zu entdecken und zu beobachten, ich wusste nicht, wie viele Tage, vielleicht sogar Wochen vergangen waren, seit wir an jenem Gewitterabend in Kloo Lake angekommen waren. Dadurch, dass wir so lange an diesem Ort blieben, statt weiterzufahren, dadurch, dass Kaska mir zeigte, was ich sah und was nicht, wirkte der Ort nicht mehr so bedrückend und angsteinflößend wie zu Beginn. Ich lernte, die unzähligen Vögel voneinander zu unterscheiden, nicht anhand des Namens oder ihres schönen Federkleides, sondern danach, ob sie essbar waren oder nicht, einfach zu überlisten oder schlauer als wir, zu unterscheiden, was da schnatterte, krächzte oder pfiff. Ich wusste aufgrund ihres finsteren Quäkens, wie viele Kanadagänse in Formation über den See flogen, wusste, welche Tiere dort keckerten, kläfften, röhrten oder heulten, einander riefen oder jagten, auch wenn ich sie nicht zu Gesicht bekam. Das unterschied sich je nach Wind, Kälte oder aufgrund des Regens.

Unvermittelt schüttete es wie aus Kübeln. Wenn es regnete, sah ich gerne aus dem Fenster, von dem ich eine Ecke sauber gerieben hatte. Dichte Wolken drängten sich über die violett- und amethystfarbenen Berge, an denen sie wasserfallartig herabflossen, sich durch einen Spalt zwischen ihnen wieder zurückzogen, sodass es etwas aufklarte, sie dann erneut überströmten. Ganze Wassermaßen flossen vom Dach. Morgen würde unser Zuber wieder voll sein, der Bach über die Ufer treten und die Landschaft in der klaren Luft wie eine Tuschezeichnung unter der wiedergekehrten Sonne schimmern. Manchmal legte sich der Nebel wie ein Wattebausch über den See, unter dem das tintenfarbene Wasser schlief. Eine Stunde danach war er wieder kristallklar, gekräuselt von Windböen. Ich machte mich mit dem Lauf der Dinge vertraut, den gleichbleibenden und den sich verändernden.

Im Lauf der Zeit lernte ich den idealen Standort unserer Hütte zu schätzen, in den Ausläufern der Berge von Ruby Range, wo der dumpfe Jarvis River entsprang, der tatsächlich Tsigra Chùa hieß und unseren See speiste, ehe er auf den Kaskawhulsh River traf, der den riesigen Gletscher hinunterrauschte, um sich dann gemeinsam mit dem Dezadeash und all seinen Brüdern zum höllischen Alsek aufzumachen, der durch Canyons zum Pazifik strömte, so reißend, dass weder Bär, noch Mann oder Lachs seine Stromschnellen bezwingen konnten. Und man erinnerte sich noch an die Zeit, als der Gletscherriegel des alten Gletschers brach, Millionen Tonnen Eis und Fels abgingen, die auf ihrem Weg unzählige Dörfer am Flussufer mit sich rissen, Männer und Kinder wie kleine Kerzenfische fortspülten, bis zum Ozean, auf dessen Grund sie nun ruhten, zusammen mit den ausgebleichten Barten der toten Wale.

Doch im Moment floss unser bescheidener Jarvis River friedlich dahin, an manchen Morgen rosa wie vom Regen verdünntes Blut. Im Westen ergoss der Kluane Lake sein eisiges Wasser in den Donjek, dann in den breiten White River, weiß aufgrund der mitgeführten Sedimente des Gletschers, bis er sich mit dem riesigen Yukon River vereinte. Im Osten wiederum, hinter Shadhäla, so sagte Kaska, wurde der Takhini von Zuflüssen gespeist und speiste wiederum selbst den Yukon, der Tagà Shäw hieß und in der Sprache der Gwich'in Yu-se kun-ah genannt wurde, dessen Strom die Gesamtheit der tausend Zuflüsse mit sich trug und sehr weit in den hohen Norden floss, in das Land der ersten Tage der Erde, als die Seelen von Kaskas Vorfahren in den Flüssen und Wäldern der Ewigkeit jagten und fischten.

In Gedanken verknüpfte ich die Wasserläufe mit der Zeit seit ihrem Anbeginn und gab ihnen ihren Geburtsnamen, dadurch sah ich, was ich nicht sah von dem, was sie *Da'kéyi* nannte, was ›unser Land‹ heißt. Ich verstand, dass es auch mich umfasste, so fremd und winzig ich auch sein mochte. Im Mittelpunkt dieser geordneten Karte, kein Vergleich zu den Kritzeleien auf dem Blatt meiner Mutter, lag für mich ab sofort Hermans Hütte, sinnvoller platziert als alle anderen Hütten, wohlweislich außer Reichweite von Katastrophen oberhalb des Sees errichtet, alles Lebensnotwendige ringsum in Reichweite, ihre Wände und ihr Dach bot Schutz vor Tieren und Unwetter, sie war so, wie Kinder sich eine Hütte erträumten. Mit ihren Rundstämmen, die sich mit den Farben des Waldes an der abgeschiedenen Lichtung vermischten, und umhüllt von einem Mantel aus Büschen und Farnen war sie fast nicht zu sehen, während sie von dem kleinen Hügel aus, auf dem sie stand, die Wiese überblickte, in der unser kleiner Bach versteckt im Gras zwischen Heidekraut und Akeleien dahinplätscherte, den weitläufigen See, das nahe von Schilfrohr gesäumte Ufer, unseren kleinen Kiesstrand. Von hier aus entdeckte man jeden, der sich näherte, egal, von wo er kam, hatte den gesamten Landstrich im Auge, vom lichten Wald über die Bergketten der Ruby Range bis zum Kluane Lake, den langsamen Lauf des Mondes nach dem der Sonne und die Wolken nach dem Wind.

Das Innere dieser Behausung hätte hingegen nicht winziger sein können, um uns drei zu beherbergen. Es bot keinerlei Annehmlichkeiten, keinen Generator und auch kein Radio wie bei Bonnie, an eine Badewanne gar nicht zu denken. Wir hielten uns nur zum Schlafen darin auf, aber was würde passieren, wenn Herman zurückkam und sah, dass Fremde in seiner Hütte wohnten? Wenn Kaska uns gestattete, bis zu seiner Rückkehr bei ihr zu bleiben, tat sie das dann aus Freundschaft meiner Mutter gegenüber, die sie aus der Falle gerettet hatte, oder um das üble Schlamassel wiedergutzumachen, in den sie sie als Rabe verwickelt hatte, oder um für den Tod des hässlichen Vielfraßes zu büßen? Es war nicht ganz klar, ob sie irgendwelche Schulden beglich oder im Gegenzug etwas dafür erwartete, ob sie unsere Vorsehung war oder wir ihre, ob sie uns ausgewählt hatte oder wir uns ihrer angenommen hatten, aus Pech, Glück oder aus der Not heraus. Es war jedenfalls nicht so, dass sie sich ein Bein ausriss, anders als Mrs Allister mit ihren Tischdeckchen und ihrem Teeservice, oder sich den Kopf zerbrach über irgendwelche Unachtsamkeiten. Ihre einzige großzügige Gabe war es, meiner Mutter, der nach kurzer Zeit die Zigaretten ausgingen, eine ihrer Pfeifen zu borgen. Gemeinsam rauchten sie und tratschten ungehemmt. So unähnlich sie einander auch waren, sie waren richtige Klatschbasen.

Abgesehen davon ging Kaska, die noch immer ein wenig humpelte, unbeirrt ihren tausend Pflichten nach. Wenn wir wollten, konnten wir es ihr gleichtun und ihr so gut es ging helfen, nachdem wir ausreichend beobachtet hatten, was sie machte. Jeden Tag galt es, die saftigen Beeren zu sammeln, die in Windeseile reif wurden, sie zu zerstampfen und eine Paste daraus herzustellen, die in der Sonne trocknete, die Schlingen auszulegen oder einzusammeln, die gefangenen Vögel zu rupfen und ausbluten zu lassen, die Hasen mit dem ihnen gebührenden Respekt zu zerlegen, ihre warmen Därme in die Länge zu ziehen, bis sie zu einem durchsichtigen Strang wurden, den Kaska geschickt zu kleinen Schnüren wickelte. Dann die Feuerstelle vor der Tür anzufachen, ein Feuer zu machen, das lange brannte, ohne zu viel Rauch zu entwickeln, das Leder mit den gelben Flechten zu färben, die sie von den Chilkat am Fjord bekommen hatte, danach eimerweise Wasser vom Bach zur Hütte zu tragen, Teig zu kneten, die Fladen im Fett auszubacken, die Kugeln aus Pemmikan, einer Mischung aus Trockenfleisch und Fett, zu formen, ihren Knöchel mit heilender Paste einzureiben – nicht einen Moment ruhte sie sich aus.

Mit ihrem Hornkamm entwirrte sie jeden Morgen ihre Haare, die sie dabei vorhangartig über die Knie herunterhängen ließ, dichte, rabenschwarz glänzende Haare, die ihr dann zum Zopf geflochten auf den Rücken hinunterhingen, eingeklemmt unter ihrer Melone. Sie ließ ihr hübsches Armband mit den aufgefädelten Kahnfüßergehäusen und den türkisfarbenen Perlen klimpern. Sie sah nicht mehr so abstoßend aus wie im Wald. Nachdem sie die Schlammmaske abgewaschen hatte, wirkte ihr glattes, rundliches Gesicht erstaunlich jung. Da sie jedoch nur noch wenige Zähne hatte, wurde sie zu einer alten Mumie, sobald sie lachte. Ihre schrägen Augen, ebenso scharf wie die eines Vogels, waren nicht mehr als ein Schlitz zwischen ihren Wangenknochen und ihrer Stirn, aber nichts entging ihnen. Genauso wenig wie ihrem Gehör oder ihrer Nase. Sie begutachtete, schnupperte, schmeckte, tastete, wägte ab, horchte in jedem Moment, überwachte die Hütte, den Hügel bis zum Rand des Berges, als ob weiter nichts wäre. Ich vermutete, dass sie überempfindliche Antennen besaß, die das Unsichtbare, Unhörbare erfassten, als würde sie an der Oberfläche der Dinge Verbindungen erkennen, in denen sich unzählige Gegenwarten miteinander verknüpften und untereinander austauschten, Geister oder Seelen all dessen, was hier an Menschen, Tieren, Bäumen oder Gräsern, Fossilen und selbst an Gedanken oder Übernatürlichem existiert hatte, und es schien sie nicht zu wundern, dass alle einträchtig zusammenlebten. Ich fragte mich, in welcher Epoche, in welchem Kapitel sie selbst tatsächlich lebte, nach welcher Uhr sie sich richtete, vielleicht nicht nach derselben wie wir. Aber was würden wir nur ohne sie machen, wo uns doch das Benzin ausgegangen war und wir in Kloo Lake für wer weiß wie lange festsaßen? Trotz ihres eigenartigen, fast schon beunruhigenden Humors, und wenn man von der Nacht absah, in der sie sich unter ihrem mottenzerfressenen Bärenfell verkroch, erwies sich Kaska als angenehme Gesellschaft, findig, geschickt, als Kundigste aller Kartografinnen, Köchinnen und Wilderinnen.

Und als beste Gesprächspartnerin.

Während meine Mutter mit ihr vor der Tür plauderte und Wurzelknollen abschabte, machte ich, wonach mir gerade der Sinn stand. Ich betrachtete den verblichenen Kalender, beschäftigte mich damit, in den Zeitungen zu lesen, mit denen die Hütte tapeziert war, eine dicke Schicht alter Seiten, chronologisch wild durcheinander. Der *Whitehorse Star,* die *Daily News of Dawson,* die *Chilkoot Press of Haines*, sogar eine Seite mit Werbung aus dem *San Francisco Chronicle.* Fragmentierte Überschriften, halb getilgt, übersät mit Fliegendreck. Abgesehen von ein paar Comicstrips von Jungle Jim und Popeye, die mich amüsierten, war der Rest nur mäßig interessant: Abfahrtszeiten der Flussdampfer auf dem Yukon im Juni 1932, die Zahl der Besucher, die in Carmacks, Fort Selkirk, Dawson und Circle City eintrafen. Die Feier des Unabhängigkeitstages 1935 in Skagway, das Blaskonzert in Juneau, die Abreise von Mr Thumbow in geschäftlichen Angelegenheiten mit einem Wasserflugzeug der Yukon Southern Air Transport und die von Mr Clark in Watson Lake mit einem Flugzeug von White Pass, dann eine pikante Notiz: ›Miss Isabel Norton, Tochter von Mr Tom Norton, Werksleiter in Keno, ist von ihrem Aufenthalt in Vancouver mit einer misslungenen Dauerwelle von einem zu Unrecht als Schönheitssalon bezeichneten Etablissement zurückgekommen.‹ Diese Information direkt neben einer Übersicht der Tiefsttemperaturen des Jahres 1937, dem Kurs für Gold, Nickel, Silber, Kupfer, Blei und Zink, Kleinanzeigen, Schlägereien, Hochzeiten. Mir wurde ganz schwindlig, doch ich machte mich mit den Sitten und Gebräuchen von Yukon vertraut, das so gar nichts von einem verlorenen Landstrich hatte. Reklame für komfortable Hotels, Aftershave-Lotion, Gurgelrezepturen, Katalogseiten eines Versandhauses der Hudson's Bay Company, auf denen Zelte angepriesen wurden, Feldbetten, Gewehre, Boote, warme Unterwäsche, Werkzeug, eine ganze Seite mit Puppen für Weihnachten 1934. Unter ihnen suchte ich fieberhaft nach einer, die meiner heißgeliebten Ginger mit ihren Lackschühchen und ihrem Perlendiadem ähnelte.

›Bin doch nicht verrückt, ich habe meine Perlen, meinen Schmuck und meine Ringe mitgenommen‹, sagte meine Mutter da draußen. ›Misha hat sie beim Roulette eingesetzt. Bing, Sechserreihe! Elfmal der Einsatz! Wir waren reich! Ich sagte zu ihm: „Du bist ein verdammter Glückspilz." Das war durchaus zutreffend. Seine netten Kollegen hatten ihn an Beria verpfiffen, anscheinend ein echter Mistkerl. Sie hofften, sich so aus der Affäre ziehen zu können, handelten sich dafür aber eine Kugel in den Nacken ein‹, sagte sie prustend.

Ich blieb mucksmäuschenstill, hatte den Finger auf eine Sprechblase gelegt, in der Popeye rief: *Donnerlittchen!*

›Natürlich‹, fuhr meine Mutter fort, ohne Luft zu holen, ›kennst du dich mit ihren politischen Intrigen nicht aus, ich genauso wenig, und das kann uns auch ganz egal sein, aber Misha war ganz besessen davon – Misha ist der Kosename von Mikhail, was ohnehin nicht sein wahrer Name war, sein Freund Bogdan nannte ihn Stepan –, und unter uns, dieser Bogdan war ein Sonderling, ein fanatischer Chemiker, blind wie ein Maulwurf, die Taschen voller Reagenzröhrchen, wo war ich gleich noch mal? Die GPU, russische Geheimpolizei. Diese fiesen kleinen Mistkerle. Getürkte Prozesse, Misshandlungen, Zuchthaus, Morde, egal was. Kennengelernt habe ich Misha an einem Spieltisch in Évian, ein Glücksspieler in einem geliehenen Smoking, hatte Format, war redegewandt. „Zwei Arschinen und zehn Werschki", sagte er scherzend zu mir. Alte russische Maßeinheiten, einen Meter achtzig, wenn dir das lieber ist, du siehst den Athleten vor dir. Unglaublich viel Klasse. Ich, die ich stets so schnell mein Herz verliere, bin damals über den größten Glückspilz überhaupt gestolpert! Sieh mich an: Niemals hätte ich mir einen Verlierer geangelt, so einen hatte ich schon zum Ehemann. Wenigstens hatte dieser Genosse da nicht nur unglaubliches Schwein, sondern auch einen richtigen Dickschädel, ein würdiger Sohn eines Donkosaken.‹

›Kosake?‹, unterbrach Kaska sie.

›Ein richtiger Herr. Ein Krieger mit gezogenem Säbel zu Pferde, das Messer zwischen den Zähnen, das haben sie im Blut: Kosake sein, das ist erblich. Aber versuch mal, dich als authentischer Stalinist zu verkaufen, wenn dein Vater ein Anhänger des Zaren ist. Misha zufolge hatten die Agenten von Beria den Befehl, ihn umzubringen. Also versteckte er sich in der Schweiz, logierte inkognito in einer Invalidenpension, Tag und Nacht auf der Hut, und als einziges Einkommen das Glücksspiel. Da war das Casino von Évian viel zu verlockend! Er trickste die Grenzbeamten aus, indem er über den Genfer See ruderte. Bei mir ist es so: Wenn das Glück sich zeigt, dann packe ich es beim Schopf. Noch in derselben Nacht bin ich mit ihm in die andere Richtung gerudert. Immerhin hatte ich den Einsatz gestiftet! Außerdem war er ein hübscher Kerl, ein ansehnlicher Muskelprotz. Sterne, Mondschein. Und so romantisch ...‹

Schweigen.

Donnerlittchen! - was war denn jetzt los? Einerseits hörte ich nur mit halbem Ohr zu, und das meiste, was die Erwachsenen sagten, verstand ich nicht. Auf der anderen Seite nisteten sich ihre Worte geschickt in meinem Gehirn ein, wie wenn ich in der Bibel von Miss Plunkett mit einer Zeile Vorsprung las. Die Worte verbanden sich miteinander und setzten sich in meinen Gedanken fest, je nachdem welche Schlüsse ich zog und welche Vermutungen ich anstellte - doch gerade war keine Zeit, ich musste meine Mutter einholen, die bereits ein Kapitel weiter war.

›Und nachdem wir einmal auf der anderen Seite waren, sind wir zehn Tage später in Havre an Bord gegangen. Misha und sein Freund Bogdan behaupteten, Amerika sei zu groß, als dass ihr Beria sie dort aufspüren könne. Der Wilde Westen! Genau da wollte auch ich hin, und schon sehr viel länger als die beiden, das kannst du mir glauben! Also haben wir nicht zwei, sondern drei Tickets gekauft, und dann treib weiter, immer weiter, großes Schiff, immer weiter auf den Wellen ... Ganz schön armselig das Zwischendeck.

Lauter Flüchtlinge, da waren alle möglichen Sprachen zu hören, Elend und Co, aber zwei Wochen, das kann gar nicht so schlimm sein, scherzte ich, um mir Mut zu machen. Angesichts der Wendung, die die Ereignisse nahmen, war ich ganz unten angekommen. Wie nicht anders zu erwarten, ließ die Einwanderungsbehörde verdächtige Fremde, Kommunisten und Anarchisten nicht einreisen. Mit dem Stammbaum meiner beiden Genossen wären wir hier nicht weitergekommen. Dennoch haben wir New York und seine Sammelstelle für Migranten auf Ellis Island hinters Licht geführt. Bogdan musste ein Ding mit den Russen am Hafen drehen, um falsche Papiere für uns zu besorgen. Dafür ging die restliche Kohle drauf. Ich hätte sie ja gerne an der ersten Straßenecke stehen gelassen, um allein ein neues Kapitel anzufangen, aber leider war ich pleite, völlig abgebrannt. Dazu konnte ich kein Wort Englisch. Um das zu lernen, brauchte ich, na ja, so sechs Monate. Die beiden hatten hier und da mal kleine Aushilfsjobs, jedoch ohne großen Erfolg, denn trotz des New Deal verstopften die langen Schlangen von Arbeitslosen die Straßen, willkommen, Konkurrenzkampf! Überall zahnlose und hungernde Menschen, die nackten Füße in Lumpen gehüllt, und dann überall die Streiks, in den Stahlwerken, den Schlachthäusern von Chicago, zwanzig Cents die Nacht für ein Bett in einer stinkenden Notunterkunft voller Kakerlaken und Schaben, und als Dreingabe noch die Krätze. In Sachen Hygiene schlief man besser in den Parks. Oh ja, was war es schön, dieses Amerika! Was die organisierten Arbeitergruppen betrifft, so erpressten sie die Vagabunden, wenn sie sie nicht direkt an die Bullen verpfiffen, vor allem die Illegalen wie uns. Letztlich war ich diejenige, die dafür sorgte, dass wir etwas zwischen die Zähne bekamen.‹

›In solchen Fällen wissen sich nur Frauen zu helfen‹, pflichtete Kaska ihr bei.

›Stell dir vor, durch die Vermittlung eines Dienstmädchens in einem reichen Haus ist es mir gelungen, ein paar Kindern Französischunterricht zu geben. Stotternden Zwillingen‹, sagte meine Mutter glucksend. ›Dann verknallt sich Bogdan in eine Chinesin, sie zischen nach Pittsburgh ab, wo sie und ihre Tante eine Wäscherei haben. Also geht Misha zum Barney Circus, Artistik und Tierschau. Mit seinem Mundwerk verkauft er ihnen seine Kosakennummer mit mir als Partnerin. Da musste bei mir schon Ebbe in der Kasse herrschen, dass ich eine lebende Zielscheibe spielte! Ich dachte, seine Talente beschränkten sich auf sein Plappermaul und seine Strategien beim Glücksspiel, aber man muss sagen: Hut ab, ein richtiger Virtuose. Sein Alter hat ihm Messerwerfen beigebracht, ehe er laufen konnte. Netterweise hat er mir nebenbei den Kniff gezeigt, das Werfen, die Drehung, zack, zack. Ich war mit Herzblut bei der Sache. Und ich war ziemlich begabt, das musst du zugeben!‹

Kaska nickte entschieden.

›Da wurden wir also zusammen mit den Affen und den Elefanten, den Zwergen und der bärtigen Frau auf den Plakaten angekündigt, ein Weg wie jeder andere, um das Land zu bereisen. Doch unsere Vorstellungen brachten kaum Kohle ein, und die Tournee ging nur bis Illinois, dann zurück nach Kansas. Seit der Krise zogen die Leute es vor, zu Tanzmarathons zu gehen und Wetten auf abgehalfterte, zu Tode erschöpfte Paare abzuschließen. Misha wollte uns zusammen bei einem anmelden, aber ich habe gesagt: „Kommt gar nicht in die Tüte." Weil er sich so sehr in der Manege abrackern musste, war ihm die Lust am Künstlermetier verleidet, und er wollte sich ein paar Landsmännern anschließen und nach Mexiko gehen. Das war's mit uns beiden. Ich hatte ohnehin von Anfang an die fixe Idee gehabt, an die Westküste zu gehen und dann ab in den hohen Norden. Wir trennten uns an einer Straßenecke als gute Freunde, nachdem wir unsere Einkünfte geteilt hatten – halbe-halbe. In weiser Voraussicht entwendete ich noch die Papiere einer Kunstreiterin: Lorna del Rio – prima, auf nach Kalifornien!‹

Ich war erstarrt, verblüfft, mein Herz pochte wild.

Während sich die vergilbten Seiten im Luftzug wölbten und Popeye direkt vor meiner Fuchsnase weiter Pfeife rauchte, lauschte ich aufmerksam dem Geplapper meiner Mutter. Von den Lokalnachrichten konnte keine an Aktualität mit dieser Neuigkeit, die ich gerade das erste Mal hörte, mithalten. Wenngleich sie mir unverständlich blieb. Versuchte meine Mutter, mit ihren Geschichten bei ihrer Zuhörerschaft, die mich nicht einschloss - mich hatte sie vollständig vergessen -, Eindruck zu schinden, oder erzählte sie ausnahmsweise einmal die Wahrheit, die, wie ich schon oft beobachtet hatte, der unverschämtesten Lüge bisweilen zum Verwechseln ähnlich sah?

Das konnte Kaska besser beurteilen als ich. Sie nutzte einen Moment des Schweigens, legte ihre Schlinge ganz in der Nähe des Baus ab, köderte ihre Beute, ohne einen Fuß auf den Wildpfad zu setzen: ›Du hast viele Leute kennengelernt, viel vom Land gesehen und viele Abenteuer erlebt‹, sagte sie und nickte dabei nachdenklich, suggestiv.

›Tss! Das ist der Lauf des Lebens‹, tönte meine Mutter.

Sie zog mehrmals an ihrer Pfeife, stieß den Rauch durch die Nase aus. Dennoch wirkte sie müde angesichts ihres transkontinentalen Ritts, verunsichert oder aber verärgert, weil sie so viel geredet hatte.

›Dein Genfer See ist sehr weit weg von Kloo Lake‹, griff Kaska das Thema erneut auf. ›Du hast gebraucht, lange gebraucht, bis du zu mir gekommen bist ...‹

›Das kannst du laut sagen ...‹

Durch die offen stehende Tür sah ich, wie sie das weite Grasland betrachtete, als stünden irgendwo dort die Jahre, die Kilometer auf einem Zähler.

›Oh, was habe ich am Hungertuch genagt, du hast ja keine Ahnung‹, fuhr meine Mutter unvermittelt fort. ›Auf den Güterwagen zusammen mit den Hobos, eine regelrechte Landstreicher-Sekte, und dann auf der Route 66, drei Monate mit irgendwelchen Hinterwäldlern, die sich auf ihren maroden Karren zusammenquetschten, Horden von Bettlern, die mit ihren Familien von ihren Höfen verjagt worden waren, Hitze, Kälte, Wind, Staub. Da ich allein unterwegs war, erging es mir etwas besser als ihnen. Als Tankwartin oder Bedienung in den Tankstellen, in Motels, die Haare zusammenkehren in einem Barbershop, Stacheldraht verlegen in einem der Elendsviertel in den Städten, und sogar als *jaune*, als Streikbrecherin, drei Tage in einer bestreikten Fabrik, so kam ich Schritt für Schritt vorwärts. Per Anhalter bei Lastwagen-Fahrern, bei den Bauern, wenn sie einen Platz auf ihrer Matratze für mich hatten, wir kauten immer wieder alles durch, wobei es nicht viel zu kauen gab, stell dir das mal vor. Dabei wurde mir eine Sache klar: Dieses neue Land war weiter nichts als eine Straße, die schnurgerade nach Westen führte. Manchmal schlugen eine oder zwei Familien irgendwo ein Lager auf, an welcher Stelle war egal, schon schlossen sich ihnen andere an. Entlang ihrer schräg geparkten Klapperkisten errichteten sie eine Hütte aus Holz, Blech oder zusammengesammelten Backsteinen. Eine Verkaufsbude, eine Werkstatt, schon hatten sie ihre Hauptstraße, die einzige Verkehrsader, die durch diese Andeutung einer Stadt führte und die in die gleiche Richtung führte wie die Straße, in deren Verlängerung sich die Ferne öffnete, in die sie sich schon tags darauf aufmachen würden; sie oder ihre Söhne, um herauszufinden, wo sie ankommen würden und ob das Leben dort besser war. Ich bin auf der Straße gereist bis zum Meer, und dann hurra! Land des schwarzen Goldes und des Kinos! Es war höchste Zeit, umzublättern! Das nächste Kapitel hat dann tatsächlich fünf Jahre gedauert …‹

Wieder wirkte sie fassungslos, dass so viel Zeit verstrichen war.

›Tja, war nicht vorgesehen, dass ich so lange bleibe. Genauso wenig wollte ich, dass mein Auto bei dir den Geist aufgibt.‹

›Bei Herman.‹

›Bei Herman. Ist es noch weit bis nach Äshè'yi?‹

›Kommt drauf an, welchen Weg man nimmt, wie das Wetter ist und auf wen man trifft, Mensch oder Tier: fünf bis sechs Tage zu Fuß.‹

›Zwei oder drei mit dem Dodge. Ich fahre weiter, sobald ich Benzin aufgetrieben habe.‹

Kaskas Lachen zufolge musste diese Idee wirklich urkomisch sein. Ich stellte mir ihren zahnlosen Mund vor, ihre runden Wangen und listigen Augen, die zu schmalen Schlitzen geworden waren.

›Nach Äshè'yi fährt man nicht, da geht man. Wenn man kann. Da führt kein befahrbarer Weg hin, nicht mal was, das dem annähernd nahe kommt.‹

Angesichts dieses unvorhergesehenen Umstands wusste selbst meine Mutter nicht, was sie sagen sollte.

›Du kannst zu Fuß dorthin gehen, wenn die Jahreszeit es zulässt, wenn du mit dem Berg vertraut bist und seine Pässe kennst, den Wind, die Furten und die Jagd. Wenn du gute Beine hast. Wenn die Toten dich durchlassen.‹

Schweigend verarbeitete sie diese Information, dann muckte sie wieder auf: ›Ich gehe dahin und noch viel weiter. Richtung Norden.‹

›Im hohen Norden findest du die Vergangenheit des lange zurückliegenden Einst, aus der Zeit der ersten Tage der Erde.‹

›Vielleicht suche ich ja genau danach.‹

›Suchst du oder fliehst du?‹

Ich wartete auf die Antwort, doch sie kam nicht.

›Nur selten macht man das eine ohne das andere‹, räumte Kaska nach kurzem Nachdenken ein.

›Durchaus möglich‹, stimmte meine Mutter ihr leise zu.

›Herman wüsste, was zu sagen ist. Warten wir, bis er da ist.‹

Ich brauchte zwei Tage, um zu verdauen, was ich ungewollt aufgeschnappt hatte, unsicher, ob ich das wirklich so gehört hatte und ob ich meiner Mutter das angesichts ihrer überbordenden

Fantasie glauben sollte, so sehr überlagerte es sich mit meiner gleichzeitigen Comiclektüre, so viele Ereignisse mischten sich, *Donnerlittchen!*, würde Popeye sagen, wie sollte ich sie auseinanderhalten? Nur nicht die Hand der Vernunft loslassen, sagte ich mir, erst mal nachdenken.

Doch ich konnte noch so sehr nachdenken, diese Geschichte schien geradewegs aus einem Buch voll unlesbarer Wörter, zerrissener Seiten und fehlender Kapitel zu stammen wie die Filme, die nicht für mein Alter gedacht waren und zu denen mich Miss Plunkett immer mitnahm, in denen Riesen in Schwarz-Weiß Grimassen schnitten, sich umarmten, einen Stepptanz hinlegten oder vom Bildschirm verschwanden. Sie warfen stapelweise Teller kaputt, brüllten, ein Pferd wieherte, stieg, die Gangster – *pengpengpeng* – beschossen eine Bank, Misha setzte die Perlen beim Roulette, ruderte in der Abenddämmerung über einen See, eine Frau in schwarzer Feinstrumpfhose lief nachts über ein Dach, die Lokomotive hielt direkt auf mich zu, spuckte dabei weißen Rauch, der lustige Charlie Chaplin rannte im weißen Schneegestöber im Zickzack vor einem Grizzly davon, die Bilder stürmten auf meine weit aufgerissenen Augen ein, das Licht flackerte, und der Filmprojektor hielt an, ehe ich das alles verstanden hatte. Im Nachhinein fielen mir jedoch ganze Szenen wieder ein, rätselhaft, Furcht einflößend, überaus erschütternd, ein riesiger Gorilla kletterte an einem Gebäude hinauf, eine geschminkte Kunstreiterin lachte grimmig übers ganze Gesicht, irgendwelche Freaks robbten unter einem Zirkuswagen durch den Schlamm, nichts als Regen, Schwärze, Angst, der Spiegel barst, tausend Splitter einer Windschutzscheibe, ein Rehkitz irrte durch den Wald, die Hirschkuh bellte im Mondlicht, *Au clair de la lune, mon ami Pierrot* war ein französisches Lied, die stotternden Kinder bekamen Französischunterricht und leckten an Himbeersorbet – zitternd vor Kälte ging ich in meiner Anrichte alles noch einmal durch, während der Wind auf den Elchgeweihen Harfe spielte.

Obwohl die Temperatur nachts unter null fiel, blieb der Ofen aus. Auch kam es nicht infrage, eine Lampe anzumachen, damit wir Licht hatten, aber es war ohnehin höchstens eine oder zwei Stunden dunkel. Tagsüber war es jetzt im Sommer so warm, dass ich in der Unterhose herumlief, mit nacktem Oberkörper. Mit Schlamm musste ich mich nicht mehr einschmieren: Die Insekten waren inzwischen verschwunden, jetzt, wo der Regen aufgehört und der Hügel sich in eine Bürste mit gelben Borsten verwandelt hatte. Kaska hatte mir Mokassins gemacht, leichter als meine Mukluks, die musste ich für den Winter aufheben, und einen geflochtenen Kegel als Hut, der mich vor Sonnenbrand schützen sollte. Meine Haut wurde rot, bräunte nicht wie die meiner Mutter.

Ihr Teint ähnelte dem einer Indianerin, die sie jetzt vorgab, zu sein. Mit ihrem exotischen Aussehen, ihrer gebräunten Haut, den pechschwarzen Haaren und Augen war es für sie genauso einfach, diesen Anschein zu erwecken, wie sie sich auch als die Mexikanerin Lorna del Rio hatte ausgeben können. Sie versuchte Kaska zu überzeugen, dass ihr tatsächlicher Geburtsname nicht etwa Leslie, Peggy oder Petra war, genauso wenig wie Lorna, sondern Onayepa, was in der Sprache ihrer indigenen Mutter vom Klondike so viel wie Winterprinzessin heiße.

›Prinzessin, was soll das denn sein?‹, fragte Kaska nicht sonderlich wissbegierig.

›Das ist die Tochter des Königs‹, prahlte meine Mutter.

›Bei uns gibt es keinen König. Es gibt Stammeshäuptlinge, Schamanen, Jäger und Krieger, Weise, Nichtsnutze und Lügner wie überall, aber einen König, so was kenne ich nicht.‹

Beleidigt verfinsterte sich das Gesicht meiner Mutter.

Unerschütterlich setzte Kaska dem Ganzen noch eins drauf: ›Auch Onayepa gibt es nicht. Und statt „Winter" würde man eher „Tochter der Kälte" sagen oder „Schneekind", aber es gibt sieben Möglichkeiten, um Schnee zu sagen, und Schnee ist keine menschliche Eigenschaft. Prinzessin, das ist so eine Idee der Weißen. Weiße sind Idioten.‹

Das räumte meine Mutter problemlos ein, gab jedoch, was ihren Namen Onayepa betraf, nicht nach, argumentierte, dass sie laut der Vaterschaftsanerkennung, die von 1904 datiere, wirklich so heiße, dass das von einem vereidigten Richter so beglaubigt sei, und das stehe hier an dieser Stelle.

›Hm, was sagst du dazu?‹ Sie legte Kaska, die sowieso nicht lesen konnte, die Urkunde vor die Nase.

›Warten wir ab, was Herman sagt, wenn er zurück ist‹, sagte diese ausweichend.

Ich stellte fest, dass die Urkunde am selben Ort wie die gedruckten Karten aufbewahrt wurde und auch wieder dorthin zurückwanderte.

›Erzähl mir bitte deine Geschichte über Onayepa‹, bat ich meine Mutter bei der erstbesten Gelegenheit und schlug dabei einen unschuldigen Tonfall an, tat so, als hätte ich das zufällig aufgeschnappt, damit sie nicht misstrauisch wurde.

Mir war klar, dass das ein heikles Thema war und sie sich mir nicht so anvertrauen würde wie Kaska, doch ihre neue Identität, die vorläufig letzte, und ihre vermeintlich indianische Abstammung hatten mich sehr neugierig gemacht. Außerdem irritierte mich, dass Kaska die Existenz von einheimischen Adelsherrschaften grundsätzlich widerlegt hatte. Diese Krittelei aufgrund von Begrifflichkeiten hatte meine Mutter verletzt. Gekränkt darüber, auf so entschiedenen Widerspruch gestoßen zu sein, brütete sie vor sich hin. Vielleicht konnte ich das ausnutzen, um sie über ihre königliche Geburt – und damit auch über meine – auszuquetschen. Darüber wusste ich nämlich so gut wie nichts. Was ihre lang zurückliegenden Anfänge angeht, die sie nicht bewusst erlebt haben, sind Kinder dazu gezwungen, sich auf die Erwachsenen zu verlassen. Sie wissen darüber nur das, was ihnen erzählt wird, *akoo diginuu.* Statt von ihrem Vater mit dem zerfetzten Ohr, der seine Existenz vielleicht nur einem Traum, einem Märchen oder einer Lüge verdankte, sollte sie mir lieber von ihrer außergewöhnlichen Mutter erzählen, die sie, soweit ich mich erinnerte, noch niemals erwähnt hatte. Es wäre höchste Zeit, sie kennenzulernen: Immerhin war sie doch ein wenig meine eigene Großmutter, oder nicht? Vor ihrer Odyssee auf der Route 66, dem Kapitel mit dem Zirkus und dem Casino in Évian, vor ihrem Ehemann, der nicht so viel Schwein hatte wie Misha der Kosake, musste es zwangsläufig ein Einstiegskapitel geben, das zwar nicht ganz so lange zurücklag wie die hunderttausend mal tausend Jahre der ersten Tage der Erde, das aber von der Zeit berichtete, als sie so alt war wie ich und als jemand aus Frankreich, *au clair de la lune, mon ami Pierrot,* ihr von ihrer Geburt erzählte, als alles begann.

Ich glaubte schon, sie wolle mir antworten, als Kaska, die alles hörte, alles sah, die Augen mit der Hand abschirmte. Mit zusammengekniffenen Augen beobachtete sie etwas am Waldsaum.

Wir konnten dort zunächst nichts entdecken. Dabei sah ich wirklich gut, seit ich gelernt hatte, meine Augen so zusammenzukneifen wie sie. War das wieder der Bär? Nein. Zwischen meinen Wimpern entdeckte ich es schließlich: Im rotvioletten, ockergelben und pastellrosa Gebüsch stand jemand außerhalb des Waldes unten am See. Vollständig seinem Luft- oder Erdreich entsprungen, reglos der Zeit entrückt. Graubeiges Fell von der Farbe des Waldsaums, ein Elch, im Wind schnuppernd, die edle Krone seines Geweihs gereckt, unter der Kehle baumelte der haarige Kinnbart. Aufmerksam und doch entspannt. Er stand bis zum Bauch im Wasser, tauchte sein Maul hinein und fraß gemächlich Wassergräser.

›Er ist der Erste, der aus dem Wald herauskommt, er spürt, dass die Kälte kommt‹, flüsterte Kaska mir zu. ›Diese Tiere sind Vorboten für den Wechsel der Jahreszeiten. Die Bremsen kündigen die Lachssaison an, der Elch den Schnee. Ich habe seine Hinterlassenschaften gestern gesehen, er kackt wie du und ich‹, sagte sie lachend. ›Der hier ist ein Neugieriger: Er wollte sehen, wie Fuchsnase aussieht‹, fügte sie so überzeugt hinzu, dass ich es ihr erfreut glaubte.

Es wäre langsam an der Zeit, dass Herman zurückkam. Obwohl Kaska behauptete, er würde sich nicht verspäten, schließlich werde seine Reise nicht in Tagen bemessen, sondern Schritt für Schritt, verrann die Zeit, der Sommer neigte sich dem Ende zu, und meine Mutter wurde ungeduldig.

Wenn sie hier nicht versauern wollte, konnte sie jederzeit gehen. Doch ohne Benzin und Windschutzscheibe war Archies Pick-up nicht einsatzfähig, unsere Vorräte waren aufgebraucht, und auch wenn sie wie eine Göttin mit der Winchester oder dem Messer umgehen konnte, hätten wir nicht überlebt, hätte Kaska nicht für uns gesorgt und uns beherbergt. Hinter ihrem Rücken meckerte meine Mutter jedoch, dass sie uns aufhalte.

Ihre himmelschreiende Undankbarkeit schockierte mich. Wir waren hier doch keine Gefangenen, warum also nahm sie nicht einfach Reißaus? Gleichzeitig aber kümmerte mich das nicht weiter: Im Moment war ich die Prinzessin von Kloo Lake. Ich hatte keine Spielsachen, nichts zu lesen außer den alten Zeitungsseiten an den Wänden, niemanden, mit dem ich spielen konnte, der mir Geschenke machte oder moralische Belehrungen erteilte, mich ins Kino mitnahm, niemanden, der meine Grübchen fotografieren wollte, mich am Abend in den Armen wiegte, wenn mir nach Weinen zumute war, und doch langweilte ich mich nicht. Ich machte riesige Fortschritte. So langsam verstand ich, wie die Zeit organisiert war. Bislang hatte ich keine andere Wahl gehabt, als lediglich der Abfolge der Wendungen und Zwischenfälle zu folgen, eine Episode war auf die nächste gefolgt, sie hatten sich aneinandergereiht, ohne dass ich etwas daran hätte ändern können, doch inzwischen sah ich, wie die tausend Ereignisse der Vergangenheit ineinanderspielten, um das auszulösen, was sich als Nächstes abspielen würde. Also durfte ich nicht nur auf die Gegenwart starren. Ab sofort war es mein dringlichstes Anliegen, alles über die Vergangenheit zu erfahren, denn dort nahm ganz offensichtlich alles seinen Anfang.

Meine war sehr kurz und ohne nennenswerte Höhepunkte, die der anderen erwies sich hingegen als unerschöpflich, steckte voller Hinweise auf die Geheimnisse unseres Handelns und unseres Schicksals. Ein jeder besitzt unzähliges Vergangenes, Geschichten, die er zu erzählen bereit ist, selbst wenn er nicht danach gefragt wird. Bei der erstbesten Gelegenheit hatte Kapitän Preston die Fotos von seiner Frau und seiner eingebildeten Pute von Tochter gezückt, Kostas seinen Haufen Cousins auf den griechischen Inseln aufgezählt, Bonnie sich über ihre verhinderte Romanze ausgelassen, kaum dass wir in ihrem Salon Platz genommen hatten. Meine Mutter mochte vielleicht mit dem Erstbesten plaudern, mir aber erzählte sie nichts von ihrem ehemaligen Leid, von ihren Ehemännern, ihren Sorgen und Plänen, ihren Geheimnissen, nichts von ihrem Leben vor mir, als sie Onayepa hieß. Vermutlich dachte sie, ich sei zu jung dafür.

Was für ein Glück also, dass ein Rabe ihr an meiner Stelle die Würmer aus der Nase zog. Obwohl ihr, im Gegensatz zu Herman, kein Missionar in einer ihrer Schulen Umgangsformen beigebracht hatte, besaß Kaska die Kunst des Zuhörens, niemand konnte es in Sachen Plaudern mit ihr aufnehmen, weshalb es ein Glücksfall war, dass wir noch etwas länger in Kloo Lake blieben.

Ich trieb mich in ihrer Nähe herum, bereit, ihre Worte im Vorbeigehen aufzuschnappen. Das Problem war, dass sie oft ganz unverhofft zu erzählen anfingen, dass sich ihre Erzählungen überschnitten oder zerfaserten. Es fiel mir schwer, ihnen zu folgen und in der Fülle von Ereignissen das Wichtige vom Nebensächlichen zu trennen: Was betraf mich, was lohnte es sich zu merken, was zu vergessen, was war ein überaus wichtiger Punkt, was eine einfache

Anekdote, um einen Stillstand in der Geschichte zu überbrücken? Aber gab es das überhaupt, wirklichen Stillstand, der es nicht wert war, festgehalten zu werden? Was war zum Beispiel mit der Dauerwelle von Miss Norton, die so danebengegangen war, dass sie dadurch zum Gespött in ganz Yukon wurde? Was war mit den stotternden Zwillingen in dem schicken Haus, mit den Reagenzgläsern von Bogdan, dem Chemiker, mit den Bettlern auf der Route 66? Mit dem Kapitel von Brentwood, fünf Jahre, puff, kommentarlos abgehakt?

Je nachdem, welchen Blickwinkel man einnimmt, löst sich das Leben auf, setzt sich neu zusammen oder verbindet sich so, dass es letztlich eine Szene, eine Episode ergibt und eine Geschichte mit vollständigen Kapiteln, aber was davon ist erfunden und was gehört der Wahrheit an?

Ich fing an, mein Leben sehr ernst zu nehmen. Zu verstehen, dass es erzählt wurde. Und dass sich diese Erzählung je nach Zuhörer veränderte, um zu verführen, zu verblüffen, einzulullen oder irrezuführen.

Gibt es also überhaupt Wahres, das nicht erdacht ist, und wie entschied man das, wenn man es nicht selbst mit eigenen Augen gesehen hat, wenn man nicht dabei war? Und selbst wenn ich dabei gewesen war – was hatte ich von meiner eigenen Geburt mitbekommen? Am Strand von Santa Monica, auf der *Prince Rupert*, in Juneau in Kostas' Laden, verstehst du, Bud? Was genau hatte ich auf jener Lichtung gesehen, als der Blitz einschlug, während ich dort war? Hatte ich wirklich einen Bären am Waldrand vorbeigehen sehen, oder war es nur das Trugbild eines Bären? Durch mangelnde Aufmerksamkeit übersieht man am Ende Dinge, die man für selbstverständlich oder unbedeutend erachtet.

Jetzt fielen mir überall überraschende Details im bläulichen Licht der Hütte auf, das sie aufblitzen ließ, als würden mir unzählige winzige Augen zuzwinkern. Zum Beispiel die Abnutzungsspuren am Ofen. Diese winzig kleinen Emailleabsplitterungen von jedem Mal, das Kaska dagegengestoßen war. Die Kerben an den Rundstämmen, wo Herman sie mit Werkzeugen bearbeitet hatte, die rauen Jutefasern eines Sacks und die Pechrückstände in seinem Geflecht, die schimmernden Knoten an den Schneeschuhen aus Tierdärmen. Fasziniert von diesen kleinen Wundern und von der tieferen Bedeutung, die ihrer Existenz insgeheim zugrunde lag, verstand ich unvermittelt den Wert einer guten Beobachtungsgabe. Die Gegenstände sagten etwas über die Menschen aus, in ihnen allen steckte etwas von deren Vergangenheit, so viele stumme Informationen, man musste sie lediglich danach befragen. Kaskas Kahnfüßer-Kette, ihre Old-Oregon-Trail-Decke. Der Füllhalter mit den Miniaturbildern von Bonnie, ihre Gasmaske und ihre mit Engeln bemalte Pillendose. Das Wurfmesser, die verrückte Karte meiner Mutter. Ihre Vaterschaftsanerkennung, unterzeichnet von einem vereidigten Richter, die zusammen mit den Karten in ihrer Tasche mit den ganzen Unterlagen steckte. Das waren sehr wertvolle Gegenstände. Ich wollte sie genau studieren, sobald ich sie in die Hände bekam. Ich musste dafür sorgen, dass sie mir in die Hände fielen. Diese Vorstellung ließ mich nicht los. Um sie umzusetzen, musste ich wie eine schlaue Füchsin vorgehen.

Ich wollte mich gerade daranmachen, als Herman auftauchte.

Lange bevor er ankam, richtete sich Kaska wachsam auf der Schwelle auf, sie hatte ihn in der aufsteigenden Feuchtigkeit des Abends als Erste gehört. Begleitet von einem schwachen Klingeln wie von kleinen Glöckchen kam er unter den Bäumen näher, Schritt für Schritt, wie sie gesagt hatte. Ein Schritt schwerer als der andere, so tauchte er aus dem Nebel auf, von dem der Wald verschluckt worden war. Er führte das Maultier am Zügel, das den schwer beladenen Karren zog, an dem hinten das Pferd angebunden war. Wie ein erschöpftes Gespenst kam er im schwindenden Licht des Spätsommers langsam auf uns zu. Die im hellen Tageslicht funkelnden Farben – korallenrote, kupferfarbene und goldene Blätter, verbranntes Brotbraun, Granatrot, roter Fichtennadelteppich – waren von den tief hängenden Wolken über dem See getilgt, alle Formen jetzt im September gemildert, unscharf und dunkel. Dann überquerte er die Wiese, zerteilte langsam das graue, scharfkantige Gras mit dem Knie, im selben Tempo, in dem er sehr lange neben dem Karren hergelaufen sein musste. Wir drei erwarteten ihn auf der Schwelle, und falls ihn unsere Anwesenheit überraschte, so ließ er sich das nicht anmerken.

Sowie er in der Mitte der Wiese war, löste sich Kaska aus unserer Gruppe und humpelte ihm ohne Hast entgegen. Auf seiner Höhe angekommen, ging sie gemeinsam mit ihm wieder zurück, eine Hand auf den Zugriemen, ihr Tempo dem seinem angepasst, ohne dass sie im lauter werdenden Klingeln einen Blick gewechselt hätten.

Herman war ein groß gewachsener Mann mit breiten Schultern unter einem langen Staubmantel aus Gummi. Das Gewehr geschultert. In der Dämmerung war sein Gesicht im Schatten eines schmuddeligen Rangerhuts nicht zu erkennen.

Auf der Höhe der Hütte machte er mit durchgedrückten Knien einen Schritt nach hinten, um das Maultier auszubremsen. Der abrupte Halt ließ die Kisten und Kanister an den Holmen lauter scheppern, die auch danach wiegend weiterschwankten, während er das Pferd losband und Kaska das Abschirren des Maultiers überließ. Als der Karren schräg auf seinen Stützen abgestellt wurde, klapperten die Kanister ein letztes Mal, ein dumpfes Klappern, das vom Wind davongetragen wurde. Der eine setzte zu kurzen, bestimmten Gesten an, die andere brachte sie zu Ende, mit lange eingespielten Handgriffen versorgten sie die angeschirrten Tiere, ohne dass sie sich absprechen, sich berühren oder ansehen mussten, um die Tiere in den Schuppen zu führen, das Pferd abzusatteln und von den Bündeln zu befreien, das Maultier auszuspannen, ihnen Wasser und etwas zu fressen zu geben. Unbeachtet standen wir mit hängenden Armen auf der Schwelle, erwartungsvoll und schüchtern, und trauten uns aus Furcht, gegen uns unbekannte Bräuche zu verstoßen weder, ihnen zu helfen, noch, unaufgefordert zurück in die Hütte zu gehen, jetzt, wo ihr Besitzer zurück war.

Der Himmel wurde rasch dunkler, nur am Horizont schimmerte es noch rosa. Nach einem Tiefflug über den glatten, wie Quecksilber daliegenden See, ging ein Sumpfschnepfenpärchen zwischen dem Schilfrohr nieder und verschwand dann im Schutz der Tannen. Am anderen Ufer rieselten Blätter von den Bäumen, Ahorn oder Birke und Zitterpappel, im schwindenden Licht.

Ich traute mich, ihnen allein in die Dunkelheit des Schuppens zu folgen. Einen Arm um Shinis Hals gelegt, spürte ich zwar die Furcht des Hundes, doch ermutigt durch seine Gegenwart näherte ich mich der riesigen Gestalt, deren Kopf sich zwischen den von Spinnweben überzogenen Balken verlor, das Pferd schnaubte seinen warmen Atem in meine Richtung. Sein graubraunes Fell war schweißnass. Mit der Hand auf dem Widerrist des Pferdes schien der Mann dessen Atmung, das Pochen des Blutes in dessen Adern, prüfen oder aber mit seinem eigenen Herzschlag die Erschöpfung des Tieres lindern zu wollen. Bestimmt war ihm der hinten geparkte Pick-up nicht entgangen.

Kess zupfte ich an seinem Staubmantel, und ohne mich darum zu kümmern, ob er es verstand, erzählte ich das Wichtigste: ›Du bist Herman‹, sagte ich, ›ich bin Fuchsnase. Das da draußen ist meine Mutter, die den Vielfraß mit dem Messer des Kosaken getötet hat, sie heißt Onayepa, was es eigentlich nicht gibt, die Windschutzscheibe ist kaputt, wir haben kein Benzin mehr, wir schlafen in deiner Hütte, aber nicht in deinem Bett, wir haben die Kerzenfische gekocht, und ich weiß, wie man Schlingen herstellt. Ich habe ein Geschenk für dich.‹

Ich redete schnell und ohne Luft zu holen, da ich mir sagte, dass er mir eher zuhören würde, wenn ich dreist auftrat und nicht etwa feige, dass er mich dann eher beachten würde und dass er, wenn ihn meine Grübchen und Milchzähne nicht für mich einnahmen, vielleicht geschmeichelt wäre von meinem improvisierten Geschenk.

Ohne sich aus der Ruhe bringen zu lassen, nahm der Mann den Federhalter aus Elfenbein von mir entgegen, ließ ihn nachdenklich zwischen seinen Fingern kreisen, fuhr sich durch die Haare und setzte sich auf die Fersen, um auf gleicher Höhe mit mir zu sein.

Ich roch seinen feuchten, durchdringenden Geruch von Wolle, Leder und Schweiß, gleichzeitig sah ich seine Augen, ihre unergründlichen Schlitze von Blassgrün. Mein Blick wanderte über sein bartloses Gesicht, seine unbehaarten ausgeprägten Wangenknochen, seine geschwungenen Lippen, die spitzen behaarten Ohren, so grau wie sein spärlicher Haarschopf, und seine tiefen Falten, geschwärzt vom Staub der Reise. Stiernacken, knorrige Gliedmaßen. Eine ungewöhnliche Physiognomie, anziehend und doch finster. Gleichzeitig aber vornehm. Ehrlich gesagt machte er mir Angst. Dennoch blickte ich ihm weiter ins Gesicht.

Ich nahm meinen ganzen Mut zusammen. ›Wenn du dein Auge an dieses Glasauge hältst, wirst du eine magische Überraschung erleben‹, versprach ich ihm in verlockendem Tonfall und brachte meine Klimperwimpern zum Einsatz.

Wortlos richtete er sich auf, steckte den Füllfederhalter in die Borte seines Hutes, den er wieder aufsetzte und in die Stirn zog.

›Fuchsnase hat sich ihren Namen verdient‹, ließ Kaska ihn von hinten aus dem Schuppen wissen, wo sie das Geschirr an einem Gestell aufhängte.

›Sieht mir ganz danach aus‹, sagte Herman.

Er sprach also unsere Sprache. Seine Stimme klang näselnd und mürrisch. Vielleicht auch spöttisch. Ich war mir unsicher, aber mein Geschenk hatte er angenommen. Als Shini ihm zu nahe kam, erhielt er einen kräftigen Schlag mit dem Handrücken auf die Schnauze, entweder eine unsanfte Liebkosung oder aber eine Abfuhr, die er bereits zu kennen schien, denn er nahm eine unterwürfige Haltung ein, zog den Schwanz ein und fiepte wie auf der Lichtung.

Unvermittelt war es Nacht geworden. Man hätte meinen können, dass Herman sie wie einen weiten Umhang der Schwärze auf den Schultern von weit her mitgebracht hatte. Oder dass sie im Hinterhalt gelegen und auf seine Rückkehr gewartet hatte, um endlich anzubrechen, alle Dinge mit ihrem Teer zu schwärzen, die Winkel im Schuppen, in denen einzig die Kruppen der Tiere glänzten, die kauten, malmten, ebenso wie draußen, wo der Nebel den Raum belagerte, eine fast greifbare Nacht, das urplötzliche Erlöschen eines endlosen Sommertages.

Dennoch schienen die beiden hier ohne Probleme sehen zu können und holten in einem langsamen Kommen und Gehen Körbe mit frischem Lachs, schwere Säcke, Kisten, Kanister und Eimer herein, bis zum letzten verschnürten Paket, das auf dem Karren war. Das Gestänge des Karrens ließen sie im Gras liegen. Zum ersten Mal seit unserem Eintreffen in Kloo Lake schob Kaska die Tür zum Schuppen zu, schloss Ladung und Tiere ein – mit Ausnahme von Shini, der die Nacht wie gewöhnlich draußen verbringen würde. Dann folgte sie Herman in die Hütte, die noch kleiner geworden zu sein schien, wenn das überhaupt möglich war. Wir vier drängten uns in den engen Raum, während die nächtliche Weite an den Fenstern klebte.

Während Herman, auf dem Bettrand ganz hinten in der Dunkelheit sitzend, ohne Eile seine schwere Reisekleidung ablegte, versunken in Überlegungen und düstere Grübeleien, und Kaska die aufgeschichteten Holzscheite entzündete, die für seine Rückkehr bereitgehalten worden waren, warteten meine Mutter und ich schüchtern ab und bewegten uns so wenig wie möglich, aus Angst, sie zu behindern, sie mit einer unangebrachten Geste zu verstimmen. Doch sie schienen uns oder unserer Befangenheit keinerlei Beachtung zu schenken.

Rasch erfüllte der Rauch die kalte Luft mit braunen, bitteren, stickigen Schwaden, ehe das Rohr am unteren Ende weiß zu glühen begann und ihn einsog. Zum Glück stand der Ofen auf großen Steinen, sonst hätte der Holzboden sicherlich Feuer gefangen. Endlich entströmte seinem Gusseisen eine wohlige Wärme, die bis in den hintersten Winkel der Hütte reichte. Es war höchste Zeit, dass Herman zurückgekommen war, fand ich und streckte meine kalten Hände zum warmen Rohr, schnupperte den würzigen Duft des Eintopfs, den Kaska auf den heißen Herdplatten umrührte. Ihr Wiedersehen ohne jegliche Gefühlsäußerung machte mich neugierig.

Seit sie in der Hütte waren, unterhielten sich die beiden in ihrer Sprache, ohne sich darum zu kümmern, dass sie uns unhöflicherweise von ihrem vertraulichen Gespräch ausschlossen. Großmütig befand ich jedoch, dass es ihr gutes Recht war, sich zu unterhalten, bestimmt hatten sie sich einiges zu sagen nach all der Zeit, die sie getrennt und ohne Nachricht voneinander gewesen waren. Dennoch ließ sich weder an ihren Gesichtern noch an ihrem Tonfall etwas ablesen, sie tauschten sich einsilbig oder mit so kurzen Sätzen aus, dass man dabei eher an Psalmen als an eine Unterhaltung dachte. Vielleicht reichten in ihrer indianischen Sprache aber auch sehr wenige Worte, um unglaublich viel auszudrücken, ohne dass man ausschweifend werden, etwas endlos wiederholen oder laut werden musste, wie das bei den Weißen der Fall war.

Es war außerdem der erste Abend, an dem wir die Lampen anzündeten. Die eine hing am niedrigsten Balken, und ihr im gewölbten Glas eingeschlossener Schein drängte die Wände und Balken und ihre gewölbten Schatten zurück, die andere stand mitten auf dem Tisch. Auf der einen Seite davon saß Herman auf dem einzigen Stuhl, auf der anderen saßen die beiden Frauen auf der Bank, wurden alle drei von der flackernden Helligkeit umfangen, ihre einsamen Gesichter vom schwachen Lichtschein erhellt. Ich saß an den Ofen geschmiegt auf dem Mufflonfell, das pikste und kratzte, und aß gierig in kleinen Happen meine Portion Eintopf, vertrieb die Fliegen und beobachtete über meine Schale hinweg das verlorene Gesicht meiner Mutter dort oben, das von Kaska, deren Augen so fest wie sonst nie zusammengekniffen waren, und, leicht nach hinten versetzt, vom Dampf umwirbelt, den auf den Ellenbogen aufgestützten Herman. Jetzt in der naturfarbenen langen Flanellunterwäsche, ausgefranst am Hals und an den Bündchen, an den Schultern eingedrückt von den Hosenträgern seiner Hose - nicht die zerlumpte Kleidung eines Bedürftigen, sondern ein verwaschenes graues, braunes und blaues Patchwork, das sorgfältig zusammengeflickt war, entstanden aufgrund von Zufälligkeiten, Abnutzung und Sparsamkeit, wirkte es dennoch harmonisch und sah an ihm aus wie die Kleidung eines Prinzen.

Ich wollte seine Stimme noch einmal hören - häufig erfährt man durch die Stimme mehr über einen Menschen als über sein Aussehen, genau wie über die Hände. Seine waren rissig, mit knorrigen Knöcheln und dicken, holzigen Nägeln und umfassten die dampfende Schale mit einer Demut, einer Aufmerksamkeit und einem Ernst, als wäre sie das kostbarste Gefäß, außerdem schwieg er. Bestimmt hatte er schon lange keine so gute, warme Mahlzeit mehr zu sich genommen und die, die einzig Kaska für ihn zubereitete, hatte ihm sehr gefehlt. Oder aber die Missionare hatten ihm, genau wie Miss Plunkett mir, beigebracht, dass man, ehe man aß, Gott dafür danken musste, dass er uns Nahrung beschert hatte. Vielleicht grübelte er aber auch noch über die Neuigkeiten, die er gerade erfahren hatte, und überlegte, was er am besten mit uns machen sollte.

Jedenfalls lernte ich an jenem Abend, dass Herman nie direkt auf sein Thema zu sprechen kam, er näherte sich ihm auf Umwegen an und ließ dann eine Bemerkung vom Stapel, die völlig an der Sache vorbeizugehen schien, traf damit jedoch schneller ins Schwarze als ein Pfeil.

›Ich kannte mindestens zwei‹, sagte er missmutig und widerstrebend. ›Einer, der jedes Jahr allein herkam, um Fallen zu stellen, wie sein Vater, ein Tagish aus Hunter Creek, es ihm beigebracht hatte. Damals gab es kaum noch Waldläufer wie Big Charley, ausdauernd, geübt darin, allein zu überleben, der seine Jagdtricks und seine Verstecke eifersüchtig unter Verschluss hielt, ein großartiger Kenner der Heilmittel des Waldes. Niemals brauchte er jemanden, der ihn begleitete, keiner wusste, wo er seine geheimen Lager aufschlug. Am Ende der Saison sammelte er seine Pelze und Felle ein, die er hier und da versteckt hatte, musste mehrmals mit der beladenen Stangenschleife zum Fluss gehen, stakte dann mit seinem Kanu bis nach Dawson und verschickte seine Ausbeute mit dem letzten Dampfer vor dem Packeis. Geschickt mit dem Gewehr, noch besser als Fallensteller. Wolf, Biber, Bär, Karibu, auch Fuchs und Hermelin. Er zerlegte sie dort, wo er sie tötete, war geübt darin, Gedärme und Kadaver zu verscharren, den Pelz zu waschen, zu zerschneiden, die Häute zu trocknen, abzuschaben und zu glätten. Da konnte sich keiner mit ihm messen. Einmal kam er dann nicht mehr zurück. Im darauffolgenden Sommer fanden Jäger ihn in der Nähe vom Tatonduk River, keine dreißig Kilometer flussabwärts von Eagle. Gefangen in einer seiner eigenen Bärenfallen. Von ihm war nur noch der Knochen seines Beines am Ende der Kette übrig. Nur anhand der verstreut herumliegenden Dinge, vor allem anhand seines Gewehrs, erkannten sie Big Charley.‹

Er beendete diese Geschichte mit einem Schluck der sämigen Soße, schluckte sie hinunter und brachte damit seinen Tadel an dem Missgeschick zum Ausdruck, von dem Kaska ihm mit wenigen Worten erzählt haben musste. Reuevoll senkte sie den Blick auf ihren Blechteller.

›Der andere, das war in Idaho, lief aber ähnlich wie in Montana: Wenn sie im großen Stil Beute machen wollen, verteilen sie ihre Stahlfallen mit den doppelten Federn in Vierer- oder Achtergruppen, sodass sie selbst schließlich nicht mehr wissen, wo sie sie aufgestellt haben, oder sie vergessen, die Feder zu sichern, wenn sie die Jagd beenden. Kommt nicht selten vor, dass ein Schussel selbst hineintritt. Das ist nicht lustig, aber wenn man zu zweit ist, lacht man trotzdem. Allein gibt es nichts zu lachen. Als wir ihn fanden, stritten sich Kojoten und Raubvögel um sein Fleisch. Wir mussten sie abknallen, um näher kommen zu können. Das war nur einen Tag später, aber wir konnten nichts weiter tun, als ein Grab für ihn zu schaufeln.‹

Um ihm einen Grund für sein harsches Urteil zu geben, zog Kaska ihren Rock hoch, enthüllte den Bluterguss auf ihrem Schienbein und die lila verfärbte Narbe an ihrem Knöchel, tastete sie mit dem Finger und der entsprechenden Grimasse ab.

›Bis zum frühen Morgen habe ich meinen Tod durchlebt, weil ich mein Bein nicht aus der Falle bekam. Wütend darüber, dass mein Rabengeist bis zu ihr flog, doch statt mir zuzuhören, tollte sie im Gras herum. Sie ist ein Sturkopf, unausstehlich, und weiß nicht viel mit ihren zehn Fingern anzufangen, aber dank ihr bin ich nicht tot. Du schuldest ihr mein Leben, ich schulde es ihr. Wak, wak‹, verkündete sie feierlich, fuhr mit ihrer Fledermaushandfläche über die Nase meiner Mutter, von goldenem Licht geheiligt.

›Wir sollten nicht übertreiben‹, widersprach diese bescheiden. ›Ich kam dort vorbei. Seinen Nächsten zu retten ist das Mindeste, was man tun kann.‹

Ohne mich hättest du dich aus dem Staub gemacht, korrigierte ich sie in Gedanken, eng in meine Wolldecke von der Hudson's Bay Company eingewickelt, deren strengen Geruch ich tief einatmete.

›Ich übertreibe nicht. Um ein Haar hätte ich dran glauben müssen, das hast du selbst gesagt.‹

›Das habe ich bezüglich des Mistkerls gesagt, der uns fast abgeknallt hätte.‹

›Den hat sie mit ihrem Kosakenmesser umgebracht.‹

›In einem solchen Fall ist das Messer immer dem Blei vorzuziehen‹, bestätigte Herman. ›Das Blei verrät das Gewehr. Und anhand des Gewehrs erkennt man den Schützen.‹

›Seines ist noch in meinem Pick-up. Ein hübsches Smith & Wesson. Vielleicht weißt du ja, wer dieser Hurensohn ist.‹

›Das will ich nicht wissen‹, sagte Herman. ›Ich will weder etwas von ihm noch von seiner Waffe wissen. Aber du hast gut daran getan, sie zu behalten. Hättest du sie aus Dummheit zusammen mit ihm hinuntergeworfen, könnte, wer auch immer einem Mufflon oder einem Karibu nachsetzt, Wochen oder Monate später, nachdem die Polarkälte längst darüber hinweggezogen ist und die Knochen seines einstigen Besitzers verteilt sind, das Gewehr zusammen mit seinen Überresten in der Schlucht finden. Selbst wenn es nur drei Kupferknöpfe oder seine Gürtelschnalle wären – nichts geht verloren, nirgendwo, vor allem nicht dort, wo man glaubt, dass niemand sich hinwagen wird. Das Gewehr ist der Mann, deshalb wirst du es gleich morgen zerstören: Du verbrennst den Schaft und vergräbst den Lauf, Platz gibt es dafür genug. Danach gibt es weiter nichts zu tun, als die Zeit tun zu lassen, was sie tut.‹

Während er über diese Lebensweisheit nachdachte, deren Richtigkeit sich so viele Male erwiesen hatte, ließ Herman seiner Wut freien Lauf.

›Durchaus möglich, dass irgendwann ein Jäger, der seine Falle aufstellt, oder, wer weiß, ein Zwangsarbeiter, der hier eine Schneise für die Eisenbahn wie in Whitehorse schlagen muss, diesen rostigen Lauf ausgräbt, na und? Das ist dann nur etwas mehr von dem Müll, den der weiße Mann hinterlässt. Die Pisten, Flussläufe und Minen, unser gesamtes Gebiet ist ein Friedhof aus Schaufeln, Goldwaschpfannen und Trinkbechern, Eisenträgern, Heizkesseln und Karrenrädern, Gabeln, Pokerchips und Münzen, Schienen, Schuhcremedosen, Seilen, Nieten, von Rost zerfressenen Schwimmbaggern und sogar ganzen Lokomotiven. Als wäre das noch nicht ausreichend, werden jetzt auch Reifen, Benzinkanister, Bierdosen, Fässer und Autowracks weggeworfen, die von den Fabriken extra so produziert werden, dass man nichts reparieren kann, wenn es kaputtgeht, und alles weggeworfen wird. Um den Weißen in allem nachzueifern, haben auch die Unsrigen damit angefangen: Geh doch mal in Whitehorse ans Ufer des Yukon, wo unsere Brüder von den Kwanlin Dün leben. Eine Müllhalde aus rostigem Blech, Kaninchendraht, ausgeweidete Autowracks, Scherben und Metallstücke, Schuhsohlen, widerliche Lumpen, verhungerte Hunde, also lasst uns das ausnutzen: Wenn jemand eines Tages den Lauf einer Smith & Wesson findet, ist das nur ein weiteres Stück Abfall in all dem anderen. Bis dahin wird viel Zeit verstrichen sein, und dir dürfte die Sache keine Zahnschmerzen mehr bereiten‹, sagte er an meine Mutter gerichtet.

Die sah aber gar nicht so aus, als würden ihr die Zähne wehtun.

Mir schon.

Manchmal nervten mich meine Milchzähne. Ich spürte, wie locker sie in meinem sechsjährigen Mund saßen, schob sie mit der Zunge hin und her, knirschte mit dem Kiefer, damit sie locker wurden, sich samt der Wurzel herausreißen ließen, einen nach dem anderen zog ich mir aus dem Zahnfleisch und gab sie Kaska. Die sammelte sie in einem kleinen Säckchen, das sie aus einem Fuchsmagen hergestellt hatte und an ihrem Gürtel trug. Mit einem Teer für Karibuhufe, den er Tropfen für Tropfen am Feuer schmolz, besser geeignet als Harz, klebte Herman einen nach dem anderen in die Löcher eines Gebisses, das er bei einem Gebrauchtwarenhändler in Whitehorse für sie gekauft und auf ihre Größe zurechtgefeilt hatte. Sie steckte es sich in den Unterkiefer und konnte mit diesem wunderbaren Gebiss problemlos die Beeren und faserigen Fleischstückchen kauen, das getrocknete Fleisch der Karibus zermalmen, Eichhörnchen- oder Haselhuhnfleisch und ihre kleinen Knochen verspeisen. An den Tagen, an denen sie nicht Pfeife rauchte, konnte sie völlig unbekümmert ihren Tabak kauen. Sie achtete sehr auf dieses neue Gebiss, denn seit sie fast alle eigenen Zähne verloren hatte, hatte sie niemals wieder so gute gehabt wie meine kleinen Beißerchen, meine spitzen Zähnchen, strahlend weißer, nagelneuer Zahnschmelz, meine wunderbaren Milchzähnchen verliehen ihr ein Shirley-Temple-Lächeln.

Während ich darauf wartete, dass mir welche nachwuchsen, nannte sie mich Die ihre Zähne gibt.

Aber wir hatten es noch lange nicht geschafft«, erzählte Jessie weiter, »wir sind noch immer beim ersten Abend mit Herman.

Nachdem er sein Essen verschlungen hatte, legte er einen Lederbeutel neben seine Schale. Er betrachtete ihn fröhlich wie einen Piratenschatz, zog mit zwei Fingern ein paar spärliche Tabakkrümel heraus, die er Kaska zugestand, damit sie ihre Pfeife stopfen konnte. Dann drehte er mit dem Zeigefinger eine dünne Zigarette, sie hätte nicht dünner sein können, und reichte sie mit übertriebenem Ernst meiner Mutter.

Da ihr vor einer Ewigkeit die Zigaretten ausgegangen waren, sagte sie überglücklich: ›Da sage ich nicht Nein.‹

In ihrer Eile, sie an der Lampe anzuzünden, verkohlte schon die Hälfte, was für eine Verschwendung! Trotz allem stieß sie mit spitzen Lippen den Rauch aus, anmutig, ebenso aufreizend wie in der Gegenwart des Kapitäns oder von Kostas, dem Gemischtwarenhändler. Ich glaubte ja nicht, dass ihre Show bei Herman, dessen grüne Augen ich im Schuppen gesehen hatte, nicht ziehen würde.

Er drehte sich selbst eine, ebenso knauserig, schob sich das weiche, zerquetschte Teil in den Mundwinkel und verknotete die Schnur seines Tabakbeutels wieder. Schluss mit der Verschwendung. Dann stöberte er im Holzstapel herum, wählte einen Ast, der schön gerade und mit einer kleinen Knolle in der Mitte versehen war.

Während er ihn zufrieden musterte, deutete er mit dem Kinn über die Schulter zum Gewehr. ›Das da gehört dir‹, stellte er fest.

Auf den ersten Blick hatte er es hinter der Tür entdeckt, ein Beweis dafür, sofern einer nötig war, dass ihm nichts entging.

›Es gehört ihr‹, bestätigte Kaska, die seelenruhig ihre Friedenspfeife paffte.

›Außer wenn man schießt, wäre es in seinem Futteral besser aufgehoben.‹

›Ich habe es geladen und griffbereit gehabt, man weiß ja nicht, wer sich hier so alles herumtreibt‹, verteidigte sich meine Mutter, enttäuscht darüber, ihre wertvolle Kippe bereits ausgeraucht zu haben, und warf den Stummel voller Bedauern in den Ofen.

›Niemand wagt sich hierher, ohne dass ich es vorher weiß.‹

›In der letzten Zeit warst du aber nicht da, um Bescheid zu wissen‹, spottete sie leicht genervt, gemischt mit einer Portion Frechheit, auf die ich an ihrer Stelle verzichtet hätte.

Herman lachte stumm auf, klappte sein Messer auf und fing an, den Ast zu schälen, zog die Rinde ab wie bei einer Orange. ›Und doch wusste ich, schon bevor ich ankam, dass du hier bist. Ich habe einen Zwischenstopp bei Murphy Nolan eingelegt. Stell dir vor, er behauptete, auf eine Frau mit ihrer Tochter zu warten.‹

›Das ist der Cousin von unserem Freund Jim!‹, rief ich fröhlich aus und steckte meine Nasenspitze aus der Decke. ›Jim hat uns seinem Cousin Nolan in Champagne empfohlen, der würde uns im Notfall helfen, hat er gesagt.‹

›Tja, die Nachricht hat er wohl bekommen‹, meinte Herman. ›Anscheinend willst du jemanden auf einer Farm besuchen. Die Säufer im Laden haben sich schlappgelacht: eine Farm, so was gibt es in Champagne nicht.‹

›Ich habe Jim nichts von einer Farm gesagt. Davon habe ich nur Archie und Bonnie in Haines erzählt.‹

›Tja, dann hat Jim wohl mit deinen Freunden geredet.‹

›Das sind nicht meine Freunde. Und sie kennen Jim nicht.‹

›Man muss sich nicht kennen, um Neuigkeiten auszutauschen. Murphy nimmt an, dass du dich unterwegs ein bisschen verirrt hast, aber nicht allzu sehr. Einer von denen, die zum Zechen zu ihm kommen, behauptete, er habe Reifenspuren auf der Strecke gesehen, die nach Kloo Lake führt. Aufgrund der Reifen meinte er, es müsse sich um einen Pick-up handeln. Was sagst du dazu?‹

›Verdammt noch mal‹, fluchte meine Mutter, ›ich weiß doch nicht einmal, wo das verflixte Champagne liegt, was ist das für ein Kaff?‹

›Das ist das Dorf von Shadhäla-ra, das bedeutet „Kleiner Berg in der Sonne", am Ufer des Flusses. Dort haben sich die Trails der ganzen Gegend gekreuzt, und dort standen die alten Versammlungshäuser der Clans der Kajitku und Agunda ku, das sind die Raben und die Wölfe, dort war *tth'än k'e*, ihr großer Friedhof. Eines Tages haben Jack Dalton und seine Männer mit einer Rinderherde, die sie auf dem Yukon nach Fort Selkirk gebracht hatten, um die Minenarbeiter von Dawson mit Fleisch zu versorgen, dort kampiert. Glücklich über die tolle Leistung hat er Wein aufgemacht, angeblich Champagner. Seitdem heißt das Dorf so. Aber es bleibt für immer Shadhäla-ra. Und Silver City ist Män Shii'aya – „Da, wo sich der See ergießt".‹

›Nichts davon ist auf meiner Karte verzeichnet.‹

›Ihre Karte ist absolut wertlos‹, mischte Kaska sich hinterlistig ein.

Ich protestierte innerlich. Diese Karte hatte uns immerhin sicher bis nach Klukshu geführt. Auch wenn es nur einige hingekritzelte Klekse waren, war sie doch weniger verrückt, als sie aussah. Und nur meine Mutter hatte den Schlüssel zu ihr, er verbrannte ihr heimlich das Herz.

›Falls du dir Sorgen macht, kannst du ganz beruhigt sein: Ich habe nicht vor, hier Wurzeln zu schlagen.‹

›Unsere Wurzeln und Vorhaben kennen wir – deine nicht. Du warst nicht auf dem Weg zu mir, und doch bist du hier, und das hat sich inzwischen herumgesprochen. Und wir wissen nicht, wer du bist. Onayepa? Wer nennt dich so?‹

›So steht es geschrieben.‹

›Wer hat es geschrieben?‹

›Ein Richter in Dawson. Da bin ich geboren. In einer Hütte. Mein Vater war ein Franzose namens Ardenne, der hier sein Glück machen wollte.‹ Sie kramte in ihrer Tasche und zog abermals ihre kostbare Urkunde hervor.

Herman warf einen flüchtigen Blick auf sie, ohne sie in die Hand zu nehmen. ›In Klondike haben viele Verrückte nach Gold gesucht. Alle sind wieder abgehauen, wenn sie nicht dort gestorben sind‹, sagte er, während er weiterschnitzte und kleine goldgelbe Holzspäne auf den Tisch regneten.

›Wie es aussieht, nicht alle: Mein Vater hat dort die Tochter eines indianischen Königs zur Frau genommen.‹

›Könige gibt es hier nicht‹, beharrte Kaska weiterhin unnachgiebig und saugte an ihrer erloschenen Pfeife.

›Dann ist es also sie, die du suchst?‹, fragte Herman, mit einer falschen Freundlichkeit, die mich frösteln ließ.

Es folgte eine Stille, in der nur der sanfte Wind zu hören war, der über die Dachschindeln strich. Das Knistern des Ofens. Das Knarzen der Bäume.

Onayepa hatte die Urkunde wieder in ihrer Tasche verstaut. Sie hatte die Hände zwischen die Knie unter dem Tisch geklemmt wie ein gerügtes kleines Mädchen und warf mir einen raschen Blick zu. Vielleicht hoffte sie, dass ich eingeschlafen wäre, aber für wen hielt sie mich denn? Ich hörte ganz genau zu, o ja, und nicht für alles Gold von Klondike hätte ich meinen Platz eingetauscht.

›Sie ist bei meiner Geburt gestorben. Da steht: *Ureinwohnerin, verstorben*‹, sagte sie mit zitternder Stimme.

›Ach wirklich?‹, sagte Herman hämisch.

›Mein Vater hat mich nach Frankreich bringen lassen, damit ich bei ihm zu Hause aufwachse. Er ist nie gekommen, um mich zurückzuholen. Niemand hat ihn je wieder gesehen.‹

Und aus gutem Grund! Ihr Halunke von Vater hatte Wichtigeres zu tun. Er trieb sich lieber in verschneiten Wäldern herum und rückte gelegentlich den Grizzlys der Gegend etwas zu dicht auf den Pelz, sagte ich mir, ebenso hämisch wie Herman, der mir immer sympathischer wurde.

›Dann bist du also auf der Suche nach ihm? Um nach Dawson zu kommen, gibt es einfachere Wege.‹

›Dawson ist mir so was von egal. Ich bin auf dem Weg nach Äshè'yi Lake. Kaska sagt, dass man nur zu Fuß dorthin kommt. Also gehe ich zu Fuß. Gleich morgen breche ich auf.‹

›Morgen gehst du nirgendwohin. Morgen schneit es‹, sagte Herman. ›Wenn du also weder nach deinem Vater noch nach deiner Mutter suchst, was willst du dann in Äshè'yi bei den Wölfen und Raben, den Indianern, die dort leben?‹

Wieder folgte Schweigen, nur das regelmäßige Fallen der Holzspäne und das geduldige Schaben des Messers waren zu hören. Sie zögerte, wütend auf ihn, weil er sich erlaubte, eine Frage nach der anderen zu stellen, wütend auf sich selbst, weil sie sich hatte hinreißen lassen, ihm zu antworten, als könnte sie gar nicht anders, nachdem sie einmal damit angefangen hatte. Sie wusste nicht mehr, wann das Ganze angefangen hatte schiefzulaufen, so hatte sie es nicht geplant, ganz und gar nicht.

›Ich kannte jemanden, der dort gelebt hat. Mit den Indianern‹, sagte sie schließlich und zögerte erneut.

Ich gähnte, um meine Ohren freizubekommen.

›Vor etwa zehn Jahren hat ein Weißer zwei Winter bei ihnen verbracht, um ihre Sprache und Sitten zu studieren, ihre Art zu jagen, zu kochen, zu verfluchen und zu bestrafen, ihre Schamanen, ihre Stammesordnung …‹

›Du meinst ein Ethnologe‹, unterbrach Herman sie gelassen. ›Manchmal kommt einer, aber keiner hält es so lange dort aus.‹

›Er schon. In seinen Briefen schrieb er mir, dass er, wenn er die Region erkunde, vielleicht herausfinden würde, was aus meinem Vater geworden ist, und dass er mich das wissen lassen würde.‹

Ihr brach die Stimme. Ein letzter Widerstand, dann gestand sie leise etwas ein, das sie lange verdrängt haben musste, etwas, das sie noch nie jemandem gestanden hatte, vielleicht noch nicht einmal sich selbst gegenüber, offensichtlich fiel es ihr schwer. ›Ich denke, dass er mich das glauben ließ, um mich zappeln zu lassen. Damit ich es bereute, meinen Cousin aus Indochina geheiratet zu haben, und nicht ihn, der mich liebte.‹

Wenn das der Ehemann war, der keine Glückssträhne hatte, dann hätte sie wirklich besser zweimal darüber nachgedacht, ehe sie ihre Wahl traf, dachte ich, während ich hingebungsvoll an meinem alten Etikett nuckelte.

›Er wollte mich dafür bestrafen, dass er meinetwegen gestürzt war. Von einem Kirschbaum. Danach hinkte er‹, stammelte sie so leise, dass man sie kaum verstand.

›Ein Hinkebein? Das ist Yak'mat'ahän‹, krächzte Kaska, die ganz hinten in der Hütte, wohin sie geflogen war, nicht zu sehen war.

›Jacques Maître-Grand? So heißt er!‹, rief Onayepa aus und sah flehentlich die höllische Dunkelheit an, aus der die Stimme kam.

›Das ist Yak'matrakrän, wak, wak‹, krächzte es.

›Jacques! Du hast ihn wirklich gesehen? Er war es, oder nicht? Dann hat er mich also doch nicht angelogen!‹

Ihr kläglicher Aufschrei brach mir das Herz. Sie weinte vor Freude und vor Schmerz hinter vorgehaltenen Händen und stieß winzige Schluchzer aus, ebenso kläglich wie ich in meiner Anrichte.

Dann heul eben, dann musst du schon weniger pinkeln, sagte ich mir, sehr zufrieden über diese Retourkutsche. Andererseits empfand ich schwesterliches Mitgefühl für diese verrückte Königstochter Onayepa, der kleinen, in einer Hütte geborenen Waisen, verirrt im viel zu großen Nordwesten aus ihrem Wintertraum.

›Jacques schrieb, dass er im Dorf Äshè'yi etwas für mich zurückgelassen hat‹, schluchzte sie, schniefte unter Rotz und Tränen. ›Er hat die Karte gezeichnet und sie mir geschickt, damit ich dorthin finde. Ich muss dahin. Nichts kann mich aufhalten.‹

Genauso wenig wie mich, nichts!

Gedanklich sprang ich prompt auf, bereit, jetzt sofort aufzubrechen, mitten in der Nacht, bei Nordwind und Kälte, um zusammen mit Onayepa bis zu dem See zu eilen, den es auf keiner Karte gab, dahin, wo das Rätsel sie seit ihrer Kindheit hinzog, um das geheimnisvolle Ding zu finden, das der hinkende Jacques einst für sie bei seinen indianischen Brüdern, den Wölfen und Raben, versteckt hatte, doch mein Elan war nur von kurzer Dauer. Ich war zu klein, zu unbedarft, außerdem fror ich zu schnell. An die angenehme Wärme des Ofens geschmiegt, verfluchte ich meine kindliche Schwäche, alles war für immer zu groß für mich, die Dunkelheit der Wälder wie auch das finstere Herz der Männer.

Meine Mutter ihrerseits hatte keinen Grund, stolz zu sein. Bezwungen von diesem Mann, von dem sie nichts wusste, dem sie nichts schuldete. Außer für seine Gastfreundschaft, angesichts der herrschenden Kälte ein unbezahlbares Geschenk. Sie schob ihren Teller mit den Essensresten beiseite und starrte ins Leere, schien ernsthaft mit ihrem Schicksal zu hadern. Kaum vorstellbar, dass sich dieselbe Frau vor nicht allzu langer Zeit als stolze Pionierin auf den Dalton Trail begeben hatte – auf ins Abenteuer! Jetzt ließ sie den Kopf hängen.

Höchste Zeit, dass du all die Dummheiten bedauerst, die du vor meiner Geburt gemacht hast! An Hermans Stelle würde ich, statt an einem Holzstück herumzuschnitzen und auf einem kalten Zigarettenstummel herumzukauen, deine Reue ausnutzen, damit du endlich mit der Sprache rausrückst, aber vielleicht hatte er deine unsinnigen Geschichten ja auch einfach satt.

Sein langer Marsch war anstrengend gewesen, er war erschöpft. Er musste über die Komplikationen nachdenken, die sich seit seiner Rückkehr ergeben hatten, und was sich ihnen entgegensetzen ließe, was er jetzt mit uns machen sollte, die wir so dumm gewesen waren, Reifenspuren auf dem Weg zu seiner Hütte zu hinterlassen, was sich zu tun gebot und was nicht. Er dachte an die Trinkkumpane an Murphy Nolans Tresen.

Himmel, ehe es zu spät war, sollten wir uns besser gut mit ihnen stellen! Wie gerne würde ich ihnen mit dem Ellenbogen in die Rippen stoßen und mir angesichts der wahnwitzigen Reise meiner Mutter genau wie sie auf die Schenkel klopfen! Und dann erst ihre Farm, wie in einer Music Hall, was für ein unbezahlbarer Mumpitz! Dabei wussten sie das Beste noch gar nicht: Bei Gott, hoffentlich erfuhren sie nichts von ihrem Talent als Zirkuskosakin. Da oben, eingehüllt in ihren Tabakrauch, lästerten sie spöttisch, leerten ihre Gläser mit Bier, Schnaps oder Wodka – aus Mr Ryans Brennerei, könnte ich wetten. Von hier unten konnte ich sie nicht sehen, also krallte ich mich an ihren Hosen fest, hangelte mich an ihren X-Beinen hoch, bekam die Nase über den Tresen und entdeckte ihre Köpfe: Stachelschwein, Kröte, Luchs und Puma. Welcher von diesen qualmenden und saufenden Dummköpfen war der schädlichste? Aufgestützt zwischen ihnen, mit durchdringenden Augen, lauschte Herman dem Klatsch, versuchte, ihre Absichten zu ergründen. War er mit seinem Kopf, dem eines grauen Wolfes, weniger besorgniserregend, war er einer von ihnen, unser Freund oder unser Feind?

Er klappte sein Messer wieder zusammen. Mit dem Daumen rieb er über die schmerzenden Schwielen an seiner Handfläche, dann schob er das Sägemehl und die kleinen Späne mit der Handkante zusammen und ließ sie in den Ofen rieseln, wo sie zusammen mit den Splittern meiner Gefühle und Gedanken, meiner Schrecken, meiner Wünsche und Sorgen in der Glut knisterten.

›Es ist Zeit, schlafen zu gehen‹, sagte er plötzlich sehr matt.

O nein, jetzt doch noch nicht! Diskutiert weiter, heute Abend, das ist meine Chance, befriedigt meine Neugier, erfüllt meine Hoffnung, bleibt unter der Lampe sitzen, sprecht über verratene Liebe und verschwundene Väter, verrückte Briefe, Könige, Kirschbäume, absolut wertlose Karten, sprecht über die Clans und ihre Friedhöfe, über Handelspfade, Wälder und Schnee, der morgen fällt, über den Richter aus Dawson und die Dörfer, die sich noch an ihren indianischen Namen erinnern, sprecht über den Schatz, der in Äshè'yi Lake verborgen ist – doch sie hörten auf zu tuscheln. Schluss damit, sie zu beobachten, zu gähnen, mir den Hals zu verrenken, um sie besser hören zu können, auf dem Boden in das Mufflonfell gekuschelt, die kleinen Späne knisterten und zerfielen schon zu Asche, warum nur bebte mein Kinn?

Dann beugte Herman seine Riesengestalt zu mir nach unten, und sein Schatten fiel auf mich, wortlos schob er mir etwas, das aussah wie eine kleine, verschnörkelte Rassel, in die Hand, die er aus dem eigens wegen seiner kleinen Verdickung ausgewählten Ast geschnitzt hatte. Für mich! Ich wusste nicht, ob er durch mein Geschenk zu diesem Tauschhandel verpflichtet war, ob er mich damit ehren oder verspotten wollte, doch auch wenn seine Kleinigkeit weniger wert sein mochte als alle meine Spielsachen, erhielt ich sie doch im gerechten Austausch für meinen Federhalter mit dem Guckloch. Damit befanden wir uns auf Augenhöhe.

Er blies die Lampen aus.

Sein lang gestreckter Schatten fiel weit vor ihn, schwarz und undurchdringlich, verschmolz bereits mit der Dunkelheit, und ich blieb zurück, vor Aufregung wie gelähmt, außer mir, ich konnte nicht klar denken und auch nichts mehr sehen. In mir nur Nacht. Die drei würden schlafen gehen, sich vom Pechschwarz ihres Tierschlafes verschlingen lassen, ihre Erwachsenenträume träumen und mich hier zurücklassen, hungrig und erstarrt, mit diesem kleinen geschnitzten Holzstab als einzigem Trost. Ich schwang ihn im Dunkeln wie einen Zauberstab: Würde dieser Talisman die Gespenster bannen, die ihre Worte heraufbeschworen hatten? Aufgetaucht aus der Vergangenheit, der Gegenwart und der Zukunft wanden und umschlangen sich ihre Gestalten unter den niedrigen Balken, wurden zu Zwergen in den Nischen meiner Anrichte. Sahen auch sie, wie die Gespenster zwischen den abgeworfenen Elchgeweihen draußen verschwanden, hin zum Ufer des Sees mit dem Schilf, in dem die Stockenten schliefen, und unter den nächtlichen Bäumen, die ihre Blätter abwarfen. In dem beengten Raum richtete sich ein jeder seine Behelfsschlafstätte ein. Das Pferd, das Maultier, der Hund wie auch die Menschen erlaubten dem Schlaf, sich ihrer unruhigen Seele, ihrer erschöpften Glieder zu bemächtigen. Wie gerne würde ich wie sie hinübergleiten, die umherstreifenden Geister unter dem bleichen Mond vergessen, der mit skeptischem, müdem Blick über meine Schlaflosigkeit wachte.

Es war mitten in der Nacht. Hatte ich geschlafen, oder waren meine Augen die ganze Zeit weit geöffnet gewesen? Ich versuchte, im Holz meines Betthimmels die Astlöcher auszumachen. Eines nach dem anderen hatte ich sie gezähmt, und sie waren zu meinen schützenden Augen und Freunden geworden, im Gegensatz zum runden, abweisenden Mond. Doch in der alten Anrichte herrschte nichts als undurchdringliche Finsternis. Die jedoch steckte voller Geräusche. Das Säuseln des Windes in den Geweihen, unter den Schindeln, das Schreien des träumenden Maultiers, das Röhren eines einsamen Hirsches, mein eigener Atem, zu abgehackt. Ich erstickte in diesem Verschlag.

Überaus vorsichtig drückte ich die Tür der Anrichte einen Spaltbreit auf, in der Hoffnung, so besser hören zu können. Untermalt vom Rauschen der Tannen von Kloo Lake klang es wie die Brandung träger Wellen oder vielmehr wie die nasalen Klänge von Bonnies Radio, die Schreie der Raben im Hafen von Ketchikan, jene des Weißkopfseeadlers in Haines und die der Möwen von Crescent Bay in der roten Abenddämmerung, und jetzt kriechendes, keuchendes, schmerzhaftes Seufzen, das von einer düsteren Quelle herrührte.

Ich presste meinen Talisman fest an mich, spitzte die Ohren, während die Hütte unter mir schwankte und durch die Nacht trieb wie das Geisterschiff mit der kaputten Pleuelstange in den Fluten des Alexanderarchipels. Mit dumpfem Pochen stießen die

Eisberge gegen seinen Rumpf, die alten Walknochen knarzten und ächzten unter dem Auf und Ab der Wellen.

Tatsächlich war aber das, was alles andere übertönte und was hier ächzte, knarzte und pochte, das Bett von Herman.

In der schummrigen Nische war es im schwächer gewordenen Glimmen des Ofens kaum zu erkennen, und doch rührte das Knarzen eindeutig von seinem Eisenbett her, das Knirschen von seiner Matratze aus Heu.

Das große Bärenfell schlief auf dem Bett.

Es sträubte sich, sein Rücken krümmte sich, drückte sich dann energisch durch, und es brüllte fürchterlich. War es möglich, dass der mehr als tote Bär plötzlich seinen lebendigen Geist aus den ersten Zeiten der Erde wiedergefunden hatte? Dass er, durch irgendeinen Fluch des Mondes zum Leben erwachte, Herman und Kaska angriff, sie mit seinen Krallen und Fängen zerfetzte, zerstückelte wie den armen Big Charley? Während sie mit ihm kämpften und sich zur Wehr setzten, stöhnten sie vor Entsetzen, vor Verlangen. Alles sehr verwirrend und verblüffend.

›Ich glaub es einfach nicht, das kann ja wohl nicht wahr sein!‹, sagte meine Mutter fassungslos mit gedämpfter Stimme.

Sie hatte sich neben meiner Anrichte aufgerichtet. Den Hals in Richtung der Folter dort drüben gereckt, saß sie so dicht neben mir, dass ihre Haare mich an der Stirn kitzelten, ich die Feuchtigkeit ihrer Haut spürte und ihren mit Tabak vermischten heißen Atem roch. Vor Entsetzen ebenso verstört wie ich beobachtete sie das Gemetzel, ohne auch nur den kleinen Finger zu rühren.

›Erschieß ihn‹, stammelte ich unter meiner Decke, ›nimm dein Messer‹, flehte ich sie an. Ganz leise, damit das Monster sich nicht auf mich stürzte.

Angesichts der seltsamen Untätigkeit meiner Mutter, die mich noch mehr bestürzte als das übernatürliche Phänomen, das ich nicht verstand, überdachte ich meine Panik: Wenn sie es für falsch hielt, sich einzumischen, dann war es wohl nicht so schlimm. Oder aber es war sogar so schlimm, dass sie nichts mehr tun konnte: Der Bär ließ sich auf das Bett fallen. Er war satt. Er stellte sich tot. Sofern er es sich nicht gleich wieder anders überlegte. Wussten wir für wie lange? Meine Mutter sah nicht aus, als würde sie sich darüber Sorgen machen.

›Wer hätte das bei den beiden gedacht?‹, murmelte sie. Missbilligend, traurig, vielleicht auch neidisch. Mit einem tiefen Seufzer legte sie sich wieder auf ihr Lager aus Tannenreisig.

Ich zog mich in meine Anrichte zurück. Dort war es schrecklich heiß. Ich zitterte. Meine Wangen brannten, meine Augen juckten, ob vor Müdigkeit oder Fieber wusste ich nicht, ich nieste. Wegen des Staubs oder um meine Angst auszutreiben.

›Keine Sorge, sie sind einfach nur froh, sich wiederzusehen‹, flüsterte meine Mutter, die das Klappern meiner Zähne gehört haben musste. ›Sie vergnügen sich‹, fügte sie kurz darauf hinzu. ›Das macht man so, wenn man sich liebt.‹

Weit entfernt davon, mich zu beruhigen, stürzten mich ihre Worte in noch tiefere Verwirrung. Mit den Gesten eines Exorzisten fuchtelte ich blindlings mit dem kleinen Zepter von Herman herum, vielleicht verlieh mir dieser Talisman ja die Kraft, die bestialische Seele des Bären zu zähmen, sein böses Herz durch meinen Willen in ein liebendes Herz zu verwandeln. Hatten alle Wesen der Schöpfung zu gleichen Teilen die Fähigkeit, einander Gutes oder Böses anzutun, sich zu lieben, indem man sich gegenseitig in einem Blutbad verschlang? Welch todbringende Liebe brachte Herman und Kaska dazu, ihre übliche Erscheinung abzulegen und die ihres jeweiligen Tieres anzunehmen? Welche Lust erlangten sie, wenn ihre Seelen verschmolzen, endlich versöhnt, endlich zusammen und vereint wie zur Zeit von Ts'ii deii, dem Beginn der hunderttausend mal tausend Jahre der Erde? Diese Vermählungen konnten sich nur im tiefsten Schlaf vollziehen, verborgen vor den Blicken anderer.

Es geschah nur noch von Zeit zu Zeit, hatte Kaska behauptet, doch ich Glückliche hatte im Glimmen des Ofens im Innersten der pechschwarzen Nacht einen Blick darauf erhascht, sagte ich mir und beruhigte mich nach und nach, während ich an meinem geliebten Etikett saugte und leise *poo-poo-pee-doo* sang und mich dazu wiegte. Darüber schlief ich dann auch endlich ein.

Doch dann fing es wieder an. Ich konnte noch so sehr die Hand der Vernunft festhalten und mir im Klaren darüber sein, dass es sich um einen Traum handelte, dass ich tatsächlich in einer Anrichte unter der Kapuze meiner staubüberzogenen Decke schlief, dennoch fand ich mich in der rosablauen Morgendämmerung am Meer wieder. Schwache Goldfäden schraffierten den noch nachtdunklen Himmel, und die nach Gischt, Jod und Seetang riechende Brise wehte mir ums Gesicht, während mein triefender Vater auftauchte wie ein antiker Held, gehüllt in eine Toga aus algengesäumter Gischt, Muscheln und kleinen Krabben – wohin nur waren die Böller und die Feierlustigen verschwunden? Einmal mehr kam er auf mich zu, doch mein Körper war so bleischwer, ich konnte nicht aufstehen, war müde, so müde. Meine Zehen kribbelten im feuchten Sand, durchfroren bis auf die Knochen zitterte ich, und da entfernte er sich auch schon wieder, zog sich bedauernd zurück, wurde von den Gezeiten zum dunkler werdenden Horizont gesogen, ich versuchte, ihn aufzuhalten, aber mit zugeschnürter Kehle steckte ich fest, wie auf dem Grund eines Brunnens, nur die Öffnung weit oben war erhellt, und diese Scheibe war der blasse Vollmond, sein missmutiger Blick gebot voller Verachtung über die dunkel gewordene Welt.

›Wo ist nur mein Gewehr‹, schimpfte meine Mutter, und es war Morgen.

Ihr Gewehr hatte Herman eigenmächtig in die Hülle gesteckt und auf den Türsturz gelegt. Dort befand es sich in bester Gesellschaft mit seinem eigenen.

Sie solle sofort das des Jägers mit dieser Schaufel vergraben gehen. Bevor es zu kalt werde und der Boden gefriere. Wo immer sie wolle – er wolle das gar nicht wissen –, aber weit genug entfernt. Sobald sie das gemacht habe, solle sie auch die blutige, steif gewordene Decke verbrennen. Und zwar ohne zu trödeln.

›Die Leute wissen, dass sie während meiner Abwesenheit besser nicht herkommen, doch jetzt, wo ich zurück bin, werden sie wahrscheinlich hier aufkreuzen. Und schon bald, könnte ich wetten. Nur als Nachbarn, werden sie sagen, neugierig darauf, wie du aussiehst, was für ein brummiges Gesicht ich mache und mit welchem verdammten Pick-up es dir gelungen ist, über den alten Trail bis hierher zu fahren. Wenn sie das Gewehr sehen, werden sie sich erinnern, glaub mir. Es wäre besser, wenn du jetzt losgehst.‹

Anscheinend brach sie sofort auf, Shini im Schlepptau. Noch immer nicht ganz wach hörte ich das Knirschen ihrer Schritte leiser werden.

Es dämmerte gerade erst.

Zitternd schob ich mich unter meiner Decke hervor und presste die Nase ans Fenster. Es hatte geschneit. Dieses Ereignis war weiter nicht überraschend: Herman hatte es am Abend zuvor angekündigt. Doch der einzige Schnee, den ich bislang gesehen hatte, waren die herumwirbelnden Flocken im Kino, als der dunkel gekleidete Charlie Chaplin sich in die weiße Weite vorwagte. Hier draußen war es ganz anders. Die Wiese, die Tannen und Birken und das Schilfgras waren kaum bedeckt, sahen aus wie von Feenfingern bepudert, ihre herbstliche Farbpracht wurde unter der durchlässigen Schicht sanfter, die Landschaft war neu eingekleidet. Anders, verklärt. Und doch war sie immer noch dieselbe.

Herman und Kaska waren damit beschäftigt, den Karren reinzustellen und ein Feuer vor der Hütte zu entfachen, um die Lachse zu räuchern. Natürlich hatten sie wieder ihr normales Aussehen angenommen und waren noch dieselben. Nichts ließ auf ihre nächtliche Auseinandersetzung mit dem Bären schließen. Der lag auf dem Bett wie der mottenzerfressene alte Teddybär, der er war, sein hässliches Maul kraftlos, und doch war er immer noch derselbe. Die Ärmel und Beine ausgebreitet trocknete Hermans Unterwäsche auf einem Gestell neben dem Ofen, auf dem meine Schale mit Grütze warm gehalten wurde.

Im Licht der Dämmerung konnte ich endlich das kleine Zepter beäugen, das ich die ganze Nacht nicht losgelassen hatte. Beeindruckend. Durch das Messer waren zahlreiche, ineinander verschlungene Kreaturen aufgetaucht, geschickt aus den Knoten des Holzes herausgearbeitet, darunter die Schnauze eines Füchsleins, zerzaustes Köpfchen und volle Bäckchen. Aber das war ja ich! Darüber ein Rabe mit zusammengekniffenen Augen und offenem Schnabel, natürlich ohne Zähne, Kaska, wie sie leibt und lebt. Über ihr kauerte ein Wolf, sarkastisch, durchdringender Blick: Herman höchstpersönlich. Er wurde herausgefordert von einem Geist mit Federschmuck auf dem Kopf, weit offen stehendes Frosch- oder Stachelschweinmaul, was für eine königliche Krone! Dieser kleine Turm bildete die großen Totems von Ketchikan nach, etwas grob, weniger furchteinflößend. Persönlicher. Das war keine Babyrassel, kein Krimskrams, um mich zu amüsieren oder mir Angst einzujagen, sondern ein für mich bestimmtes Taschentotem. Besser noch als am See, als der Fuchs mich als Fuchs erkannte, verstand ich dadurch, dass ich nicht nur eine war, sondern viele, als Paar einer Gesellschaft von Wesen zugehörig, die mich einschloss und mich aufnahm, zugleich hybrid und einzigartig: geschützt. Das erklärte sich mir ohne Worte.

Wie ein Komet auf seiner himmlischen Flugbahn flog ich über den Kàä Män, der seinerseits verschneit war. Mit neuen Augen sah ich das von den Wipfeln der Fichten wie mit Kohle schraffierte Ufer, frische Abdrücke von Hufen, von Füßen mit Schwimmhäuten, die vorsichtigen Schritte des Elchs waren in den Schnee geschrieben, die der kleinen Stockente. Eine Schar Wildgänse zeichnete ein großes tuschefarbenes V an den Himmel – so viele sorgfältig geschriebene Zeichen schwarz auf weiß, die mein losgelöster Geist zusammenfügte. Im Äther schwebend sah ich, dass die ganze Welt unverändert und zugleich in sich selbst verwandelt existierte, dass Herman und Kaska als Fleischwerdung ihrer selbst existierten, Onayepa die Inkarnation ihres Traumes ist, doch es war kein Traum, es war die einzigartige und vielfache Realität, die sich mir offenbarte.

Dann verschlang ich im Schneidersitz auf dem mehr als toten Bärenfell sitzend, eng in meine Decke der Hudson's Bay Company gewickelt, meine Schale Grütze. Dabei rieb ich mir den Schlaf aus den Augen, kratzte da, wo es mich juckte, und fand, dass die sehnsüchtig erwartete Rückkehr von Herman sich wirklich gelohnt hatte. Er konnte wenigstens lesen. Er konnte ein offizielles Dokument mit einem einzigen Blick entziffern und die verlorenen Seelen aushorchen. Er brauchte keine Karte, um abzuschätzen, wie lange eine Reise zu Fuß dauern würde, und blieb auch in Abwesenheit Herr über sein Stück Land. Er wusste die Wohltat eines warmen Gerichts bei seiner Rückkehr zu schätzen, wusste seinen Tabak mit der Sparsamkeit eines Grandseigneurs zu teilen und dass eine gerechte Geste ebenso viel wert war wie ein Wort. Er wusste, welches Wort zählte, welches bewegte, durchdrang und welches besser als eine Gewehrkugel oder ein Kosakenmesser tötete. Obwohl er in der Schule von Carcross von den Missionaren eingesperrt worden war, waren sein Geist und sein Urteilsvermögen unversehrt. Er brachte nach Belieben meine unbezähmbare Mutter dazu, dass sie sich fügte, bot ihr die seltene Freude, vor Liebe und Bedauern wegen des Schmerzes zu weinen, den sie am meisten liebte. Er ließ den Schnee kommen, um ihre Abreise zu verhindern, und schickte sie in Erwartung des Besuchs, der bald bei uns eintreffen würde, los, das Gewehr des Vielfraßes zu vergraben, ohne dass sie widersprach.

Ich zweifelte nicht an seiner Vorhersage: Die Typen vom Tresen in Champagne würden hier aufschlagen. Vielleicht Murphy Nolan selbst, die Brüder Jaquot aus Silver City, die Parkers aus Canyon Creek, Charlie Baxter, und wer noch? Ihre Stachelschwein-, Kröten-, Luchs- und Schlangenköpfe tatsächlich zu sehen, beunruhigte mich, gleichzeitig freute ich mich darauf, denn dank meiner Grübchen war ich zuversichtlich, mich mit ihnen gutstellen zu können. War mir das bei Herman etwa nicht gelungen? In ihn, meinen guten Wolf, in Kaska, meinen lieben Raben, setzte ich meinen Glauben und meine Hoffnung – in meine Mutter sowieso. Egal, wie exzentrisch oder launisch sie erscheinen mochte, sie hatte mich zu ihrer Gefährtin gemacht, und mit ihr als Vorbild überwand ich meine kindlichen Ängste, sie hatte mir Lust auf Abenteuer gemacht, mir ihre Leidenschaft vermittelt, woanders hinzugehen, um das Unbekannte hinter der nächsten Grenze kennenzulernen.

Tatsächlich hielt ich diese drei für deutlich vernünftiger als all die seltsamen Menschen, die ich bis dahin kennengelernt hatte. Mit ihnen war die Gegenwart – so unvorhersehbar, eigenartig oder verstörend sie auch sein mochte, vielleicht sogar grauenhaft – nicht wirklich beängstigend. Auch nicht das Verbrechen oder die gerechte Strafe, die Grausamkeit, das Blut, der Tod. Wenn man bedenkt, wie jung ich war, in einem Alter, in dem ich, wie Miss Plunkett immer sagte, weder Verstand noch Leber, Nieren, Herz, Bewusstsein oder Seele hatte, nicht wahr?

Ich war also alles, nur nicht das kaputte Mädchen, das alle glaubten retten zu müssen, die Agenten des FBI, die Psychiater, die Krankenschwestern.

Du etwa nicht, Bud?

Als Erstes nahmen sie mir mein Totem weg.

Bescheuerter hätten sie gar nicht sein können.

Außerdem nahmen sie mir auch meine Mukluks, mein Kleid und mein Höschen aus Elchleder, sie haben mich geduscht und mir die Haare gewaschen, dann ging es an die Befragung. Sie wollten, dass ich artig bin, dass ich mitarbeite. Sie wollten, dass ich petzte, verstehst du, Bud? Doch nach der miesen Nummer mit dem Totem konnten sie mir das Blaue vom Himmel versprechen, sich damit abmühen, mich zu umschmeicheln, mich mit Kaugummi vollstopfen oder mit Hot Dogs und Cola, mich bedrängen, mir drohen, sie haben nichts aus mir herausbekommen. Ich war immun. Unempfänglich, gepanzert. Widerspenstig. Ich würde ihnen auf der ganzen Linie etwas vormachen: eine Heuchlerin, sagten sie. O ja, das war ich, und was für eine! Schließlich diagnostizierten sie Aphasie und Amnesie. Psychischer und physischer Stress aufgrund der Eiseskälte, der Unsicherheit und der verdrängten Ängste. Abgesehen davon fanden sie nichts. Das einzig Auffällige waren meine durchstochenen Ohrläppchen. Rituelle Verstümmelung, nannten sie das. Als würden sie die ihrer Rotznasen nicht auch durchstechen lassen. Ja, okay, ich hatte Dreck unter den Fingernägeln, meine Fußsohlen waren so hart wie die Hufe von Karibus, und ich hatte ein paar Flöhe, aber keinen Schnupfen, keine geschwollenen Lymphknoten. Man stellte weder Amöben noch Blutarmut bei mir fest, keine Hautreizung und auch keine Unterernährung, und meine bleibenden Zähne wuchsen. Ich steckte mitten im Wachstum, war gesund und normal. Ein schlagender Beweis dafür, dass hier etwas schieflief. Kam ihnen denn nie in den Sinn, dass ich dort vielleicht glücklich gewesen war? Nein, sie behandelten mich lieber als wäre ich geistig zurückgeblieben, stempelten mich ab als wildes Kind. Sie konnten sich gerade noch die Elektroschocknummer verkneifen – äußerst praktisch, um Widerspenstige zu bändigen, gleichzeitig aber auch etwas riskant bei Kindern, ihrem Gehirn, dem Knochenwachstum. Tatsächlich fürchteten sie weniger die Spätfolgen als irgendwelchen Ärger. Ärger mit wem, frage ich mich.

Letztlich erwies sich die Öffentlichkeitswirksamkeit meines Falls als lohnender für sie. Die Experten marschierten im Zeugenstand auf, um Druck auf die Richter und den Haufen Anwälte dieser Mafiosi auszuüben, die angesichts meiner geistigen Unzurechnungsfähigkeit und meiner offenkundigen Minderjährigkeit Intrigen spannen, um sich als seine Geschäftspartner das Vermögen, die Villa in Brentwood und die Kinos meines verstorbenen Papas unter den Nagel zu reißen. Als Anteilseigner. Während sie diagnostizierten, plädierten und mauschelten, trug ich die Gerichtskosten und musste in unterschiedlichen Luxuskliniken ausharren, wurde unablässig abgetastet, getestet, geröntgt und mit Beruhigungsmitteln vollgestopft, Tag und Nacht überwacht von wechselnden Mädchen, die als Krankenschwestern verkleidet für sie arbeiteten: Sie hatten Schiss wegen der Tasche. Dass ich etwas davon wusste, was auch immer, dass ich etwas ausplauderte, verstehst du? Wahrscheinlich hätten sie mich liebend gern beseitigt. Theoretisch hätten sie das gekonnt, aber nachdem mich das FBI erfolglos in die Mangel genommen hatte, dachten sie wohl, es lohne sich nicht, sich deswegen die Finger schmutzig zu machen. Nehme ich zumindest an. Nach Prozessende interessierte sich niemand mehr für mich. Und da die Abteilung überbelegt war, entließen sie mich letztlich. Im damaligen Zustand. Verstehst du? Keine Sorge, es geht mir prima, kein Grund, mein Schicksal zu beklagen.

Doch dann fragte ich mich, in wen ich von nun an meinen Glauben und meine Hoffnung setzen sollte, verstehst du, Bud?«

Diese Frage stellte Jessie mir andauernd. Ein mahnender Stich, für den Fall, dass ich ihr nicht glaubte oder ihr nicht gut genug zugehört hatte, aus Angst, dass meine Aufmerksamkeit nachließ. Ihre Erzählung machte mich in der Tat schläfrig. Oder vielmehr versetzte sie mich in jenen Zustand zwischen Schlafen und Wachen, in den einen auch das Lesen versetzt. Wenn der Geist abschweift, während er gleichzeitig völlig von der wechselnden Spannung in Anspruch genommen wird, zwischen raschem Überfliegen des bereits Gelesenen und den Vermutungen über das Kommende.

Dabei kann einem durchaus etwas Wesentliches entgehen, man liest oder vielmehr man überfliegt, einem Meeresvogel gleich, der die Wasseroberfläche streift, einen Absatz, eine Seite, ohne dass die Aufmerksamkeit nachlässt, und häufig sind es genau jene, diese schläfrigen Übergänge, die sich uns am besten einprägen. So liest man am besten, Jessie, aus einer leichten Distanz zu sich selbst heraus. So konnte ich dir am besten zuhören, gelegentlich von Ablenkungen zerstreut, dennoch begierig darauf, zu verstehen, worüber du dir selbst nicht im Klaren warst. Und mehr als an mich, richtetest du deine Frage an dich selbst. Es ist so qualvoll, herauszufinden, was man ist oder was aus einem geworden ist, und etwas zu hören, von dem man gar nicht wusste, dass man es zu erzählen hätte.

Deshalb existiert die Geschichte so, wie sie ist, sie verändert sich Buchstabe für Buchstabe, Zeile für Zeile, während ich auf der Tastatur meiner tragbaren Remington Wort für Wort das tippe, woran ich mich erinnere, wie du sagtest: »Ich war glücklich in Kloo Lake.«

Zunächst wäre es mir sicherlich lieber gewesen, du wärst zur Sache gekommen. Ich wollte möglichst rasch erfahren, was du mit diesem »Ich brauche dich« meintest, doch je mehr ich das wissen wollte, umso weniger eilig hatte ich es, wurde nach und nach von dem langsam-schnellen Pfeil eingeholt, den dein unbeugsamer Kinderblick auf mich abgeschossen hatte, als ich dir damals den Rücken zugewandt hatte, und der tiefer zwischen meine Schulterblätter eingedrungen war als ein Kosakenmesser, verstehst du, Jessie?

»Sobald ich meine Grütze aufgegessen hatte«, erzählte sie, »steckte ich mein kleines Totem wieder ein und zog meine Mukluks an, um diese wunderbare mit Sahne überzogene Schneelandschaft zu erkunden. Aber Herman und Kaska ließen mir keine Zeit, diese Schönheit mit offenem Mund zu bestaunen. Sie trugen mir auf, die Vorräte aus Whitehorse vom Schuppen in die Hütte zu tragen.

Ich kann dir genau sagen, was man alles braucht, damit zwei Menschen einen Winter in diesen Breiten ohne Supermarkt in der Nähe überstehen. Abgesehen von Lachs, Kerzenfischen, Felchen und verschiedenstem Wildfleisch. Hör gut zu: zweihundert Kilo Roggenmehl, ebenso viel Mais und Hafer, fünfzig Kilo Reis, Linsen, zwanzig Kilo Zucker und Salz, zehn Kilo Kaffee, Unmengen an Kartoffeln, drei Kilo Trockenfrüchte, zwei Packungen Milchpulver und Kakao, und dazu, als besonderen Genuss für Herman, einen kleinen Beutel geschnittenen Tabak. Und für Kaska drei Apfelsinen im schönsten Orange. Alles Dinge aus der Zivilisation, die ich seit Monaten nicht gesehen hatte und die mir überaus luxuriös vorkamen.

Für zwei Menschen reichte die Menge vermutlich, aber für vier? Würde Herman es noch lange dulden, dass Schmarotzer wie wir uns an ihren Lebensmittel bedienten, die er mit so viel Mühe hierhergeschafft hatte, von denen seine Existenz, sein Überleben und das von Kaska abhingen? Diese Berechnung unserer Versorgungslage verpasste dem Vergnügen meiner ersten Schneelandschaft einen Dämpfer, doch mein Optimismus ließ sich nicht so leicht in die Knie zwingen: Wenn es darum ging, sich den unvorhersehbaren Ärgernissen des Lebens zu stellen, sagte ich mir, dann besaß dieser Mann mehr Weisheit und Urteilsvermögen als der mit Tressen behängte Kapitän Preston oder der schneidige Archie mit seinen schnalzenden Hosenträgern. Mit seinen schwieligen Händen hatte er mir einen kleinen magischen Talisman geschnitzt, überaus praktisch, um sich mit den Geistern auf Augenhöhe zu unterhalten.

Zu meiner großen Enttäuschung hatte Kaska nur Geringschätzung für mein Taschentotem übrig. ›Wir vom Volk der Gwich'in‹, sagte sie zu mir, während sie mir eine Orange schälte, ›haben nichts mit geschnitzten Bildnissen, Figürchen, Masken oder Malereien am Hut. Wir haben einzig Visionen, bilderreiche Träume und Erzählungen über faule Tricks, verworrene Situationen und Bluttaten über Zauber und Verwandlungen. Wir stehen so auf eine Weise mit den Geistern in gedanklicher Verbindung, die man uns nicht nehmen oder verbrennen kann, wie es die Missionare den anderen Clans antaten.‹

Dieses unwiderlegbare Argument gab mir zu denken, an Hermans Ansehen kratzte es jedoch nicht. Und es hinderte mich auch nicht daran, mir die kleinen, saftigen Spalten schmecken zu lassen.

Wie nicht anders zu erwarten gewesen war, kreuzten die Nachbarn schließlich auf.

Etwa eine Woche später zur Mittagszeit zeichneten sich zwei winzige Reiter am Waldsaum unter dem bleiernen Himmel ab. Gut sichtbar, um schon von fern ihre friedlichen Absichten kundzutun, kamen sie quer über die Wiese auf uns zu, ließen den Menschen von Kloo Lake während ihres Näherkommens Zeit, ihnen zu zeigen, ob sie sie empfangen wollten oder nicht. In dieser Einsamkeit gilt es zwischen dem, der kommt, und dem, der kommen sieht, Vorsichtsmaßnahmen einzuhalten, das offene Feld ist ein Raum der Verständigung, in dem über Neutralität oder Feindschaft verhandelt wird. Manchmal geht es dabei um Leben und Tod. Ihre langsame Annährung und ihre zuvorkommende Haltung, das Gewehr deutlich sichtbar im Futteral am Sattel steckend, machten deutlich, dass die Besucher sich bei ihrer Gesandtschaft anständig betragen würden.

›Sieh an, sieh an, die Parkers, Vater und Sohn‹, sagte Kaska zu mir, ohne von den Lachsen aufzusehen, die sie ausnahm, wobei sie Rogen und Gräten geschickt aussortierte und einen nach dem anderen an das Gestell über dem Feuer hängte.

Shini tat es ihr gleich und gab vor, die näher kommenden Eindringlinge ebenfalls nicht gesehen zu haben. Stattdessen wartete er mit heraushängender Zunge, dass er die Innereien zu fressen bekam.

Neben das Feuer gekauert folgte ich ihrem Beispiel und beäugte die beiden schwankenden Silhouetten aus dem Augenwinkel. Die mit Satteltaschen beladenen Pferde sanken im bläulichen Schnee der Wiese bis zu den Gewehren ein, während sie mit kleinen Schritten näher kamen. Ausstaffiert mit meiner neuen Kleidung aus weichem Elchleder, das Mäntelchen wie auch die Mütze mit warmem Fell ausgeschlagen, sah ich ziemlich adrett aus, dennoch pochte mein Herz aus Furcht vor den Köpfen, die ich bei ihnen erkennen könnte, den eines Schakals oder Vielfraßes.

Letztlich waren es nur ganz normale Weiße, ziemlich dick und in Leder gehüllt, das flache Gesicht unter der Mütze mit den Ohrenklappen vor Kälte gerötet, der Bart und die Brauen mit Raureif überzogen. Sie brachten ihre Reittiere gut zehn Meter vor uns zum Stehen, ihr Atem dampfte, während sie abwarteten und Kaska beim Räuchern der Lachse beobachteten, als hätten sie etwas derart Interessantes noch nie gesehen.

Erst als Herman mit schweren Schritten und blutverschmierten Händen hinter der Hütte hervorkam und es ihnen erlaubte, stiegen sie ab. Auch er hatte sie schon von Weitem gesehen und hatte sie näher kommen lassen, ohne sich selbst zu zeigen.

Als der alte Parker sein Pferd an einem Pfahl festband, machte dieses einen Satz zur Seite und rempelte ihn mit der Kruppe an. Fast wäre er gestürzt, konnte sich gerade noch wütend am Sattel festhalten und dem Pferd seinerseits einen Stoß verpassen. ›Himmelkreuzdonnerwetter aber auch!‹, fluchte er.

›Amen‹, erwiderte Herman ungerührt.

Der junge Kerl mit blassem, pickeligem Gesicht prustete los, schnöde Anbiederung. Gleichzeitig warf er mir flüchtige Seitenblicke zu. Er kaute auf seinen Backen und sagte dann, weil ihm nichts Diplomatischeres einfiel: ›Das ist ja mal ein kleiner Rotschopf.‹

›Wir nennen sie Fuchsnase‹, sagte Kaska, ohne mit dem Filetieren aufzuhören.

›Du, beweg dich nicht und sei still‹, raunte sie mir leise zu.

Also rührte ich mich nicht. Problemlos nahm ich einen dümmlichen Ausdruck an, mit heraushängender Zunge wie Shini.

›Übertreib's nicht‹, prustete Kaska leise los und fachte das Feuer mit ihrem Federfächer an.

›Ich möchte einen Vorschlag machen, wenn ich darf‹, sagte Herman, nahm sich eine Handvoll Schnee und rieb sich die Hände damit ab, besprenkelte die Stelle zu seinen Füßen mit blutigen Schneekristallen.

›Aber natürlich‹, sagte der Alte, ›wir sind ganz Ohr.‹

›Ich zerlege gerade meine Beute da hinten. Ich möchte keine Zeit vertrödeln, und wenn ihr euch auf dem Rückweg nicht mit dem herumschlagen wollt, was runterkommen wird, dann beeilen wir uns besser.‹

›Was soll da schon runterkommen?‹, fragte der fröhliche Junior unbekümmert und blinzelte dabei mit abgeschirmten Augen in den leeren Himmel hinauf.

›Was hast du erlegt?‹, fragte Senior gleichzeitig und wirkte wie ein ernsthaft interessierter Wildliebhaber.

›Den Elch hat er erlegt. Ein Prachtexemplar, Himmelkreuzdonnerwetter‹, sagte Kaska und warf dem Hund eine Handvoll Innereien zu.

›Es wird heftig schneien, spätestens in ein oder zwei Stunden‹, meinte Herman. ›Dein Vater sollte das wissen, oder aber er verliert langsam den Verstand. Ihr tätet gut daran, euch schnell wieder auf den Heimweg zu machen, wenn ich mir den Rat erlauben darf.‹

›Wir reiten nicht nach Canyon Creek zurück, sondern weiter nach Silver City. Wir könnten das Maultier zu Buck Dickson zurückbringen, wenn du es nicht mehr brauchst. Bringen wir doch Buck sein Maultier zurück, haben wir uns gesagt, als wir vorbeikamen, dann muss Herman schon nicht extra dorthin. Bei dem furchtbaren Wetter, das sich ankündigt.‹

›Genau das wäre mein Vorschlag, ihr nehmt das Maultier und zieht los.‹

›Man könnte meinen, du freust dich nicht sonderlich, uns zu sehen, alter Freund.‹

Parker zog seine wulstige Lippe vor, bis sie fast seine Nase berührte. Sein Scherz grenzte an eine Drohung, doch Herman kramte mit verschlossenem Gesicht in seinem Tabakbeutel, zog einen ramponierten Schein heraus, den er mit einem Schnipsen entfaltete.

›Fünf Dollar bin ich Buck schuldig. Da sind sie. Mit bestem Gruß von mir.‹

Senior, der gezwungenermaßen seinen dicken Fäustling ausziehen musste, bekam eiskalte Finger. Ehe er den Schein einsteckte, schnüffelte er daran.

›Mhmmm‹, sagte er genüsslich. ›Hast wohl frischen Tabak aus Whitehorse mitgebracht, was?‹

Es würde mich sehr wundern, wenn Herman diesem Fettsack welchen anbot.

›Da wird man weniger über den Tisch gezogen als bei Murphy‹, sagte Senior lachend, ›aber knapp zweihundert Kilometer, das ist ein ordentliches Stück, um sich welchen zu beschaffen. Zu Fuß einmal hin und wieder zurück, da muss man schon so ein harter Kerl wie du sein. War es voll in der Stadt? Männer auf Sauftour? Hast du gute Geschäfte gemacht?‹

›Ihr wollt doch nur den Pick-up sehen. Nur deshalb seid ihr gekommen. Ihr platzt ja geradezu vor Neugier. Ich habe zwar keinen blassen Schimmer, weshalb er euch so umtreibt, dass ihr ihn mit eigenen Augen anglotzen müsst, aber weil dem so ist, hier lang.‹

›Du hast es wirklich eilig.‹ Mit einem schiefen Blick Richtung Schuppen steckte er den duftenden Schein ein und zog den Fäustling wieder an.

›Dieser Elch‹, sagte Kaska, ›der hat sich großmütig erlegen lassen, ohne zu murren oder den Blick zu senken. Nicht viele Menschen sind so höflich wie er. Zu schade, dass ihr wirklich keine Zeit habt, sein Geweih und seine hübschen Hufe zu bewundern.‹

›Noch so einen, dann habe ich genug Fleisch‹, sagte Herman und spuckte in den Schnee aus. ›Gut, gehen wir?‹

›Wenn du darauf bestehst‹, sagte Senior leicht beschämt. ›Kommst du, Sohnemann?‹

Am Tonfall seines Vaters musste der Sohnemann aber gespürt haben, dass es da noch ein Problem gab. Er zögerte, entschied sich dann anders und ließ die beiden Männer die Tür zum Schuppen allein aufschieben.

›Ist deine Mama hier auch irgendwo?‹, fragte er mich mit honigsüßem Gesicht.

Inzwischen wusste ich, dass er ein Iltis war, ein Iltis, so sicher wie zwei plus zwei vier ergab.

›Fuchsnase versteht deine Sprache nicht‹, mischte sich Kaska ein. ›Sprich Gwich'in mit ihr. Wenn du das kannst. Ihre Mutter ist Fred Astaire. Die kennst du nicht zufällig?‹

›Ich, nein‹, murmelte der Sohnemann und fingerte an einem fiesen Pickel an seinem Kinn herum. ›Hab es nur gehört. Anscheinend hat sie den Pick-up gefahren.‹

›Ach tatsächlich? Und warum nicht ich?‹, erwiderte Kaska mit zusammengekniffenen Augen, wobei man nicht wusste, ob vor Lachen oder aufgrund des Rauchs, den der Wind nach unten drückte.

Sie warf eine weitere Handvoll Innereien auf den Boden, dieses Mal knapp vor die Füße von Junior, woraufhin Shini aufsprang, um sich den leckeren Fischhappen zu schnappen, und nebenbei wild in dessen Stiefelspitze biss.

Ich an ihrer Stelle würde mich nicht länger hier herumtreiben. Ich würde das Maultier mitnehmen und basta. Solange die beiden anderen noch im Schuppen waren, machte das Bürschchen ein paar Schritte zur Seite und pinkelte in den Schnee. Wie er glaubte völlig unauffällig, warf er flüchtige Blicke nach hinten in die Hütte, zum Plumpsklo und zum Wald.

›Da wirst du sie nicht finden‹, sagte Kaska. ›Sie ist weg.‹

›Wohin?‹

›Vielleicht nach Yänlin Chemi. Vielleicht auch nach Chegar Män, ich weiß es nicht.‹

›Wie nennen wir diese Orte?‹, fragte er sie, ohne sich umzudrehen.

›Wenn du es nicht weißt, woher sollte ich es dann wissen?‹

›Wo sind diese Orte?‹

›Irgendwo dahinten‹, sagte Kaska, machte aber, die Hände voller Rogen, lediglich eine undeutliche Geste mit dem Ellenbogen.

Er ordnete seine Kleidung, kam gemächlich auf uns zu, hielt aber vorsichtig Abstand zu Shini, der auf der Türschwelle saß und den Zutritt zur Hütte versperrte. Die Pferde wurden unwillig, stampften mit den Hufen, sie waren es leid, hier herumzustehen.

›Man fragt sich halt, was sie hier in der Gegend zu suchen hat‹, ließ er schließlich in harmlosem Tonfall fallen.

›Du fragst dich das, mein kleiner Hase. Wir fragen uns nichts. Fragen ist nicht höflich.‹

Parker junior stand der Mund offen, aber er tat nicht nur so, er wusste wirklich nicht, was er sagen sollte. Er verlagerte sein Gewicht von einem Fuß auf den anderen, als würde er auf der Stelle tanzen.

Er wirkte so verwirrt, dass Kaska ihm freundlicherweise zu Hilfe kam. ›Ich glaube, sie sucht nach Ts'ii deii.‹

›Wer ist dieser Typ?‹

Kaska hatte recht, die Weißen waren wirklich bescheuert. Im Gegensatz zu mir wusste der hier nicht einmal, dass Ts'ii deii keine Person war, sondern die einstige Zeit der ersten Tage der Erde, so unerreichbar, dass sie uns unsichtbar umgab, sichtbar nur im Geist, bevölkert von uns allen, die wir in unseren wechselnden Erscheinungen tot und lebendig waren, als Einzelne und Vielfache für alle Ewigkeit.

Aber durch Kaskas schlagfertige Äußerung wurde mir unvermittelt klar, dass sie genau da hinwollte! Wenn sie glaubte, dass sie Jacques, ihrer verlorenen Liebe nachreiste, dem geheimnisvollen Geschenk, das er für sie beim Clan vom Äshè'yi Lake hinterlassen hatte, dann hatte sie nur noch nicht ganz verstanden, dass das Ziel ihrer Suche nach dem großen Nordwesten aus ihrem Kindheitstraum Ts'ii deii war, dort, direkt vor ihr, war, was sie suchte und wohin sie floh, was häufig dasselbe war.

In diesem Augenblick kam Herman, dicht gefolgt von Senior, aus dem Schuppen und zog das folgsame, ordentlich gestriegelte und aufgezäumte Maultier, dem eine Decke zusammen mit dem Packsattel auf den Rücken geschnallt war, am Halfter hinter sich her. Sein fröhliches Iahen war bis zum See zu hören. Die Maultierstute wollte schnell zurück nach Hause, nachdem Buck sie verliehen hatte, oder vielmehr, nachdem er sie für fünf Dollar vermietet hatte, in bar, damit Herman mit Maultier und Karren, dazu noch das Pferd für den Fall, dass er müde würde, die Häute und Felle, die er im Laufe des Jahres erjagt hatte, in Whitehorse verkaufen konnte, einem weit entfernten Kaff. Dort deckte er sich mit den Sachen und Lebensmitteln ein, die Murphy Nolan nicht in seinem Laden hatte oder die dann schon abgelaufen, ranzig und weiter nichts als Abzocke waren. Schritt für Schritt war Herman mit seiner Ladung über den Landweg zurückgekommen, hatte mit der Fähre über den Takhini-River gesetzt, in Champagne angehalten, ein Glas mit dem örtlichen Gesindel getrunken, im heillosen Durcheinander des Ladens interessiert den Neuigkeiten gelauscht. Danach hatte er an dem alten indianischen Treffpunkt Dakwäkäda haltgemacht. Dort hatte er bei den Fischern vom Clan der Dän große rote, frisch gefangene Lachse eingetauscht, die sie dort für ihn zurücklegten, da es in Kloo Lake nur Felchen gab. Diese weißen Cousins des Lachses sind ortsgebundene Fische, denen es nur im kalten Süßwasser der Seen gefällt, sie sind durchaus schmackhaft, aber nicht zum Räuchern geeignet. Da ihr Fleisch deutlich weniger fett ist als das der Kerzenfische oder der Lachse, die vom Ozean aus die Flüsse hinaufziehen, um zu laichen, zerfällt es. Aus diesem Grund versorgte sich Herman mit Blick auf den sehr langen Winter jeden Sommer bei der Rückkehr aus Whitehorse damit, und Kaska machte sich jeden Sommer mit Shini, der die Stangenschleife zog, auf den Weg über den Chilkat-Pass zum Fjord, von wo sie unzählige kleine Kerzenfische mitbrachte sowie die Seeohren für ihren Schmuck. Jeder machte sich allein auf. Zu Fuß. Über Wochen hinweg.

Angesichts dessen, dass Indianer als unheilbar faul galten, hielten Vater und Sohn Parker deren Anstrengungen aber sicher nicht für Arbeit. Sich selbst hingegen hielten sie für besonders clever, vorzuschieben, sie würden Herman eine Gefälligkeit erweisen, um einen Grund zu haben, sein Gebiet von Kloo Lake zu betreten, dort herumzuschnüffeln und herauszufinden, was dort vorging, um aus diesen Informationen Vorteile bei Buck, den Brüdern Jaquots & Co. zu ziehen.

Aber was würden sie ihnen erzählen? Dass der Dodge eine Panne hatte, ein Wrack war, nichts zu machen, dass der kleine, minderbemittelte Rotschopf nur Gwich'in sprach und seine Mutter angeblich aufgebrochen war, um einen gewissen Ts'ii deii dort irgendwo zu treffen. Ich gluckste vor Vergnügen.

Wo war meine Mutter eigentlich abgeblieben?

Verschwunden, könnte man meinen. Weggezaubert.

Ein weiterer Trick von Herman, könnte ich wetten.

Was konnte er nicht? Er erahnte geheime Qualen und konnte nach Belieben für Schnee sorgen. Er wusste, dass dann, wenn der Wald sich färbte und der Elch eins mit ihm wurde, die beste Zeit für die Jagd war. Also verschwand er mit den Schneeschuhen und seinem Gewehr, und drei Tage später kam er aus dem Wald heraus, anstelle seines Kopfes den des Elchs mit dem königlichen Geweih, diesen großen melancholischen Kopf, mit den vorspringenden Nüstern, den trüben haselnussfarbenen Augen mit der bläulichen Lederhaut und den langen, seidigen Wimpern. Am nächsten Tag kehrte er mit dem Karren dorthin zurück und lud das Fleisch auf. Herman wusste, wie man den Elch an der Nase herumführte, ihn anlockte, indem er mit einem Schulterblattknochen gegen die Stämme schlug, ihn verführte und sich ihm mit List näherte, ihn tötete, ohne ihn zu beleidigen. Er war sehr trickreich. Gerade tätschelte er die Wangen des Maultiers, kraulte es zwischen den Ohren zum Zeichen des Dankes und des Abschieds, während die beiden Parkers aufstiegen. Verschwindet, lebt wohl!

Lang blieb Herman breitbeinig vor seiner Hütte stehen und sah zu, wie sie bis zum Waldrand ihre Spuren im Schnee hinterließen, wie sie sich entfernten, ohne sich noch einmal umzusehen, kleiner wurden. Selbst dann noch, als sie nicht mehr zu sehen waren, blieb er stehen. Ein riesiger Rabe hielt Wache auf dem Dach und krächzte in der Stille der perfekt weißen Landschaft, weiß, mit Ausnahme des braungrauen Waldrands und des aschgrauen Himmels. Bestimmt würde es erneut schneien, und nicht nur ein bisschen.

›Sie werden eine ordentliche Ladung abbekommen, ehe sie in Silver City sind‹, meinte Herman lachend. ›Sie können von Glück sagen, wenn Buck sich in der Gegend aufhält oder die Brüder Jaquot bei ihrem Lagerhaus sind. Bei diesem Wetter ist es allerdings eher unwahrscheinlich, dass sie die Überquerung des Sees von Burwash Landing aus wagen: L'ù'án Män buckelt bestimmt wie wild. Weißt du, wer die Jaquots sind?‹, fragte er.

Wem stellte er die Frage? Kaska wusste das bestimmt genauso gut wie er, also mir vielleicht?

Er holte tief Luft. ›Der Goldrausch hat sie aus Quebec zusammen mit den Yankees und den ganzen goldhungrigen Männern aus Europa nach Klondike getrieben, ein einträglicheres Geschäft als der Pelzhandel. So hieß es damals, als Skookum Jim und Dawson Charlie oder aber Henderson, keine Ahnung, den Wahnsinnsgoldfund am Rabbit Creek gemacht hatten. Die *cheechakos* sind direkt nach Dawson geprescht, schlimmer als Fliegen, die um ein Aas herumschwirren, um mit ihren Sieben das Gold aus dem Schlamm und den Kieseln zu waschen. Den Schlaueren unter ihnen war jedoch schnell klar, dass sie mehr Profit erzielen würden, wenn sie den Pionier schröpften, indem sie ihm im Tausch gegen seine Nuggetsäckchen das beschafften, was ihm in seiner Not bei dieser Plackerei am meisten fehlte: Ausrüstung, Schlittenhunde, Barbiere, Wäschereien und Saloons, Frauen, Fusel sowie Zigarren, Spieltische. Und was zu beißen. Die Jaquots waren ausgezeichnete Bäcker und Konditoren. Dieses Talent hatten sie bestimmt von ihrer Mutter vererbt bekommen, einer Köchin aus Lothringen, und die Vorliebe zu graben und Bodenschätze zu fördern von ihrer Heimat voller Bergwerke. Auf eine Reise nimmt jeder das mit, was er ist und kann.‹

Ich hatte, so wie ich war, nicht viel mitzunehmen, überlegte ich.

›Warum also‹, brauste er unvermittelt auf, ›sind sie nicht in Dawson geblieben, um sich zu bereichern, statt hierherzukommen? Eine bessere Goldader, hatten sie das gehört? Solche Gerüchte brachten sie dazu, von einem Vorkommen zum nächsten zu hasten, die Flüsse mit ihren Zelten, Waffen, Pferden und Goldwaschpfannen hinaufzureisen, immer weiter in das unberührte Land vorzudringen, das ihnen allen unbekannt war. Nicht so uns, die wir in den Sommermonaten mit unseren Kriegern hier leben, mit unseren eigenen Jagdgewohnheiten, unserer Art, zu sprechen und zu urteilen. Uns ist Kupfer lieber als Gold, weil das zu weich ist, um Ahlen und Messer zu bearbeiten, weniger schön als Obsidian oder Achat für unseren Schmuck. Die Bräuche von dummen Primitivlingen wollte dein Jacques Maître-Grand mit seinem Gelehrten-Skalpell sezieren. Wenigstens hat er die Indianer von Äshè'yi nicht gejagt, nicht ihre Sitten verdorben oder sie ausgebeutet. Vielleicht hat er verstanden, dass es mehr brachte, ihnen zuzuhören, als sie zu unterjochen, indem ihnen die Bibel eingebläut und das Rückgrat gebrochen wird. Zumindest kann man davon ausgehen, warum sonst hätten sie ihn so lange bei sich dulden sollen, ohne ihn zu schikanieren oder zu vertreiben? Er ist vor vielen Monden aus freien Stücken fortgegangen, warum also suchst du ihn nicht eher in den Schulen und Städten, in die er zurückgekehrt ist, statt hierher zu mir zu kommen, sodass ich dich ernähren und für dich sorgen muss?‹

Unvermittelt legte Herman in seinen Vorwurf eine solch schneidende Verachtung, dass es mir bei der Vorstellung, seine Großzügigkeit uns gegenüber könnte lediglich eine besonders furchtbare Maske mit einem zweiten Gesicht sein, eiskalt den Rücken hinunterlief. Viel später erst verstand ich den eigentlichen Sinn seiner Zurechtweisung und wie viel Überwindung es ihn gekostet haben musste, sie laut auszusprechen.

›Offenbar ist es doch so‹, fuhr er fort, ›dass weder Murphy Nolan, auch wenn er der irische Cousin deines Freundes Jim ist, noch die Jaquots und genauso wenig Parker und Co. mit dir befreundet sind. Warum sonst bist du nicht geradewegs zu ihnen gegangen und hast sie um Essen, ein Dach über dem Kopf und Schutz gebeten? Diese beiden Nichtsnutze wollten nicht dein Bestes, das kannst du mir glauben. – Du kannst jetzt rauskommen, sie sind weg.‹

Ich wartete darauf, dass meine Mutter aus ihrem Versteck kam, doch anscheinend fühlte sie sich dort ganz wohl. Kaska fachte ungerührt ihr Feuer an, Shini leckte sich das Fell.

Ihr Schweigen veranlasste Herman dazu weiterzureden: ›Wenn das Lagerhaus verschlossen ist, bleiben ihnen als Schutz nur die leeren Hütten der toten Stadt‹, feixte er. ›Oder die alten Baue der Silberfüchse, die inzwischen voller Ratten sind, jetzt, wo Morley seine Zucht aufgegeben hat. Er gibt lieber zusammen mit Charlie Baxter oder Tom Dickson den Führer für die reichen Kunden der Jaquots. Baxter fährt sie mit dem Lastwagen bis zum See, den sie in Richtung Burwash Landing überqueren, und von dort ziehen sie los, um innerhalb weniger Wochen möglichst viele Elche, Mufflons, Bären und Bergziegen abzuknallen. Und wenn sie das nicht finden, dann eben Murmeltiere oder Bisamratten.‹ Einen Moment lang sann Herman über dieses brutale Abschlachten nach.

›Trotzdem ist dieser Morley kein schlechter Kerl‹, räumte er leise ein. ›Ein echter Mann der Wildnis, ein guter Reiter und ein guter Führer. Und ein begeisterter Zeitungsleser. Er bekommt Zeitungen aus Skagway, Juneau, San Francisco und sogar aus London. Sie stapeln sich bei ihm, und manchmal wirft er welche weg. Die klebe ich dann an die Wände. Das ist tatsächlich der einzige Nutzen, den ich von diesem Nachbarn habe.‹

Es wäre an der Zeit, dass Morley wieder mal ein paar wegwarf, denn so langsam kannte ich die, die Herman angeklebt hatte, in- und auswendig.

Dieser fuhr ohne Unterbrechung mit seiner Tirade fort: ›Früher einmal‹, knurrte er, ›sind mit Ausnahme von Dalton und seinen Kühen vielleicht ein oder zwei räudige Priester hier vorbeigekommen, ein Waldläufer oder irgendein russischer Händler, der sich auf seinem Weg durch Alaska verirrt hatte. Aber dann, 1904, sind alle hier aufgetaucht, aus Klondike, Forty Mile, Juneau oder Sitka. Sam McGee hat eine Holzbrücke über den Canyon Creek gebaut und dort einen Handelsposten eröffnet. Zusammen mit seinem Partner Gilbert Skelly verbreiterte er den Trail bis zu unserem Fischerdorf Män Shii'aya, das umgehend in Silver City umbenannt wurde. Ihnen folgten die berittene Polizei, ein Amt, das die Schürfrechte im Distrikt vergab, dazu ein Sägewerk, eine Poststelle, und ehe man sichs versah, beanspruchten sie Wallberge, Ebenen und Canyons für sich, Claims wurden abgesteckt – Christmas Creek, Slims Creek, Bullion, Ruby, Beaver und Pine Creek, Burwash Landing Creek – und erhielten den Namen dessen, der ihn beanspruchte. So änderten sie die Namen unserer Orte. Und uns nannten sie *Indianer.* Wo kommt das her? Bist du eine Indianerin, Kaska?‹

Kaska war nicht mehr da.

Sie war Feuerholz sammeln gegangen, und Shini war ihr gefolgt. Nur ich hörte Herman noch zu und traute mich nicht, ebenfalls abzuhauen, aus Angst, seine Wut könnte dadurch größer werden.

›Immer fängt es gleich an‹, tobte er. ›Ein Handelsposten, der eines Morgens auftaucht, oder die Palisade eines kleinen militärischen Forts wie in Selkirk, Egbert, Fort Yukon, Fort Reliance … Und dann drängen sich auch schon drei graue Zelte darum herum, tags darauf sind es zwanzig, bald hundert, ein Gehweg aus Brettern, und wenn einer Gold findet, wird es schnell zu einer richtigen Stadt, wie es bei Nome in Alaska, Dawson in Klondike oder Dyea der Fall war, die inzwischen zu Geisterstädten geworden sind, in denen sie ihre gequälten Seelen zurückgelassen haben. Wenn sie eine hatten.‹

Bis er wieder zu Atem kam, dachte er über seine harsche Aussage nach.

›Hier sind sie ganz schön auf die Nase gefallen, haben mehr Silber als Gold gefunden, vor allem aber Kupfer, also haben sie ihre Hütten in Silver City verlassen, um sich auf einen anderen Ort zu stürzen. Die Brüder Jaquot aber haben hier Wurzeln geschlagen.‹

Endlich kamen wir wieder zu unseren Jaquots zurück! Vielleicht könnten wir auch wieder auf meine Mutter zurückkommen, die mir echt aus der Patsche helfen könnte, wenn sie nur endlich die großartige Idee hätte, wieder aufzutauchen, um Herman etwas zu erwidern.

›Eugène hat Ruth geheiratet, die Tochter seines Geschäftspartners Dickson mit einer von uns, und Louis die Tochter von Copper Joe, dem Sohn eines Häuptlings der Tanana, der im Becken von White River als Führer für die Goldsucher tätig war. Die Weißen nehmen unsere Squaws, aber keine ihrer Frauen heiratet einen unserer Männer, nicht soweit ich weiß. Das Vermischen des Blutes unserer beiden Völker, brachte nur ihnen Vorteile.‹

Wenn ich groß bin, heirate ich Kluk, versprach ich Herman aus ganzem Herzen – und tief im Inneren, denn ich traute mich nicht, ihn zu unterbrechen, seine bittere Tirade war noch nicht beendet.

›Die ganze Familie Jaquot hat Erfolg, sie sind in allen Bereichen sehr geschickt, ob als Zimmermann oder Schmied, aber auch als Bäcker, Händler, Pferdezüchter oder beim Anbau von Kohl und Rüben. Sie eignen sich Hunderte von Hektar von Land an und sind überaus verbissen. Wehe dem, der sich als Konkurrent entpuppt, jetzt, wo sie ganze Scharen von Yankee-Jägern ausrüsten und betreuen. Es kommen sogar welche aus Europa und Australien, die hier einen gedeckten Tisch, Weißbrot, Pasteten und Heidelbeerkuchen vorfinden. Hübsch gebundene Bücher, einen Phonographen, und noch dazu das gerahmte Porträt von George V. Die Jaquots versorgen sie mit Zelten, Reitpferden und Packtieren, Jagdausrüstung und mit einer Gruppe Mestizen, denen an ihren Schulen Disziplin eingebläut wurde, die das Großwild auf sie zutreiben und ihre Trophäen tragen, während sie die Kadaver vor Ort verrotten lassen. Knechtschaft für die einen, während die anderen von uns ein tristes Dasein fristen. Die Eugène für dumm und erbärmlich hält. Ihnen, sagte er, sollten die Missionare anstelle der Religion besser etwas Hygiene einbläuen. Und das Sparen, wenn er bedenke, dass sie das bisschen, was sie verdienten, sofort wieder verschwendeten.‹ Herman war außer Atem, seine Stimme nicht mehr als ein trockenes Krächzen.

›Die Jaquots haben aus ihnen ihre *Indianer* gemacht‹, tobte er. ›Ich bin keiner davon. Ich bin mehr als nur mein Bein, mein Arm, mein Herz, mehr als meine Haare, mein Zahn, meine Leber, mein Bauchnabel, mein Auge, mehr als mein Pfeil und mein Messer, ich bin mehr als ich im Ganzen und in Teilen, ich bin Da'kéyi. – Bald werden wir hier wegmüssen.‹

Die Arme vor der Brust verschränkt, breitbeinig vor seiner Hütte stehend, raunzte Herman den Waldsaum an, wo Parker und Sohn verschwunden waren, aber an wen richtete sich seine Ansprache eigentlich?

Nicht an die beiden, sie waren zu weit weg, um ihn zu hören. Weder an Kaska, die seinesgleichen war, noch an Shini, denn die beiden waren verduftet. Also an mich, die ich stumm neben dem Feuer kauerte, doch wer war ich, dass er so mit mir sprach? Eher mit meiner Mutter, die aber noch immer nicht wiederaufgetaucht war.

Es sei denn, er wandte sich an die weiße Landschaft, befreit von den Eindringlingen, die ihn mit ihrer Anwesenheit aufgebracht hatten, die ganze Erde nahm er zum Zeugen seiner Verachtung und seines Zorns. Er sprach mit ihren Bewohnern, die einst der Bär und der Riesenbiber waren, der schreckliche Höhlenlöwe, mit den Vorfahren des Wals und der Eidechse, er sprach mit den einstigen Mastodonten, dem Wollhaarmammut, von dem hin und wieder ein Schädel, Stoßzähne oder Knochen in der Erde zum Vorschein kamen. Er sprach mit den sagenumwobenen Völkern aus den Kwändur, diesen seit den tausend mal tausend Jahren über Generationen hinweg mündlich weitergereichten Erzählungen, deren Helden, während sie die junge Welt durchstreiften, große und gute Taten vollbrachten, die das Leben der Menschen erträglicher machten, wie Tachokaii oder Tsa Wëzhe oder Ch'atailyuukaih. Unter wechselnden Namen durchquerte derselbe Reisende den Raum des Anbeginns, ohne die finsteren Grenzgebiete von Wasser und Wind, Himmel und Erde zu berühren.

Kaska hatte mir die Geschichte erzählt, wie Tachokaii die riesigen Tiere auf ihre jetzige Größe schrumpfen ließ, damit sie, weniger stark, weniger furchterregend, zu ebenbürtigen Gegnern des Menschen wurden, zu Partnern bei der Jagd, die mit ihren Innereien und ihrem Fleisch zum gesunden Lebensunterhalt beitrugen, zu Lieferanten von Fell, Leder, Knochen und Sehnen wurden, brüderlich vereint in einer gemeinsamen Seele bei der jahreszeitgemäßen Tötung. Wie er am Ufer des Flusses Yukon das Kanu erfand, damit der langsame Mensch auf seinen kurzen Beinen ebenso schnell wie das Wasser wurde und sich ganz nach Belieben auf dem unendlichen Netz von Bächen, Teichen, Seen und den wildesten Flüssen bewegen konnte. Tachokaii enthüllte das Geheimnis, nach dem das Kanu gebaut war, leicht, glatt, formbar und dabei doch widerstandsfähig und wasserdicht. Die edle Rinde der Birke wird in Rollen vom Stamm gelöst, an den Fugen werden sie mit Fichtenwurzeln verbunden, die von den Frauen gesammelt und gekocht werden, und wiederum mit Fichtenharz abgedichtet, denn diesen Baum findet man wundersamerweise oft am Wasser, das mit seinem geheimnisvollen Gedächtnis die Samen einsammelt, die die Sterne aussähen. Mit all diesen Wohltaten hat der Reisende Da'kéyi – das Land der Menschen – ausgestattet. In dessen Namen Herman Einspruch erhob.

Damit ich ihn verstand, sprach er Englisch, nicht seine Sprache.

Ich habe genau zugehört.

›Du kannst jetzt rauskommen‹, sagte er etwas lauter zu meiner Mutter.

Wo hatte er sie nur versteckt?

In meiner Anrichte? Im Plumpsklo, weiter weg in einem Unterschlupf im eisigen Wald, zwischen den Schilfrohren des Sees? Unter dem Mufflonfell auf dem Boden? Denn mit dem redete er. Genauer gesagt mit den Brettern darunter. Gab es dort einen Keller? Unmöglich.

Keine Hütte dort hat ein festes Fundament. Um ein solches zu graben, müsste man den Permafrost aufgraben, härter als Granit, der die besten Schaufeln, die Arme und den Mut der Männer brechen lässt. Das Eis lässt sich nur mithilfe von heißem Wasser oder Dampf schmelzen, womit sich auch die Verdammten von Klondike in ihren Minenschächten abmühten. Im besten Fall gelingt es einem, schmale Gräben auszuheben, in denen vier Stämme rechtwinklig verkeilt werden, um die Wände aus Rundhölzern abzustützen, denn für den Fall, dass der Boden in einem Sommer leicht taut, ist Vorsicht geboten, nicht dass eines der Tragelemente der Hütte sich neigt und zusammen mit dem Bretterboden absackt, der sich verdrehen und splittern könnte. Also zieht man meist gestampfte Erde vor, manchmal bedeckt von Sägespänen oder Rindenmulch.

Hermans Hütte besaß jedoch einen sehr geraden Holzfußboden. Und darunter sollte ein Keller sein? Wozu diente er ihm, er hatte doch seine Verstecke auf Pfählen, um sein Fleisch vor Raubtieren zu schützen? Um sich selbst zu verstecken? Doch welche Bedrohung, welche Gefahr fürchtete er, dass er einen solchen Bau dem Boden abrang? Und wenn er sich in Kloo Lake nicht sicher fühlte, warum hatte er sich dann nach so vielen Jahren des Umherziehens zusammen mit Kaska genau dort niedergelassen, obwohl er sich wie ein Ausgestoßener von jedem seiner verhassten Nachbarn fernhielt, genau wie von den Ihrigen, ob nun durch das Familienband oder das Dorf verbunden, sodass sie ganz allein an diesem abgeschiedenen Fleck lebten.

Dieser Keller, auf den nichts hindeutete, war weit davon entfernt mich zu beruhigen, stattdessen ängstigte er mich, als wäre er ein Abgrund, bereit, uns alle zu verschlingen, wie ein riesiges Grab unter unseren Füßen.

Wenn Herman sagte, dass sie bald hier wegmüssten, dann weil sein Loch nicht mehr ausreichte. Doch wohin würden sie gehen, sie, die weiter nichts als sich selbst, Arme, Augen und Herz besaßen? Wie Zugvögel ließen sie sich mal hier, mal dort nieder, je nachdem, wo die Elemente es zuließen, wo die Tiere, die jedes Jahr als Rudel und Schwärme zurückkehrten, es ihnen im gegenseitigen Einverständnis erlaubten, ihren Bedarf zu decken. So war es immer schon gewesen: in diesen wildreichen Wäldern, den Flüssen und Seen voller Fische, in den unendlichen Weiten der Tundra und den bewaldeten Bergen, die weit weniger leer und unbewohnt waren, als die Weißen es glaubten, die verbissen das Land unterjochten, Anspruch auf alles erhoben, wo auch immer sie ihren Fuß hinsetzten.

Vor diesem Raubtier würde kein Keller sie retten. Das hatte ich aus der zornigen Rede von Herman herausgehört. Sein Versteck hatte gerade dazu gereicht, meine Mutter zu verbergen. Die sich jedoch nicht dazu entschloss, herauszukommen, obwohl er sie dazu aufgefordert hatte und obwohl unsere Feinde längst wieder verschwunden waren. Er musste sie mühsam dort herausziehen.

An der Rückseite der Hütte befand sich hinter dem Holzhaufen eine gut verborgene Klappe, durch die man in die Grube gelangte, eine finstere Höhle, verschalt mit großen, schlecht entrindeten Schindeln. Von dem, was ich sehen konnte, blieben die fahlen Wurzeln wie klebrige Tentakel am eindrucksvollsten in meiner Erinnerung haften.

Keuchend und mit großer Mühe befreite Herman meine Mutter aus diesem unheimlichen Versteck, das eisiger war als der beste Kühlschrank in Kalifornien. Leblos, starr wie eine Mumie, ließ sie sich ins Freie ziehen. Ihr indianischer Teint hatte sich ins Bläuliche verfärbt, die Wimpern waren vereist, die Lippen alabasterfarben und verzerrt wie bei einem Felchen, den man aus dem Wasser zog. Um sie herum: das Fleisch des zerlegten Elchs, sein rotes Blut schwarz im Schnee. Seine große pelzige Haut aufgespannt zwischen Pfählen. Sein abgeschnittener Kopf träumte mit halb geschlossenen Augen auf einem Holzklotz vor sich hin. Von dem Gemetzel sah sie nichts, war selbst vom Tod gezeichnet.

Mit Kaskas Hilfe schleppte Herman sie in die Hütte, sie zogen ihr die Schuhe aus, die vereiste Kleidung und lehnten sie an den Ofen, damit sie auftaute. Sie rieben sie ab, kniffen sie, ohrfeigten sie, dann wickelten sie sie in den Pelz des mehr als toten Bären, der freiwillig seiner Aufgabe als Mantel nachkam. Sie klopften sie ab, behutsam. Selbst Shini, obwohl er von Natur aus halb Wolf war, legte sich brav auf ihre Füße, wärmte sie mit seinem dicken Fell, so gut er konnte.

Was sie jedoch wieder auf die Beine brachte, sie regelrecht auferstehen ließ, war ein ordentlicher Schluck Wodka. Ryans Wodka, das verstand sich von selbst. Sie verschluckte sich. Hustete und zitterte dann, stöhnte, nahm einen weiteren Schluck. Schwächelte wieder. Also wirklich: Wegen einer knappen Stunde als Beerdigte veranstaltete sie so einen Zirkus mit uns!

Ich selbst fand es ganz gut, dass Herman sie, ob freiwillig oder nicht, dort eingeschlossen hatte, auch wenn sie fast erfroren wäre.

Es war richtig von ihm gewesen, diese naheliegende Maßnahme zu ergreifen. Vom ersten Abend an hatte er versucht, sie einzuschätzen: ihre Talente als Kosakin, ihre Täuschungen und Lügen, ihren Schneid, ihre Verzweiflung, ihren unerschütterlichen Mut und ihren unverkennbaren Wahnsinn. Was wäre ihr ohne seine Geistesgegenwart wieder einmal eingefallen? So durchgeknallt, wie sie war, hätte es gerade noch gefehlt, dass sie wie ein Backfisch mit Parker und Sohn flirtete, ihnen schöne Augen machte, sie um Benzin, Zigaretten oder gar um ihre brüderliche Hilfe bat oder weiß der Himmel was noch.

Ohne Groll angesichts der durchlittenen Tortur bedankte sie sich mit zitternder Stimme kleinlaut bei Herman und bei Kaska, die ihr eine stärkende Mixtur einflößte. Selbst Shini bekam Dank dafür ab, als Wärmflasche zu agieren. Obwohl es ihm untersagt war, in die Hütte zu kommen, nicht einmal mit einer Pfote, warf ihn ausnahmsweise niemand hinaus. Unter diesen Umständen hielten wir besser alle zusammen.

Wie man es auch drehte, zeigte die Warnung überdeutlich, dass Herman schon allein durch die Tatsache, dass er uns in seine Hütte aufgenommen und den Dodge in seinen Schuppen gestellt hatte, ganz schön was aufs Spiel gesetzt hatte. Vielleicht schwebte er sogar in Gefahr, vielleicht drohten ihm Repressalien oder noch Schlimmeres. Er hatte die beiden Besucher vertrieben, doch für wie lange?

Urplötzlich tummelte sich ein Schwarm Mücken am Waldsaum, überzog den schwarzen See mit Musselin, dann wurden Millionen Hornissen zusehends größer, vereinten sich zu riesigen wellenartigen Klumpen, ließen alles, was weiter entfernt war, hinter ihrer großen Zahl verschwinden, bis sie nichts als eine ausgedehnte Wand aus gepresster Watte bildeten, die der Nordwind schaumig aufwirbelte und in der Brandung gerinnen ließ, bis nichts mehr zu sehen war: nur noch Weiß. Nicht einmal die Stangen mit den Lachsen, die Kaska ausgenommen hatte, als die ersten Flöckchen fielen, nichts als der farblose Blizzard, der gegen die mit Raureif überzogenen Fenster drückte.

Verblüfft über das Wüten des Schnees drückte ich mir die Nase an der Scheibe platt, während ich ängstlich hoffte, dass unsere Rundstammwände der Kälte und dem Wind standhalten mochten, diesem unglaublichen Ansturm einer Lawine. Ich stellte mir Parker und Sohn vor, eingeschlossen von einem Haufen Schnee, erstarrt zu vereisten Schneemännern auf halber Strecke, wie ihnen der erstarrte Rotz als Eiszapfen von der Nase hing. Geschah ihnen recht.

Dennoch schauderte es mich. Nicht aus Mitleid, sondern weil es auch in der Hütte eisig kalt war. Außer ganz nah am Ofen. Aus dem der Rauch gedrückt wurde, der sich als große Wolke unter der Decke sammelte. Schon bald würden wir hier drinnen nicht mehr erkennen als draußen, die weiße Nacht würde uns verschlingen.

›Das war nur ein kleiner Nieser des Gletschers‹, sagte Herman gelassen.

Wenn er glaubte, dass mich das beruhigte, irrte er sich.

Aber wahrscheinlich hätte ich beruhigt sein müssen, so entspannt, wie er am Tisch saß und anfing, mit dem Messer dünne Streifen aus dem frischen Leder des Elchs zu schneiden, während Kaska neben ihm verschiedene Pulver und Zutaten von einem Gefäß in ein anderes schüttete, ihr gesamtes Arsenal an Fläschchen, kleinen Tontöpfen und Kalebassen vor sich. Als wäre das keine Katastrophe da draußen. Über meine Angst machten sie sich lustig. Also verzog ich mich in meine Anrichte und verkroch mich unter der Decke des Old Oregon Trail.

Zwischen zwei Zipfeln hindurch beobachtete ich, wie meine Mutter unter dem Bärenfell Tropfen für Tropfen auftaute, die Pfütze zu ihren Füßen wurde immer größer. Schweigend. Die Zeit verrann. Oder sie erstarrte vielmehr, war selbst eingefroren, jegliche Sorge, Frage oder Warnung war aufgeschoben. Die Welt verschwand, draußen war nichts, egal, ob freundlich oder feindlich, war gleichgültig gegenüber dem Tag und der Nacht, die nicht davon zu unterscheiden war, dem Lauf der Gestirne und dem Pochen meines Herzen gegenüber, das mich wach hielt. Aufmerksam.

Ängstlich rollte ich mein Taschentotem zwischen den Fingern, hielt es mir dicht vor die Nase. In dieser Position, mit den Köpfen nach unten, waren Wolf, Rabe, meine kleine Füchsin und das Stachelschwein mit den Federn verschwunden. Sie waren zu feindseligen Wesen geworden, eine Arte Harpyie, Gnom und Raubvogel. Der Vielfraß lachte mit all seinen spitzen Zähnen. Eine schreckliche Ansammlung von Dämonen. Drehte ich es um, hob das ihre Bosheit wieder auf. Ich schielte und wiederholte das Experiment. Beruhigend, beglückend. Die umkehrbare Zweideutigkeit gefiel mir, sie funktionierte jedes Mal. Gut, das zu wissen. Über sich selbst und die anderen, Tiere und Menschen, die die zweideutige Welt bevölkerten, unbeständig und gleichbleibend, durch eine einzige Drehung verkehrt oder richtig herum. Das Wissen und der Schalk, die in meinem kleinen Totem steckten, ließen mich alle Jessies auf einmal sein, einzigartig als Mensch, entsprechend mir selbst, erweitert um meine inneren Tiere, und dadurch gewappnet, ausreichend bewaffnet.

Welch Freude flammte an jenem Tag des Blizzards in mir auf, während ich mit Gänsehaut und klappernden Zähnen die Elemente über meinem Kinderkopf niederstürzen ließ.

Am darauffolgenden Tag: wolkenloser Himmel und tief stehende, schwache Sonne. Der Schnee hatte sich dieses Mal so hoch aufgehäuft, dass er sich wie ein Meer bis zum Horizont erstreckte. Doch schon bröckelten einzelne Erhebungen, schmolzen, knirschten und knarzten bei den relativ milden Temperaturen, die doch immer noch unter null lagen. Umgeben von mit strahlendem Weiß überzogenen Höhen war der See zu einer spiegelglatten Fläche geworden, die ganze Landschaft schien von einer gläsernen Starre überzogen. Doch Fichten, Schilf und Büsche richteten sich ringsum auf, ihre bronzefarbenen, purpurnen, von überreifen Beeren bläulichen Spitzen tauchten wie Sträuße aus der Schneedecke auf. Von dort schossen Taschenratten hervor, schlitterten tollpatschig über den Schnee und verschwanden wieder. Ein paar Wasserhühner tauchten auf der Suche nach Nahrung in den Schnee, schüttelten ihr Gefieder, stießen leise empörte Schreie aus und zerstreuten sich in der Ferne. Kristallene Eiszapfen hingen am Rand des Daches, glitzerten in der tief stehenden Sonne, tropften, ließen den Schnee vor der Hütte schneller tauen, wo Kaska mit ihren hübschen gefütterten Stiefeln durch den eisigen Schlamm stapfte. Ohne sich aufhalten zu lassen, hatte sie das Feuer unter ihren Fischfilets wieder entfacht. Shini lag auf der Lauer und sog deren Duft ein. Herman war mit den Schneeschuhen losgezogen, um einen weiteren Elch zu erlegen, vielleicht einen Bären.

Zusammengerollt neben dem Ofen, eingewickelt in das Fell, kaute meine Mutter an den Nägeln. Leicht verstört. Richtiggehend mitgenommen. Hin und wieder zuckte sie zusammen, schlief wieder ein. Ihr Aufenthalt unter der Erde hatte ihr wirklich ziemlich zugesetzt. Hatte ihre psychische Stärke erschüttert, die ohnehin bereits in Mitleidenschaft gezogen war, seit Herman sie regelrecht verhört hatte. Wäre es meine Aufgabe, etwas daran zu ändern? Sie aus ihrer Benommenheit zu holen, ihr ihren Tatendrang, ihre Vitalität, ihre Überheblichkeit und ihren unerschütterlichen Glauben an ihren guten Stern zurückzugeben?

Aber wäre es nicht vielleicht besser, es auszunutzen, dass sie noch nicht ganz wiederhergestellt war, kurz: ganz frei und ungestraft ein bisschen in ihrer Tasche herumzukramen? Da sich gerade die Gelegenheit ergab, ergriff ich sie beim Schopf und schritt zur Tat. Rasch schnappte ich mir verstohlen und mucksmäuschenstill meine Beute und versteckte mich wie eine gute Füchsin ganz hinten in der Hütte, zwischen den fünfzig Kilo Linsen und den fünfzig Kilo Reis. Mein Herz pochte so heftig, dass sein Trommeln die Rundhölzer erschüttern müsste. Aber nein. Kaska räucherte draußen weiter, und Shini wartete darauf, noch ein paar Innereien abzubekommen. Meine Mutter nickte ein.

Ich hatte schon mit Geldbündeln herumgespielt, mit Maultierkacke und anderem Unrat, aber noch nie mit einem Colt. Das war das erste Mal, verstehst du, Bud? Ich befühlte seine glatte, kompakte Form, war eingeschüchtert davon, ihn direkt in der Hand zu halten, ich war erfüllt von diesem neuen Genuss und spürte gleichzeitig seine Kälte, als würde ich ein intelligentes Reptil berühren, das sich in meine Handfläche schmiegte. Ganz automatisch schlossen sich meine Kinderfinger darum, gaben beinahe erfreut einer tödlichen Versuchung nach. Ich weiß nicht, was stärker war, meine Abneigung oder mein Vergnügen. Es fiel mir schwer, ihn wieder loszulassen. Ihn weit von mir entfernt auf den Boden zu legen, seinen kalten kleinen Schlund der Wand zugedreht.

Was das weitere Durchstöbern betraf – das war kein Problem. Her zu mir mit der Tasche und ihren kleinen Geheimnissen. Sie war so dick, sie musste einiges enthalten. Rasch schob ich die geografischen Karten beiseite, sie waren uninteressant, genau wie das beneidenswerte, aber dennoch belanglose Schminkköfferchen, und wandte mich direkt dem Begehrtesten, dem Fesselndsten zu, durch Zufall das Erste, das mir in die gierigen Hände fiel: diesem verfluchten Papier, das ich, wenn es hervorgeholt wurde, nie zu sehen bekommen hatte, der Vaterschaftsanerkennung – zugleich auch die Sterbeurkunde der anonymen Ureinwohnerin. Was also sah ich, was las ich aus all diesen mit schlechter Tinte geschriebenen Wörtern, die vor meinen flimmernden Augen tanzten? Den Namen ihrer erklärten Tochter, meiner Mutter: Anaïs, Onayepa Ardenne. Onayepa ging ja noch, aber Anaïs, echt jetzt!

Was hatte Herman wohl angesichts dieser Taufmerkwürdigkeit gedacht?

Völlig egal, sagte ich mir, das war also wirklich ihr Name, ihr echter Geburtsname, formell beglaubigt, im Januar 1904, von einem Richter namens MacCoy, mit einem Stempel des Distrikts Dawson

City. Ein solcher Beleg, ich war überwältigt. Und wurde umgehend von einem im Hinterhalt liegenden Zweifel befallen. Hatte sie sich diesen Namen, auf den sie so stur Anspruch erhob, so stolz, schniefend und schluchzend, vielleicht ebenso widerrechtlich angeeignet wie den von Lorna del Rio, den sie der Kunstreiterin aus Chicago gestohlen hatte, oder auch die anderen: Leslie Doll, Petra Apostodès, Peggy Anderson und zwei oder drei weitere, eine Gloria Minelli, eine Jana Novak – bei dieser Aufzählung wird einem ganz schwindlig –, von denen ich, höchst erstaunt, die verblassten Porträts betrachtete, die zu amerikanischen, kanadischen, tschechischen oder italienischen Ausweisen gehörten, was für eine Sammlung aber auch! Zerfledderte Ausweise, zerknittert, weil sie durch so viele minderwertige Koffer aus Karton und billige Handtaschen gewandert waren, in zweifelhaften Büstenhaltern gesteckt hatten, besudelt, weil sie durch viele schmierige Finger von Betreibern billiger Kaschemmen, Polizisten und zwielichtigen Zollbeamten gegangen waren? Von am Hafen arbeitenden Italienern, Polen oder Russen, Tankwarten, Hinterwäldlern, die auf der Route 66 umherzogen, zwielichtigen Zirkusdirektoren oder Kinobossen?

Diese eigentümlichen Namen, die sie ihren Bekanntschaften frech an den Kopf warf, hatte sie sich nicht etwa dreist einfallen lassen, sie gehörten echten Menschen, mit einem eigenen Leben, einer Geschichte, einem Schicksal. Wann hatten sie den Weg meiner Mutter gekreuzt, was war aus ihnen geworden, nachdem sie ihnen die wertvollen Papiere entwendet hatte? Nichts wies darauf hin, dass eine der jungen Frauen eine Tochter hatte, die mir in irgendeiner Weise ähnelte. Was also war mit mir, empörte ich mich über die geborgten Vornamen, die sie mir zugewiesen hatte, wo ich doch, als Jessie Campbell, sehr wohl ich selbst war. Aber war ich das wirklich mehr oder weniger als diese Sammlung von zweifelhaften Doubles? Und warum besorgte man sich solche Dinge in Erwartung einer Abreise, und das lange vor meinem Geburtstag und vor Oswalds Ertrinken am Strand von Santa Monica?

Dieses gezinkte Kartenspiel machte mich neugierig, verwirrte mich, hinderte mich jedoch nicht daran, auch noch eilig den Rest durchzugehen, wo ich schon einmal damit angefangen hatte, diese Kriegskasse zu inventarisieren, die sie auf ihrer Flucht mitgeschleppt hatte. Dennoch enttäuschte diese dicke Ledermappe meine Erwartungen. Ich war ratlos, verwirrt. Was bedeutete dieser Haufen von Aufstellungen und Listen mit Zahlenkolonnen mit unzähligen Nullen, von getippten und handschriftlichen Briefen, anonym oder mit dem Briefkopf von Anwälten und Filmstudios versehen, und selbst die mit Notizen vollgeschriebenen Speisekarten und abgerissenen Ecken von Papiertischdecken aus Nachtklubs, auf denen Namen aufgelistet waren, Telefonnummern, rot durchgestrichene Kontonummern mit Ausrufezeichen und Fragezeichen?

Im meinem Alter war ich weit davon entfernt auch nur die Hälfte all dessen zu begreifen, aber der Bruchteil, den ich verstand, reichte aus, um meine Neugier, meine Erregung zu wecken, denn auch wenn mir diese Sachen schon zuvor untergekommen waren, ohne dass ich groß darauf geachtet hätte, wenn meine Mutter, einen Stift hinters Ohr geklemmt, die Zigarettenspitze zwischen den Lippen und den geschmuggelten Whisky in Reichweite, im Büro von Oswald ›gearbeitet‹ hatte, so warnte mich mein Fuchsgespür dieses Mal, dass ich hier auf eigene Gefahr mit hochsensiblem Material hantierte, ähnlich den kleinen Fläschchen mit Nitroglyzerin, die Bogdan, der Chemiker, mit sich spazieren getragen hatte.

Doch welche Schlussfolgerungen sollte ich aus dem Ganzen ziehen, Bud?

Ich ließ die Ledermappe Ledermappe sein und begnügte mich mit einer Beute, die leichter zugänglich schien: ein paar losen Fotos, die aus einem Umschlag gerutscht waren. Trotz eingehender Betrachtung wurde meine Neugier auch hier nicht gestillt, denn anonyme Fotos bleiben für den, der nicht schon weiß, was zu sehen ist, und den Schlüssel, die Bildunterschrift oder das Passwort dazu besitzt, ein Buch mit sieben Siegeln. Ein paar von ihnen sagten mir allerdings etwas.

Mein Vater mit gelöster Krawatte auf einer Feier, mit verschwitztem Schädel, ich auf seinem dicken Schenkel reitend, hoppla, tralala! Vier oder fünf Jahre alt, Milchzahn-Strahlelächeln, und hinter uns Lorna del Rio in ganzer Pracht und mit so tief ausgeschnittener Abendrobe, dass ihre göttinnengleichen Brüste unseren Köpfen jeweils einen Heiligenschein verliehen, ihre liebenden Arme eine Mandorla, was für eine heilige Familie wir doch abgaben.

Das da, mit Oswald, lachend auf einem Pferd des Aufnahmestudios, sie hinter ihm sitzend, umgeben von Statisten, Cowboys und Rothäuten eines Low-Budget-Westerns, ganz im Hintergrund, schräg geparkt, Lincolns, Cadillacs, Buicks, deren Stoßstangen in Hollywoods Sonnenlicht glänzten.

Dann wieder Lorna, in einem hautengen Satinkleid, das mehr erahnen ließ, als es verbarg, auf einem luxuriösen Bordellkanapee mit Flitterkram. Ob aus Scherz oder im Ernst, sie spielte immer schon gerne den Vamp auf Werbeplakaten.

Eine große Tischgesellschaft, gegen Ende des Gelages, ausgelassen Schwelgende: die Bande von gegelten Mafiosi, überbelichtet vom grausamen Blitzlicht, wie sie Oswald umringten, der als reicher Krösus, mit dem Blick eines alkoholisierten Walfischs oder eines panischen Seelöwen zwischen ihnen thronte. Das, mutmaßte ich, stand in direktem Bezug zu den Zahlen mit den astronomisch vielen Nullen.

Dann noch einmal Lorna, wie sie im Bikini einen auf Badenixe machte, ich mit einem Rüschenhöschen, wir beide auf dem Sprungbrett über dem türkisfarbenen Pool. Um ehrlich zu sein, war es eher ein schwaches Hellblau, und meine roten Löckchen wirkten rosa, das Farbfoto verblasste bereits. In dieser Höhe, in der ich eine ziemliche Show abzog, kam ich tatsächlich um vor Angst. – ›Spring, spring runter‹, hatte meine Mutter gerufen. Miss Plunkett hatte durchaus gute Gründe gehabt, meine Mutter zusammenzustauchen.

Etwas Abstoßendes ging von diesen vergifteten Bildern aus, ihrer Kitschigkeit, ihrer falschen Fröhlichkeit, der falschen Komplizenschaft, der falschen Liebe, aus denen die moralische Verwerflichkeit nur so heraustriefte, lächerlich bis zum Brechen. Zersetzender als Ätznatron verunstalteten sie meine kindlichen, von Goldpapier umhüllten Illusionen, und am liebsten hätte ich sie zerrissen, sie in den Ofen geworfen, hätte ich damit nicht meine Schnüffelei verraten.

Eines rutschte zwischen ihnen hervor, das verblasste Foto aus einem Fotoautomaten. Drei in eine Kabine gequetschte Menschen, wessen Gesicht würde am besten zu sehen sein? Hässliche Jahrmarktgrimassen, scheeles Gelächter, sie schmiegten sich aneinander, gingen untereinander auf Tuchfühlung, oder was? Ich erkannte meine Mutter, schmollend, doch welcher der unterernährten, schlecht rasierten Komparsen war Misha der Kosake und welcher Bogdan der Chemiker? Aus dieser Perspektive wirkten die Helden des transatlantischen Epos – treib weiter, immer weiter, großes Schiff – nicht sonderlich glorreich.

Unter den wenigen Fotos waren noch zwei weitere, ohne Vermerk, weder Datum noch Orts- oder Personennamen, im blassen Ockergelb und Sepia alter Abzüge. Diese stammten offensichtlich aus einem weiter zurückliegenden Kapitel, waren daher umso verlockender. Auf einem eingezäunten Grundstück, das ziemlich weitläufig zu sein schien, im Hintergrund Laub und grasende Kühe, drei Alte, versammelt um einen Brunnen im Schatten eines kümmerlichen Baumes. War dieses unscharfe, in Spitze gehüllte Baby auf den knochigen Knien der einen die kleine Anaïs Onayepa, war sie das als Säugling im Garten ihres Vaters in Frankreich, mon ami Pierrot?

Das andere, dasselbe Grundstück im Hintergrund, zeigte ein junges Mädchen, Bauernmagd oder Hausangestellte, das mit verschränkten Armen auf der Schwelle einer Küche posierte. Mit leicht eingezogenem Kinn und nach oben gerichtetem Blick, ein verschämtes oder schalkhaftes Lächeln unterdrückend. Zerzauste Haare, schlecht geschnürte, derbe Schuhe, kräftige Handgelenke, starke Waden, die unter dem Trauerkleid hervorblitzten, das sie einschnürte, irgendwie linkisch. Und doch die Haltung einer Königin. Sie strahlte geradezu vor Lebenslust, wie bei einem jungen Pferd ging freudige Wut von ihr aus, eine verliebte Wildheit, eine anziehende Gutmütigkeit, gefährlich, etwas Exzessives, gleichermaßen beunruhigend und fesselnd. Nichts an ihrem unvorteilhaften Äußeren erinnerte an meine Mutter, ihre Verführungskünste, auf ihre fatale Schönheit, und doch waren sie sich ähnlich.

Vielleicht eine arme Verwandte?

Dass sie sich wie Schwestern ähnelten, faszinierte mich, es war wie in den Märchen, in denen die Feen einer Schwester ihre Gunst entziehen, während sie die andere mit allen Vorzügen ausstatten, doch insgeheim teilen sie sich unter ihren ungleichen Gesichtern dasselbe geheime Reich. Wer waren diese Frauen, deren Fotos vergilbten und in ihrer verstörenden Anonymität verblassten. Sie brannten unter meinen Fingern, mehr noch als die Buchführungsunterlagen. Das Gefühl, etwas sehr Intimes zu berühren, die ersten Anfänge einer Geschichte, eines Rätsels ohne Lösung, verborgen in diesem Netz aus Schatten und sepiafarbenem Licht.

Das allerletzte Foto jedoch, der Fund, der alle anderen mit einem Schlag auslöschte, war eines unserer Hütte von Kloo Lake an einem verschneiten Tag wie heute.

Auf der Schwelle ein bärtiger Mann, in Leder gekleidet, eine fellgefütterte Mütze, geflochtene Schneeschuhe, der stolz ein Baby präsentiert, das in eine mit Riemen an seinen Oberkörper gegürtete Trage gezwängt ist. Geschmückt mit Federn und Perlen. Das Paar bildete eine Einheit. *François Ardenne und seine Tochter* stand am Rand des Abzugs.

Hier also, ordnungsgemäß beschriftet, das Foto des Vaters, mitsamt seiner Habe verschollener Reisender, der niemals zurückgekommen war, um seine Tochter abzuholen. Aufgetaucht von jenseits der Nacht und des Winters, da war er, kam aus den legendären Wäldern zurück, unverbesserlicher Vermesser der Weite und hervorragender Trapper mit zerfetztem Ohr, ein Jäger vor dem Herrn, beachtlicher Bezwinger von bestialischen Grizzlys, der uns wie ein Phantom voranging oder uns auf den Pfaden unserer atemlosen Flucht folgte – hör zu, ich weiß nicht, ob das wirklich mein Vater war. Auch nicht, ob es wirklich ein Grizzly gewesen ist. Vielleicht war es nur ein Traum. Sollte ich also noch immer glauben, dass dieser Schneemensch weiter nichts als Einbildung, eine Fabel, ein Hirngespinst war?

Es war wohl mehr die Sehnsucht nach etwas Abwesendem, von dem das Foto einen undeutlichen Eindruck vermittelte. Es war wie ein Märchen, das man Kindern, die sich nach Wundern, und Waisen, die sich nach ihrem Vater sehnten, erzählte. Es war ungewiss, ob er es tatsächlich war, auch wenn der handschriftliche Vermerk das behauptete, dessen schiefer Schriftzug in Richtung eines fiktiven Horizonts zu fliehen schien. Es war ein Versprechen, eine Lüge. Und wann schon sind sich die Väter ihrer Vaterschaft sicher, die Kinder ihrer Abstammung? Wie sollte man sich angesichts der Geschichten sicher sein, und wo war man zu Hause, in seinem Garten, von dem man so unbedingt wegwollte, um ins ferne Anderswo zu gelangen, morgen, wo man hoffte, das alte Land aus der Vergangenheit zu finden, das doch lediglich die Kindheit war, nach der wir uns sehnten. Aber auch wenn dieser Vater mit dem undeutlich erkennbaren Gesicht, dessen Züge vom Bart und der Nacht verborgen wurden, nicht wirklich deiner war, dann war zumindest diese Hütte ganz bestimmt deine, meine, zweifellos dieselben Rundstammwände, schneebedecktes Dach, das war die Hütte, die heute die unsere war.

Mit zusammengeschnürtem Herzen starrte ich lange auf das

kontrastarme Foto, die graue, sich vom Papier ablösende Beschichtung, prüfte die dürftigen Informationen, die schiefe Schrift mit den Höckern nach oben und unten – doch was enthüllte schon eine halb verblasste Schrift –, musterte die anonym bleibenden Gesichter, zu unscharf, um sie genau zu erkennen. Und welchen Hinweis erhoffte ich mir schon vom Gesicht eines Babys, das mit seinen schwach ausgeprägten Zügen überall auf der Welt gleich aussah, ebenso verschwommen wie das Gesicht des angeblichen Vaters aus Klondike, der es wie eine Trophäe hochhielt und sowohl durch diese Geste wie auch durch die Bildunterschrift als seines ausgab.

Mit roten Wangen und brennenden Augen, ganz vertieft in meine Betrachtung, vergaß ich alle Vorsicht, verlor jegliches Gefühl für Zeit und Raum, und genau da richtete sich das Bärenfell auf, riesengroß, schwankend.

Im Gegenlicht der Tür, die das leuchtende Schneeweiß draußen einrahmte, das ebenso blendend war wie das auf dem Foto, stand meine Mutter auf, sperrte den Tag mit ihrem Schatten aus, und ich, in meinem Versteck kauernd, hörte auf zu atmen. Ich erwartete, dass sie sich wie eine Rachegöttin sofort auf mich nichtswürdiges Wesen stürzen und mich wüst beschimpfen und ordentlich verprügeln würde. Sie, die noch nie die Hand gegen mich erhoben hatte, nicht ein einziger Klaps, nur hin und wieder ein scherzhaftes Kneifen, hätte dieses Mal allen Grund, mich grün und blau zu schlagen, das musste ich zugeben. Schlimmer noch, nach einem solchen Treuebruch verdiente ich es nicht mehr, ihr Goldstück zu sein, ihre stolze Kameradin, sie würde mich zurücklassen, mich verstoßen, das ging mir in dem Moment durch den Kopf.

Und dann stellte ich fest, dass sie mir den Rücken zugewandt hatte. Sie wusste nichts davon, dass ich hinterhältig ihre Tasche geplündert hatte, wusste nicht, dass deren teuflische Geheimnisse und ihr schrecklicher Colt quer über den Boden verteilt waren, sondern schwankte zur Tür, war ebenso unkenntlich wie Allerleirauh unter ihrem Mantel aus tausenderlei Pelz- und Rauchwerk. Nach wem suchte sie im Halbschlaf? Nach den Parkers, nach Kaska? Nach mir vielleicht, dann könnte es genauso gut der Teufel sein. Oder vielleicht nach ihrem Geliebten, dem hinkenden Jacques?

Hastig stopfte ich die Beweise für mein Vergehen zurück in die Tasche, erschrak über das laute Knistern des Papiers, über meine Unbeholfenheit, meine Langsamkeit, und war doch unglaublich flink. Daran war mein Taschentotem bestimmt nicht unbeteiligt.

Als ich schließlich selbst, gebadet in Unschuld und reinster Arglosigkeit, zur Tür ging, traf ich sie im wirbelnden Rauch neben den Räucherstangen kauernd an, wo sie an einer Pfeife mit Heilkräutern zog, die Kaska für sie vorbereitet hatte. Etwas Euphorisierendes, vielleicht auch Halluzinogenes, denn kaum hatte sie zwei Züge davon genommen, verfiel sie in einen Rausch des Glücks und lachte vor sich hin. Dazu hatte sie auch allen Grund! Wie prachtvoll die winterliche Landschaft, wie angenehm die Temperaturen, vielleicht noch etwas frisch, wie gut gelaunt Kaska, wie appetitanregend ihre Lachse, und Shini satt von den Abfällen. Ich hingegen, vollkommen unbescholten, pries die Eintracht und die Harmonie, die herrschten, hier unten wie im Himmel. Amen.

Ich hatte ich mich so bemüht, an ihren Schatz zu kommen, war unüberlegt ein Risiko eingegangen und hatte mir den Kopf zerbrochen über meine Entdeckungen, und nun fing sie, obwohl sie noch unter den Nachwirkungen ihres Kelleraufenthaltes litt und ab und zu zuckte, überraschend an, den Inhalt ihrer Tasche aufzuzählen: Dazu musste sie sie nicht erst durchwühlen, sie hatte alles im Kopf. Während sie ganz in ihren kleinen Beschäftigungen aufging, zum Beispiel ganz verzückt ihre Nerzstola glatt strich, geradezu manisch die Fläschchen von Kaska der Größe nach ordnete oder mit wütenden Kammstrichen meine zerzauste Mähne bändigte, breitete sie den Inhalt ihrer Tasche wild durcheinander vor uns aus.

Zu seinem Glück war Herman auf der Jagd. Somit blieb er davon verschont, sich anhören zu müssen, wie sie die Kapitel ihres früheren und jetzigen Lebens Revue passieren ließ: ihr transkontinentales Leid, ihre Vermählungen, ihre Kindheit, ihre vergangenen Liebschaften und Verbrechen, in unterschiedlichen Varianten vor dem einzig verfügbaren Publikum, Kaska, Shini und mir, alle zusammen Geiseln ihres unaufhörlichen Redeflusses, ihrer mal trübsinnigen, mal wütenden, mal tränenreichen Litanei. Sie beschimpfte ihre eingebildeten Gesprächspartner, bei denen unklar blieb, ob sie real oder erdacht, tot oder lebendig waren, die sie wie mit Pfeilen durchlöcherte, als wollte sie sie in der verschneiten Landschaft von Kloo Lake an farbige Pfosten nageln. Nacheinander entlastet, hingerichtet, *peng, peng, peng,* und im selben Atemzug begnadigt. Diese Abwesenden von einst und von heute befeuerten ihr überhitztes Gedächtnis weiter, arme Onayepa, kleiner gebeutelter Dämon mit dem rebellischen Herzen. Sicherlich vernebelten die berauschenden Schwaden der Kräuterpfeife, dazu ein paar großzügige Schlucke Wodka, ihr Gehirn, oder vielleicht befreiten sie es im Gegenteil, reinigten es vom Gift und lockerten ihre Zunge.

›Still‹, sagte Kaska zu mir. ›Hör ihr zu: Sie träumt.‹

Zwei Tage lang redete sie am laufenden Band Blödsinn, mit Ausnahme von den Momenten, wenn sie erschöpft auf ihrem Tannenreisig zusammenbrach, und dann ging es wieder von vorne los.

Hoffen wir, dass der Richter über unsere Schandtaten da oben sich taub stellte.

Kaska tat das jedenfalls oder gab es zumindest vor, während sie damit beschäftigt war, die letzten Fischfilets zu räuchern, das Fell von der Haut des erlegten Elchs abzuschaben, die aus seinem Leder geschnittenen Schnüre in die Länge zu ziehen, ein Steak aus seiner zarten Flanke zuzubereiten. Und das alles, ohne die Litanei meiner Mutter zu unterbrechen oder sich etwas anmerken zu lassen: Fast musste man annehmen, dass ihr diese verbale Trance als Folge ihrer Behandlung mit der Pfeife vollkommen normal vorkam. Was mich betraf, so ließ ich die Qual mit dem Kamm über mich ergehen, streichelte zusammen mit meiner Mutter ihre Stola und speicherte alles so gut ich konnte ab, ohne ihr je von der Seite zu weichen, aus Angst, einen Namen, ein Ereignis, ein schlüpfriges Detail zu verpassen. Ich traute mich nicht, sie zu unterbrechen, aus Furcht, sie könnte sonst den roten Faden ihres überaus verworrenen Fiebertraums verlieren oder unvermittelt aus ihm erwachen und einen epileptischen Anfall bekommen.

Sie war wie eine Schlafwandlerin, die mit weit geöffneten Augen umhergeisterte, während sie absurde Äußerungen von sich gab, sich selbst zugleich fern und dabei überaus geistesgegenwärtig, die mit absurder Kühnheit, nichts ahnend von den Hindernissen und Gefahren, eine wackelige Brücke über das Nichts überquerte und mit absolut besonnenen Gesten mit Vollgas in perfektem Gleichgewicht einen Felsgrat entlangrast - doch sollte man sie wecken, würde sie in Ohnmacht fallen. Oder aber jemanden umbringen. Ohne Hast oder Panik, mit äußerster Kaltblütigkeit.

Mit einem blitzschnellen Wurf, zack, hatte sie den Jäger erdolcht, mit derselben Bewegung zündete sie eine Zigarette an, unerschrockener Rauchwirbel zwischen blühenden Weidenröschen. So hatte sie auch den Strand des Verbrechens verlassen, an den die gestrandete Qualle gespült worden war, und war in der goldrosafarbenen Morgendämmerung davongerollt. Sie ließ das Messer tanzen, den Colt oder noch Schlimmeres, dann nahm sie ganz entspannt einen Umweg, ließ Gemetzel und Blutvergießen hinter sich, und schwupps, weg damit, auf zum nächsten Kapitel!

Wie viele Gräueltaten hatte Anaïs begangen, seit ihr teuflisches Kindermädchen sie mit ihren Märchen verhext und zur Prinzessin des Winters gekrönt hatte, seit sie ihr mit ihrem kleinen Hexenfinger Honig und Blut eingeflößt und ihr die Bosheit beigebracht hatte. Seit sie der Schönheit auf der Schlachtbank die Kehle durchgetrennt, die Liebe am Fuß des Kirschbaums hatte zerschellen und den Schädel mit einem Tintenfass aus Bronze hatte platzen lassen, hahaha, lachte sie. Das frühe Kapitel über den Garten in Frankreich klang überaus verdreht, aber ich lachte nicht. Ich war ihre Beute, die zwischen den rauschenden Baumwipfeln verschwand und von der Tiefe des Abgrunds verschlungen wurde. Sollte sie mich doch dort hineinwerfen. Ich wäre einverstanden.

Doch wenn ich es mir genau überlegte: nein.

Ich hatte überhaupt keine Lust mehr auf einen Sprung in die Tiefe. Sollte diese dumme Nuss ihren Träumen doch weiter atemlos hinterherhasten, mit offenen Augen schlafen oder einen Nervenzusammenbruch erleiden, zwischen dem Keller und den Dachbalken mit ihren schrecklichen Geistern kämpfen, es war mir egal. Ich wollte nichts mehr von ihren schmutzigen Geheimnissen hören, auch nicht noch einmal ihre Tasche durchwühlen oder erfahren, wer sie war, woher sie kam, was sie gemacht hatte oder machen würde. Und doch hatte ich sie in mein Herz geschlossen. Schon möglich, dass ich sie in meinem tiefsten Inneren zugleich hasste. Dass ich ihr am liebsten die Haare vom Kopf gerissen, sie dann getröstet und in meinen Armen gewiegt hätte, ihr den Hintern versohlt, sie gekratzt, vergöttert und ihr die Augen mit der Schere ausgestochen hätte. Wie Ginger, meiner Puppe.

Ich liebte sie, verstehst du, Bud?

Wie auch immer, Kaskas Kräuterpfeife stellte sich als allerbestes Heilmittel heraus, ein mächtiges Gegengift, reinigend und schmerzstillend zugleich, enthemmend, stimulierend, und es ließ die geistigen Wunden vernarben. Man konnte seine heilsamen Wohltaten beobachten: Nach und nach sank das Fieber, die Wahnsinnige beruhigte sich. Nach einem letzten unruhigen Schlaf stand sie auf, frisch wie die Rose am Morgen, hatte ihren Verstand wiedererlangt und war voller Tatendrang.

›Brrr‹, sagte sie, ›in diesem Kühlschrank hätte ich mir fast den Tod geholt. In Sachen Erholungswert hätte ich gerne mein Geld zurück! Wo ist Herman hin, bei dieser Eiseskälte? Was machen wir jetzt, wo er nicht da ist? Diese Parkers sind mir vielleicht auf den

Geist gegangen. Die sollen uns bloß nicht für ihre *Indianer* halten, so wie ihr Kumpel Jaquot deinesgleichen in Burwash Landing behandelt. Sollten sie sich hier noch mal blicken lassen, bekommen sie es mit mir zu tun. Ich bin schlagfertig. Ich habe mein Messer, meinen Colt, meine Winchester und Munition, außerdem Kohle ohne Ende, mach dir mal keine Sorgen, Kaska. Diese Kasper, denen zeigen wir es. Wann kommt Herman wieder zurück? Brauchen wir wirklich noch mehr Fleisch? Mein Goldstück‹, sagte sie, ›du hast aber ein hübsches Elchkleid, das passt wie angegossen. Ist dir darin auch schön warm? Vertrau mir, wir schaffen das. Wir wissen uns schon zu helfen, was, Fuchsnase? Lächle mal, lass mich deine Grübchen sehen. Himmeldonnerwetter, lass mal sehen! Dieser Milchzahn fällt ja schon fast raus! Du Glückspilz! Dann kommt bald die Zahnfee! Ich könnte wetten, dass du die nicht kennst, was, Kaska? Das ist eine Erfindung der Weißen. Als ich klein war ...‹, sagte sie und hielt von sich selbst überrascht inne. Ungläubig starrte sie auf die verschneite blaue Wiese, es war bereits Nacht. Der Wintertag in diesen Breiten war extrem kurz.

›Als ich klein war‹, fuhr sie mit schläfriger, weicher Stimme fort, ›legte ich mein herausgefallenes Zähnchen unter das Kopfkissen, ordentlich eingeschlagen in mein Stofftaschentuch. In der Nacht schnappte die kleine Zahnfee es sich geräuschlos, damit mir ein anderer, kräftigerer Zahn nachwachsen konnte. Statt des Zahns fand ich tags darauf an seiner Stelle ein kleines Geschenk, einen bunt bemalten Bleisoldaten, einen Federhalter mit Lupe, eine mit einer Schleife versehene Weltkarte. Ein Schälchen aus Silber. Einmal eine Schneekugel mit einer kleinen Hütte darin.‹

Sie brach in Tränen aus.

Damit wir hier eines klarstellen: Das war kein Rückfall. Das war nur eine ganz normale emotionale Reaktion, überaus typisch für Kindheitserinnerungen. Auch ich schluchzte ein bisschen, wenn ich an meine Puppe Ginger dachte, an meinen Bauernhof mit den Tieren und an die Zwillingspudel, dann saugte ich am Etikett meiner alten Old-Oregon-Trail-Decke. Auch wenn mein Vater als algen- und muschelbedeckter, müder Poseidon den Wellen entstieg, weinte ich.

Bestimmt würde ich künftig jedoch ein bisschen weniger weinen, jetzt, wo ich dank der beachtlichen Heilkunde von Kaska mehr über das Leben meines Papas wusste, von dem Lorna ungeschönt erzählt hatte. Ich hatte so einiges erfahren, von seiner Jugend als kleiner Gauner, als er das Herz seiner armen, verwitweten Mutter gebrochen hatte, einer Gemüseverkäuferin auf dem Markt von Salinas, Anhängerin der Abstinenzbewegung, dahingerafft von einem Infarkt, weil er den Gerüchten zufolge, *pengpengpeng*, illegal mit Alkohol gehandelt hatte – platinblonden Frauen mit Wasserwelle, Swing und Pianola. Ihr unverhofftes Dahinscheiden hinderte sie daran, der Blitzkarriere ihres glanzvollen Sohnemannes in der örtlichen Unterwelt beizuwohnen, wie er zum Drogenboss wurde – es gab alles –, sich dann als Geldwäscher im Öl- und Filmgeschäft etablierte, überaus lukrativ mitten in der Börsenkrise, und er sich schließlich, alles nur Geschäft, eine Fassade von Anständigkeit verschaffte, indem er die gefälschte Wahl einer politischen Niete finanzierte und – Deal eines Erpressers? – die einzige Tochter dieses prinzipienlosen Ganoven heiratete, der noch dazu gebürtiger Schotte war. Eine sehr flüchtige Idylle, denn *bums*, kaum hatte sie entbunden, hatte die neue Mrs Campbell auch schon den Löffel abgegeben! Requiem, Orgelgedudel, *schnief, schnief et cetera*, wer wusste schon, ob sie verunfallt war, Selbstmord begangen hatte oder, *quiek*, von den verfluchten Mafiosi abgestochen worden war, den unbarmherzigen Rivalen des kleinen Oswald, den sie bei den Eiern hatten, und die bei der Aufteilung der Einkünfte, der Zinsen oder der Kohle nicht spaßten. Dieser verfluchte Trickser glaubte ja hoffentlich nicht, dass er sie reinlegen konnte!

Oh, was für ein schmeichelhaftes Porträt Lorna del Rio doch von meinem Papa zeichnete, dem frisch trauernden Witwer, den sie sich eines Abends bei einer Tombola geangelt hatte, wo die kleine schelmische Betty Boop die Lose zog, als zeitweiliges Animiermädchen oder einfach als Deko fungierte. Er, seine mafiösen Gegner dicht auf den Fersen, sie, ein Vorstadtmädchen ohne einen Dollar in der Tasche, kaum verliebt und schon den Ring am Finger: echte Liebe auf den ersten Blick oder eine echt abgekartete Sache der mafiösen Kleinganoven? Zu wessen Gunsten frisierte die neue Mrs Campbell die Kasse?

Darüber ließ sich Lorna, plötzlich schamhaft, nicht weiter aus.

Und ich bei alldem?

Ich, quasi noch im Larvenstadium, schrie allein im Kinderzimmer in meinen Windeln: dieses Flaschenkind, was für eine Verlegenheit, was für ein Ärgernis für meinen dicken, frisch verheirateten Papa! Der reichte mich umgehend und ohne meine Einwilligung an die unvorbereitete Nachfolgerin und an Miss Plunkett als deren Subunternehmerin weiter. Ich, Jessica Iris Campbell - nenn mich Njyah, Bud, das ist mir lieber -, bemuttert, wenn man so will, von der Freibeuterin Lorna über, o ja, das dürfen wir nicht vergessen!, über fünf Jahre hinweg, fünf sagte sie, das Hollywood-Kapitel hat fünf Jahre gedauert, und es war nicht vorgesehen gewesen, dass es so lange dauerte. Fünf, doch ich war damals sechs Jahre alt.

Demzufolge war Lorna also nicht meine richtige Mutter.

Was für ein Aufruhr, Erstaunen, Hölle und Verdammnis. Missbrauch einer Minderjährigen in der Wiege, dafür kommt man nach Sing Sing, ihr Schlauberger. In meiner rätselhaften frühen Kindheit gab es so einiges, worüber man sich aufregen oder worüber man erschüttert sein konnte. Doch hatte ich eine Wahl zwischen Freude, noch mehr Freude, Freudentränen darüber, ihre geliebte Tochter zu sein inmitten all der versoffenen Flussnymphen, Knallfrösche und Feierwütigen, und den Tränen des Entsetzens, oben auf dem Sprungbrett des Pools sitzend, die Nase zwischen ihre nach Gardenien duftenden Brüste gepresst, verwöhnt und verzogen, Zobelpelz und hoppe hoppe Reiter, mein kleiner Quatschkopf? Ich geschminkt, schmollend, Grübchen, ins Blitzlichtgewitter lächelnd, heul eben, dann musst du schon weniger pinkeln!

Meine roten Haare verdankte ich also der verstorbenen schottischen Gattin. Ganz sicher nicht dir, dem Cowgirl mit vermeintlich mexikanischer Abstammung, nicht dir, der indianischen Königstochter von François Ardenne, diesem bärtigen Albtraum mit den geflochtenen Schneeschuhen, der Knall erreichte mein sechs Jahre altes Trommelfell zeitversetzt.

Erschossen. Ich war tot, aber das war nicht schlimm.

Hop, stand ich inmitten der Blockhütte in ihrer Schneekugel auf, hüpfte zwischen den wirbelnden Flocken herum. Leicht benommen, aber auf den Beinen.

War meine Kindheit nicht schräg, Bud?

Kann man wohl sagen, schließlich war ich Gold wert! Als einzige Anspruchsberechtigte, die in direkter Linie mit Papa Oswald verwandt war, war ich ein sehr wertvolles Faustpfand, sollte etwas schieflaufen, keine Frage, natürlich war ich da ihr bestes Goldstück, mindestens ebenso wichtig, wenn nicht wichtiger als ihre Bündel mit Dollarnoten, quasi eine Absicherung. Auf ins Abenteuer, meine Kleine!

So langsam wurde es nämlich brenzlig im schicken Brentwood: Wer würde wohl als Nächster zufällig am Strand von Santa Monica ertrinken? Es war allerhöchste Zeit, die Segel zu setzen, meine herzallerliebste Lorna. Die unbedeutenden Nutten auf den verblichenen Ausweisen hatten nicht das Zeug dazu, es ihr gleichzutun, blökende Lämmer, die in den Rachen der Werwölfe aus diesem Fabelwald voller Stechpalmen gefallen waren, diese kleinen Rotkäppchen kokain- und alkoholumnebelter Orgien, zerstückeltes Fleisch, ausgeweidete Frauenrümpfe auf irgendwelchen Brachen, wer würde in der Leichenhalle nach ihnen suchen? Lass uns aus diesem stinkenden Loch verschwinden, lass uns vor diesen Kakerlaken flüchten, lass uns an Stränden mit starker Brandung spazieren gehen, in der sprühenden Gischt, zwischen den verbrannten Josua-Palmlilien und Jojobabüschen der Mojave-Wüste und die Luft der offenen Weite einatmen, meine Kleine.

Dabei sollten diese Ausflüge mir nur einen Vorgeschmack geben, nie waren sie weit genug. Also Kurs auf den großen Nordwesten deiner Träume, ausgestattet mit dem Allernötigsten, deiner Kohle und deinem Colt, deine Geisel unter dem Arm und deine kostbare Tasche voll kompromittierender Unterlagen, die großen Schaden hervorrufen könnten, durchaus ein Grund für Kriminelle, um kriminell zu werden, wenn sie sich erst dazu entschlossen, sich an die Fersen deiner Mukluks zu heften. Bei deinem ganzen Zickzackkurs und deinen Schlenkern über Straßen-, See- und Waldwege würden sie dich nicht so schnell finden, oder aber sie konnten so richtig was erleben – und du sprichst vom Lauf des Lebens!

›Wenn dein Milchzahn herausfällt, was machst du dann damit?‹, fragte Kaska unvermittelt und unterbrach damit den Lärm meines zornigen inneren Monologs.

›Aus ihren ganzen Milchzähnen wird Fuchsnase dir eine Kette machen‹, antwortete ich.

Wenig überraschend überließ ich sie ihr bereits im Vorfeld. Sowohl aus ehrlicher Freigebigkeit – ich wusste nicht, dass sie sie für ihr Gebiss haben wollte – als auch als Rache meiner schändlichen Stiefmutter gegenüber.

›Wenn du sie mir gibst, wird die Zahnfee nicht kommen‹, warnte Kaska mich freundlich.

›Das ist doch nur schwachsinniger Kram von Weißen. Wir sind beide nicht dumm genug, um daran zu glauben.‹

›Ich habe auch nicht daran geglaubt‹, mischte sich Onayepa ungefragt ein. ›Ich wusste, dass Lottie, meine geliebtes Kindermädchen, die Zahnfee war. Aber keine Überraschung hat mich so begeistert, wie diese Glaskugel mit dem betörenden Schneezauber. Ich hätte mir lieber das Herz herausgerissen, als mich von ihr zu trennen. Und doch habe ich sie Jacques gegeben. Das war der Preis, um ihn von den Schmerzen zu heilen, an denen er meinetwegen litt, damit er mich liebt und mir allein gehört. Hätte ich gewusst, was für Auswirkungen mein Geschenk haben würde … Hätte ich gewusst, wie undankbar dieser miese Jacques Maître-Grand ist …‹

›Wak, wak, Yak Matrakrän‹, krächzte Kaska.

›Gib dir wenigstens Mühe, seinen Namen richtig auszusprechen‹, blaffte Onayepa. ›Sobald er mit seinen Krücken herumhumpeln konnte, ist er verduftet, so weit weg wie möglich. Verhext von meiner kleinen Hütte im Schnee. Mein Traum war zu seinem geworden. Er hat ihn mir geklaut. Statt mit mir in den Abendhimmel zu reiten, hat er mich im Garten meines Vaters zurückgelassen wie einen alten Treter. Das musste er büßen. Als er von seinem Studium in Chicago zurückkam, war der Platz besetzt. Ich hatte mich mit meinem kleinen Cousin aus Indochina verlobt, splitterfasernackt lag der in meinem Bett. Da hat er vielleicht dumm aus der Wäsche geguckt!‹

Bei der Erinnerung daran prustete sie. Gab es da wirklich etwas zu lachen?

›Yak Matrakrän war ja auch überhaupt nicht nachtragend. Er hat dir Briefe geschrieben‹, stichelte Kaska, während sie die Elchsteaks auf der restlichen Glut briet. ›Und er hat dir eine wirklich hübsche Karte gezeichnet. So falsch, dass du dich hundertmal hättest verirren können. Ganz schön raffiniert von ihm.‹

›Mich verirren, hast du etwa erlebt, dass ich mich schon mal verirrt habe? Jacques Maître-Grand, raffiniert, den findest du raffiniert?‹

›Was das Erlernen von Sprachen betrifft, sehr, sehr raffiniert. Und das Verabreichen von Medizin – er konnte Hautkrankheiten besser heilen als ein Schamane. Beim Jagen, so wie er humpelte, dann schon weniger. Und was Frauen betrifft, da auch nicht.‹

›Frauen? Was für Frauen?‹

›Wenn uns der Sinn danach steht, suchen unsere Squaws sich einen Mann aus. Er hat ihnen gefallen, und das zeigten sie ihm.

Sie nähten ihm hübsche Kleidung aus perlenbesticktem Leder und bunten Fäden. Sie kamen in sein Zelt, aber er wollte keine von ihnen. Da war der Häuptling beleidigt. Er musste ihn mit einem Gewehr, einem Kompass, viel Tabak und Kaffee besänftigen. Ziemlich teuer, um Frieden zu schließen.‹

›Jacques waren deine Squaws egal. Er liebte nur mich. Er hat etwas für mich am Äshè'yi Lake hinterlassen.‹

Sie wiederholte sich, doch ihrer Leier fehlte es an Überzeugung, Enthusiasmus und Begeisterung. Sie hatte den Funken Hoffnung des ersten Abends verloren, sie glaubte nicht mehr an ihre Leidenschaft, an ihren Traum. Vielleicht hatte sie Zweifel bekommen, war ihrer nicht enden wollenden Flucht überdrüssig, vielleicht erdrückte auch die pechschwarze Nacht, die sich über alles legte, ihr kleines leidendes Herz. Der weite Himmel hatte sich verfinstert, schon war nur noch das letzte rote Glimmen der Glut zu sehen, ihr blutiger Schein im zertrampelten Schneematsch, der bereits wieder anfing zu gefrieren. Die letzten vom Wind aufgestöberten Funken erloschen in der Dunkelheit, die herbstliche Kälte machte die Seele düster und forderte uns auf, uns in die Hütte zurückzuziehen, in der der Ofen bullerte. Wir gingen hinein.

Drei Tage zuvor hatte sich Herman wieder allein in den großen, eisigen Wald aufgemacht. Allein unterwegs zu sein, war bei derart niedrigen Temperaturen gefährlich. Gleichzeitig waren diese aber günstig für das Wild, jetzt, wo die Paarungszeit vorbei war. Während der Brunft ist es nicht so schmackhaft. Außerdem war er ja gar nicht allein, er hatte sein Pferd dabei. Mit dem dicken Mantel aus Karibuleder, dem Gewehr, gutem Schuhwerk, dick eingemummelt mit gefütterten Fäustlingen, war er bestimmt in Sicherheit. Er wachte ruhig neben seinem Feuer. Dafür hatte er sich einen windgeschützten Platz ausgesucht, lehnte an einem Felsen unten an einem Hang, am Waldsaum, aber ganz sicher nicht unter einem Baum!

Entzünde dein Feuer niemals unter einem Baum, wenn Schnee liegt! Denn dann steigt die Hitze auf, der auf den Ästen angehäufte Schnee taut, löst sich in einem Block und fällt auf dein Feuer. Von einer durchweichten Feuerstelle steigt keine Flamme mehr auf. Um rasch ein neues zu entzünden, muss man Steine zusammensuchen, um die Feuerstelle vom Schnee zu trennen, und sich auf die Suche nach neuen Ästen, Moos, trockenem Laub, Rindenschnipseln und abgebrochenen Ästen machen, die unter einem Felsen im Trockenen liegen, diese ganze Schinderei zieht sich eine weitere Stunde, die unmenschliche Kälte lässt den Atem stocken, die Zehen gefrieren, das Gesicht hart werden und die Wimpern verkleben. Den starren Händen gelingt es nicht, eine kleine Flamme in Gang zu setzen, sie zu schützen, zu unterhalten, ohne sie mit zu großen Ästen zu ersticken, die gefühllosen Glieder werden steif, das Blut zieht sich zurück, das Gehirn schaltet ab. Gelähmt im Schnee, bleibt man nicht lange am Leben.

Herman kannte diese größte Gefahr. Im Schneidersitz neben seinem flackernden Feuer, dessen goldglänzenden Funken aufstiegen, war er sein eigener Wächter, denn es gab keine größere Herrschaft als die über sich selbst. Er lauschte den Geräuschen, dem Knacksen, dem Wind, der Stille, die von der unsichtbaren Anwesenheit anderer erfüllt war, war selbst ein Tier, vermählt mit dem Wald, er träumte seine Jagd. Er schlief nur halb. War durchaus noch wachsam und erforschte die Finsternis, wann würde er zurückkommen?

›Ihm ist doch nichts passiert, oder, Kaska?‹

›Aber nein, was soll ihm schon passiert sein?‹

›Was, wenn er auf einen Wolf trifft …‹

›Er kennt den Wolf, der Wolf kennt ihn.‹

›Was ist mit einem Vielfraß?‹

›Herman geschieht nichts, ohne dass mein Rabengeist mir Bescheid sagt.‹

Ich glaubte ihr. Ein bisschen.

Mit hochgezogenem Kleid, den Hintern dicht am Ofen sog ich den köstlichen Duft von gekochtem Fleisch, verbranntem Harz, Fichtensaft, frischem Mehl in den Jutesäcken ein, den Duft vom Kaffee, doch statt mich darüber zu freuen, verging ich innerlich vor Ungeduld, war eifersüchtig, dass Herman ohne mich in den Wald gegangen war. Mit keinem anderen Führer als seinen geschulten Sinnen, die gelernt hatten, die Zeichen mit dem Wissen der Seinen zu erkennen, sie sich durch langes Beobachten, geschickten Gebrauch und umsichtiges Handeln zunutze zu machen. Ich erkannte bislang nur wenige der unzähligen Zeichen dieses Alphabets, doch mein Verlangen nach diesem unvergleichlichen Anderswo des Nordens war geweckt, ich machte mich zu ihm auf, oder er kam auf mich zu. Diese Weite, in der der Mensch sieht, wie sich der weite Horizont öffnet und sich entzieht, fernab aller bekannten, kartografierten und begrenzten Gebiete, diese grenzenlose Weite rief mich unwiderstehlich zu sich.

Wo war Herman in diesem Moment?

Er war kein unwissender, von sich selbst eingenommener Grünschnabel, der, das grundlegendste Wissen außer Acht lassend, beim kleinsten Fehltritt, einem geräuschlos aufgetauchten Tier, dem vom Schnee gelöschten Feuer unter einem Baum, einem verloren gegangenen Messer oder einem entzündeten Schnitt in Bedrängnis geriet. Im Wald starb man schon wegen deutlich weniger. Herman unterschätzte diese Gefahren mitnichten, er behielt sie stets im Kopf, während er über Berge, durch Tundren, an Seen und Flüssen entlangwanderte, das Tempo seiner Schritte, mal langsamer, mal schneller, an das des Pferdes oder des Schlittens anpasste, je nach Bodenbeschaffenheit, Zustand oder Menge des Schnees. Er deutete Geräusche, Schreie und Gerüche, passte diese übermenschliche Weite seinem intimen Maßstab an, körperlich und geistig, indem er sie sich vorstellte, sie spürte, erträumte und mit seinem Atem, mit seinen Muskeln wahrnahm. Er war sein eigener Gegner und sein einziger Verbündeter. Genau deshalb würde ich ihm blindlings folgen, ihm und Kaska, die ihm ebenbürtig war, egal wohin.

Als wir Kloo Lake dann verließen, verspürte ich keine Angst vor dem Unbekannten, nur die Zerrissenheit des Aufbruchs, doch diese hatte nichts mit dem aus Brentwood gemein.

Ich war nicht mehr Jessie Campbell, verstehst du, Bud?

Nenn mich Njyah.

In eine Ecke meiner Anrichte gedrängt, dachte ich, während Kaska und meine Mutter tief und fest schliefen, über die Enthüllungen der letzten Tage nach, über die Schandtaten, von denen ich erfahren hatte. Ich war verblüfft, wie wenig mich das erschütterte, mich, die ich höchst behütet aufgewachsen war und eigentlich hätte durchdrehen müssen, doch ich blieb vernünftig. Auch wenn ich eine noch unerfahrene Leserin war, so hatte ich doch festgestellt, dass die alten Zeitungen von Morley an den Wänden der Hütte mit ihren Artikeln und der alten Werbung, selbst die Comicstrips, die verfluchten Ausweise und die Fotos aus der Tasche, deutlich lehrreicher für mich waren als die Bibel von Miss Plunkett und ihre dämlichen Bilderbücher, wenn ich etwas über die Existenz Gottes und die Sündhaftigkeit seiner Kreaturen auf Erden, über Zufälle und Gefahren sowie die Möglichkeiten, ihnen zu begegnen, lernen wollte. Der Schnee von Kloo Lake hatte sich als viel umwerfender herausgestellt als der aus dem Kino mit seinen herumwirbelnden falschen Flocken, die Bewohner von Yukon waren nicht mit Federn geschmückt wie in den drittklassigen Western, der Bootsmann war als Freund zuverlässiger als Chaplin in seinen lustigen Filmen und ich als Gelegenheitsschiffsjunge aufgeweckter als The Kid. Meine kurze Vergangenheit als unwissendes Kind war angefüllt von eingebildeten und gewinnbringenden Erlebnissen. Meine Mutter war nicht meine Mutter und war es doch, weil ich sie von Geburt an als solche angenommen hatte.

Das entschied ich, aus eigenem Willen. Ich war erst sechs Jahre alt, doch ich hatte mit meinem abenteuerlichen Leben und den vielen Begegnungen im Verlauf der Reise deutlich mehr Vergangenheit angehäuft. Ihr Dasein war bereits Teil meiner Erinnerung, schließlich waren sie selbst im Besitz von Geschichten, die ihnen andere erzählt hatten und die sie übernommen hatten, bis sie sie für ihre eigenen hielten, obwohl sie nur das vorläufig letzte Glied einer Kette darstellten. Seit wir aufgebrochen waren, hatte ich allerhand Anzügliches, Schauriges und Verschrobenes gehört, das sich auf die eine oder andere Weise mit meiner Geschichte verknüpft hatte und sich jetzt dort eingliederte. Während ich an meinem kleinen Totem herumspielte, das für sich allein schon eine ganze Familie für mich war, ging ich jene durch, von denen ich nur gerüchteweise von hier und da erfahren hatte.

An diesem Tag adoptierte ich auch die Alten beim sepiafarbenen Brunnen und das Kindermädchen Lottie mit ihrem kleinen Hexenfinger, quasi eine menschenfressende Stute, die abstinente und verzweifelte Gemüsefrau von Salinas und meine verstorbene schottische Erzeugerin - Letztere ebenso namenlos wie die Ureinwohner von Klondike, die Onayepa zur Welt gebracht hatte - *de profundis* würde Miss Plunkett wohl sagen. Dieser Liste könnten wir noch Jacques, den hinkenden Traumdieb hinzufügen, nicht sehr raffiniert im Umgang mit den Squaws, und die Gwich'in-Ahnin von Kaska, von der ich die mottenzerfressene Decke voll trauriger Geschichten geerbt hatte. Auch die Brüder Jaquot aus Lothringen mit ihren indigenen Ehefrauen, die sie auf dem örtlichen Viehmarkt für sich beansprucht hatten, dazu das ganze hier lebende Völkchen: Buck, der Maultierverleiher, und Morley, der Zeitungsliebhaber, das urkomische Parker-Paar, Murphy Nolan, der Cousin mütterlicherseits von Jim Donegan, gebürtig aus Clifden und Seemann auf dem Fjord, sowie sein Freund Kostas, der Gemischtwarenhändler für Schwämme und mit der ganzen Verwandtschaft aus Armenien und der Türkei im Schlepptau, und natürlich mein kleiner Bootsmann, der Chaplin-Zwilling!

Dazu noch die alte brummige Mormonin in Crescent Bay, deren Nachbar Salomon, der vom Öl und von Natur aus schwarze Automechaniker, dann mein lieber kleiner Kluk mit der Mundharmonika, richtig süß, wenn er vor Aufregung knallrot anlief wie eine echte Rothaut. Nicht zu vergessen François Ardenne, der einen auf wilder Grizzlyjäger machte – aber vielleicht hatte ich den auch nur geträumt. War er nicht der hässliche Jäger mit der Smith & Wesson, der ausgestreckt auf der Lichtung lag, wo kam nur dieser Vielfraß her? Dann wären da noch die gefallenen Mädchen von den gestohlenen Ausweisen, mein dummstolzer Kapitän Preston, der sich von den Dirnen in Juneau über den Tisch ziehen ließ, und Bogdan, der Terrorist, Freund von Misha, der hübsche, muskelbepackte und in der Martingaletechnik bewanderte Roulettespieler, und natürlich sein mutiger Donkosaken-Papa. Sowie der deutlich weniger kriegerische Vater von Bonnie und ihren anämischen Schwestern in Boston. Bonnie und Archie, wir dürfen das ewige Brautpaar aus Fort Seward nicht vergessen! Und auch nicht die erstklassigen Jäger Mickey und die dänischen Zwillinge, den Richter MacCoy in Dawson City, der gedankenlos zweifelhafte Bescheinigungen abstempelte, das waren doch so einige sagenhafte Leute, die seit kurzer Zeit meine sechsjährige Vergangenheit bevölkerten!

Ich hatte mehr Erinnerungen, als ich mit tausend Jahren haben würde. Mir schwindelte, mein Kopf war ein regelrechtes Jahrmarktskarussell, Blechbläser, Becken, das war der Taumel meines Lebens.

Ich stellte auch fest, dass ich in kürzester Zeit mehr von Herman und Kaska gelernt hatte als von Oswald in den ganzen sechs Jahren auf seinen dicken Gauner-Schenkeln. Kloo Lake war mein Königreich. Ich mochte meinen kleinen Fuchsbruder lieber als die Zwillingspudel, meiner leiblichen Mutter zog ich bei Weitem die kriminelle Mutter vor, die mir der Zufall geschenkt hatte. So durchgeknallt sie auch sein mochte, wenigstens lebte sie. Sie duftete nach

Gardenie, hatte Brüste, einen göttlichen Hintern, funkelnde Augen und ein verliebtes Lachen. Die andere war mir so was von egal.

War das normal oder unnatürlich?

Aber wer würde sich schon nach solch einer Abwesenden verzehren? Sie blieb ein Trugbild, das ich mit nichts füllen konnte, keinem Gesicht oder Geruch, nicht ein einziges Bild von ihr hatte in der Villa von Brentwood gehangen, es gab kein Fotoalbum, kein Schmuckstück, auch kein Kleid und kein Paar Handschuhe. Sie hatten sich zum Schweigen verschworen, verloren kein Wort über diese eheliche Episode, keinen Seufzer, keine Träne. Nicht einmal ein Grab? Alles in allem hatten sie gut daran getan, das nächste Kapitel aufzuschlagen. Ich verdankte ihr mein Leben, doch inwiefern stellte Geborenwerden eine Schuld dar? Sie sollte mir eigentlich dankbar sein, dass ihre unwahrscheinliche Existenz in meiner leuchtenden Haarfarbe Ausdruck fand, dem einzigen Erkennungsmerkmal, das ihr einen posthumen Klappsitz in dieser Geschichte einbrachte. Sie fehlte mir kein bisschen, und es gefiel mir ungemein, dass ich jetzt keine Eltern mehr hatte, eine Waise ohne Mutter und Vater war, genau wie Onayepa, doch während diese Mythomanin sich für eine Prinzessin königlicher Abstammung hielt, traf das auf mich nicht zu.

Ich, Tochter von niemandem.

Ich war in einer beneidenswerten Situation. Unbedingt ein Vorteil.

Mach dir keine Sorgen um mich, Bud, von allen bedauernswerten kleinen reichen Mädchen in Amerika war ich das glücklichste, heimisch geworden in der weiten Wildnis der Wälder. Dort gab es keine Widerlinge, Angeber, Erpresser, keine Zuhälter mehr und keine Nutten. Ich konnte mir die Mitspieler aussuchen, die mir gefielen, jemanden auswählen oder mich ganz nach Belieben von ihnen verabschieden. So stieg zum Beispiel Miss Plunkett, obwohl sie eine biblische Schnattergans blieb, in meiner Achtung, weil sie Lorna zu Recht angeschnauzt hatte – und das mehr als einmal!

Mein Kapitän Preston hatte, seit seine Pleuelstange kaputt gegangen war, hingegen an Schneid verloren. Genau wie Bonnie, weil sie so schreckliche und falsche Sachen über die Indianer erzählt hatte.

Oswald wiederum fand trotz der schlimmen Dinge, die er getan hatte, meine Nachsicht. Jetzt, wo er ertrunken war, war er sehr viel schöner als zuvor, so viel fantastischer als Papa, seit er sich angewöhnt hatte, mit seiner Algentoga den Wellen zu entsteigen, umgeben vom Meeresglanz des Morgenlichts. Ich weiß schon, der Grund dafür war der verblichene Kalender mit dem Strandbild, kein besonders künstlerischer Werbedruck, das mag sein, aber eindeutig poetischer als das Bild von Santa Monica mit seinem ganzen Feuerwerksgedöns, der Jazzband und den angesäuselten Angebern. Der eine Strand hatte den anderen ausgelöscht.

Wenn er jemals existiert hatte.

Du weißt ja nicht, wie sehr ich dieses mit Fliegendreck besudelte Bild liebte, eben wegen seiner aquarellhaften Naivität war es ideal zum Träumen, um gemeinsam mit den Möwen, den Riesensturmvögeln und den Papageitauchern mit den orangefarbenen Schnäbeln dicht über die gischtbekränzten Wellen zu fliegen und dann abzutauchen zu den Walen mit den ausgebleichten Barten, den Orcas und den Pottwalen, den in den eisigen Untiefen ertrunkenen Seeleuten, um meinen Vater in seiner tropfnassen himmlischen Herrlichkeit von dort herauszuziehen, bis er, beschämt und reumütig, meine in den Sand gegrabenen Zehen streifte und mich flehentlich für seine schändlichen Kindereien um Verzeihung bat. Ich dachte darüber nach, ob es gut war, ihm zu vergeben. Dabei saugte ich an dem köstlich nach Lakritz schmeckenden alten Etikett und summte *poo-poo-pee-doo.*

Es kam aber auf keinen Fall mehr infrage, seinetwegen zu weinen, das nun wirklich nicht!

Doch was hörte ich plötzlich?

Was hörte ich da?

Häufig drangen in der Stille der Nacht die Geräusche von einst zu mir, hallte das Echo verlorener Dinge wie ein Orchester in meinen Gehörgängen wider: Trommeln, auf und ab wogender Gesang, Instrumente, tiefe Töne, hohe Missklänge, ganz leise oder laut, Tröten, Triller und Geschmetter mischten sich in die Harfentöne des klagenden Windes, explodierende Klänge. Sie schraubten sich nach oben, rivalisierten miteinander, dann jedoch, gleich darauf, diese unvergleichliche, geseufzte Klage, gehaucht von zarten Lippen an den Durchschlagzungen, die erkannte ich unter allen wieder, das war die Mundharmonika von Kluk! Sein melancholisches Matrosenlied, war nicht der Gesang einer Sirene oder das Sausen meiner Ohren, er war hier, ganz nah! Als hätte man an der Wunderlampe gerieben, und sein blauer Geist wäre aufgetaucht. Es hatte ausgereicht, an ihn zu denken, ein kurzer Gedanke zwischen zwei Kommata in der Aufzählung der Personen, und sein Bild vor meinem geistigen Auge heraufzubeschwören, damit er erschien wie ein Fakir auf einem fliegenden Teppich, so nah, so gegenwärtig, dass ich aus meiner Anrichte heraussprang und wie besessen in der Dunkelheit der Hütte seinen Namen rief.

Aus dem Schlaf gerissen richtete sich meine Mutter auf ihrem Tannenreisig auf, Kaska schlug ihr Bärenfell zurück und zündete ein Streichholz an.

›Das ist Kluk‹, rufe ich ihnen zu. ›Er ist da!‹

Unser Windlicht konnte es nicht mit Aladins Lampe aufnehmen, doch sobald es ihre erstaunten Gesichter und unsere Rundholzstämme erhellte, schuf das gelbe Leuchten wieder Ordnung in meiner Wirklichkeit im Hier und Jetzt. Gleichzeitig ließ es die Kakofonie der anderen Geräusche verstummen. Nur das klagende Tremolo hielt an. Hörst du es?

Hör hin.

Da draußen vor der Tür spielte jemand Mundharmonika.

Was für ein Wunder, was für eine Überraschung: Es war wirklich Kluk, in Lebensgröße!

Und wenn er tatsächlich blau war, dann aufgrund der Kälte.

Starr stand er in der Dunkelheit, neben ihm Shini, der weder gebellt noch die Zähne gefletscht hatte. Shini hielt es für unter seiner Würde, den Wachhund zu spielen, er roch schon von Weitem, ob ihm jemand gefiel, oder aber er sprang demjenigen, der ihm nicht gefiel, an die Kehle, ohne sich um die Meinung eines Menschen zu scheren. Wie ein braver Schutzengel stützte er den armen Kluk, das zartgliedrige Eichhörnchen, eingepackt in einen zu großen Kapuzenmantel, weiß wie ein wandelnder Gletscher, bis zu den Knien im Schnee versunken, sein Kopf schneebedeckt, sein Atem gefror auf den gesprungenen Lippen.

Ich fiel ihm um den Hals. Denn er war weder ein Phantom noch ein von mir herbeigerufener Wiedergänger, er war der durchfrorenste kleine Kluk aus Fleisch und Blut, der in der schrecklichen windigen Nacht aufgetaucht war.

Vor Freude klatschte ich in die Hände. ›Komm doch rein, schnell, wärm dich auf, du armer kleiner Eisklotz.‹

Weniger begeistert als ich murrte Kaska: ›Was will der Rotzlöffel, zu dieser Stunde schlafen die Leute, wer ist er, wo kommt er her?‹

Obwohl auch Onayepa mehr als überrascht war, rettete sie die Situation. Rasch erzählte sie, dass der hier aufgekreuzte junge Mann der Bootsmann von ihrem Freund Jim sei, ein netter Junge, den sie kenne, und nachdem sie einander nun vorgestellt wären, müsse Kaska mit ihm unverzüglich dasselbe machen, was sie unter ähnlichen Umständen mit ihr gemacht habe. Er müsse aus seinen gefrorenen Kleidern geschält, abgerieben und kräftig geohrfeigt werden.

Sein starrer Eismantel blieb in einer Ecke der Hütte aufrecht stehen wie ein menschlicher Rumpf, wie eine finstere Hülle neben der Kluk in Unterwäsche, vor Kälte mit den Zähnen klappernd, noch schwächlicher, zaghafter und verunsicherter wirkte. Doch seine Wangen nahmen schon wieder etwas Farbe an, und er ähnelte immer mehr dem echten Kluk aus meiner Erinnerung.

Außer mir hatte wohl niemand sein Näherkommen bemerkt, auch Kaska nicht, trotz ihrer mysteriösen Rabenbegabung und ihres telepathischen Antennenradars. Vielleicht weil Kluk, ein Indianer wie sie, für sie unsichtbar und unvorhersehbar blieb. Würde sie die Gegenwart eines Fremden eher bemerken als die von einem der Ihren? Dennoch beruhigte es mich, auch sie einmal bei einer Unzulänglichkeit ertappt zu haben. Sie war weniger unfehlbar, als es den Anschein hatte, war fast ein ganz normaler Mensch. Und war sie nicht auch in die Falle getreten und hatte sich vom übellaunigen Mond übertölpeln lassen?

Verärgert und vielleicht auch aus Angst vor sich hin brummend machte sich Kaska daran, das Feuer im Ofen zu schüren und einen stärkenden Trank nach ihrem Rezept anzurühren, während sie dem Eindringling gleichzeitig finstere Blicke zuwarf, der sich, zumindest vorerst noch, verhätscheln ließ.

Ich betete ihn an, gefangen in der glühenden Verehrung dieser Erscheinung einer Vergangenheit, die ich im aufgewirbelten Kielwasser unserer Reise für immer verloren geglaubt hatte. Ich hatte gedacht, ich würde Kluk niemals wiedersehen, seine Melodien nie wieder hören, ihn auch nie mehr umarmen, und doch hatte er mich gefunden! Er musste mich schrecklich vermisst haben, dass er Juneau verlassen, über den Fjord gefahren war und den Wald allein durchquert hatte, trotz der Kälte und der Nacht, und das nur, um mir ein Ständchen zu bringen. Das war seine bescheidene Art, sich anzukündigen, indem er mich durch das musikalische Zeichen wissen ließ, dass er da war, in der einzigen Sprache, in der eine Seele direkt mit einer anderen sprach. Dabei hatte er sich durchaus der Gefahr ausgesetzt, dass er mit dem Gewehr empfangen worden wäre, wenn ich seine Mundharmonika nicht erkannt hätte! Doch er hatte natürlich gewusst, dass ich das, was er am Hafen von Haines als verliebtes Adieu zum Abschied gehaucht hatte, nicht vergessen hatte und ihm zu Hilfe eilen würde, ehe ihm jemand etwas zuleide tat. Dabei war das gar nicht nötig gewesen:

Meine Mutter, die so groß getönt hatte, was den Empfang der nächsten Besucher betraf, hatte weder ihren Colt noch ihr Gewehr mit Patronen bestückt und auch ihr Messer nicht aus der Scheide gezogen, ehe sie die Tür geöffnet hatte. Man zielte nicht auf jemanden, der mitten in der Nacht Mundharmonika spielte. Die Musik war eine Magierin, die auch das verhärtetste Herz entwaffnete.

Ach, mein lieber kleiner Indianer, ich liebte dich dafür, dass du dich auf den Weg zu mir gemacht hattest.

Tatsächlich aber brachte Kluk keine guten Neuigkeiten.

Sobald er sich mit Essen und der Paste aus blauen Beeren vollgestopft und aufgewärmt hatte, wandte er sich an die Erwachsenen, nicht an mich. Das kränkte mich, aber wer interessierte sich schon für mein Innenleben? Keine Zeit, sich mit solchen Lappalien herumzuschlagen: Ohne Umschweife erklärte Kluk, dass er von Jim als Bote geschickt worden war, beauftragt von dessen Freund, dem Gemischtwarenhändler Kostas, um Mrs Apostodès zu warnen, dass ihr böswillige Leute auf den Fersen seien.

›Mir auf den Fersen? Leute? Was für Leute?‹, fragte Onayepa ungerührt und setzte sich, ihr wieder funktionstüchtiges Hirn lief bereits auf Hochtouren. ›Erklär mir das.‹

Da saßen wir also im Schein der Lampe, alle drei hellwach, und hingen an Kluks Lippen, ein hübsches Zinnoberrot, rotbäckige Wangen. Jetzt, wo er gestärkt war, bekam er wieder Oberwasser, lebhaft sah er hoch. Er, zuvor so schüchtern zurückhaltend, reckte jetzt großspurig seinen mageren Brustkorb, war erfüllt von seiner Wichtigkeit als Bote in geheimer Mission, stolz darauf, sein Ziel gemäß dem Plan von Jim Donegan heil erreicht zu haben, und das in nur fünf Tagen, auch wenn er etwas aufgehalten worden sei.

Fünf Tage! Dabei hatte ich geglaubt, wir wären Wochen, Lichtjahre von Juneau und dem restlichen Universum entfernt! Hatten wir unterwegs auf dem Dalton Trail etwa Zeit verloren, statt seinem Beispiel zu folgen und einfach über die Berge und Wälder hinüberzusteigen wie der kleine Däumling dank der Siebenmeilenstiefel, die er dem Oger entwendet hatte. Oder wie Tachokaii, der Reisende, der die arktischen Weiten mit seinen kühnen Schritten durchmaß, flinker als ein Pfeil sie durchqueren könnte. Was zählten Meilen, Kilometer, See- oder Landmeilen, wenn sie in einer Millisekunde durchquert werden konnten? Wenn das, was man verlassen zu haben glaubte, greifbar war, zwei Schritte hinter der Wand, der Tür?

Dieses Zusammenziehen oder Dehnen des Raumes und der Zeit brachte die Größenordnungen ungeheuer durcheinander. Meine Größenordnung - denn klein, wie ich war, noch dazu barfuß oder nur mit Mukluks bekleidet, stieg ich über nichts Größeres als Grasbüschel hinweg - und jene, die zu dieser Zauberwelt gehörte, in der das Land anders vermessen wurde, wo das, was man einst fürchtete, erhoffte oder bedauerte, ganz nach Belieben herangerückt oder weggeschoben wurde, wodurch es uns im Hier und Jetzt schrecklich nahe war. Vielleicht war es wie mit dem Fernglas, so sagte ich mir, vielleicht war Onayepa der Garten von Anaïs in Frankreich so nah, dass er nur den Arm ausstrecken musste, um sie am Schopf zu packen und sie trotz ihrer langen Überfahrt über den Ozean – treib weiter, immer weiter, großes Schiff – wieder zurückzuholen von diesem Kontinent und aus den wunderlichen Gegenden Alaskas. Trotz der Kapitel, deren Seiten sie so rasch umblätterte, blieben die Ferne und die Vergangenheit zum Greifen nah, da konnte sie noch so sehr zu einem Land auf der anderen Erdhalbkugel flüchten, in der Hoffnung, dort unerreichbar zu sein, das Anderswo entzog sich ihr beständig, und jetzt war ihr auch noch jemand auf den Fersen.

Auch wenn Kluk die anderen überholt hatte, so hatte das doch nichts mit Magie zu tun, er besaß weder einen fliegenden Teppich noch die Siebenmeilenstiefel des riesigen Ogers. Innerhalb von fünf Tagen war er ganz einfach mit dem Schiff zum Hafen von Skagway gefahren, hatte von dort den White-Pass-Zug nach

Whitehorse genommen, war dann weiter mit Baxter im Lastwagen die Straße entlang – in Begleitung der Jäger, die ihn in Juneau als Lastenträger, Laufboten, Stiefelputzer, Barbier, Kundschafter und Einheimischen für alles Mögliche angeheuert hatten, durchaus gängig, einen solchen am Hafen anzumieten.

›Vorzugsweise einen Chilkoot. Die sind dafür bekannt, ausdauernder als Lasttiere zu sein, wenn sie den Krempel der Weißen tragen‹, meinte Kaska spöttisch.

›Kein Weißer unterjocht einen Chilkoot!‹, fuhr Kluk wütend auf. ›Tatsächlich ist er es, der schon lange den Handel kontrolliert, die Bedingungen und Preise diktiert, geschickt mit den Tlingit im Landesinneren verhandelt, von den Tutchone bis hin zu den Hän im Norden …‹

›Du sprichst von früheren Generationen‹, unterbrach sie ihn. ›Heutzutage katzbuckeln die Chilkoot und Chilkat, du allen voran, Sohn eines Clans der Klukwan.‹

Entrüstet überlegte Kluk, ob er sich mit dieser betagten Eule anlegen sollte. ›Ich musste nicht katzbuckeln‹, begehrte er gekränkt auf. ›Zuerst einmal hat man mich angeheuert. Und dann waren diese dicken Farmer aus Saskatchewan ziemlich entgegenkommend, weder ungehobelt noch boshaft, einfach nur glücklich darüber, gemeinsam einen Jagdausflug nach Burwash Landing zu machen. Laut ihnen sollte er jetzt am Ende der Saison ziemlich denkwürdig werden. Inzwischen sind sie sicherlich dort angekommen, wohin sie wollten. Aber Pech gehabt, für ihre lästigen Arbeiten müssen sie leider auf mich verzichten: Ich habe sie nämlich stehen lassen‹, rückte er sich überheblich ins rechte Licht.

Bestimmt erwartete er ein Kompliment, aber wir schwiegen.

›Das hätte ich schon in Champagne machen sollen‹, fuhr er fort, ›aber da ist Baxter mir nicht von der Seite gewichen, also musste ich bis nach Män Shii'aya im Lastwagen mitfahren. Als wir in der stockfinsteren Nacht dort ankamen, habe ich das Gepäck und ihren ganzen Jagdkrempel am Ufer abgeladen. Ich wäre ganz schön in die Bredouille geraten, hätte ich auch noch den See mit ihnen überqueren müssen! Doch zum Glück hatte das Boot Verspätung. Ohne sich darüber Sorgen zu machen, hat Baxter ihnen erklärt, dass Eugène wahrscheinlich einen ziemlichen Umweg fahren müsse, da die Eisbänke so langsam anfingen, die Ufer zu blockieren. Da sie auf ihn warten mussten und es eisig kalt war, entfachte er ein großes Feuer aus Treibholz für sie. Zufrieden darüber, einen so guten Führer zu haben, sahen sie ihm zu und scherzten untereinander über das bevorstehende Vergnügen, die sagenhaften Schüsse, die sie abzugeben hofften. Sie aßen eine Kleinigkeit, während sie ausharrten, wärmten sich an den Flammen, hielten unbekümmert Ausschau nach der Laterne und Motorgeräuschen. Mich hatten sie ganz vergessen. Zunächst saß ich etwas abseits, dann entfernte ich mich, als müsste ich mal austreten, nach wenigen Schritten hatte mich die Finsternis bereits verschluckt. Ein paar Meter weiter, und ich war bei den zerfallenen Hütten von Silver City. Eine Minute lang lauschte ich dort, spähte zwischen den Brettern hindurch, für den Fall, dass einem von ihnen meine Abwesenheit zu früh auffallen sollte, doch nichts geschah. Ihre langen Schatten bewegten sich weiter im Lichtschein um das große, lodernde Feuer herum, also stahl ich mich durch den dichten Wald davon, gelangte rasch außer Reichweite. Verfluchter Indianerbastard, Ausreißer, Abtrünniger – ich kringelte mich vor Lachen bei der Vorstellung, wie sauer sie sein würden. Ohne die Straße aus den Augen zu verlieren, hey, schließlich war das mein einziger Anhaltspunkt, ging ich Richtung Osten. Um die Strecke, die der Lastwagen auf dem festgefahrenen Schnee so schnell hinter sich gebracht hatte, zurückzulaufen, brauchte ich die restliche Nacht, dann schlief ich ein paar Stunden zwischen den Bäumen. Sobald es wieder dunkel war, ging ich weiter, deshalb dauerte es zwei Tage, bis ich hier war …‹

Mein armer kleiner Musiker, der wie ein Däumling ohne seine Brüder im finsteren Wald umherirrte, und wie lustig es doch war, sich all die überstandenen Gefahren vor Augen zu führen, jetzt, im Warmen neben dem Ofen! Und wie ging es weiter, Kluk?

›Fast dachte ich, ich würde diesen verfluchten Weg nach Kloo Lake niemals finden! Ich dachte schon, Murphy Nolan habe sich bei meinem Stopp in Champagne über mich lustig gemacht. Da stolzierte er in seinem Saustall voll lausiger Ausrüstung und Lebensmitteln herum und hat mich mit seinem falschen Geheimtipp ganz schön aufs Glatteis geführt. Eigentlich hätte er mir nämlich die Stelle zeigen sollen, wo Sie mit dem Knirps hin sind, nachdem ich das Losungswort von Jim gesagt hatte.‹

Hat er da wirklich Knirps gesagt? Warte du nur ab, bis du Fuchsnase etwas besser kennst, mein kleiner Kluk, gelobte ich insgeheim.

›Die beiden mögen vielleicht Cousins sein, aber mir wäre das wirklich nicht aufgefallen, hätte Jim ihn mir nicht beschrieben. Hätte er mich nicht vorgewarnt, dass Murphy dreimal so groß und breit ist wie er. Oder dass er einen Ohrring trägt, eine Erinnerung an seine Jugend als Walfänger in Labrador. Diese Fischzüge haben dazu geführt, dass er ein für alle Mal dem Festland den Vorzug gab …‹

›Sagst du mir jetzt bald, wer diese Typen sind?‹, unterbrach ihn Lorna, der Kluks Geschwätz ein klein wenig auf die Nerven ging.

›Ich komme gleich darauf, gleich, aber Sie müssen wissen, Mrs Apostodès, dass mein Chef an alles gedacht hat: Sobald wir wieder in Juneau waren, hat Jim seinen Cousin Murphy wissen lassen, dass – vielleicht weil Sie, seine Worte: zwar schön, aber auch eine Angeberin sind – sehr bald eine – bei allem Respekt, Mrs Apostodès – gut gebaute Weiße zu ihm kommen könnte oder aber er von ihr hören würde, zumindest habe er Ihnen seinen Handelsposten empfohlen für den Fall, dass Sie verloren gehen sollten. Was Ihnen, ihm zufolge, wohl auch passieren würde. Wie vereinbart hat Murphy dann wiederum Jim mitgeteilt, dass Sie nicht in Champagne, sondern aller Wahrscheinlichkeit nach in Kloo Lake bei Herman sind, zumindest habe das ein Typ behauptet, der sich bei ihm am Tresen immer volllaufen lässt. Dieser Herman, hat Murphy ihn wissen lassen, besitze eine Hütte und ein eigenes Pferd, dem trete man nicht gefahrlos auf die Zehen, der sei eigentlich kein Typ, der mit Weißen Umgang pflege, noch weniger mit einer Weißen …‹

›Da hat Murphy nicht ganz unrecht‹, sagte Kaska.

›Jim war da anderer Meinung. Ein Indianer mit einem solchen Namen, da gäbe es in ganz Yukon nur einen, und der habe – laut Jim – einen speziellen Charakter, sei ein Original, so ein widerspenstiger Typ, der nichts wie alle anderen mache. Jim selbst hat ihn wohl nie gesehen, aber sein Freund Burnt Nose habe so viel und lange von ihm erzählt, als wäre er ein großer Weiser, ein großer Philosoph …‹

›Auch damit liegt er nicht falsch‹, meinte Kaska.

›Moment mal, Moment‹, warf meine Mutter wütend ein. ›Wer ist jetzt dieser Burnt Nose?‹

›Das war ein junger, belesener Mann, der zur Zeit des Goldrausches aus Portland gekommen ist, sein richtiger Name lautet Ewan MacTrevor. Mitten im Winter hat ihm die Sonne auf dem Chilkoot Pass die Nase verbrannt, klingelt da was bei seinem Spitznamen? Er hat dem Ingenieur Macaulay dabei geholfen, die Gleise am Ufer des Yukon bis nach Miles Canyon zu verlegen, die gleiche Baustelle, auf der Herman als Mechaniker gearbeitet hat … Aber Sie sind nicht von hier, also werden Sie nichts verstehen, wenn ich Ihnen den Miles Canyon nicht erkläre …«

›Erklär aber nicht zu lange‹, drohte Kaska, die genauso ungeduldig war wie meine Mutter.

›Diesen schrecklichen Canyon haben die Kwalin Dün, die sind ja nicht verrückt, schon immer auf ihren Handelspfaden umgangen, indem sie über Thè Mbäy …‹

›Du sagst nicht Grey Mountain wie die Weißen?‹, neckte sie ihn.

›Die ersten Siedler, die sich an der Mündung niedergelassen haben, haben dieselben Pfade benutzt‹, fuhr Kluk fort, ohne sich ärgern zu lassen, ›aber das waren damals nur Trapper, russische Händler oder einige wenige Agenten der Hudson's Bay Company aus Quebec. Und dann füllte sich der Fjord 1897 mit Dampfern, die Tag für Tag ganze Scharen von Goldsuchenden in Dyea und Skagway ausspuckten, von wo sie weiter nach Dawson drängten. Diesen Leuten war das Land völlig unbekannt, sie brauchten Führer. Mein Vater führte sie über den Pfad am Dead Horse Pass ...‹

›Statt ihren Weg über den Berg geheim zu halten wie vor langer Zeit haben die Chilkoot gemeinsame Sache mit den Weißen gemacht. Sie haben zugelassen, dass die dort plündern und sich ausbreiten, schlimmer als die Krätze, sie waren zu gierig nach Baumwollstoffen, Wasserkesseln, Äxten, Gewehren und Mehl – und Tabak natürlich. Sie freuten sich darüber, mit ihnen zu handeln, und ahmten sie in allem nach ...‹

›Gut möglich, dass das ein Fehler war‹, meinte Kluk seufzend. ›In jedem Fall haben unsere Leute ihnen den Pfad über diesen Pass gezeigt. Ein richtiger Ort des Grauens, ein halsbrecherischer Trail aus Felsen und Eis. Das war das Geschenk der Chilkoot‹, sagte er und lachte dabei. ›Die Gegend ist noch immer mit den Skeletten ihrer Tiere übersät, die sie, wenn die nicht mehr weiterkonnten, in die Schlucht warfen, aufgeschlitzt und mit gebrochenen Beinen. Mein Vater hat selbst gesehen, wie ein Pferd freiwillig in den Tod gesprungen ist, ist einfach auf das Nichts zugerannt und hinabgesprungen – aus seinem eigenen Willen als Mensch heraus. Oder diese Typen, die sich, erfasst vom Wahnsinn, nackt ausgezogen, sich selbst geschnitten und sich an Bäumen aufgehängt haben ...‹

›So ist's recht, so ist's recht‹, sagte Kaska fröhlich.

›Die Überlebenden wollten danach schnellstmöglich den Yukon hinunterfahren, um nach Klondike zu den Goldvorkommen zu gelangen. Ihre Schiffe stauten sich zu Tausenden in Carcross, vor allen Dingen bei diesen schrecklichen Stromschnellen im Miles Canyon, die sie um jeden Preis überwinden mussten. Ihre alten Kähne zerschellten dort, erlitten Schiffbruch, sie waren vollkommen verloren, Hunderte ertranken ...‹

›Nicht genug, nicht genug von ihnen‹, sagte Kaska.

›Sicher nicht‹, stimmte Kluk ihr langmütig zu, ›dennoch ließ ihr Andrang nicht nach. Und da hatte dieser soeben in Dyea eingetroffene Ingenieur namens Norman Macaulay die Idee, mithilfe von Burnt Nose, der sich mit so groben Arbeiten auskannte, eine Bahnlinie am rechten Ufer des Canyons zu errichten. Innerhalb von drei Wochen hatten sie die Stämme für den Unterbau der Gleise aufgestellt, die von Pferden bis zur Mündung gezogen worden waren. Gleichzeitig hat Macaulay dort ein großes Roadhouse für die wartenden Goldsucher errichtet, mit Gastraum und einer Schmiedewerkstatt, Pokertischen und Alkohol in Hülle und Fülle. Es machte ihn reich, die Umherziehenden über die Stromschnellen flussabwärts zu karren, die nur zu glücklich darüber waren, sie trockenen Fußes hinter sich lassen zu können. So ist Whitehorse entstanden, das seinen Namen den Strudeln verdankt, die an die Mähne eines durchgehenden Pferdes erinnern. Diese bettelarmen Typen wussten nicht, dass andere, ebenso todbringende Stromschnellen etwas weiter unten bei Five Fingers auf sie warteten. Sie rasten in ihren Kähnen geradewegs auf sie zu. Um zu den Goldvorkommen von Klondike zu gelangen, gab es nur den Fluss. Erst als die Bahnlinie von Skagway errichtet war, dazu die ganzen Schaufelraddampfer, wurde es einfach, nach Dawson zu gelangen. Die schöne Gesellschaft hatte es ganz eilig, dorthin zu kommen: Opernsängerinnen, Kanarienvögel in Käfigen, kippbare Zahnarztstühle, Spiegel aus Venedig, Pianos, Parfümeure, Luxusgüter und sogar ein Kinematograf ...‹

Diese Beschwörung des Glanzes vergangener Zeiten schien träumerische Begehrlichkeiten bei Kluk zu wecken. Ich hatte geglaubt, seine Beredsamkeit beschränke sich auf die Mundharmonika, doch mir stand vor Bewunderung der Mund offen, so eindringlich erzählte er die Geschichte.

›Aber Dawson, das war vorbei‹, fuhr er schließlich munter fort. ›Pffft, Whitehorse ging langsam ein. Züge oder Dampfschiffe wurden nicht mehr gebraucht. Im Vergleich zu Juneau ist es nurmehr ein Kaff‹, sagte er mit geringschätziger Grimasse, ›nichts als die Endstation eines Bummelzuges. Obwohl Jim der Meinung ist, dass die Plagen sich jetzt mit dem neuen Flugplatz direkt vom Himmel herabstürzen werden, schlimmer als Frösche, Fliegen oder die Heuschrecken aus dem Buch Mose ...‹ Kluk wirkte ganz verzückt über diese Prophezeiung einer Katastrophe.

›Apropos Whitehorse, du warst gerade bei Burnt Nose‹, versuchte meine Mutter, ihn zum Thema zurückzuführen. Sie konnte ihren Ärger nicht länger herunterschlucken.

›Angewidert von diesem Run aufs Gold hat er sich erst als Bauleiter bei Macaulay einstellen lassen. Dann bei Hepburn, einem Konkurrenten, der seine eigene Strecke am anderen Ufer baute. Der bezahlte besser. Aber die Rivalen haben sich zusammengeschlossen, um den Lohn der Beschäftigten drücken zu können, die bisweilen vierundzwanzig Stunden am Stück arbeiteten, um diese Menge vor dem Eisstau weiterzutransportieren. Das löste Empörung aus, einen Aufruhr, letztlich einen Streik. Herman gehörte zu denen, die eine Lohnerhöhung verlangten. Er war noch ein Jugendlicher, doch als Indianer bekam er fünf Jahre Gefängnis aufgebrummt ...‹

›Fass dich kürzer‹, knurrte Kaska, die bei der Erwähnung dieser Episode sichtbar missmutig geworden war.

›Bei diesem Streik hat Burnt Nose ihn kennengelernt. Hat seinen Mut bemerkt und gesehen, wie er zusammengeschlagen und gefesselt wurde. Angewidert von diesen Ausbeutern, hat er den ganzen Saustall mit der Bahn verlassen, die im Übrigen rasch stillgelegt wurde. Er hat in Juneau angefangen, Kleinteile für die Minen industriell herzustellen, dann hat ihn sein Tick für Gerechtigkeit wieder gepackt, und er hat eine Zeitung gegründet. Man sagt über ihn, er sei ein Wobbly, weil er manchmal für die Arbeiter der Gewerkschaft der Industrial Workers of the World eintritt, dennoch ist und bleibt er ein Arbeitgeber. Da er schon so lange in Yukon tätig ist, kennt er die Bewohner bestens, die Spinner, die Verräter und die anständigen Menschen. Tja, der einzige Mann, für den er nach all der Zeit Hochachtung empfindet, ist Herman. Laut ihm ein überlegener Geist. Habe echt was drauf in Sachen Mechanik, Arithmetik und Lesen. Burnt Nose sagte, er hätte Ingenieur werden können. Vielleicht sogar Abgeordneter oder auch Gewerkschaftsführer bei den IWW. Wäre er kein Indianer gewesen, hätte er seine Bildung nicht verleugnet ...«

›Die Missionare haben sie ihm eingebläut, genau wie die Streikbrecher.‹ Kaska spuckte verächtlich aus.

›Nach der Haft in Edmonton ist Herman über Jahre hinweg aufs Geratewohl verschwunden, war angeblich im Süden, in irgendwelchen Yankee-Staaten, aber da hat es ihm wohl nicht gefallen, was, Kaska?‹

›Ganz und gar nicht‹, bestätigte sie.

›Burnt Nose hat ihn, ist schon einige Jahre her, in Whitehorse wiedergetroffen, wo Herman einmal im Jahr hinreist, um seine Häute zu verkaufen, und da hat er ihm erzählt, was ihm widerfahren ist, wie weit er herumgekommen ist und wie froh er ist, wieder zurück zu sein. Als sein Cousin Murphy Herman erwähnte, hat Jim sich gesagt: Wenn es sich hier wirklich um den Indianer-Freund von Burnt Nose handelt, den die junge Dame getroffen hat, wenn sie wirklich bei ihm untergekommen ist, darf man nicht ...‹

›Verdammt, spuckst du endlich mal aus, wer mir auf den Fersen ist?‹, explodierte da die junge Dame und hieb mit der Faust so heftig auf den Tisch, dass die Lampe wackelte.

Verdutzt blieb Kluk inmitten seiner historischen Darlegung mit all den Zusatzüberlegungen stecken.

›Tja, wenn Sie es wissen wollen‹, fuhr er in seiner Würde beleidigt fort, ›wir hatten nämlich vor einer Woche besonderen Besuch in Juneau.‹

Er schwieg kurz als kleine Rache dafür, gehetzt worden zu sein.

›Wir Leute vom Hafen erkennen problemlos all jene, die glauben, sie blieben unerkannt. Der Tourist, schnell entdeckt. Die steigen alle im selben Hotel ab, hasten in die Boutiquen, wo sie sich für Pelze und drittklassigen indianischen Schnickschnack abzocken lassen, sie machen Fotos, streifen ein paar Tage herum, dann fahren sie mit ihren Kreuzfahrtschiffen wieder weiter. Dann gibt es die armen Teufel, die in den Minen oder bei den Lagerhallen nach Arbeit suchen. Häufig kommen sie allein, manchmal in Begleitung einer Frau und kranker Kinder. Sie kommen in irgendwelchen Bruchbuden in den Armenvierteln unter und bleiben da. Dann der andere Typ, etwas abwechslungsreicher, der auf irgendwelche Geschäfte im Archipel aus ist. Mit seinem gesamten Vermögen im Gepäck fährt er allein an der Küste entlang und die Fjorde hinauf, ist mehr oder weniger erfahren im Handel von Leder und Pelz, der Zucht von Blaufüchsen oder als Ausbeuter einer jeden Goldgrube, die ihm angepriesen wird. Der verlässt den Kai nicht, er sucht nach der billigsten Überfahrt und versucht, die Konkurrenz gegeneinander auszuspielen, doch wir Indianer am Hafen dienen unseren Bossen als Kundenwerber und sprechen die Preise untereinander ab. Unter uns, Mrs Apostodès, Sie haben ganz schön Schwein gehabt, dass der Bootsmann und Kostas Sie bei Jim Donegan empfohlen haben, ansonsten hätten Sie für die Überfahrt bis Haines ein Schweinegeld hinlegen müssen, das können Sie mir glauben …‹

›Der Kapitän hat bezahlt‹, gab die Angesprochene geringschätzig von sich. ›Na und, diese Typen, welcher Kategorie gehören die an?‹

›Keiner. Sie sind im Hotel abgestiegen, machen aber nichts aus dem Reisen. Sie sind auch nicht auf der Suche nach einem Job. Sie haben am Hafen und in den Boutiquen herumgeschnüffelt, aber nicht, um den Preis für eine Überfahrt auszuhandeln oder irgendwelche Souvenirs zu kaufen: Sie befragten einfach jeden. Sie gingen methodisch vor, zu zweit oder allein. So verloren sie keine Zeit, und schon am nächsten Tag schlug einer von ihnen bei Kostas auf. Er nistete sich ein, ohne etwas zu kaufen, redete über den Import von Gewürzen und Schwämmen, bla, bla, bla, fragte, machte Andeutungen, hielt ihm schließlich das Foto einer ziemlich rassigen Lady unter die Nase. Und auch wenn Sie darauf ziemlich aufgedonnert waren und schon was hatten, mit all dem Strass, Satin und dem ganzen Drumherum, so hat Kostas Sie doch sofort wiedererkannt, Mrs Apostodès. Ihm haben Sie natürlich im Seemannsoutfit besser gefallen, als Sie Kapitän Preston bezirzt oder mit Kostas ein Gläschen Ouzo geschlürft und ihn wie zufällig am Knie berührt haben. Das zumindest behauptet der Bootsmann: Diese Piratin, die ist absolut unverfroren und hat auch ganz schön Arsch in der Hose – bei allem Respekt …‹

›Deinen Respekt, den kannst du dir ein für alle Mal wo hinstecken‹, ließ meine Mutter ihn abblitzen.

›Kostas ist auch nicht von gestern, da braucht es schon mehr, um ihn einzuschüchtern. Er hat sie nicht verpfiffen, hat nicht gesagt, dass er Sie gesehen hat, doch ihm war klar, dass irgendwer schon mit der Sprache herausrücken würde, schließlich sind Sie durchaus aufgefallen, Sie und Ihr kleiner Rotschopf. Frauen mit Ihrer Klasse sieht man in Juneau nicht gerade viele. Also wollten er und der Bootsmann Jim Sie warnen. Ihnen war klar, dass die drei Typen schon bald herausfinden würden, dass er es war, der Sie über den Fjord gesetzt hat, und dass sie ihn, wenn sie ihn erst erwischt hätten, ordentlich in die Mangel nehmen würden, bis er alles ausgespuckt hatte. Jim hatte jedoch bereits gehört, dass dieses Geschmeiß die Gegend durchkämmte. Man erkennt den herumschnüffelnden Spitzel schnell, egal, ob er auf eigene Faust unterwegs ist oder gemeinsame Sache mit der Bullerei macht, schließlich suchen hier viele ein Versteck, Typen auf der Flucht, entflohene Sträflinge und Gauner aller Art. Mit etwas Glück gelingt es, sie wieder dingfest zu machen. Wenn sie sich nicht bereits nach

Kanada abgesetzt haben und wenn es sich für jemanden lohnt, sie zu verpfeifen. Manche der Berüchtigtsten versauern im Gefängnis von Juneau, während sie darauf warten, woandershin verlegt zu werden. Gleich nachdem er die Neuigkeit erfahren hat, ist Jim, zu einem ausgiebigen Angelausflug nach Kodiak Island aufgebrochen, aber meiner Meinung nach ist er schon viel weiter weg. Der kommt so schnell nicht wieder zurück. Ist man erst einmal irgendwo, findet man andere Gründe, zu bleiben. Ich wäre gerne mit ihm gefahren …‹

Überrascht, dass ihm niemand über den Mund fuhr, unterbrach er sich selbst.

›Na ja, ihm ist es gelungen, uns noch darüber zu informieren, ehe er verschwunden ist. Er hat mich dazu gebracht, freiwillig als Träger bei den Jägern aus Saskatchewan anzuheuern, die an den Docks nach jemandem suchten. Die beste Möglichkeit, um heimlich, still und leise bis zu Ihnen zu kommen, Mrs Apostodès – zumindest bis zu Murphy. Und gleichzeitig die beste für mich als seinem Steuermann, diesen Typen, die Ihnen auf den Fersen sind, zu entkommen …‹

›Die hätten dir das Fell über die Ohren gezogen‹, stimmte Kaska ihm zu. ›Einem Kluk-Hund wie dir hätten sie einfach die Eier abgerissen.‹

Rückblickend rollte Kluk entsetzt mit den Augen wie ein schlechter Schauspieler in einem Stummfilm. Ich erschauerte tatsächlich, auch wenn ich nicht wusste, welches anatomische Detail diese wenig biblische Vokabel beschrieb.

Kluks eigene Sorgen, ob nun berechtigt oder nur eingebildet, kümmerten meine Mutter wenig. ›Hör auf, mich Mrs Apostodès zu nennen‹, sagte sie gereizt. ›Ich heiße Onayepa.‹

›Was ist das denn für ein Name?‹

›Heißt angeblich Winterprinzessin‹, informierte Kaska ihn, die sich, weil sich der Abend in die Länge zog, eine Pfeife angezündet hatte.

›Wie sehen diese Typen denn aus? Irgendwelche überheblichen Narbengesichter oder eher verschlagene Dandys mit dunkler Brille?‹

›Ich habe sie nicht gesehen, Kostas zufolge haben sie eher die Statur von Boxern, ziemliche Hackfressen ...‹

›Dann sind es nicht die Mafiosi‹, meinte Onayepa. ›Oder aber es sind irgendwelche heimlichen Handlanger, die sie bezahlen.‹

›Der Ofen bei Kostas hat wohl ziemlich gebollert, deshalb hat der, der bei ihm war, seine Pelzmütze abgenommen. Er hatte wohl große Ohren. Aber so richtig, richtig große Ohren und sehr haarig. Ohren wie ein Wollhaarmammut.‹

›Das ist Mickey!‹, rief ich. ›Einer der Jäger auf der *Prince Rupert*, die in Wrangell von Bord gegangen sind.‹

Ihre Aufmerksamkeit ruhte jetzt auf mir. Sie hatten mich völlig vergessen, als wäre ich lediglich als Statistin bei ihrer Unterhaltung dabei.

›Fuchsnase verdient ihren Namen‹, meinte Kaska anerkennend und kniff ihre Rabenaugen hinter der Rauchwolke zusammen.

›Die beiden anderen sind nicht zufällig blond, fast schon Albinos?‹, fragte Onayepa.

›Aarne und Magnus, die beiden dänischen Zwillinge! Magnus hat hier ein kleines Tattoo, ein Pikass‹, ergänzte ich und zeigte auf meine zukünftige linke Brust, stolz darauf, mein kleines Geheimnis endlich und noch dazu aus gutem Grund lüften zu können.

›Ich habe nicht darauf gewartet, ihre Bekanntschaft zu machen oder dass sie den Oberkörper frei machen‹, meinte Kluk, war genervt angesichts dieser in seinen Augen sinnlosen Fragen zu ihrer Identität. ›So schnell, wie sie ihre Infos zusammentragen, habe ich keine drei Tage Vorsprung vor ihnen. Es dauert also nicht mehr lange, bis ihr Mickeys Ohren und das tätowierte Ass aus nächster Nähe seht‹, meinte er finster.

Nachdenkliches Schweigen breitete sich aus.

Wie war es möglich, dass unsere enge Behausung, tapeziert mit Zeitungen voller Fliegendreck, dass diese hübsche kleine harmlose Hütte aus Rundstämmen mit ihrem Durcheinander uriger, verrauchter Gegenstände, beheizt mit dem netten gusseisernen Ofen, urplötzlich nicht mehr allein und gut versteckt in den Tiefen des Winterwalds lag? Eine Waldinsel, eine Traumhöhle mit einer fest verschließbaren Anrichte, ein Atomschutzbunker?

Da hatte uns wohl der Richter über unsere Schandtaten aufgespürt. Er nahm uns ins Visier. Wie Polizisten, die im Film ihre Scheinwerfer auf das Versteck der flüchtigen Gangster richten, hatte Gott unvermittelt beschlossen, sein allwissendes Auge, das immer und überall alles sieht, aber bislang abgelenkt war, auf uns zu richten wie den mächtigen Strahler einer elektrischen Lampe mit über hunderttausend Volt, seinen riesengroßen weißen Mondstrahler, der ebenso schauerlich war wie der Blitz am ersten Abend, mit Gewitter und Grollen, wütendem Knistern und Knallen. Er hatte freie Schussbahn. Ihr sitzt in der Falle, ergebt euch, werft eure Waffen weg. Kommt mit erhobenen Armen raus, und keine Mätzchen, oder ich knalle euch ab!

Er redete mit uns, als wären wir räudige Köter, ganz ehrlich.

›Gelobt sei Gott‹, sagte Miss Plunkett immer. ›Lasst ihn uns für seine Wohltaten preisen.‹ Diese wurden aber anscheinend nicht allen zuteil. Sein allwissendes Auge hatte einen blinden Fleck, in dem so manch kleine Ungerechtigkeit unentdeckt blieb. Himmelschreiende Freveltaten. Es machte mich kein bisschen froh zu sehen, was für Schweinereien, Gräueltaten und Gemetzel Er zuließ, einfach indem Er nachlässig darüber hinwegsah, so mürrisch und gefühlskalt wie der Mond. Oder aber Er hatte wirklich einen Knick in der Optik. Dann könnten wir doch, statt uns mit erhobenen Händen zu ergeben, die winzige Chance nutzen und uns einfach verdünnisieren, indem wir durch die Hintertür verschwanden und seinen Polizeischeinwerfer austricksten. Besaß unsere Hütte eine solche Hintertür? Nein. Nur einen eiskalten Keller. In den passten wir niemals alle hinein, wir drei, Kaska, meine Mutter und ich, nicht zu vergessen Shini, dazu noch Kluk, auch wenn er spindeldürr war, und Herman, sobald er zurück wäre. Und was war mit dem Pferd?

Wir saßen in der Falle.

Darüber dachten wir alle schweigend nach.

›Das alles ist der Unsinn von Weißen‹, schlussfolgerte Kaska. ›Herman wird wissen, was davon zu halten ist. Er kommt. Mein Rabe hat ihn informiert.‹

›Und ich bin King Kong‹, scherzte meine Mutter schwach.

Kluk war es leid, sich für nichts und wieder nichts den Mund fusselig geredet zu haben, und hätte liebend gern Mundharmonika gespielt, doch das schien den Umständen kaum angemessen. Nach dem langen Fußmarsch als geheimer Bote hätte er gern ein Nickerchen gemacht. Gegen seinen Willen war er in diese Geschichte verwickelt worden, die ihn nicht betraf, und dann war er in Abwesenheit von Herman, den er sich als Partner erhofft hatte, leider nur auf dieses Squaw-Trio gestoßen, das sich ganz schön Zeit ließ, um die Situation zu begreifen. Vielleicht verfluchte er Jim, den Bootsmann und dessen Freund Kostas, die ihm das Ganze eingebrockt hatten, denn auch er würde sich gern über die Hintertür verdünnisieren.

Da das nicht möglich war, sah er besorgt durch das Fenster. ›Hey, der Himmel, seht euch mal den Himmel an!‹, rief er.

Hastig zog er seinen im Auftauen begriffenen Mantel wieder an, wir eilten ihm nach.

›Ach du meine Güte!‹, jammerte Onayepa dümmlich mit aneinandergelegten Handflächen.

Donnerlittchen, hier wurden alle Register gezogen! Das war kosmische Verzückung! Der Mond stand im Zenit, nahm das ganze Firmament für sich ein, verdrängte alle Sterne und jegliche Finsternis in den Westen. Sein strahlender, zusehends größer werdender Hof erfasste den gesamten, nunmehr milchig schwarz überzogenen Himmel, der schauerartig erzitterte, als wäre er von einem riesigen, stillen Unwetter erfasst. Flüchtige Blitze zuckten – korallenrot, saphirblau, am häufigsten jedoch klares Smaragdgrün, strahlend reine Diamanten, erlöschend, neu entfacht. Vom Lichthof gingen lange magnetische Strahlen in alle Himmelsrichtungen ab, sanfte Bänder, die wirbel- oder ringförmig bis zum fernen Horizont aufflammten, dann erwachte der leuchtende Gürtel kräftig im Norden wieder, wogte mit seinen riesigen, am nachtblauen Gewölbe hängenden Tentakeln mit den breiten, regenbogenfarben schimmernden Rändern wie tausend psychedelische Medusen.

›Sieh genau hin, Mädchen! Aber halte das hier nicht für eines der von Missionaren gepriesenen Wunder‹, flüsterte Kaska mir zu und drückte mich dabei fest an sich.

Das machte sie zum ersten Mal. Der Schauer ihrer heißen Brust übertrug sich auf mich, unvermittelt lief mein Herz über, mein so kleines Herz, hilflos angesichts der unglaublichen Schönheit des Lebens und unendlich traurig angesichts seiner Endlichkeit – das erste Mal überkam mich ein Anfall von kindlichem Weltschmerz.

Das musste Kaska gespürt haben. Sie schüttelte ihr Gefieder, ihre Stimme war durch die plötzliche Gefühlsregung leicht rau, oder aber sie war dabei, sich in dieser Polarkälte eine Erkältung einzufangen.

›Hör zu. Früher einmal, zur Zeit der hunderttausend Jahre der Erde, flößte dieses Ding den Alten Angst ein, eine heilige Furcht, sie sagten, sie würden dort oben die Seelen der Toten wandeln sehen. Vielleicht hatten sie damit recht. Heute sagt man, dass es sich dabei anscheinend um ein jahreszeitlich bedingtes lokales Wetterphänomen handelt. Auch das ist möglich. Aber Achtung, sieh dir diesen überirdischen Drachen trotzdem nicht zu lange an, sonst vergisst du, wer du bist. Du glaubst, dir wachsen Flügel‹, sie kniff mich sachte in die Schulterblätter, ›meinst, du kannst abheben und Auge in Auge mit den Sternen, der Sonne und ihrem Rivalen, dem Mond, kämpfen. Wak, wak‹, krächzte sie lachend. ›Die Nordlichter haben schon so manchen wahnsinnig gemacht. Bleib mit deinen kleinen Füßchen auf dem Boden, Die ihre Zähne gibt.‹

›Ich dachte, du heißt Fuchsnase‹, lachte Kluk mich mit nach hinten geworfenem Kopf aus, kein bisschen ergriffen von Kaskas Prophezeiungen und auch nicht eifersüchtig, weil sie mich im Arm hielt.

Kaska mochte übertreiben, aber es war ihr ernst. Mittlerweile wusste ich, dass sie meinen Geist mal scherzhaft, mal kleinlich argumentierend dahingehend erzog, sich nicht hinters Licht führen zu lassen und den Wind nicht für einen Pups des Gletschers zu halten, den Schatten des Menschen nicht für seine Seele und das Felchen nicht für einen Kerzenfisch. Ihre Belehrung über die Polarlichter zog mich in ihren Bann, ich hatte keine Angst mehr, von einer biblischen Taschenlampe entdeckt und verfolgt zu werden. Ich brauchte keinen Keller und keine Hintertür, der Beweis dafür: Herman kam aus dem Wald heraus.

Da war er. Er löste sich vom Waldsaum unter dem tobenden Himmel voll stummer, vielfarbiger Blitze, schritt voran, hielt die Zügel seines Pferdes, eine schwarze Silhouette vor dem phosphoreszierenden weißen Leuchten des Schnees, und ich hielt sein Erscheinen nicht für eines der von Missionaren gepriesenen Wunder.

Tatsächlich glaubte ich an Kaska, meinen geliebten Raben, wak, wak wak.«

Dadurch, dass ich Jessies Erzählung lauschte, kehrte ich selbst in die Kindheit zurück. In meine selbstverständlich.

Natürlich hatte ich sie nicht vergessen, das ist gar nicht möglich, doch ihre Erzählung ließ mich erneut diese Stimme vor meinem inneren Ohr hören, abgehackt, stotternd, diese Stimme, die meine alte Kehle zusammen mit den Mandeln und den Milchzähnen verloren hat, die weder Zunge noch Gaumen abermals so hervorbringen können wie als Kind. In meiner Erinnerung höre ich ihren Nachhall verzerrt durch die langen Frequenzen – wie bei einer alten Schallplatte, die sich unter einem abgenutzten Saphir dreht, *wutsch,* in der Rille verrutscht – quälendes Rauschen, da wäre Stille besser.

Fast hätte ich diesen Zustand erreicht gehabt, als Jessie bei mir aufschlug.

Was immer man über seine Kindheit behaupten will, die so geliebte, mit Söckchen und kurzen Hosen glorifizierte Kindheit, ich hatte keine große Lust dorthin zurückzukehren. Zum Glück kann man sich nicht nach Belieben dorthin teleportieren, musste ich mich nicht unvermittelt in der Haut dieses feindseligen kleinen Kerls wiederfinden, mit seinem Stottern, seinem Gefühl, in einer fremden Welt zu leben, voller Erstaunen, Entsetzen, kurzer Freuden, Wunden, kalter Wut, hinuntergeschluckter Tränen und Übelkeit: bitte nicht. Da ist mir meine Taubheit lieber. Lieber mein Ohr mit dem Knistern von Kurzwellen der Gegenwart abschirmen, als meiner Stimme vom Anfang zu lauschen. Ich hätte Jessie wegschicken sollen, ehe es zu spät war.

Während sie redete, hörte ich mir dabei zu, wie ich ihr zuhörte – ich begann, auf mich selbst zu achten, weshalb ich vielleicht manches, was sie sagte, verpasste, doch während dieser Zeit fand ich mich wieder, und schon wurde ihretwegen das alte Lied lauter.

Ich war ein einfaches Kind, gefügig, so erzogen, es zu sein, eher ernsthaft, schweigsam. Ich hatte Vater und Mutter, beide ohne Familie. Nur wir drei. Er, Angestellter in einem Haushaltswarengeschäft in der Stadt, sie Hausfrau. Tatsächlich sorgte sie dafür, dass unser Zuhause so aussah wie frisch aus dem Laden, ständig war sie am Kehren, Wischen, Waschen, Wachsen – Linoleumboden, Dielen und Schuhe –, Kochen oder Nähen – meine und ihre Kleidung an der Singernähmaschine mit den Spulen und dem Pedal auf dem Treppenabsatz. Von ihrem Inneren, ihrer Seele meine ich, habe ich nie etwas erfahren, vielleicht hielt sie es genauso blitzblank.

Wir wohnten in einem südöstlichen Vorort von Ottawa, in einem renovierten Häuschen, das mein Vater in Raten abstotterte. Eine Fassade mit Schindeln, einstöckig mit zwei Zimmern, überdachter Veranda, eingezäuntem Garten zur Straße hin und hinter dem Haus einem kleinen Hof als Abstellraum, wo ich spielte, irgendetwas baute und meine Sammlung von Comics mit Fliegerhelden immer wieder las. Meine Hausaufgaben machte ich im Keller. Dort befand sich eine Waschküche mit Waschbottichen und fließend Wasser, wo meine Mutter mich als Kind badete. Dank meines Vaters, der sie gebraucht vom Haushaltswarenladen bekommen hatte, stand dort eine zentrale Gasheizung von RUUD, ein Luxus zu jener Zeit. Jedes Zimmer hatte einen Warmluftschacht mit einer Klappe, die man nach Belieben öffnen oder schließen konnte. Ich spielte ständig daran herum, außer an der in der Küche, das war ihr Bereich, da hatte ich nichts zu suchen.

Wir aßen nur sonntags zusammen, am mit einer Wachstuchdecke gedeckten Tisch. Mein Vater an einem Ende des Tisches, ich am anderen, meine Mutter im Stehen. Denn obwohl sie für sich mitdeckte, saß sie doch nie länger als eine Minute am Stück am Tisch, und selbst dann immer nur halb, bereit, sofort wieder aufzustehen, als wäre der Stuhl unter ihrem Po zu heiß.

»Setz dich doch ein bisschen, Olympe«, sagte mein Vater, der vorgab, verärgert über ihre Bescheidenheit zu sein.

Im Grunde war er jedoch zufrieden, dass sie sich an ihre Rolle hielt, war fast heiter, während er seine Suppe schlürfte. Auch dann, als er bereits mit seinem Lungenemphysem ans Bett gefesselt war, konnte sie sich nicht setzen, solange jemand, inzwischen nur noch ich, an diesem Tisch saß, eingezwängt zwischen dem Herd und dem mit Fliegengitter versehenen Speiseschrank, an dem immer nur wir drei gegessen haben, niemals irgendwelche Gäste. Aus diesem Grund hatte sie wohl immer irgendein Haustier. Keinen herumstreunenden Hund oder eine Katze, auch keinen Vogel, der Lärm gemacht hätte, sondern vielmehr stille Tiere, die wenig Auslauf brauchten: Igel, Schildkröten, Meerschweinchen, Hasen, zum Schluss hatte sie nur noch Hamster. Sie liebte Hamster.

Er traf sich mit Kollegen und Freunden draußen im Laden, beim Tontaubenschießen, bei den Feiertagsparaden, und ging zum Zeitunglesen ins Diner. Manchmal nahm er mich dorthin mit. Während er sein Bier trank und mit dem Kellner plauderte, setzte er mich am Rand des Tresens auf einen Barhocker und bestellte mir eine Malzmilch mit einem langen Strohhalm, die ich leise schlürfte, als wäre ich gar nicht da. Doch damit täuschte ich nur mich.

Er brachte mich auch zum Barbershop, um mir den Kopf kahl rasieren zu lassen. Vom Sessel aus sah ich im Spiegel, wie er meinen Nacken voller Groll fixierte. Seiner Meinung nach wuchs mein Filz immer viel zu schnell. Sobald ich wieder auf dem Gehsteig stand, spürte ich, wie meine Kopfhaut kitzelte, er fing schon an nachzuwachsen.

Da er sich weigerte, mich in eine getrennte Schule zu schicken, hatte er mich in einem ziemlich weit entfernten Viertel angemeldet. Wir waren zwei von uns in der Klasse. Um mich nicht prügeln zu müssen, wollte ich lieber keine Freunde haben. Da sich keine unserer regulären Nachbarinnen dafür anbot, sprach auch meine Mutter mit niemandem. Verwandte oder Bekannte: Fehlanzeige. Sie unterhielt sich höchstens mal heimlich mit Basilique, der Hausangestellten der Bissonnettes, zwei Häuser weiter, ähnlich wie unseres, wo diese auf die kleinen Kinder aufpasste.

Dieser Umgang missfiel meinem Vater. »Du hast dich über *das* erhoben«, sagte er. »Zwischen dir und ihr gibt es eine *Nuance.*«

Da brauchte es keine weitere Erklärung, ich verstand: Dir, die du ursprünglich aus Virginia stammst – ich glaube, ihr Großvater starb auf einer Plantage –, aus dem Schwarzenviertel von Brandon, dir habe ich gegen den Willen meiner Familie aus Rapid City, Manitoba, meinen Namen gegeben, ich habe meinen Ruf für dich geopfert, meine Karriere bei der Armee, meinen Teil der Farm, die stattdessen an meinen idiotischen Bruder ging, und gemeinsam leben wir jetzt in Ottawa, weit weg vom Ku-Klux-Klan – ihm zufolge verfolgte die kanadische Polizei Kommunisten mit mehr Nachdruck als die örtlichen Anhänger des KKK, die hier ebenso unbehelligt blieben wie in Alabama –, du hast ein schönes Haus, Komfort, ein anständiges Heim, also benimm dich, Olympe Cooper, enttäusch mich jetzt nicht.

»Basilique hat nicht deine Stellung, ihre Lage ist eine andere als deine, *Nuance.* Hop, zieh die Mütze auf, Bud, wir gehen ins Louxor.«

Im Louxor waren nicht oft Schwarze, weder im Saal noch auf der Leinwand, höchstens als Deko, Page, Trompeter oder Depp vom Dienst. Mein Vater wählte stets Plätze im Parkett, um zu sehen, ob jemand ihm bedeuten würde, dass er in meiner Gesellschaft in die Jungle Corner nach oben gehen müsse. Einmal haben wir *Die Geburt einer Nation* gesehen, zum Schluss applaudierte der Saal begeistert, ich dachte, ich müsste es den anderen gleichtun. Das war das einzige Mal, dass er mir eine Ohrfeige verpasste.

Er nahm mich mit an verbotene Plätze, ins Schwimmbad, in öffentliche Parks, in bestimmte Busse, er suchte nach einem Grund, Streit anzufangen, nach der Gelegenheit, sich vor mir mit jemandem zu prügeln. Doch mit seiner Frau ging er nie aus, weder auf die Straße noch zum Einkaufen, auch nicht in die Kirche der Vereinigten Brüder in Christo, wo sie sonntagvormittags zum Gottesdienst ging. Die Gemeindemitglieder dort waren schwarze Menschen wie sie, und alle antworteten sie den Weißen im gleichen primitiven Satzbau, als wollten sie sie beruhigen, zeigen, dass sie tatsächlich so waren, wie sie von ihnen gehalten wurden. Selbst der Lebensmittelhändler in unserem Viertel, Nicaise, dem beigebracht worden war, das R bei der Aussprache nicht zu verschlucken, sprach dennoch in diesem Südstaaten-Negroslang und rollte mit den Augen, um mich zum Lachen zu bringen, ein komplizenhaftes *Wir beide wissen Bescheid, was?* Es war falsch, dass sie mich hinter dem Rücken meines Vaters dort hinschickte, um mir ein Eis oder eine Limonade zu kaufen. Als mir die Lehrerin ganz demonstrativ vor der Klasse über den Kopf rubbelte, hoffte ich, dass sie mit ihren Fingern kleben bliebe, weil mein Vater mir immer Unmengen von seinem Brillantine-Wachs in die Haare kleisterte, damit der unmögliche Seitenscheitel hielt.

Ich glaube, er gefiel sich darin, uns zu lieben, meine Mutter und mich, als wären wir seine schwärende Wunde, eine Art beschämende Krankheit, die er stolz ertrug. Mir tat er mit seinem verqueren Stolz leid.

An seinem letzten Tag umklammerte er kraftlos mein Handgelenk mit seinen blutleeren, von Ödemen aufgequollenen Fingern, und ich weiß nicht, ob er weinte oder lachte, als ich mich ihm entzog. Nicht etwa, weil ich mich ekelte, ich wusste nur nicht, wie ich mich verhalten sollte. Entsetzt sah ich uns, sie und mich, in der verdunkelten Scheibe, als wir nebeneinander dem Leichenwagen folgten, zwei Schwarze in schwarzer Trauerkleidung, wie eine letzte Taktlosigkeit gegenüber seiner verletzten Liebe, denn auch im Tod blieb ich weiter nichts als sein Schwarzer, durchdrungen von seiner weißen Angst wegen meiner Hautfarbe. – Böser kleiner Junge, so garstig, bring diese Stimme zum Schweigen. Genau das vernahm ich, als ich Jessie zuhörte, die deutlich besser als ich gelernt hatte, sich von solchen Dingen frei zu machen, sich selbst zu akzeptieren.

»Wak, wak, nenn mich Njyah.«

Ehe ich besser verstand, was ihr zugestoßen war, hatte ich sie beneidet, war wütend auf sie gewesen. Ich sagte mir: Was für ein Glückspilz sie doch ist, diese kleine Weiße aus Kalifornien, sie hatte von Anfang an alle Asse im Ärmel, um damit fertigzuwerden. Trotz der ungewöhnlichen Verletzungen, die sie als Kind hatte einstecken müssen, obwohl sie vom Leben gebeutelt und erschüttert war, dem Verlust ihres Vermögens und der schwierigen Vergangenheit im Heim, besaß sie doch den ungebrochenen Elan derer, die sich nicht ständig als Auserwählte der Schöpfung erklären müssen, weil sie genau das durch göttlichen Beschluss bereits sind.

Hätte ich nicht schon selbst meine *Nuance* entdeckt, mein mich benachteiligendes so augenfälliges Anderssein, so hätten sie sich spätestens in der Schule, auf der Straße oder an der Polytechnischen Hochschule darum gekümmert, es mir klarzumachen. Allerdings muss ich einräumen, dass ich zunächst von meinem Vater darauf abgerichtet wurde. Ein heldenhafter Lehrer, zu Hause jedoch ein strikter Befürworter der Rassentrennung. Er hatte sich der guten Sache seines schlechten kanadischen Gewissens verschrieben und erachtete sich, weil er eine Schwarze zur Ehesklavin erwählt hatte, als reinrassigen Weißen, der besser war als der dahergelaufene Hinterwäldler aus Manitoba, der die Tochter eines benachbarten Farmers zur Frau nahm. Noch besser, als er als glücklicher kanadischer Soldat an der Front von 1917 sah, dass die Yankees ihre Schwarzen als Kanonenfutter in die erste Reihe stellten – diesen Unterschied zwischen ihm und ihnen, den hatte er sehr wohl bemerkt.

So wie ich es 1942 im Schnee und Blizzard der Baustelle des Alaska Highways oder auch 1944 im Schnee in den Ardennen erlebt hatte, wo durch den idealen Kontrast vor einem absolut weißen Hintergrund jegliche Schattierung zwischen Ebenholz, Schuhwichse, Schokolade, den helleren Farben der Mestizen, Mulatten, Quarterons oder Tercerons, die sie doch sonst auch so wunderbar unterscheiden konnten, verschwand. Im Schnee waren wir alle vom selben dunklen Schwarz. Und obwohl ich offiziell gebürtiger Kanadier war, war ich dort doch ein *Negro* wie alle anderen. Und weit und breit kein Nadelöhr, durch das ich hätte verschwinden können, keine Hintertür, um den Rückzug anzutreten, abzuhauen, dafür zu sorgen, dass sie mich vergaßen.

Es gab nie einen anderen Ausweg, als mit dem Kopf voran als Allererster an die Front zu eilen, wie Herman alles daranzusetzen, der Beste meiner Klasse im Lesen, beim Rechnen, im Chor, beim

Hochsprung, beim Rudern zu sein, als Techniker der Eliteuni als überragender Jahrgangsbester meinen Abschluss zu machen. Als ich mich hätte kleinmachen müssen, wurde ich Meister darin, mich von den anderen abzuheben, ob als bester Pilot, bester Panzerführer, Einziger meiner Brigade, der nicht mit einer Mine Bekanntschaft machte.

Ich war auch der Einzige, der rechtzeitig aus dem Spiel ausstieg, ihrem Spiel, bei dem man immer nur der beste Schwarze sein kann, verstehst du, Jessie? Deshalb haben sie mich gewählt, um dich zu holen, ich passte, bingo.

Da streicht Jessie über den Filz auf meinem Schädel, über die Ohren, schiebt ihre Fuchsnase an meinen Hals und einen Arm unter meinen Parka, unter mein Hemd, presst mich so fest an sich, dass sie mich fast erdrückt. An ihrer weichen Haut schmilzt meine geradezu dahin, kribbelt – siehst du denn nicht, dass du uns mit deinen dämlichen Geschichten müde machst, Bud? Und hör endlich auf, mich Jessie zu nennen, oder ich knalle dich ab.

»Herman hielt die Neuigkeiten, die Kluk uns brachte, nicht für dummes Geschwätz. Nachdem er sich seinen Bericht angehört hatte, strikt begrenzt auf ein Minimum, Kaskas Kommentare so lapidar wie immer, die Anmerkungen meiner Mutter ausnahmsweise knapp, befand er, dass wir verschwinden müssten. Sofort. Ohne ein letztes Mal am Tisch Platz zu nehmen, sich die Meinung der ein oder anderen anzuhören, nicht einmal die von Kaska, als wäre die Frage, noch ehe sie gestellt wurde, bereits beantwortet.

Unsere kleine Gruppe bereitete sich zum Aufbruch vor. Zunächst erschien mir das ganz einfach«, sagte Jessie, »bestimmt weil ich nicht mithelfen musste, da das allein Aufgabe der Erwachsenen war, die ihr, zu meinem großen Erstaunen, ohne Eile nachkamen. Gerade weil die Zeit knapp war, war es umso wichtiger, sich Zeit zu nehmen, wie Kaska das bereits auf der Lichtung getan hatte. Ihre überlegten Gesten schienen auf magische Weise aufeinander abgestimmt zu sein, um die Sachen für die Reise zusammenzusammeln, bei jedem Gegenstand zwischen optional und notwendig zu entscheiden. Unvermittelt wurde etwas vom Wesentlichen zum Nebensächlichen degradiert und sein Wert und seine eigentliche Funktion entweder aufgrund der Konstellation der Gestirne während unseres großen Aufbruchs oder aber durch eine mentale Überprüfung der Gegebenheiten korrigiert.

Man glaubt immer, das Besitzen von Komfort, wie dürftig er auch sein mag, Möbel, ein gusseiserner Ofen, Werkzeuge, Bettwäsche, die Gerätschaften zum Kochen, Vorräte fürs ganze Jahr, all diese Gebrauchsgegenstände, von denen jeder einzelne mit großer Mühe errungen wurde, verorteten, verankerten und verwurzelten einen, dass all diese wertvollen Besitztümer verhinderten, alles von einem Moment auf den nächsten zu verlassen, aber das ist ein absurder Gedanke«, sagte sie.

»Absurd«, bestätigte ich. »Wenn es mich überkommt, dann schnappe ich mir die paar Sachen, die Bücher, an denen ich hänge, meine Klamotten, die ich am Leib habe, und *ciao.*«

»Vielleicht etwas schwieriger zu fünft als allein, aber okay. Dennoch«, so erzählte Jessie, »waren wir im Handumdrehen bereit zum Aufbruch. Natürlich mussten wir rasch aufbrechen, die Hütte und alles hinter uns zurückzulassen. Oder, wie der inzwischen sehr finstere Herman sagte, war nun eben die Zeit dafür gekommen. Sie hatte diese Nacht für das vorgesehen, was er selbst schon sehr lange vorhergeahnt, vielleicht auch erwartet hatte, war durch seinen wachsamen Geist schon inmitten des Waldes vorgewarnt gewesen, durch Schwingungen, die nur an sein Ohr und an das seines Pferdes vorgedrungen waren. Vor allem aber war er durch das Feuerwerk des Polarlichts, das den Himmel erfüllte, gewarnt, dem Hinweis auf eine große bevorstehende Veränderung zwischen Sonnenauf- und Sonnenuntergang.

Aufbrechen, Herman hatte sich schon einmal widersetzt, und ich wollte ihm auch diesmal nicht wirklich glauben, so beneidenswert erschien mir dieses kleine idyllische Fleckchen von Kloo Lake, das er zusammen mit Kaska erwählt hatte. Ich wusste nichts über ihr Nomadenleben, über frei gewählte oder erzwungene Wohnstätten an provisorischen Orten oder darüber, was dazu beitrug, sie auszuwählen oder zu verlassen.

Erst in der Stille der Vorbereitungen, ihrer Schnelligkeit, wurde mir bewusst, dass unser Auftauchen bei ihnen sie ihrer Ruhe beraubt hatte und nun ihr einstiges Leben mit einem Streich auszulöschen drohte. Was für ein Opfer sie brachten und dass sie auf ihr Hab und Gut verzichten mussten, um unseretwegen in die Nacht zu fliehen. Sie schien das weiter nicht zu berühren, sie wirkten weniger resigniert als vielmehr entschlossen, zu verschwinden – und das war unsere Schuld, wie ich mir sagte, die Schuld meiner Mutter, die eine Spezialistin darin war, irgendwelche Katastrophen auszulösen. Dennoch machten sie uns keine Vorwürfe, waren nicht erfüllt von Leid oder Groll, als wären nicht wir an dieser Entscheidung schuld, sondern nur der Vorwand dafür oder nur ein unwesentlicher Faktor. Eher das erwartete Zeichen, das aufgrund irgendeiner Zufälligkeit oder einem günstigen Umstand lange ausgeblieben war und sich eben jetzt gezeigt hatte.

Lange Zeit habe ich mir gesagt, dass ihre Begegnung in Klukshu – die Falle des Jägers oder die des übellaunigen Mondes, in die Kaska getappt war – keineswegs ein Zufall war, sondern vielmehr ein unheilbringendes Aufeinandertreffen, das sie mit unbekannter Zukunft zusammen auf die Reise schicken sollte. So als ob durch diese Frontalkollision ihrer Schicksale den Kapiteln ihres Lebens eine neue Richtung gegeben wurde – sowohl den ihres unsteten Indianerlebens wie auch den des von Kindesbeinen an nicht weniger umtriebigen meiner Mutter –, sich dadurch ihre jeweiligen Seiten mitten im Nirgendwo in den Wäldern von Alaska oder Yukon mischten und sich zu einer neuen mit Episoden und Wendungen versehenen Geschichte verknüpften. Einer Geschichte, in der sich die Maschen dessen, was meiner Mutter einerseits, Herman und

Kaska andererseits bislang widerfahren war, unentwirrbar miteinander verknoteten, sodass sich schließlich die uralten indianischen Legenden des hohen Nordens mit dem alten Märchen eines französischen Kindermädchens, obwohl in der dunkelsten Vorvergangenheit erzählt und viel zu zufällig und verwickelt, um sie zu entwirren, an diesem Punkt verbanden.

In diesem Moment stand niemandem der Sinn danach, das Wer, Warum, Wo, Wie, Wann der Umstände zu erforschen, die Gründe dafür oder den Anfang und das Ende dessen zu suchen, was sich hier gerade zusammenbraute. Als bräuchte es das überhaupt, damit dazwischen etwas Entscheidendes geschah und sich alles vom Anfangspunkt bis zur Auflösung zügig entwickelte, als wäre es völlig logisch. Dabei ist nichts logisch – weder das Leben noch die Geschichten. So etwas wie einen Anfangspunkt, ein Zusammentreffen oder eine Geburt, die als Beginn betrachtet werden könnte, gibt es nicht«, meinte Jessie, »genauso wenig wie den Tod, den Tod als Schlusswort, den Schlusspunkt. Wir könnten genauso gut den ganzen Weg zurückgehen, vorwärtsspringen wie ein Zicklein, wild blätternd nach der verlorenen Seite mit der Fußnote suchen, die uns einen Sinn und eine Richtung aufzeigt – die daraus resultierende oder, wenn man einem das lieber ist, zufällig entstandene Situation in diesem Moment der nordischen Nacht war: In weniger als einer Stunde hatten wir unser Bündel geschnürt.

Obwohl wir uns auf ein absolutes Minimum beschränkt hatten, war besagtes Bündel schwer und mit dem Gewicht der Realität behaftet, das hier war kein Kino. Shini war allein vor den Schlitten geschirrt, meine Mutter und Kluk an der Stangenschleife, beides rudimentäre Transportmöglichkeiten, doch auf den Pfaden, die uns erwarteten, waren sie dem Karren bei dieser Witterung eindeutig überlegen – den Dodge von Archie und sein schreckliches Los als Schrottauto vergessen wir besser. Beide waren bis obenhin mit den notwendigen Lebensmitteln beladen. Die Decken, jede Menge Häute und angespitzte Pfähle – die notwendige Ausrüstung, um unterwegs ein Lager aufzuschlagen – ließen wir vom gesattelten und überladenen Pferd ziehen, das Herman am Zügel führte, während Kaska unter dem riesigen, mit allen möglichen Gerätschaften vollgestopften Rucksack ächzte. Ein jeder war in alle zur Verfügung stehenden Pelzschichten gezwängt, trug dazu einen ledernen Mundschutz gegen den eisigen Wind, Schneeschuhe, die Gewehre quer über die Schulter. Und dann auch noch ich, eine überschüssige Fußgängerin, die mitgeschleppt werden musste.

›In deinen Mukluks ist es schön warm, damit kannst du laufen wie ein großes Mädchen, oder, Fuchsnase?‹

Jetzt groß sein zu müssen, erfüllte mich umgehend mit Angst. Das war etwas völlig unvorstellbar Neues, das alles aufhob. Das war es, und man kann sich nun mal nicht alles einfach vorstellen, auch dann nicht, wenn man die Hand der Vernunft loslässt. Wie sollte ich so tun, als wäre ich etwas, das ich nicht war? Morgen würde alles wieder so sein, wie es vorher war, morgen würde ich wieder klein sein, versprach ich mir. Doch so funktioniert es nicht, niemals kommt irgendetwas wieder, das hinter uns liegt, und was vor uns liegt, wissen wir nicht. Nur die Gegenwart existiert, und auf die schreckliche Gegenwart kann man nun einmal nicht pfeifen.

Das Schwierigste war, dass ich mich beeilen musste, meine Mukluks zu schnüren, doch die Riemen widersetzten sich auf unverständliche Weise, blieben in Falten stecken, von denen ich bislang gar nichts gewusst hatte, und aus einem mir unerklärlichen Grund, hatte das Fenster mit den vier Glasscheiben vor mir angefangen, nach oben und unten zu schweben. Es war ganz offensichtlich, dass es jeden Moment zerbrechen würde und alles andere mit ihm. War ich etwa die Einzige, die begriff, in welch großer Gefahr die Hütte schwebte, dass alle zurückgelassenen Dinge ohne uns sehr rasch auskühlen und dann innen und außen vereisen würden, versinken in der Dunkelheit draußen und im Inneren vollkommen tot? Keine Fünkchen mehr in den Lampen, keine Flammen im Ofen, kein Nest in meiner Anrichte, kein Essensduft, keine Windlieder in den Geweihen der Elche. Das Problem mit meinen Riemen wurde immer schlimmer, doch irgendwie zögerte es den Moment hinaus, ab dem ich groß sein müsste, als wäre das nicht unvermeidlich, so wie sie sich mit diesem überstürzten Aufbruch abzufinden schienen, ohne zu begreifen, dass es damit ein für alle Mal mit der Zeit in Kloo Lake vorbei wäre. Ich bin mir sicher, dass sich auch Kaskas und Hermans Eingeweide aus Furcht verkrampften, um alles zu erbrechen, doch sie ließen sich nichts anmerken.

Sie schnürte mir die Riemen, dann gingen wir los.

Das waren keine netten *Indianer*, Bud.

Das waren einfach nur Menschen, die es in Sachen Verantwortungsgefühl, Anstand, Selbstlosigkeit und ehrenwerter Verzweiflung mehr als nur einem der fanatischen Pedanten gezeigt hätten, die sich in Spitzfindigkeiten über die Vermessung der Menschlichkeit der kolonisierten nordischen Völker ergingen, welche sie als *Kannibalen* kennzeichneten und von denen sie ein paar Exemplare für die Salons und Kuriositätenkabinetts in England gefangen genommen und die sie wie Schlachtvieh verfolgt hatten, seit ein Frobisher oder ein Hudson auf der Suche nach der mythischen Nordwestpassage nach China und Indien das erste Mal in die Arktis vorgestoßen war. Erhabene Buchten tragen den Namen dieser unbarmherzigen Raubtiere. Vom Eindringen und der systematischen Plünderung des flächendeckend mit den Handelsposten ihrer räuberischen Gesellschaften überzogenen Kontinents, bis hin zur Kanadischen Konföderation und der groß angelegten Volkszählung von 1901, bei der die Menschen gemäß ihrer *zoologischen Farben* erfasst wurden. Ich habe den gesamten *Indian Act* von 1876 gelesen, der ihnen ihre Identität und Staatsbürgerschaft abspricht, ebenso wie die folgenden Überarbeitungen und hundert andere kanadische Gesetze, alle geschrieben mit derselben Feder. Das letzte Jahr meines Studiums habe ich damit zugebracht, die Gerichtsakten von Klagen gegen *Wilde* durchzusehen, in denen ihre traditionellen Tänze und Gesänge als *unzüchtige Handlungen* und somit als Verbrechen eingestuft wurden, ihnen wurde in diversen Zusatzartikeln der Austausch von Gaben im Rahmen des Potlatch untersagt, rechtsgültig bis 1951 – das war gestern, Bud! –, gemischte Ehen wurden verboten und ihre Bewegungsfreiheit eingeschränkt, genau wie ihr Clanleben. Internate mit Zwangsunterricht für ihre Kinder wurden eingerichtet, sie wurden enteignet und Pfarrer und Priester, Polizisten und der Kommissar für Indianische Angelegenheiten wurden in ihre methodische Verfolgung eingebunden. Die gelehrten Juristen und wissenschaftlichen Experten – wieder kamen diese, um sie zu beobachten wie der hinkende Jacques –, stritten ausschließlich untereinander darüber und über andere Fragen wie die Herkunft oder die *Nuance* des *Indianers*: Gehört das Volk der Inupiaq und der Gwich'in zur selben Rasse, die Athapaskan oder Mohawk, Haida, Tagish, Tutchone, und was ist mit den Mi'kmaq? Sicher ist, dass sie nicht zur selben Rasse wie sie in ihrem reinsten hellhäutigen Weißsein gehören, dessen verblüffender Standardwert niemals infrage gestellt wird, obwohl die abendländische Brut, der sie entstammen, doch seit Jahrtausenden und völlig frei miteinander kopuliert, sich vermischt, ihre Flüssigkeiten, Launen, Pigmente und Blut austauscht und sich gegenseitig regelrecht zerfleischt, sich mit dem Griechischen Feuer, Gas oder der Wasserstoffbombe auslöscht – aber Letzteres waren ja nur *Japsen*, nur *Gelbe*, nicht wahr?«

»Reg dich nicht über diesen Quatsch auf, Njyah.«

»Ich rege mich nicht auf, Bud, ich stelle fest. – Ich musste mir all das vor Augen halten, wenn ich besser verstehen wollte, was in jenem Jahr passiert ist, als ich unschuldig und unwissend bei ihnen lebte, als Herman und Kaska sich in der undurchdringlichen Nacht bei Minus zwanzig Grad zusammen mit der Winterprinzessin und ihrem Rotschopf aufmachten. Ich musste verstehen, ob ihre Flucht nach dem Gesetz – ob nun amerikanisch oder kanadisch – kriminell war und ihre Absicht lediglich darin bestand, sich – und uns mit ihnen – jenen zu entziehen, die sie für immer im Namen ihrer schändlichen Gesetze verfolgen würden.«

Am Ufer des Lake Aishihik sprach Jessie mit dem Wasser, dem Schilfrohr, den Espen und den Birken, nicht mit mir. Sie wandte sich an die einsame Landschaft, erfüllt von lauter Anwesenheiten, an die Bewohner von Da'kéyi, an das Volk der Kwändur und seine Sagen, die seit tausend mal tausend Jahren von Generation zu Generation mündlich weitergegeben werden, an den Reisenden, der die Weite des Anbeginns durchschreitet, ohne die finsteren Grenzen des Wassers oder Windes, des Himmels oder der Erde zu erreichen. Sie nahm sie zum Zeugen für ihre Verachtung und ihre Wut.

Wir hatten eben im Norden des Sees gewassert, zu dem ich sie hatte begleiten sollen. Unweit des Ufers schwimmt mein blauweißes Wasserflugzeug auf seinen Schwimmern, ist gut an seinem Liegeplatz verankert. Ich war zum Bug balanciert, hatte den Anker ausgeworfen, als Nächstes meine Instrumente und die Treibstoffanzeige überprüft. Dann luden wir unsere Campingausrüstung in mein kleines aufblasbares Kanu und waren drei Paddelschläge später an dem sandigen, mit Kieselsteinen übersäten Uferabschnitt, wo am wenigsten Schilfrohr stand und nicht so viele der angespülten Stämme herumlagen, die vom Winter noch mit Eis überzogen waren. Es nieselte so leicht und sprühend, dass man das Gefühl hatte, der Regen würde vom Wasser und den einzelnen Bäumen aufsteigen und alles mit feuchten Tropfen überziehen. Die gesamte Landschaft war in diesen feinen Wassernebel und die Maisonne getaucht, in der meine Norseman wie ein riesiges ruhendes Insekt wirkte.

Da waren wir also, Jessie.

Wir waren am frühen Morgen bei strahlendem Frühlingswetter in Tok aufgebrochen und mussten irgendwo die amerikanisch-kanadische Grenze überfliegen, diese im Niemandsland quer durch den Wald geschlagene Schneise, die sich bis zum Horizont erstreckt.

Beim Fliegen erfüllt mich immer dieselbe Euphorie der Schwerelosigkeit, körperliche und geistige Müdigkeit fallen von mir ab, denn auch mit all seiner Tonnage bleibt mein kleines Wasserflugzeug wie auf einer guten Matratze gebettet im Gleichgewicht, ich vertraue seinen Flügeln, seinen Schwimmern und seinem Motor wie einem Freund. Natürlich muss man trotzdem die Schalthebel bedienen, aber die unvergleichliche Pracht, die einem die Freiheit der Lüfte bietet, damit kann einfach nichts auf der Erde mithalten.

Jessie teilte meine gute Laune nicht. Sie starrte auf den triumphalen Sonnenaufgang, bis ihre Augen brannten, als wäre er ihr persönlicher Feind. Eine Zeit lang flogen wir den White River hinauf, diesen flachen Strang mit seinen milchigen Strähnen zwischen den noch mit Schnee bedeckten Hochebenen, die sich im endlosen von Nebel umfangenen Norden erheben. Von so weit oben wirkt die gesamte Landschaft träge, fast reglos. Sie verändert sich langsamer als hinter den Scheiben eines Autos, man hat also Zeit nachzudenken.

Endlich breitete sich, wie ein am Fuß des Mount Elias eingefasster Edelstein, der kristallklar in der zartrosa Morgendämmerung schimmernde Kluane Lake vor uns aus. An manchen Stellen war er noch zugefroren, und aus dieser Höhe changierte er je nach Tiefe und Strömung zwischen Türkis, Marineblau und Graugrün. Wir waren zu weit oben, um Burwash Landing auszumachen, das sich entlang des grauen Strangs des Alaska Highways erstreckt, den jeder Winter stark beschädigt und dessen Lauf ich seit unserem Start mehr oder weniger gefolgt war. Ich flog eine Kurve über das Delta des Slims Rivers, wo sich das Gletscherwasser in den See ergoss und dessen im breiten Flussbett mitgeführte helle Sedimente vom

Wind wie feiner Mehlstaub aufgewirbelt und bis hinter Silver City getragen wurden.

Wegen des Lärms deutete ich lediglich auf ein paar vereinzelt am Flussufer stehende Gebäude, alte Lagerhallen der Jaquots oder die Häuser ihrer Nachkommen, es gab keinen Grund, weshalb sie diese Ecke hätten verlassen sollen. Ich flog eine niedrige Schleife, fast im Tiefflug, damit sie die Reste der Hütten, verborgen unter den kahlen Kronen des Waldes, sehen konnte. Aus der Vogelperspektive war die Stelle, an der einst das Dorf der Fischer von Män Shii'aya stand, kaum zu erahnen, aber dennoch erkennbar – ausgelöscht, aber nicht vergessen.

Jessie presste die Nase an die Scheibe und spähte mit finsterem Gesichtsausdruck nach unten. Was dachte oder spürte sie, als wir über den Ort hinwegflogen, von dem Herman einst erzählt und Kluk geprahlt hatte, dass er dort nachts den Jägern entwischt sei. Fünfzehn Jahre war das her – eine Nanosekunde für die unendlich lange Zeit der Erde unter uns auf ihren präkambrischen Schichten. Was die beiden kurzen Jahrhunderte weißer Vorherrschaft betraf, während derer die Region geschröpft worden war, so waren davon nur noch die graue, von Yankees errichtete Straße und die Brücke übrig, die über den Slims River führte, zusammen mit ein paar verfallenen Dächern von Silver City.

Ich stieg wieder auf, um Richtung Osten zu fliegen, erfreut über das beschwingte Surren meines Wasp-Junior-Motors mit seinen dreihundertdreißig Kilowatt, was für eine tolle Mühle, leicht zu handhaben, spritzig, unverwüstlich, eine verwegene Partnerin – auf nach Kloo Lake!

Bald war der See zu sehen, was waren schon dreißig Kilometer unter unseren Flügeln, ein lichtdurchlässiges Dunkelgrün eingebettet in rotes Sumpfland, aufgrund seiner eigentümlichen Form gut von den zwanzig anderen kleinen Wasserflächen zu unterscheiden, die den Waldteppich durchlöcherten. Seit unseren Abenden in Anchorage verspürte ich den Drang, zu ihrer sagenumwobenen Hütte zu gehen, zu sehen, wie es um sie stand, und im gleichen Zug auch den rostigen Dodge zu finden – nur eine Stunde Fußmarsch, dachte ich mir. Mein kleiner Stoppelhopser hat keine Angst vor kurzen Landebahnen, ich könnte ihn problemlos in Längsrichtung des Sees, etwa fünfhundert Meter, wassern.

Doch als ich beim Anflug meine Schwimmer überprüfte, verstand sie, was ich vorhatte, und schüttelte heftig den Kopf: »Nein.« Dann lehnte sie sich in den Sitz zurück, gleich darauf ein Sturzbach von Tränen.

Ich zog die Maschine hoch und gab Gas, wenig später hatten wir unsere Flughöhe wieder erreicht.

»Okay«, brüllte ich, um die Motorgeräusche zu übertönen, »du willst also lieber nicht wissen, was davon noch steht, ob es noch Überreste und Spuren von deiner beschissenen Hütte gibt, vielleicht ja auch gar nichts, kein Hinweis, weder ein Stück von der Elchgeweihharfe noch eine Schuppe von einem Rotlachs. So wie du es vermieden hast, dem Haines Highway zu folgen, weil du nicht wissen willst, ob diese Seite von einst inzwischen für immer verloren ist. Wenn es dir lieber ist, deine Erinnerung in einem sterilisierten Einmachglas zu bewahren, okay, dann gehen wir nicht nachsehen. Auf deinen Befehl, Njyah. Du bezahlst. Dann aber, Kreuzdonnerwetter, fragen meine Norseman und ich uns, was zum Teufel wir in Aishihik Lake zu suchen haben.«

»Äshè'yi Män«, korrigierte sie mich wütend, schrie beinahe, schniefte.

»Auf meiner Karte und auf meinem Flugplan steht Aishihik«, beharrte ich unnachgiebig.

Unser kurzer Knatsch dauerte nicht lange, aber ich war stinkig. Ebenso sehr über meinen Fehlschlag wie darüber, dass ich ihr recht geben musste: Ich hätte es einem Makler überlassen sollen, das Haus zu verkaufen. Ich hätte nicht nach Ottawa in diese Straße mit den kleinen Vorgärten zurückkehren, nicht den verlassenen, müffelnden Flur betreten sollen, nicht die Küche mit dem zwischen Herd und Kühlschrank gezwängten Tisch – jetzt stand dort ein Kühlschrank anstelle des Vorratsschranks, und Staub lag auf der Wachstuchdecke. Es wäre wirklich besser gewesen, ich hätte all das nicht gesehen. Und auch den Rest nicht.

Im Grunde hatte Jessie recht: Es war besser, nicht zu landen, und dennoch war es genau das, was wir vorhatten. Wir flogen mit hundertdreißig Knoten schnurgerade nach Norden, überflogen in einer Höhe von dreitausend Fuß den schmelzenden Schnee auf den Bergen von Ruby Range mit ihren tiefen, im Morgenlicht des dunkel verschatteten Canyons zwischen den angeleuchteten Gipfeln und den Tausenden sich dahinschlängelnden Flüssen, Bächen, kleinen Seen und Wasserlöchern, mit den braungrauen Tupfen der Wälder und den grüngrauen der Flechten und Moose, die den felsigen Boden überzogen. Am Boden entsprach das, was wir in weniger als einer Stunde auf meinem blauen fliegenden Fakir-Teppich und mit einem einzigen Riesenschritt in meinen Siebenmeilenstiefeln überwanden, den etwa hundertzwanzig verschlungenen Kilometern, die ihre kleine Gruppe fünfzehn Jahre zuvor mit Ameisenschritten bei minus zwanzig Grad zurückgelegt hatte.

Schon von Weitem entdeckte ich, was ich zu sehen erwartet hatte: den Einschnitt des eingeebneten Geländes, die Start- und Landebahn des Flugplatzes, des von den Yankees 1944 nördlich des Sees errichteten Militärstützpunktes, einer von elf inmitten der Walachei entlang des Alaska Highways. Am Rand des Flugfelds zeichneten sich ein paar schlecht erhaltene Holzgebäude mit tannengrünen Blechdächern ab, Hangars und Kontrollturm leuchtend rot gestrichen. Eher erfreut stellte ich fest, dass kein Lebenszeichen auszumachen war, kein Kerl oder Jeep, keine Maschine auf dem Rollfeld, der zerfledderte Windsack flatterte träge, vermutlich war der Stützpunkt halb stillgelegt, nur noch zeitweise besetzt und würde bald ganz verfallen.

Jessie tat so, als würde sie dieses Krebsgeschwür nicht sehen, das in die Einsamkeit gepflanzt worden war, die sie fünfzehn Jahre zuvor kennengelernt hatte und die auch ich kennengelernt hatte, als ich meinen Anflugwinkel für das Wassern abschätzen musste, Opfer eines ziemlich üblen sich drehenden Windes, ein waghalsiges Manöver im Sturzflug, weil ich, um bei den Indianern als unangekündigter und uneingeladener Besucher zu landen, einen Motorschaden vorgeben sollte. Ich wusste, wie ich es anstellen musste, damit mein Motor Fehlzündungen hatte und stotterte, ehe er am vorgesehenen Ort endgültig ausging, das hatte wunderbar funktioniert.

Umgehend fand ich mich unweit ihrer Lachsreusen wieder, die bereits für die bevorstehende Wanderung ausgebracht waren. Zu jener Zeit, Anfang August, waren schon zahlreiche herbstliche Rot- und Goldtöne inmitten der Schwarzfichten zu sehen, unter denen nicht weit vom Ufer das Sommerlager aufgeschlagen war, von wo eine Schar Kinder und Hunde von diesem Aufruhr angelockt wurde und sich mutig dem Treffen mit mir stellte. Unter ihnen, verdammt noch mal, das gab's doch gar nicht, dieses große, dünne Mädchen mit den roten Haaren.

Fünfzehn Jahre später wasserte ich mit meiner Norseman in etwa an derselben, dieses Mal verlassenen Stelle.

In dieser westlichen Bucht ganz im Norden des Sees glitten wir in der doppelten Fontäne der Schwimmer wie zwei Asse auf Wasserski dahin, dann schaltete ich den Motor aus, während das Wasser über die Windschutzscheibe floss. Ein überaus kurzes, schönes Landemanöver und dann Stille. Stille des Motors, der uns seit dem Abflug halb taub gemacht hatte, Stille, als ich die Tür aufklappte, der überwältigende Frieden der ungebändigten Natur, und dann ertönte wie verstärkt und fast schon schmerzhaft, einem Donnern gleich, das Rascheln des Schilfs, der Fichten und Birken, durch die der laue Wind strich, und das schwächer werdende Schwappen des Wassers ans Ufer an unser Ohr. Schließlich noch das quäkende und krächzende Schreien unsichtbarer Vögel, die sich über unser geräuschvolles Erscheinen empörten. Unvermittelt flogen sie auf, um auf der anderen Seite des Sees verstreut wieder zu landen.

»Wildgänse, Moorschneehühner«, sagte Jessie lächelnd, knöpfte ihren Parka auf und atmete mit halb geschlossenen Augen tief ein. Dann summte sie *nindana nahohé atanké pawé ho*, als würde sie mir das Passwort geben, um Zugang zu ihrem Traum zu erhalten.

»Fünf bis sechs Tage Fußmarsch hatte Kaska gesagt, doch das hätte zur Sommerzeit gegolten. Mitten im Winter sah das ganz anders aus. Es wäre unvergleichlich einfacher gewesen der regulären Route zu folgen, die an einem Bergbach entlangführte, dem Yän-lin Chemi, der vom Äshè'yi Lake herunterrauschte. Aber das wäre ein sehr langer Umweg gewesen: Man müsste zunächst der Straße bis nach Dakwäkäda folgen, wo die Company untergebracht war, dann bis nach Canyon Creek gehen, wo man zwangsläufig den Parkers vor der Nase herumlief, auf der Holzbrücke die Otter Falls überqueren, weiter durch das Dorf Chemi, wo vielleicht noch immer ein paar Fischer waren. Da hätten wir unseren Aufbruch aus Kloo Lake genauso gut an allen Kreuzungen lauthals verkünden können, wie viele wir waren und wohin wir zu dieser Jahreszeit wollten, in der verrückte Reisende selten waren. Da hätten wir genauso gut den Typen aus Juneau entgegenrennen und uns in ihre Arme werfen können. Wir hatten keine andere Wahl, als den kürzesten, aber gefährlichsten Weg zu wählen und Kloo Lake Richtung Norden über das unbewohnte Gebirge zu verlassen, uns seinen Pässen zu stellen, den Furten seiner Flüsse und Sümpfe, uns einen Weg durch seine Schluchten zu bahnen, wo niemand mit gesundem Menschenverstand vorbeikam und sich unsere Spuren verloren. Dabei war der Schnee hilfreich. Seit unserem Aufbruch am Morgen schneite es wieder, das späte winterliche Morgengrauen war so schwach, dass es nahtlos in die Abenddämmerung überging: Dicke, weiche, sanft fallende Flocken bedeckten die Spuren des Schlittens und der Stangenschleife, der des Pferdes und unsere eigenen. Unsere einzige Begleitung war eine Schar riesiger schweigender Raben über unseren Köpfen, die sich auf den Astgabeln niederließen und mit schweren schwarzen Flügelschlägen wieder erhoben.

Ich weiß nicht, an was unsere Gruppe dachte, als wir uns einsam zwischen Fichten und Tannen entfernten. Umgehend waren das Stück Land, die Hütte und der zugefrorene See mit dem düsteren Nebel nicht mehr zu sehen, so rasch schloss sich der weiß verschneite Wald hinter uns. Doch nachdem wir einmal aufgebrochen waren, war unser langsamer Marsch ins Unbekannte nicht mehr traurig«, erzählte Jessie, »auch nicht besorgt oder übereilt, einfach nur ernst. Jeder bemühte sich, in die Fußstapfen seines Vordermanns zu treten. Das war weniger ermüdend, als sich seinen eigenen Weg im Pulverschnee zu bahnen. Herman ging mit dem Pferd voran, er orientierte sich nicht am Licht, der Sonne oder den fehlenden Sternen unseres Horoskops, sondern so, wie er es zu tun gewohnt war, an den Zeichen und Hinweisen in der unmittelbaren Umgebung. Mit Muskeln so stark und Augen so scharf wie die eines Tieres schätzte er das abschüssige Terrain ab, während wir dem Flussbett folgten, und hielt sich von dessen tückischem Ufer fern, wo das Wasser unter dem instabilen Eis noch dahinfloss. Er nahm stattdessen den schrägen Hang, stieg weiter hinauf zwischen die sichtbar werdenden Felsen, wo wir sicher hinaufkletterten, obwohl es sehr steil wurde, sobald wir die zwischen den hohen Felswänden immer enger werdende Schlucht erreicht hatten. Lange Zeit gingen wir schweigend hintereinanderher, um unsere angestrengten Lungen zu schonen, das Atmen unter dem Lederschutz, der umgehend von Eis überzogen war, war schwierig. Doch um nichts auf der Welt hätte ich mich beschwert, war fest entschlossen, ein großes Mädchen zu sein, es allen zu zeigen – insbesondere Kluk –, doch nach ein paar Stunden setzte Herman mich auf den Sattel, ohne Widerworte zu dulden.

An diesen ersten Tag nach unserem Aufbruch habe ich nur wenige Erinnerungen, nur an die unglaubliche Kälte erinnere ich mich. Es fühlte sich an, als wäre sie ein Feststoff, der uns am Vorankommen hinderte, mit nach vorn gebeugtem Oberkörper stemmten wir uns gegen den Eisblock, der uns bei jedem unserer Schritte zurückdrängte, das Knirschen eines jeden Schrittes, der Wind, der uns den Atem nahm, den steifen unter den Pelzen zusammengekrümmten Gliedern abgerungen.

Das erste Lager errichteten wir in tiefschwarzer Nacht, am Grund eines Tals, über das sich ein steiler Hang wölbte, und es war einfach magisch«, sagte Jessie, »wie in Windeseile das Zelt aufgestellt war, das Shini auf dem Schlitten gezogen hatte, breite Karibufelle, die im Handumdrehen mit den Riemen an den bündelförmig aufgestellten Pfählen festgebunden waren, und ebenso rasch war ein großes Feuer gemacht. Aber nicht unter einem Baum, o nein! Die angenehme Hitze seiner Flammen wärmte unsere Gesichter, während wir geschützt vor dem Wind das getrocknete Fleisch, das flache Bannockbrot und die Beerenpaste aßen – in von Kaska streng begrenzten Rationen, damit unsere Lebensmittel reichten – und danach einen heißen Kaffee tranken. Das war natürlich keine Pastete oder Heidelbeertarte wie die Festessen der Jaquots. Noch drei Tage Fußmarsch wie heute, sagte ich mir ganz naiv, dann wären wir endlich da, wo meine Mutter schon so lange hinwollte, dort, wo die verrückte Karte ihrer Kindheitsliebe Jacques und ihr Schicksal sie hinführten.

›Ein Schluck Wodka‹, schlug sie vor und hielt großspurig die letzte Flasche von Archie hoch.

Unbemerkt von den anderen nahm auch ich einen kleinen Schluck, wo es doch selbstverständlich war, dass ich mir meinen Teil als unermüdliche Weggefährtin verdient hatte. Der eiskalte Wodka schmeckte nur wie bitteres Wasser, im Übrigen war ich benommen vor Müdigkeit und schlief schon halb, schielte zwischen meinen gesenkten Wimpern hindurch in die schimmernde

Glut, erträumte mir dieses karge Lager so, wie Lieutenant Allister seines einst Bonnie beschrieben hatte – und vielleicht würde ich auch diesen verwahrlosten Waldmenschen sehen, der aus dem Dickicht auftauchte, oder den Vater mit dem zerfetzten Ohr, der etwas zu essen erbat.

Oder noch besser: Shih Han, den Grizzly, von dem Kaska behauptete, dass er sich, verrückt vor Hunger, im Wasser wälzte, damit die Kälte sein Fell mit Eis überzog, wodurch er sich in den schrecklichen Ch'atthan verwandelte. ›In dieser barbarischen Erscheinung ist er unbesiegbar, weder Pfeil noch Gewehrkugel durchbohren seine Rüstung, sie ist widerstandsfähiger als Stahl. Er bewegt sich rasch und unbemerkt fort, wittert alles aus großer Entfernung, aber er sieht nicht gut, vielleicht ist er ja kurzsichtig, verstehst du? Aber sprich nicht schlecht über die Nachkommen des Bären, verunglimpfe ihn nicht, vielleicht ist er dein Großvater! Er hört dich, auch wenn er gerade im hintersten Winkel seiner Höhle Winterschlaf hält, er weiß schon seit Langem, was es bedeutet, ein Mensch zu sein. Wenn er sich dir nähert, dann bitte ihn einfach höflich, zu verschwinden, sag ihm, dass du ihn nicht umbringen willst, oder aber folge ihm in seine Höhle! Wer sich dorthin flüchtet, schläft den ganzen Winter über. So: Jetzt weißt du, wie man den Schlaf findet, wenn er nicht kommen will‹, sagte sie lachend.

Unter unseren Bären- und Wolfsfellen schliefen wir. Kann man wirklich an einem solchen Ort schlafen, in einer solchen Kälte?

In Gesellschaft von Herman konnte man das.

Zweimal trafen wir auf geisterhafte Pfahlkonstruktionen mit Lederfetzen, die im Wind knarzten, Gestänge und finstere Masten ragten aus dem bläulichen Schnee, auf denen uns die Raben erwarteten, saßen ganz oben, als verteidigten sie den Zugang dorthin. Schweigend und ohne sie anzusehen, machte Herman einen Bogen um sie, ein Umweg, der unser Vorankommen erschwerte.

Am dritten Tag, wir liefen auf halber Höhe und ohne allzu große Schwierigkeiten bei klarem Wetter an einem Hang entlang, beschloss er unvermittelt, nicht länger im freien Gelände weiterzugehen, sondern wandte sich Richtung Steilhang, um trotz der rutschigen Felsen den Schutz der Bäume zu erreichen. Behindert durch Wurzeln, abgebrochene Zweige und mit Eis überzogene stachelige Büsche wurden Schlitten und Stangenschleife vom undurchdringlichen Unterholz an der immer schrofferen Steigung ausgebremst, zwischen den schwarzen Stämmen des lichten Hochwaldes war die Sicht auf wenige Meter begrenzt. Dieser Richtungswechsel war höchst unsinnig, doch niemand wagte es, zu protestieren, schließlich wusste Herman immer, was er tat. Und er wusste es tatsächlich.

Keine halbe Stunde später hielt er an, es war unmöglich, weiterzugehen. Dort, am äußersten Rand dieser Steigung, auf einem schmalen Vorsprung ohne Fortsetzung, gerade breit genug, dass wir alle Platz fanden. Mit barscher Geste befahl er uns anzuhalten. Im stillschweigenden Einverständnis schirrte Kaska Shini ab und häufte unser Hab und Gut an der Felswand auf. Doch wir errichteten kein Zelt und machten auch kein Feuer. Im Schneidersitz setzte sie sich auf einige Zweige, und wir taten es ihr gleich. Eingemummelt in unsere Pelze, keuchend durch den schnellen Aufstieg ohne Pausen, saßen wir reglos da. Selbst das Pferd bewegte sich nicht, ließ den Kopf hängen, die Kruppe unter der Decke gesenkt. Durch eine Lücke zwischen den Bäumen konnte man das gesamte Tal überblicken, durch das wir gekommen waren. Dort hockte Herman sich hin, das Gewehr im Arm. Shini saß neben ihm, so aufrecht, dass sein hübsches Huskyfell wie Granit wirkte. Und dann warteten wir.

Worauf, wussten wir nicht. Er schon.

Die Stille war vollkommen, das geringste Knacksen, ob nah oder fern, klang wie eine Explosion, und obwohl ich ganz steif war, zuckte ich zusammen. Die großen Raben kreisten als schwarze Silhouetten tief über dem Tal, lautlos. Ich weiß nicht, wie lange es dauerte, bis sie auftauchten. Ganz unten, am Eingang der Schlucht, folgten zwei zwergenhafte Gestalten unseren frischen Spuren, sanken tief im Schnee ein. Sie waren im Gegensatz zu uns ohne viel Gepäck unterwegs und kamen folglich schneller voran. Zwei, dachte ich, wo war der Dritte? Sie blieben stehen. Stellten in aller Ruhe ihr Marschgepäck ab. Luden ihre Gewehre durch, betrachteten unsere Spuren, suchten die Umgebung mit dem Fernglas ab, Rücken an Rücken. Sie besprachen sich. Mit einer knappen Handbewegung bedeutete Herman uns, zu schweigen, uns nicht zu rühren. Auf einmal schwangen sich die Raben unvermittelt auf und verschwanden pfeilschnell, dann – *sch, zic, zic* – ein Hagel trockener Querschläger in den Bäumen, Gewehrsalven, irreale Detonationen, gedämpft und durch die Entfernung wie verlangsamt, aber umgehend durch ein ohrenbetäubendes Echo verdoppelt. Sie zielten in unsere Richtung, auf den Felsvorsprung, auf den wir uns geflüchtet hatten. Nicht wirklich auf gut Glück, eher gezielte Schüsse, auf eine Stelle, als Warnung, als Ultimatum, ohne Vorwarnung, ohne Aufforderung zur Kapitulation. Dann breitete sich wieder Stille aus. Sie luden nach. Ohne Eile, sich ihrer Sache sicher.

Der am Rand des Nichts kauernde Herman war trotz des ganzen Lärms nicht einmal zusammengezuckt. Hatte sein Gewehr nicht angelegt, sich nicht gerührt.

Wir auch nicht, erstarrt außerhalb der Zeit. Gefrorene Zeit ohne Vorher oder Nachher, ohne Geschichte.

Während dieses Zwischenspiels, in dem nichts geschah, veränderte sich die Situation mit widersinniger Geschwindigkeit vollkommen. Die beiden bewaffneten Jäger, bis zu den Knien im Schnee, waren nicht mehr allein. Da waren fünf, dann acht Gestalten, gleichzeitig aus dem Nichts aufgetaucht, am Waldsaum unterhalb des Abhangs, acht kräftige Wölfe, weiß und grau, mit männlichem Torso, dunkle Raubtiersilhouetten, die sich vor dem Schnee abzeichneten, aber mit helleren Köpfen, getragen von muskulösen Rücken. Mit der Eleganz von Tänzern sprangen sie mit kleinen Schritten zur Seite, blieben dann stehen, als dächten sie nach wie vernunftbegabte Menschen. Unvermittelt stürzten sie sich wie ein Einziger auf die Zwerge, die wild um sich schossen. Dieses Mal, um sich zu verteidigen, zielten sie kaum auf eines der vielen Tiere, die sie aus allen Richtungen angriffen, und befanden sich bereits im Nahkampf mit den Rüden, die größer waren als sie, und wurden unter ihrem Rudel begraben. Wir hörten weder ein Geheul, wie Wölfe es in den Filmen ausstoßen, noch Schreckensschreie, nur das erstickte Gurgeln eines der mit Reißzähnen gequälten Opfer, das aufgerissen und trotz seiner Leder- und Pelzschichten zerfetzt wurde. Alles ging so schnell, man hätte es für eine Halluzination halten können.

Die Realität war jedoch zweifellos folgende: zwei leblose Körper in einer grotesken Umarmung ineinander verschlungen, um sie herum ein Kreis großer hechelnder Wölfe, die ruhig und würdevoll dasaßen. Sieben jetzt, denn einer lag etwas entfernt mit der Eleganz eines erschöpften Schwimmers, der sich auf dem Sand ausstreckt.

›Wak, wak, wak‹, krächzten die Raben, die plötzlich alle wieder da waren, das Feld des Todes mit ihrem schwarzen Flug bekränzten.

›Wak, wak‹, antwortete Kaska, und auf ihr Signal hin schüttelten wir uns wie aus der Betäubung eines kurzen Schlafes gerissen – bis auf Onayepa. Angelehnt an den Felsen schlief sie noch. Zum bleiernen Himmel hin gekippt, die Wangen mit kleinen roten Sternen übersät.

Der große Herman beugte sich zu ihr nach unten, schob mit dem Handrücken ihre Pelzmütze hoch und zog sie dann mit einer Art Bellen an seine Brust, einem langen, wölfischen Heulen, kaum hörbar, das tief aus den Eingeweiden eines verletzten Tieres herzurühren schien.

Genauso wenig wie damals auf der Lichtung verstand ich jetzt, was los war. Ich dachte, meine Mutter hätte sich bei unserem schwierigen Aufstieg irgendwo aufgeschürft, sei irgendwie betäubt wie bei ihrem erstarrten Zustand nach dem Aufenthalt im Keller, und dass sie aus ihrer Bewusstlosigkeit bald erwachen würde. Das glaubte ich, als wir weitergingen und bis wir sie, als wir das nächste Mal lagerten, vom Sattel des Pferdes hoben, auf dem sie bäuchlings festgebunden war und sich, ohne zu murren, hatte durchrütteln lassen. Erst da habe ich erkannt, dass sie tatsächlich tot war, wie der erdolchte Vielfraß, wie die zerrissenen Zwerge.

Ich empfand nichts. Die klirrende Kälte, die bedrückten Blicke meiner Reisebegleiter, als wir den Marsch fortsetzten, ihr Schweigen, die hereinbrechende Nacht, all das hatte jegliche Empfindung betäubt. Oder aber Miss Plunkett hatte recht damit, dass ich noch kein Herz und keinen Verstand besaß.

Wie auch immer, solange es darum ging, auf gleichem Weg wieder zurückzugehen, unter großer Mühe zwischen den Bäumen hinabzusteigen, die Lasten zu ziehen oder abzubremsen, ohne dass sie sich irgendwo verklemmten oder umgeworfen wurden, blieb mir kaum Zeit, mir über das Schicksal meiner Mutter Gedanken zu machen. Ich freute mich lediglich über den guten Ausgang dieses seltsamen Abenteuers und bewunderte einmal mehr die unglaublich scharfen Sinne von Herman, der vor allen anderen das Kommen der Mörder gespürt hatte, die uns auf den Fersen waren. Diese Bastarde hatten geglaubt, ungestraft das Gebiet der Schatten entweihen zu können, jetzt waren sie tot, aber so was von! Das geschah ihnen recht. Die Wölfe und Raben mussten Phantome oder Geister gewesen sein, denn als wir am Ort des Gemetzels eintrafen, waren alle verschwunden, spurlos, kein Pfotenabdruck, nur weiße Wüste. Und mitten darin Mickey. Da war keine Verwechslung möglich, nachdem Herman das haarige Ohr an dem blutigen Schädel freigelegt hatte, wirklich verdammt haarig. Wie bei einem Wollhaarmammut, damit hatte Kluk ganz recht. Was den anderen betraf, wirklich ein Albino-Däne, da hätte schon die verletzte Brust abgetupft werden müssen, um nach dem Pikass zu suchen. Wenn es nicht Aarne war, dann war es sein Bruder, sagte ich mir – aber wo war dann der andere abgeblieben? Zwillinge trennten sich nie, nicht die Pudel Tic und Toc oder die stotternden Zwillinge in Chicago. Genau darum kreisten meine Gedanken, nachdem wir wieder unten im Tal waren.

Wir ließen die beiden so zurück, wie wir sie vorfanden, ohne ein Grab für dieses Gesindel zu schaufeln – mach das mal im Permafrostboden. Sie mit Schnee zu bedecken wäre unnötige Mühe gewesen: Angefressen, wie sie waren, würden sie ein Festmahl für die nach dem Wintereinbruch hungrigen Raubtiere sein, die vor dem Winterschlaf auf der Suche nach Proteinen waren. Für den Vielfraß, den Bären, den Luchs und die kleinen Nagetiere, die bestimmt am Waldrand kauerten und sich die Lefzen leckten, hinzu kamen noch die geflügelten Aasfresser, alles erstklassige Zerstückler. Von ihnen würden, verteilt über einen größeren Radius, vielleicht ihre Gewehre übrig bleiben, ein paar Knochen, Stofffetzen, Gürtelschnallen, Horn- oder Kupferknöpfe wie beim armen Big Charley. Allerdings war es eher unwahrscheinlich, dass jemand später hier vorbeikommen würde, da müsste er schon genauso dumm wie die beiden sein oder aber ebenso erfahren wie Herman, was die schrecklichen Geheimnisse des hohen Nordens betraf.

Meine Mutter war eine Tote anderer Art, denn sie blieb bei uns, begleitete uns, was mich beruhigte. Obwohl sie stumm und kalt war – minus zwanzig Grad lassen einen ziemlich rasch erstarren –, setzte sie ihren Weg nach Äshèʼyi Män fort, wie es ihr ihr Traum im Garten von Frankreich prophezeit hatte. Wie die verrückte Karte von Jacques es ihrem verliebten Herzen aufgetragen hatte, führte sie diese Reise weiter, die sie in einem Ruderboot in der Abenddämmerung begonnen hatte, dann mit dem Zug fortgesetzt wurde – treib, treib dahin, Überseedampfer –, mit dem Zirkuswagen, auf Bauernkarren, im Cadillac, auf dem Frachter, dann auf dem Fischkutter, im beschädigten Dodge und schließlich zu Fuß, Schritt für Schritt kam sie ihrem Ziel näher, es hatte nicht mehr viel gefehlt, dann hätte sie es lebend dorthin geschafft. Es hatte – *zic* – nur eine verirrte Kugel gebraucht, die in der Tiefe eines Tales zwischen irgendwo und nirgendwo abprallte. Weniger verirrt, als es schien: Die Kugel hatte ihre Bestimmung, verließ den Lauf des Gewehrs mit der Geschwindigkeit eines Geschosses, ein langer Feuerschweif, richtete ihre Flugbahn auf ihren fernen Einschusspunkt aus, obwohl sie schon sehr viel früher aufgebrochen war – treib, treib dahin, großes Schiff –, sie erreichte ihr Ziel oder vielmehr ihren Bestimmungsort: die zarte Schläfe von Onayepa neigte sich nach vorn, um sie zu empfangen, ein eigenartiges Gefühl der Überraschung, das war ihre Bestimmung – oder ihr Schicksal, wenn man Geschichten mag.

Die nächsten Tage machten wir uns an den langsamen Abstieg zum Ufer des Sekulmun Lake, der im Norden den Äshè'yi Män speist, hier, in diesen Niederungen hatte es weniger geschneit als in den höheren Lagen. Das schwammige Gebiet aus Torf, Sümpfen und Wasserlöchern, das in der Eiseskälte erstarrt war, ließ unsere erschöpfte Kohorte leichter vorankommen, wir konnten trockenen Fußes die gefrorene Furt des letzten Baches überqueren, dessen dahinfließendes kristallklares Wasser darunter bereits zu kleinen Seen erstarrt war.

Eine letzte schlafwandlerische Rast, ein letzter kältestarrer Schlaf, ehe wir endlich einen bewohnten Ort erreichten – das Sommerdorf, das sich aus der Ferne durch Rauchschwaden ankündigte, deren scharfer Geruch und köstliches Aroma von Geräuchertem, herbeigetragen vom Wind, uns empfing. Dann tauchten im eisigen Nebel, kaum von den kahlen Bäumen zu unterscheiden, ein paar Zelte auf, überzogen mit einer glänzenden Schicht aus Eis, ganz in der Nähe waren einige Frauen um ein Feuer herum damit beschäftigt, die letzten Fische zu räuchern. Mich überraschte weder ihre ungerührte Haltung, während wir näher kamen, was sie zunächst gar nicht zu bemerken schienen, noch ihr Aussehen, das in allem unserem glich. Sie trugen gestreifte Decken über den pelzgefütterten Mänteln, Fäustlinge, die gleichen Mukluks aus geschnürtem dickem Leder an den Füßen, waren beschäftigt mit der gleichen Aufgabe, dem Räuchern von Filets, sie beobachteten uns mit ernster Gelassenheit, die Gesichter glänzend vor Fett, die Augen ebenso zusammengekniffen wie die von Kaska. Fünf Alte und ein Baby mit hochrotem Gesichtchen, eingewickelt in seiner tragbaren Wiege, wohlig unter einem schützenden Fell geborgen. Die Nacht brach bereits herein, obwohl es noch nicht Tag geworden war, der erloschene Himmel von einem finsterem Schein erhellt, gewaltiges Wasserrauschen dämpfte alle Geräusche.

In der Folge erinnere ich mich nur noch, dass wir weitergelaufen sind - auch wenn es nicht lange dauerte, so kam es mir doch sehr lange vor - bis zu dem vom See nach hinten versetzten Winterlager, vielleicht hinter dem jetzigen Militärstützpunkt. Doch zitternd, überwältigt von der Müdigkeit, endlich ausgestreckt auf dem Schlitten, den die mit einem Mal überaus gesprächigen, krächzenden Frauen zogen, trieb ich bereits zu den eisigen Untiefen hinab, zwischen den bleichen Barten der toten Wale.

Im tiefen Schlaf erkannte ich im lauten Rauschen des Ozeans manchmal die Mundharmonika von Kluk, die Stimmen von Herman und Kaska, unverkennbar unter all den anderen, das Bellen von Hunden, das Scheppern von Blechgegenständen, dumpfe Trommeln, Schnarren. Als ich endlich aus meinem Murmeltierschlaf erwachte, waren ganz schön viele Leute versammelt. Mindestens zwanzig Frauen allen Alters, eine Gruppe staunender Kinder, die angewidert beobachteten, wie ich mich auf das Essen stürzte. Ein derartiges Verhalten war unwürdig, ein Zeichen dafür, dass man der Sklave seines Magens und somit auf weniger als nichts reduziert war. Das wusste ich nicht, aber wie hätte ich meinen nagenden Hunger auch zügeln sollen? Jedenfalls verlor ich beim gierigen Kauen eines gegrillten zähen Fischsteaks meinen zweiten Milchzahn, den Kaska umgehend einsteckte. Zu meiner großen Erleichterung saß sie im Schneidersitz neben mir und rauchte ihre Pfeife, eingewickelt in ihre kostbare, mottenzerfressene Bärenhaut, diese gute alte Haut, die beste Überlebensausrüstung in diesen Breitengraden.

Erst als ich meinen Heißhunger ein wenig gestillt hatte, überfiel mich der schreckliche Gedanke an meine tote Mutter wieder. Das also war der Tod: rote Sterne auf den Wangen, sie war kalt, sprach nicht mehr, sah mich nicht mehr. Sie würde die Knoten in meinen Haaren nie mehr entwirren, niemals mehr würde ich ihr Goldstück, ihr Püppchen, ihre Gefährtin sein – plötzlich packte mich die Furcht, auch Kaska könnte mich verlassen. Jetzt, wo sie die Ihren wiedergefunden hatte, was war ich da für sie mit meiner hässlichen milchfarbenen Haut und den roten Haaren? Die Namen Fuchsnase oder Die ihre Zähne gibt waren nicht mehr wert als Daisy, Heidi oder Ginger, wenn es darum ging, mir ein klein wenig Existenzrecht zuzuschreiben, das waren Namen zum Lachen, nicht zum Leben, ich war niemand mehr. Mein Schicksal erschien mir furchtbar. Vor Kurzem hatte ich es noch ganz amüsant gefunden, eine Waise zu sein, doch jetzt hatte ich den letzten Menschen verloren, in den ich meinen Glauben und meine Hoffnung setzen konnte. Meine Mutter hatte mich verlassen und kam nicht wieder zurück, ich war endgültig zurückgewiesen worden, drastisch dafür bestraft, in ihrer Tasche herumgewühlt zu haben, sie um ihre Schönheit beneidet, sie so wenig geliebt und so schlecht vor sich selbst beschützt zu haben, dabei hatte sie doch nur mich, um sie zu lieben. Sie hatte mich nie in den Arm genommen, niemals gewiegt oder mit einem Märchen oder einem Lied in ihrer sanften beruhigenden Stimme getröstet – und genau danach sehnte ich mich jetzt ganz verzweifelt. Kaum war ich aus den Tiefen meines eisigen Schlafes aufgetaucht, versank ich erneut darin, nicht im Traum, sondern in der harschen Realität, und es gab keine Möglichkeit, um diesen Albtraum von mir fernzuhalten: Meine Mutter war tot, tot. Das Entsetzen überwältigte mich.

Ich wurde geschüttelt von Schluchzern, wie ich noch nie, wirklich nie zuvor geschluchzt hatte, kein leises welpenartiges Fiepen, sondern ein trockenes Beben ohne Tränen, ein nicht zu unterdrückendes Brüllen, zu groß für meine Brust, für meine wunde Kehle, so heftig, dass Kaska die kleinen Neugierigen, die mein Weinen ebenso empörte und anwiderte wie mich essen zu sehen, mit einem ›Verschwindet!‹ verjagte. Rasch nahm sie ihr Bärenfell ab und wickelte mich fest darin ein, ein so überwältigender, wärmender Schraubstock, dass ich, fast erstickt, verstummte und lauschte, wie sich die übermächtigen Tierwellen des Bären im Inneren meines Seins ausbreiteten und die tödliche Angst lösten. Dann hielt sie mein zitterndes Kinn mit der Hand fest und sang mir eine leise, zarte Melodie vor, die mich in ihren Bann zog. Dieses Mal schlief ich entkräftet endgültig ein, endlich niedergerungen von Liebe und unvergleichlichem Frieden.

Am nächsten Tag erlangte ich einen Teil meines Tatendrangs wieder und beobachtete das Geschehen in dem heruntergekommenen Zelt, das Kaska und ich uns mit zwei gebrechlichen Alten teilten, Maulwürfen ähnlich, so fest blieben ihre Augen zugekniffen. Mal im Schneidersitz, mal ausgestreckt auf ihrer Matte schlummerten sie und stießen dabei brummelnd leise tierische Laute aus.

›Pst, hör zu‹, sagte Kaska, ›das ist ihr Tier, das träumt.‹

Hin und wieder gaben sie etwas Torf auf die dürftige Glut, was die Hütte schrecklich verräucherte. Das war ihre Art zu überwintern: Im Frühjahr würden sie ebenso geräuchert sein wie zwei alte Kerzenfische, dachte ich höhnisch, um mich des sehr unangenehmen Gefühls zu erwehren, dass sie Kaska wie eine Sklavin behandelten, die nunmehr das Feuer unterhalten und unser Essen zubereiten musste, sie auf ihren Matten bedienen und selbige auch von ihren widerlichen Auswürfen säubern musste. Als Vergeltungsmaßnahme für dieses skandalöse Verhalten zog ich insgeheim Vergleiche, die zu unserem Vorteil ausfielen: Meine Decke von der Hudson's Bay Company war ohne Frage hübscher als ihre durchwetzten, fransigen und ausgebleichten, ihre Muschelketten waren weniger hübsch als die von Kaska – für diese Invalidinnen war der Fjord zu weit weg, um sich wie sie Kahnfüßer zu beschaffen, die perlmuttfarben in Rosa und Grün schillerten –, unsere Pelze waren weniger mottenzerfressen als ihre, mein gefüttertes Elchkleid saß besser als ihre zerlumpten Lederhosen. Damit tröstete ich mich. Denn es demütigte mich, uns so bettelarm zu sehen, jetzt, wo wir die Hütte von Kloo Lake verloren hatten, die, wenngleich einfach und winzig, neben dieser Bruchbude doch ein Palast war.

Später erfuhr ich – ich wusste damals so vieles noch nicht –, dass die Tutchonen Bedürftigen gegenüber kein Mitleid empfinden, Pech für den, der aus Sorglosigkeit, Faulheit oder aufgrund eines Missgeschicks auf die Hilfe anderer angewiesen ist: der entwürdigendste und lächerlichste Zustand überhaupt. Wenn diese Alten uns keine Rücksicht und kein Mitleid entgegenbrachten, dann, weil sie zu alt waren, um ihr Überleben zu sichern, Fallen zu stellen, zu fischen, Vorräte anzulegen und, was am schlimmsten war, weil sie keine Familie hatten, die für sie sorgte. Sie waren selbst weniger als nichts, Parasiten. Dass sie uns in ihrem Zelt beherbergten, setzte uns auf ihren Rang herab, oder unter ihren Rang, sofern das möglich war. Deshalb musste Kaska sie bedienen. Allerdings tat sie das mit so wenig Begeisterung wie möglich und ignorierte häufig die zwischen altem Zahnfleisch hervorgezischten Beschwerden. Nur wenn sie laut träumten, spitzte Kaska die Ohren. Die restliche Zeit rauchte sie ihre Pfeife und starrte durch den Spalt der einzigen Öffnung stur nach draußen, als wollte sie sagen: Ihr könnt mich alle mal. Wie ich bereits beobachtet hatte, war Kaska eine Weltmeisterin der Anpassung.

Draußen war nicht viel los.

Verstehst du, draußen, das war da«, sagte Jessie. »Es ist nicht mehr da, aber es war hier, nur ein kleines Stück von der Stelle entfernt, an der du unser Zelt aufgebaut hast. Heute ist nichts mehr davon da, niemand mehr. Schon eigenartig, denn auch wenn dieses Bild so flüchtig wie eine Seifenblase ist, so unbeständig wie ein Traum, reicht es, dass ich die Augen schließe, um das Dorf ebenso klar wie einst vor mir zu sehen.

Jeder ging seiner Beschäftigung nach, überall brannten Feuer, Rauchschwaden wirbelten zwischen den Zelten herum, wurden im beständigen Dämmerlicht vom Wind nach unten gedrückt. Ich munterte mich etwas auf, indem ich die Umgebung erkundete, neugierig auf das Lager und seine Bewohner, vor allem auf die Kinder, die in kleinen Gruppen auf dem eisigen Boden spielten, war beunruhigt und erleichtert zugleich, dass sie mich nicht beachteten. Ich sah ihnen zum Verwechseln ähnlich. Meine roten Haare steckten unter einer Mütze mit Ohrenklappen, ich trug die gleiche Winterkleidung und wie sie einen Mundschutz. Vielleicht musste ich nicht einmal versuchen, mit ihnen zu reden, vielleicht konnte ich mich einfach unter sie mischen. Ich wollte unbedingt, dass sie mich zum Mitspielen aufforderten. Noch nie hatte ich mit Gleichaltrigen gespielt, war unter einer Glasglocke aufgewachsen, einzig mit Miss Plunkett als Gesellschaft, ein dekoratives, auf Shirley Temple getrimmtes Accessoire bei Galaabenden. Die zerlumpte Gruppe faszinierte mich. Ohne zu versuchen, eine Regel, ein Ziel, Sieg oder Niederlage, zu verstehen, wäre ich liebend gern Teil ihres Spiels mit Steinen, Ratschen, Knöchelchen, Gleichgewicht oder Geschicklichkeit gewesen, doch als ich näher kam, liefen sie weg, als hätte ich die Pest. Beleidigt von ihrer Flucht machte ich kehrt, hüllte mich in meine nicht ganz so vornehme Zurückhaltung. An den darauffolgenden Tagen versuchte ich es nicht noch einmal.

Ich kuschelte mich an Kaska, saugte an meinem Etikett, zwirbelte mein heißgeliebtes Totem in den Händen, richtig herum, verkehrt, und döste zwischen zwei würzigen Suppen. Der Nebel und der Schnee der eigenartigen Reise machten jegliche Vergangenheit zu einem undeutlichen Davor, jede Angst, jeder Schmerz war betäubt von einem unbestimmten Warten, ohne zu wissen, worauf, es gab nur die Gegenwart, die nicht verging. Ich ahnte ja nicht, wie sehr unser Auftauchen das Dorf durcheinanderbrachte.

Ich habe fünfzehn Jahre gebraucht, Bud, bis mir aufging, was hier passiert war, bis ich das Ausmaß einschätzen konnte – und bis ich verstand, wie ich zu Njyah geworden bin.

Als wir aus dem Nebel auftauchten wie eine Kohorte Geister ertrunkener Seeleute, erschöpft, aber bewaffnet, mit Eis gepanzert wie die wilden Ch'atthan, hätte unsere Truppe durchaus härter gesottene Seelen erschrecken können, doch die Frauen am Ufer des Sees hatten keinen Hauch von Schrecken oder Furcht gezeigt. Genauso wenig wie der Häuptling, der Schamane oder die Männer des Clans. Genau wie die Alten in unserem Zelt behandelten sie uns betont unfreundlich. Einzig Herman hatte Anrecht auf ein wenig Respekt, als hätte ihm die Tatsache, uns mehr oder weniger unversehrt aus dieser Expedition herausgeführt zu haben, ein gewisses Prestige oder zumindest Achtung verschafft. Gleichwohl begegnete man ihm mit überaus großer Zurückhaltung. Ich wusste nicht, wie ich die Zweideutigkeit ihres Verhaltens deuten sollte. Wäre es denn nicht sinnvoll, wenn Herman sich, ganz nach Archies Prinzip, gut mit ihnen stellte? Er könnte ihnen in Ermangelung von Alkohol, von dem wir nichts mehr hatten, zum Beispiel etwas Tabak aus seinem Beutel anbieten, Kaffee, von dem Kaska noch etwas besaß, oder aber auch die Winchester und den Colt, denn die würde meine Mutter wohl nicht mehr brauchen.

Doch Herman wusste ganz genau, dass es ebenso unangebracht wie nutzlos wäre, unsere Gastgeber auf so plumpe Weise für uns einnehmen zu wollen. Die Tutchonen verachten opportunistische Opfergaben und denjenigen, der sie erbringt, noch dazu verletzt man sie damit zutiefst.

Ich war jedoch ganz selbstverständlich davon ausgegangen, dass Herman, Kaska und Kluk, auch wenn sie anderen Stämmen und Clans angehörten, wie entfernt diese auch sein mochten, von ihnen als einer der Ihren aufgenommen würden. Dass es ausreichte, mehr oder weniger dieselbe Sprache zu sprechen, um ohne Gegenleistung ihre Gastfreundschaft zu genießen - auch ich, weil ich schutzbedürftig war. Doch sie zeigten sich uns gegenüber eher rüde und herablassend, sehr unfreundlich. Das schockierte mich. Dabei war ich es, die sich hier flegelhaft zeigte, denn diese Menschen waren weder rüpelhaft noch unsozial. Sie lebten einfach nur unter sich, in einer Gemeinschaft, die wie überall ehrenwerte, besonnene und so manch einen gelehrten Menschen enthielt, aber auch - ich habe einige gekannt - ein paar Rohlinge, Heuchler, freche Kinder und dumme Gänse, die eine Backpfeife verdienten. Vor allem aber waren es Menschen, die gegenüber ungebetenen Gästen, die wir nun einmal waren, ihre Traditionen und Moralvorstellungen anwandten, und das stellte sie vor ernsthaftere Probleme als uns, falls das möglich war. Herman wusste das.

Nachdem wir von Kloo Lake aufgebrochen waren, war er sich im Klaren darüber, welche Bewährungsprobe ihm auf dem Heimweg in die Gebiete seines Clans im hohen Norden bevorstand, noch dazu wo er zwei überzählige Unerwünschte im Schlepptau hatte.

Dann kam dieser Tag, an dem ich meine Nase nach draußen steckte und nur spielende Kinder und Frauen sah, die zwischen den Zelten beschäftigt waren, alle Männer waren verschwunden. Sie hatten sich abseits des Dorfes in das geräumigste Haus zurückgezogen, ein festes, aus Rundstämmen errichtetes. Ich weiß nicht mehr, wo genau es gestanden hat. Irgendwo da, glaube ich«, sagte Jessie und deutete auf die Baumreihe hinter uns, die ebenso verlassen dalag wie das Ufer.

»Das Versammlungshaus des Clans hob sich von allen anderen Gebäuden durch seine mit großen finsteren Masken versehene Fassade ab, doch die Zeit, als diese Gestalten mir Angst einjagten, war lange vorbei. Sie hatten riesige Augen ohne Lider, grausame zahnlose Münder, Krallen und spitze Schnäbel, krötenartige Füße und waren nicht wie in Ketchikan als Totempfähle errichtet, aber bunt bemalt. In ihrer Mitte wurde die einzige Tür durch einen Pelzvorhang verdeckt, an dem zahlreiche mit Federn verzierte, von Kupfer eingefasste und mit Hermelin gesäumte Anhänger hingen. Hier fanden die wichtigen Gespräche statt, die meine Mutter betrafen, deren Anwesenheit sie in höchstem Maße brüskierte. Natürlich hatte Herman richtig gehandelt, bei dem, was er getan hatte, denn ein Leichnam ohne Grabstätte verunreinigt die gesamte Gegend und kränkt diejenigen, die dort leben, nicht nur Verwandte, Verbündete und Gegner und all jene, die den Toten gekannt haben, sondern auch alle sonstigen Wesen, lebende und tote gleichermaßen. Außer wenn es sich um eine nichtswürdige Person handelt, geht man weder bei einem Menschen noch bei einem auf einer guten Jagd erlegten Tier über die sterbliche Hülle hinweg und behandelt sie mit Respekt. Man versteckt sie vor Blicken und Tierfraß. Bei Wild vergräbt man, was nicht essbar ist, die Eingeweide und Knochen, die man nicht brauchen kann, denn verdorbenes Fleisch im Freien ist widerlich. Folglich hatte Herman sich dem Brauch gemäß verhalten, als er meine Mutter auf dem Pferd mitnahm. Doch schon ein Verstorbener ihres Clans stellte sie vor eine Reihe heikler Fragen, wie man sich angemessen von ihm trennte, was aber mit einer anstellen, die sie nicht kannten?

Das verlangte nach reiflicher Überlegung, und zunächst einmal musste abgewogen werden, ob es angebracht war, denjenigen einzubeziehen, der die Tote zum Dorf gebracht und die Geister erzürnt hatte. Er war kein Clanangehöriger, besaß er dennoch das Recht, befragt zu werden, ob er Teil eines Hauses war, und falls ja, zu welcher Hälfte gehörte seine Mutter, war er also ein ›wahrhafter Mensch‹, der im Namen der Toten sprechen konnte, oder aber ein gewöhnliches Individuum, ausgeschlossen von dem rituellen Austausch? Oder war er gar ein Nichtswürdiger, dessen Meinung nicht zählte? Ehe sie sich der Frage des Umgangs mit dem Leichnam zuwenden konnten, musste diese überaus entscheidende Frage beantwortet werden. Das führte zu lebhaften Auseinandersetzungen, ehe sie sich einigen konnten, wozu der Schamane mit seiner gewichtigeren Stimme wesentlich beitrug. Dann musste eine Abordnung ernannt werden, die aus einigen der Männer bestand, die sich dagegen ausgesprochen hatten, damit es nicht den Anschein hatte, als wäre die Übereinkunft im Streit erzielt worden. So verloren sie nicht das Gesicht, wenn sie Herman die einstimmige Entscheidung überbrachten, denn solange man nicht wusste, wer er war, ging man mit seinem Stolz besser sorgsam um – Gegenstand einer Zwietracht gewesen zu sein, könnte ihn zu Recht kränken – und präsentierte es ihm als Gunstbeweis, dass sie ihn zurate zogen, während sie ihm gleichzeitig zu verstehen gaben, dass dies gewissen Bedingungen unterlag.

Während der zwei Tage, an denen sie debattierten, tat Herman so, als wüsste er nicht, worüber gesprochen wurde, wusste er doch, dass diese Zeit, die augenscheinlich mit Haarspaltereien verschwendet wurde, notwendig war, dass Diplomatie Streitereien besser beilegt als vergossenes Blut und dass dieses Ritual von der Weisheit der Alten geleitet wurde, laut der jeder Mensch in seinem tiefsten Inneren nach Gerechtigkeit und Frieden strebt, vorausgesetzt, seine Ehre bleibt unverletzt. Sie kamen also in ihren zeremoniellen Gewändern und baten Herman, mit ihnen zu erörtern, was mit meiner Mutter geschehen solle; und zuvor nachzuweisen, wer er war.

Alles, was ich zum damaligen Zeitpunkt noch nicht über sie wusste – alles, was sich im Versammlungshaus und in den Feinheiten ihrer Entscheidungen abspielt, die hierarchische Logik, die die Beziehungen und das Zusammenleben der Clans regelt, ihr Verständnis des Todes und des Lebens, ihr Leben an sich –, erfuhr ich durch die Lektüre der Bücher von Jacques Maître-Grand«, sagte Jessie. »In San Francisco hatten sie in der Bibliothek meiner Universität alle seine Werke.

Glaubst du etwa, ich hätte den Hinkenden, dem meine Mutter hinterherlief, während der letzten fünfzehn Jahre vergessen? Ich hätte ihre Geschichte mit dem Sturz aus dem Kirschbaum, der Schneekugel und ihr Zurückgelassenwerden wie ein abgewetzter Treter in ihrem Garten in Frankreich mit den Alten und ihrem Kindermädchen vergessen? Glaubst du, ich hätte diesen komischen Kauz einfach fallen lassen, der verduftet ist, sein trautes Heim verlassen hat - wie es anscheinend auch der verfluchte Trapper von Vater getan hatte - und den angesehenen Ethnologen ignoriert, der zwei Winter in diesem Dorf gelebt hatte, in dem ich den Winter verbrachte, als ich sechs Jahre alt war? O ja, ich habe das gesamte Werk von Yak Matrakrän gelesen, wak, wak!

Es war an der Zeit, dass ich in sein wissenschaftliches Werk eintauchte, vor allem, um darin, wie ich hoffte, einen Hinweis zu finden, eine Anspielung, wie belanglos sie auch sein mochte, auf meine Mutter. Was für eine dumme Gans ich war! Ein Wissenschaftler wie er schwebt völlig abgehoben irgendwo in der Stratosphäre, dort theoretisiert er und führt Kontroversen ausschließlich mit Seinesgleichen - es geht hier um Anstellungen und Titel! -, er lässt sich nicht in die Niederungen der Autobiografie herab. Tja, und damit liegt er total daneben. Zunächst einmal, weil die Wahl seines Fachgebiets und sein Forschungsgegenstand zutiefst damit verbunden sind, und es wäre gut, wenn alle das vor Augen hätten - weshalb bist du Pilot geworden, Bud? Und dann, weil ich darin Spuren von Kindheit und alten verratenen Liebschaften gefunden hätte - man kann nicht aus seiner Haut, man braucht diese Geschichten einfach, nicht wahr? Vielleicht hätte ich Onayepa dann etwas besser kennengelernt, zumindest aus seinem Blickwinkel heraus, von ihm, dem Humpelnden durch ihre Schuld, dem eifrigen Briefeschreiber, ihm, dem schelmischen Kritzler von verrückten Karten.

Aber natürlich, rein gar nichts.

Im Gegenzug habe ich mich dafür lang und breit über die Tlingit und die Tagish informiert, über die Tutchonen, die der ehrenwerte

Professor Maître-Grand zu seinem Spezialgebiet gemacht und die er dem Haida-Stamm vorgezogen hatte, ein bereits ziemlich abgegrastes Terrain. Über die Gwich'in: nichts. Über die Inuit: schon etwas mehr. Sie könnte man für das Nonplusultra des Ursprünglichen halten, das Absolute in Sachen Quintessenz des *Natürlichen,* das den durch und durch weißen Wissenschaftler so sehr fasziniert. Was für ein Geschenk des Himmels für den Ethnologen ›vor Ort‹, den hohen Norden des arktischen Nordens zu erforschen, wo seine Zehen und sein Filmmaterial gefrieren, sie sind ein bisschen hier ›eingetaucht‹, haben beobachtet und gefilmt, aber wie!

Moment, du erlaubst, ja?

Hopp, ich springe aus dem Film in den Kinosaal, auf die Bühne vor der Leinwand, ist das schön, lass mich das von hier sehen! Wenngleich hier, ganz unten vor der Leinwand, alles ins Trudeln gerät, der spitze Winkel zur Decke zeigt. Aus meiner Froschperspektive verzerrt sich das leuchtende Rechteck zur Raute, doch weiter oben ruckelt der Film weiter in Schwarz-Weiß, das stumme Geschehen kommentieren Zwischentitel über meine rohen Sitten als Nanuk, der Eskimo, auf witzige Weise als harmlos charakterisiert, genau wie meine Frau Nyla, die Lächelnde, und unsere fröhlichen Kinder, den kleinen Kerlen ist nicht mal kalt. Nahaufnahme der Pelzmütze mit meinem faltigen, mit Robbenfett eingeschmierten Gesicht, ungerührt lasse ich mich kniend in Halbtotale filmen, damit man gut sieht, wie ich mit dem Dreizack einen auf Schauspieler vor einem Wasserloch mache, wo ich ein Walross harpuniere, es blutend roh verschlinge, in schwarz-weißer Nahaufnahme, den Arktisfuchs durch weiße Bärenfellhosen in die Falle locke, dann krieche, Totale: ›Ich bauen Iglu mit durchsichtigem Eisfenster, nordische Aussicht, ich clever! Aber ich beißen in Schallplatte, weil ich nicht glauben meinen primitiven Ohren, dass eine Stimme kommt aus Grammofon von großem weißem Hexer.‹ Flaherty hat es vermieden, unsere Gewehre zu filmen, unsere Gerätschaften aus Blech, viel zu modern, industrielle Fertigung, mit

Ausnahme eines genormten Löffels, aus einer Schusseligkeit heraus. Lieber mein furchterregendes Elfenbeinmesser, meine Knochenharpune, meine Peitsche aus Lederriemen, mein Lager mit Tierfellen: So wie es war, sind wir zeitlos authentisch im Dokumentarfilm festgehalten, und in der Abenddämmerung heulen unsere Schlittenhunde anscheinend aus einer *Melancholie des hohen Nordens* heraus, ich kringele mich vor Lachen. Da kehre ich besser mit einem Satz in den Film zurück, dann habe ich dort wenigstens einen Logenplatz für die Nahaufnahme, wie ich die Hose ausziehe, ich werde mir meinen Nanuk-Hintern abfrieren, aber Hauptsache die Kamera von Bell & Howell zoomt gut darauf, auf meinen Hintern. Eine Zeit lang kamen so viele Ethnografen zu uns, um zu beobachten, wie wir lebten, dass unser Insiderwitz lautete: Bei uns in Inukjuaq besteht eine normale Familie aus einem Vater, einer Mutter, Kindern UND einem Ethnologen. Sie waren so vernarrt in uns als Indigene, dass wir mit unserem freundlichen Gesicht des Menschen vom Packeis auf einmal so richtig angesagt waren, wie der liebe gute Uncle Ben's, und vergiss nicht: *Eskimo* oder *Nanuk* bezeichnen in Europa Hersteller von Eis am Stiel, und der *Anorak* oder der *Parka* ist eben der Parka, wie du ihn heute trägst, mein Lieber, abgekupfert von meinem in den Zwanzigerjahren, aber ich schweife ab.

Wobei – gar nicht so sehr.

Denn als ich angefangen habe, mich damit zu beschäftigen, habe ich besser verstanden, wer die Menschen von Äshè'yi Lake und Ihresgleichen sind und was mir im Alter von sechs Jahren zugestoßen ist, damit ich zu der wurde, die ich bin. Eins führte zum anderen, und dann kam mir der Gedanke, dass ich keine andere Wahl hatte, als dich aufzusuchen, damit du mich wieder hierherbringst, damit ich mit dir hierher zurückkomme. Sieh mich an, Bud. Gibt es sonst jemanden, der das hätte machen können?

Genau das nämlich habe ich mich gefragt: Wer könnte das machen?

Ich habe in meinem Umfeld gesucht, aber niemanden gefunden. Du weißt, was das heißt, Bud, wenn jemand niemand ist, nicht einmal ein Hamster. Ich brauchte jemanden, der mich so ansieht, wie du es damals getan hast, ein letztes Mal dachtest du, und indem du mir den Rücken zukehrtest, glaubtest du, diesen Blick loswerden zu können. Ich saß nicht auf dem Stuhl in deiner Küche, eingezwängt zwischen dem Herd und dem vergitterten Vorratsschrank, ich saß auf dem Kunstledersessel der FBI-Agenten, ebenso einsam, verfolgt und verzweifelt vor Wut, und ebenso verhöhnt wie der kleine Schwarze aus Ottawa. Genau das hast du gesehen, das habe ich in deinen Augen gesehen. Ich bin nicht auf dem Kriegspfad, sieh mich an, ich bitte dich. Ich räche mich nicht, ich will dir nichts Böses, ich möchte nur, dass du bei mir bist, bis wir aufhören können, uns so anzusehen, bitte, Bud.«

Ich wusste nicht, wo ich hinsehen sollte.

Noch nicht in ihr Gesicht, nicht gleich in ihre dunkelgrauen Augen, lieber auf die weit entfernte unzugängliche andere Seite des Sees vor mir, meine schwimmende Norseman, die Wipfel der Fichten, eine einzelne Wolke, schäfchenartig, die Spitzen meiner Stiefel, meine Füße bewegten sich darin, lieber auf den sandigen Staub am Ufer, flechtenüberzogen, ein Büschel Weidenröschen, in der Sonne in einem unzulässigen Pink leuchtend, Nahaufnahme auf den Reißverschluss ihres Parkas, der Wind frischte auf, die Bändsel ihrer Kapuze flatterten heftig, schlugen mit leisem Knallen gegeneinander, goldener Blütenstaub flog umher. Ich war innerlich so leer, dass ich Mühe hatte zu atmen. Um nicht in Tränen auszubrechen, schloss ich die Augen und sah nichts mehr.

»Manchmal«, sagte Jessie, während sie unsere Campingausrüstung auspackte, »habe ich mich gefragt, weshalb Herman allein und fernab von allem am Ufer des Kloo Lake lebte. Dass er es sich zum Grundsatz gemacht hatte, den Kontakt zu seinen weißen Nachbarn in der Gegend auf ein absolutes Minimum zu beschränken und ihnen möglichst nichts schuldig zu sein, um das zu verstehen und ihm von meinem kindlichen Standpunkt aus recht zu geben, dafür hatte ich innerhalb kürzester Zeit genug gehört und gesehen. Dass er sich jedoch ebenso strikt, mit ebenso finsterer Beharrlichkeit von den Seinen fernhielt – mit dieser einen Ausnahme pro Jahr, wenn er statt in Whitehorse bei den Kwanlin Dün im aufgegebenen Lager von Canyon City übernachtete und bei der Rückkehr Lachse bei den Fischern von Dakwäkäda eintauschte –, dass er abgesehen von diesen seltenen Gelegenheiten keine Beziehung zu Verwandten aus seinem Clan oder seinem Dorf unterhielt, nur mit Kaska als ihm ebenbürtiger Gefährtin, dass sie zu zweit fest entschlossen dieses eremitenhafte Leben führten, das entzog sich meinem Verständnis. Da konnten sie sich noch so sehr lieben, indem sie die Tierseele ihres Bären, Raben oder Wolfs zähmten, ihre Seelen wie zur Zeit von Ts'ii deii verschmelzen und daraus Glückseligkeit und Lust erlangen – auch wenn sie nach Herzenslust ihre Vermählungen in der tiefsten Nacht feierten, so verhielten sie sich doch wie Ausgestoßene, fand ich. Wenn die Erde, die nur sich selbst gehört, ihm fisch- und wildreiche Gebiete überlässt, dann ist der Mensch von ihrer Gnade abhängig, um seinen grundlegenden Lebensunterhalt zu sichern, und sie kann ihm nach Gutdünken Überfluss oder Hunger aufbürden. Es ist eine schwierige und gefährliche Aufgabe, zu überleben, sich allein ihren unerbittlichen Elementen zu stellen. Seit Anbeginn der Zeit haben die Menschen gelernt, dass es besser ist, sich zusammenzutun und gemeinschaftlich zu handeln, die Seele der schützenden Anwesenheit der Ahnen anzuvertrauen und diese, zusammen mit ihren lebenden Nachkommen, zu ehren.

Herman jedoch war allein, kein Bruder, keine Kinder, keine Freunde.

Nachdem er von Missionaren in deren Schule nach Carcross verschleppt worden war, hatte er sich, statt wegzulaufen und in sein Dorf Eagle zurückzukehren, immer weiter davon entfernt.

Er hatte als Mechaniker auf der Bahnbaustelle gearbeitet, und nach seiner Entlassung aus dem Gefängnis von Edmonton war er als ungeselliger Hobo nach Montana, Idaho und vielleicht auch Nebraska gezogen, war immer weiter nach Süden geflohen – doch dort hatte es ihm nicht gefallen, ganz und gar nicht, hatte Kaska gesagt. Letztlich war er also doch in das Gebiet zurückgekehrt, das von den Kanadiern Yukon genannt wird, in seiner Sprache jedoch ganz andere Namen hat, die von diesen jedoch ignoriert wurden, die sie strichen. Die Weißen glauben, Namen ließen sich anbinden wie ein Hund an einen Pflock, und wenn sie einen Bach Hunter oder Bonanza nennen, würde er ausschließlich dem gehören, der ihn so nennt. Dabei sind Namen von Orten oder Personen keine einmal gesetzten Markierungen, sondern sind wandelbar, fluide, reagieren auf- und miteinander. In ähnlicher Weise haben ihre Gesetzgeber einfach eine gerade Grenzlinie zwischen den USA und Kanada gezogen, entlang des 141. Längengrads West, *ihrem* Westen, ohne sich um die Form der Landschaft, um Flüsse und Nebenflüsse, Ströme und Bäche zu kümmern, auch ungeachtet der Migrationspfade von Tieren und der umherziehenden Völker oder Nationen, deren Stämme, Familien oder Clans als Nomaden hier lebten, gemäß ihrer Geschichte und ihren eigenen Traditionen, die mündlich weitergegeben wurden, und deren Wanderungen den grenzenlosen Raum überspannten, bis zum höchsten Norden – wohin Herman bereits begonnen hatte zurückzukehren, als ich ihn in Kloo Lake kennenlernte.

Als er in jenem Winter im Dorf von Äshèʼyi eher als Flüchtender, denn aus freiem Willen eintraf, begleitet von Menschen, die er sich nicht selbst ausgesucht hatte, ging er tatsächlich sich selbst entgegen. Durch einen Umstand, den er sein gesamtes umherziehendes Leben hinweg vermieden oder aufgeschoben hatte, hatte er eine Verabredung mit sich selbst. Viele Menschen ersparen sich diese manchmal heilsame, häufig allerdings trostlose Prüfung.

Um das zu verstehen, musste ich lesen, welche Lehren Jacques Maître-Grand aus seinem Aufenthalt bei den Tutchonen gezogen hatte, und entdeckte dabei, dass er ihnen, alles in allem und genau wie von Herman vermutet, gut zugehört haben musste, statt zu versuchen, sie zu unterjochen, indem er ihnen die Bibel oder Mathematik, Hygiene oder den zivilisatorischen Sinn von Arbeit einbläute. Auch wenn das, was er von ihren Sitten und Bräuchen berichtete, mal mehr, mal weniger von Missverständnissen und hartnäckigen Vorurteilen verzerrt ist, erlaubte es mir, die besser kennenzulernen, die Herman von vornherein wie einen Ausgestoßenen behandelten – der er in ihren Augen, wie auch in seinen, tatsächlich war. Sie taten dies jedoch nicht aus Herablassung, wie die Weißen, die andere aufgrund ihrer Hautfarbe diskriminieren, sondern aus dem Bemühen heraus, und das ist das Wichtigste, ihn als Mensch zu sehen.

Es war von zentraler Bedeutung, sich mit ihm auf die Rituale zu einigen, damit die große Unruhe sich legen konnte, in die sein Auftauchen sie aufgrund der Toten versetzt hatte, um die sie sich nun zu kümmern hatten. Die stumme, kalte Hülle hegt den Lebenden gegenüber böse Absichten und übt Vergeltung an ihnen, solange ihre Seele und ihr Schatten nicht getrennt sind, solange sie sich in reizbarer Stimmung befindet und nicht durch eine Bestattung beschwichtigt wird, bei der die Seele das Reich des Wolfs im Westen erreicht oder das des Raben im Norden, während ihr Schatten in der Nähe des Grabes ruht.

Durch den Schatten«, so erzählte Jessie, »wird die Verbindung zu den Lebenden aufrechterhalten, für sie sind die Opfergaben bestimmt, um mit dem Tod abzuschließen, auch wenn man niemals ganz damit abschließen kann, denn die einsame Seele wandert umher, kann immer wieder zurückkommen und sich mit dem Schatten vereinen, das verstorbene Wesen wiederherstellen, oder aber ein neues Wesen bilden, wenn sie Zuflucht in einem neuen Körper findet, Mensch oder Tier. Aufgrund einer solchen

Verschmelzung träumen wir manchmal von unserem vorherigen Leben. Von welchen anderen Leben träumst du, Bud?

All das drückte Jacques in einer Sprache aus, mit der er sich ihrer nur annähern konnte. Jede buchstabengetreue Übersetzung verfälscht den Sinn, verliert, was sie in der Übertragung zu gewinnen glaubt, wenn sie sich einer bestimmten Darstellungsweise unterwirft. Genauso verhält es sich mit unseren Träumen, die nur in einer anderen Sprache als der ihren erzählt werden können. Dennoch bekam ich in der Bibliothek von San Francisco eine Ahnung davon, was sich im Versammlungshaus unter dem erhabenen Schutz der großen bemalten Masken abgespielt hatte, und dabei ging es sehr wohl um Sprache, darum, Worte zu finden, die ein würdiges Sein bestimmten, herauszufinden, ob Herman einen *Namen* hatte: Welcher Hälfte gehörst du an, Wolf, Adler oder Rabe? Gehörst du dir selbst, also einem der Häuser, deinen Ahnen, einem Heimatland, das man dir übergeben und als deines anerkannt hat, hast du einen *Namen?*

Hier wird etwas nicht wie in den europäischen Dynastien weitergegeben, aufgrund eines unverrückbaren Anrechts auf Titel, Adel und Ländereien, aufgrund des Blutes. Hier gibt es keinen König, keine Prinzessin, wie Kaska beteuert hatte. Wenn eine Vorrangstellung errungen wird, dann ist das kein bleibender Zustand, und der Name ändert sich, je nachdem, wie man sich verhält, er kann einem genommen werden, man kann ihn verlieren oder ihn durch seine Lebensweise wiedererlangen. Jeder Mensch ist, was er tut, ob tapfer oder feige, er ist sein Reichtum oder seine Armut, das, was er anhäufen und vergeuden kann, darauf beruhen seine Autorität, seine Ehre und seine Identität, welchen *Namen* trägst du, Herman?

Die Zeit war gekommen, diese heikle Frage zu beantworten, das wusste er, als er Kloo Lake verlassen hatte. Das Risiko, das er aufgrund der Kopfgeldjäger einging, die meiner Mutter nachsetzten, die Gefahr, in die sie ihn gebracht hatte, in die er sich begeben hatte, indem er sie aufnahm, und jene der Reise bei minus zwanzig Grad durch ein Gebiet ohne Pfade, waren nichts im Vergleich zu der Gefahr, sich selbst und Seinesgleichen endlich sagen zu müssen, wer er war.

Heute weiß ich, welche Wut, welche Angst ihn überwältigt hatte, als er Parker und Sohn und ihresgleichen, den Jaquots, Murphy Nolan oder Morley, mit heftigen Worten eine Absage erteilt hatte, indem er sich die Geschichte ihres widerrechtlichen Eindringens ins Gedächtnis rief. Ich weiß, wie sehr ihn die einseitige Aneignung der Namen von Orten verzweifeln ließ, die er aufzählte und deren alte Bezeichnungen er mit aller Kraft wiederherstellen wollte, indem er sie heraufbeschwor. Wie unerträglich ihm der Angriff auf seine eigene Unversehrtheit durch das war, was sie seinem Land zugefügt hatten, wie stark dessen Schändung ihn seiner selbst entfremdet hatte. Ich weiß, was für ein unglücklicher Mann er war.

Mit seiner Entführung durch die Missionare – ebenso sehr erzogen durch abstrusen Unterricht wie durch eine brutale Behandlung, zu der auch ungestrafte Misshandlungen und Missbrauch gehörten – war die matrilineare Kette zu den Ahnen gerissen, die die Grundlage seiner Daseinsberechtigung darstellte. Von da an war er dazu verurteilt, mit seinem christlichen Namen Herman durch alle Länder seines Exils zu irren. Wenn man angesichts derartiger Gewalt nicht krank wird, wenn man da nicht den Verstand verliert – den Namen zu verlieren ist ebenso beängstigend, wie seine Seele zu verlieren –, dann, weil tief im Inneren, und das ist noch verrückter, der Glaube und die Hoffnung daran bestehen bleiben, dass jemand einem eines Tages seinen Namen zurückgibt, und dadurch auch einen Grund, zu leben, sich zu respektieren und zu lieben – nenn mich Njyah.

Herman ging zu der zeremoniellen Beratung des Clans, und auch wenn nichts von dem nach draußen drang, worüber dort im Geheimen debattiert wurde, zumindest nicht an Kinderohren, musste ihm sein Vorhaben doch gelungen sein, denn er kam, gehüllt in eine Decke und mit einem rituellen Kopfschmuck, in Begleitung der Weisen von Äshè'yi wieder heraus. Und das, obwohl er eine Geisel oder ein Anhänger der Weißen war, weil er mit ihnen gelebt hatte, schließlich las und rechnete er nach ihrer Methode, doch die Zeit, in der sie jemanden deswegen kategorisch verurteilt hätten, war lange vorbei. Schon seit mehreren Generationen profitierten sie zu sehr von dem Handel mit ihnen, hatten Gewehre und Munition eingetauscht, Seide, Kurzwaren, Nähmaschinen, Seife, Lebensmittel und Medikamente. Nicht zu vernachlässigen war zudem, dass Herman in Begleitung einer Gwich'in-Frau mit unbeugsamem Charakter gekommen war, die sich nicht dem Joch der Alten unterwarf, überaus schwierig, vielleicht eine Schamanin, vor deren Kräften man sich in Acht nehmen sollte. Man behandelte sie besser rücksichtsvoll. Was den Jungen betraf, der seinen eigenen Angaben zufolge aus Klukwan stammte und ganz offensichtlich noch nicht initiiert war, so schien er – nein, kein Sklave, das verbot das Gesetz der Weißen inzwischen – eher eine Art Bediensteter zu sein, der zu Herman gehörte. Zumindest legte er die unterwürfige Haltung eines geschlagenen Hundes an den Tag – armer kleiner Kluk, er hatte seinen Hochmut und seine Liebe für die Mundharmonika verloren, dachte ich bei mir.

Wie auch immer, nahm man all diese Gründe zusammen, konnte Herman vermutlich sowohl in seinen Augen als auch in denen der Weisen seinen verlorenen Namen zurückerlangen. Aber man darf nicht glauben, dass sie ihm diese Gunst aus reiner Freundlichkeit gewährten! Ein solches Gefühl hatte hier keine Gültigkeit, selbst bei nahen Verwandten hatte ihre Nächstenliebe Grenzen, sie verachteten den Unterlegenen. Sie, für die es schändlich ist, der Willkür anderer ausgeliefert zu sein – bei diesem Thema sind sie überaus dünnhäutig –, nein, sie hätten ihm nichts geschenkt.

Sie müssen vielmehr im eigenen Interesse gehandelt haben, auf ihre schonungslose Art, die in den Augen derer, die sie zivilisieren wollten, so grausam wirkte – und die sie in ihrer überaus feinsinnigen Empfindsamkeit verletzte – aus der jedoch eine stabile soziale Ordnung resultierte, die auf dem Prinzip ›Teile und herrsche‹ basierte, da standen sie unseren Politikern in nichts nach. Tatsächlich gingen sie davon aus, dass Hermans Rehabilitierung sie aus ihrer Bedrängnis befreien würde: Sie könnten endlich mit dem Tod abschließen – vor allem mit den unschönen Entbehrungen in Sachen Nahrung und Sex, solange die Tote nicht eingeäschert war. Als Leiter der Trauerzeremonie konnte er die Rituale vollziehen, kurz: sie von dieser Bürde befreien. Immerhin war es nur rechtens, dass er sich darum kümmerte, schließlich war er für diesen ganzen Schlamassel überhaupt erst verantwortlich.

Seit dem Abend, an dem wir hier angekommen waren, hatte ich meine Mutter nicht mehr gesehen, ich wusste nicht, was sie mit ihr gemacht hatten, steif und stumm, wie sie war, und ich hatte mir auch keine Gedanken darüber gemacht. So heilsam war die feste Umarmung von Kaska für mich gewesen, schmerzstillend und lindernd, genau wie ihre Kräutermischungen, die meine Mutter wiederhergestellt hatten. Sie war ganz sicher eine Schamanin, besaß unzweifelhaft solche Kräfte, wak, wak.

Sie holten meine Mutter also aus einer Ecke abseits der Hütten, wohin sie sie verfrachtet hatten, anscheinend half das, die Verbindungen zu kappen, den Schatten und die Seele auf die unschöne Vorstellung vorzubereiten, sich voneinander trennen zu müssen. Lorna del Rio ähnelte sich nicht mehr sonderlich, sie war eine verschrumpelte graue Mumie, deutlich steifer als zuvor im Keller. Die Frauen zogen sie aus, was nicht leicht war.

Ich konnte in aller Ruhe ihre erschlafften Betty-Boop-Rundungen betrachten, mich sehnsüchtig an das Schaumbad bei Mrs Allister erinnern, wo ich mich an ihre göttliche Nacktheit geschmiegt hatte, verliebt in erotischer Bewunderung an ihre Brüste denken, zwischen denen die Karte von Jacques immer gesteckt hatte, zusammengefaltet, verknittert, in der Sonne des Dalton Trails nach ihrem Gardenien-Parfüm duftend, an den roten Lippenstift, den sie auftrug, um den Kapitän an Deck der *Prince Rupert* zu bezirzen. Ich dachte an ihre wunderbar muskulösen, golden schimmernden Waden, die federnd die Mojave-Wüste durchschritten, daran, wie sie rittlings auf dem kräftigen Oberschenkel von Oswald saß und an seinem Ohr knabberte, wie sie sich vor der Hütte sonnte, während sie im Rauch der Kerzenfische ungehemmt mit Kaska plauderte, und auch daran, wie sie mir in der Dunkelheit leicht durcheinander und neidisch gesagt hatte: ›Das macht man so, wenn man sich liebt.‹ Oder auch daran, dass sie wie ein kleines Mädchen weinte, als Herman sie ausfragte, während er mein kleines Totem schnitzte, und wie gelassen sie eine Zigarette zwischen Weidenröschen rauchte, nachdem sie *zack*, den Nhatryah erdolcht hatte.

Endlich hatte ich alle Zeit der Welt, mich an all das zu erinnern, während die Frauen sie mit dampfendem lauwarmem Wasser wuschen, das nach Kräutern duftete, ihre langen pechschwarzen Haare kämmten und zu perfekten Indianerzöpfen flochten und ihr ein passendes Kleid aus besticktem Leder sowie neue, mit Hermelinpelz gesäumte Mukluks anzogen, die man im Sheldon Store Shop in Haines so nicht kaufen konnte. Sie bemalten ihr Gesicht mit Ocker, Weiß und Schwarz, keine roten Sterne mehr auf ihren Wangen wie im Tal. Jetzt, an diesem Punkt der Metamorphose, war sie tatsächlich nicht mehr dieselbe Person. Leslie Doll, Petra Apostodès, Peggy Anderson oder auch Lorna del Rio waren verschwunden, selbst die vermeintliche Anaïs Ardenne auf dem Wisch aus Dawson. Jetzt sah sie wie eine waschechte Onayepa in all ihrer Herrlichkeit aus, wie die Frau, die schon seit ihrer Kindheit in ihr steckte und jetzt erstrahlte, sich in ihrer endgültigen Schönheit zeigte. Wie sehr liebte ich die hier, die ich nicht kannte! Mit ganzem Herzen, rückhaltlos. Es gefiel mir außerordentlich zu sehen, wie meine Mutter vorbereitet wurde. Und es tat mir so unendlich gut!

Um nichts auf der Welt hätte ich den Agenten des FBI, genauso wenig wie den Psychiatern oder den honigsüßen Krankenschwestern erzählt, dass ich diesem Totenritual beigewohnt hatte, die hätten vor Schreck nur aufgejault. Und wahrscheinlich hätten sie auch die berittene kanadische Polizei losgeschickt, um die Menschen des Dorfes zu verfolgen, sie anzuklagen und ins Gefängnis zu stecken. Sie wurden schon für weniger eingelocht. Auch wenn meinen Entführern nicht sonderlich daran gelegen sein konnte, ihr grenzüberschreitendes Eindringen mit einem privaten Wasserflugzeug an die große Glocke zu hängen, das ja wohl nicht ganz ordnungsgemäß war. Wie auch immer, ich habe die Klappe gehalten, litt an Amnesie, an Aphasie. Auch den Plunkett-Schwestern erzählte ich nicht sehr viel mehr. Sie hätten mir sonst noch die Bibel als Breiumschlag angelegt oder aber einen Exorzisten einbestellt. Ich übertreibe. Die lieben Plunkett-Tanten, mögen sie in Frieden ruhen.

Mein Schweigen hat mich tatsächlich vor ihnen allen bewahrt, vielleicht auch vor dem Wahnsinn, verstehst du, Bud?

Danach legten sie meine Mutter in einer armseligen Hütte ab, die schon ein wenig auseinanderfiel. Sie hatte keine eigene, brauchte aber eine, um auf die Gaben zu warten. Bei alldem waren Menschen aus dem Dorf beteiligt, die Kinder, aber auch die vielen Hunde, kränklich und verwahrlost. Sie sahen nicht so edel aus wie Shini, der auch da war und die Zähne bleckte, wenn mir einer von ihnen zu nahe kam. Seine wolfsartigen Fänge zwischen den hochgezogenen Lefzen waren ebenso schaurig wie die eines Raubtiers, doch mir steckte er seine Schnauze freundlich in die Achsel.

Kaska blieb vor der Hütte der alten Maulwürfe sitzen, spielte mit Knöchelchen und ihren Kahnfüßern auf dem Boden. Es war nicht so, dass ihr das Schicksal meiner Mutter egal gewesen wäre, ich glaube vielmehr, dass sie sich um ihren Schatten kümmerte, denn der musste sich jetzt ganz ruhig neben ihrem Grab aufhalten, ohne die Lebenden bei jeder Gelegenheit zu belästigen, ohne dass er so nervig wurde, wie meine Mutter es gewesen war.

Es hat einige Zeit gedauert, bis ich erkannte, dass Herman, während er Schritt für Schritt seinen Namen zurückerlangte, gleichzeitig würdevoll den von Onayepa schuf, den meine Mutter so hartnäckig, so leidenschaftlich für sich beansprucht hatte und der so infrage gestellt, für den sie so verhöhnt worden war. Sprich, diese Hülle, die er auf seinem Pferd transportiert hatte, war nicht etwa eine Fremde gewesen, sondern, wie es tendenziös auf dem Dokument von Richter MacCoy hieß, das er gelesen hatte, ohne es anzurühren, die Tochter einer Ureinwohnerin, möglicherweise vom Stamm der Hän, die seit Jahrhunderten in Klondike lebten.

Sicher, der Name Onayepa war nicht gerade gängig. Und ganz sicher bedeutete er nicht Prinzessin des Winters, Königstochter und auch nicht Prinzessin des Schnees, konnte aber, wenn man die fantasievolle Schreibung einem begriffsstutzigen Richter oder aber einem nachlässigen Anmelder zuschrieb, dennoch als Name funktionieren. Umso mehr, als dieser Kompromiss in den Augen des Rates die Furcht vor einer möglicherweise illegalen Einäscherung aufhob, eine Weiße verbrennen! Genau darauf zielte Herman ab. Doch vielleicht setzte er sich auch nur deshalb so dafür ein, weil er schließlich doch den Worten meiner Mutter Glauben schenkte, so bewegt war er in seinem Innersten angesichts ihrer Not, ihrer verrückten Starrköpfigkeit, sich selbst als Indigene zu bezeichnen, verwirrt angesichts der Wirkung, die sie auf ihn ausübte, die er sie hatte ausüben lassen - versuch mal, die Seele eines Mannes zu ergründen. Oder aber, und das denke ich heute, und dafür bin ich ihm dankbar, er tat das für mich. Damit auch ich, durch die Anerkennung ihrer mütterlichen Abstammungslinie, als eine der ihren anerkannt werden konnte, trotz meiner roten Haare, darüber also auch ihm und Kaska zugehörig, wodurch ich zur Hälfte Wolf oder Rabe war. Durch diese matrilineare Abstammung war es mir möglich, mich den Menschen vom Volk der Hän oder denen vom

Volk der Gwich'in im Nordwesten des hohen Nordens zuzurechnen, damit sie mich voll und ganz annahmen. Konnten sie etwas Segensreicheres für mich tun, mir auf klügere Weise Halt geben?

Du kannst sicher nachvollziehen, dass ich das den Bundesagenten nicht erzählte, die mir einfach so mein Totem abnahmen, als wäre es der Schund von Wilden, und mir zusetzten, damit ich deren verdorbene Bräuche verpfiff, meine Mutter belastete, als das, was sie nun einmal war, nämlich meine Entführerin, eine Geiselnehmerin, die niederträchtige Entführerin eines Kindes, die gesuchte Kriminelle, die gefährliche Abenteurerin und Geliebte eines Kommunisten auf der Flucht, Komplizin eines russischen Terroristen und Sprengstoffexperten, Diebin des Tresorinhalts und mehrerer Personalausweise sowie nachweislich die Mörderin von Oswald Campbell am Strand von Santa Monica. Als hätten diese verfluchten Mafiosi Hilfe gebraucht. Als wäre mein Papa der ehrenwerte Sohn einer verstorbenen Gemüseverkäuferin in Salinas gewesen, als würde das dreckige Geld der Filmorgien nicht in Strömen bis in die Gesäßtaschen der Bullen von Brentwood fließen. Kam nicht infrage, diesen Scheißkerlen gegenüber auch nur ein Sterbenswörtchen zu sagen.

Was meiner Mutter passiert war, was ich geworden war, das war mein Geheimnis, das gehörte mir allein und, da war ich ganz unbesorgt, da konnten sie noch so sehr nach ihr suchen, sie war zusammen mit ihren Geheimnissen zu Asche geworden. Sie konnten mich mal kreuzweise mit ihrem Versuch, das in die Hände zu bekommen, was sie am allermeisten interessierte, diese verfluchte Tasche, deren Inhalt sie alle zu fürchten schienen, als wäre es ein explosives Röhrchen von Bogdan, dem Chemiker.

Denn weißt du, das Wunderbare ist nämlich, dass der Verstorbene, einmal entsprechend hergerichtet, nach ein paar Tagen verbrannt wird. In diesen Tagen häufen sich um ihn herum Gaben an, wertvolle Gegenstände, geopfert vom Clan, Kupferplatten, mit Perlmutt und Pelz verzierte Holzmasken, kunstvolle Flechtarbeiten und Teppiche, über die die Frauen wachen, während die Männer den Scheiterhaufen hinter seinem Haus errichten.

Sie saßen im Kreis um meine Mutter herum und rauchten in ihrer Gesellschaft Pfeife. Ihr hätte es sicherlich gefallen, diese letzten Tabakschwaden zu erschnuppern, nachdem ihr doch die Zigaretten ausgegangen waren.

Dann folgen Trauergesänge, Melodien, spitze Schreie und Trommelschläge, Schnarren, Kommentare über das Leben des Toten – ich weiß nicht, was sie wohl gefunden haben, um ihres zu loben.

Es hätte mehrere Monde gebraucht, um ihnen ihre Geschichte als Anaïs Ardenne in ihrem Garten in Frankreich zu erzählen, von ihren Nöten, ihrem Schneid und ihrer – unumstrittenen – Durchgeknalltheit, ihrem – unerschöpflichen – Erfindungsreichtum, von ihren Verehrern, ob aus Französisch-Indochina oder dem sowjetischen Russland, von ihren Talenten als Zirkusartistin, ihrer Pfiffigkeit als Freibeuterin, ihren Heldentaten und herausragenden Leistungen, die es, alles in allem, mit denen des mutigsten Kriegers, des mutigsten Grizzlyjägers aufnehmen konnten.

Jedenfalls haben sie schön gesungen. Obwohl es traurig war, war ich doch begeistert, dass meine Onayepa ein Recht auf diese schönen Gesänge hatte. Dann haben sie ihren wunderbar ausstaffierten Leichnam durch die Hintertür der heruntergekommenen Hütte nach draußen getragen, die ihrer Aufgabe als ihre letzte Unterkunft sehr gut nachgekommen war, und sie bis auf das Gerüst getragen, das sie über dem Scheiterhaufen errichtet hatten, und das Feuer entzündet.

Kurz vor der Verbrennung hatten sie neben den Geschenken auch ihre persönlichen Gegenstände versammelt, damit diese sie ins Totenreich begleiteten und sie sich dort nicht so allein fühlte. Das heißt alles, was sie auf dieser Reise dabeihatte, darunter ihre Nerzstola – die wertvollste Zierde, die sie besaß! –, ihr kariertes

Hemd, in dessen Tasche die verrückte Karte von Jacques steckte, ordentlich zerknittert, aber auch ihren Colt und die Winchester, ihr hübsches Abenteurergewehr! Mit dem sie nur ein einziges Mal, *peng, peng,* ohne Patronen geschossen hatte. Das gehörte zwar nicht ganz ihr, denn sie hatte es bei Archie auf Pump gekauft, aber wegen dieses winzigen Details fing man keine Diskussion an. Natürlich hätten diese wertvollen Waffen sie in Versuchung führen können, doch niemand hätte sich anmaßen können, das Eigentum einer Verstorbenen an sich zu nehmen, ohne das Ritual zu stören. Außerdem wussten sie genauso gut wie Herman, dass man mit dem Gewehr auch den Menschen kennt. Es zu behalten barg zu viele Risiken. Und sie vergaßen auch ihr fast einziges Gepäckstück auf unserer Flucht nicht, ihre unschätzbare Tasche, von der sie sich nie trennte, in deren gewölbtem Bauch – wer außer mir wusste das noch? – ihre unvollständigen Karten von Yukon und Alaska steckten, ihre kleinen Berechnungen mit den vielen Nullen, ihre Sammlung gestohlener Personalausweise, das Zertifikat, das ihre angebliche Geburt in Klondike bestätigte, und die Fotos ihres verrückten Lebens in Hollywood, das mit den Schurken im Fotoautomaten, die mit den sepiafarbenen Alten in der Nähe des Brunnens und ihres höllischen Kindermädchens, und schließlich das mit dem breitbeinig vor seiner Hütte stehenden Trapper mit dem zerfetzten Ohr, von dem wir nie erfahren werden, ob das auch stimmte, schließlich trug er eine Mütze: Das alles ging in Rauch auf.

Ebenso ihr Schminkköfferchen.

Und auch ihre Weste, die sie im Sheldon Store Shop gekauft hatte. Ja, auch die.

Du denkst hoffentlich nicht, dass ich die kleine Nähsession bei Bonnie am Vorabend unserer Abfahrt vergessen hatte, bei der meine Mutter mitten in der Nacht ihren Schatz versteckt hatte. Und siehe da! Weil Herman als Leiter der Zeremonie dafür verantwortlich war, die Sachen der verstorbenen Onayepa zurechtzulegen, konnte ich ihm heimlich ins Ohr flüstern, dass im gesteppten Futter der Weste das beste Füllmaterial überhaupt steckte: bündelweise Geldscheine, Unmengen an Dollar.

Ich dachte, es wäre eine faire Geste, ein fürstliches Geschenk, mit dem ich alles, was er für mich getan hatte, ausgleichen würde. Zu meinem großen Erstaunen versank er angesichts dieser Information in tiefes Nachdenken. Er war ratlos, verstimmt. Ich hatte in Hermans Schädel einen Sturm ausgelöst. Nicht dass er angenommen hätte, es sei bloßer Mammon, durch die widerlich krumme Kralle des Teufels befleckt. Mit diesem Kinderschreck, den die Prediger zu seinem christlichen Wohl heraufbeschworen hatten, hatte er nichts am Hut. Genauso wenig wie ihn dieser Batzen Geld, verdammt viel Geld, einschüchterte. Noch nie in seinem Leben hatte er so viel gesehen, da bin ich mir sicher – mit Ausnahme seiner Einnahmen aus dem Pelzhandel, die rasch wieder für seine Einkäufe ausgegeben waren, und seines Fünfdollarscheins, um die Miete für das Maultier zu bezahlen, besaß er kein Geld – dennoch beeindruckte ihn dieses Vermögen kein bisschen. Er befürchtete auch nicht, dass er, wenn er dieses hübsche Sümmchen, das höchstwahrscheinlich zweifelhafter Herkunft war, an sich nahm, verfolgt oder bestraft würde, und damit lag er goldrichtig: in Oswalds Tresor, den Lorna del Rio verwaltete, hätte sie niemals neue Geldscheine aufbewahrt. Sie mochte einen Knall gehabt haben, aber sie war nicht verrückt, diese raffinierte Frau: nur gebrauchte Scheine, die schon so lange im Umlauf waren, dass es allen amerikanischen und kanadischen Polizeibehörden zusammen nicht gelungen wäre, die Nummern aufzulisten.

Die Frage, die sein Gewissen quälte, war vielmehr, ob er dieses Geschenk annehmen sollte, das geradewegs vom Himmel gefallen war – vom Himmel? Bei den Indigenen Nordamerikas fällt einem nichts vom Himmel auf den Kopf wie bei den Galliern. An ihrem Himmel gibt es viele eigenartige und überaus komplexe Dinge, darunter auch Polarlichter, doch nichts Derartiges. Nein, die Frage war, ob durch dieses Geld die Schuld getilgt würde. Die Schuld, die ihm zugefallen war, seit ihm diese beiden Touristinnen auf der Flucht mit ihrem Dodge, der den Geist aufgegeben hatte, gewissermaßen in den Schoß gefallen waren.

Sobald er in Murphy Nolans Handelsposten von der Neuigkeit erfahren hatte, hatte er gewusst, dass ihn das Wer-Warum-Wie-Wann einholte, gewissermaßen der Umstand, dessen Eintreten die bisherige Ordnung ernsthaft durcheinanderbrachte, die er bislang so aufopferungsvoll verteidigt hatte – zumindest seit er in Kloo Lake lebte. Die ganze Zeit, während er neben dem angeschirrten Maultier und seinem Pferd herlief und sich mit leisem Klirren seiner Hütte näherte, hatte er über diese finstere Fügung des Schicksals nachgegrübelt, die ihn beunruhigte und alarmierte.

Das spontane Geschenk des Mädchens, dieses unverfrorenen Knirpses, verunsicherte ihn ernsthaft, war eine Herausforderung, die er sehr ernst nahm: Die Gabe war ein Affront, sie abzulehnen wäre jedoch eine Beleidigung. Er hatte sich den Federhalter an den Hut gesteckt, um ihre Gefühle nicht zu verletzen, schließlich wussten sie noch nicht, wen sie verkörperte, von welchem Tier sie stammte – aufgrund ihrer eigenartigen Haarfarbe könnte man sie durchaus für eine Füchsin halten, wie Kaska es vermutete. Kaum hatten sie die Hütte betreten, erfuhr er von ihr, dass die weiße Frau sie aus den Fängen einer Tellerfalle befreit und dieser häufig tödlichen Gefahr entrissen hatte. Bedrückt ließ er sich im Halbdunkel auf dem Bett nieder, grübelnd und brütend. Die Geschichte von Big Charley als versteckten Vorwurf zu erzählen, hatte ihn weder beruhigt noch die Bedrohung gebannt, und Kaska hatte darauf gedrängt, ihm ihr verletztes Bein zu zeigen: *Dank ihr bin ich nicht tot. Du schuldest ihr mein Leben, ich schulde es ihr.*

Sobald diese Tatsache einmal laut ausgesprochen war, war es zu spät: Er war der Fremden verpflichtet, nicht mehr sie ihm, wie hatte Kaska das zulassen können? Zu allem Überfluss schien sie ihre

Gesellschaft zu genießen, vor allem die der Kleinen, und diese unlautere Komplizenschaft verunsicherte ihn. Doch vielleicht hatte sie, die ihn seit seiner Rückkehr aus dem Süden unter ihre Fittiche genommen hatte, sie, die mit ihrer Schamanenkraft häufig weiter sehen konnte als er, gespürt, dass diese Frau ihr Leben verändern würde, dass ihr Aufeinandertreffen im Wald nur der Auftakt war. Und dann, gleich am ersten Abend verwickelte sie ihn in ihre persönliche Geschichte. Jemandem zuzuhören, der einem seine Geheimnisse anvertraut, ist verlockend, aber auch sehr gefährlich. Als er dachte, er würde sie in die Enge treiben, nahm sie ihn als Geisel, und er konnte sich nicht verteidigen, war zu beschäftigt damit, sorgfältig das Stück Holz zu schnitzen, widmete ihm seine ganze Aufmerksamkeit – zwei Dinge gleichzeitig zu tun, die beide nach Überlegung verlangten, war nicht gut.

Denn das kleine Totem hatte als Gegenleistung für den Federhalter durchaus eine Bedeutung. Fuchsnase war sich darüber sicher nicht im Klaren, doch zumindest war er ihr gegenüber somit nichts schuldig geblieben. Das entband ihn jedoch nicht von seiner Verpflichtung gegenüber der Frau. Er saß in der Falle, ebenso erniedrigt und gekränkt, wie Kaska in der des Jägers festgesteckt hatte. Das war es, was seine Rückkehr aus Whitehorse für ihn bereitgehalten hatte.

Dann waren die Parkers auf Erkundungstour vorbeigekommen, wie hätte es auch anders sein können, und dann hatte ihnen dieser Bengel von Kluk die schlechten Nachrichten aus Juneau überbracht, deretwegen er seine letzte Jagd hatte abbrechen müssen, und daraus hatte sich alles Weitere ergeben, diese unvermeidbare Verkettung hatte ihn langsam, aber sicher an den Punkt geführt, an dem er nicht mehr zurückkonnte und sich diesem so gefürchteten Aufeinandertreffen mit sich selbst stellen musste, Mensch des Da'kéyi, Land der Gwich'in und der Hän.

Von diesem seinem Land hatte er sich selbst verbannt, hatte seine Schande und seine Wut stets mitgeschleppt, hatte sich nie weit genug entfernen können. Er hatte sein Inneres von allem frei machen wollen, doch das hatte nicht funktioniert. Was er in den fünfzehn Jahren, in denen er unterwegs war, an Verachtung und Schikane erlebt hatte, hatte ihm nicht gefallen. Genauso wenig wie das, was er bei den Prärie-Indianern gesehen hatte, zusammengepferchte Wracks, aufgeschwemmt vom Alkohol, die in ihrer jämmerlichen Demenz wirres Zeug von sich gaben, und, als wäre das nicht bereits genug, die Lynchjustiz durch Yankee-Großgrundbesitzer, trunken von Blut und Hass, an weißen Kleinbauern. Und dann die Große Depression, als er arbeitslos wurde, vor jedem anderen entlassen.

Ihm war nichts anderes übrig geblieben, als Schritt für Schritt in sein ehemaliges Land zurückzukehren, das inzwischen im Besitz der Weißen war. Flucht, Rückkehr – dasselbe Unheil. Das war ihm widerfahren, und es war nicht vorbei, jetzt musste er erneut fliehen. Er war so überheblich zu glauben, sie retten zu können, sich selbst retten zu können, indem er sich in dieses Gebiet vorwagte, in dem die einsamen Seelen der Toten herumstreiften, in dieses Niemandsland, das kein Lebender durchqueren konnte, ohne ihren Zorn auf sich zu ziehen. Er hatte sich selbst überschätzt und hatte die Geister erzürnt, damit war sein Schicksal besiegelt.

Seit über einer Stunde hörte er, wie ihre Mörder näher kamen, ihren Spuren folgten, die Schritte in den bereits festgetretenen Fußstapfen knirschten stärker als im Tiefschnee. Ohne Tiere oder Gepäck kamen sie schnell voran. Also blieb nichts anderes übrig, als die Böschung hinaufzuklettern, die keinen Ausweg bot, sich mit seinen Gefährten auf diesen Felsvorsprung zurückzuziehen, in diese Sackgasse seines gesamten Lebens. Das war sein Triumph, die allerletzte Vervollkommnung seines nutzlosen Exils, hier, besiegt, blieb ihm nichts anderes, als zu sterben.

Doch wie er es sich gewünscht hatte, er hatte mit seiner ganzen verängstigten Seele darum gebeten, waren seine Wölfe gekommen. Als er an sich selbst verzweifelt war, waren seine Vorfahren, die großen Wölfe, seinem Ruf gefolgt, edle Rüden, stolz gewölbte Brust, erhabener Kopf, stahlharte Zähne und Krallen. Bestimmt hatten Kaskas Raben, die sie seit dem Aufbruch nicht aus den Augen gelassen hatten, das Ihre dazu beigetragen. Raben waren unberechenbar, janusgesichtig, rachsüchtig, doch sie waren zu ihnen geflogen, hatten sie verständigt und gemeinsam mit ihnen gehandelt, was bei ihnen nicht selbstverständlich war. Auch dieses günstige Zeichen zählte, war ein Hinweis, dass er nicht der Ausgestoßene war, für den er sich gehalten hatte, so, wie seine Wölfe das Blutbad auf sich nahmen.

Wenn sie zuließen, dass die Kugel die Stirn der Frau erreichte, dann war das Teil ihres undurchschaubaren Plans. Vielleicht war das der Preis, den er für die Durchquerung der heiligen Begräbnisstätte bezahlen musste. Er hätte nicht gedacht, dass ihr Tod ihn derart leiden lassen würde. Er hatte sie bis zu denen gebracht, die sie so unbedingt hatte erreichen wollen. Er hatte ihr eine würdige Bestattung gesichert – als Onayepa, Tochter des Volkes der Hän Hwëch'in. Jetzt waren sie endlich quitt.

Nun also dieses Geschenk, all dieses Geld von dem Mädchen, abermals von ihr, dargeboten von ihrer Fuchshand, konnte er das annehmen, ohne erneut in eine Falle zu geraten? War es eine neue über den Tod hinausgehende Schuldforderung oder aber eine endgültige Schuldbefreiung, ein Ausgleich für seine verletzte Selbstachtung, durch die er ihr nichts mehr schuldig wäre. Er wäre erneut Herr über das Tauschen, und seine Ehre bliebe unangetastet.

Ist dir klar, was ich einen Sturm in Hermans armem Schädel nenne?

Ein gesamter Tag, um die widersprüchlichen Argumente hin und her zu drehen, zu grübeln, sich das Hirn zu zermartern, doch nach reiflicher Überlegung, nachdem alles gegeneinander abgewogen war, entschloss sich Herman dazu, die Weste aufzutrennen, und basta.

Was war ich froh, dass er die Kohle annahm, genauso froh wie darüber, dass die Mafiosi sie nicht einsackten. So würde er sich ehrenhaft an den Ausgaben für die Gaben beteiligen und den Häuptling sogar angemessen für die ganzen Umstände und die Erschütterungen durch den Tod entschädigen können, der die Geister gestört und die Menschen des Dorfes mehrere Tage vom Essen und vom Sex abgehalten hatte. So würde er Kloo Lake verlassen haben, ehe der Alaska Highway die alten Pfade zerstörte, und konnte nach Eagle zurückkehren, nicht als Ausgestoßener, sondern als ›ehrbarer Mann‹, der über Tauschwaren verfügte, als jemand, der es wirklich verdiente, einen zu seinen Eigenschaften passenden Namen zu erhalten und den alten Affront auszulöschen, seines Namens beraubt worden zu sein. Im Großen und Ganzen war das Aufeinandertreffen mit meiner Mutter mit das Beste, was ihm hätte passieren können.

Hey, Bud, ich beschreibe dir hier ein Happy End!

Ich weiß nicht, ob Herman und Kaska wirklich eine Welt überlebt haben, in der das Gesetz des Stärkeren galt, das sich schon so lange gegen sie gewendet hatte, ob sie der unerbittlichen Zerstörung ihrer Welt durch Raub, Ausbeutung der Erzvorkommen und systematische Verdrängung der First Nations im großen Nordwesten entkamen, schikaniert und überrollt vom weißen Hass. Das ist eine verrückte Vorstellung, aber ich will sie mir außer Reichweite vorstellen, errettet durch ihre Fähigkeit, sich zu entziehen, sich anzupassen, unversehrt für den Rest ihres Lebens an einem für diese Raubtiere unerreichbaren Ort. Davon träume ich, mein Wunsch oder mein Traum ist es, dass es so passiert ist. Wenn ich mir das ganz intensiv und immer wieder erträume, dann wird er sich in der Vergangenheit, in die man nicht zurückkehren und in der man nichts ändern kann, vielleicht wirklich bewahrheitet haben. Vielleicht besitzt mein Traum die magische Kraft, einzuschreiten, damit all das stattgefunden haben wird. O ja, tatsächlich wird es so gewesen sein, denkst du nicht auch? Verfügen Träume über eine solche Kraft?

Zumindest der, von dem Onayepa besessen war, der von ihrer königlichen Geburt, ihrer Hütte in der Schneekugel und ihren Wäldern, in denen ihr Vater auf immer und ewig umherstreift – *ich weiß nicht, ob das wirklich mein Vater war. Vielleicht war es nur ein Traum.* Angeregt durch das Märchen ihres fürchterlichen Kindermädchens, hatte ihr Traum von einem Anderswo ihr Leben bestimmt stärker beeinflusst als Absicht, Vernunft, Berechnung oder Willen es getan hätten. Er hat die Episoden und zufälligen Begegnungen zu etwas gemacht, das perfekt zu ihrer Vorahnung passte, dass der Lauf ihres Lebens – aufgebrochen aus ihrem Garten in Frankreich und unterwegs in die so ersehnten Weiten des großen Nordwestens – sie je nach Umstand an den Ort ihrer Träume führte. Und tatsächlich war es ihr gelungen. Auch wenn sie steif und stumm und auf Asche reduziert ist, ruht sie dort, und wenn ihre Seele manchmal ihrem Schatten einen Besuch abstattet, dann träumen sie vielleicht gemeinsam, was wohl gewesen sein wird. So wird es stattgefunden haben, denkst du nicht auch?

Herman sagte, ehe er jagen könne, müsse er sich seine Jagd träumen, sie sich bildhaft vorstellen, sie wach oder im Schlaf im Traum nachahmen, um ganz verinnerlicht zu haben, was von ihm verlangt werde, wenn er tatsächlich entscheiden müsse, das Wild nicht zu sehen, es zu sehen, ohne sich zu bewegen, lediglich von ihm gesehen zu werden oder es zu erlegen. Nichts von dem, was passieren werde, sei sicher, aber es zu träumen, bereite einen darauf vor, wachsam zu sein. Dadurch sei das Jagdglück einem hold, und vielleicht mache das Tier ja dasselbe, je nachdem, ob es in seinem Traum gesehen werden wolle oder nicht, ob es einverstanden sei, erlegt zu werden, oder sich dem verweigere. Man müsse seine Jagd träumen: Das funktioniere nicht immer, doch ansonsten funktioniere es in der Realität gar nicht.

Funktioniert es, wenn Kaska träumt, dass ihr Rabe mit dem Flügel gegen die Windschutzscheibe schlägt, dass er Wache hält, um die Zeichen der unvorhersehbaren Zukunft kommen zu sehen? Wenn sie meiner Mutter beim Träumen ihres Lebens zuhört, während diese mit lauter Stimme fantasiert? Glaubst du, dass sie eine überaus hellsichtige Schamanin ist, oder aber spricht sie nur aus, was sie sieht, und liest in der erfahrbaren Welt wie in einem offenen Buch? Was bedeutet Träumen eigentlich für uns, für die Gwich'in? Was für Nanuk aus Inukjuaq, was für die alten Maulwürfe in Äshè'yi? Erdenkt sich jeder seine eigenen Zeichen, Zeichen, die nur ihm vorbehalten sind, deren einziger Schreiber, Übersetzer und Leser er ist, oder aber gibt es eine gemeinsame Sprache, unverständlich inmitten all derer, die man niemals lernen wird, eine, der man mit keiner Philologie beikommt, und doch dieselbe wie in Märchen, Legenden und Erzählungen, mit denen wir die verschlüsselte Botschaft der tausend mal tausend Jahre unserer Geschichte weitergeben, von der wir glauben, wir würden uns nicht an sie erinnern, bis wir wirklich keinen Boden mehr unter den Füßen haben in den eisigen Untiefen, wo unsere alten toten Wale schlafen, unter der Erde, wo die alten Stoßzähne und Schädel unserer Wollmammuts liegen? Besuchen unsere alten Seelen unsere Schatten, um einander zu sagen, wer wir waren, wer wir wahrhaft sind, und in welcher Sprache unterhalten sie sich, die wir verstehen, ohne sie zu sprechen? Glaubst du an Träume, Bud?

Glaubst du, Träume verändern die Zukunft, von der man nichts weiß?«

Ich baute das Zelt auf, das kann ich, das mache ich ganz gerne.

Während Jessie sich laut darüber ausließ, flippte sie Steine übers Wasser, *zip, zip, zip,* die Steine plitschten über die glatte Oberfläche, blau wie ein umgekehrter Himmel, und bei jedem Spritzen flogen aufgeschreckte Vögel davon.

»Pass bloß auf meine Mühle auf«, rief ich.

»Hast du Angst, sie könnte wie die Vögel davonfliegen? Das wäre eine schöne Bescherung!«

Ihr Lachen, ihre Stimme fehlen mir, alles von ihr fehlt mir.

Ihre Wärme, der nach warmen Brötchen riechende Duft ihrer Haut am Morgen, ihr roter Haarschopf und ihre Fuchsarme, die mich umschlingen, ihre begierigen Hände, ihre Liebe.

»Niemals, niemals wird die Liebe größer sein als in der Gegenwart, von der Zukunft wissen wir nichts, egal, was wir uns vorstellen oder erwarten. Ich habe keine Ahnung, du genauso wenig, alles, was du weißt, ist im Hier und Jetzt, jenseits davon ist die Vergangenheit, darüber hinaus existiert nichts. Genau jetzt ist unsere Liebe am größten, das ist das Einzige, dessen wir sicher sein können, denn wir sind hier angelangt, an diesem Ort, in diesem Moment – halte mich in deiner Hand. Es liegt in deiner Hand, ob du mich behältst, niemals wirst du mich so sehr halten wie jetzt, ich gehe nicht, ich verlasse dich nicht, wie du es befürchtest, ich bleibe bei dir.«

Genauso ist sie zwar aus meinem Blickfeld, nicht jedoch aus meinem Leben verschwunden.

Als sie genug davon hatte, Kieselsteine übers Wasser springen zu lassen, kam Jessie, um nachzusehen, wie weit ich mit dem Zelt war und wie wir hier schlafen würden. Dann ging sie, während ich ein Feuer machte, ein wenig die Umgebung erkunden.

»Eins ist klar: Sie leben nicht mehr hier. Es gibt keinen Hinweis mehr auf das Winterdorf«, verkündete sie mir bei ihrer Rückkehr, »aber sie haben noch ihr Sommerlager. Bestimmt kommen sie zur Zeit der Lachswanderung von Juni bis September hierher zurück, der Militärstützpunkt hat sie nicht vertrieben, immerhin sind sie hier bei sich zu Hause, komm mit.«

Etwas weiter weg standen unter den Birken und den silberblau austreibenden Fichten ein paar heruntergekommene Gebäude aus vorgefertigten Teilen, verbarrikadiert, verschlossen, halb verborgen unter verwitterten Fischreusen, aschfahlen Elchgeweihen, darum herum Totempfähle mit Maserknollen, die Totemtiere sind auf ihnen zu erahnen, alles zugewuchert von jungen Trieben, die mit der unglaublichen Kraft des Frühlingserwachens aus dem winterlichen Strauchwerk hervorsprießen, ein so kurzer Frühling, dass bereits Sommer ist. Dieses verlassene Lager hatte nichts mit dem Dorf gemein, das sie gekannt hatte.

Der Ranger bestätigte das. »Im Sommer kommen sie her, klar, der Norden des Sees ist im Moment die fischreichste Ecke«, sagt er.

Aber die Indianer aus der Gegend hätten ihre Bruchbuden aus Holz verlassen, um sich dauerhaft in Haines Junction niederzulassen. Mit dem Alaska Highway sei diese Kreuzung zu einem wichtigen Zentrum geworden, fast hundert Einwohner, ein Gemischtwarenladen, ein kleines Motel, eine Bank, ein Diner, eine moderne Kirche, eine Arztpraxis, Verwaltungsgebäude. Die Indigenen, heutzutage sage man nicht mehr Stämme, wohnten dort in einem eigenen Viertel. Ihre Kinder würden mehr oder weniger in der Schule erzogen, die Eltern arbeiteten mal hier, mal da, als Handlanger, kleine Jobs, die ihren Fähigkeiten entsprächen, im Sägewerk oder um die Straße instand zu setzen, die nach jedem Winter beschädigt sei.

»Mit der Pipeline gäb's schon was zu tun, aber die meisten von denen machen nichts. Warten drauf, dass sie finanzielle Unterstützung vom Staat bekommen. Ist zwar nicht viel, aber viele bekommen weniger als sie. Alles klar bei Ihnen?«

Er war mit einem Schlauchboot mit Motor auf dem See aufgetaucht.

Seine Kontrollstation liege da drüben, Richtung Chemi. Hin und wieder drehe er eine Runde, um ein wachsames Auge auf den Militärstützpunkt zu haben. Nicht, dass er Vandalismus befürchte, das Klima allein sorge schon dafür, dass alles verfalle. Trotzdem wäre es an der Zeit, dass die Amis endlich damit aufhörten, den

Distrikt hier zu besetzen. Danach sähe es allerdings nicht aus. Inzwischen rede man sogar darüber, eine Pipeline vom Hafen von Haines nach Tok zu bauen, mit Pumpstationen wegen des Höhenunterschieds. Zum Glück würde sie den See nicht betreffen. Die ganze Ecke hier bleibe ihm für die Jagd erhalten. Er nutze seine Kontrollgänge, um die Tiere zu beobachten. Es seien schon ziemlich viele Vögel da, das hätten wir bestimmt auch gesehen, oder? Die zögen jetzt hier durch, die Gänse, Enten und Schneehühner. Er habe sogar schon das Röhren eines Elchs gehört, die Brunftzeit beginne, und es würde nicht mehr lange dauern, bis das Großwild aus dem Winterschlaf erwache, ausgehungert, also Vorsicht vor den Bären.

»Haben den ganzen Winter nix gefuttert und der Hunger macht sie aggressiv. Lassen Sie Ihren Müll nicht rumliegen, und passen Sie auf, wenn Sie in dem Urwald hier unterwegs sind. Eine lodernde Flamme hält sie auf Abstand, aber seien Sie auch da vorsichtig, bei dem ganzen brennbaren Zeug hier ist schnell ein Großbrand ausgebrochen. Jedes Jahr werden so mehrere Tausend Hektar abgefackelt. Tja, aber so erneuert sich schon der Wald, anders gerodet wird hier nicht.«

Vielen Dank auch für die Ratschläge, dachte ich bei mir, aber das alles wussten wir bereits, für wen hielt dieser Typ uns?

Der Motorlärm vorhin habe ihn alarmiert, schon allein am Brummen habe er den Flugzeugtyp erkannt, also sei er mal eben vorbeikommen. »Gibt's nicht gerade oft, Touristen hier in der Gegend, nicht sonderlich attraktiv, die Ecke. Die Leute fahren geradewegs durch, von Whitehorse oder Haines nach Tok, nach Fairbanks. Später, im Juni oder Juli, kommen ein paar zum Angeln her und fahren auf den Flüssen Kajak. Sportlich nicht? Kommen her, um ›in der reinen Natur Kraft zu tanken‹, das sagen sie immer. Mich bringen sie mit ihrer Natur zum Lachen. Aber auf dem See hier, da gibt's nix zu tun. – Haben Sie eine Panne, brauchen Sie Hilfe?«

Er betrachtete unser Zelt, unsere Ausrüstung, dann warf er mir einen schiefen Blick zu, als könnte er es sich nicht verkneifen. »Du kommst wohl aus dem Süden, könnte man meinen.«

»Fast«, sagte Jessie. »Bud kommt aus dem Südosten. Aus dem Südosten von Ottawa.«

Er nahm ihren honigsüßen symbolischen Mittelfinger einfach so hin, oder aber er hatte das Fast, die *Nuance,* die in ihren Worten steckte, nicht begriffen.

Aufmüpfig fügte sie hinzu: »Ich sein Lang und dünn, und du?«

»Ich komme aus Carmacks, wisst ihr, wo das ist? Bin da geboren. Mein Vater hatte ein Roadhouse in der Gegend.«

»Ich meinte deinen Namen.«

»Kovács. Dany Kovács. Mein Vater war Seven. Sie waren so viele Brüder und Schwestern, fünfzehn oder sechzehn, da hat sein Alter ihnen einfach Nummern gegeben. Der kam aus Ungarn, wenn euch das was sagt, hat sich hier in der Prärie als Farmer niedergelassen, bei Calgary. Die reine Wüste da. War seiner heimatlichen Puszta nicht unähnlich: nix als Wind, Staub, nix gedeiht, außer den Kindern – und nix zu beißen. Nix. Mit zwölf ist mein Vater mit Typen weitergezogen, die dort vorbeikamen. So war das damals: die Straße, schnurgerade, und weiter weg konnte es auch nicht schlimmer sein. Tatsächlich hieß er Sandor, doch an der Fassade stand *Seven's Roadhouse,* war sein ganzer Stolz. Hat die Bude abgefackelt, und ist dann gestorben. Das hat man mir erzählt, ich hab nicht selber nachgesehen. Mit acht Jahren bin ich zusammen mit meiner älteren Schwester abgehauen, die hatte sich in einen Schmied aus Champagne verknallt, der Typ kam von der Halbinsel Gaspésie, glaub ich. Aber da gab's schon nicht mehr viele Pferde, mit Lastwagen war man einfach schneller. Mein Schwager hat seinen Job verloren, sie sind nach Whitehorse, haben als Arbeiter in der Lachsfabrik angefangen. Bei dem Verkehr hätten sie lieber eine kleine Tankstelle aufmachen sollen. – Dann braucht ihr also wirklich keine Hilfe?«

»Nein danke, alles bestens.«

Enttäuscht betrachtete er meine schwimmende Norseman und stieß einen anerkennenden Pfiff aus. »Ist ein hübsches Gerät. Damit sind einem die Straßen so ziemlich schnurz, was?« Er zwinkerte mir zu.

Mir wäre es am liebsten gewesen, er hätte sich rasch wieder verzogen, aber Jessie schien gerne weiter mit diesem Rüpel plaudern zu wollen, mit seinem wasserdichten Overall, dem Fernglas um den Hals und den ziegelroten Wangen. Der Zinken von Äderchen durchzogen, ein goldener Eckzahn.

»Dein kleiner Außenborder ist auch nicht übel«, machte sie ihm ein Kompliment. »Ist das interessant, als Ranger zu arbeiten?«

»Ich mach das nur ein paar Tage pro Monat. Ich hab 'ne Nerzfarm in Haines Junction. Als ich noch auf der Baustelle des Alaska Highways gearbeitet habe, war das ein kleines Kaff, nicht größer als Champagne, höchstens fünfzehn Einwohner. Die Amis haben dann ihr Stabsquartier dort eingerichtet, Strom dorthin gelegt, Telefonleitungen. Heute kann man sagen, dass es ein hübsches Städtchen ist.«

»1942 war ich auch auf der Baustelle«, wagte ich mich vor, biss mir deswegen aber gleich wieder auf die Zunge.

»Ah, was für ein Chaos!« Er lachte los. »Ich glaub, seitdem war kein Winter mehr so kalt. Ich war bei Klukshu am Aufschütten, und du, was hast du gemacht?«

»Warum hat er es abgefackelt, dein Vater?«, unterbrach Jessie ihn und klimperte mit den Wimpern.

Kovács vergaß mich, ganz offensichtlich fand er dieses Thema interessanter. »Niemand machte mehr in den Roadhouses halt. Als er eröffnet hat, war es immer voll. Der Weg über den Fluss war drei Monate im Jahr gut, die restliche Zeit gab es nur den Overland Trail, um von Whitehorse in die Hauptstadt zu kommen. Fünf, sechs Tage war man da unterwegs, quer durch den Wald, durch mannshohen Schnee, Eis, Blizzard, Flüsse überqueren, den Pelly, den Stewart mit dem Eisstau, und das alles mit Kabelfähren, was, da gab's noch keine Brücken! Noch dazu bei minus vierzig Grad an manchen Tagen. Das Thermometer? Da hängte man eine Flasche Perry Davis' Painkiller an einen Ast: War sie innerhalb einer Minute gefroren, dann war es zu kalt, um vor die Tür zu gehen. Aber die Post, die Reisenden und die Erzschürfer, die nach Dawson und noch weiter, bis zu ihren Minen wollten, mussten transportiert werden. Sie quetschten sich zu zwölft in den Concorde, das einzige öffentliche Transportmittel. Aber mit Federung für die Bequemlichkeit bitte schön. Als Kind habe ich gesehen, wie solche großen verschneiten Schlitten ankamen. Ich wartete hinter dem Fenster darauf, die Hupe des Fahrers in der Nacht zu hören. Himmel noch mal, da bekomm ich noch immer 'ne Gänsehaut.«

Er erlaubt sich einen kurzen Moment der amüsierten Nostalgie.

»Man musste diese Typen sehen, echte Naturgewalten. Hobo Bill und Ed Spahr, das waren die besten Fahrer. Da gab's keine Verkehrsregeln, was? Vorsicht, Gegenverkehr, ich fahre Vollgas. Es gab durchaus ein paar Abschnitte, die mit Holzbohlen gestützt waren, immer notdürftig ausgebessert, aber dazwischen? Nichts. Der Wind versetzte die Piste von einem Tag auf den anderen, die Markierungen verschwanden unter den Schneemassen, dazu der vereiste Schlamm, sobald es ein bisschen taute! Wenn die Blattfederung vereiste, brach sie ohne Vorwarnung ab. War man gerade hügelabwärts unterwegs, musste man einen kühlen Kopf bewahren, um sich nicht zu überschlagen. Und dann ausspannen, die Feder austauschen und schippen, um die Schneewehen zu beseitigen. Die Leute stiegen trotzdem aus, damals hatte man vor gar nix Angst. Mantel aus Bärenfell, Nerz, dicke Wolle, Schutz für Mund und Ohren, die Kohlekiste unter den Füßen, und los ging's, schwing die Peitsche, Fahrer! Die waren echt froh, alle dreißig oder vierzig Kilometer auf eine Zwischenstation wie das Seven's Roadhouse zu treffen, um sich die Füße aufzuwärmen und die Nacht im Trockenen zu verbringen. Die Hängematte für einen Mann allein:

ein Dollar die Nacht, abgetrennte Kabine für die Damen: zwei Dollar. Kein Luxushotel-Schnickschnack, ja? Ein großes Gebäude aus Rundstämmen mit Nebengebäuden, einem Stall, die Hunde draußen. Die Hunde von hier, die überleben alles, das sind Wölfe. Ein mit Moos überzogenes Schindeldach, die Möbel aus rauem Fichtenholz. Licht? Kerze oder Petroleumlampe, und ein Ofen, das schon. Der große gusseiserne Ofen, rot wie die Hölle Tag und Nacht, Holz war genug da! Fünfzig Cent das Glas Seagram's Rye, die Flasche zwei Dollar. Genauso viel für das Essen: Bohnen mit Speck, gegrilltes Karibu, Biberpfoten, aufgetaute, wiedergefrorene und dann verkohlte Kartoffeln. Mein Vater benutzte dieselbe Gabel, um in seiner Zahnfäule herumzustochern und das Fleisch seiner Gäste anzubraten«, erzählte Kovács grinsend. »Und man passte besser auf seine Siebensachen auf, man wusste ja nicht, neben wem man in der Falle lag. Tja, und dann wurde der Trail ausgebaut, für die Lastwagen und die Baumaschinen der Minen auf dem Weg nach Dawson und Keno. Ende der Zwanzigerjahre war es dann vorbei. Das hat der Alte nicht mehr ertragen. Hat die Bude abgefackelt und sich zum Sterben nach Whitehorse verzogen.«

»Dem ist die Blattfederung gebrochen«, sagte Jessie mitfühlend.

Kovács nickte, der Vergleich schien ihm zutreffend. Wir stiegen wohl in seiner Achtung, außerdem werden einem die Menschen sympathisch, wenn man sich ihnen anvertraut. Er mochte in den Fünfzigern sein, doch abgesehen von seiner geäderten Nase, die vermutlich dem Alkohol zuzuschreiben war, besaß er die ungeschliffene Robustheit der Menschen, die ihr Leben an der frischen Luft verbrachten.

»Hat Murphy Nolan eigentlich immer noch seinen Handelsposten in Champagne?«, fragte Jessie ganz beiläufig, als wollte sie aus reiner Höflichkeit die Unterhaltung aufrechterhalten.

»Du kanntest Murphy?«

Sie lachte über diese merkwürdige Vorstellung, die nur sie verstehen konnte. »Ich nicht, nein. Aber ich kannte Leute, die damals dort vorbeigekommen sind. Er stand in dem Ruf, seine Kunden ein bisschen über den Tisch zu ziehen, nicht wahr?«

»Absolut! Da er der Einzige weit und breit war, wo man was auch immer bekam, hatte er keine Konkurrenz zu befürchten. Murphy ist gestorben, war richtig übel. Das ist den Leuten im Gedächtnis geblieben. Ein Verbrechen hier in der Gegend, das ist eine Seltenheit. Wir Kanadier sind keine Cowboys wie die Yankees.«

Jessie nickte bestätigend, ganz lässig, als würde sie gar nicht mehr erwarten, das war die beste Art, jemanden zu ködern.

»Ein Kunde hat ihn erschossen«, sagte Kovács gewichtig, »das ist jetzt etwa fünfzehn Jahre her.«

»Wohl ein unzufriedener Kunde«, sagte ich verständnisvoll.

»Ja, so kann man das auch sagen.« Er zögerte kurz, doch die Verlockung war zu groß. »In dem Winter sind drei Typen bei ihm aufgekreuzt, keiner weiß, wo die herkamen. Angeblich zu Fuß. Wer soll das glauben? Jedenfalls waren sie ziemlich durchgefroren und Richtung Whitehorse unterwegs. Gut ausgerüstet, gut bewaffnet. Wie jemand, der auf die Jagd geht, aber was wollten sie jagen? In der Saison kamen immer einige vorbei, die sich einen Jagdausflug bei den Brüdern Jaquots in Burwash Landing leisteten, Baxter brachte sie im Lastwagen dorthin. Er legte immer einen Stopp bei Murphy ein, ein Deal unter den beiden, damit die Kasse klingelte, dafür bekam er auch was ab, versteht sich. Aber die waren allein da. Verschafften sich mit dem Ellenbogen Platz am Tresen, erkundigten sich hochmütig nach der Gegend, redeten mit den Leuten, als wären es Hinterwäldler, waren echt unhöflich. Die Stammkunden waren es gewohnt, in aller Ruhe zu bechern, ohne dass jemand Streit suchte. Nicht, dass sie diesbezüglich empfindlich gewesen wären, so waren sie nun einmal. Um Eindruck zu schinden und sich die Kehle aufzuwärmen, bestellten diese Typen Roggenwhiskey, Wodka, den guten. Bei dem Preis, zu dem Murphy ihn verkaufte, versuchten sie zu handeln, doch schließlich bezahlten sie, und dann wurde ausgeschenkt. Etwas später und leicht betrunken rutscht einer von ihnen, *wutsch*, auf dem feuchten Sägemehl auf dem Holzboden aus. Im Fallen reißt er einen gusseisernen Bohrpfahl mit um, der ihm, *krack*, das Bein bricht. Das Schienbein steht aus der Buchse hervor. Dabei ist sie ziemlich dick gefüttert. Die beiden anderen werden umgehend nüchtern. Bestürzt und wütend zögern sie nicht allzu lange: Sie beschließen, ihn dort zurückzulassen. Sie mussten wirklich Feuer unterm Arsch haben, dass sie ohne ihren Kameraden abzogen. Murphy vertreibt alles, was man sich vorstellen kann, von schwerer Ausrüstung bis hin zum Hosenknopf, aber er ist kein Knastbruder, und jetzt hat er auf einmal diesen Idioten an der Backe, der unablässig grölt und brüllt. Verständlich. Sein kaputtes Bein muss richtig übel wehtun. Murphy kann ihm nichts anderes anbieten als die Sitzbank eines alten Karrens, die er ihm im hinteren Teil des Ladens überlässt, zwischen den Trommelsieben, den Schlitten und den Wagenhebern für Lastwagen. Er würde ihm ja kaum sein Bett überlassen! Am nächsten Tag ist alles unverändert. So was heilt nicht von allein, da muss der Knochen gerichtet werden. Aber glaubt bloß nicht, sie hätten einen Arzt in der Gegend gehabt! Ihn bis zum Krankenhaus nach Whitehorse karren, gut hundert Kilometer, ihr könnt euch vorstellen, was das für ein Spaziergang ist. Wenn wenigstens Baxter da gewesen wäre, dann hätte sich das vielleicht machen lassen. Aber der war erst zwei Tage zuvor mit Kunden der Jaquots vorbeigekommen. Es würde mindestens zwei Wochen dauern, ehe sie wieder zurück wären, bei dem Wintereinbruch eher noch länger. Nach einem weiteren Tag fängt der Typ an, irres Zeug zu reden, grölt, jammert und schreit so laut herum, dass er die Toten damit hätte wecken können – und die Kundschaft vertreiben, das auch! Dann überzieht sich sein Bein mit schwarzen Blasen – ganz hässlich. Wundbrand von der üblen Sorte. Gasbrand, wie es scheint. Er verlangt nach Whiskey, will ihn drüberschütten, gläserweise, zieht sich eine Flasche nach der anderen rein, fängt an, Wölfe und Grizzlys zu sehen. Also beschließen sie, ihm das Bein zu amputieren. Früher, wenn es dringend und man weit weg von allem war, an einem Bach, tief im Wald, machte man das mit dem, was man gerade zur Hand hatte. Einen Zahnstumpf ziehen, einen Furunkel aufschneiden, einen Daumen oder ein erfrorenes Ohr abnehmen, damit musste man klarkommen. Aber ein Bein? So was hatte noch keiner von ihnen je gemacht. Sägen und Messer, daran fehlte es nicht, aber bei einer solchen Metzelei musste man einen guten Magen haben. Gut, einverstanden, sie haben sich mit Fusel etwas Mut angetrunken und wollten dem Typen auf die gleiche Weise Mut machen oder ihn damit vielleicht sogar betäuben, aber der Mistkerl hat sich gewehrt. Hat mit seinem Revolver drauflosgeballert, damit auf Murphy gezielt und abgedrückt, einfach so, aus nächster Nähe, ohne Vorwarnung, nichts. Die Kerle haben ihn zusammengeschlagen, richtig übel zugerichtet, diesen Mistkerl, sollte er doch draufgehen, mit seinem entzündeten Bein. Und genau das tat er dann auch. Er hat im Sägemehl auf dem Boden geröchelt, ganz allein unter seiner Sitzbank. Murphy hingegen hat zehn Tage gebraucht. Eine Kugel im Bauch, ganz schön fies. Da er über hundert Kilo wog, haben sie ihn da liegen lassen, wo er hingefallen war, und sind bei ihm geblieben, Tag und Nacht. Die Typen wollten ihn nicht allein lassen. Es gibt echt Schöneres, als jemandem so beim Sterben zuzusehen, denn es ist verdammt anstrengend, bis man es endlich schafft, alle Achtung. Dann haben sie ihn beerdigt, wie es sich gehört. Doch bei der Kälte im Permafrost zu graben, da muss man mit ganzem Herzen bei der Sache sein, das könnt ihr mir glauben, und für Murphy brauchte man ein richtig großes Loch. Der andere wurde draußen aufbewahrt, steif gefroren hinter dem Stall, damit die berittene Polizei sich den Fall ansehen konnte, wenn sie denn beschloss aufzutauchen. Immerhin ging es um Mord. Und keiner wusste, wer dieser Jäger war. Abgesehen von seinen schneeweißen Haaren, einem auf die Brust tätowierten Pikass und ein paar Dollar hatte er nichts bei sich, keinen Ausweis, nix. Es blieb also nur, den auch zu begraben. Aber bei ihm haben sie bis zum Tauwetter gewartet. Da die anderen nicht zurückkamen, um ihn abzuholen, steht auf dem Friedhof jetzt ein namenloses Kreuz, er bekam nicht einmal eine Holzkiste. Für Murphy war das eine miese Nummer. Der König der Abzocke, im Grunde seines Wesens aber ehrlich, ein anständiger Kerl, treu, keine Frauengeschichten, kein Alkohol, nur sein Laden. Wäre er in Labrador beim Walfang geblieben, dann wäre er vielleicht noch am Leben. Schon eigenartig, das Schicksal.«

Schweigen. Wir respektierten die tiefgründigen Gedanken von Kovács. Seine Grabrede hat ihn in Trübsal versinken lassen. Den Daumen an die rote Nase gepresst, schnäuzte er sich, atmete tief durch, tauchte wieder auf.

»Angeblich hatte Murphy irgendwo bei Juneau einen Cousin, aber das hier ist kein Land, in dem Todesanzeigen verschickt werden. Ehe hier jemand einem einen Kranz auf den Bauch legt, kann man die Weidenröschen von unten an den Wurzeln anknabbern. Wir sind vielleicht keine Cowboys, trotzdem ist das hier ein bisschen der Wilde Westen.«

Da mussten wir ihm zustimmen.

Auch, dass Murphy Nolan für seine guten chirurgischen Absichten schlecht gedankt worden war. Alles Weitere würden wir Dany Kovács nicht erklären. Er würde nicht verstehen, dass es auch ein hübsches Westernende für den Auftragskiller war, gerecht um die Ecke gebracht, um nicht zu sagen: mit gutem Recht. Genauso wenig brauchte er etwas von Jessies Zufriedenheit zu erfahren, endlich zu wissen, ob es nun Aarne oder Magnus war, der seine Gedärme und Lunge im Tal neben seinem Kollegen Mickey auslüftete. Zwillinge sollten niemals getrennt sein. Sie sollten sich nicht durch eitle Tätowierungen voneinander unterscheiden, das brachte Unglück. Die Passagiere der *Prince Rupert* hätten besser daran getan, nicht dasselbe Schiff wie Lorna del Rio zu nehmen, sich nicht dafür gemeldet zu haben, sie zurückzubringen, *dead or alive.* Dann wäre ihre Pokerpartie bestimmt besser ausgegangen.

Dann wären sie vielleicht noch am Leben. Schon eigenartig, das Schicksal, was, Kovács?

Unser Ranger verabschiedete sich endlich, seine Nerze müssten gefüttert werden. Mit einem Ruck startete er seinen Motor, wendete mit einer perfekten Kurve draußen neben der Norseman und hob den Arm elegant zum Abschied.

Obwohl er bereits verschwunden war, starrten wir noch lange dem aufgewirbelten Kielwasser des Bootes hinterher, das den See kräuselte, bis die letzte Brandungswelle, das letzte Schwappen ans Ufer getragen war, und warteten, bis die Stille wieder Einzug hielt. Nachdenklich, das trifft es nicht so ganz. Eher erleichtert, es war, als schwebten wir ein wenig in der klaren Luft der Dämmerung, um uns die verschneiten Gipfel mit riesigen leuchtend rosa- und malvenfarbenen Wolken überzogen, das zitronengelbe Vlies der jungen Blätter, der getupfte Samt der Birken. Rauschen des Windes.

Ich schürte das Feuer, das in Vergessenheit geraten war, und wir brieten uns Eier mit Speck, rieben die Pfanne mit Bannockbrot aus, stellten Rote Bohnen direkt mit der Konservendose in die Glut, danach eine Tasse wässrigen Kaffee, ganz wie zur guten alten Zeit der Trapper.

Jessie schwieg. Milchiger Teint, glatte Gesichtszüge, ein kaum wahrnehmbares Lächeln auf ihren kindlichen Lippen, ich wusste nicht, was hinter ihrer Stirn vor sich ging, in ihrem Herzen, sie strahlte vor bloßer Freude, dieser Art seltener Erfülltheit, die man nicht kommen sah und die zu kostbar war, um sie mit Worten zu zerstören.

Dazu hatte auch ich beigetragen.

Ich sagte mir: Ich bin auch ein bisschen dafür verantwortlich. Du bezahlst zwar, meine Hübsche, aber das, was wir hier zusammen machen, hat keinen Preis, dieser Job ist nicht börsennotiert. Du bestimmst mit deinen verfluchten Dollar, mit deiner Willenskraft und deiner Dickköpfigkeit eines kindlichen Opfers, doch ich gehe über deine Bitte hinaus. Dein Wunsch oder dein Verlangen weiß noch nichts von der Stärke des meinen, von seiner Unvernunft, seiner Qual. Ich gehe dir entgegen, wenn du nach mir suchst, erwarte ich dich bereits, ich kehre dir nicht mehr feige und flüchtend den Rücken zu, derjenige bin ich nicht mehr, *Nuance*. Ich halte deinem dunkelgrauen Blick stand, inzwischen kann ich das, ich öffne mein Herz und meine Arme, und du kommst her, kommst in meine Arme, an mein Herz. Das war so unglaublich, dass ich es umgehend glaubte. ich glaube sogar, dass du verrückt geworden bist, aber *bis zu diesem Grad* verrückt werden, das geht nicht. Man kann es auch nicht das Frohlocken der Körper nennen, viele versuchen sich daran und versehen es mit Worten, statt zu schweigen und die köstliche Überraschung der Lust, die Sinnenfreude und die unfassbar quälende Zärtlichkeit zu verdoppeln.

Es war an der Zeit, meine Liebe, dass du mir beibrachtest, dass man das *so macht, wenn man sich liebt*, dass du mich in unserem Zelt des großen Nordwestens meines Traumes im Namen der Glückseligkeit tauftest.

Am nächsten Tag zogen wir los, um die Umgebung zu erkunden.

»Die Asche meiner Mutter haben sie in die Richtung gebracht«, sagte Jessie, »auf ihren geheimen und abgelegenen Friedhof mitten im Wald, damit ihr Schatten sich dort vor dem Potlatch ein Jahr lang ausruhen kann. Ein Jahr nach der Verbrennung findet eine große Feier mit vielen Gästen aus dem Dorf und den benachbarten Clans statt, Geschenke, Essen im Überfluss, Zerstörung des angehäuften Reichtums in einem Rausch der Macht, um endlich mit dem Tod abzuschließen, abzuschließen, ein für alle Mal. Doch von dem, was sich ein Jahr später ereignet hat, weiß ich nichts, ich war nicht da, um zu sehen, was Kaska mir versprochen hatte. Wenn wir den Ort finden, dann ist vielleicht noch etwas davon zu sehen, die Schale mit ihrer Asche, ihre Gebeine, die in einer Grabkiste ruhen, oder vielleicht auch nichts, wenn der Friedhof aufgegeben, umgesiedelt oder zerstört ist, jetzt, wo jene von Äshè'yi sich aufgemacht haben, um in Haines Junction zu leben. Erinnern sie sich noch daran, dass die Alten der Dän diese dort zusammentreffenden Pfade Dakwäkäda nannten, dass sie dort ihre Jagdvorräte versteckten? Wo begraben sie jetzt ihre Toten?«

Wir würden viel laufen müssen, ein gutes Stück und kreuz und quer, in etwa in diesem Bereich nach Westnordwest. Dort müsse der Friedhof der Indigenen liegen, denn ihr sei eingefallen, dass sie einmal mit Herman dort gewesen sei, etwa eine Stunde Fußmarsch, höchstens zwei Kilometer bei der Geschwindigkeit, mit der man in diesem Gelände vorankomme.

Doch eine Stunde, das war eine Schätzung, die sich auf die kurzen Beine eines Kindes bezog, das Entfernung und Dauer nur schlecht schätzen kann – es folgt dem Führer, ohne auf den Weg zu achten, wird müde oder trödelt unterwegs. Mit einer so ungenauen Auskunft stand es in den Sternen, ob wir je ankommen würden. Wir hätten nun einmal nicht wie Rotkäppchen nur die Wahl zwischen dem Weg der Stecknadeln und dem der Nähnadeln, gab ich zu bedenken, ohne dass Jessie von ihrer Idee absah.

Ich legte eine angemessene Unbekümmertheit an den Tag, um sie nicht zu beunruhigen, doch dieser abenteuerliche Ausflug in den Wald war echt nichts für mich. Es war kaum zu glauben, dass manche, wie Dany Kovács scherzhaft gesagt hatte, glaubten, sie würden in die reine Natur zurückkehren, sich den Nervenkitzel der Wildnis gönnen, wenn sie dort einen auf einfaches Leben machten, indem sie eine vorgebliche Unterversorgung, ihre Genügsamkeit als raue Männer planten, jedoch in dem Wissen, dass sie bei der kleinsten Schwierigkeit, bei Zahnschmerzen oder einer Verstauchung schnurstracks in die nächste Stadt zurückgebracht würden. Anhänger eines Emerson oder Thoreau oder des Naturphilosophen John Muir, Waldgläubige einer poetisierten »Natur« mit Bedienungsanleitung, diese modernen Jünger, die, ohne auf die Errungenschaften des Kapitalismus verzichten zu wollen, sich erhofften, dass die Kur sie über ihr leichtes Unbehagen in der Zivilisation tröstete und ihrer defekten Männlichkeit auf die Beine half – doch ich wollte Jessie nicht mit meiner unpassenden alten Wut auf den Geist gehen, wo sie doch nichts anderes im Kopf hatte, als diesen verfluchten Friedhof zu finden.

Wir verließen also unser Lager, festes Schuhwerk, eingesprüht mit Moskitospray – im Frühling wimmelte es nur so von diesen Viechern –, die Rucksäcke mit den belegten Broten und allem Notwendigen geschultert. Oberhalb des Militärstützpunkts, den wir großzügig umrundeten, fing die dichte Taiga an. Kein Vergleich mit dem hübschen Tannenwald, mit dem die Märchen illustriert werden. Ein zähes Pflanzenchaos, ein Fichten- und Nadelbaumgewirr, kümmerliche Laubbäume und schiefe Kiefern zwischen jeder Menge Totholz, die so dicht standen, dass ihre erzwungene Rivalität die Bäume erstickte, sie zu zwergenhaften, dornigen Exemplaren verkümmern ließ, auf Buschgröße geschrumpft, verwachsen mit Farnen, Heidekraut und Moosen auf dem vom frühlingshaften Tauwetter schwammig gewordenen Waldboden – hier in der Nähe des Sees gab es zudem Wasserlöcher und Stellen mit Torfmoor. Dort herumzukriechen ähnelte dem hilflosen Herumirren in einem Labyrinth. Doch die Taiga war kein Kinderspiel und keine Gesellschaftsbelustigung, kein mythischer Irrgarten aus Abzweigungen, Sackgassen, Kreuzungen und Gabelungen. Es gab kein architektonisches Prinzip oder einen Plan davon, kein unterirdisches Geflecht oder Strang, der entwirrt werden müsste, keinen roten Faden, dem man folgen konnte, um zum Ausgang zu gelangen, das unerreichbare Zentrum war überall, und aus jeder Richtung konnte das schreckliche Maul eines heimischen Minotaurus auftauchen. Alles in allem wäre das Erscheinen eines tierischen Monsters jedoch weniger entsetzlich als vielmehr tröstend gewesen, ein riesiger Elch mit prähistorischem Aussehen, der Koloss eines Bisons, ein zotteliger Bär, Luchs oder Vielfraß mit furchterregenden Kaumuskeln wäre dem Schrecken dieses Rätsels ohne Sprache,

Schrift, Karte oder Lageplan, den der boreale Nadelwald darstellte, eindeutig vorzuziehen gewesen. Es gab keine Lösung für dieses Rätsel, die einen nicht in die Irre geführt hätte, es reichte nicht, sich mit der sinnvollen Logik des Helden aus Attika zu entscheiden. Die Antwort war ihre eigene Frage, und was war es, wenn nicht Wahnsinn, sie zu stellen. Es gab nichts Entsetzlicheres als diesen Wald, außer dem, was sich schon seit Urzeiten darin verbarg.

Wir sollten die Hand der Vernunft nicht loslassen, beschloss ich Maulheld, und vorsichtig sein. Niemand würde uns hier herausholen, sollten wir uns verirren, das war schon mehr als einem und durchaus Erfahreneren als uns passiert, die man nicht wiedergefunden hat, nicht einmal einen Schienbeinknochen wie bei Big Charley. Entschlossen schlug ich Kleiner Däumling mit dem Messer große Auskerbungen in den Stamm jener Bäume, die aus der unzählbaren Masse von gleichen Bäumen etwas herausstachen, doch das war wie das vergebliche Ausstreuen von Kieselsteinen – wir würden nicht den Weg zurückkommen, den wir genommen hatten, oder aber würden zwei Meter davon entfernt langgehen, ohne etwas zu sehen. Es wäre besser, ich vertraute auf meine Uhr, meinen Kompass, den Stand der Sonne. Meine militärische Ausbildung war gut genug, um das zu können. Nur war das hier unmöglich.

Man konnte das in die Dunkelheit vordringende Licht noch so schön finden, diese Sonnenstrahlen, die die blaue Luft des Unterholzes lanzenartig durchstießen, das dichte Blätterdach verzerrte die Strahlen, die überall von der feuchten Tiefe aufgesogen wurden. Obwohl der Kompass nach Norden zeigte, verlor man schnell die Orientierung. Wir liefen im Kreis, ohne auf eine Lichtung, eine Schneise im Wald zu stoßen, die darauf hingewiesen hätte, dass Menschen hier eine Stelle gerodet und freigeräumt hatten, die ihnen als Begräbnisstätte gedient hatte. Bei jedem Schritt versanken wir knietief im organischen Abfall des Waldes, mit morscher Faulheit verwoben.

Jessie hatte sich darauf versteift, vorwärtszukommen, und schien sich darüber keine Gedanken zu machen. Sie glaubte an mich, sagte ich mir, das war nett, aber sie lag falsch. Sie hielt mich für einen Eliteguide, aber ich war nicht Superman, ich war nicht Herman. Doch wozu sie beunruhigen? Ich würde es ihr nicht sofort mitteilen, doch wir hatten uns tatsächlich verirrt, und bald würde es dunkel, die dichte pechschwarze Nacht der Taiga, Scheiße aber auch, wir hatten nicht einmal eine Taschenlampe dabei. Ich rechnete bereits damit, dass sich mit diesem feuchten Holz, noch dazu auf diesem Boden, der bei jedem Schritt Wasser hervorspitzen ließ, kein Feuer entfachen ließ. Die Angst war so überwältigend, dass sich meine Eingeweide zusammenkrampften. Und was das Klettern anging, wie Däumling auf den höchsten Ast, dazu hätte es erst mal einen großen Baum mit dicken Ästen gebraucht, und der kleine Schlingel von Ikarus war auch nicht da, um uns mit einem Flügelschlag aus dieser Falle zu tragen. Und doch kam, o Wunder, das Zeichen vom Himmel. Das Brummen eines Jagdflugzeugs im Landeanflug wies uns die entfernte Richtung des Militärstützpunkts, eine kleine Fireball, wenn ich mich hätte festlegen müssen.

Es war höchste Zeit, dass wir uns auf den Weg zurück zu unserem Lager machten, noch zwei weitere Stunden ermüdender Fußmarsch.

»Wir haben nichts gefunden, aber das war ein netter Spaziergang, und kein schlecht gelaunter Bär hat seine Schnauze gezeigt«, scherzte ich, als ich mich neben dem Zelt fallen ließ.

Doch meine vorgetäuschte gute Laune konnte Jessie nicht aufheitern. »Es muss da irgendwo sein«, beharrte sie störrisch in ihrer bockigen Art. »Morgen suchen wir noch mal.«

Ich spitzte die Ohren, versuchte herauszufinden, ob die Fireball länger hier bleiben würde oder nur einen technischen Stopp eingelegt hatte, ob wir Nachbarn bekamen und vielleicht auch den lästigen Besuch von amerikanischen Uniformierten. Als sie mit einem Brummen, schlimmer als ein Bomber, wieder startete, beglückwünschte ich mich und auch den Piloten, der angesichts des Zustands der Piste verdammt durchgerüttelt worden sein dürfte.

Okay, Jessie, wir würden morgen weitermachen. Deshalb waren wir ja da, oder? Um mit dem Tod *abzuschließen*. Als wäre das überhaupt möglich. Doch genau das war es, was sie vorhatte, eine fixe Idee, die sie seit den Monaten ihrer Kindheit, abgesondert in den Luxuskliniken, im Hinterkopf hatte. Hierhin wollte sie zurückkommen, da würde sie doch wegen eines erfolglosen Tages nicht aufgeben.

Doch der nächste Tag verlief genauso, nur schlimmer. Die mit jedem Tag stärker herunterbrennende Sonne heizte den feuchten Wald auf und ließ alles tauen. Aus dem brutheißen Dampf stieg ein schrecklicher Schwarm von Moskitos, Bremsen und Kriebelmücken auf, vor allem winzig kleine Gnitzen, deren Stiche wie kleine Verbrennungen aussahen, Sauger, die einen innerhalb einer Stunde dazu brachten, sich blutig zu kratzen – auch die hartgesottensten Waldläufer verabscheuten diese legendäre Plage mehr als jedes Raubtier, mehr als den Schneesturm. Uns blieb gar nichts anderes übrig, als abzuhauen, möglichst schnell zurückzulaufen auf unserem Weg, wenn man das durch unsere Schritte niedergedrückte Gras so nennen wollte – so entstehen Pfade und verschwinden wieder, wenn weder Mensch noch Tier sie regelmäßig nutzen. Im Laufschritt vor den stechenden Insekten flüchtend, so gut das in diesem Gelände möglich war, mussten wir uns von dem von Jessie festgelegten Bereich entfernt haben und waren weiter nach Südosten geraten, wo das Unterholz etwas lichter, windiger, weniger insektenverseucht war. Hier stießen wir nur fünfhundert Meter von unserem improvisierten Lager entfernt auf die Ruine.

Von dem stolzen Gebäude von einst war nur noch ein riesiger Abfallberg unter Totholz und Gestrüpp übrig, zerbrochene Bretterwände lagen übereinander, bedeckt von dichtem mintgrünem Moos, schwefelgelben Flechten, das wurmstichige gewölbte Dach umgeben von einem dichten Wall aus Fichten, eine übernatürliche

Erscheinung, die in der Sonne vor der von Birken getupften Kulisse schimmerte. Es hatte nicht die Großartigkeit untergegangener Nekropolen oder die Melancholie antiker Ruinen in ihrer noblen Verwitterung des Gesteins, das war weiter nichts als ein Trümmerhaufen, der von den Pflanzen verschlungen und überwuchert wurde, von Larven zerfressen, der vom rauen Klima beschleunigte Zerfall einfacher, natürlicher Materialien, die wieder zu der Erde wurden, der sie entstammten. Es war auch nicht der alte Friedhof, nach dem Jessie so verzweifelt suchte – sofern der nicht ihrer Fantasie entsprang oder sie sich falsch erinnerte, musste er so ziemlich im selben Zustand sein –, doch dieser Fund hatte etwas Ergreifendes, etwas Beglückendes und Betrübliches zugleich, die geisterhafte Eleganz von etwas im gleißenden Nachmittagslicht Gestrandeten.

Bestimmt ereilte die Hütte in Kloo Lake ebenso wie jene in Silver City, die unzähligen aufgegebenen Rundstammbauten, die seit zwei Jahrhunderten mitten im Wald standen, dasselbe Schicksal. Sie bekamen Schlagseite und brachen in der Einsamkeit schweigend in sich selbst zusammen. In diesen unwirtlichen Gebieten war nichts von Dauer oder Bestand. Hier wurde nur mit vergänglichen Materialien gebaut, Hütten aus Leder oder einfache Forts aus Holz, und doch ging von dieser Ruine etwas Geheimnisvolles aus, etwas unverändert Erhabenes oder auch Spukhaftes.

»Das ist ihr Tanzhaus!«, rief Jessie, ergriffen von kindlichem Staunen.

Benommen, die Lider schwer vom Schweiß, betrachteten wir die eigenartige Erhebung, doch Jessie stand nicht lange untätig herum. Sie erklomm rasch den Haufen verrottendes Holz, stieg vorsichtig balancierend zwischen den zerbröckelnden Trümmern herum, die unter ihr nachgaben, wobei Moos und Flechten abrissen.

»Komm schnell her, Bud, hilf mir!«

Ein Archäologe geht deutlich umsichtiger vor, wenn er eine Fundstelle erkundet. Er trampelt nicht auf den Überresten herum, sondern trägt sie nacheinander ab, um sie zu untersuchen.

Jessie wollte von solchen Kleinigkeiten nichts wissen, sie hatte es viel zu eilig, sich zu vergewissern, dass das hier, ja, genau das hier, die Hütte für Zeremonien war, des Rats, ich weiß nicht, wie ich es nennen soll, der Ort, der den Tänzen, den Winterfesten vorbehalten ist - bei Letzterem war sie einmal dabei.

»Sieh mal!«

Triumphierend schwang sie ein Stück modriges Holz, das sie aus dem Durcheinander gezogen hatte, verwittert von Frost und Tauwetter, dem schmelzenden Schnee, dem Regen und der sengenden Sonne. Ungeduldig entfernte sie die Schicht Flechten, befreite die Farbschicht, matt geworden im Laufe der Zeit, abgeplatztes altes Rot, altes Ocker, ein graues Grün und aschefarbenes Schwarz, ein einziges weißes Fleckchen, ein Stück intaktes Perlmutt. Überreste, die nichts mehr mit den Schreckensmasken, deren Pracht einst die Fassade zierte, gemein hatten, außer der verblassten Palette ihrer einstigen Farben. Jessie betastete sie inzwischen schüchtern, mit frommer Andacht. Sie lachte, um die Tränen zu verdrängen, und hielt den Atem an, als würden unter ihren Fingern die Fasern des Holzes die entweihte Schönheit aufleben lassen. Ähnlich ehrfurchtsvoll sind vielleicht die Fresken von Pompeii oder die Felszeichnungen der Gazellen im algerischen Tassili von ihren erstaunten Entdeckern berührt worden, voller Angst, sie auszulöschen, sie mit einem Hauch ihres Atems zu Staub zerfallen zu lassen.

Doch schon mussten wir vor dem wahnsinnigen Brausen der aufgeschreckten Insekten flüchten, die durch Jessies Herumstapfen auf dem modernden Holz aufgestöbert worden waren, Kriebelmücken, fanatische Schwärme von Gnitzen, die sich zu Wächterinnen der Ruine erklärt hatten und sich wie Erinnyen auf jene stürzten, die es wagten, sie zu entweihen. Ihr frenetisches Surren verfolgte uns, während wir zu unserem Zelt rannten und wild fuchtelnd vergeblich versuchten, die Wolken der Insekten zu vertreiben. Wir wären ihnen nur durch einen Sprung in den See entkommen. Aber erstens ist jedem Badefreudigen mit ein bisschen Verstand angesichts der Temperatur von Gletscherseen, drei oder vier Grad, davon abzuraten, und zweitens kannte Jessie die unschlagbare Methode von Kaska, um sie abzuwehren: den ausgezeichneten Schlamm des Ufers, mit dem wir uns Gesicht, Hals und Hände bestrichen, Reptilienhaut, barbarische Bemalung auf ihrem Fuchsschnäuzchen, auf meinen Wangen und meiner schwarzen Stirn, wir beide einander ähnelnde Rothäute auf dem Kriegspfad, es fehlte nur noch das kampfbereite Geschrei. Kovács hätte es wahrscheinlich nicht sonderlich gefallen, uns so zu sehen, angeschmiert wie echte Wilde.

Aber das hier war doch ein bisschen der Wilde Westen, oder?

Auf unserer Flucht hatte Jessie das Stück Holz nicht losgelassen. Mir kam es so vor, als würde sie sich mit kindlichem Stolz an diese Trophäe klammern, die sie einem Spiel entrissen hat, oder als wäre sie die Besucherin einer Ausgrabungsstätte, die eine Tonscherbe entwendete, als gehörte ihr dieser winzige Splitter seit Urzeiten persönlich, ein kleiner Sieg über sich selbst, über den Strudel der Zeit, mitgenommen oder geklaut, dessen Nichtigkeit manchmal für Niederlagen, Scheitern oder unaussprechliche Verluste entschädigte, doch darum ging es hier nicht. Es handelte sich auch nicht um eine kleine Rache wegen unseres Fiaskos im Wald oder um einen Talisman, den sie als Souvenir mitgenommen hatte, es war die Erinnerung selbst. Ihr Erstaunen über die Erinnerung, unmöglich bewusst hervorzurufen oder zu unterdrücken, die mit einem Sprung den Verlauf der Zeit und die Erdanziehungskraft umkehrte und ihr unsanft ins Gedächtnis rief, was sie für immer verdrängt zu haben glaubte.

Ja, dieses Stück Holz beschwor sie unversehrt und so nachdrücklich aus dem Abgrund des Vergessens herauf, dass sie erzitterte: die Vision der Tanzenden, im Getöse von Trommeln, Pauken und Schnarren und Geschrei, die Vision von großen Puppen in der

Form von Bären, Wölfen und riesigen Raben, stampfend, mit Obsidianzähnen klappernd, mit kupferbeschlagenen Abaloneschalen, von Verrückten, eingehüllt in Hermelinpelze, Rosshaardecken mit gefärbten Riemen, die blutrot durch die Luft peitschen, dazu die langen Fransen ihrer Decken, die wild nickenden, mit Gräsern, Federn oder den Hörnern der Bergziege geschmückten Köpfe. Sie taumeln, strecken sich auf dem Boden aus, springen wie von einer Feder angetrieben wieder auf, schlagen mit den Flügeln oder mit ihren mit Krallen versehenen Pfoten, knurren aus ihren spitzen Mäulern hinter ihrem Kopf. Oder vielleicht auch nicht, vielleicht entstammt der Schrei dem Bauch der Trommel. Er kommt von unter dem Dach, von den Wänden. Ein Heulen, ein Bellen drängt aus einer Luke, bis dahin unsichtbar, nun unvermittelt im Schatten gähnend, umgehend wieder mit einem Schiebelement verschlossen, während andere versteckte Türen die Darsteller verschlingen, sie mit einem athletischen Sprung wieder auf die Tanzfläche spucken. Im Handumdrehen, wie bei einem Maskenwechsel, verändert sich ein Protagonist, die Kulisse ertönt von unbeschreiblichen Geräuschen, als wären tausend wütende Geister dort eingesperrt und stritten miteinander, um dann wieder aufzutauchen und die Körper der Tanzenden in Trance erbeben zu lassen. Umhänge und ihr mit Zeichnungen bemalter Beinschmuck erzittern bei jedem Schritt.

»Das war keine groteske Parade, das war eine heilige Zeremonie«, sagte Jessie, etwas zu laut, als würde sie sich wuterfüllt an einen ganzen Hörsaal richten, und ihre Stimme brach.

»Jacques Maître-Grand behauptet, daran teilgenommen zu haben«, sprach sie schließlich weiter. »Er hat dasselbe gesehen wie ich. Tja, und er hält das nicht für die Verrenkungen von Primitiven unter Drogeneinfluss. Er schreibt, dass die Kunst der Tutchonen den Teufelsaustreibungen unseres Karnevals in nichts nachstehe, vergleicht sie gar mit den anakreontischen Feiern. Okay«, scherzte sie mit tonloser Stimme, »mal angenommen, er hat übertrieben, um die Geschichte seinesgleichen verkaufen zu können. Diese Art akademischer Bluff ist doch nichts anderes, als wenn die Indianer mit ihren Jagderfolgen prahlen, oder?«

Wovon wollte sie mich überzeugen, mit dieser gepressten Stimme, die die Panik zu unterdrücken versuchte, das Grau ihrer Augen wurde heller, ihr Gesicht angespannt.

»Okay, Jessie, das war ein gewaltiges Durcheinander«, sagte ich fälschlicherweise leichthin und lächelte auch noch dabei.

»Du verstehst es also nicht! Ich sage dir doch, dass ich ..., dass ich das gesehen habe«, stammelte sie, »den Schamanen, seine Zunge – die Geister sprechen durch ihn, sind unter seiner Maske unsichtbar, er reist zu den Geistern. Ich habe die humpelnde Maske gesehen – Kaska hält meinen Nacken, so macht sie das, und mit dem Finger zeigt sie darauf, zeigt es mir – *dieser Tänzer, sieh ihn dir genau an, das ist Yak Matrakrän! Vorsicht, er wird verschwinden! Sieh hin!*«

Mit wildem Knurren stürzte sie sich auf mich, klammerte sich an meinen Oberkörper, ihre brennende Stirn an meinem Rücken, ihre Arme umschlangen meine Taille, hielten mich fest, damit ich mich nicht umdrehen konnte, damit ich ihr Gesicht nicht sah, ihr Weinen oder ihr raues Lachen, das ihre Gesichtszüge verzerrte. Ich wusste, dass man so ein Gesicht hin und wieder verstecken musste, auch vor sich selbst im Spiegel. Doch sofern es möglich war, spürte ich ihren Schmerz wie meinen eigenen, ihr Lachen, ihre Tränen waren meine, und hundertmal verzweifelter mein Leid und mein Entsetzen, nicht zu wissen, wie ich ihres verhindern sollte.

»Alles gut, Jessie. Das ist nur eine Erinnerung«, sagte ich schwach, umschlang ihre Arme fester mit meinen, hielt ihre Hände an meiner Taille fest, hielt sie meinerseits gefangen.

»Das war die Maske von Jacques, Bud. Ich habe seine Maske wirklich gesehen«, schluchzte sie, ihre Stimme gedämpft durch mein Hemd, erstickt von der des kleinen Mädchens, das sie so lange in der Tiefe ihrer Kehle zurückgehalten hatte.

Diese Stimme stammte nicht aus dem Jenseits und hatte auch nichts Übernatürliches, doch sie zu hören machte mich wütend, und mit einem Satz hob ich sie hoch auf meine Hüften, wie man Kinder huckepack trägt, und ohne meinen Griff zu lockern, hüpfte ich mit ihr auf der Stelle herum, bis sie zugleich von Lachen, Weinen und Wut durchgeschüttelt wurde, tanzte humpelnd und kreischend herum, wieherte und sang dabei lauthals *nindana nahohé atanké pawé ho* oder so etwas in der Art – was für einen erbärmlichen Exorzisten ich doch abgab.

Mir kam es jedoch so vor, als hätten wir irgendwann abgehoben, langsam, wie in Zeitlupe, so langsam, dass wir zusammen in der Schwerelosigkeit schwebten, einen perfekten Moment lang in der sanften Abendluft, jenseits der Schwerkraft, ohne weiter zu denken. Und dann fielen wir eng umschlungen ins Gras, erledigt und erschöpft. Mit geschlossenen Augen lagen wir da, und es dauerte ewig, bis sich unser Atem wieder beruhigte, wir uns Nase an Nase einatmeten, unsere schlammverzierten Lippen sich küssten, wie echte Wilde, die wir waren.

»Okay, das ist nur eine Erinnerung«, murmelte sie, nachdem sie lange schweigend an meiner Brust gelegen hatte. »Ich kann dein Herz hören, Bud.«

Zum Glück gibt es die prosaischen Dinge, die einem den Kopf wieder geraderücken. Nichts ist besser, als ein Feuer zu machen, sich darüber zu streiten, wem es besser gelingt, die züngelnden Flammen am Brennen zu halten, es mit kleinen Stöckchen zu füttern und auch selbst etwas zu essen, genüsslich zu kauen, dazu den Becher heißen Kaffee, immer noch eine Plörre, mit beiden Händen festzuhalten – aber vorsichtig, Bud! Mach nicht den Fehler zu glauben, dieses plötzliche Hereinbrechen der Erinnerung, hätte die Moral untergraben. Da sollte noch mal jemand sagen, es wäre leicht, sich zu erinnern. Wenn du das nicht erträgst, Jessie, dann müssen wir nicht darüber reden, denke ich, lass es einfach gut sein.

Doch sie kam wieder auf die Beine, schneller als ich vermutlich. Sie setzte die Kapuze ihres Parkas auf, um sich vor dem Wind zu schützen, der die Flammen und das Gras im klaren Licht dieser langen Abenddämmerung im Mai niederdrückte. Fröstelnd schmiegte sie sich an mich, noch ganz erschüttert von dem Schock.

»Einfach unvorstellbar, Bud. Vorhin dachte ich wirklich, ich hätte eine Halluzination, als ich diesen Tanz vor mir gesehen habe. Ich hatte das total vergessen. Stell dir vor, von dem Tag weiß ich nur noch, dass meine Ohrläppchen durchstochen wurden! Schau mal, nicht einmal eine Narbe ist davon zurückgeblieben!«

Sie schob die Kapuze zur Seite und tastete ungläubig ihre Ohrläppchen ab.

»Am Ende der Festlichkeiten, am Abend dieses langen Tages, umnebelt von den Schreien und dem wilden Herumwirbeln, hat Kaska mich feierlich zum Schamanen geführt, um meine Ohrläppchen durchstechen zu lassen. Ein alter Kauz, faltiger und gebräunter als Jim Donegan, die Stirn mit Lederbändern verziert, die Nasenlöcher rot umrandet, wirklich abstoßend. Dabei aber sehr geschickt: Nur ein kurzes Brennen, dann war es auch schon vorbei. Hübsche kleine Kupferkugeln glänzten an meinen Ohrläppchen. Ich war wahnsinnig stolz. Was mich jedoch am meisten erstaunt und beeindruckt hat, war die Feierlichkeit dieses Rituals, der Ernst der Teilnehmer, vor allem Kaskas, der ich diesen Gefallen zu verdanken hatte. Meinem Körper widerfuhr ein einmaliges Ereignis. Da es sich um etwas Schönes handelte, war dieser Schnitt nicht mit einem aufgeschlagenen Knie, einem Insektenstich, einer Schürfwunde oder einer Frostbeule zu vergleichen, es war ein Schnitt, der die magische Gabe hatte, mein ganzes Wesen zu verwandeln, meine Haut war mein Geist und umgekehrt, ich war davon überwältigt. Du siehst also, ich hatte besser begriffen, was es damit auf sich hatte, als diese Idioten vom FBI, die angesichts meiner *Verstümmelung* lauthals aufkreischten! Dieses Gefühl hat mich so erfüllt, dass alle anderen Erinnerungen von diesem

Tag ausgelöscht wurden. Und diese Szene, als Kaska inmitten der ganzen besessenen Tänzer auf ihn zeigte, mich so nachdrücklich drängte, ihn anzusehen, eine Art hässlicher Zyklop, der das Humpeln imitierte, ein zerzauster Biberpelz, an den Ohren klimperten durchlöcherte Münzen. Oh, ich sehe ihn jetzt so deutlich vor mir! Das war kein Trugbild, Bud! Eine Maske mit einem einzelnen gewölbten Auge, umrahmt von Kupfer wie von einem riesigen Lid, blind vor Schneeflocken – sein großes Auge war die Schneekugel von Anaïs! Dieser Anblick! Verblüffend! Das hat meinem Gehirn einen Stromschlag von tausend Volt verpasst. Ich kann einfach nicht glauben, dass die Erinnerung wie ein Sieb funktioniert. Dass man so etwas vergessen kann.«

Nicht vergessen, Jessie. Nur ordentlich verstauen, im hintersten Winkel eines dunklen Ganges des primären Kortex verstecken, was zu unerträglich oder quälend ist und einen davon abhalten würde, so weiterzuleben, als wäre nichts passiert. Wenn ich anfange, in meinen alten Erinnerungen zu wühlen, werden mir welche um die Ohren fliegen, Erinnerungen wie diese, schreckliche, entsetzliche. Doch genau das passiert, wenn ich schreibe, Tag für Tag steige ich in die Grube hinab, ergründe die immer eisigeren Schichten meines mentalen Permafrosts, und es ist so verdammt kalt, Jessie.

Die Glut glühte kaum noch, aber wir saßen noch am Feuer, sie zwischen meinen Knien, stocherte in ihren Erinnerungen, glättete deren Falten wie Lorna ihre zerknitterte Karte. Ich nutzte die Gelegenheit, um heimlich den Geruch von Mandarine ihrer Haut in der Kuhle ihres Halses zu erschnuppern und mich von ihren Härchen an der Nase kitzeln zu lassen.

»Jetzt fällt mir noch was anderes dazu ein. Dazu gibt es eine Anmerkung in einem seiner Bücher. Ich weiß nicht mehr, in welchem, bin mir aber ganz sicher: Zwischen anderen Aufschneidereien über seinen Aufenthalt prahlt Maître-Grand damit, dass eine Totemmaske nach ihm gestaltet sei. Als ich letztes Jahr darauf gestoßen bin, dachte ich nur: Was für ein Angeber, dieser Typ!, und habe es weiter nicht beachtet. Statt darin die kleine autobiografische Perle zu sehen, auf die ich gehofft hatte. Was ist man doch manchmal kurzsichtig …«

Mit dem Fernglas, mit der Lupe kann man seine Pupille erweitern, die Bilder erreichen sie verzögert, vor allem, wenn man nicht bereit ist hinzusehen. Mit den Ideen und Erinnerungen verhält es sich genauso. Und mit den Schuldgefühlen.

»Ich frage mich, womit er sich diese Ehre von den Menschen von Äshè'yi Män verdient haben könnte … Sprachbegabung oder Salben an sie zu verteilen, reicht dafür nicht. Er muss eine andere denkwürdige Eigenschaft besessen haben, sonst hätten sie ihn nicht mit einer Maske bedacht. Darauf konnte er ohne Frage stolz sein: Es ist extrem selten, dass jemand, der nicht dem Clan angehört, ein Anrecht darauf hat. Dann wiederum, sich zwei Jahre bei ihnen einzunisten, sogar Herman sagte, dass das eine Leistung war …«

Kurzes Heranschwappen der Stille. Ich hinterfragte nicht die Vergangenheit, sondern den unbegrenzten Vorrat an nächsten Tagen, die bevorstehenden Tage und Nächte, die die verliebte Gegenwart versprach, so unbegründet, so perfekt, dass mir die Stille weiterhin lieber gewesen wäre.

»Schon allein deswegen«, fuhr sie beharrlich fort, »wird seine Legende Einzug in die örtliche Folklore gehalten haben. Und auch sein Hinken. Und seine Schneekugel erst! Ein derart schräges Dingsda in seinem Gepäck muss sie neugierig gemacht haben. Ihnen Furcht oder Respekt einflößen. Oder Spott. Zum Spaß setzten sie es ihm mitten ins Gesicht: Nur mit einem Auge zu sehen, ist eine charakteristische Eigenschaft dieses Ethnologen, der zu Besuch war. Die Tutchonen haben gelegentlich einen bissigen Humor. Wie auch immer, Jacques hat sie ihnen überlassen. Wenn er so daran hing, musst du zugeben, dass das ungewöhnlich ist …«

Statt in der unverständlichen Vergangenheit zu wühlen, solltest du lieber die Nacht bewundern, Jessie, eine hübsche Nacht, ohne

Mond, ob nun übellaunig oder nicht, die uns mit ihrer undurchdringlichen Schwärze umhüllt, die seit Urzeiten die Myriaden der Himmelskörper in sich trägt, die so viele Menschen vor uns betrachtet haben, beunruhigt und fasziniert von ihren Wundern und ihren Vorzeichen. In den hell erleuchteten Städten vergaß man sie, aber hier, während das letzte Glimmen des Feuers erlosch, fühlte ich die Emotionen des alten Tieres, das wir einst waren, und ich schloss Jessie fester in meine Arme, während sie sturköpfig weiter nach Antworten auf unlösbare Fragen suchte.

»Vielleicht hat der Schamane bei seiner Abreise danach verlangt, als Herausforderung für das Potlatch, eben weil er so daran zu hängen schien. Oder weil es einfach an der Zeit war, dass der darauf verzichtete. Mir gefällt die Vorstellung meiner Mutter, dass Jacques ihr ihren Traum gestohlen hat. Dass die Flocken, die die sagenumwobene Blockhütte in irgendeinem Wilden Westen unter sich begraben, ihn zu seinem Vorhaben inspiriert hat, die letzten Grenzen auszuloten: Aus diesem Nippes machte er den Talisman seiner Berufung zum Ethnologen. Sobald ihm das gelungen war, sobald die Schneekugel ihr Ziel erreicht hatte, gab es nirgendwo sonst auf der Welt einen besseren Platz für sie als bei den Tutchonen … Vielleicht hat Jacques in einem seiner Briefe an Anaïs etwas Ähnliches anklingen lassen, und was könnte verlockender sein, als ihm seine verrückte Karte beizufügen, damit sie seinen Spuren folgt, um sie in die Irre zu leiten oder aber erneut zu erobern … Auch wenn er das niemals erfuhr, war er damit mehr als erfolgreich. Verstehst du, Bud?«

Gerne hätte ich gesagt, dass man den Leuten nur durch die von uns gewählten Schlüssellöcher, in den Kopf sehen kann. Jessie stellte sich Jacques wahlweise recht romantisch oder aber so durchtrieben vor, dass er Anaïs vorspiegelte, dass er sie noch immer liebte, damit sie auf diese kindische Fata Morgana des für sie versteckten Gegenstands hereinfiel. Doch war das überhaupt nötig, damit sie über Ozeane und Kontinente reiste? Sie hörte nur auf ihren Willen, auf ihr leidenschaftliches Verlangen oder mehr noch auf ihren Wahnsinn. Die Welt, mit der ihr Kindermädchen sie verzauberte, gab es nicht mehr, sie hatte nie existiert. Äshè'yi Lake war einfach nur der Name, den sie ihr gab. Der Name eines Hirngespinsts. Dass ihre verfluchte Schneekugel, wenn es sich denn wirklich um ihre handelte, bis dorthin gerollt sein könnte, konnte sie nicht wissen.

Ich durfte Jessie nicht mit meinen belanglosen Argumenten kommen, das konnte einen neuerlichen Gedankenstrudel auslösen, bloß nicht – sie drohte bereits, in ihrem zu versinken.

Den Rücken fest an mich geschmiegt, fuhr sie fort: »Eines zumindest ist sicher. Sobald meine Mutter Jacques' Hinken erwähnte, krächzte Kaska, wak, wak, seinen Namen Yak Matrakrän, wie die Indigenen des Sees ihn adaptiert hatten und unter dem er zehn Jahre zuvor bei ihnen gelebt hatte. Vom Hörensagen oder weil sie ihn zu einer bestimmten Gelegenheit wirklich gesehen hatte, wusste sie, dass es seine Maske mit dem Glasauge bei ihnen gab. Sie musste also das Dokument des Richters aus Dawson gar nicht lesen, um Onayepa aufs Wort zu glauben. Um zu wissen, dass diese Frau, die sie auf der Lichtung von Klukshu getroffen hatte, keine Verrückte oder ein Fred Astaire in Frauenkleidern war, sondern eine, die ihr Schicksal dorthin geführt hatte, wo sie sein musste, und dass ihr Leben davon abhing. Wie wahnwitzig ihr Unterfangen auch sein mochte, bis zu diesem Grad verrückt, das kann man einfach nicht sein, und wenn sie ihren Weg gekreuzt hatte, dann weil ihr Rabe sie für sie ausgesucht hatte.«

Laut Jessie war Kaska bis dato nie etwas Schlimmes widerfahren. Ihre Irrfahrt fern der Ihren, ihr Leben mit Herman, das war weiter nichts als der Lauf des Lebens. Als sie mit dem Fuß in der Falle feststeckte, war das nicht weiter schlimm, der Mond war etwas übellaunig, aber ihr Rabe hatte ihr aus der Bredouille geholfen. Daraus war zwar gefolgt, dass der Jäger – die Weißen waren einfach Idioten – plötzlich auf der Lichtung lag, aber auch das war weiter nicht schlimm, nur ärgerlich. Auch Herman fand das Messer vernünftiger als das Gewehr, er schnitzte ein Totem für die Kleine und ging dann wie immer auf die Jagd. Auch der Besuch der Parkers, dieser beiden Knallköpfe, war weiter nicht schlimm, auch nicht der des Jungen mit der Mundharmonika, ein kleiner Schwätzer, einfach, ihm eins auf den Deckel zu geben. Der Ärger fing erst wirklich an, als in der pechschwarzen Nacht das Polarlicht auftauchte, ein Zeichen für eine große Veränderung.

»Da ließ man die Hand der Vernunft nicht los. Da hörte man auf die Seele der Toten, die einem die Richtung wiesen. Als Einzige wusste sie, dass es in Äshè'yi Män eine Maske nach dem Abbild des Franzosen gab, dem meine Mutter so verzweifelt nachreiste. Trotz all der Hindernisse und Gefahren, trotz des Misstrauens und der Befürchtungen von Herman erfüllte sie, was ihr ihr Rabe zugewiesen hatte, wak, wak. Und da der Tod in der Talmulde dazwischenkam, um den Wunsch von Onayepa zu erfüllen, um ihre unglückliche Seele und ihren Schatten zu besänftigen, zeigte sie mir, ihrer Tochter, mit ihrem fledermausartigen Finger inmitten all der anderen den hinkenden Tänzer, vermutlich die einzige Gelegenheit, damit ich ihn an ihrer Stelle sah: *Sieh hin, sieh ihn dir genau an, das ist Yak Matrakrän, er wird verschwinden.*

Ich habe sein Abbild mit dem Glasauge nur ein einziges Mal gesehen, aber vielleicht hat das gereicht, um die unruhige Seele meiner Mutter zu trösten, damit sie ihre Reise in Frieden beenden und mit dem Tod abschließen konnte. Das war es, was ich erreichen wollte, indem ich erneut hierherkam, ohne dass ich mir bewusst war, dass es bereits passiert war. Und du musstest mit mir hierherkommen, und wir mussten diese Ruine des Tanzhauses gemeinsam finden, damit ich mich erinnere und damit ich es weiß.

Letztlich ist von alldem nur noch dieses kümmerliche Brett übrig, dieses verrottete Stück Holz. Das ist nicht gerade viel, findest du nicht? Und doch hat es mich geweckt. Es enthält die Kraft, die gesamte Vergangenheit auferstehen zu lassen, die verdrängte Erinnerung an ihren Verlauf, der danach verlangt, sich zu entfalten, bereit, bei der leisesten Reibung aufzutauchen wie der blaue Dschinn aus der Wunderlampe. Es muss so stattgefunden haben, weil man es auf diese Weise erzählen, sich ausdenken oder sich erträumen kann, um darin eine Selbsterkenntnis zu erlangen, die einem einen Grund zum Leben gibt.

Wir werden die Ruine nicht auf der Suche nach der Schneekugel durchforsten, Bud. Es kommt nicht infrage, dass wir den Gnitzen, Kriebelmücken und anderem Ungeziefer als Steak dienen, wir könnten ohnehin alles auf den Kopf stellen, wir würden nichts finden, sie ist weg. Das sind nur noch Wände, eingestürzte Balken, Verfall. Die Indianer des Sees haben ihr Zeremonienhaus und ihr Lager zum Fischen verlassen, oder aber sie sind vertrieben worden. Ich hoffe, dass sie ihre Umhänge und zeremoniellen Lendenschürze, Häute, Felle und rituellen Masken inzwischen woanders aufbewahren, dass sie ihre Verstecke haben, jetzt, wo sie in diesem ihnen vorbehaltenen Viertel von Haines Junction leben. Ich hoffe, dass sie das Geheimnis an ihre Enkel weitergeben, die in der Schule lesen und rechnen lernen, und diese es dann ihrerseits ihren Kindern weitererzählen werden, eine mündliche Überlieferung, die die Zeit sicherer überdauert als das Schriftliche.

Was die mündliche Überlieferung betrifft, glaubst du, wir hätten, Kovács fragen sollen, ob Parker und Sohn an jenem Winterabend bei Murphy waren, als die Kopfgeldjäger im Handelsposten aufgekreuzt sind? Wenigstens einer der beiden muss dort gewesen sein, dafür würde ich meine Hand ins Feuer legen. Wer sonst hätte diesem Killertrio so gut Auskunft geben können, dass sie uns so schnell nachsetzen konnten? Murphy wusste so einiges, doch auch wenn er ein Betrüger war, so war er doch loyal und ein guter Kerl, der hätte seinen Cousin Jim aus Clifden nicht verraten, auch nicht den kleinen Kluk, den er eben erst zu Herman geschickt hatte. Auch die anderen haben sicher geschwiegen: Ihnen gefiel es nicht, von den Yankees von oben herab behandelt zu werden. Ich denke ja eher, dass es der einfältige Junior und nicht der listige Vater war. Ich sehe ihn vor mir, wie er sich mit seinem pickeligen Gesicht schieflacht und ihnen den Tipp gibt, noch dazu umsonst. Auch wenn sie mit ihm wie mit einem Hinterwäldler redeten, der er war, wird er ihnen gesagt haben, dass der Dodge, ziemlich hinüber, sehr wohl bei der Hütte von Kloo Lake stehe, dass seine Fahrerin aber wohin auch immer aufgebrochen sei, um einen Typen namens Ts'ii deii zu suchen, sie würden dort also nur zwei pampige Indianer und einen zurückgebliebenen kleinen Rotschopf vorfinden. So was in der Art muss er ihnen gesagt haben, ausreichend auf jeden Fall, damit sie auf einmal Feuer unterm Hinter hatten, und dafür sogar ihren verletzten Kameraden einfach zurückließen und sich verdünnisierten, so kurz vor dem Ziel, so kurz davor, die versprochene Belohnung zu erhalten.

Diejenigen, die in Juneau herumgeschnüffelt hatten, waren keine gegelten Lackaffen, aber es lief auf dasselbe hinaus. Lorna del Rio machte sich da nichts vor: Um an ihre verfluchte Tasche zu kommen, hätten die vermaledeiten Mafiosi die eigenen Eltern an den Meistbietenden verkauft. Ihr Netz an Spitzeln, deutlich effizienter als das der Polizei, hatte letztlich ihre Route bruchstückhaft von Crescent Bay bis Oregon, von Alaska nach Yukon nachvollzogen. Trotz all ihrer Tricks war es nicht sehr schlau von ihr gewesen, die Namen der Mädchen zu benutzen, die sie liquidiert hatten, eine regelrechte Schnitzeljagd. Irgendwann fanden sie die Jäger, die – was für ein Glück aber auch – dieses Pin-up-Girl auf der Überfahrt mit der *Prince Rupert* kennengelernt hatten. Ihre kleine miese Bande zieht durch die Gegend, kennt jede Ecke des Archipels und die Einheimischen. Für das zusätzlich angeheuerte Trio ist dieser lukrative Auftrag in der Nebensaison ein Jackpot: *dead or alive.*

Das lässt sich aus dem schließen, was der Ranger uns so zuvorkommend erzählte, ehe er wieder aufbrach, um seine Nerze zu füttern. Ich erfinde vielleicht ein bisschen, liege damit aber sicher nicht ganz daneben.

Als sie Juneau erreichten, war es unvermeidlich, dass sie von unserer Überfahrt nach Haines erfuhren, nicht von Kostas oder Jim, sondern, wie die beiden zu Recht befürchteten, von irgendeinem Faulenzer am Hafen, den ein paar Dollar auf einmal gesprächig gemacht haben. Also sind sie von der Kneipe weiter zu einer Schnapsbrennerei und schließlich zum Sheldon Store Shop gekommen – in Haines weiß jeder alles, alles wird weitergetratscht, die Leute sind solche Klatschbasen. Eines Abends müssen sie in Chilkoot Barracks aufgetaucht sein und, was mich überaus betrübt, der netten Mrs Allister ein kleines bisschen auf den Zahn gefühlt haben. Die arme Bonnie sitzt neben ihrem kleinen runden Tisch mit dem Spitzendeckchen, das Ohr an ihr näselndes Radio gepresst, sie selbst in das Korsett ihres Spitzenkragens und ihrer veralteten Vorurteile gezwängt, und dann tauchen drei Tunichtgute auf und klopfen bei ihr an die Tür. Sie zertreten ihre Teppiche mit ihren verdreckten Stiefeln, versauen ihre gewachsten Dielen mit Schneematsch, haben mit Unserem blonden Heiland, der gekreuzigt auf der Tapete hängt, nichts am Hut, spotten über den lachenden verstorbenen Lieutenant, das hübsche Klavier und die Kupferlampen. Sie wollen, dass sie es ausspuckt, und zwar dalli, alles, was sie über diese Verbrecherin weiß, mit deren Beherbergung sie sich strafbar gemacht habe: Das Verstecken von Verbrechern könne einen teuer zu stehen kommen! Ihr wächserner Teint wird so rot wie ihre Pfingstrosen, sie hat Hitzewallungen, tupft ihre wieselartige Nase mit dem Taschentuch ab. Sie beteuert ihre Tugendhaftigkeit, doch damit lassen sich diese Gangster nicht beeindrucken, mit ihren Hackfressen, den Boxerpratzen, so hässlich, dass sie einem mit ihren haarigen Ohren Angst einjagen, dem platinblonden Schopf, und kein Archie weit und breit!

Archie ist nie da.

Aber auch wenn er da gewesen wäre, hätte sie von ihm nichts erwarten können. Etwas anderes, als die Hosenträger schnalzen zu lassen, kann er nicht. Er weiß nur, wie man blitzschnell zum Hafen rennt, sobald sich ein Schiff ankündigt, weil er noch immer auf sein in Detroit bestelltes Auto wartet. Und die Bauerntrampel lachen sich über ihn schief. Mit seiner Wampe und seinem Fisch-Aftershave besitzt er nicht mehr den Charme des schneidigen Verehrers von einst – hatte er ihn je besessen? Wie konnte es sein, dass das Leben die Träume verunstaltete, statt sie wahr werden zu lassen, fragt sich Bonnie. Das Leben verging, und außer Lächerlichem geschah nichts. Wann hat sie die Gelegenheit verpasst, es zu ändern? Hinterrücks hatte sie sich blitzschnell vorbeigeschlichen an einem Tombolaabend beim Wohltätigkeitsbasar, an einem verschneiten Morgen auf der Veranda ihres hübschen Offiziershauses.

Fort Seward ist nicht mehr das, was es einmal war, keine *dogrobbers* mehr, die die lästigen Arbeiten erledigen, Soap Suds Alley hat einen schlechten Ruf. Der alte Krimskrams, den sie aufbewahrt hat, das mit Engeln bemalte Pillendöschen, das Korsett mit den verblichenen Strumpfhaltern, das ausgestopfte Eichhörnchen und die Gasmaske, die drei Postkarten von ihren Schwestern und auch der Federhalter mit der Lupe, eine Erinnerung an ihre Hochzeitsreise in Europa, den sie verlegt hat, wie so viele Dinge im Lauf des Lebens – all das bricht ihr nicht einmal mehr das Herz, ganz im Gegenteil, es erfüllt sie mit Bitterkeit.

Schau mal an, die Dame aus San Francisco heißt also nicht Anderson, sondern wie, sagen Sie? Lorna del Rio! Was ist das denn für ein Kanakenname? Ja, doch, das ist sie auf dem Foto, geschminkt und fast nackt. Grundgütiger, was für eine Unschicklichkeit. Dabei hat sie extra für sie gekocht, Crêpes gemacht, mit ihr Tee getrunken, mit abgespreiztem kleinem Finger. Was hatte diese Intrigantin sie doch an der Nase herumgeführt. Ihre Geschichten als verzweifelte Ehefrau und ihre Kühnheit als Abenteurerin, die sich allein mit ihrem Gör aufmacht, nichts als Flunkereien! Aber so einfach ließ sich Mrs Allister nicht einwickeln: der Ruf des Waldes, die Flöße auf den

Stromschnellen, die Hundeschlitten und Blockhütten, das gab es nur in den Filmen, die im Gemeindezentrum gezeigt wurden. Im Übrigen nahm nur eine unsittliche Frau Schaumbäder, schminkte sich die Lippen schon in aller Herrgottsfrühe rot oder faulenzte auf den Stufen der Veranda und rauchte dabei eine Zigarette nach der anderen.

Und dieser Trottel von Archie hatte auch noch mit ihr kokettiert!

Der ist ordentlich gerupft worden, als er dieses dermaßen schamlose Früchtchen ausrüstete, und dann auch noch auf Pump, was für ein Einfaltspinsel!

Sobald der erste Schreck des Entsetzens verdaut ist, erzählt Mrs Allister alles, was sie weiß, vom Vater, ein sogenannter Waldläufer, dem gebrauchten Dodge und der Nerzstola, der Tasche, ja, sicher doch, die Tasche, natürlich, und vom Jagdgewehr. Seien Sie bloß vorsichtig, dieses Luder ist bewaffnet. Was sie vorhatte? Sie wollte schnurstracks nach Champagne. Das kennen Sie nicht? Ein verlorenes Kaff irgendwo mitten im Wald, sie behauptete, ihr Mann arbeite dort auf einer Farm. Wenn Sie mich fragen, kommen Sie über Skagway und Whitehorse schneller dorthin als auf dem Dalton Trail, sagt sie den Jägern, die im Schein ihrer Lampe in der Küche sitzen, und öffnet ihre Keksdose für sie, Ingwerkekse, und schenkt ihnen Wodka Ryan ein.

Nur sie kann ihnen den Tipp mit Champagne gegeben haben, das Lorna im Vertrauen auf den rechtschaffenen Jim Donegan so leichtsinnig herbeifantasiert hatte. Dieser Knüller, bingo, führt sie geradewegs zum Handelsposten von Murphy. Und letztlich direkt in den Tod.

Aber weder sie noch die Typen konnten einen derartigen Ausgang vorhersehen.

Dabei ist das doch einer, oder nicht?

Entwickeln sich die Geschichten so, wie sie es zu versprechen scheinen, oder verheddern sie sich zufällig in einem ihrer tausend Stränge immer weiter, verrückte Karten mit seltsamen Abzweigungen, durch die wir uns im Gestrüpp der Fantasie verlieren – ein altes Kinderspielzeug, ein Name, ein alberner Refrain *poo-poo-pee-doo,* eine Mundharmonikamelodie, ein Blick: Diese Bruchstücke dienen als prophetische Wegweiser, die wie wild in der Nacht der Fiktion blinken, und wir klammern uns daran fest, wie Fischerboote sich im Nebel an den schwachen Lichtern der Küste entlanghangeln oder vom Weg abgekommene Flieger über Wüsten fliegen und nach den Lagerfeuern von Nomaden Ausschau halten, die von Zeit zu Zeit die Dunkelheit durchbrechen. In diese Notsignale setzen wir unseren Glauben und unsere Hoffnung wie in Rettungsbojen, egal, wie unwahrscheinlich, wie absurd das erscheinen mag, und trotzdem tun wir manchmal gut daran, an genau diese Dinge zu glauben.

Ich glaube seit fünfzehn Jahre daran, mehr als doppelt so viele Jahre, wie ich damals zählte, die Zeit verging, und ich wurde erwachsen. Ich wurde erwachsen, Bud, aber etwas in mir, das alterslos ist, widersetzt sich. Es liegt noch nicht hinter mir, wie man das eigentlich von der Vergangenheit behauptet, als würde sie sich in unserem Rücken befinden, sodass wir sie nicht sehen. Auch nicht vor uns, wo nichts von dem, was kommt, für unsere verbundenen Augen zu sehen ist. Da ist die beständige Gegenwart einer Kreatur, von der kein Ethnologe jemals Kopfumfang, Gesichtsform, Abstand der Jochbeine und der Nasenlöcher, Augenfarbe, Haut, Haare, die Dicke der Lippen und die Länge des Penis oder das Aussehen der Vulva ausmessen würde, auch nicht den Intelligenzquotienten oder die Gedanken, Gefühle, den Fingerabdruck oder die Stimmfarbe. Ihr Finger ist unsichtbar, ihre Stimme unhörbar. Sie hat sich nicht inkognito unter meiner milchfarbenen Haut versteckt, hat sich nicht hinter meiner Maske als Rotschopf mit unklarer schottischer Abstammung eine beglaubigte US-amerikanische Identität erschmuggelt. Es ist jemand namens Njyah, den ich auf außergewöhnlich gute Weise kenne.

Njyah mag durchaus Lang und dünn heißen, aber nicht im Sinn von Länge, die mit einer Messlatte festgestellt, von Untergewicht, das auf der Waage abgelesen wird. Es ist ein dehnbares und zusammenziehbares mentales Maß, das in keiner Weise etwas mit der körperlichen Erscheinung zu tun hat, auch nicht mit den Genen, dem Erbgut, vielen Dank auch. Fünfzehn Jahre lang hat mich niemand Njyah genannt, außer mir. Ich habe sie nie für eine andere mit einer Fuchsnase gehalten, eine Pseudo-Indianerin, zum Beispiel eine Gwich'in, eine adoptierte Angehörige aus Da'kéyi, ein außerirdisches Alter Ego oder eine von mir abgespaltene Persönlichkeit als Folge meiner psychiatrischen Vorgeschichte als Kind, ich bin nicht verrückt, Bud.

Ich glaube einfach nur, dass es inmitten der sinnlosen Dunkelheit des Lebens Bojen gibt, Lichter, brennende Lagerfeuer, Namen, einen Blick, und daran halte ich mich fest. Das heißt Njyah, wie man auch ganz leise für sich Abrakadabra sagen kann, und es hat funktioniert.

Meine Plunkett-Tanten wussten nichts davon, und das war auch besser so für sie. Und für mich.«

Erst später erzählte Jessie mir, was in diesen fünfzehn Jahren geschehen ist, ehe sie eines Abends in dem Trailerpark in Anchorage aufschlug und an die Tür meines Wohnwagens klopfte.

Da niemand sonst sich dazu bereit erklärt hatte, als sie aus der letzten Luxusklinik entlassen wurde, hatte Miss Plunkett sie abgeholt, wie man eine Straßenkatze aus dem Tierheim holt, erzählte Jessie.

»Furchtlos erwartete sie mich, eine richterliche Vollmacht in der Tasche, eine vorläufige Vormundschaft, die widerrufen werden konnte, wie ausdrücklich vermerkt war, unter bestimmten Bedingungen verlängerbar, eine hart erkämpfte Verfügung.

›Komm mit mir mit, sonst kommst du ins Waisenhaus‹, drohte sie mir.

Sie befürchtete, ich könnte vor dem Direktor einen epileptischen Anfall bekommen oder weglaufen und somit ihre Anstrengungen, mich da rauszuholen, zunichtemachen. Ihre Angst war größer als meine. Das spürte ich daran, wie ihre feuchte Hand mein Handgelenk mit eisernem Griff umklammerte. In der anderen Hand hielt sie das Bündel mit meinen Sachen. Wir durchquerten den Park in der sengenden Sommersonne, und erst als wir das Tor und die Wachleute hinter uns gelassen hatten, erst als wir um eine Ecke gebogen waren, ließ sie mich los.

›Gott sei Dank‹, seufzte sie und fächelte sich mit einem weißen Taschentuch Luft zu.

Sie war so erleichtert, dass ich sie nicht verärgern wollte. Tatsächlich war ich wie benommen, trunken, mich nach den Monaten der strikten Einkerkerung endlich an der frischen Luft wiederzufinden, da wäre ich vermutlich egal wem gefolgt, unter Umständen selbst den miesen Mafiosi.

Miss Plunkett hatte kein Geld fürs Taxi, so nahmen wir den Bus. Aufgrund meines Verschwindens hatte sie von einem Tag auf den nächsten ihre einträgliche Anstellung in dem schicken Viertel verloren, aber deswegen war sie mir nicht böse. Im Gegenteil, sie fühlte sich schuldig, glaubte sogar, eine Todsünde begangen zu haben, weil sie unter Tränen Tic und Toc und den Windhund Aston in ihre Obhut genommen und zugelassen hatte, dass Lorna del Rio das Büro des Chefs auf den Kopf stellte, statt mich, die ich schlief, aus dem Cadillac zu ziehen, mich den Klauen dieser Rasenden zu entreißen, dieser skrupellosen Abenteurerin, heimatlosen Mörderin, wie sie im Nachhinein von der Boulevardpresse genannt wurde, aber sie habe ja von alldem nichts gewusst, es war, als hätte sie der Schlag getroffen. Es sei dennoch eine Schande, dass sie sich in diesem Durcheinander habe irreführen lassen, Gott sei ihr gnädig. Gerade kann nicht krumm werden – oder andersrum. Nach diesem Prinzip war es quasi ihre heilige Pflicht, diese Schuld wiedergutzumachen.

Zu spät sei die Erleuchtung gekommen, eine Ironie des Schicksals, warf sie sich vor, denn zunächst sei sie ohne Anstellung in äußerste Bedrängnis geraten und habe nur eine Stelle als Platzanweiserin im Kino gefunden, ein schwindelerregender Absturz nach ihrem schwierigen sozialen Aufstieg. Immerhin habe ihr das aber erlaubt, sich weiterhin alle Filme umsonst anzusehen, wenn sie ins Kino kamen, ein Glücksfall, der sie eine ganze Weile geblendet und daran gehindert habe, die Stimme des Herrn zu hören, so entzückt sei sie vom Tonfilm gewesen. Als sie zufällig *The Kid* wiedergesehen habe, habe sie eine Erleuchtung gehabt: Sie hielt mich für Jackie Coogan. Nicht etwa, weil ich ihm irgendwie ähnlich sah, in seiner Aufmachung, mit seinem Puppengesicht, doch der kleine Waise, der den Gefahren der Straße ausgeliefert ist, glich wie durch ein Wunder ihren Mangel an Vorstellungskraft aus. Dieser Film, über den sie bis dahin Tränen gelacht hatte, kam ihr mit einem Mal wie ein herzzerreißendes Drama vor. Als sie aus dem Film kam, bekam sie vor lauter Gewissensbissen kaum noch Luft.

Natürlich hatte ich meine Mutter nicht verloren, meine hatte mich nur entführt. Doch sie wusste nur zu gut über den schlechten Lebenswandel dieser Edelnutte Bescheid, auch darüber, dass sie sich den Titel als Mutter widerrechtlich angeeignet hatte – ›mit dem hohen Lohn hat sie sich mein Schweigen erkauft, Gott sei mir gnädig! Aber irgendwie muss man seinen Lebensunterhalt ja verdienen‹ –, sie wusste, dass dieser Flattergeist jedenfalls zu allem in der Lage war, angefangen beim Schlimmsten: Miss Plunkett sah mich schon in den Elendsvierteln herumirren, den schmutzigen Machenschaften von Ganoven ausgeliefert, die geradewegs einem Roman von Dickens entsprangen – ein heilsamer Elektroschock, so sagte sie. Sie, die nichts war, die sich in der Welt nur auf das verließ, was ihre Bibel sagte, hatte sich im Übrigen den Kopf gefüllt mit Fiktionen voller Lärm und Wut in Schwarz-Weiß, epischen Heldentaten und sentimentalem Studio-Gesülze. Ob nun fromme

Gefühlsregung oder kathartische Übertragung, letztlich war es ihre backfischhafte Kinoversessenheit, die mich errettete.

Sie inspirierte sie dazu, sich der Schande des Lasters und des Geldes, des Luxus und der Verderbtheit entgegenzustellen, von denen jeder Klatschkolumnist in Los Angeles erzählte, und die Rolle ihres Lebens zu spielen, nicht als Statistin, die zur Hintergrundkulisse beiträgt, sondern als edle Heldin des einzigen Films, den sie je drehen würde, und dazu brauchte sie Mut, Unverfrorenheit, Erfindungsreichtum und Selbstlosigkeit, gespickt mit einer Prise Paranoia, um Himmel und Hölle in Bewegung zu setzen und zur Missionarin meiner Sache zu werden. Sie wartete, bis der Skandal keine Wellen mehr schlug, die Mafiosi ihren Prozess um den Nachlass gewonnen hatten und man mich, wie vorauszusehen gewesen war, in der Psychiatrie vergessen hatte, um ihre göttliche Mission zu erfüllen: mich vor dem Waisenhaus zu retten. In ihren Augen die schlimmste aller Gräueltaten.

Sie und ihre Schwester hatten das Leben an diesem furchtbaren Ort kennengelernt, die üblichen und unüblichen Misshandlungen erfahren, die Unterjochung von Mädchen ohne Familie, und trotzdem fand sie noch Worte, um Gott für seinen Segen zu preisen! Von ihrer Geschichte kenne ich nur Bruchstücke, doch es ist jene von unzähligen Kindern aus armen Familien, die Geschichte von Chaplin selbst. Sie musste das wirklich sehr gut verdrängt haben, dass sie letztlich *The Kid* als Elektroschock brauchte, um in der Dunkelheit des Kinosaals ihr spirituelles Erwachen zu erleben, gelobt sei Gott, damit sie sich, dem Beispiel von Chaplin folgend, zu meiner guten Hirtin erkor.

Es wurde schon dunkel, als der Bus uns in einem Gebäudekomplex fernab von dieser Stadt, in der es kein Zentrum und keine Vororte gab, in einem Bezirk im Norden hinter den letzten Ölfeldern mit den beleuchteten Bohrtürmen absetzte, sie standen so dicht an dicht, dass man sie für einen leuchtend brennenden Wald aus Metall hätte halten können. Sobald der Bus weitergefahren war, fanden wir uns allein an der windigen Kreuzung zweier breiter Straßen wieder, die sich endlos in die vier Himmelsrichtungen erstreckten, mit schief stehenden kleinen Häusern aus Ziegelsteinen oder Holz, alle gleichermaßen verfallen, versehen mit wurmstichigen Veranden, die unter allerhand Sperrmüll zerbröckelten, Hunde und Kinder streunten herum. Puerto Ricaner auf der einen Seite, Chinesen auf der anderen, die einander misstrauisch beäugten, grünliche Neonleuchten, Josua-Palmlilien und staubige Palmen. In diesem Dschungel mietete sie für die Nacht ein Zimmer ohne fließendes Wasser, mit Blick auf die Mülltonnen und die hier ansässigen Ratten. Sicherlich schwamm Miss Plunkett nicht gerade im Geld. Oder besser gesagt: Sie hatte angefangen, in den Untergrund abzutauchen – Probevormundschaft, Widerrufsvormundschaft? Sie beabsichtigte nicht, vor diesem zwielichtigen Richter zu kapitulieren. Sechshundert Kilometer, das war als Sicherheitsabstand angebracht.

›Mach dir keine Sorgen, Jessie, wir werden hier nicht versauern: Morgen fahren wir zu meiner Schwester nach San Francisco‹, verkündete sie mir, als verspräche sie mir das Paradies.

Ihr Viertel in Frisco war in der Tat viel hübscher, nette Häuschen, nicht unähnlich den edwardianischen Häusern in den schicken Wohnvierteln, die Zahnradbahn an der Ecke der Spruce Street, in der Candice, ihre ältere Schwester lebte, eine Lehrerin, ohne Diplom, die bei den lehrenden Pastoren der Reformed Church in America tätig war. Unter ihrer strengen, doch wohlwollenden Fuchtel wuchs ich in diesem Viertel auf, zwischen dem klosterhaften Zuhause und dem kleinen Hof der reformierten Schule. Candice hatte Dahlia – so hieß meine Hollywood-Miss-Plunkett, wie ich herausfand – eine Stelle als Hilfskraft verschafft, um sie bei der Verbreitung ihrer heiligen Botschaft und den karitativen Werken zu unterstützen, zusammen mit einer Gruppe Freiwilliger, einer teutonischen Greta, den beiden Japanerinnen Haru und Minako, einer polnischen Zofia, zwei, drei Kanadierinnen aus Toronto, alle gleichermaßen lustige Junggesellinnen mittleren Alters, frische Wangen, die ihren Bekehrungseifer in luftige und paradiesische Höhen trugen.

Inmitten dieses fest gefügten Lebens war ihre einzige kleine Schwäche, dass sie beide gleichermaßen kinobegeistert waren und wir somit keine Freitagabendvorstellung verpassten. Woher stammte diese schwesterliche Leidenschaft? Nicht aus dem Waisenhaus und auch nicht vom Apostolat. Nach einer oberflächlichen psychologischen Analyse hätten meine psychiatrischen Folterer einen narzisstischen Ausgleich für ein Kindheitstrauma angeführt, folglich war ich nicht als Einzige davon betroffen. Doch angesichts dessen, dass man vor dem siebten Lebensjahr weder über Gedanken oder Sprache verfügt, um dem Ausdruck zu verleihen, noch über Nieren, Leber oder Verständnis und somit keine brauchbare Erinnerung besitzt, stellten sie mir keine Fragen über das Jahr, in dem ich verschwunden war, genauso wenig wie sie über ihre Kindheit sprachen: Sie hatten einen Sinn für Gerechtigkeit, waren aber nicht die Inquisition. Ihre totalitäre Vorstellung der kindlichen Amnesie kam mir sehr gelegen.

Außerdem waren sie Anhängerinnen der National Women's Party. Frömmlerisch und Suffragette, das ist ein ordentlicher Spagat. Doch die eine Tugend konnte durchaus die andere befeuern und ihr Schicksal als ausgebeutete kleine Mädchen rächen. Jedenfalls stand der 19. Zusatzartikel von 1920 gerahmt neben ihrer Bibel auf dem Lesepult – fast so, als hätte der liebe Herrgott das Frauenwahlrecht selbst bewilligt –, in direkter Nachbarschaft zu Gloria Swanson in ruhmvollem Glamour, zu Greta Garbo, Marlene Dietrich, Katharine Hepburn und Lillian Gish, in deren Hochglanzporträts ich ganz verliebt war. Wenngleich weniger als in das des einzigen männlichen Repräsentanten ihres Pantheons: ihr kleiner Bruder Elliot, der 1917 als Soldat in Frankreich gefallen war und der den unwiderstehlichen Charme eines ersten Sohnes besaß. Davon hatte er seinen Schwestern nichts übrig gelassen, die ehrlich gesagt weniger von der Natur benachteiligt als vielmehr durch ihre biblische Askese verblasst waren. Ich sollte beide ›Tante‹ nennen, und sie bedachten mich mit einem mitleidigen ›armes Ding‹, deckten mich nach dem Gebet am Abend zu und strickten mir Socken. Sie stopften mich mit Ovomaltine voll, einem stärkenden Getränk aus Malz und Kakao, dessen Werbeslogan im NBC-Radio das *Frühstück* ankündigte, eine viertelstündige von der Marke gesponserte Rundfunksendung für Kinder, in der die Abenteuer von *Little Orphan Annie* als Fortsetzungsgeschichte erzählt wurden. Sie kauften mir auch die wöchentlich erscheinenden Comics über ebenjene Annie, die auch sie heimlich verschlangen. Ich glaube, dadurch, dass sie mich vor dem Heim errettet haben, sind die Plunkett-Tanten genauso auf ihre Kosten gekommen wie ich auf meine. Was konnte einer Waise von Brentwood schon Besseres passieren als dieses Waisenpärchen, deren kleiner Bruder verstorben war? Wir befanden uns in einem idealen Waisenhaus, von dem der kleine Rotschopf mit seinem Hund Sandy, eine Art städtischer Shini, der unverhoffteste milch-, kakao-, und malzhaltige Inbegriff war. *Leapin' lizards* wurde zu meinem Lieblingsausruf – das Popeye'sche *Donnerlittchen!* behielt ich mir für Njyah vor, Mund halten, Schlüssel wegwerfen.

Erst im Nachhinein wurde mir klar, wie gut die kleine kämpferische Annie uns dreien getan hat. Ein Klon des Kid im Röckchen, eine unschlagbare Draufgängerin, immer auf der Flucht, Ausreißerin, Vagabundin, die sich unablässig den unzähligen Bösewichten stellen musste. Angefangen bei diesem Miststück Mrs Treat, der unausstehlichen Direktorin des Waisenhauses, die es nur darauf abgesehen hatte, sie einzusperren und zu quälen, genau wie diese Giftspritze namens Mrs Warbucks, die sie verfolgte, die niederträchtige Frau ihres Wohltäters, ihres lieben millionenschweren Adoptiv-Daddys, der in Geschäftsangelegenheiten ebenso pfiffig wie mein Papa Oswald war. Die anderen Protagonisten? Ein Haufen Kinderräuber und Schurken, Gauner, Erpresser,

Spione, Saboteure, Winkeladvokaten, betrügerische Journalisten, Banden von Übeltätern, Einbrecher, Waffenhändler, nichts als Gier, Gewalt, Korruption und Verderbtheit, doch stets scheiterte diese gewissenlose Welt an Annie. Sie hatte eine Vorliebe für die kleinen Leute und manchmal auch für die Banditen. Mich verwirrte, dass ihre Augen keine Pupille hatten, wie sollte man da eintauchen, wie herausfinden, ob sie meine fiktionale Zwillingsschwester war oder nicht, ob ich wirklich ihr Drehbuch als meines annehmen konnte, und dann starb doch tatsächlich ihr Daddy in einer Folge! Danach hatte ich ein paar schreckliche Träume von einem Strand mit eisüberzogenen Muscheln, Walen, ertrunkenen Orcas, doch, puh!, das war weiter nichts als ein flüchtiges Abtauchen: Mr Warbucks erwachte ein Jahr später zu neuem Leben.

Es war schon 1944, ich hatte das Alter für Comics hinter mir gelassen. Inzwischen war Pearl Harbor 1941 bombardiert worden, und Amerika befand sich im Krieg. Wir lebten derart weltfremd, die beiden Schwestern mit ihrem Katechismus und dem Korrigieren von Schulheften, ich mit der Schule, den Pfadfindern und dem Singen im Chor, dass die Unterbrechung des Radioprogramms, die den Angriff auf Hawaii verkündete, katastrophengleich über uns hereinbrach. Schlimmer als das Erdbeben von 1906, sagten sie, vor Angst ganz starr. Obwohl sie damals weit entfernt vom Epizentrum waren, hatten sie die Erschütterungen gespürt. Es herrschte ein schreckliches Chaos, Gebäude waren eingestürzt und blockierten die Straßen über viele Kilometer hinweg, gewaltige Brände, die mehrere Tage andauerten, überall zerstörte Rohrleitungen, Trümmer und verkohlte Leichen, überall kreischende, flüchtende Horden von Menschen. Sie suchten nach ihrem kleinen Bruder, der in der Stadt untergebracht war, und fanden ihn unversehrt inmitten anderer Geflohener schlafend auf einer Bank. Ein apokalyptisches Schauspiel, das die Bombardierung von Pearl Harbor ebenso wieder lebendig werden ließ wie die Ankündigung des unmittelbar bevorstehenden Gegenschlags.

Wenige Tage später, Weihnachten rückte näher, während wir angesichts der schrecklichen Bilder der Bombardierung der US-Flotte fassungslos waren, machte die Nachricht die Runde, dass auf einer winzigen Insel des Hawaii-Archipels, dem Privatbesitz eines Geschäftsmannes, ein japanischer Pilot auf dem Rückflug aus Pearl Harbor mit seinem fürchterlichen Jagdflugzeug, einer A6M Zero, notgelandet war. Er wurde von den Einheimischen gefangen genommen, dann von ein paar wenigen japanischen Anwohnern befreit und letztlich hingerichtet: Auf dem kleinen Kieselstein Ni'ihau, einem Krümel des amerikanischen Bodens, verloren inmitten des Pazifiks, hatte sich etwas zugetragen, das eine Panik hervorrief – ein Fall der Loyalität gegenüber dem Feind von einzelnen japanischen Einwanderern, geheime Absprache, Verrat. Wie ein Lauffeuer verbreitete sich das Gerücht über in Kalifornien befindliche Spione, von einer fünften Kolonne, und ab da wurde die Stadt mit Plakaten mit der Aufschrift *I am American!* zugepflastert, die an den Scheiben von japanisch-amerikanischen Geschäften klebten. Die Freundinnen von Candice und Dahlia erzitterten angesichts dieser Woge der hasserfüllten Hysterie, und sie hatten recht: *Ouster of all Japs in California Near* titelte der *San Francisco Examiner* im Februar, die ganze Presse zog nach.

Kurz darauf Präsidialdekret, eingefrorene Bankkonten, Reiseverbot, Aushänge mir der Bekanntmachung, dass die gesamte Bevölkerung japanischer Herkunft, Ausländer und amerikanische Staatsbürger, verpflichtet sei, sofort für eine Verlegung in ›Umsiedlungslager‹ vorstellig zu werden.

Das war die gleiche Kriegslogik, die den Bau des Alaska Highway hervorbrachte, dessen Baugelände du am selben Tag überflogen hast, Bud. Sie hatte auch die Zwangsumsiedelung der Aleuten zur Folge, denen vorgeworfen wurde, mit Japan zu sympathisieren, aber über ihre Vernichtung in den Arbeiterlagern im Dienst der Kriegsanstrengungen wurde nicht groß berichtet. Und was ist heute noch von ihrem Volk übrig?

Ende März begleiteten wir Haru und Minako zum Sammellastwagen. Njyah hat sehr wohl die *Yellow monkees*-Rufe gehört, die an der Ecke der Avenue erschallten, weiße Schreie von Weißen, weißer als Raffineriezucker. Ich bewunderte meine alten, sehr würdevollen Tanten – Filzhut, Kunstpelz, die lächerliche Handtasche am Ellenbogen. Es waren nicht viele von ihnen, Freunde der Japaner, die zum Abschied mit einem weißen Taschentuch winkten.

Da sie nicht wussten, wo ihre Freundinnen festgehalten wurden, schrieben sie beharrlich an die War Relocation Center von Tule Lake und Manzanar, ohne Antwort. Währenddessen ging der Krieg weiter, man konnte ihn nicht vergessen. Frisco war der Haupteinschiffungshafen der Flotte der U. S. Army, die gesamte Stadt belagert, Bomber donnerten über sie hinweg, sie war verstopft mit Jeeps, Lastwagen, Panzerkreuzern, Flugzeugträgern, U-Booten, es gab mehr Soldaten als Zivilisten in unseren Straßen. Dann wurden Little Boy und Fat Man auf Hiroshima und Nagasaki abgeworfen, August 1945, danach ein Brief: Sie würden bald schon freikommen.

Der Krieg war vorbei, Mr Warbucks erwachte zu neuem Leben, was für eine bombastische Feier in der Spruce Street! Sie kamen erst Ende 1946 zurück, mit fünfundzwanzig Dollar in der Tasche, als Entschädigung für ihre Inhaftierung. Tapfer nahmen sie den Dienst an der reformierten Schule wieder auf, ohne offenkundigen Groll wegen der Internierung in der kargen Ebene am Fuß der Berge mit den Staubwinden, Hitzewellen, eisigen Temperaturen, Stacheldrahtzäunen, Wachtürmen und der zensierten Post. Ihnen taten nur die letzten Clans der Paiute leid, die aus ihren Dörfern verjagt worden waren, um die War Relocation Center zu eröffnen. Njyah mochte sie sehr gern.

In dem Jahr, in dem ich ans College ging, starb Candice an einem Herzinfarkt, während sie die ewig gleichen Socken für die Soldaten in Korea strickte, die dabei waren, Napalmbomben über der Bevölkerung abzuwerfen, wie sie das bereits für ihren

Soldatenbruder von 1914 bis 1918 gemacht hatte, ehe er schließlich im Schützengraben im Gas starb. Kriege folgen aufeinander, und immer stricken Schwestern oder Mütter Socken. In weniger als sechs Monaten verkümmerte Dahlia, wurde kraftlos, folgte Candice ins Grab, auf Wiedersehen, ihr Freundinnen des weißen Taschentuchs. Meine Plunkett-Tanten liebten mich, aber vielleicht etwas weniger als die epische Schlacht, die sie meinetwegen führen mussten, diese beiden armen Waisen, Gott hab sie selig.

Mit gebrochenem Herzen musste ich das Haus der Spruce Street verlassen, mir ein Zimmer im Studentenwohnheim auf dem Campus nehmen, mich unter die wenig ansprechende Fauna meiner Generation mischen, mit ein paar Tollpatschen flirten, und dann wurde ich zum Notar bestellt und erfuhr, dass ich ganz und gar kein armes Ding war. Über Jahre hinweg hatten sie, ohne dass ich davon wusste, gewissenhaft die gewährten Zahlungen für meinen Unterhalt angespart, der vorläufige, widerrufbare, der sich stillschweigend immer wieder verlängerte. Durch die Unachtsamkeit eines Richters oder sein Dahinscheiden? Ein Unterhalt, der wem aus der Tasche gezogen wurde? Den Mafiosi gegen die privatschriftliche Vereinbarung, mich von der Bildfläche verschwinden zu lassen? Sie wären durchaus in der Lage gewesen, ihnen einen solchen Deal aus den Rippen zu leiern. Wie auch immer, sie haben das Vermögen und die Zinsen als gewiefte Spekulantinnen bis zu meiner Volljährigkeit verwaltet, als ebenso begeisterte Anhängerinnen der Rechtschaffenheit wie des Feminismus, des Kinos wie der Treue in der Freundschaft und in der Liebe. Im Vergleich zu Oswalds Vermögen waren meine Ersparnisse nichts als Peanuts, doch für sie war es ein Sieg der Tugend über die Ungerechtigkeit. Für mich eine gewaltige Überraschung.

Ich hatte genug Geld, um mein Studium der Filmwissenschaft – Film, wundert dich das? – abzubrechen, alles stehen und liegen zu lassen und ein ganzes Jahr in der Bibliothek zu verbringen. Als ich dann der Meinung war, genug aus den Büchern von Jacques Maître-Grand und anderen Gelehrten, die über die indigenen Völker Amerikas forschten, gelernt zu haben, konnte ich mich voll und ganz der Suche nach Bud Cooper widmen, ihn für seine Zeit und seine Norseman bezahlen, damit er Njyah zurück nach Äshè'yi Män bringt. Das war er ihr wohl schuldig.«

»Das war ich ihr schuldig, Jessie.« Ich nickte.

»Vor allem war ich es mir selbst schuldig, um damit eine alte Schuld zu begleichen, eine von denen, die man sich selbst auflädt, ohne von den Verbindlichkeiten zu wissen, die blindlings auf das Kapital des Lebens angerechnet werden. Ganz sicher wurde auch angerechnet, dass ich den dubiosen Vertrag des FBI angenommen und den Auftrag erfüllt hatte, um aufzusteigen, befördert zu werden, Beachtung und eine fette Belohnung zu bekommen. All das lässt einen glauben, dass ich das alles dringend nötig gehabt hätte, doch es waren nichts weiter als Verzugszinsen für den seit vielen Jahren aufgehäuften Überziehungskredit, und ich habe mir nichts anderes eingehandelt als einen zusätzlichen exorbitanten Schuldschein, dessen Minus zu meiner sehr negativen Bilanz hinzugefügt wurde. Zur nicht nachlassenden Angst, der Abscheu und dem Hass auf die Welt, die einem erbarmungslos das Geld aus den Taschen zieht. Man kann seine Taschen noch so sehr nach außen stülpen, verzweifelt mit dem Fingernagel darin herumkratzen, man wird nichts finden, nichts. Die Taschen sind leer, weil sie von Anfang an geplündert waren, von der ersten Unterhose an und noch viel früher, von all jenen, die dieselbe getragen haben, ein grober, fadenscheiniger Stoff, ganz verschlissen vom Regen, der Sonne und dem Schweiß der Knechtschaft, starr vor Dreck in den Falten. Eine Unterhose aus schlechter Baumwolle, geflickt an den Stellen, die durch die Arbeit aufgescheuert waren, Knie, Oberschenkel, Schritt, verstärkt durch bereits geflickte Stoffstücke, die ihrerseits aus den Flicken anderer Kleidungsstücke stammen, von denen hier und da ein Rest verwendet wird, ein ebenso komisches

Patchwork wie das des alten Harlekins, Jessie, des antiken Sklaven in der römischen Komödie, ein bekannter Possenreißer, ein ausgehungerter Nichtsnutz, der Kopf ebenso leer wie die Taschen, das Gesicht mit schwarzer Asche beschmiert, wie das meines Urgroßvaters mit der geflickten Unterhose in den tausend Sepianuancen, die er, im Kreis von seinesgleichen, auf dem Foto trug, das Olympe Cooper mir eines Tages zeigte.

Eines Tages, als mein Vater nicht da war, holte sie dieses Foto, das einzige, das sie besaß, aus einer Schachtel, die sie im Luftschacht in der Küche hinter der Klappe aufbewahrte - wo ich nichts zu suchen hatte. Ich weiß nicht, was mir mehr zusetzte, das Foto oder sein Versteck, ob ich mich für mich oder für meine Mutter schämte. Indem sie ihren Zeigefinger entschieden auf das rauchschwarze Gesicht legte, eine Entschiedenheit, über die ich hätte weinen können, zeigte sie mir wortlos den Vater ihres Vaters, der zwischen anderen Baumwollpflückern posierte - eben der Baumwolle, aus der seine Unterhose gemacht war -, sie alle um den Plantagenbesitzer mit der Peitsche und seine Frau mit dem Sonnenschirm herumstehend, drei kleine, halb nackte schwarze Kinder im Schneidersitz im Staub am Saum ihres hellen Sommerkleides, ein duftiges Sepia.

Es hatte gereicht, diese Unterhose einmal anzuziehen, um sie zu meiner zu machen. Nicht dass die Taschen einfach nur so schrecklich leer sind, sie sind vielmehr von Anfang an so unwiederbringlich durchlöchert, dass durch diese Löcher alles verschwindet, was die Taschen niemals enthielten, endgültig verloren geht. Wie also bringe ich meinen Vater, diesen Wucherer, dazu, dafür zu bezahlen, was er meiner Mutter, zahlungsunfähig durch das Sklavendekret, mit ihrer lebenslang gültigen Schuldanerkennung auferlegt hatte, und was er mir angetan hatte, dass ich das widernatürliche Verbrechen beging, mich selbst für die Unwürdigkeit seines Umstandes zu bestrafen, sodass ich es nicht wagte, mich irgendwohin vorwärtszubewegen, weder auf dem Schulhof, noch im Barbershop, auf den Gehsteigen der Stadt, im Kino, wo ich, mit rasiertem Nacken, meines verabscheuenswürdigen Filzes entledigt, starr vor Schreck darüber war, was in jedem Moment über mich hereinbrechen könnte, mich selbst zum erbärmlichen Bittsteller um Fleißpunkte, Belohnungen, Diplome, militärische Auszeichnungen für Kriegsverletzungen degradierte, den Buckel vor dem Hundeführer mit der Peitsche krumm machend, damit er mich mit seiner guten weißen Hand tätschelte. Nie war mir der Gedanke gekommen, ihn zu beißen, um herauszufinden, wonach er schmeckte. Mir war es lieber, von ihm befördert zu werden und seine Beachtung geschenkt zu bekommen. Mit meiner schmählichen Krankheit fand ich mich ab, ein offenes Ekzem, das nur bis zum Blut aufgekratzt werden musste, damit es sich von Zeit zu Zeit entzündete.

An dem Tag, an dem ich das kleine amerikanische Wasserflugzeug auf dem Äshè'yi Lake gewassert hatte, war mir nicht gleich klar, dass der juckende Infekt wiederkehren würde.

Zunächst war gar nichts dabei, nur ein kleiner Sonderflug, finanziert von den Behörden, eine Sache, die nach Diskretion verlange, Fingerspitzengefühl, vor allem kein Aufsehen, und die sehr gut bezahlt würde. Gewissermaßen ein Aufklärungsflug, mit dem ein unlängst erhaltener Hinweis überprüft werden solle, dass sich eine amerikanische Minderjährige, die seit knapp einem Jahr als vermisst gelte, an jenem Ort aufhalte. Aus rechtlicher Sicht, schließlich sei sie mit ihrer Mutter aufgebrochen, könne man nicht von einer Entführung sprechen. Es sei vielmehr eine Art Ausreißen, das schiefgegangen sein müsse. Unvermeidlich, nur Spinner, Außenseiter oder ziemlich fertige Typen gingen das Risiko ein, sich in diese Pampa voller Wilder zu verirren. Was aus der Mutter geworden sei, wisse man nicht. Außerdem habe eine Erwachsene natürlich das Recht, nach Belieben zu verreisen, sagten sie, das sei also nicht ihr Problem. Ich bin mir sicher, dass ihnen das schnurzpiepegal war – oder aber sie hatten entsprechende Anweisungen.

Was das Mädchen betreffe, das sei zu kompliziert, um mir mehr darüber zu sagen, außerdem sei ich ein Befehlsempfänger, kein Hilfsagent der Bundespolizei, einfach nur ein verdammt guter Pilot, ein vertrauenswürdiger Typ, also was jetzt: Habe ich Interesse, Ja oder Nein? Ein kleines Team aus Beamten nahm sich meiner an, um mir den Flugplan zu erläutern, aber ich kannte mich mit der Maschine und deren technischem Zustand deutlich besser aus als sie. Auf mich machten sie ganz den Eindruck, als wären sie Spezialisten für sensible Einsätze und nicht etwa Luftfahrtexperten. Aber ihre Militärkarten von Kanada waren superdetailliert, das kannst du mir glauben.

Wie ich feststellte, war der Haken an der Sache, dass es sich um eine grenzüberschreitende Angelegenheit handelte, also nicht in die Zuständigkeit des FBI fiel, die offizielle Version einer Ortungsmission war erstunken und erlogen. Sie agierten, als würden sie auf rohen Eiern gehen, aber es komme nicht infrage, die kanadischen Behörden zu informieren – damit wären zu viele diplomatische Komplikationen verbunden. Mit mir als kanadischem Staatsangehörigen wären sie bestmöglich gerüstet. Tatsächlich gehe es darum, Kontakt aufzunehmen, bei den Indigenen in der Ecke aufzuschlagen – einer Handvoll Primitivlinge, ihnen zufolge jedoch harmlos –, bei denen sich das Mädchen laut ihren Informationen allein aufhalte, die Situation abzuschätzen und mich ab da anzupassen. Diesen militärischen Euphemismus kannte ich nur zu gut, das hieß: Ab da kannst du zusehen, wie du zurechtkommst. Mir war klar, dass hiermit gegen internationale Konventionen verstoßen wurde, es also galt, den Schaden möglichst gering zu halten, was auch hieß, dass ich, sollte etwas schiefgehen, keine Rückendeckung bekäme, sie vorgeben würden, mich nicht zu kennen.

›Klingt super‹, meinte ich. ›Ich fliege, wenn ihr das Doppelte zahlt.‹

Sie haben nicht gezuckt und hätten wahrscheinlich auch das Dreifache bezahlt. Da wurde mir klar, dass es sich um ein wirklich krummes Ding handelte, dass die Beute richtig fett war und ich das besser nicht vermasselte.

Du hast gesehen, wie wunderschön ich gelandet bin, über den Flügel abgekippt, *splatsch*, wasserte ich wie ein riesiger Zugvogel. Ein bisschen verlegen, aber schneidig, sprang ich auf den Schwimmer und zog wie in einem Abenteuerfilm den Pilotenhelm ab. Bis dahin lief alles nach Plan. Nun zum ›Kontaktherstellen‹. Das Empfangskomitee bestand aus einer Horde Knirpse, die Einzigen, die sich dem Ufer näherten und nicht sonderlich beeindruckt diesen von der Wolke heruntergestiegenen Typen beäugten, neugieriger auf das Wasserflugzeug als auf mich – außer dir, Jessie. Ich hatte nicht damit gerechnet, dich so schnell zu sehen, was für ein Rotschopf, groß und dünn, hast die anderen um einen ganzen Kopf überragt, die Haltung einer Königin, dunkelgrauer Blick, mit dem einzig du mir wie eine Erwachsene in die Augen sahst, eine Art ruhige Provokation, fragend und ernst, zugleich distanziert, das hat mich verwirrt.

Ich hatte zuvor noch nie Indianer gesehen, wenn man von den federgeschmückten Filmparodien – *Howgh* – und den wie Vieh eingepferchten Indigenen in Montana absah. Das Zusammentreffen mit diesen hier war ein Schock: vollkommen gesund, mit sauberer Kleidung, manche sogar in Jeans, die mir entgegensahen, als ich mich mit meiner Kindereskorte näherte, genauso wenig erstaunt oder erschreckt, als hätte ich ihnen meinen Besuch vorab angekündigt. Ich hatte fast das Gefühl, sie erwarteten meinen Besuch.

Ich hatte dich erkannt, ohne dich je zuvor gesehen zu haben. Sie hatten mir ein paar Fotos von einem Püppchen à la Shirley Temple gezeigt, geblendet vom Blitzlichtgewitter inmitten ausgelassen Feiernder. Sie hatten mich gewarnt, dass ich jedoch vermutlich nicht dieses Luxuspüppchen vorfinden würde, sondern eher ein verwirrtes, durch seinen längeren Aufenthalt bei den Wilden des Yukon verängstigtes Kind. Es würde mir wahrscheinlich schwerfallen, dich anhand dieser Fotos zu identifizieren. Mit Ausnahme der roten Haare, die man auf dem Schwarz-Weiß-Foto natürlich nur erahnen konnte.

Nicht eine Sekunde waren sie davon ausgegangen, genauso wenig wie ich, was für eine eigenständige Person du warst, weder ein wildes Kind noch das verzogene Balg von Reichen, das misshandelt worden war, vielleicht sogar verstümmelt – was man sich landläufig bei den von grausamen Indianern entführten Kindern immer so vorstellte, ebenjene Indianer, die zuvor die Farmer skalpiert, die Frauen vergewaltigt und ihre Planwagen verbrannt hatten. Ich wusste, dass mein Vorhaben dadurch nicht einfacher würde. Mit meinem vorgeblichen Motorschaden hätte ich Schwierigkeiten, so zu tun, als würde ich zunächst erstaunt, dann ganz schockiert feststellen, dass sich ein kleines Yankee-Mädchen bei ihnen aufhielt, und meine Rolle als edler weißer Ritter zu spielen. Weiß natürlich, trotz meiner Hautfarbe. Zu spät wurde mir klar, dass ich in die Falle getappt war. Ich verstand, dass ich als Gesandter der Weißen ein Schwindel war, meine geliehene Überlegenheit nur ein Betrug, um ihnen etwas vorzumachen, was für eine Schweinerei gegenüber diesen Menschen – und zugleich mir gegenüber, der ich mich zu ihrem kriecherischen Hund machte. Ich hatte mir soeben meine geflickte Unterhose angezogen. Schlimmer, ich war wie früher einer der schwarzen Sklaven, der mit der Riemenpeitsche eifrig seinesgleichen auspeitschte, um protegiert zu sein, einer der Bastarde, der beflissen mit seinem Sklavenhändler gemeinsame Sache machte. Das war nicht dein Problem, Jessie, und ich suche hier nicht nach Entschuldigungen, ich bitte nicht um Vergebung, nur von meiner Mutter. Doch wie Miss Plunkett brauchte ich diese Art des Elektroschocks, damit ich aufwachte. Ich ekelte mich dermaßen vor mir selbst, mir war speiübel. Fast hätte ich auf dem Absatz kehrtgemacht, alles stehen und liegen gelassen, aber eben nur fast. Da war die Kohle. Und ich brauchte Kohle, Beachtung, Beförderung, ich war noch nicht so weit. Vom

Leben noch nicht genug geohrfeigt, um mich wirklich zu ändern. Ich hatte ihnen noch nicht genug aus der Hand gefressen. Ich hatte noch nie genau genug in den Spiegel gesehen.

Nie zuvor hatte mich jemand so angesehen wie du.

Es war nicht *The Kid* oder *Little Orphan Annie*, die ich da sah, sondern jemand, der weit mehr über mich wusste als ich selbst, der mir erschreckend weit voraus war, aber das merkte ich erst im Büro des FBI in Juneau, als ich dich ihnen übergab und allem feige den Rücken zuwandte und floh. Und auch da habe ich es nicht sofort verstanden, es blieb mir die ganze Zeit über wie ein Kloß im Hals stecken – als ich mich als Elitepilot bei ihrer Straßenbaustelle in Alaska groß aufspielte, als ich in ihrem Panzer auf den Tod zuraste – auf einer Mine zu explodieren war vielleicht gar kein Albtraum, sondern das Einzige, worauf ich letztlich hoffte.

Alles lief anders als geplant. Sie gingen weiter ihren Tätigkeiten zwischen den Zelten nach, großen Hütten mit hübschen gegerbten Häuten, solche hatte ich nie zuvor gesehen. Sie waren um die Feuer herum damit beschäftigt, zu zerschneiden, nachzuschärfen, zu räuchern, als ob nichts wäre. Niemand beachtete mich außer den Kindern und Hunden sowie ein paar untätigen Alten, die mich mit unergründlichem Lächeln umkreisten. Nur die eine, in deren Nähe du dich die ganze Zeit aufhieltest, kam zu mir und wich mir nicht mehr von der Seite. Als hätten sie sich abgesprochen und sie hätte sich freiwillig gemeldet, um mich anzusprechen, und das, nun ja, überaus höflich, in gutem Konversationsenglisch, vielleicht ein wenig undeutlich aufgrund ihres eigenartigen Babygebisses.

Sie habe hier zwar schon Wasserflugzeuge landen sehen, sagte sie, aber noch nicht so nah. Es sei ganz interessant, das zu beobachten. Ein bisschen laut, ein bisschen stinkend wie die Automotoren, aber schneller. Das sei praktisch. Sicher, hin und wieder hätten sie eine Panne. Außerdem sehe und höre man sie schon von Weitem – die Weißen seien Idioten, sagte sie zu mir, als wären wir uns in dieser Frage einig.

Idioten, das war mir nicht in den Sinn gekommen, es gefiel mir, darüber nachzudenken. Ich verbrachte insgesamt zwar nur wenig Zeit mit Kaska, aber sie war mir sympathisch. Ich wünschte, meine Mutter hätte ihre Selbstsicherheit gehabt, ihren trockenen Humor und ihre Gleichmütigkeit. Dich schickte sie zum Spielen mit den anderen Kindern hinaus und bat mich in ihre Hütte.«

»Da lebten wir schon lange nicht mehr bei den alten Maulwürfen«, sagte Jessie.

»Direkt nach der Bestattung meiner Mutter erhielt Herman die Erlaubnis, unser eigenes Zelt aufzustellen, das Shini den ganzen Weg über die Berge gezogen hatte. Ein überaus praktisches Zelt, einfach zusammenzufalten, aufzustellen, absolut wasserdicht, angenehm warm und als Bodenbelag die Matten. Er hat lediglich neue Pfähle geschnitzt, stabilere, dann hat er seine Jagd wieder aufgenommen. Es war höchste Zeit, vor dem harten Winter etwas zu essen zu beschaffen, da wir das gesamte Fleisch in den Verstecken von Kloo Lake hatten zurücklassen müssen. Unser ganzer Vorrat bestand lediglich aus einer ordentlichen Menge Kerzenfischfett, ein nahrhafter Schatz, um den unsere Nachbarn uns beneideten, und ein paar Säcken mit Getreide, Kaffee, eingelegten Beeren und Linsen. Kaum genug für einen Monat. Versuch dort bloß nicht, einen auf zirpende Grille zu machen – sie halten es wie die Ameise, die nicht teilt. Wenn du den Sommer über singst, dann hungerst du halt im Winter, und der ist in diesen Breitengraden sehr lang – und man macht daraus noch nicht einmal eine Fabel mit einer Moral.

Rasch erlegte Herman zwei Karibus, so spät im Jahr nicht gerade die schönsten, zwei alte, matte Hirsche, die sich erlegen ließen. Das war keine sehr edle Jagd, er war nicht stolz darauf, es ging nur darum, unseren Lebensunterhalt zu sichern. Zusammen mit Kaska schabte ich die Haut ab, glättete sie und spannte sie in einem Rahmen auf, löste das Fleisch aus, trotz der Fäustlinge mit vor Kälte rissigen Händen voller Frostbeulen und eiskalter Nase, aber es gefiel mir. Alles an diesem Leben gefiel mir. Jetzt, wo ich Löcher in den Ohren hatte, ließ ich sie unter meiner Mütze herausspicken, das machte bei den gleichaltrigen Kindern Eindruck. Sie brachten mir ihre Spiele bei, und mit der Zeit wurde ich ganz gut darin und ziemlich geschickt.

Gemeinsam mit Kaska flocht ich Gefäße. Wir hatten an Küchenutensilien nichts als ein paar Blechschalen dabei. Um Gefäße aus Birken- oder Fichtenwurzeln herzustellen, war es zu spät, sie waren bereits im gefrorenen Boden gefangen. Also nahm sie stattdessen bereits vom Frost verdorrte Binsenstängel, die sie am Ufer des Sees sammelte. Es war nicht einfach, sie der Länge nach durchzuschneiden, aber wir mussten mit dem vorliebnehmen, was da war. Sie hatte auch keine Kräuter, keine Flechten und kein Wolfsmoos, die man im Sommer zum Färben der Fasern sammelte. Dann gab's eben keine hübschen bunten Muster. Während des Flechtens erklärte sie mir, wie man das Blau aus einem gekochten Blaubeersaft erhielt, das Schwarz aus einem bestimmten Schlamm oder Haaren des Pferdeschweifs, das Rot, indem man die Rinde des Faulbaums in Urin aufweichen lässt, das Blaugrün durch das Einweichen der Rinde der Hemlocktanne mit Kupferspänen. Zum Flechten setzt man sich auf den Boden, die Knie am Kinn, den Hintern gut auf die Fersen gestützt, die Schultern nach vorn gebeugt und die Ellenbogen um die Knie geschlungen. Denn man braucht seine gesamte Kraft, um die Pflanzenfaser zwischen den Zähnen festzuhalten, sie mit dem Daumennagel aufzuschlitzen, langzuziehen und zu zwirbeln, sie umeinander und wie beim Weben über und unter den engen Maschen hindurchzufädeln, kein Tropfen sollte dazwischen hindurchpassen. Niemand stellte mehr Gefäße auf diese traditionelle Weise her, alles wurde von den Weißen gekauft, war in Fabriken hergestellt, doch in diesem Winter war es ein Glück, dass Kaska die alte Methode noch kannte. Sie knüpfte uns außerdem eine hübsche Bodenmatte, mit so eleganten Knoten, niemand im Dorf hatte so etwas je gesehen, und mir hat sie gezeigt, wie man das macht.

Ich half ihr so gut und wurde so schnell groß, in Körpergröße und in Sachen Wissen, dass sie mir sagte: ›Bald wirst du nicht mehr Die ihre Zähne gibt sein, sondern Njyah – Lang und dünn, das ist ein hübscher Name.‹

Ihre Stickereien mit Perlen und kleinen bunten Knöpfen waren so ausgezeichnet, dass alle Nachbarn neidisch darauf waren. Es dauerte nicht lange, dann kamen die Frauen und tauschten Lebensmittel gegen ihre Stickereien, Munition oder einen Seidenschal. Sie bekam sogar ein Wolfsfell, das genau die richtige Größe für mich hatte. Sie konnte handeln wie keine sonst. Unter meinem Wolfspelz und meiner Decke des Old Oregon Trails war mir schön warm, wärmer als in meiner alten Anrichte in Kloo Lake. Hin und wieder erhob sich der Bär von Herman und Kaska in seiner nächtlichen Trance, doch ich hatte keine Angst mehr, dass sie von ihm verschlungen würden. Im Gegenteil, ich wusste, dass sie seine bestialische Seele zähmten, damit sie einander mit liebendem Herzen ehren konnten. Ich schlief entspannt ein, während ich an meinem kleinen Taschentotem herumspielte und dem Harfenspiel des Windes lauschte. Die Psychiater gingen davon aus, dass ich Zeugin sexueller Ausschweifungen geworden war und dies meine unschuldige Seele beschmutzt hatte – ich würde sagen, ihre musste schon ganz schön dreckig sein, um so etwas zu denken.

Und Kluk? Kluk war nicht mehr unglücklich. Hatte er in der ersten Zeit wie ein geprügelter Hund ausgesehen, gekränkt, dass er wie Luft behandelt wurde, nahm ihn Herman nun mit zum Jagen, brachte ihm bei, wie man das Wild zerlegt, und ließ ihn etwas reiten. Das verlieh ihm Bedeutung, die männliche Note, die ihm gefehlt hatte. Da er ihre Sprache sprach, zumindest ausreichend, um sich verständlich zu machen, unterhielt er sich endlos mit den Jungs des Clans, die an seinen Lippen hingen. Ich weiß nicht, von welchen Heldentaten und enormen Abenteuern er ihnen erzählte – von den schrecklichen Stürmen des Fjords, geheimnisvollen Inseln, nächtlich beleuchteten Kreuzfahrtschiffen, gewaltigen Goldfunden in den Minen von Juneau, und zwischen zwei Prahlereien immer sein Mundharmonikaspiel, er war sehr beliebt. Deshalb habe ich auch nicht verstanden, warum er wieder ging. Wäre er nach Klukwan zu seinen Eltern zurückgegangen, die er so lange nicht gesehen hatte, hätte ich das verstanden, aber was wollte er in Juneau, jetzt, wo Jim sich nach Kodiak oder noch weiter weg verzogen hatte? Sich als Lastenträger verdingen, als Lasttier mit den Säufern am Hafen abhängen, um zu einem Wrack wie sie zu werden? Er wartete nicht auf den Frühling, brach auf, bevor der Winter vorbei war.

Angeblich weil man mit Schneeschuhen auf dem gefrorenen Boden oder im Schnee besser vorankam als im eisigen Matsch des Tauwetters, wenn man bis zu den Knien einsank und nur mühsam vorwärtskam. Doch selbst wenn harter Frost das Vorankommen erleichtert, sprechen wir hier von einer sehr langen einsamen Wanderung an diesen sehr kurzen Tagen. Dagegen war sein Weg von Silver City nach Kloo Lake ein wohltuender Spaziergang gewesen. Es brauchte keine Flasche mit Perry Davis' Painkiller, um zu wissen, dass der kleine Kluk es verdammt schwer haben würde. Es sei denn, er traf unterwegs auf einen Hundeschlitten, dessen Fahrer sich dazu herabließ, diesen seltsamen jungen Indianer mitzunehmen. Oder vielleicht kam, wenn er erst die gut hundert Kilometer entfernte Straße erreicht hatte, ein Lastwagen vorbei und brachte ihn bis Whitehorse. Vorsorglich steckte Herman ihm ein paar Dollar zu. Er war sehr um ihn bemüht. Er wollte, dass Kluk wohlbehalten ankam, nicht wahr, Bud?

Wir begleiteten ihn einen knappen Kilometer, dann ging er allein weiter, im Schnee mit seinem geschulterten Gepäck wirkte er zerbrechlich, bald schon verloren zwischen den Birken und Fichten, finstere Tuschestriche, die aus dem Nebel hervorstachen. Ich hatte eine Schwäche für meinen errötenden kleinen Mundharmonikaspieler gehabt, für sein sanftes musikalisches Spiel, aber das war vorbei. Auf mich als Mädchen sah er herab, nannte mich weiterhin Fuchsnase und nicht Die ihre Zähne gibt. Dabei hatte ich sie alle Kaska gegeben. Du musst wissen, dass Elchfleisch schwer zu beißen ist. Dadurch, dass ich meine Milchzähne hineinbohrte, sind alle vorderen, oben wie unten, herausgefallen. Ich half ein bisschen nach, spielte und wackelte daran herum, ich konnte es kaum erwarten, diese hübschen emaillierten Perlen ohne Wurzeln an Herman weiterzugeben, damit er sie mit dem geschmolzenen Teer für Karibuhufe in das gebrauchte Gebiss kleben konnte. Zum Schluss war Kaska ordentlich mit Zähnen versehen, und ich hatte mir meinen Namen verdient, doch Kluk ignorierte das. Er wich mir aus, vermied es, mir in die Augen zu sehen.

Dieser ausweichende Blick von Kluk, der ist dir auch aufgefallen, oder, Bud?

Du glaubst, mich zu schonen, indem du die Rolle verschweigst, die er gespielt hat. Das ist gut gemeint, doch sobald ich das Wasserflugzeug landen sah, sobald du mit deinem Pilotenhelm unter dem Arm in der Sommersonne ans Ufer sprangst, wusste ich, dass Kluk nicht einfach so aufgebrochen war, und auch, dass er den Weg im Winter nicht freiwillig auf sich genommen hatte. Dass Kaska oder Herman, letztlich läuft das aufs Gleiche heraus, ihn geschickt hatten, damit er jemanden darüber informierte, dass ich bei den Indianern in Äshè'yi Män war, dass man mich abholen und zu meinen Leuten zurückbringen musste.

Meine Leute, wer war das? Kannst du es mir vielleicht sagen? Wer wollte mich zurückhaben, wer machte sich Sorgen um mich, wer vermisste mich, wer liebte mich? Mein Vater mit seiner Toga aus Meeresschaum und Algen, meine Mutter, mit den roten Sternen auf den Wangen? Der zwielichtige Politiker – immerhin wohl mein Opa –, der seine Tochter verschacherte, um sich eine Wahl zu erkaufen? Die Mafiosi, die Nutten und Zuhälter vom Strand von Santa Monica, wer wollte mich? Wessen Goldstück war ich?

Ich weiß nicht, was Kaska dir in unserer Hütte erzählt hat, was sie ausgehandelt oder erbeten hat, wie sie die Entscheidung rechtfertigte, mich nicht länger bei sich zu behalten, doch während du dich abgeschirmt von Blicken und Zuhörern mit ihr unterhieltst, spielte ich mit den anderen Kindern mit den Knöchelchen, als ob nichts wäre, erfasst von derselben Angst, die mich überfallen hatte, als wir Kloo Lake verließen, und ich sagte mir: Das ist das letzte Mal. Das letzte Mal der Geruch von Lagerfeuer, Kerzenfischen, Pemmikansuppe, das letzte Mal die alte Decke der Hudson's Bay Company mit ihren traurigen Geschichten und die Windharfe in den Elchgeweihen.

Kaska und Herman haben genug von dir, sie wollen dich loswerden. Werfen dich weg wie Fischinnereien. Ihre Zurückweisung erfüllte mich nicht mit derselben beunruhigenden Verlustangst, die ich bei unserer Ankunft hier verspürt hatte, ich bekam nicht jenen tränenlosen Schluckauf, der mir damals aufgrund der Verzweiflung über den Verlust meiner Mutter die Brust zerrissen und wogegen Kaska mich so wunderbar in die tierische Wärme gehüllt hatte. Nein, jenseits von Angst, Schmerz oder auch Rebellion empfand ich unerbittliche Wut, ein tiefgreifendes Gefühl von Einsamkeit und den endgültigen Verlust der Liebe. Was für eine karge Welt, in der nur der Mond mit seinem zweifelnden, missmutigen Auge über mein Unglück wachte.

Aus diesem Unglück machte ich mein Glück – ich würde von Minute zu Minute stärker werden. Während ich fröhlich die Knöchelchen in die Luft warf, geschickter als je zuvor, überzog ich meine Ch'atthan-Brust mit Eis. In diesem Panzer wurde ich unbesiegbar, weder Pfeil noch Kugel konnten meine Rüstung durchbohren, die widerstandsfähiger als Stahl war. Ich schärfte mein Nhatryah-Gebiss, das des schrecklichen Vielfraßes, der mit seinem schauerlichen Kiefer einen gefrorenen Hirschkadaver zerkleinern kann, mit einem einzigen Biss die Wirbelsäule eines Menschen zertrümmern – wie liebte ich diese Monster. Ihr Abbild war meines, ich vermählte mich mit ihrer Seele, stellte auf meinem Gesicht die ausdruckslose Maske aus Holz und Perlmutt der Tänzer zur Schau, in den Ohrläppchen klappernde Kupferplättchen, furchtlos, Herz aus Stein.

Tags darauf musste man mich nicht bitten, dir zu folgen. Ich weinte nicht, zierte mich nicht mit meinen Grübchen und Löckchen, bettelte nicht, erhob keinen Einspruch, stellte keine Fragen. Ich gehorchte Kaska, meine Hand in ihrer betrügerischen. Meine Fügsamkeit, das beste Mittel, um mich an ihr zu rächen, sie zu bestrafen. Das ist mir nur zu gut gelungen. Sie, die ihre Gefühle, abgesehen von der Nacht mit den Polarlichtern, als sie mich so fest an sich drückte, so wenig zeigte - ich glaubte, dass ihre Augenwinkel leicht feucht wurden, ihre Augen so fest zusammengekniffen, dass man sich fragte, ob sie überhaupt etwas von diesem hellen Morgen sah, von der Schönheit der leuchtenden Gelb- und Rottöne, das Blau des reglosen Sees spiegelte perfekt den Himmel, zum Sterben schön, stoßt mich in den Abgrund. Ich war einverstanden. Ich sehnte mich danach, und doch lief ich tapfer neben dir her, das kleine Totem war das Einzige, was ich mitnahm. Herman, der Feigling, blieb bei der Hütte. Er hatte sich nur zu mir nach unten gekauert, auf seinen Rangerhut gedeutet, um mir zu zeigen, dass dort der Federhalter aus Elfenbein mit dem Guckloch und den Bildern von idiotischen Tauben und Palästen mit Arkaden steckte. Das Dorf lag verlassen da, man hätte meinen können, alle wären zum Pilzsammeln aufgebrochen.

Als ich auf den Schwimmer kletterte, und ehe ich für immer verschwand, krächzte mir Kaska mit ihrer Rabenstimme ins Ohr: ›Jetzt bist du Njyah, das wirst du für immer für mich sein, erinnere dich daran, wak, wak.‹

Ich tat so, als hätte ich es nicht gehört. Ich nahm nur Shini in den Arm, drückte seinen kräftigen Wolfshals an mich, sein dichtes, warmes Fell, dann blickte ich ihm fest in seine Augen, die blauer waren als die eines Menschen, und sprang danach auf den für mich bestimmten Platz. Sobald ich angeschnallt war, rührte ich mich nicht mehr.

Mich auszuliefern war einfach, nicht wahr?

Keine Komplikationen, keine Scherben, nichts.

Ganz geschmeidig.

Oh, Bud, ich habe lange gebraucht, das alles zu verstehen. Zeit hatte ich genug, endlose Tage, die ich als Geistesgestörte wartend in meinem Zimmer verbrachte, ohne Entlassungsdatum, ohne die Sicherheit, da jemals wieder rauszukommen. Ich hatte viel Zeit für einen Sturm im Schädel der kleinen Jessie. Das Glück oder Unglück der Kinder ist ebenso heftig wie das der Erwachsenen, die meinen, ihre Größe wäre die Messlatte für Gedanken und Gefühle, dabei sind sie die Zwerge. Ich bin geboren, aufgewachsen und älter geworden in Kloo Lake, in Äshè'yi Män, eine gesamte Existenz im Wald, auf den Trails, dort habe ich ein gesamtes Leben durchlaufen, wie man das über die Gestirne sagt. Einmal in der Umlaufbahn konnte meine Schwerkraft nicht mehr gemessen werden, auf einmal war ich etwas übergeschnappt, kein Wunder. Völlig normal, dass ich große Angst hatte, sie erneut durchlaufen zu müssen, weil der Zähler nicht einfach stehen blieb, wenn ich am Ziel ankam, sondern dieses zum neuen Ausgangspunkt wurde, wie bei jeder Umlaufbahn. Nichts war vollendet, vom Leid erlöst, wie man das von den erschöpften Pferden sagte, die man in eine Schlucht warf oder denen man den Gnadenschuss gab, das fing immer wieder von vorne an. Man könnte auch sagen, dass nie irgendwo etwas begann, also bin ich erneut alles durchgegangen, machte mich damit vertraut, machte es mir bewusst. Da ich mittlerweile sieben Jahre alt war, das Alter der Vernunft erreicht hatte, nunmehr Nieren, eine Leber, ein Herz und eine Seele hatte, besaß ich somit auch Verstand, nicht wahr?

Sie hatten mir meinen Talisman weggenommen, doch ich musste seine umkehrbaren Figuren nicht mehr betrachten, mich nicht länger vergewissern, dass sie, ob richtig herum, verkehrt herum, stets dieselben waren in einer Welt, deren Erscheinungsbild sich nach Belieben änderte. Ein Monster kann ein wohlgesonnener Totemwächter sein, eine grausame Geste ein Akt der Liebe, die Liebe kann verletzen, schmerzen oder mit Freude erfüllen, man kann das wahrhafte Goldstück einer Rabenmutter sein, auch wenn sie das stets mit Zynismus sagt, leichtfertig dahin. Ihre Lüge kann unwissentlich eine Wahrheit verkünden, die einen verzweifeln lässt, oder einem aber Glaube und Hoffnung schenken. Eine verrückte Karte kann eine Richtung zuverlässiger vorgeben als jeder Kompass, einen vom Weg abbringen, um einen besser zum unauffindbaren Zentrum zu führen, wo man mit rot besternten Wangen für alle Ewigkeit zu sich selbst findet.

Schließlich verstand ich, und das war unendlich gut, dass Kaska mich schützen wollte, als sie mich verstieß oder verjagte, und dass sie fester zu mir stand, als sie mich verriet, dass sie mir ihren Kummer ersparte, damit ich an meinem wachsen konnte, dass sie auf die Liebe verzichtete, damit die für den großen Nordwesten unversehrt blieb und weiterbestand. Sie musste mich nicht dorthin bringen, ich war bereits dort.

Gemeinsam mit ihr bin ich im Land von Ts'ii deii, zur Zeit der hunderttausend mal tausend einstigen Jahre, ehemals unsichtbar und im Geist sichtbar, bevölkert von uns allen, die wir zum gegenwärtigen, vergangenen und zukünftigen Zeitpunkt zugleich tot und lebendig sind, einer und viele für die Ewigkeit. Sie hat besser daran getan, mich in dein Wasserflugzeug zu setzen, als zu versuchen, dass ich mich mit aller Kraft an diese extremen Breitengrade akklimatisierte, denn als Importprodukt mit dem Label roter Löckchen, Milchteint, und trotz der durchlöcherten Ohren, drohte mir die unheilbringende *Nuance,* ein überaus diskriminierender Faktor: Es gab keinen Grund, weshalb einer ihrer Gwich'in-Cousins nicht genauso bescheuert sein sollte wie die Weißen – diese Eigenschaft ist ziemlich gerecht in der menschlichen Spezies verteilt. Besser als andere wusste sie, dass es für mich bei ihr keine Zukunft gab, bei den ihren. Ich konnte sie endlich lieben, ich konnte Herman lieben für alles, was sie mir gegeben haben, als ich bei ihnen war. Erst in einem anderen Leben werde ich wissen, was aus ihnen geworden ist, aus dem Raben und dem Wolf. Damit räumte ich auch Onayepa wieder einen Platz in meinem Herzen ein, so tief verletzt, so grausam sie war, so sehr sie auf ihren guten Stern vertraut hatte. Sogar für die unmöglichen Kindereien des kleinen Oswald aus Salinas fand ich letztlich mildernde Umstände.

Was unseren Freund Kluk betraf, so brauchte ich etwas länger, um zu verstehen, dass er genauso schlecht dran war wie ich, dass er sein Dorf Klukwan verließ, um als junger emanzipierter Indianer von der modernen Welt in Juneau zu profitieren, fasziniert von den Kreuzfahrtschiffen, die die Nacht erhellten, und von einem wunderbaren Anderswo träumend, sprich, von einem anderen Leben als seinem. Auch wenn er Besseres erwartet hatte, war sein Schicksal als Schiffsjunge von Jim nicht einmal das Schlimmste, selbst wenn er in den Genuss der Beleidigungen der Einheimischen kam und die ein oder andere Kröte schlucken musste. Vielleicht fand er es noch ganz amüsant, Reißaus zu nehmen, den Boten auf geheimer Mission zu spielen und sich damit bei Murphy in Kloo Lake wichtig zu machen, dennoch glaube ich, dass ihm der Rest dieses Abenteuers nicht gefiel, ganz und gar nicht. Die Realität entpuppte sich diesmal als überaus gefährlich. Die Kopfgeldjäger waren kein Spiel mehr. Seine Mundharmonika und sein Geschwafel, das war alles nur leeres Gerede. Dadurch, dass er die Geschichte seines kolonisierten, unterjochten Landes erzählte, erschien es ihm weniger malerisch, bitterer, und Kaskas Sarkasmus hatte gereicht, um ihn zu erschüttern. Zudem waren die Lebensumstände in Äshèʼyi Män nicht besser als die seiner Kindheit in Klukwan. Die Indianer dort ähnelten zu sehr denen, die er verlassen hatte, mit ihren Gabenfesten, ihren altmodischen Bräuchen und ihrer vorgeblichen Ergebenheit den Weißen gegenüber, die sie umso mehr verachteten. Keiner von ihnen fand in seinen Augen Gnade – außer dem legendären Herman, dessen Ansehen, Prestige und Autorität ihm Respekt abnötigten. Er war von einem anderen Schlag, kam den großen Häuptlingen der alten Clans gleich, er war die Zukunft.

Also machte sich Kluk im tiefsten Winter auf, um der unschönen Geschichte zu entrinnen, in die er verwickelt worden war. Das konnte er unter einer Bedingung, die Herman ihm stellte: dass er, sobald er in Juneau eintraf, zu Ewan MacTrevor, alias Burnt Nose, ging und ihn bat, in seinem Käseblatt die Sensationsmeldung zu drucken, dass das Yankee-Mädchen, das niemand zu suchen schien – eine skandalöse Unterlassung der amerikanischen Polizei –, ihre Ferien in einer verlassenen Ecke in Yukon zubringe. Auch wenn er sich so vorerst aus der Affäre ziehen konnte, so gefiel ihm seine neue, die letzte, die wirklich allerletzte Aufgabe, die ihm übertragen wurde, nicht sonderlich. Es war zwar nicht sehr ruhmreich, sich auf diese Weise vom Acker zu machen, aber erst mal nicht weiter schlimm. Es war auch nicht schlimm, dass Kostas und der Bootsmann ihm die kalte Schulter zeigten, weil er sie überging und direkt den Chef in dessen Büroräumen in der Fabrik aufsuchte, in denen hübsche Ebonittelefone und klappernde Schreibmaschinen standen. Es war auch nicht besonders misslich, dass dieser Herr mit der verbrannten Nase ihm erst Beachtung schenkte und seine Nachricht ernst nahm, als er den Namen von Herman erwähnte. Auch nicht, dass er aus dem Stegreif einen hetzerischen Artikel gegen die Behörden schrieb, den er, als daraufhin nicht prompt etwas geschah – Juneau ist letztlich nur ein Kaff –, nach San Francisco und Los Angeles telegrafierte, wo er prominente Redakteure und Gewerkschaftsbosse darauf ansetzte, zu denen er in Kontakt stand. Außerdem war nicht zu vernachlässigen, dass er Kluk über zwei oder drei Monate hinweg unter seine Fittiche nahm, indem er ihn kleine Aufgaben für die

Zeitung erledigen ließ. Meldegänger, das lag ihm, daran hatte er Spaß.

Nein, der Ärger fing erst so richtig an, als die Beamten des FBI in Juneau auftauchten und er sehr aufpassen musste, ihnen gegenüber nichts von dem zu sagen, was Herman ihm verboten hatte: kein Wort über die Kopfgeldjäger, nichts über die erschossene Frau, oder der kleine Kluk würde es bereuen. Das verstehe er, oder? Unter diesen Umständen hatte er keine andere Wahl, als einen auf ängstlichen, verschlagenen Indianer zu machen und damit genau dem Bild zu entsprechen, das die Weißen sich von ihm machten, um sich ihres Selbstverständnisses als Weiße besser versichern zu können. Und da jene felsenfest an ihr Weißsein glaubten, hat er sich ganz gut aus der Affäre gezogen.«

»Ja, Jessie, ich habe gesehen, wie gut er mit hängenden Schultern, stammelnd und mit ausweichendem Blick seine Rolle in dieser Westernparodie spielte, gerissen, unwissend, stumpf, nichts rauszuholen aus diesem zurückgebliebenen Schädel. Man konnte ihn nur immer wieder dasselbe wiederholen lassen: Dass er nur in Whitehorse, vielleicht aber auch in Canyon City oder Champagne gehört hatte, dass die Jäger der Tutchonen ein kleines rothaariges Yankee-Mädchen gefunden hatten, das sie, da der Winter jede längere Reise unmöglich machte, bei sich aufgenommen hätten, was ihnen überaus unangenehm sei. Allerdings hätten sie nicht gewusst, was sie sonst hätten tun sollen. Sie wollten das Mädchen so bald wie möglich der kanadischen berittenen Polizei übergeben.

Ich weiß nicht, ob diese Idee von Herman kam oder ob Kluk improvisierte, doch das war ausschlaggebend dafür, dass die Entscheidung an höherer Stelle getroffen werden musste. Anhand seiner Beschreibung lokalisierte ich das Dorf im Norden des Sees. Er kam besser mit einer Karte zurecht, als man hätte annehmen können – das sei so dank Jim, seinem Chef, der ihm das Lesen beigebracht habe und das Navigieren auf dem Fjord anhand von

Seekarten, sagte er. Meiner Meinung nach hatte er sowohl die Bibel als auch die Comics für sein Alter gelesen. Letztlich ließen die Agenten ihn wieder laufen, mit einer Handvoll Dollar, damit er den Mund hielt, er sich zügig verkrümelte und man nichts mehr von ihm hörte, weder in Juneau noch anderswo, kapiert? Vielleicht hat Burnt Nose ihm eine Stelle als Laufjunge bei einer Zeitung in San Francisco verschafft, und vielleicht ist Kluk inzwischen Journalist, weshalb auch nicht? Oder aber er hat sich in eine verlassene Ecke des Fjordes verzogen, vielleicht ist es ihm gelungen, Jim ausfindig zu machen, und er hat ihm erzählt, wie die Geschichte ausging, wer weiß!«

»Er war meine erste große Liebe«, sagte Jessie. »Eine kindliche Schwärmerei, so spotten die Erwachsenen. Gerötete Wangen, eine kleine Mundharmonikamelodie, wenn man das das erste Mal erlebt, ist das weder klein noch unbedeutend, es ist stets genauso ernst, fröhlich, berauschend und grausam, wie es nun mal ist – egal, wie alt man ist. Mein kleines Kluk-Eichhörnchen hat all das ignoriert, aber durch ihn verstand ich, welch verliebte Leidenschaft Anaïs' und Jacques' Herz entflammen konnte, leuchtendes Kinderherz, gebrochen. Wie eine Infektion hat ihre alte Wunde im Garten in Frankreich mein ganzes Leben verändert. Meine Kindheit war gerade erst skizziert, doch so vieles von dem, was aus mir im hübschen Brentwood hätte werden können, schien bereits festgelegt zu sein, als ihre Geschichte durch die Summe aller Zufälle, die sich in unserem Leben abspielen, auf meine traf, die daraufhin ihre festgelegte Bahn änderte.«

Aber vielleicht war ja auch nichts von vornherein festgelegt. Ein anderes Mal könnte die Geschichte eine andere Richtung einschlagen, niemand kann den unerbittlichen Lauf des Erzählten korrigieren oder verändern, das nach und nach seine endgültige Form annimmt. Es ist nicht umkehrbar und fiktiv, nicht umkehrbar und lückenhaft. Also werde ich daran glauben, wenn du mich überzeugst, wenn du mir wehtust und mich dann heilst. Es hängt von dir ab, von deiner Fieberhaftigkeit oder deiner Angst. So vieles, was für unmöglich gehalten wird, ist wahr, wohingegen andere, unwahrscheinliche Dinge für wahr gehalten werden.

Wer von uns beiden hat diese Worte am Tisch meines Trailers ausgesprochen, als unsere Hände, Knie, Wangen einander so nah waren, dass sie fast brannten, als wir anfingen, einander mit bangem Ohr zuzuhören?

Der Wind kann die Hochspannungsleitungen noch so sehr beuteln, der Eisregen auf das Dach niederprasseln, wir sind im Warmen, dicht an dicht, und in meinem Schlaf hänge ich traumwandlerisch an deinen Lippen, weiß nicht, ob das, was ich erzähle meinem Wachtraum oder der Realität angehört, auch wenn die beiden häufig ein und dasselbe sind. Vielleicht bin ich wie deine Schneekugel geworden, während ich durch das durchscheinende Glas mein ganzes Leben betrachte, bin ich eingeschlossen in dieser undurchdringlichen Kugel, unter deren glatter Oberfläche ein Wirbelsturm meine inneren Flocken aufwirbelt und mein Erinnerungsvermögen durcheinanderbringt.

Ich bin nicht mehr Bud Cooper, sondern ein Protagonist in einer Geschichte, die jemand anders an meiner Stelle schreibt, eine Art Es-war-einmal-Bud, ein Junge aus dem Südosten von Ottawa, dessen Blut in meinen Adern pulsiert, während er schreibt, Buchstabe für Buchstabe, Wort für Wort, damit sich mit jedem eine neue Tür öffnet. Wahr oder falsch, wer wird schon die Daten überprüfen, die Orte und Namen oder die Handlungen in jener Nacht des Erzählens? Hat Gott wirklich das Licht von der Finsternis geschieden, um dann schließlich die Sprachen zu verwirren, damit jede Wahrheit, die daraus hervorgehen könnte, aufgehoben wird, und danach dann geschwiegen, Stille.

Stille.

Ich laufe durch das Labyrinth der breiten Straßen, Hauptverkehrsadern, vom Regen durchpeitscht, bald werden sie Schnellstraßen mit gesichtslosen Zubringern bauen, ich gehe durch den Irrgarten meines einstigen Trailerparks, inzwischen halb zerstört, vollgestellt mit Baukränen. Anchorage baut Wohnraum aus Beton, wo es nur geht. Riesige Erdölvorkommen wurden in Prudhoe Bay entdeckt, die arktische Taiga zum Nationalpark erklärt, gläubige Umweltschützer vertreiben im Zusammenschluss mit Energiemanagern Gwich'in und Iñupiat aus ihren Gebieten, wie es einst die Missionare und Goldsucher getan haben, besser, du siehst das nicht, Jessie.

Ich gehe die kleine Straße hinauf, in der unser Haus steht, komme zu uns nach Hause. Ich suche dich nicht, du bist da, frei, strahlend, und ich setze mich rasch an meine Schreibmaschine, um Wort für Wort zu tippen, als würde mir jedes einzelne davon die Tür öffnen, um zu dir zu kommen. Dein Körper ist als kleine warme Kugel unter der Decke zusammengerollt, in der Küche, wo du uns einen Kaffee kochst, du schmiegst dich an mich, schlingst deine Arme um meine Schultern, ich spüre deinen Atem an meinem Nacken und schreibe mit gebrochenem Herzen das Buch, das du mir zu schreiben weder erlaubt noch verboten hast. Ich lausche deiner Stimme, die meine ist, die an mein Ohr dringt, bis ich der Illusion erliege, dass du hier bist, ganz nah, kein dem Eis entstiegener Geist, sondern ein Wesen aus Fleisch und Blut, das hinter mir steht – ich bin nicht länger allein.

Manchmal vereinen sich die Schatten und Seelen von Toten in der Zufluchtsstätte eines neuen Körpers und vermählen sich, dann träumen wir von unseren alten Leben, als Tier oder Mensch, tanzen die Trance der Geister unter unseren Masken, dann können wir sehen, was wir hätten sein können, die Erinnerung einer Erinnerung haben. Erinnerst du dich zum Beispiel an das in die Dunkelheit vordringende Licht, an diese Sonnenstrahlen, die die blaue Luft des Unterholzes lanzenartig durchstießen? Hör hin. Hörst du das Rauschen der seit Ewigkeiten dahinfließenden Flüsse, und siehst du zwischen den Zweigen hindurch jetzt das Kanu aus Karibuhaut vorbeitreiben, diese paar Trapper und ihren Tutchone-Führer den Strom hinunterfahren, silbernes Erschauern, schaumige Fluten, sie, diese rauen, brutalen Seelen, unvermittelt alarmiert durch die Stille dieser Weite, dieser unberührten Einsamkeit, die sich hinter dem undurchdringlichen Wald gleichbleibend zu beiden Uferseiten erstreckt, über viele Kilometer hinweg ohne Grenzen. Sie, die nicht vieles ergreift, sind schlagartig über diesen unmenschlichen Himmel besorgt, dunkles rötlich violettes Wolkenband, das den unendlichen Horizont bedeckt, über den eisigen Mond, erschrecken über dieses Übermaß an unsichtbarer, gefährlicher Gegenwart von Tieren, deren Erschießen und Enthäuten sie mit Stolz und bestialischer Wildheit erfüllt. Dabei handelt es sich nicht um Geister, nur um Wesen aus Fleisch und Blut. Schwärme von stechenden Insekten, deren Stiche Fieber hervorrufen, fallen über sie her, über ihnen kreisende finstere Raubvögel, riesige Raben, schlagen mit ihrem schwarzen Flügel plötzlich gegen die Stirn der Männer im Kanu, als wollten sie sie warnen, doch die wissen nicht wovor, denn sie haben schon seit Langem ihren Glauben an ihren schweigsamen Gott verloren, an ihre verrückten Karten, deren Fetzen sie bei Nacht im Lager zurate ziehen, Feuer aus Treibholz, das am Ufer rötlich leuchtet, umgeben von Geräuschen und unverständlichen Schreien, hoffend, ohne es wirklich zu glauben, dass beim versprochenen Zufluss, nach der nächsten Biegung des Flusses oder der übernächsten, endlich das kleine aus Stämmen errichtete Fort auftaucht, unzureichend von Palisaden umgeben, von angespitzten Pfählen, segensreiche Rauchschwaden, die aus einem Schindeldach aufsteigen. Es kann aber auch sein, dass das an einem anderen Fluss steht, der in jeder Hinsicht diesem hier ähnelt, an einem anderen Zusammenfluss, noch viel weiter im Westen des Nordens, wo man Erzählungen zufolge ankommt, wenn man trotz nachlassender

Kräfte und vor Müdigkeit bleierner Lider weiter an seinen Glücksstern glaubt.

Aber die Sterne dieses Himmels sind stumm, und diesem Führer ist nicht zu trauen. Sein Gesicht mit den harten Zügen, kupferfarbener Teint, fliehende Stirn, verbirgt seine Gedanken und unbekannten Gefühle. Man stellte seine Menschlichkeit infrage, verabscheut ihn wie ein entstelltes Bild seiner selbst, verabscheuenswürdige Gesichtszüge eines anderen, den man auslöschen, vernichten muss. Doch er kennt die Bäume, mit deren Harz man die Risse des Kanus abdichtet, die heilenden Kräuter, er spürt die Nähe eines Bären, redet mit ihm. Er interpretiert den Himmel und den Wind, die Gerüche, kann den Schnee vorherahnen, den Blizzard, er weiß, wie man aus nichts einen Unterschlupf errichtet. Er orientiert sich ohne Karte in dieser namenlosen Welt, entziffert ihr Chaos und weiß, wo das Gold in den Eingeweiden der Erde steckt, doch das Gold ist ihm gleichgültig. Er bevorzugt Kupfer. Also macht man ihn sich lieber untertan, bezahlt ihn mit Schnickschnack und füllt ihn manchmal mit Alkohol ab, bringt ihm bei, diesen zu lieben. Besser man macht ihn zu einem Verbündeten, denn ohne ihn verliert man ganz sicher den Verstand, erfasst einen der nordische Wahnsinn, dessen Todestanz die Männer dazu bringt, sich nackt auszuziehen und wie hirnlose Hampelmänner in der eisigen Weite herumzurennen, wie es heißt. Jeder könnte einen Roman darüber schreiben, Jessie.

Das sind Bilder, von denen man in Büchern gelesen, die man in Filmen gesehen hat, und manchmal geht unser Traum über das hinaus, was wir kennen, und ist so realistisch, dass wir glauben, diese Szene schon einmal gesehen zu haben oder in einem früheren Leben einer dieser Trapper aus einer anderen Zeit gewesen zu sein. Wir scheinen mit seiner Haut und seinen Nerven zu spüren, mit seinem Gehirn zu denken, doch das, was sich als wahrscheinlich darstellt, ist nicht wahr, es ist nur das, was ich mir ausdenke, das heißt, das, was passiert ist oder auch nicht, geht in

Wahrheit über die Einbildungskraft hinaus, denn ich spüre dich an meiner Schulter, so gegenwärtig, wie du es versprochen hattest, vorausgesetzt, ich schreibe Buchstabe für Buchstabe, Wort für Wort die Geschichte, wie ich sie von dir erzählt bekommen habe.

Meine Erinnerung - oder mein Herz - verrät mich. Ob ich will oder nicht, zinkt der sentimentale Faktor die Spielkarten. Je nachdem, was wir vermuten, kompensiert unsere Vorstellung das, was wir nicht sehen, das, woran wir uns nicht erinnern, sie mischt die Karten und vertauscht sie untereinander, sodass man jene aus den Augen verliert, deren Ecke man nicht umgeknickt hat - so hat es sich nicht ereignet, nicht in dieser Reihenfolge, es kommt zu wilden Sprüngen nach vorne wie von Zicklein, zu Kehrtwendungen, zurück auf Anfang, mein Schatz, es gab auch tote Winkel, Sackgassen, die ich auf meine Weise füllte, und andere, die ich ihrem Schweigen überlasse, Stille.

Stille.

Es gibt keine Worte, um zu erzählen, was mit uns passiert ist und warum sie gegangen ist, oder aber es ist zwischen ihnen verborgen, sodass sie es zu verschweigen scheinen. Noch heute träume ich davon, dass ich auf einer Mine hochgehe, und was ich spüre, dieses Massengrab aus Blech, mein Kopf, abgerissen, der widerliche Geruch von Benzin und verbranntem Fleisch, das alles ist ebenso wahr wie das Wissen, dass das nicht passiert ist, und was passiert ist, ist ebenso furchtbar wahr, als würde ich es träumen.

Jeden Morgen bombardierten uns die Radionachrichten mit Atomträumen, Sprengköpfen, Spionageflugzeugen, Überwachungssatelliten, Raketen, Wettrüsten und geostrategischer Zerschlagung der auseinanderdriftenden Pangaea, die von Korea bis nach Vietnam und Kuba zerbrach, von Ungarn über den Suezkanal bis zum Gulag, die Berliner Mauer, eingeimpfte rote Angst von der McCarthy-Ära mit Rückhalt der CIA. Aber Jessie und ich, Schockwelle unserer persönlichen Megatonnenbombe, tausend mal tausend Hiroshima und Nagasaki, wir waren bereits unter dem Fallout von Ruß, Asche, Staub und Radioaktivität begraben, von unserem Polarmantel des nuklearen Winters, der bereits im Kalten Krieg bestrahlt wurde, der irgendwo zwischen ihrem Thalamus und ihrer Zirbeldrüse erklärt worden war, Metastasen in der Erwartung der finalen Kernspaltung, Läsionen ohne Schutzschild, ohne Immunschutz, ohne mental-neuronalen Schutz.

Immer häufiger flogen wir über die Gletscher des Mount Saint Elias, die Halbinsel von Alaska bis zum Cape Sarichef, aus den Ogilvie Mountains von Klondike, von Sitka oder Yakutat Bay bis zu den Bergen von Denali, karge Tundraebenen, bronzefarbene und silberne Flechten und Seggen so weit das Auge reichte, riesiges Yukondelta, meine Norseman flog mit Vollgas darüber, ohne zu murren, dass diese himmlische Spritztour reinster Wahnsinn sei, dass das Überfliegen der irrsinnigen Welt auf einem Teppich, ihre Überquerung mit Siebenmeilenstiefeln, uns vor nichts erretten würde, immer müssten wir wieder auf dem Rollfeld landen, die Benzinanzeige auf null.

Also sagte sie mir eines Morgens, an dem wir wieder einmal aufbrechen wollten, weil ich nichts anderes tun konnte, als sie auf eine Höhe von fünftausend Fuß über den Albtraum zu tragen, da sagte sie zu mir: »Bud, sieh mich an. Sieh mich an, mein Schatz. Dort möchte ich hin, es ist an der Zeit. Bitte, bring mich in den Norden des Nordens, bis nach Ts'ii deii, wo alles stets unsichtbar und im Geist sichtbar ist, alles in der Gegenwart verkörpert, Vergangenheit und Zukunft zugleich, beständig von uns allen bevölkert, die wir tot und lebendig sind, einer und viele für die Ewigkeit, ich werde direkt dorthin gehen. Hab keine Angst, man meint, es wäre unendlich weit, das Weiß des hohen Nordens ohne Horizont, doch es ist nur eine Seite, eine weiße Karte, die man mit der Hand glatt streicht. Siehst du, ich bin genauso groß wie du, zunächst bin ich groß, dann ein bisschen kleiner, ganz schnell schon nur noch halb so groß, dann ein Drittel, dann ein Viertel, als wäre ich Alice, danach dauert das Schrumpfen länger. Es dauert sehr viel länger, immer kleiner zu werden, gemessen an deinem kleinen Finger, einer Zigarette, wie ein Streichholz, wie der Fingernagel deines Daumens, mein kleiner Däumling, und dann ein Splitter, ein Komma, winzig, bis ich nur noch ein Sandkorn bin oder ein Salzkorn, ein Staubkorn, doch die Entfernung ist eine optische Täuschung, tatsächlich handelt es sich nur um Zeit. Lass mich die ganze Zeit nicht aus den Augen. Wenn du mich nicht aus den Augen lässt, dann gehe ich nicht weg, ich schrumpfe, du musst mich nur gut festhalten, siehst du, so.« Sie spreizte meinen Daumen und Zeigefinger so weit es ging. »Verstehst du? Auf das Maß deiner Finger bin ich bereits geschrumpft, erst zwanzig Zentimeter, dann zehn, dann fünf, bis deine Finger sich berühren, aber das ist nur eine Illusion, hab keine Angst. In diesem unendlich kleinen Raum, kleiner als ein Molekül aus Gold oder Kohlenstoff, bin ich immer noch hier, wo unsere Liebe für immer am größten ist, spürst du das?«

Es war so kalt, dass alles taub wurde, Haut, Nerven, Knorpel von tödlicher Kälte umhüllt, zerbrochenes Kristallgehirn, wie sich noch aufrecht halten, nichts als ein Eisblock in der eisigen Luft, atemlos, der kreischende Blizzard, Polarwintermantel, kleinste Teilchen, vereiste Asche. Die einzige warme Verbindung, die einzige Quelle des Lebens war die schwache Wärme unsere Münder, letzte nukleare Verschmelzung unserer rissigen, aufgeplatzten Lippen, das Feuer erlosch.

Sie machte einen Schritt nach hinten, einen weiteren, dann wandte sie mir den Rücken zu. In ihren Rücken, zwischen ihren Schultern, zwischen den Schulterblättern, an diesem fragilen Punkt zwischen ihren rudimentären Flügeln hatte sich mein Blick hineingebohrt, ein glühender Pfeil mitten ins Herz, blutend, pochend. Es kam so, wie sie sagte. Nein, sie entfernte sich nicht, sie schrumpfte, fast hätte ich sie in den langen Schneewehen aus den Augen verloren, die schneidend über den mondbeschienenen Boden zogen, doch zwischen meinen eisverklebten Wimpern, mithilfe des Maßstabs meiner bloßen Finger, hielt ich sie die ganze Zeit fest, so gut ich konnte, mein Zeigefinger und mein Daumen näherten sich einander unausweichlich wie magnetisiert an, während sie wie ein kartesischer Taucher schwerelos an Ort und Stelle verharrte, immer kleiner wurde, dahinschwand, bis sie ein Komma war, ein Punkt zwischen meinen Fingern, tote Fingerkuppen, die sich berührten, als schuldiger Mann brüllte ich vor Entsetzen.

»Mein Schatz, du siehst mich nicht mehr, aber ich bin immer noch da, ich bin nur aus deinem Blickfeld verschwunden, aber du hast mich nicht verloren, ich bin hier bei dir, Bud, wir sind immer noch zusammen.«

Es herrschte eine solche Eiseskälte, von der man sagt, dass die Spucke gefriert, ehe diese auf den Boden trifft.

Ich war damit einverstanden gewesen, wir waren hierhergekommen, ein letzter Flug, wir beide im Cockpit meiner Norseman. Die Benzinanzeige war es, die entschied, wo wir auf der leeren Seite landeten. Sie zeigte an, dass der Tank noch halb voll war.

»Die andere Hälfte, mein Schatz, ist dafür, dass du wieder an unseren Ausgangspunkt zurückkommst, nicht zum Rollfeld von Anchorage, sieh mich an, sondern zu dem Moment, in dem du diesen einen Blick hattest und ich den Pfeil von meinem dorthinein gebohrt habe, für alle Zeiten.«

Der Vorstellung, die man entwickelt, die maßgeschneidert ist, um dem miesen Leben als Treibstoff zu dienen, um hier und da mal etwas an Höhe zu gewinnen, in dem Wissen, dass man wieder absinken wird und mit angehaltenem Atem knapp über den Boden fliegen muss, ziehe ich den echten Traum vor, auch wenn er sich hin und wieder als Albtraum entpuppt, denn er ruft doch unsere Schatten und unsere Seelen zu sich. Mein Traum oder mein Wunsch hat nun die magische Kraft, einzugreifen, damit die Zukunft so gewesen sein wird. Tatsächlich *wird es so gewesen sein.* Ich glaube es, weil ich im Schein meiner Lampe weiterschreibe, auch wenn es ebenso unmöglich ist, mit dem Tod abzuschließen, wie einen Roman abzuschließen.

DANKSAGUNG

Dank geht an die Mitarbeiterin im Yukon Archives in Whitehorse, die mich bei der Recherche in den Bibliotheksbeständen und der Fotosammlung unterstützt hat.

Auch danke ich den Dolmetschern des Kulturzentrums Dänojà Zho in Dawson, die der Tr'ondëk Hwëch'in First Nation des Klondike Rivers gewidmet ist, für ihre wertvollen Informationen.

Und ich danke Nastassja Martin für ihr anthropologisches Werk über das Volk der Gwich'in in Alaska. *Les Âmes sauvages* erschien 2016 bei La Découverte.

EDITORISCHE NOTIZ

In diesem Roman werden abwertende Sprach- und Denkmuster thematisiert und kritisiert. Die Darstellung von rassistischer Sprache im Kontext der entsprechenden Szenen dient lediglich der Abbildung und ist Voraussetzung der Kritik.

Ulrich Maske · Franziska Harvey

Es war, als hätt der Himmel die Erde still geküsst

Eine einzigartige Sammlung an Gedichten aus fünf Jahrhunderten, in denen der Mond als heimlicher Star, einsamer Held, als Tröster und Reflektor oder auch stiller Beobachter auftritt.

In dieser abwechslungsreichen Zusammenstellung werden romantische, fantastische, klassische und popkulturelle Verse gelungen kuratiert und auf verzaubernde Weise in einer phantasievollen Bildwelt zum Leben erweckt. Die künstlerischen Illustrationen sind so vielfältig und kontrastreich wie die Gedichte selbst. So gelingt ein magisches Stelldichein mit dem Mond als Reiseführer durch den lyrischen Kosmos. Abgerundet wird der Band durch kurze biografische Einträge, die über die Verfasserinnen und Verfasser informieren. Das perfekte und zeitlose Geschenk!

Mit Gedichten von
Mascha Kaléko, Rio Reiser,
Joseph von Eichendorff,
Rainer Maria Rilke,
Annette von Droste-Hülshoff,
Wolfgang Borchert,
Bertolt Brecht,
Christian Morgenstern,
Ulrich Maske u. a.

Hardcover · ISBN 978-3-8337-3135-8
224 Seiten · Durchgehend farbig Illustriert

3 CDs · ISBN 978-3-8337-3134-1

Katharina Münk

Frau Böhning will weg

Bedarf es erst einer Pandemie, um die Abenteuerlust zu wecken, die schon lange in uns schlummert? Bei den Böhnings ist das so. Es ist das verdammte Fernweh, das die beiden gegen jede Vernunft zu einer Reise verführt – ausgerechnet zu Corona-Zeiten. Und es kommt, wie es kommen muss: Aus hundertprozentiger Planung wird hundertprozentiges Chaos, aus skurrilen Zufällen werden echte Bewährungsproben. So gerät die Reise der Böhnings mehr und mehr zu einer Selbsterkundung. Da hilft nur eine ordentliche Prise Humor.

Dieses Buch ist mehr als die Geschichte einer wiederentdeckten Liebe. Es ist ein Plädoyer für Mut, Phantasie und Zuversicht, auch in Zeiten der Krise.

»In den Romanen von Katharina Münk sind die Mitmenschen wie im richtigen Leben: skurril, durchgeknallt.«
NDR Kultur über »Westermann & Fräulein Gabriele«

E-Book · ISBN 978-3-8337-4376-1

Hörbuch-Download
ISBN 978-3-8337-4377-1

Roddy Doyle
Love. Alles was du liebst

Früher waren Davy und Joe gute Kumpels. Inzwischen treffen sie sich nur noch gelegentlich, wenn Davy aus England nach Dublin kommt, um seinen Vater zu besuchen. Es sind kurze Begegnungen, sie sind erwachsen geworden, jeder hat sein eigenes Leben. Doch dieser Abend ist anders. Die beiden Männer ziehen wie früher um die Häuser, trinken ein Bier nach dem anderen, und die Gespräche werden immer vertrauter. Lange zurückgehaltene Gefühle und Konflikte drängen nach oben. Joe vertraut seinem Freund an, dass er seine Frau und seine Kinder für eine andere verlassen hat. Als Davy erfährt, dass es sich dabei um Jessica – ihren gemeinsamen Jugendschwarm – handelt, werden auch bei ihm alte Erinnerungen wach: Der Aufruhr um seine temperamentvolle Frau, die Missbilligung seines Vaters, der Tod seiner Mutter, die Flucht aus Irland. Als Davy einen Anruf erhält, wird ihre Freundschaft auf die Probe gestellt. »Love« ist sowohl eine Hymne an Dublin als auch ein herrlich komisches und zugleich bewegendes Porträt der vielen Facetten der Liebe.

Hardcover · ISBN 978-3-8337-4335-1
E-Book · ISBN 978-3-8337-4411-2

»Doyle fragt in seinen Werken (…) ohne einen Hauch von Sentimentalität und mit Blick auf die grotesken Details eines Lebens nach dem Zusammenhang einer Biographie.« *FAZ, Tilman Spreckelsen*

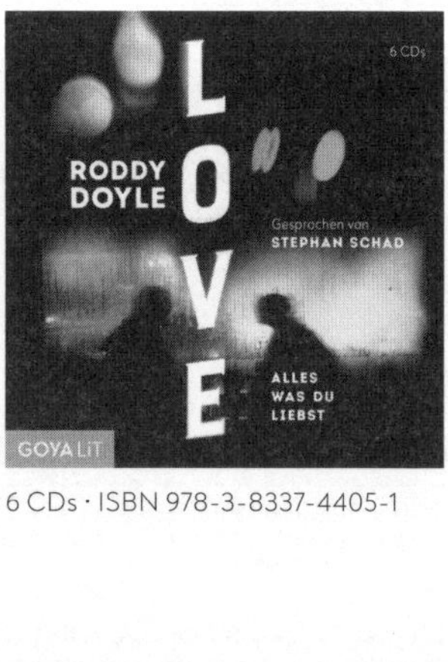

6 CDs · ISBN 978-3-8337-4405-1

Christiane Franke

Endlich wieder Meer

Eigentlich ist Katharina mit ihrem Leben rundherum zufrieden. Sie und ihr Mann führen nach all den Jahren immer noch eine erfüllte Ehe, sie haben zwei Kinder großgezogen und ein rentables Weingut in der Steiermark aufgebaut. Dann jedoch erreicht sie ein Anruf aus ihrem Heimatort an der Nordsee, der sie in die Vergangenheit katapultiert. Ihr Vater, zu dem sie seit über zwanzig Jahren keinen Kontakt mehr hat, liegt im Koma.
Als Katharina in Hooksiel ankommt, muss sie erkennen, dass es auch um die familieneigene Werft schlecht steht. Ihr Cousin hat die Geschäfte übernommen, verfolgt aber zweifelhafte Ziele. Auch in Österreich läuft seit ihrer Abreise nicht alles rund. Katharina ist hin- und hergerissen. Wo wird sie nun am meisten gebraucht? Und was will sie eigentlich selbst vom Leben?

»Christiane Frankes Romanfiguren begegnet man gern. Sie sind sympathisch, an ihren Dialogen möchte man am liebsten teilhaben. Die emotionale Tiefe der Geschichte entwickelt sich zwischen den Sehnsuchtsorten Nordseeküste und Steiermark. Und immer riecht, hört und schmeckt man, wohin die Autorin uns gerade führt. Warmherzig, aber mit kühlem Kopf.«
Klaus-Peter Wolf

Hardcover · ISBN 978-3-8337-4337-5
E-Book · ISBN 978-3-8337-4410-5

6 CDs · ISBN 978-3-8337-4404-4

HörErlebnisse von GOYALiT

10 CDs · ISBN 978-3-8337-4260-6

Ein tiefes Zerwürfnis hatte die drei Freundinnen seit Kindertagen über Jahre getrennt. Erst der Tod der Vierten im Bunde, Marie, ein Jahr zuvor hatte sie schließlich wieder zusammengebracht. Jetzt steht das nächste Pfingsttreffen an. Seit ihremWiedersehen ist viel passiert.

2 CDs · ISBN 978-3-8337-4143-2

Camilleri schreibt über seine sizilianischen Wurzeln, über Liebe, Freundschaft, Politik, Literatur. Dabei hat Camilleri durchaus den Mut, Fehler zuzugeben. Es gibt keine Sicherheiten, die er Matilda mitgeben kann. Dafür aber die wertvolle Kunst des Zweifels.

4 CDs · ISBN 978-3-8337-4297-2

Die herzerwärmende Geschichte zweier Frauen. Elli hat schon lange keine feste Bleibe mehr und muss täglich aufs Neue um ein Leben auf der Straße kämpfen. Lisa ist eine gut situierte, aber dauergestresste Ehefrau, Mutter dreier Kinder und Teilzeitredakteurin bei einem Lifestyle-Magazin.

CD · ISBN 978-3-8337-3774-9

Mascha Kaléko wollte keine feingeistige Literatur für einen ausgewählten Kreis schreiben – sie verfasste »Gebrauchspoesie« für alle. Ihre schnörkellose Sprache und der direkte Ton machen sie zu einer der faszinierendsten Dichterinnen des 20. Jahrhunderts.

3 CDs · ISBN 978-3-8337-2522-7

Drei Insassen der Nervenklinik St. Ägidius bringen ihre Anstalt zunächst auf Kurs und anschließend an die Börse. Schließlich sind sie vom Fach. Ohnehin ist Dr. Wilhelm Löhring überzeugt, die Klinik sei seine eigene Firma und forciert den Börsengang von Station 4. Die als Chefsekretärin angeheuerte Patientin, traumatisiert von ebendiesem Beruf, rutscht sofort wieder in ihre alte Rolle. Oder?

5 CDs · ISBN 978-3-8337-3730-5

Josie, eine Zahnärztin, die ihre Praxis hat schließen müssen, bekommt Panik, als ihr Ex-Mann darum bittet, die gemeinsamen Kinder seiner neuen Verlobten vorstellen zu dürfen. Sie packt die Kinder und flieht mit ihnen an den entlegensten Ort, der für sie ohne Pass erreichbar ist: Alaska.

Weitere Titel finden sie auf goyalit.de